Grand Prix marie claire du roman d'émotion 2010

PRIX MARCEL-PAGNOL 2010

Julliard

LE CHAGRIN

DU MÊME AUTEUR

ROMANS

Priez pour nous, Bernard Barrault, 1990; J'ai lu, 1991 et 2002
Je voudrais descendre, Le Seuil, 1993.
Comme des héros, Libres-Fayard, 1996.
Mon premier jour de bonheur, Julliard, 1996.
Des hommes éblouissants, Julliard, 1997
Un jour, je te tuerai, Julliard, 1999; J'ai lu, 2002.
Trois Couples en quête d'orages, Julliard, 2000; J'ai lu, 2003.
Méfiez-vous des écrivains, Julliard, 2002; J'ai lu, 2004.
Le Cahier de Turin, Julliard, 2003.
Écrire, Julliard, 2005.

RÉCIT

Il ne m'est rien arrivé (voyage dans les pays en guerre de l'ex-Yougoslavie), Mercure de France, 1994.

DOCUMENTS

Paroles de patrons (avec Stéphane Moles), Alain Moreau, 1980.
L'Affaire de Poitiers, Bernard Barrault, 1988.
Hienghène, le désespoir calédonien, Bernard Barrault, 1988.

LIONEL DUROY

LE CHAGRIN

roman

Julliard
24, avenue Marceau
75008 Paris

ISBN 978-2-260-01809-4

Blandine

Pauline, Sophie, Julia, Raphaël

1.

À l'origine de ma venue au monde, de notre venue au monde à tous les onze, il y a l'amour que se sont déclaré nos parents. Toutes les souffrances qu'ils se sont infligées par la suite, toutes les horreurs dont nous avons été les témoins, ne peuvent effacer les mots tendres qu'ils ont échangés durant l'hiver 1944.

Ils se sont voulus, attendus, désirés, au point de s'aimer passionnément au milieu de l'après-midi, dans les semaines qui ont suivi leur mariage. J'ai à l'esprit cette scène que m'a rapportée oncle Armand, le frère cadet de maman : ouvrant par inadvertance une porte, il les découvre à moitié nus, leurs corps entremêlés, essoufflés et confus. Ils ont vingt-trois et vingt-quatre ans. Alors maman n'a qu'un reproche à faire à papa, qu'un regret plutôt : elle le trouve un peu trop petit comparé aux deux hommes de sa vie, son père et son frère. Papa, lui, n'a aucun regret à formuler ; il paraît qu'on se retourne dans la rue sur la beauté de maman.

À y regarder de plus près, cependant, il me semble que papa arrive dans ce mariage avec bien d'autres handicaps que sa petite taille. Je veux parler de sa famille, ces Dunoyer de Pranassac que maman poursuivra toute sa vie de sa haine et de son mépris. Que sait-elle d'eux, que pense-t-elle d'eux, à la veille de son mariage ? Peu de chose, sûrement, comparé à ce qui nourrira son ressentiment par la suite car, sinon, j'imagine qu'elle n'aurait pas eu cet appétit juvénile pour son jeune époux.

Théophile Dunoyer de Pranassac, mon père, naît le 25 février 1920 au château familial de Formont, à Ambarès (Gironde). Il est le fils d'Henri Dunoyer de Pranassac, capitaine de cavalerie à la retraite, alors âgé de cinquante-quatre ans, et d'Alix Dunoyer de Pranassac, trente-deux ans, sans profession. Tous les deux portent le même nom, ils sont cousins germains, ce qui fera dire plus tard à maman qu'elle est entrée dans une «famille de dégénérés». Alix et Henri n'auront pas d'autre enfant que Théophile, surnommé Toto, et ils viendront assez vite s'installer dans une maison modeste d'un faubourg de Bordeaux, au numéro 30 de la rue de Caudéran.

Lorsqu'il rencontre maman, Toto vit seul entre sa mère et l'une des sœurs de celle-ci, sa tante Élisabeth, qui ne s'est jamais mariée. Son père, le capitaine, est mort en 1936. Émacié, les cheveux gominés coiffés en arrière comme on les portait à l'époque, papa est d'une beauté saisissante en 1944, et je comprends, en observant son portrait photographique, que maman ait été séduite.

Suzanne Verbois, ma mère, vient au monde le 30 janvier 1921, rue de Fondaudège, en plein centre de Bordeaux. Elle est la fille d'Henri Verbois, négociant en rhum et spiritueux, alors âgé de vingt-cinq ans, et de Simone Mauvinié, vingt-trois ans, sans profession.

Comment savoir ce que pensent les parents de maman lorsque le nom de papa est prononcé pour la première fois rue de Fondaudège? Il est certain que les Dunoyer de Pranassac ne sont pas des inconnus pour les Verbois. Un grand cru porte ce nom. Voisin de La Brède, le château de Pranassac, autrefois propriété de la famille, est toujours debout. On dit qu'un Dunoyer de Pranassac aurait été, comme Montesquieu, président à mortier au parlement de Bordeaux. C'est un grand nom, un nom que beaucoup de Bordelais connaissent. Et puis, durant le dernier quart de siècle, les deux Henri ont dû se croiser. Même si une génération les sépare, l'un et l'autre ont courageusement combattu en 14-18. Le lieutenant Henri Verbois a perdu la moitié d'un pied, tandis que l'autre, le vieux capitaine, est rentré gazé, durablement touché. Ils ont reçu la croix de guerre, ils ont été faits chevaliers de la Légion d'honneur, alors comment douter qu'ils se soient trouvés ensemble, au garde-à-vous, sur l'esplanade des Quinconces, un 14 juillet ou un 11 novembre ? Oui, je crois qu'Henri Verbois connaît Henri Dunoyer de Pranassac, au moins de vue. Toute sa vie, maman nous répétera que son père, fantassin, fut plus héroïque que celui de papa car, nous dira-t-elle, charger l'ennemi à pied est autrement plus courageux qu'à cheval. Je devine que cela fut suggéré par son père, très tôt, peut-être au temps des fiançailles. Ce sont les fantassins qui appellent les cavaliers des « traîne-sabre », et maman abusait de cette expression pour désigner ce beau-père qu'elle n'avait pas connu.

Quelque chose me dit aussi qu'Henri et Simone Verbois n'ignorent rien du mariage entre cousins des parents de Théophile. Peut-être l'apprennent-ils en « prenant des renseignements », comme cela se fait avant des fiançailles. De sorte qu'ils doivent peser secrètement le pour et le contre. D'un côté, Théophile est « un enfant de vieux » (maman nous le rappellera constamment), fruit d'un mariage dangereusement consanguin, sans aucun héritage à espérer car les derniers biens ont été vendus dans les années 1930. De l'autre, il ne semble pas stupide, il est parfaitement bien éduqué, bon orateur, bachelier, et même licencié en droit, quand les deux enfants Verbois, Suzanne et Armand, ont dû renoncer au bac.

De quel poids pèse le titre de noblesse, et le nom prestigieux que porte Théophile, dans le consentement que donnent finalement les parents de Suzanne ? Si je me fie à la fierté qu'en retirait maman, je suis porté à croire que cela dut compter dans la décision. Même au plus noir de notre naufrage, jamais maman ne renonça à faire état de sa particule, et elle prit toujours soin de mentionner sur ses cartes de visite qu'elle était baronne. Longtemps, cela figura en abréviation, « B^on & B^onne Dunoyer de Pranassac », jusqu'à ce que mes frères et moi nous avisions que cela faisait « Bonbonne Dunoyer de Pranassac ». Maman, qui ne l'avait pas remarqué, se fit alors refaire des cartes avec les titres complets. Cependant, prisonnière de sa haine pour sa belle-famille, jamais elle n'assuma son orgueil d'être noble. « Ce titre de baron, disait-elle, c'est rien du tout, c'est ridicule. Bon, comte ou vicomte, je ne dis pas, mais baron, c'est grotesque...»

Le samedi 17 juin 1944, Suzanne et Théophile se marient en l'église Notre-Dame-du-Salut, à Caudéran. C'est un grand mariage, avec un cortège d'enfants habillés de blanc pour tenir la traîne de la mariée, la *Toccata* de Bach, et un photographe pour immortaliser la cérémonie. Papa sourit timidement, de cette bouche sans lèvres des Dunoyer de Pranassac, donnant sur tous les clichés le sentiment d'être confus et transi. L'est-il par la splendeur de sa jeune épouse dont la taille élancée et le voile de tulle piqué d'œillets attirent tous les regards? L'est-il par la foule qui se presse sur le parvis? En tout cas, il n'est pas de ces mariés hilares et sûrs d'eux qui saluent joyeusement les convives, s'autorisant même parfois un baiser sur la bouche en public. Non, lui se tient avec modestie au côté de maman, presque dans son ombre, comme s'il craignait qu'à trop en faire on vienne peut-être lui contester la place. Comme s'il n'en revenait pas d'avoir décroché ce trésor. Le photographe lui-même doit en être gêné, car, pour la photo *officielle*, sous le porche, je pressens que c'est lui qui fait discrètement descendre maman d'une marche pour permettre à papa de la dominer d'une demi-tête. Même dans cette situation avantageuse, cependant, papa n'en profite pas pour pavoiser, gardant un peu bêtement les bras le long du corps.

Ce sont les Verbois qui ont rempli l'église, Théophile et sa mère veuve n'avaient pratiquement personne à inviter, à part quelques vieilles tantes édentées et désargentées que je repère sans difficulté dans la foule. Pour la forme, sur le parvis, Alix Dunoyer de Pranassac, toute vêtue de noir, pose sévèrement au bras d'Henri Verbois, lui-même impeccable dans son frac. Plus que la photo des mariés, celle-ci témoigne de l'alliance nouvelle des deux familles. Je la possède en deux exemplaires. L'une est intacte, elle m'a été donnée par ma grand-mère Alix; sur l'autre, maman a retiré son père d'un coup de ciseaux, tranchant le bras d'Alix et la rendant à sa solitude.

Ce mariage, c'est onze jours après le Débarquement. Tandis qu'ici, à Bordeaux, Théophile et Suzanne échangent leurs alliances, des soldats venus d'Amérique, de Grande-

Bretagne, du Canada et de la France libre se font tuer dans le Cotentin pour libérer l'Europe. À observer la cérémonie, les visages solennels et bienveillants des uns et des autres, les toilettes des femmes, les queues-de-pie des hommes, on devine que ce qui se passe là-haut, en Normandie, ne perturbe pas la fête. D'ailleurs, il est établi que personne n'a suggéré d'ajourner le mariage quand on a appris le débarquement allié, et que personne ne s'est étonné que Théophile puisse être là plutôt qu'à la guerre.

Maman ne voit-elle pas ce qu'il peut y avoir d'indécent, de choquant, dans la position de son jeune époux ? Quand je le lui demanderai, près d'un demi-siècle plus tard, elle en demeurera un long moment perplexe, ne comprenant pas le sens de ma question. Elle m'était pourtant venue à l'esprit en me rappelant ces dîners de notre enfance au cours desquels elle nous racontait les actes d'héroïsme de son cousin, Yves La Prairie. Dans l'une de ces histoires, ma préférée, vérita-blement haletante, oncle Yves est poursuivi par deux agents de la Gestapo dans les galeries du métro parisien. Il parvient à monter dans une rame, mais, s'apercevant que les deux hommes à chapeau et manteau de cuir ont réussi à grimper dans le wagon précédant le sien, il saute du convoi à la seconde où celui-ci démarre et alors que les portes se verrouillent au nez de ses poursuivants. Bien que plus jeune que papa, oncle Yves s'est engagé très tôt dans la Résistance, puis il a rejoint l'Angleterre par Casablanca et combattu au côté des Alliés.

En juin 1944, maman n'ignore pas que son cousin a rallié de Gaulle. Sans connaître les détails de sa guerre, elle a tremblé avec les siens, deux ans plus tôt, quand elle a su qu'il se battait dans la clandestinité. Et cependant, il ne lui vient pas à l'esprit de comparer le destin paisible de Théophile à celui d'Yves La Prairie. Non, c'est vrai, elle n'y pense pas, mais pourquoi y songerait-elle si son père lui-même n'y trouve rien à redire ? Toute sa vie, cet homme a été son modèle, sa référence. Or, Henri Verbois, héros de 14-18, observe avec bienveillance l'immobilisme de Toto. Il n'est pas choqué de le voir se marier quand d'autres, du même âge, risquent leur vie pour libérer la France de ces Allemands qu'il exècre et

n'appelle jamais que «les Boches». Il n'est pas choqué parce
que en bon soldat il est resté fidèle à Pétain, sous les ordres
duquel il a combattu, et que Pétain a condamné les actes de
résistance aux Allemands.

Ce 17 juin 1944, cependant, avec la réussite du Débarquement, l'Histoire semble avoir définitivement tranché en faveur
de de Gaulle, contre Pétain. Alors que pense Henri Verbois
dans le secret de son âme? Peut-être est-il en train de se dire
que c'est Yves La Prairie, longtemps considéré comme un
traître et un voyou, qui a choisi la seule voie courageuse,
honorable, et que lui s'est trompé, entraînant dans sa faute toute
cette jeunesse qui a scrupuleusement respecté l'armistice et
les consignes du vieux Maréchal.

Son gendre, le jeune homme qu'épouse Suzanne, partage
avec lui un respect religieux pour Philippe Pétain. Cela a dû
compter dans le consentement donné au mariage. Henri
Verbois aurait-il accordé la main de sa fille à un Yves La
Prairie? C'est assez peu probable. Sur le plan politique, au
moins, Théophile est en harmonie étroite avec son beau-père,
ce qui explique sans doute la sérénité de Suzanne.

Toto n'a pas combattu en 39-40, mais il a été soldat. Enrôlé
au 18e bataillon de chasseurs alpins, il a crapahuté ici et là,
paradé en uniforme, avec le fameux béret, dans les rues de
Juan-les-Pins, avant d'être renvoyé chez sa mère, rue de
Caudéran. En avril 1941, il est photographié en costume civil
au côté d'un cousin, dans le petit jardin, derrière la maison, et
Alix écrit au dos de la photo : «Bébé et René de R.» Il a vingt
et un ans, elle l'appelle encore «bébé».

En 1943, il est photographié sur le large perron du château
de Formont, sa maison natale. Il porte, comme Tintin, une de
ces culottes qui se lacent sous le genou, des chaussettes hautes
et des souliers de marche. Peut-être rentre-t-il d'un «chantier
de jeunesse». Il a très tôt adhéré à cette création du régime de
Vichy et y a pris des responsabilités modestes. Je crois qu'il
encadre les jeunes recrues et les initie à la vie en plein air.
Enfant unique et solitaire, il a découvert avec les chasseurs
alpins les plaisirs du camping, de la camaraderie, et il recherche désormais, me dira-t-il, toutes les occasions de fuir l'en-

fermement de la rue de Caudéran, entre sa mère et sa tante Élisabeth qui l'une et l'autre le couvent. Il aime les longues randonnées en montagne, les veillées autour du feu de camp, les grands rassemblements autour des couleurs et de l'aumônier où l'on exalte le sacrifice, l'offrande, la fraternité. Plus tard, il nous inscrira aux Scouts de France, convaincu qu'il faut avoir partagé «ces valeurs» pour «grandir dans le droit chemin».

Lorsqu'il rencontre maman, à la veille de ses vingt-quatre ans, il n'a jamais couché avec une fille. C'est en tout cas ce qu'il nous dira, adolescents, nous encourageant à l'imiter, à «ne pas souiller l'acte de chair en le commettant hors des liens du mariage». «L'acte de chair», l'expression me donnera aussitôt la nausée. Maman est dans la même situation que lui, bien qu'un peu plus avertie. Avant la guerre, durant les vacances d'été entre Saint-Jean-de-Luz et Hossegor, elle a fréquenté la jeunesse dorée bordelaise, dansé, et peut-être sagement flirté. Deux décennies plus tard, en pleine débâcle familiale, il lui arrivera d'évoquer de prétendues fiançailles avec un certain Tanguy de quelque chose, promu depuis ambassadeur, nous dira-t-elle, tandis que papa sera devenu représentant chez Spontex, les éponges.

Ils partent pour quelques jours en voyage de noces, sur cette côte basque qu'elle connaît bien. Ils sont très amoureux, très attirés l'un par l'autre, et, après quelques déconvenues, papa découvre les secrets du plaisir partagé. Plus tard, il nous confiera que ça n'a pas été facile pour lui, au début, mais qu'il a rapidement deviné qu'un homme doit être patient et apprendre à caresser sa «partenaire» s'il veut l'emmener avec lui dans cette ivresse mystérieuse que provoque «l'acte de chair».

C'est un premier succès, ce plaisir partagé, je crois pouvoir l'écrire. Peut-être est-ce même une petite révolution si l'on songe à l'époque, et aux couples dont ils sont issus l'un et l'autre. On sait peu de chose de l'intimité d'Henri et de Simone Verbois, mais on devinait, en écoutant maman, qu'il s'y échangeait surtout de la douleur et du sacrifice. Henri souffre en permanence de son pied mutilé au fond duquel des éclats d'obus sont restés logés, il faut souvent réopérer, il claudique, son corps s'est atrophié, son dos le martyrise. Tout cela le rend irascible, colérique, cassant. Simone est malade du cœur, elle aurait besoin d'harmonie, de calme et de tendresse. Le calvaire de son époux la tétanise, la maintenant dans un chagrin silencieux.

Du côté du vieil officier de cavalerie, il est inutile de chercher le plaisir. Henri épouse Alix pour «faire une fin», comme on dit alors. Elle se donne à lui par devoir, ne s'en cachera pas, et ils ne partageront plus le même lit après la naissance de Théophile. Henri est rentré de la guerre avec des problèmes pulmonaires qui en ont fait un homme diminué et sujet à des colères qu'il ne contrôle pas. Il lui arrive de frapper violemment son fils avec un fouet, ou tout ce qui lui tombe sous la main, simplement parce qu'il ne supporte plus le bruit. La vie d'Alix se résume à protéger l'enfant des bouffées délirantes du père. Quand Toto entre dans l'adolescence, le capitaine ne quitte plus guère son lit, à l'étage, et c'est un soulagement pour tout le monde lorsqu'il s'éteint. Papa vient de fêter ses seize ans.

Dans les premiers jours de leur mariage, maman découvre plus largement d'où vient son mari, qu'elle se résout à son tour à appeler Toto, car elle déteste le prénom de Théophile. «Comment peut-on baptiser un gosse Théophile? Enfin, c'est grotesque!» Mais elle ne trouve pas grotesque le surnom de Toto. Papa se livre facilement, et c'est à ce moment-là, je crois, que commence à prendre forme, dans l'esprit de maman, l'animosité qu'elle ne va plus cesser de nourrir contre sa belle-famille, vivants et morts confondus. Subjuguée par son père dont elle oublie les éclats d'humeur, et dont elle vantera inlassablement la distinction, le courage, la droiture, maman plaint sincèrement papa d'avoir dû grandir sous le joug de «ce vieux traîne-sabre». Elle fait constamment référence aux souffrances de son propre père pour minimiser celles du capitaine et dénoncer son égoïsme. Même les actes de bravoure d'Henri Dunoyer de Pranassac sont petit à petit brocardés, ridiculisés. «Ces officiers de cavalerie, répète-t-elle, mon père disait toujours qu'ils n'étaient bons qu'à parader...»

Combien de fois, enfant, l'ai-je entendue en ricaner? Aussitôt, papa abondait. «C'est vrai que si tu regardes bien, des cavaliers, tu n'en vois pas beaucoup à Verdun ou sur le Chemin des Dames...» Alors il se moquait de la carrière militaire de son père, de ses «prétendus» faits d'armes. Mes frères aînés et moi l'écoutions, nous avions entre dix et quatorze ans, nous aurions dû le croire, en rire avec lui, et cependant, sans nous concerter, nous éprouvions le même embarras. Comme si nous pressentions qu'il en rajoutait pour aller dans le sens de maman. Maman que nous méprisions, déjà.

C'est ce qui explique le peu d'intérêt que nous portions à la guerre d'Henri Verbois, tandis que nous nous sommes rapidement passionnés pour celle d'Henri Dunoyer de Pranassac, au point d'aller passer des vacances de Noël dans la maison de la rue de Caudéran où sommeillaient encore au grenier les armes, les objets personnels et les archives de notre grand-père paternel.

J'avais treize ans, cette année-là, et je suis rentré de Bordeaux avec des photos jaunies et quelques documents dont je découvre aujourd'hui seulement la richesse. Au dos du faire-part de décès d'Henri Dunoyer de Pranassac figure la citation du 8 octobre 1916 qui lui a valu la croix de guerre : «Officier de cavalerie détaché à l'état-major de la 48ᵉ division d'infanterie, a organisé et assuré, avec intelligence et un dévouement de tous les instants, le service délicat des liaisons par coureurs et estafettes, dans les conditions les plus périlleuses, sous un bombardement des plus violents, devant Verdun, en avril-mai, et sur la Somme, dans la période du 4 au 8 septembre 1916.»

«Devant Verdun». Comment papa, connaissant cette citation, a-t-il pu laisser dire à maman que son père n'était qu'un «traîne-sabre»? J'étais en train de me le demander, quand je suis tombé sur une photo qui m'a révélé à elle seule d'où provenait l'embarras que nous éprouvions, enfants, à écouter notre père se moquer du sien. On y voit plusieurs officiers au garde-à-vous et sabre au clair sur une prairie. Juste derrière eux se tiennent quelques cavaliers portant drapeaux et fanions. Tout au fond, fermant l'horizon, on devine un régiment de dragons immobiles en tenue de parade. Les officiers, au premier plan, vont être récompensés, et, déjà, un chef militaire à l'uniforme chamarré, portant un bicorne, pose la pointe de son sabre sur l'épaule gauche du premier impétrant. «Bourges, a écrit papa à la plume, sur le ciel même de la photo : remise des décorations par le général Foch sur le polygone, le 14 juillet 1913.» Au-dessus du casque de dragon d'un des officiers à l'honneur, il a ajouté une petite flèche et écrit : «Papa».

Nous sommes en 1913, Toto n'est pas encore né, son père n'est pas décoré pour un fait d'armes puisque la guerre n'éclatera qu'un an plus tard, mais quand il découvrira cette photo, bien des années plus tard, et vraisemblablement après la mort de son père si je me fie à la maturité de son écriture, elle ne lui donnera pas envie de ricaner. Il se renseignera sur les circonstances, les mentionnera, et posera cette photo en évidence quelque part dans sa chambre de jeune homme.

C'est ce document qui me fait penser que, jusqu'à son mariage avec maman, papa conserve une image parfaitement honorable de son père, en dépit de sa violence. D'ailleurs, si ça n'avait pas été le cas, aurait-il accepté, comme il le fait, l'héritage culturel du capitaine? Membre de l'Action française, camelot du roi, Henri Dunoyer de Pranassac était un adepte de Charles Maurras dont il avait lu et annoté tout l'œuvre, y compris les articles. Il est assez vraisemblable qu'il fut anti-dreyfusard avec Maurras et Léon Daudet, puisqu'il partageait avec eux la peur, et peut-être même la haine des juifs et des francs-maçons. Toto dévore Maurras, Barrès, Renan, Daudet, et même Édouard Drumont dont il découvre *La France juive* dans la bibliothèque de son père, annoté et souligné. Or, il conserve soigneusement tous ces ouvrages que nous, ses enfants, lirons à notre tour, et, comme l'aurait sûrement fait son père s'il avait été vivant, il se félicite avec Maurras de l'arrivée du maréchal Pétain à la tête du pays en juin 1940.

Maman parvient-elle à le persuader sérieusement qu'il est issu d'un «pauvre raté», selon une expression qu'elle emploiera souvent devant nous? Je n'en suis pas sûr. Je crois que Toto, pour lui être agréable, et parce qu'il est très épris d'elle, feint d'adhérer à son propos, se moque avec elle du vieux capitaine, mais qu'au fond il garde ses convictions. D'où sa confusion, son rire faux, lorsqu'il tentera de nous convaincre devant elle que son père ne valait pas grand-chose.

Au retour du voyage de noces, c'est la mère, Alix, qui tombe sous les piques de sa belle-fille. Le jeune couple s'installe rue de Caudéran, et Alix, que l'on a vue pleurer au mariage de son «bébé», se réjouit sans doute de le récupérer si vite. Elle est possessive, prompte à critiquer tout ce qui ne vient pas d'elle, et Toto se retrouve bientôt sous les tirs croisés des deux femmes qui le convoitent. Oncle Armand me dira qu'il avait prévenu papa, pendant les fiançailles, que sa sœur n'avait pas un caractère facile. Toto en prend conscience durant cet été 1944. À plusieurs reprises, Alix, qui continue d'entrer dans la chambre de son fils sans frapper, le surprend au lit avec sa jeune femme. Sommé d'incendier sa mère, Toto s'exécute, mais Suzanne le soupçonne d'être trop conciliant. De l'autre côté, Alix est catastrophée par la propension au luxe de sa belle-fille, il lui faut sans cesse de nouvelles chaussures, de nouvelles toilettes, et elle supplie Toto de la restreindre. Il prétend essayer, faire «tout son possible», mais Alix ne constate aucun changement chez Suzanne.

Bien que licencié en droit, papa n'a qu'un modeste emploi de bureau, et maman ne travaille pas. C'est encore la guerre, il n'y a rien d'exceptionnel à gagner peu, à devoir se serrer sous le même toit. Cependant, les événements se précipitent durant l'été. Début août, les Alliés progressent rapidement vers Paris, et, le 15 août, Américains et Français libres débarquent en Provence avec succès. Le 20 août, le maréchal Pétain se replie avec les Allemands sur Belfort, avant de rejoindre Sigmaringen. Le 25 août, Paris est libéré et le général de Gaulle ovationné.

Que dit-on de ces bouleversements rue de Caudéran? On prie pour le Maréchal qu'on estime bien mal récompensé de sa peine. La tristesse de son exil et l'ingratitude des Français font l'objet de commentaires chuchotés, mais sincèrement outrés. C'est d'ailleurs l'un des rares sujets de conversation,

entre Alix et sa belle-fille, à ne pas soulever querelles. Oui,
on prie pour le Maréchal, et on observe avec amertume
l'avènement de celui qui l'a trahi en juin 1940.

Et cependant, on se réjouit du départ prochain des «Boches».
Je devine que pour papa et maman, qui n'ont rien fait pour
cette victoire, rien donné d'eux-mêmes en quatre années de
guerre, le plaisir doit être entaché d'un peu de gêne. Bordeaux
est libéré le 29 août, sans un coup de feu. Dans la nuit, les
Allemands ont quitté la ville, et les premiers groupes de
résistants l'investissent, en début d'après-midi, sous le soleil
et les applaudissements de badauds incrédules. C'est un
mardi, Toto est à son travail. Depuis les fenêtres de l'appartement de la rue de Fondaudège, où elle est passée embrasser
ses parents, maman assiste à l'arrivée des tractions bariolées
et aux premières scènes de liesse.

Retrouve-t-elle Toto, le soir, pour marcher à travers les
rues qui débordent de joie? Peut-être, mais bien des années
plus tard, ni elle ni lui ne nous raconteront jamais les jours
heureux de la Libération, les fêtes, les soldats qui offrent des
cigarettes et qu'on embrasse, comme nous le découvrirons
dans les livres d'histoire et les vieux films d'actualités. Sur
cette période, maman ne s'arrêtera jamais qu'aux femmes
qu'on exhibe en place publique pour les tondre. «Des putains
qui avaient couché avec les Allemands. Je ne dis pas, c'était
pas beau à voir, mais elles l'avaient bien cherché.»

En cette fin août 1944, elle et papa ont un secret qui leur
fait regarder de loin tout ce qui se passe dans la rue : maman
vient de découvrir qu'elle est enceinte.

2.

Bordeaux est libéré, mais la guerre continue. Peut-être Toto est-il traversé par instants du regret de ne pas y prendre part. Il a appris le maniement des armes chez les chasseurs alpins, il pourrait, par exemple, s'enrôler dans la 2ᵉ division blindée du général Leclerc, qui marche maintenant sur Strasbourg, après avoir libéré Paris. Ou encore, dans la 1ʳᵉ armée française de de Lattre de Tassigny qui remonte sur l'Alsace, après avoir libéré Marseille et Lyon.

Je me demande ce qui se passe dans sa tête durant cet automne 1944 où vient de s'effondrer la France en laquelle il croit, celle du Maréchal, ardemment décrite et soutenue par Maurras. Papa est dans le camp des vaincus, il doit en avoir secrètement conscience, mais en même temps les choses ne sont pas dites, rien n'est encore figé. Il n'a été ni ouvertement collabo ni résistant, il s'est contenté d'adhérer silencieusement à l'héritage culturel reçu de son père. La chute de Pétain le fait-elle douter des diatribes enflammées de Maurras contre les juifs, les francs-maçons et les communistes ? N'est-il pas tenté d'apporter son obole à la victoire contre l'Allemagne nazie qui ne fait plus guère de doute à présent ?

Quarante-cinq ans plus tard, lorsque nous nous promènerons tous les deux dans les rues de Bordeaux et qu'il me fera entrer dans le collège de son enfance, Tivoli, il s'arrêtera par inadvertance devant le monument dédié aux anciens élèves morts en héros. «Tiens, tiens, me dira-t-il, voyons un peu.» Alors il se mettra à égrener tout haut les patronymes et je le verrai soudain étreint par l'émotion en découvrant les noms de tant de ses camarades tués dans la Résistance, ou dans les campagnes de France et d'Allemagne. Il ne savait pas, il pensait que la plupart étaient encore en vie. Il me semble qu'à ce moment-là nous eûmes l'un et l'autre un peu honte, lui de sa désinvolture, ou d'être vivant, et moi de le torturer avec mes questions, de sorte que je ne lui ai pas demandé pourquoi il n'avait pas rejoint Leclerc. S'il l'avait fait, s'il s'était battu, toute notre vie en aurait été bouleversée – aujourd'hui je le sais.

Si je l'avais interrogé, je devine qu'il m'aurait répondu : « Ta mère était enceinte, mon premier devoir était de me préoccuper d'elle. » « Mon premier devoir », aurait-il dit, toujours soucieux de justifier ses choix par des impératifs moraux ou religieux. À quinze ans, ne comprenant pas encore les implications de son culte pour Pétain, je lui avais demandé pourquoi il n'avait pas fait de résistance, ou rejoint de Gaulle à Londres, et il m'avait expliqué qu'il ne pouvait pas laisser sa mère veuve toute seule.

Christine, notre sœur aînée, vient au monde en avril 1945, quelques jours avant la capitulation de l'Allemagne. Toto et Suzanne habitent toujours rue de Caudéran, où l'on continue de vivre chichement avec des tickets de rationnement.

Je n'arrive pas à me figurer quels peuvent être leurs sentiments en apprenant par la radio que Berlin est enfin tombé. Des milliers de gens, sans se concerter, descendent dans la rue. Des cortèges se forment, on improvise des fêtes, des feux d'artifice, on dresse des scènes de fortune pour chanter et danser jusqu'au matin. Papa et maman sont-ils conscients que cette victoire n'est pas la leur ? Oui, je crois, parce que jamais je ne les entendrai évoquer les liesses du 8 mai 1945. Peut-être Toto se mêle-t-il discrètement à la foule, les mains dans les poches, sifflotant à sa façon, et songeant au trésor qu'il a laissé rue de Caudéran : sa jeune femme donnant le sein à leur petite fille. Peut-être se dit-il qu'il a été bien plus malin que tous ces hommes partis la fleur au fusil, et aujourd'hui mutilés, ou morts. « Hé, hé !... » Oui, tiens, je crois l'entendre se féliciter discrètement, ça serait bien dans ses manières, ça aussi.

Quelques jours plus tard, maman reçoit des nouvelles de son cousin, Yves La Prairie. Officier à bord de *La Découverte*, une frégate, il relâche dans un port de l'Allemagne en cendres. Pour la première fois, il évoque ouvertement son admiration pour de Gaulle. «Mon Dieu!» soupire-t-elle, avec une mimique de dépit. Elle ne pardonne pas à de Gaulle d'avoir fait incarcérer Pétain trois ou quatre semaines plus tôt. La nouvelle a bouleversé Henri Verbois. Jamais maman ne pardonnera à de Gaulle de n'avoir pas reçu le Maréchal en sauveur de la France humiliée.

Toto abonde. Tout ce qui peut ternir l'image de de Gaulle légitime sans doute à ses yeux qu'il ne l'ait pas rejoint. Il parle de trahison, de devoir, d'honneur. Des années plus tard, je l'entendrai user des mêmes mots avec ses amis de l'Algérie française, «trahie» par le même de Gaulle. Je devine qu'en 1945 il se façonne déjà les bons arguments pour garder la tête haute dans les défaites.

C'est durant ce printemps que les Français découvrent l'existence des camps d'extermination, et l'anéantissement de millions de juifs. Nos parents n'ont pas d'amis juifs, mais ils ont croisé dans les rues des familles portant l'étoile jaune, et ils ont su pour les rafles. S'ils avaient un doute sur la destination des convois, ils ne l'ont plus désormais. Que pense alors papa, lecteur de Drumont, adepte de Maurras, de Barrès? Ces juifs tant redoutés de son père, inlassablement décriés par l'Action française, ont donc fini par être assassinés. Les nazis ont fait ce que l'Action française se contentait de suggérer à longueur de colonnes. Ils ont tenté de se débarrasser à jamais d'un peuple haï. D'une certaine façon pris au mot, les penseurs qui ont éduqué mon père lui apparaissent-ils à présent comme des criminels? Ou du moins comme des gens ayant perdu toute légitimité? Et que pense-t-il maintenant du Maréchal, qui a mis son gouvernement, ses préfets, sa police, ses chemins de fer, au service de cette grande entreprise de liquidation? Lui apparaît-il toujours aussi admirable et bien mal récompensé de sa peine? Comment Toto vit-il cet été 1945 où quelques rares survivants des camps, orphelins

décharnés et hagards, sont accueillis par la Croix-Rouge, gare
Saint-Jean ? Est-ce que maman et lui, se détournant parfois
du berceau de leur premier enfant, évoquent ce que l'Europe
a fait des juifs ? Oui, sans doute sont-ils bouleversés par ce
qu'ils découvrent dans les journaux, mais ce n'est qu'une
émotion passagère, sans conséquences, puisque vingt ans plus
tard, à la veille de l'élection présidentielle de 1965, ils remettront leurs pas dans ceux du Maréchal pour soutenir la candidature de Jean-Louis Tixier-Vignancour, ancien membre du
gouvernement de Vichy, contre celle de Charles de Gaulle.

Au début de l'année 1946, maman est de nouveau enceinte.
Elle nous racontera que c'est son père qui le lui annonce,
quelques heures avant de mourir, comme s'il en avait eu la
prescience. Henri Verbois meurt à cinquante ans d'un cancer
des poumons. Maman nous dira qu'il avait commencé à
fumer dans les tranchées.

Cette disparition est un effondrement pour elle, dont les
résonances dureront jusqu'à sa propre mort. Jusqu'à la fin,
elle ne parlera jamais d'un homme sans le confronter aussitôt
au modèle de son père, ou à son jugement présupposé. « Il est
droit comme mon père », dira-t-elle, ou : « Il a les mains moites,
c'est un adipeux, mon père détestait ce genre de type. »

Plus tard, il arrivera à Toto de nous lâcher tout à trac :
« Elle me fait braire, avec son père. » Mais dans les premiers
temps de leur mariage, comment supporte-t-il la comparaison ?
Car il ne fait guère de doute que maman ne cesse pas un
instant de l'évaluer au regard du physique, des choix politiques et des « valeurs » de son père.

Henri Verbois a le visage allongé, un profil de médaille,
tout le contraire de Toto qui a le front bas et la mâchoire carrée
des Dunoyer de Pranassac. Le premier est tout en hauteur, le
second un peu court. Il est vrai qu'en dépit de ces différences
papa est émouvant et beau dans les années 1940, mais moi
qui le connais, je devine déjà qu'il va s'épaissir et n'aura
jamais l'allure d'un Henri Verbois.

Pour le reste, les choix politiques et les « valeurs », Toto
doit s'en sortir tant bien que mal grâce à ses plaidoyers pour

Pétain. Il n'est pas encore l'homme des chèques sans provision et des coups tordus. Qu'éprouve-t-il à la mort de son beau-père ? Aux obsèques, il apparaît plus à l'aise qu'il ne l'était à son mariage, partageant le chagrin de sa femme et lui offrant volontiers son bras. Il ne m'étonnerait pas que, sous l'émotion sincère, perce une forme de soulagement à être débarrassé de la tutelle écrasante d'Henri Verbois dont il savait déjà, j'en suis certain, qu'il n'atteindrait jamais les mérites aux yeux de Suzanne. Il lui aurait fallu avoir fait 14-18, avoir eu ce physique d'empereur... La bataille était perdue d'avance. Il doit alors espérer secrètement que le temps, petit à petit, effacera ce géant de la mémoire de sa femme.

L'hiver 1946 est terrible. Maman nous racontera qu'elle y a plus souffert du froid que durant toute la guerre. Le charbon est rationné, comme tout le reste, et on ne chauffe qu'une pièce. Se coucher entre les draps humides est un supplice. Maman pleure son père durant les premiers mois de sa grossesse. Papa, lui, fait de son mieux pour se rendre utile. Il sort tôt d'un travail qui ne le passionne pas – il est alors employé au service du personnel, chez Peugeot – et parcourt la ville sur sa bicyclette pour rapporter aux siens un peu plus de sucre ou de lait.

A-t-il voulu ce deuxième enfant ? Il est établi que nos parents ne recourent à aucun moyen anticonceptionnel, conformément aux consignes de l'Église, et aux encycliques du pape Pie XII auquel ils vouent un culte particulier (à sa mort, en 1958, maman nous dira qu'il fut un saint). Ils ne s'autorisent que la méthode du docteur Kyusaku Ogino, qui consiste, pour la femme, à déterminer elle-même ses périodes de fécondité à l'aide d'un simple thermomètre, parce que cette technique a reçu l'onction de Rome. Enfant Ogino ou non, celui-ci n'en est pas moins le petit Messie annoncé par le père disparu, comme si, selon un cycle mystérieux, le mourant avait désigné son dauphin.

Frédéric naît au début de novembre 1946, et il se confirme tout de suite que c'est un Verbois. Le front haut, les traits étonnamment fins pour un nouveau-né. Christine était un mélange de ses deux parents à la naissance, Frédéric est un pur Verbois. Maman y voit sans aucun doute la marque de son père, et je devine l'émotion qu'elle doit en éprouver.

Quatre mois après cette naissance, elle attend déjà un troisième enfant. Celui-ci, elle ne le cache pas, est un accident. Ils ont vingt-six et vingt-sept ans, et bientôt trois enfants. Alix s'inquiète. Oncle Armand, le frère cadet de maman, aimerait savoir pourquoi ils ne prennent aucun moyen de contraception, mais il n'ose pas le leur demander. Quand il s'y risquera, quelques années plus tard, il se fera vertement remettre à sa place. Non par Toto, qui se montre toujours confus et complexé au côté du bel oncle Armand, mais par maman. Tout catholique qu'il soit, oncle Armand se fiche bien des consignes de l'Église sur la sexualité, et il ne s'expliquera jamais pourquoi nos parents ont décidé de les suivre à la lettre.

Quoi qu'il en soit, Toto ne gagne pas suffisamment pour nourrir seul toutes ces bouches. Il cherche à changer de «situation» (c'est le mot, en ce temps-là, pour désigner un emploi). L'économie française redémarre tout juste grâce au «plan de modernisation et d'équipement» de Jean Monnet, «Français libre» de la première heure. À Paris, comme à Bordeaux où Jacques Chaban-Delmas vient de s'emparer de la mairie, ce sont désormais de farouches adversaires de Pétain qui tiennent les commandes du pays, tous issus de la Résistance, qu'ils soient gaullistes ou communistes. Papa est-il conscient de cette révolution à tous les échelons de l'État français ? Il s'agite, frappe à toutes les portes, envoie des lettres de candidature. Ce qui me surprendra plus tard, à l'écouter, c'est son immense solitude. Il n'a pas d'amis autour de lui pour le conseiller, l'aider, le recommander. Bien qu'élevé dans ce grand collège de Jésuites, Tivoli, il ne semble avoir conservé aucun lien avec le réseau des anciens. Pourquoi ? Que ceux qui ont rejoint la France libre et ont combattu se détournent de lui, je le comprends. Mais tous ne se sont pas comportés en héros, et cependant Toto n'évoque jamais la présence d'aucun ami près de lui. À l'exception d'un prêtre, le père de Langlade, de dix ans son aîné à peu près, et qui figure à sa droite sur une photo de classe datant de 1935. Papa a quinze ans, son père n'a plus que quelques mois à vivre. Tandis que tous les autres garçons sourient, lui apparaît amaigri, d'une infinie tristesse, et comme relié à ce prêtre par un pacte silencieux. Mais peut-être suis-je le seul à soupçonner ce lien, plongé dans le regard figé des deux hommes derrière ma puissante loupe de détective. Nous connaîtrons et aimerons beaucoup le père de Langlade, enfants. Il demeurera longtemps fidèle à notre père, avant de disparaître. Bien plus tard, Toto me racontera que son vieil ami a défroqué et quitté l'Europe pour refaire sa vie ailleurs.

Personne n'aide Théophile, et c'est grâce à une ambassade familiale qu'on vient lui proposer ce qu'il considère dans l'instant comme la première grande aventure de sa vie : partir en Tunisie !

Le travail en lui-même n'a rien d'exaltant – agent administratif dans une société de travaux publics, la SATPAN, filiale d'une entreprise bordelaise. C'est la promesse du dépaysement qui l'enthousiasme. Adolescent, Toto s'est nourri des hagiographies de Charles de Foucauld, ancien officier devenu missionnaire au Sahara, de Jean Mermoz, premier aviateur à franchir la cordillère des Andes, ou encore des récits de voyage du chef scout Guy de Larigaudie, dont il partage les idéaux. Cette fois, c'est à son tour de découvrir le monde.

La nouvelle enchante maman. Elle a vu se marier et partir beaucoup de ses amies d'avant-guerre, peut-être commençait-elle à douter de son étoile. Elle est fière de pouvoir annoncer à tous les oncles et tantes, du côté Verbois, que son jeune époux est «nommé» à Bizerte. Ce seul nom de Bizerte suscite la curiosité, et peut-être l'envie. Secrètement, elle est folle de joie d'échapper enfin à l'emprise d'Alix, cette belle-mère qui l'horripile, dit-elle, avec ses sous-entendus chaque fois qu'elle rentre de la ville les bras chargés de nouvelles toilettes pour elle ou ses enfants. «On ne va pas se promener le derrière à l'air pour vous faire plaisir», lui lance-t-elle en l'entendant soupirer, et, d'un mouvement du coude, elle lui expédie la porte au nez. Désormais, elle n'aura plus à lui disputer Toto

Cependant, l'euphorie des premiers moments passée, ce départ lui apparaît comme un défi à ses propres forces. Là-bas, c'est l'Afrique, il faut donc renouveler toutes les garde-robes. Mme Crouxe, la couturière des Verbois, est conviée dans l'urgence. Il faut habiller Christine et Frédéric en prévision de températures qu'on dit accablantes. Prévoir plusieurs tenues pour le troisième qui devrait naître à peine sera-t-on installé. Toto n'a que des complets sombres. «Ce n'est même pas la peine d'y penser, tranche maman, il aura l'air d'un croque-mort! Ne riez pas, madame Crouxe, là-bas les hommes ne portent que du blanc. Autant donner tout ça à la paroisse.» Rhabiller Toto de pied en cap, donc, dans ce lin immaculé qu'on porte traditionnellement aux colonies. Et tout cela avant même de songer à elle-même, qui ne va rien pouvoir essayer avec son ventre de six mois. Un casse-tête. Sans le dévouement et le sang-froid de Mme Crouxe, maman nous avouera qu'elle serait devenue folle.

Enfin, il faut faire les malles. Elles partiront pour Marseille par le chemin de fer avec quelques jours d'avance. Mais elles voyageront sur le même bateau que toute la famille.

Oh, ces traversées de Marseille à Bizerte! Maman nous les racontera en riant, par la suite. Frédéric et elle ont le mal de mer, ils passent la trentaine d'heures à vomir, enfermés dans une cabine. Toto, lui, siffle sur le pont, serrant étroitement la main de Christine. Il pense à Guy de Larigaudie se tenant comme lui à la proue de l'*Oronsay* lorsqu'il faisait route vers l'Australie, en 1934, pour assister au grand jamboree de Frankston, et le désir d'aventure lui fait dilater les narines. «Respire bien, ma cocotte, dit-il, remplis-toi les poumons d'air marin. C'est excellent pour la santé, l'air marin.»

Son nouveau patron, qui les accueille à leur descente de bateau dans la lumière blanche et dure d'un début d'après-midi d'hiver, est un gros homme jovial aux manières simples. Maman titube et cligne des paupières. «La petite dame, elle a besoin d'une bonne nuit de repos», observe-t-il. Elle trouve la force de sourire; on lui a expliqué qu'aux colonies les hommes sont moins raffinés qu'en métropole. Sans doute est-elle un peu déçue, un moment plus tard, en découvrant l'appartement qui leur est attribué : un modeste trois pièces, au premier étage du petit immeuble sans prétention qui jouxte le siège de la SATPAN. Toto n'aura que vingt mètres à faire pour gagner son bureau, ou accourir à la maison en cas de problème. C'est un argument que met en avant le patron, brave homme, en voyant la tête de maman. Cependant, les fenêtres et le petit balcon donnent en plein sur le scintillement du canal qui relie la haute mer à la base navale et au port de commerce, de sorte qu'ils ont une vue magnifique sur l'autre rive, et sont aux premières loges pour assister aux mouvements des grands navires, qu'ils soient civils ou militaires.

Lorsque je découvrirai cet appartement, quarante-cinq ans plus tard, je songerai que Toto dut y être secrètement heureux, accoudé à ce balcon, le soir, guettant les feux des bateaux dans le crépuscule, partageant pour quelques instants la vie du bord au moment où ils glissaient sous son nez pour gagner le large – les ordres lancés par haut-parleur depuis la passerelle, le grondement sourd des machines, les effluves mêlés des cuisines et du fuel – avant de les voir s'éloigner, de noyer tristement son regard dans le bouillonnement fluorescent soulevé par les hélices et d'envier ces hommes qui, toute la nuit, seront en mer. Lui qui avait tellement rêvé de voyages au long cours...

Ils pourront changer le mobilier s'il ne leur plaît pas. Voilà, ils sont chez eux, ils n'ont plus qu'à défaire les malles, à faire les lits et à se coucher.

Que peut bien penser maman, à l'instant de fermer les paupières, dans ce lit qui n'est pas le sien, dans ce pays qui lui est étranger, elle si peu encline à l'aventure, si récalcitrante aux changements ? J'entends distinctement Toto se féliciter d'être arrivé à bon port, tous les siens sains et saufs, je l'entends vanter les mérites de cet appartement, la cordialité de son nouveau patron, «un chic type, vraiment», mais pour maman, je ne sais pas. Est-elle inquiète de devoir accoucher dans quelques semaines si loin de sa famille ? Décline-t-elle tout ce qui la déçoit, tout ce qui lui fait peur, juste pour entendre Toto la rassurer ? Ou se blottit-elle dans ses bras en lui murmurant : «Mon chéri, quel bonheur d'être enfin chez nous !»

Mais non, je ne crois pas à cette dernière hypothèse, la femme que j'ai connue n'avait pas cette légèreté. Scrutant les photos de ce mois de décembre 1947, je cherche un indice susceptible de m'éclairer.

Et soudain, je reconnais Mica, la vieille gouvernante de maman et d'oncle Armand quand ils étaient enfants. Elle porte Frédéric dans ses bras, Christine se fourre dans ses jambes, et tous les trois posent brièvement pour la photo, sur le petit balcon, justement. Mica a donc voyagé avec eux depuis Bordeaux ! C'est une information essentielle qui me fait aussitôt porter un autre regard sur ce premier soir à Bizerte. Si Mica est là, maman ne se sent sûrement ni seule ni apeurée.

Mica ! Comment ai-je pu oublier la place de cette femme dans la vie de maman et d'oncle Armand ? Mica est la seule personne dont maman nous parlera avec une émotion intacte, comme si elle avait découvert à travers elle ce que peut être le don de soi, l'amour véritable. Basquaise, Mica est entrée au service des Verbois à la naissance de maman. Elle a peut-être vingt-cinq ans, alors. Elle a perdu son fiancé à la guerre et ne se mariera pas, s'attachant aux deux enfants Verbois comme s'ils étaient les siens. Est-ce Mica qui propose à maman de l'accompagner en Tunisie, ou maman qui le lui demande ? Je crois que la chose doit aller de soi et que Mica fait spontanément sa valise, se refusant à l'idée que Suzanne puisse accoucher toute seule à l'autre bout du monde.

Subitement, sa présence me fait m'interroger sur l'absence, ou sur le silence, de la mère de maman. C'est elle que l'on s'attendrait à voir à la place de Mica, entourée de ses deux petits-enfants, et accourue pour soutenir sa fille dans l'épreuve du troisième. Simone Verbois serait-elle déjà morte en décembre 1947 ? Je m'aperçois que je ne sais rien d'elle. Maman nous donnait sans cesse son père en exemple, mais elle n'évoquait presque jamais la mémoire de sa mère, sauf pour nous répéter qu'elle était malade du cœur. Mica semblait l'avoir remplacée dans ses souvenirs d'enfant. Plus tard, oncle Armand me dira, mi-plaisantant, mi-sérieux, que c'est maman qui a tué leur mère avec son caractère épouvantable. Simone aurait bien plus souffert des bouderies ombrageuses de sa fille que des sautes d'humeur de son mari mutilé.

Un dimanche de ce mois de décembre 1947, deux ou trois semaines avant l'accouchement, Toto veut montrer le vieux port à maman, et il la convainc de faire cette promenade en dépit de son ventre. Frédéric et Christine sont installés dans cette poussette à deux places qui nous accompagnera quinze années durant, avec ses chromes piqués de rouille et ses gros garde-boue cabossés. Ils portent l'un et l'autre les petits ensembles à smocks cousus par Mme Crouxe. Papa pousse ses deux aînés, tout en encourageant sa jeune femme du regard. Ils sont encore des inconnus à Bizerte, maman n'est pas sur le qui-vive, comme à Bordeaux, où l'on risque à chaque instant de croiser une connaissance. Ils empruntent les rues de l'intérieur, plutôt que le front de mer qui allongerait la promenade, et ils s'étonnent du nombre d'officiers, ou de simples marins, qu'ils rencontrent. Il y en a beaucoup plus que de civils. Et, parmi les civils, il y a beaucoup plus de Blancs que d'Arabes. On leur dira plus tard que les Arabes habitent de l'autre côté du canal, à Zarzouna, la ville chaotique, piquée de minarets, qu'ils devinent au loin depuis leur balcon. Bizerte, proprement dite, est essentiellement peuplée de métropolitains. Cependant, maman est effrayée par la saleté des quelques Arabes qui les abordent pour leur proposer des légumes, des chapeaux de paille ou des tapis. Jamais elle n'évoquera ses années en Tunisie sans parler de « la crasse des Arabes ».

Enfin, ils atteignent le vieux port. La lumière se voile, soudain, et un vent de mer humide fait frissonner l'eau du bassin. Maman enfile leurs petits gilets blancs aux enfants, puis, quand Toto déploie le soufflet de son appareil photo, elle s'écarte, elle ne veut pas être sur l'image avec ce ventre énorme. Elle sort sa brosse à cheveux et l'agite dans le dos de papa en poussant de petits cris aigus, « ki ki ki », pour attirer le regard des enfants et les faire rire.

Nicolas voit le jour en janvier 1948, et sa venue inaugure une belle année dans la vie de nos parents, peut-être la plus belle de leur mariage. Maman ne va pas retomber enceinte avant février 1949, de sorte qu'ils vont pouvoir s'ouvrir aux autres, profiter d'eux-mêmes et de leurs trois enfants.

Loin d'Alix et de «cette affreuse maison de la rue de Caudéran», maman se sent très amoureuse de Toto. Elle a disposé dans leur petit salon cette photo de 1944 où il est si grave et troublant avec ses cheveux lissés en arrière. Elle trouve que le blanc des colonies lui va bien, elle regrette, certes, qu'il ne soit pas un peu plus grand, mais elle aime sa nouvelle coupe en brosse. Parfois, dans la journée, elle a si hâte qu'il l'enlace, elle est si impatiente de voir arriver le soir, qu'elle perd un peu la tête, renverse le biberon de Nicolas ou laisse brûler la petite purée des aînés.

Sa vie s'est organisée agréablement depuis le départ de Mica. Le matin, elle cuisine et fait son ménage tout en gardant un œil sur les enfants. Depuis la baie du salon, toujours ouverte sur la brise de mer et le soleil caressant d'avril, elle peut observer le trafic incessant des bacs qui relient les deux rives du canal. Les petits commerçants arabes de Zarzouna investissent Bizerte aux premières heures du jour avec leurs carrioles chargées de fruits et de légumes, pour s'en retourner le soir. Ali est parmi eux. Presque chaque matin, il vient crier sous nos fenêtres que ses tapis sont beaux et vraiment pas chers. La première fois, il a sonné, et maman, terrifiée de le découvrir sur son paillasson, lui a violemment renvoyé la porte à la figure. Le lendemain, il a pris soin de l'appeler depuis le quai, en bas, et maman, un peu confuse, lui a dit qu'elle n'avait pas le temps. Mais il est revenu appeler les jours suivants, et elle a fini par le prendre en pitié. Depuis, tous les deux échangent chaque jour les mêmes mots. «Eh, petite madame, j'ai des nouveaux tapis, ils sont très jolis. Et pas chers, tu sais. Descends, descends, je te fais un bon prix. – Je t'ai dit de ne plus revenir, Ali. Tu perds ton temps. – Combien tu veux donner pour celui-là?» Il l'étale sur le pavé, au pied de l'immeuble, sous le balcon, et maman est gênée. Elle regarde à droite et à gauche. Si quelqu'un vient, elle rentre précipitamment à l'intérieur et laisse Ali se débrouiller tout seul avec son tapis. D'autres fois, elle lui dit de monter et lui offre un verre d'eau citronnée sur le palier. «Ali était encore là ce matin, raconte-t-elle à Toto quand il rentre pour déjeuner. Ils sont drôles, ces Arabes, on dirait qu'ils ne comprennent pas ce qu'on leur dit. – Les pauvres diables!» rétorque-t-il.

L'après-midi, aussitôt après la sieste, qu'il lui arrive de partager avec papa (elle évoquera plus tard, devant nous, avec un sourire confus, les lourdes grivoiseries du patron de la SATPAN pour saluer les retards de Toto au bureau), maman part pour la plage. Nicolas dans le landau, les deux aînés à pied. À l'angle de l'amirauté, des cabines de bain ont été installées pour les femmes d'officiers qui viennent ici avec leurs enfants. Toutes ces jeunes mères qui lui ressemblent la rassurent, et elle prend l'habitude de s'asseoir timidement auprès d'elles. Je crois que c'est par Christine, qui se lie avec deux garçons de son âge, qu'elle fait la connaissance de Nicky, la mère des garçons. Au début, cette grande brune joyeuse et entreprenante l'agace par cette manie qu'elle a de mélanger les goûters des enfants. Quand maman apporte deux bananes pour les siens, ça n'est pas pour que les autres les mangent. Puis elle se laisse gagner par la bonne humeur de Nicky, et, bientôt, elle la cherche des yeux en arrivant sur la plage. «Hou! hou! Suzanne!» lance Nicky en l'apercevant, et elle se lève aussitôt pour l'aider à tirer le landau dans le sable jusqu'à sa cabine.

Nicky et son mari, le commandant Henri Viala, sont les seuls amis que nos parents conserveront de leur long séjour à Bizerte. Toute notre vie d'enfants, puis d'adolescents, nous croiserons les Viala, surtout moi, puisque le commandant est mon parrain, et de cette longue relation je conserve le sentiment que les Viala nous regardèrent toujours comme des malheureux, non pas avec condescendance, mais avec compassion, et une espèce de regret silencieux, comme s'ils avaient été constamment déçus par nos parents, et peut-être également par nous, les enfants.

À quel moment s'installe cette déception? Je soupçonne Nicky de faire exprès de mélanger les goûters, au début, pour bousculer cette jeune femme dont les manières étriquées la contrarient. Les deux couples arrivent d'horizons si différents!

Tandis que Théophile et Suzanne ont traversé la guerre sans dommages, les Viala ont failli tout y perdre. Le commandant est un miraculé. Officier à bord d'un sous-marin touché par une torpille allemande, il a été repêché inconscient et la boîte crânienne enfoncée. Il a une plaque de métal sous la peau du front et trois doigts en moins à la main droite. Un peu plus âgés que papa et maman, mais si jeunes encore, les Viala sont déjà des survivants, et cela leur donne une gravité que n'ont pas nos parents.

Pourtant, les deux femmes se lient d'une véritable amitié au fil de leurs rencontres sur la plage. J'imagine Nicky intriguée, puis sincèrement touchée par l'ingénuité de maman qui pourrait être sa petite sœur. Découvrant qu'elle ne sait rien de Bizerte ni de la Tunisie ni des Arabes, elle est certainement encline à la prendre sous son aile. Sans doute devine-t-elle leur profonde différence, comme les insuffisances de maman, mais Nicky n'est pas le genre de personne à juger les autres, encore moins à les condamner, et puisque le hasard a voulu que leurs routes se croisent, elle se réjouit certainement de cette rencontre.

De son côté, maman s'efforce de se montrer sous son meilleur jour, comme elle le fera toute sa vie en société. Nicky lui a parlé de son mari, qu'elle aime, qu'elle vénère, et maman a pu prendre la mesure de ce qui les sépare. Trois ans plus tôt, son respect pour Pétain lui avait fait regarder de haut l'engagement de son cousin Yves La Prairie, mais ici, loin de Bordeaux et de la mémoire de son père, parmi tous ces militaires, je crois qu'elle se sent pour la première fois vaguement troublée d'être la femme d'un homme qui n'a pas combattu. C'est un sentiment sournois, qu'elle enfouira par la suite, car elle verra combien il peut être dangereux. Pour la figure de son père, bien sûr, mais aussi pour l'amour qu'elle porte à son mari.

3.

C'est Nicky qui prend l'initiative de les inviter à dîner. Maman est ravie, ce sera leur première sortie depuis leur arrivée à Bizerte et la naissance de Nicolas. Cependant, plus la date approche, plus elle se sent nerveuse à l'idée de rencontrer le commandant. Le soir dit, elle veille à ce que Toto soit impeccable : costume de lin blanc fraîchement repassé, cravate et pochette soigneusement assorties. Papa s'exécute comme un enfant, il est flatté de l'attention que lui porte sa femme, et quand elle regrette que ses cheveux en brosse soient un peu longs, il rétorque : «Très bien, mon minou, demain à la première heure j'irai me les faire couper. – Demain, ça sera trop tard, dit-elle en poursuivant son inspection, les sourcils froncés. – C'est vrai, je ne suis décidément qu'un imbécile!» Puis il file sur le balcon en attendant que maman finisse de se préparer.

Ils ont embauché depuis peu une jeune Allemande, Frida, qui se préoccupe à ce moment-là de faire dîner les trois enfants dans la cuisine, de sorte que Toto peut suivre tout à son aise le trafic des bateaux sur le canal sans cesser de siffloter.

J'essaie de reconstituer ce premier dîner au cours duquel les Viala sont entrés dans notre vie, près de deux années avant ma naissance. Je n'ai aucune photo de l'événement, aucun témoignage, seulement l'image inoubliable du commandant surgissant treize ans plus tard au milieu de la nuit, au plus noir de notre naufrage (j'avais onze ans), pour retenir maman de sauter par la fenêtre et lui administrer une gifle qui, sur le moment, nous avait remplis d'excitation, comme si nous l'espérions depuis longtemps, comme si elle nous vengeait de la faiblesse de Toto, de son incapacité à se faire respecter et à nous protéger d'elle. Les gifles viennent parfois de très loin, se renforçant au fil du temps comme les cyclones, et je me dis que celle-ci a sûrement commencé d'exister ce premier soir, à Bizerte, contenue dans l'émotion transie qui a saisi maman à la vue du commandant.

Henri Viala a peut-être trente-cinq ans alors, le front haut, l'œil gris, le nez droit, le menton volontaire. «Un physique d'acteur», nous dira-t-elle plus tard, levant les yeux au ciel comme si elle avait vu le Christ, ou Charlton Heston dans *Les Dix Commandements*. Il rentre juste d'un exercice en mer et se présente en uniforme blanc défraîchi, les épaulettes galonnées de doré, auréolé de toute la gloire dont l'a paré Nicky. Je crois que maman éprouve un plaisir immédiat à se sentir petite fille sous le regard scrutateur et bienveillant de cet homme. Un plaisir qui la surprend, puis la submerge. Elle songe à son père, bien sûr, dont elle ne parvient pas à faire le deuil et dont le commandant porte le prénom, et elle s'entend presque supplier tout bas : «Prenez-moi dans vos bras, commandant. Oh, prenez-moi, serrez-moi, je me sens si perdue, si fragile !» Elle aimerait qu'en retour il lui murmure à l'oreille : «N'aie pas peur, mon petit, je suis là, je serai toujours là pour toi.»

Henri Viala n'est sans doute pas insensible à sa féminité, mais c'est plutôt dans cet appel silencieux qu'il faut chercher la clé d'une amitié qui va traverser les décennies et résister aux crises d'hystérie de maman. Comme si le commandant avait entendu cet appel, acceptant implicitement, dès ce soir-là, de prendre la main de cette jeune femme si peu sûre d'elle-même, pour ne plus la lâcher.

Puis c'est au tour de Toto d'être présenté. Nicky, qui a tenu le poignet de sa nouvelle amie durant les quelques mots insignifiants qu'elle vient d'échanger avec le commandant, se tourne soudain vers papa demeuré en retrait. «Théophile, mon mari», souffle alors maman précipitamment, comme si elle se rappelait soudain sa présence. «Je suis très heureuse de faire votre connaissance », s'exclame joyeusement Nicky, offrant à papa un sourire plein de confiance. « Henri, voici le mari de Suzanne. »

Dans ma mémoire d'enfant, Henri Viala, dont je me rappelle la haute stature en uniforme, quelques années plus tard dans notre salon de Neuilly, est un géant comparé à papa. Est-ce cette illusion qui me fait penser aujourd'hui que le commandant devine immédiatement à quel petit homme il a affaire ?

Je ne sais pas si Toto a déjà son sourire de représentant de commerce, ce sourire que j'ai appris à connaître par la suite, et à aimer. Le sourire d'un homme qui n'est pas certain d'avoir mérité qu'on lui ouvre la porte, mais qui pense malgré tout avoir de bons arguments pour se rendre indispensable. Enfant, quand nous allions traverser une situation difficile et que je le voyais avec ce sourire, j'avais la certitude que nous allions l'emporter. Et bien souvent je voyais fondre l'hostilité, ou la méfiance, dans le regard de notre interlocuteur, et nous l'emportions, en effet. Non, je ne sais pas, mais j'observe encore une fois sur ces photos datant des « Chantiers de jeunesse », puis de son mariage, que papa ne sourit jamais comme un homme sûr de lui et de son bon droit. Il a toujours l'air de se demander s'il n'est pas en train d'usurper la place d'un autre, s'il ne va pas se trouver quelqu'un pour lui réclamer son ticket d'entrée. Alors bien sûr que le commandant, qui a l'habitude des hommes, sait immédiatement à qui il a affaire.

Puis les premiers mots échangés le confortent dans son impression. J'allais écrire dans sa *mauvaise* impression, mais non, c'est idiot, ce serait lui prêter les sentiments que je lisais, enfant, dans les regards de nos adversaires, or le commandant se refuse à condamner qui que ce soit, tout comme Nicky. Ils sont l'un et l'autre religieux, profondément tolérants. S'ils ont la sensation de ne pas être en harmonie avec leurs interlocuteurs, ils ne vont pas les rejeter, mais s'efforcer de les amener à s'élever jusqu'à eux. J'en ferai l'expérience à douze ans, lorsque, sortant de l'hôpital, déscolarisé et promis à un sombre avenir, je partagerai pour quelque temps la chambre de leur dernier fils, Bruno, élève brillant, en avance de deux

années sur sa classe d'âge. (Je ne m'élèverai d'ailleurs pas
jusqu'à Bruno, en dépit de la gentillesse des Viala, et demeu-
rerai au contraire écrasé par sa réussite.) Le commandant
s'enquiert donc de savoir où travaille Toto, et si sa situation
lui plaît, plutôt que de lui laisser déclamer, avec une volubilité
que j'imagine sans mal, tout le bien qu'il pense de la marine
de guerre française, de la discipline militaire, du respect des
couleurs, ou encore du sens de l'honneur.

L'un est lieutenant de vaisseau, plusieurs fois décoré,
l'autre agent administratif à la SATPAN. Je devine toute la
bienveillance que doivent déployer Henri et Nicky, écoutant
papa décrire son quotidien de petit employé, pour que maman
ne se sente pas l'épouse d'un homme étonnamment insignifiant. Après avoir été touchée par l'innocence de sa jeune
amie, Nicky l'est certainement par celle de son mari. «Mon
Dieu, doit-elle se dire, observant l'un à côté de l'autre nos
parents, comme ils sont ingénus, inconscients! Comment ont-
ils fait pour échapper à la guerre, à toutes les souffrances de
notre génération, et nous arriver dans ce port de Bizerte
peuplé de soldats avec ce désir intact de sortir, de briller, de
s'aimer?» Henri ne se donnerait peut-être pas tant de mal
pour se lier avec Théophile si Suzanne n'était pas l'amie de
Nicky. Sans doute est-ce la première fois qu'il reçoit un tel
homme à sa table, lui qui depuis des années ne fréquente que
des militaires. Mais tout ce qui vient de Nicky est digne de
considération à ses yeux, et, dès lors, il adopte nos parents
sans se poser de questions.

Puis les Viala viennent à la maison, dans ce modeste appartement sur le canal, et, quelques semaines plus tard, Nicky
donne un nouveau dîner. Elle a compris que Suzanne, qui
raconte avec un émerveillement juvénile ses bals en robe
longue d'avant-guerre, à Bordeaux, Saint-Jean-de-Luz ou
Hossegor, risque de souffrir de la solitude, et elle souhaite lui
présenter quelques-uns de leurs amis. «Tous officiers comme
Henri, s'excuse-t-elle en riant, mais ça sera mieux que rien,
n'est-ce pas?» Grâce à elle, nos parents font la connaissance
d'autres «jeunes ménages», et bientôt on les croise chez les
uns et les autres.

Durant cette année bénie où elle ne retombe pas enceinte, maman apparaît en robe du soir dans les salons les plus courus de Bizerte, et jusque chez le vice-amiral de la flotte et son épouse. L'éclat de sa jeunesse et de son nom balaie les rumeurs qui s'élèvent ici ou là sur la qualité de son mari. Quel poste occupe-t-il donc dans la colonie ? Il ne figure curieusement sur aucun des annuaires du consulat ou de la marine, et sa conversation ne laisse pas un souvenir impérissable. Mais il est l'ami du commandant Viala, et sa femme est « ravissante ».

Oui, on lui envie sa jolie Suzanne aux yeux verts, aux longues narines frémissantes, qui virevolte alors de bras en bras, d'autant plus que Toto ne sait pas danser. Je peux me figurer sans mal les pensées qui le traversent tandis qu'il observe maman de loin rire et papillonner, surprenant par instants une moue d'ivresse ou d'abandon qui ne lui était pas destinée. Elle s'amuse, elle séduit sans le vouloir d'autres hommes, et cependant il est certain qu'aucun ne la lui prendra, quels que soient son uniforme et le poids de ses médailles. Il n'en aurait pas dit autant au printemps 1944, tandis qu'il se l'attachait avec son culte pour le Maréchal et son regard d'enfant triste. Mais maintenant il n'a plus peur : il sait combien maman est devenue sensible à sa voix, à ses mots, à ses caresses, et cet attachement charnel, si patiemment conquis, lui donne la certitude qu'elle le placera toujours bien au-dessus de tous ces cavaliers d'un soir, parfois si prétentieux sous leurs épaulettes.

Il ne se trompe pas. Maman est effectivement très éprise, bouleversée par ses mains sur sa peau, par les mots qu'il sait inventer pour lui dire combien elle lui plaît, combien il la trouve belle. Même quand elle nous donnera le sentiment de le mépriser, de le haïr, des années plus tard, maman ne pourra jamais nous dissimuler son insatiable appétit pour lui, se laissant subrepticement caresser les fesses, debout devant la cuisinière, et quelques heures seulement après l'avoir traité de « salaud ». Oh oui, elle est très éprise, et cependant, c'est durant ces mois de bonheur, à Bizerte, qu'elle prend petit à petit conscience du peu de place qu'occupe Toto dans la société des hommes.

Ils ont beau être reçus selon le protocole de la colonie, elle n'en mesure pas moins, au jour le jour, qu'elle n'a pas les mêmes prérogatives que les femmes d'officiers. Elle n'a pas sa cabine de bain sur la plage, elle ne bénéficie pas d'un chauffeur à la demande, ni d'un boy pour lui porter ses provisions, ni d'une place prioritaire dans les rares avions pour la métropole, ni du salut militaire des marins lorsqu'elle se promène dans la rue au bras de son mari. Toutes choses dont profite Nicky, avec cette indifférence plus ou moins affectée des nantis. Une fois, maman lui a fait remarquer qu'elle ne disposait pas, au contraire d'elle, d'une voiture avec chauffeur pour se rendre à Tunis flâner dans le souk, et Nicky lui a rétorqué du tac au tac qu'elle aurait bien plus de plaisir à prendre l'autocar avec les familles arabes de Zarzouna, si seulement Henri ne lui imposait pas son chauffeur par souci de sécurité et ordre du vice-amiral. «Eh bien pas moi!» a lâché maman. Puis elle a senti monter la colère. «Ce culot! a-t-elle dit le soir à papa. Aller prétendre qu'elle préfère cet autocar crasseux à une auto particulière... C'est facile quand on est la femme du commandant Viala! – Eh bien toi, tu es la femme de Théophile Dunoyer de Pranassac! a rétorqué Toto. Ce n'est pas si mal, non?»

Maman n'a su que répondre. Plus tard, réveillée au milieu de la nuit, elle a de nouveau songé au commandant. Elle s'est demandé s'il était sensible à sa jeunesse, à sa beauté. Puis ce qu'elle ferait s'il essayait un soir de l'embrasser à la faveur d'un *slow*. Mon Dieu, comment de telles pensées pouvaient-elles la traverser, allongée à côté de son mari, étant l'amie de Nicky! Elle a tenté de les chasser, mais elles étaient si troublantes... Perdant un peu le souffle, elle s'y est abandonnée, juste pour quelques secondes, s'est-elle promis. Si le commandant l'étreignait... eh bien... eh bien... elle frissonnerait dans ses bras, voilà, comme elle vient de se surprendre à frissonner dans son lit. Elle ne tenterait rien. Et quand il s'écarterait pour la contempler, lui ayant laissé sur les lèvres ce parfum de tabac brun qu'exhalait son père, elle se laisserait aller, peut-être même fermerait-elle les paupières, feignant l'évanouissement, attendant qu'il décide ce qu'il voulait faire d'elle... S'il la basculait dans ses bras et la transportait dans son auto, elle laisserait rouler sa tête sur son épaule et s'enivrerait de son haleine...

Ainsi Toto lui apparaît-il bientôt comme une sorte de mari domestique, quand le commandant, et certains des officiers qui la courtisent, incarnent le chevalier péremptoire dont elle rêvait enfant, celui qui se joue des obstacles, la porte au-dessus des flammes pour la déposer à la fin, au son des fifres et des trompettes, dans un lit de soie en forme d'écrin où rien de ce qui est laid, purulent, misérable ne pourra jamais l'atteindre.

Sans en avoir clairement conscience, maman se met à jalouser silencieusement Nicky, tout en éprouvant un agacement grandissant à l'égard de Toto. Elle aimerait pouvoir lui reprocher de n'être que ce qu'il est, mais quand elle cherche la meilleure façon de formuler la chose, c'est finalement contre elle-même qu'elle se met en colère. «Tu l'as voulu, tu l'as eu, se dit-elle. Après tout, personne ne t'a forcée à l'épouser...» Peut-être se remémore-t-elle alors le beau Tanguy, son quasi-fiancé de 1939, parti pour Londres ou fait prisonnier, elle ne sait plus précisément, et regrette-t-elle confusément de ne pas l'avoir attendu. Cependant, d'autres soirs, si parfaitement comblée dans les bras de Toto, elle s'en veut de ses reproches. Il n'est pas lieutenant de vaisseau, il n'a ni chauffeur ni décorations, mais il a le romantisme de Gérard Philipe.

C'est ce que lui a révélé Nicky, un jour, soudain en arrêt devant cette photo où il porte les cheveux longs et gominés. «Mon Dieu, que Théophile est romantique sur ce cliché! s'est-elle écriée. On dirait Gérard Philipe dans *Le Diable au corps*. – Ah oui, tu trouves? – On ne te l'a pas déjà dit? – Non. Gérard Philipe? Je t'avoue que je ne vois même pas la tête qu'il a... – Eh bien allez donc voir le film, je crois qu'il se joue encore. En tout cas, je comprends que Théophile t'ait fait tourner la tête...» Désormais, maman se repaît du romantisme de son mari. Paré du compliment de Nicky, elle le trouve plus mystérieux qu'il ne lui apparaissait, et du même

coup peut-être plus précieux. Elle ne saurait pas dire ce qui se
cache exactement sous ce vocable de *romantique*, ni même si
son père ne jugerait pas que c'est un défaut plutôt qu'un atout,
mais il confère à Toto une identité propre à ses yeux de
femme, faite de charme et d'un léger grain de folie, qui justifie
que son mari soit si résolument différent de tous les officiers
qu'ils croisent.

La quatrième grossesse de maman (moi, William), annoncée au printemps 1949, tandis que Nicky elle-même voit son
ventre s'arrondir (Bruno), met un terme à la vie mondaine de
nos parents. La nouvelle doit être accueillie avec réserve
compte tenu de la modeste situation de Toto et de la petite
taille de notre appartement, étais-je en train de me dire, quand
je suis tombé sur une photo de mes trois aînés à Bagnères-de-
Luchon, dans les Pyrénées. Christine et Frédéric encadrent
notre valeureuse poussette à garde-corps chromés et gros garde-
boue (qu'on a donc rapportée de Tunisie pour l'occasion) tandis
que Nicolas, qui ne doit pas encore marcher tout seul, occupe
le siège du fond. C'est visiblement l'été. Notre grande sœur
porte une robe blanche à smocks et manches ballon, et un sac
à main minuscule ; une barrette lui retient joliment les cheveux pour dégager son front. Les deux garçons, parés d'un
cran sur la tempe, arborent les mêmes smocks que Christine
sur d'élégants petits bustiers à manches courtes qui se prolongent en *bloomers*, leur laissant ainsi les jambes nues. Tous les
trois sont chaussés de kneipps blancs à semelles de crêpe.
Ainsi figés par l'objectif sur une esplanade de graviers soigneusement ratissés, ils figurent les enfants de quelque couple
princier descendu au Grand Hôtel pour prendre les eaux.
Le dernier été avant ma naissance, et en dépit de leur
maigre budget, Théophile, Suzanne et leurs trois enfants
séjournent donc en France, dans les Pyrénées. Comment font-
ils ? Où trouvent-ils l'argent ? C'est alors que me reviennent
en mémoire les amères diatribes de maman contre son frère,
notre oncle Armand, à propos de son héritage. Ce n'est jamais
explicité, jamais clairement dit, comme si maman n'osait pas
aller au bout de sa colère, mais nous, les enfants, croyons

comprendre qu'au moment des «partages», et ce mot de «partages» revient inlassablement, oncle Armand aurait eu la plus grosse part tandis qu'elle n'aurait reçu qu'une ou deux maisons «qui ne valaient rien du tout». «Mais rien du tout, ma pauvre! s'exclame-t-elle en chassant nerveusement les miettes de cake de sous son coude. C'est bien simple, une bouchée de pain, comparé à ce qu'il a reçu!» Car c'est en général à une amie venue la soutenir, et prendre le thé, lorsque nous vivrons à la bougie cité de la Côte noire, à Rueil, qu'elle se confie. Une des rares amies à lui être demeurée fidèle, Nicky peut-être. Jamais à nous qui l'écoutons vitupérer sans poser de questions.

Tout s'éclaire donc à présent : en 1949, les partages ne sont pas encore faits, mais nos parents savent pouvoir compter sur une fortune appréciable et ils s'autorisent à vivre très largement au-dessus de leurs moyens. C'est en tout cas mon hypothèse.

En septembre, ils sont de retour en Tunisie, puisque je nais à Bizerte le 1er octobre 1949. Pour mon baptême, le 7 du même mois, le commandant Viala, mon parrain, me tient un moment sur son cœur, le temps que Toto prenne une photo. Je pense au trouble qui doit saisir maman en me contemplant dans les bras de l'inaccessible Charlton Heston, moi, venu de son sein. Je pense au sourire malin de papa dédiant aussitôt ce cliché à sa jolie Suzanne, et minaudant : «Je t'ai fait une photo de William dans les bras du commandant, mon minou», tout en sachant parfaitement, bien sûr. Il ne faut pas prendre Toto pour un crétin.

Au milieu du mois de décembre, sous un soleil quasi printanier et comme s'ils avaient l'intuition que tant de bonheur ne pouvait pas durer, Théophile et Suzanne se livrent à une longue séance de photos, les dernières prises en Tunisie. Maman pose avec moi sur le balcon, à côté du fil à linge sur lequel on devine des draps de bébé suspendus, à moins que ce soit des couches. Elle a pensé à s'habiller avec élégance d'un chemisier blanc qui souligne l'attache fine de son cou, ses épaules étroites, ses seins parfaits (que je dissimule en partie), mais elle n'a pas songé au linge qui pend sur sa droite. Ça ne lui ressemble pas, cette négligence. Sans doute est-ce la preuve qu'elle se sent plus confiante et détendue qu'elle ne l'a jamais été.

Au dos de la photo, elle a écrit à la plume, de cette encre verte que je lui ai toujours connue : «Bizerte. Décembre 1949. William, 2 mois 1/2.» Et tout en bas, d'une écriture hâtive, à un autre moment de toute évidence : «Je suis horrible, mais le fils est réussi. Qu'en dis-tu ?»

La photo était destinée à être envoyée, sans doute à oncle Armand, mais elle ne l'a jamais été puisque je l'ai découverte parmi toutes les autres de la même série.

C'est qu'entre-temps la foudre s'est abattue sur nos parents et sur nous quatre, mettant brutalement fin à l'idylle tunisienne.

4.

Sur ces photos de décembre 1949, il me semble que la maladie est déjà à l'œuvre dans le corps de Frédéric. Je vois ça grâce à ma loupe. Tandis que Christine et Nicolas éclatent de rire aux singeries de maman («ki ki ki» avec son peigne ou sa brosse à cheveux, embusquée derrière Toto-photographe), tandis que nous avons tous les trois les joues rebondies, Frédéric a le visage étrangement émacié et des yeux trop grands, ou trop vides, pour un enfant de trois ans. Il paraît distrait, fatigué, pressé d'en finir, et sur l'une des prises il est le seul à oublier complètement de manifester quoi que ce soit, fixant nos parents comme s'ils étaient transparents. «Tiens, Frédéric est dans la lune», doit songer maman. A-t-elle commencé à s'inquiéter?

Elle dira qu'au début ce ne fut qu'une banale diarrhée, comme tous les enfants en ont aux colonies, et que le médecin, sans doute agacé d'être dérangé pour si peu, lui a prescrit de l'eau de riz, de la purée de carottes, et surtout du sang-froid. Maman n'a aucun sang-froid, et c'est peut-être ce qui a sauvé Frédéric. Constatant que la diarrhée persiste, elle conduit son fils à l'hôpital, ou au dispensaire qui en fait office. C'est là qu'on lui annonce, dans l'après-midi, que Frédéric a le choléra et qu'au train où va la maladie on n'est pas du tout certain de l'en sortir.

Je n'ai pas les mots exacts, maman ne nous a jamais rapporté précisément comment les choses ont été exprimées, puis se sont enchaînées, j'essaie seulement de traduire ici le petit haussement d'épaules qu'elle avait, l'air de dire «Les salauds, comment ont-ils pu?» à l'instant de raconter qu'à l'hôpital on lui avait laissé entendre que son enfant allait mourir, était *en train* de mourir. Ont-ils dit «mourir»? Elle a compris, en tout cas, et pour l'avoir vue treize ans plus tard dans une situation semblable (avec notre petit frère qui venait de se fracasser le visage contre le bidet de la salle de bains), je sais qu'elle s'est mise à trembler, puis à sangloter, en tournant sur elle-même comme une toupie. On a dû appeler Toto au secours qui, lui, a pris le temps d'écouter, de comprendre. La mort survient rapidement chez l'enfant atteint de choléra, du fait de son incapacité à se réhydrater, lui a expliqué le médecin. Il se vide en quelques heures (ce que Frédéric était en train de faire), puis sombre dans le coma. On peut éventuellement tenter de le réhydrater, notez bien, mais c'est pratiquement sans espoir à cet âge, et je ne vous cache pas qu'en ce cas il faut des moyens techniques dont la colonie ne dispose pas. «Ah bien, bien, a dit Toto, tout en se mordant le gras du pouce. (Je l'entends d'ici, un sang-froid à faire reculer les montagnes.) C'est parfaitement clair, docteur. Parfaitement clair. Je vous remercie infiniment de votre obligeance et je vais récupérer ma femme qui doit être quelque part par là.»

Comment parvient-il à obtenir un avion pour rapatrier le soir même sa femme et son fils? «On va s'en sortir, mon minou, dit-il en entraînant maman. Calme-toi, ne te fais pas de bile.» Je suppose qu'il appelle Nicky, puis le commandant, puis son patron, et peut-être même le vice-amiral de la flotte. Mais en quelques heures l'avion est trouvé, affrété, prêt à décoller.

Maman ne pleure plus, elle a repris confiance. Elle a une mission pendant le vol : donner toutes les dix secondes une petite cuillère d'eau bouillie à son fils. Ne pas s'interrompre surtout. Et prier. Prier pour qu'il tienne jusqu'à l'hôpital de Bordeaux où l'attend une équipe médicale.

J'en étais à ce moment-là de mon récit, il y a tout juste un an, en juillet 2007, quand le désir d'écrire m'a soudain quitté.

Je voyais ce que je devais raconter, mais je ne le racontais pas. Au lieu de ça, je sortais précipitamment de mon bureau pour aller marcher, en proie à une angoisse que je n'avais connue dans aucun de mes précédents manuscrits.

Je crus que c'était le dépaysement qui ne convenait pas à ce texte. Nous venions d'emménager pour deux mois à Seattle, sur la côte ouest des États-Unis, dans une maison particulière que nous avions échangée avec un couple de jeunes retraités américains contre notre appartement parisien. Une maison charmante quoiqu'un peu maniérée, en bois, faite d'un salon d'inspiration vaguement victorienne au rez-de-chaussée et d'une cuisine années 1970 à dominante orange ouvrant sur un petit jardin, tandis qu'à l'étage, desservies par un escalier au lustre prétentieux, se trouvaient trois chambres lumineuses (doubles bow-windows disposés en angle et offrant une vue plongeante sur la rue, ou le petit jardin) ainsi qu'une vaste salle de bains.

J'installai d'abord mon bureau dans la chambre où nous venions de dormir, Blandine et moi. Nous étions arrivés de France au milieu de la nuit, avec nos deux filles, et cette chambre s'était immédiatement imposée comme celle des parents. D'ailleurs, nos filles avaient choisi les leurs tandis que nous étions encore dans le vestibule en train de recompter nos valises, et nous n'avions pas eu le choix.

Je disposai la table en pleine lumière, dans l'angle formé par les bow-windows, tout en me faisant la réflexion qu'en France je faisais toujours la nuit avant de me mettre à écrire, ne travaillant qu'à la lumière de ma lampe. Puis j'étalai mes photos, sortis ma loupe et allumai mon ordinateur. Je relus ce que j'avais écrit quelques jours plus tôt à Paris, tandis que les filles bouclaient leurs valises en s'engueulant et que Blandine riait au téléphone – l'annonce du choléra de Frédéric et son départ pour Bordeaux avec maman – et j'attendis que se manifestât l'envie, ou la curiosité, de poursuivre. D'habitude, aussitôt lues les dernières pages, je me mets à rêver sans même en avoir conscience, et la scène suivante finit par se présenter, en images, dans le désordre, puis les premiers mots

me viennent pour traduire ces images avec plus ou moins
d'habileté, et parfois de grâce (trop rarement, malheureusement).

Mais ce premier matin, rien ne vint. La scène du choléra,
qui m'avait tellement habité à Paris, n'éveillait plus aucun
écho en moi. Ou plutôt si, l'envie de m'enfuir. Je me mis à
regarder mes photos, mes précieuses photos dentelées, jaunies,
racornies par les années : mais elles non plus ne me disaient
plus rien, étalées sur cet affreux plateau de bois clair, en pleine
lumière. Qu'est-ce qu'il m'avait donc pris d'aller plonger
dans ces vieilleries? Et comment avais-je fait pour en tirer
déjà trois chapitres? Je fus terriblement tenté de sortir marcher
dans cette ville que je ne connaissais pas – Blandine et les filles
étaient déjà parties, promettant de revenir avec un délicieux
déjeuner que nous prendrions dans le jardin. Mais comment
trouver un quelconque plaisir à me promener si je n'avais rien
écrit? Non, je devais m'obstiner, c'était un mauvais passage,
probablement dû au décalage horaire, à la fatigue du voyage,
ou à cette chambre beaucoup trop lumineuse.

J'abaissai les stores vénitiens (dont la présence venait
seulement de me frapper), puis les manœuvrai de façon à
plonger la pièce dans une intimité propice à la méditation.
Durant quelques secondes, vu de l'endroit où je me trouvais,
mon bureau me parut nettement plus attrayant. Est-ce que je
ne me sentais pas plus confiant? Si, si. Par sécurité, cependant, et pour être certain de repartir du bon pied, je décidai de
faire un tour dans la maison, et, pourquoi pas? de reprendre
un café en passant par cette étrange cuisine orange, histoire
de revenir à mes affaires avec un œil tout à fait neuf et détendu.
Je bus mon café tiède, parcourus le salon silencieux en contournant les lourdes bergères marron un peu déprimantes et les
guéridons recouverts de napperons agaçants, constatai avec
curiosité que la voisine d'en face, une femme brune d'âge
moyen aux jolies épaules, vêtue d'une salopette d'homme,
avait entrepris de décaper sa façade au chalumeau, «et tiens,
me dis-je, je parie que dans trois jours elle sera l'amie de
Blandine et viendra dîner avec son mari dans notre petit
jardin», puis j'oubliai la voisine et remontai à mon bureau.

Je m'aperçus que je tremblais en me remettant à lire la scène du choléra. Était-ce l'appréhension de ne pas trouver les mots pour enchaîner qui me mettait dans cet état, ou la scène elle-même, je veux dire la mort annoncée de Frédéric ? À ce moment, je pris conscience que je lisais sans lire, mes yeux volant sur les mots, comme affolé à l'idée d'atteindre la dernière ligne, et je crus donc pouvoir en déduire que c'était bien la peur d'avoir perdu le fil de mon livre qui me faisait trembler.

Le plus sage est alors de sortir avec un petit bloc et un crayon, comptant sur l'apaisement que provoque invariablement la marche pour retrouver le plaisir simple de la rêverie. Ce que je me résolus à faire, mais curieusement oppressé, le cœur battant, me prenant les pieds dans le fil de mon ordinateur au moment de quitter mon bureau et passant ainsi à deux doigts d'en finir définitivement avec toute cette histoire.

C'est une sensation troublante que d'arpenter les trottoirs d'une ville inconnue tout en s'acharnant à partager le sort de héros restés en plan à un demi-siècle de là (et dix mille kilomètres), les uns dans un petit bimoteur survolant la Méditerranée en direction de Bordeaux, et l'autre – Toto – regagnant son bureau à travers les rues cabossées de Bizerte. (J'allais écrire «en sifflotant», mais non, il n'en a sûrement pas le cœur ce jour-là.) Parfois on croise un banc, on décide de s'y asseoir et de s'octroyer un instant de détente. On s'aperçoit alors que le ciel est cristallin dans ce coin reculé du monde, le soleil chaud sans être brûlant, que beaucoup de familles profitent de la belle saison pour repeindre leur maison et remettre une bonne couche de goudron sur le toit, eh oui, comme notre voisine, que les gens se promènent tous avec une espèce de biberon de café au lait à la main, qu'il y a beaucoup plus d'écureuils autour des arbres que de chiens en laisse occupés à lever la patte, et que les pompiers ne parviendraient sûrement pas à faire plus de vacarme avec leurs gros camions rouge et chrome s'ils voulaient annoncer l'apocalypse. À cause d'eux et de leurs sirènes, on se dit soudain que la récréation est finie et on revient à son problème.

Pourtant, je ne notai rien ce matin-là, et accueillis avec soulagement Blandine et les filles. Elles avaient trouvé le bon bus pour rejoindre le centre-ville, repéré plusieurs boutiques de baskets, deux ou trois restaurants, le fameux carré des pionniers, édifié en brique deux siècles plus tôt, près de la gare centrale. «Ça va beaucoup te plaire, mon chéri, ça ressemble à Roubaix» (Blandine). Cela dit tout en déposant les courses sur la table de la cuisine, en m'adressant de loin un baiser et en suggérant qu'elle est sur le point de faire pipi dans sa culotte. Elles étaient toutes les trois essoufflées, en nage, les pupilles dilatées, mais ne se disputèrent pas pour les toilettes, comme à Paris, puisque ici nous en avions trois (j'aurais peut-être dû le signaler plus haut, dans le descriptif), sans compter le jardin.

Un peu plus tard, nous observant tous les quatre attablés au soleil, occupés à nous régaler de salades à la mozzarelle et de vin californien, tout en projetant sur quelle plage nous allions passer l'après-midi et manger des glaces, avant de dîner au bord de l'eau, je me sentis soudain transi en me remémorant ma matinée. Comment pouvait-on partager, dans une même journée, deux destinées aussi lointaines, aussi différentes? Le matin dans la proximité de la mort, à remuer de vieilles histoires enfouies qui n'intéressaient plus que moi, et l'après-midi ici. Est-ce que ce séjour aux États-Unis n'allait pas tuer mon texte? Est-ce qu'il n'était pas *déjà* en train de le tuer? Cette perspective me donna le désir immédiat de remonter quatre à quatre dans mon bureau, de m'y enfermer, et de relire encore une fois la scène du choléra tout en suppliant le ciel de m'inspirer la suite. Mais non, je n'allais pas, à l'inverse, autoriser mon manuscrit à saboter notre été à Seattle, sachant combien Blandine et les filles comptaient sur moi. Depuis longtemps je me dis qu'être adulte c'est avoir le sang-froid de passer d'une chose à l'autre, en laissant derrière la porte son insatisfaction du moment.

Je relus le lendemain, et de nouveau me saisit l'envie de prendre mes jambes à mon cou. Comme un sentiment d'effroi pour ce manuscrit, pour ces photos, et même peut-être pour l'écriture en général. Ah, me dis-je, voilà que ça recommence. Je restai un moment à me demander ce que j'allais faire, puis, sentant monter les tremblements et mon cœur s'accélérer, j'attrapai mon bloc et mon crayon et sortis précipitamment. La vue de la rue eut un effet apaisant. Je refis, sans l'avoir décidé, la même promenade que la veille, suivant jusqu'aux écluses l'alignement coloré de maisons plus ou moins coquettes, mais toutes faisant de leur mieux pour paraître sympathiques à vivre avec leurs duos de fauteuils à bascule sous la galerie vieillotte, leurs oiseaux peints de part et d'autre de la porte d'entrée, et parfois les vélos d'un couple et d'un enfant négligemment appuyés contre la boîte aux lettres. Parvenu au café des écluses, je m'assis en terrasse, commandai un café, et crus bientôt que j'allais me remettre à écrire tant je me sentais détendu et rêveur, mais brusquement mon livre me revint en mémoire et ce fut comme si on me plantait deux électrodes dans les omoplates.

Je m'interdis de trembler, de repartir comme un dément, et décidai d'essayer de comprendre pourquoi je m'étais brusquement détraqué au contact d'un livre que j'écrivais avec entrain quelques jours plus tôt. Je me revis au travail, là-bas, en France, entouré d'objets et de photos dont, à certains moments, levant le regard sur eux, je me racontais l'histoire pour la centième fois. Il est vrai qu'aucun n'était posé là par hasard, et que j'entretenais avec eux, depuis trente ans parfois, une relation d'amitié et de confiance. Mais d'un autre côté, j'avais toujours prétendu pouvoir écrire à l'hôtel, pendant que Blandine irait se promener seule comme elle aimait le faire, et en effet j'avais écrit chaque fois que nous nous étions trouvés en voyage, éprouvant un plaisir particulier à continuer de tirer les fils de mon histoire au milieu d'objets qui ne m'étaient rien et semblaient même se demander jusqu'à quand j'allais occuper la place. Alors pourquoi n'arrivais-je à rien dans cette maison américaine ?

J'eus la vision de cette insipide table de bois clair, posée à l'angle des bow-windows et comme projetée au-dessus de la rue. Mes photos, mon livre, moi-même, semblions tous pouvoir basculer d'un moment à l'autre sur les voitures en stationnement. «Comment puis-je espérer écrire quoi que ce soit dans un tel endroit?» me dis-je. J'avais remarqué depuis longtemps qu'écrire provoquait chez moi un fort sentiment d'insécurité, que je sursautais au moindre bruit, comme si, me sachant distrait, je me sentais à la merci de tous les gens mal intentionnés. Dans les hôtels, je m'enfermais à double tour, et s'il m'arrivait de sortir seul, le soir, après une pleine journée de travail, je passais mon temps à m'assurer qu'on ne me suivait pas.

Voilà. Ce qui n'allait pas, c'était donc cette chambre, dans laquelle je ne me sentais pas protégé. Cette découverte me rasséréna et je rentrai d'un bon pas, enflammé, pressé de réorganiser mon bureau et de me remettre au travail. Il existait sûrement dans cette maison un endroit retiré où j'allais pouvoir disposer une table, une chaise, tirer d'épais rideaux, et fermer la porte à clé.

J'entrepris d'explorer la maison et descendis au sous-sol que j'avais ignoré jusqu'à présent. D'un escalier étroit on débouchait de plain-pied dans un salon de télévision lugubre, meublé d'un canapé marron recouvert de skaï, et de divers objets ménagers tels qu'ordinateur, machine à coudre et table à repasser. L'endroit ne bénéficiait que d'une faible lumière tombant de quelques vasistas disposés au ras du gazon. Je crus un moment que j'avais trouvé ce que je cherchais, mais il aurait fallu déménager tout ce bric-à-brac (pour le mettre où?). Et la pièce ne fermait pas!

Comme je savais qu'il n'y avait rien à espérer du rez-de-chaussée, je grimpai directement à l'étage. Mais je fus pris d'un engourdissement de tous les membres en apercevant mon bureau par l'embrasure de la porte, et je restai un moment interdit sur le palier à me demander si tout allait vraiment bien pour moi. Puis j'entrai dans la chambre de Sophie, mais elle était l'exacte réplique de la nôtre et j'en ressortis aussitôt.

Celle de Pauline, en revanche, me parut plus intéressante au premier regard. Moins vaste que les deux autres, elle donnait sur le jardin (mais sans éveiller cette impression qu'on allait basculer dans le vide d'un instant à l'autre), et à cette heure du jour le soleil n'y entrait pas. Elle devait être considérée comme la chambre d'amis car on y avait entreposé tout un tas de vieilleries – fleurs séchées, chapeaux et ponchos mexicains, filets à papillons, cuivres, poteries – dont j'allais devoir me débarrasser. Connaissant Pauline, ça n'allait pas non plus se passer facilement avec elle. Mais je n'avais pas le choix et, trois quarts d'heure plus tard, les souvenirs et antiquités remisés au fond d'une penderie, et les draps de lits permutés, j'étais attablé devant mon ordinateur, m'efforçant de relire sereinement l'incontournable scène du choléra.

Je n'écrivis rien mais fus pris cette nuit-là d'une violente allergie qui me jeta hors du lit (pour ne pas perturber le sommeil de Blandine) et me força à essayer de me remémorer à quand remontait ma dernière crise. À mes débuts dans le journalisme, me sembla-t-il, tandis que j'arpentais le salon victorien, enroulé dans un poncho mexicain qui empestait le feu de bois et buvant à petites gorgées un thé brûlant. Du jour au lendemain, je m'étais mis à éternuer et à souffrir de rhinite chronique. J'avais dû renoncer à écrire des livres dans lesquels je me perdais et l'allergie avait peut-être surgi comme l'expression de ma désolation, ou comme la punition du lâche, me dis-je en ricanant, sans y croire, et pour le seul plaisir de faire un mot. Car l'allergie avait également correspondu au moment où nous avions loué notre premier appartement, avec Agnès (ma première femme), nous engageant ainsi dans une vie de petit couple étriqué qui aussitôt nous inquiéta (avant qu'on cessât d'y penser).

Le lendemain matin, Blandine me demanda si elle pouvait faire quelque chose pour moi («Je ne vois vraiment pas quoi, ma chérie, ça va sûrement passer quand j'aurai repris le fil de mon livre») et les filles me lancèrent en partant : «Écris bien, papa. On te rapporte du chocolat.»

Cependant, ni ce matin-là ni les suivants je ne parvins à donner une suite à la scène du choléra. C'était peut-être le dépaysement, mais j'y croyais de moins en moins, commençant à me dire que j'avais dû tomber par inadvertance dans une excavation ténébreuse dont je ne trouvais pas la sortie. Je passais donc l'essentiel de mes matinées à marcher, plutôt

qu'à mon bureau, notant tout ce qui me passait par la tête,
parfois une réplique ou un souvenir qui me paraissait sur le
moment formidablement prometteur mais qui perdait petit à
petit tout intérêt au fil de ma promenade.

Et pourtant je finis par me remettre à écrire. Mais des
choses éparses, sans liens entre elles, privées de cette direction
qu'insuffle mystérieusement notre conscience lorsque nous
travaillons. Des bribes d'histoires auxquelles je me raccro-
chais pour ne pas perdre pied. Ainsi pouvais-je me faire croire
que le livre avait repris après la scène du choléra, alors qu'en
réalité, comme je le constaterais un an plus tard, il errait dans
un profond désarroi, comme un homme ivre, s'épuisant et se
perdant irrémédiablement.

D'ailleurs, l'allergie ne me lâchait plus. Je passais certaines
nuits dans une des bergères du salon à larmoyer et boire des
litres de thé. Par bonheur, l'après-midi, nous partions tous
les quatre nous promener dans les rues commerçantes, ou en
voiture, le long du littoral, nous arrêtant aux terrasses des cafés,
ou sur le bord d'une plage pour que les filles se baignent. « Tu
n'as pas l'air très heureux dans ce livre, hasardait Blandine,
me caressant furtivement la main lorsque nous nous retrouvions un moment seuls. – Non, c'est vrai, je ne le suis pas.
Mais j'ai l'espoir de l'être un jour. »

Maintenant, j'attendais avec impatience le jour où nous
allions prendre la route pour San Francisco et Los Angeles.
J'avais bien l'intention d'oublier mon ordinateur. J'aurais
emporté un autre manuscrit, sachant le plaisir que j'aurais pu
trouver à travailler certains matins pendant qu'elles dormiraient, toutes les trois, mais pas celui-ci. Celui-ci m'empoi-
sonnait la vie et la perspective de le larguer était un
soulagement. Il m'arrivait même de souhaiter qu'on me le
volât au cours d'un cambriolage, ou que la maison brûlât et
que je le retrouve en cendres.

Ce long voyage jusqu'à Las Vegas fut une délivrance. Je
me surpris de nouveau à étudier secrètement le visage de
Blandine (je n'ai jamais su dire pourquoi certaines de ses
expressions me bouleversent si profondément – « Le jour où
tu sauras, tu ne m'aimeras plus », remarque-t-elle parfois), à

soupirer de plaisir en m'endormant auprès d'elle, à éclater de rire en écoutant nos filles.

De retour à Paris, dans la grisaille automnale, je crus me sauver en acceptant avec empressement d'être le biographe d'une comédienne que j'aimais bien. Je promis de lui consacrer tout mon temps, et même toute l'année à venir s'il le fallait, escomptant qu'elle me distrairait de ma propre biographie. Nous nous enfermions chez elle, elle me racontait sa vie, et moi je voyais déjà le livre extraordinaire que j'allais en tirer («Pourquoi, me disais-je en l'écoutant, ai-je tant d'enthousiasme et de facilité à mettre en mots le destin des autres, quand le mien me résiste au point de me rendre malade?»).

Cependant, je n'avais plus d'allergie. J'avais remisé dans une chemise cartonnée jaune, étiquetée «Autobiographie», tous les documents et photos que j'avais traînés jusqu'à Seattle, et je ne me préoccupais plus de mon manuscrit. Mais lui se préoccupait de moi. À certains moments, et sans que je comprisse bien pourquoi ici plutôt qu'ailleurs, il venait soudain me rappeler qu'une partie de moi errait encore dans les ténèbres. C'était un douloureux sentiment d'échec qui m'étreignait alors, recouvrant un sentiment plus douloureux encore, mais celui-ci innommable, toujours enfoui je ne sais où du côté de Bizerte, et dont le secret, ou plutôt la non-découverte, avait finalement torpillé mon livre.

Il m'arrivait parfois, le soir, après avoir écrit toute la journée la biographie de mon amie comédienne, dans une relative allégresse, d'ouvrir la chemise jaune et de me replonger dans mes photos. Une partie de moi était bien là, en effet, figée dans un silencieux désespoir et cherchant à m'y attirer tout entier. Mais je résistais, refermais la chemise et allais me promener sur mon vélo ou bavarder avec l'une ou l'autre de mes filles.

Une nuit, cependant, je me réveillai en larmes et avouai à Blandine que jamais je ne m'étais senti si malheureux. C'était idiot, puisque nous nous aimions, que nous étions tous en bonne santé, et qu'aucun danger ne semblait nous menacer. Puis, au comble du chagrin, je lui dis que je souffrais tellement que j'avais envie de mourir. À son tour elle se mit à pleurer, m'expliquant qu'elle s'en voulait de n'avoir rien vu venir, proposant que nous quittions Paris (cette ville qui me glace le sang depuis toujours), changions complètement de vie, de pays, de continent, tout ce que je voulais pourvu que je ne parle plus jamais de mourir.

Je lui demandai pardon, le lendemain, confus de lui avoir assené ces monstruosités, et ne comprenant pas bien comment j'avais pu en arriver là, puis me laisser déborder. Les jours suivants, marchant dans Paris, je me surpris de nouveau à pleurer. La vérité, si j'osais la formuler, c'est que je voulais mourir en effet. Je n'en pouvais plus de souffrir, mais j'aurais été incapable de dire précisément de quoi je souffrais. Ça n'avait pas de nom, pas d'histoire, pas de visage, c'était un obscur chagrin qui me broyait le cœur.

Je m'aperçus bientôt que tout ce qui m'avait donné tant de bonheur jusqu'à présent était en train de me quitter. Je me mettais à trembler intérieurement si Blandine me prenait dans ses bras, et, à table, j'étais désormais incapable de suivre la conversation. J'entendais mes filles bavarder, mais je ne comprenais qu'un mot sur trois. «Bon, papa, laisse tomber», disait Pauline en levant les yeux au ciel. Sophie me regardait curieusement. «Vous avez remarqué, disait-elle, papa, quand il écrit, il faut tout lui répéter trois fois.» Et Blandine, qui savait que je n'écrivais pas, souriait et me caressait discrètement la main.

C'était un peu comme si je m'éloignais d'elles malgré moi, comme si mes forces m'abandonnaient. Impuissant à écrire, je devenais au fil du temps impuissant à vivre tout simplement. Il me semblait d'ailleurs que mon corps rétrécissait, se resserrait sur lui-même, occupant de moins en moins de place, comme s'il se préparait à s'effacer petit à petit.

Maintenant, je ne pouvais plus approcher Blandine sans que mon cœur se mît à cogner. Elle le voyait, l'entendait, et en paraissait consternée. J'aurais voulu lui dire que c'était un malentendu, que ça n'était pas elle, bien sûr, qui me précipitait dans cette angoisse, mais une chose indicible, que j'avais vraisemblablement laissée à Bizerte, et qui devait se cacher quelque part dans le noir, derrière elle, profitant de la nuit pour revenir me torturer. Seulement je ne trouvais pas les mots, dans cet état d'affolement.

Je me mis à penser qu'avec le temps mon cœur allait finir par lâcher, puisque je passais une grande partie de mes nuits sans dormir, le corps secoué de violentes palpitations. Une nuit, n'en pouvant plus, je sortis dans la rue, et, croisant un hôtel du côté de Nation, j'eus soudain l'envie de m'y réfugier. Je me rappelle le soulagement qui me gagna aussitôt dans le hall. Comme si la chose n'avait pas osé me suivre, dissuadée par l'enseigne lumineuse. Je demandai une chambre, m'allongeai tout habillé et m'endormis aussitôt.

Pendant quelques jours, je vécus dans cet hôtel. Blandine dit aux filles que j'avais dû partir en voyage. Détaché des miens, et comme flottant dans un monde qui n'était plus habité, je dormais et récupérais.

Puis je revins chez nous, et ce fut épouvantable. On aurait dit que la chose, elle aussi, avait repris des forces. Où que je me misse dans la maison, je me surprenais à trembler. Je dus repartir au milieu de la nuit, tellement triste d'abandonner Blandine et nos filles que je n'eus pas le cœur à entrer dans un hôtel et marchai jusqu'au matin dans la bruine d'hiver.

Comment allions-nous vivre désormais ? Combien de temps allions-nous supporter ma folie ? Je ne me projetais plus qu'à deux ou trois jours, au-delà desquels je ne savais pas, je n'imaginais rien. Un ami qui partait en vacances me laissa son appartement. « Repose-toi, mon amour, je suis là, tout ira bien », m'écrivait Blandine dans des petits messages que je découvrais sur mon téléphone à n'importe quelle heure du jour ou de la nuit et me répétais en boucle, tout ira bien, tout ira bien...

Mais ça allait de mal en pis, et j'en pris conscience à la panique qui me saisit quand je dus rendre son appartement à mon ami. Par chance, un autre me proposa de sous-louer le sien jusqu'à l'été et j'y débarquai le soir même, halluciné et flageolant, comme si je venais de croiser la mort sur le trottoir.

C'est sans doute ce qui me décida à frapper à la porte du docteur P., psychiatre, qui m'avait été recommandé par une amie. Je lui racontai en sanglotant et en hurlant – comme j'imagine qu'on doit le faire en débarquant au commissariat de police après s'être fait agresser à main armée – qu'une espèce de bête noire me harcelait depuis des mois, me déchirant le cœur aussitôt que je m'approchais de ma femme. Je lui dis que je ne me voyais plus d'avenir et que je voulais mourir pour que tout cela cessât.

Je ne sais pas ce qu'il comprit de cette scène d'hystérie, mais à la fin il me proposa de revenir à jours fixes et cette idée me soulagea. Je n'étais plus enfermé tout seul, désormais, puisque cet homme qui ne me devait rien et m'avait observé, m'avait-il semblé, avec un mélange de méfiance et de bienveillance, voulait bien partager mon désarroi une heure par semaine. J'avais l'espoir qu'ensemble nous parviendrions à identifier la bête, puis à la terrasser. C'est d'ailleurs ce que je lui dis la fois suivante, essayant de moins pleurer et de lui livrer deux ou trois choses de ma vie qui pourraient peut-être le mettre sur une piste.

Je lui en dis beaucoup plus les fois suivantes, et appréciais qu'il se souvînt de tout d'une semaine à l'autre, y compris des plus petits détails, me livrant, quand il le jugeait utile, ce qu'il avait cru comprendre, tout en ajoutant qu'il n'était pas sûr de lui, qu'il pouvait se tromper. C'était alors à moi d'essayer de le comprendre, et je lui demandais parfois de répéter (j'aurais bien voulu pouvoir l'enregistrer, comme j'avais enregistré mon amie comédienne, pour me repasser la bande tranquillement une fois chez moi). D'autres fois, il se mettait à parler, et soudain la nostalgie d'un visage, d'un parfum, d'une lumière, trouvait une explication dans des souvenirs qui semblaient renaître des limbes. J'aimais sa façon, souvent poétique, de me révéler les choses.

Je ne sais plus comment j'en vins à parler du rapport particulier qu'entretenait notre mère avec Frédéric, le couvant du regard, nous assenant sans cesse qu'il était le portrait de son père, mais soudain je m'entendis prononcer le mot de choléra. «Frédéric a failli mourir du choléra», dis-je. Et d'un seul coup, ce fut comme si je venais de nommer la bête. Je la tenais, là, nous la tenions, elle avait enfin un nom. Je me mis à bafouiller, étranglé par les sanglots. C'était une chose noire et mouvante, tentai-je d'expliquer, subitement pris de terreur parce que je la voyais de mes yeux, une chose qui pouvait avoir la forme d'une tache d'encre monstrueuse, et qui se répandait sur moi, m'enserrait le cœur, me recouvrait de sa masse comme un linceul. Elle m'étouffait, elle allait me tuer, et je n'étais pas de taille à lui résister.

Reprenant peu à peu mon souffle, j'entrepris de raconter ce que j'avais compris du départ de Frédéric et de notre mère vers la métropole, à bord de cet avion qu'avait déniché Toto. Et voilà, j'étais revenu sans le vouloir, et après quelques mois d'errance, à la scène du choléra qui avait été fatale à mon livre. Je le dis au docteur P. à l'instant où j'en prenais conscience, et c'est alors seulement qu'il m'apparut que j'avais oublié tout le reste de la famille dans mon manuscrit, je veux dire Christine, Nicolas et moi. Je m'étais attaché aux héros principaux, Frédéric et maman d'un côté, Toto de l'autre, mais je n'avais pas songé aux personnages secondaires, à nous trois qui restions en rade. Comment était-ce possible ? Mille fois, depuis l'adolescence, je m'étais repassé le film du sauvetage de Frédéric qui me fascinait comme m'avaient captivé les aventures de Mermoz et de Saint-Exupéry, et pas une fois je ne m'étais demandé ce que nous étions devenus, nous, les trois autres, avec seulement Toto pour faire tourner la maison.

Après tant d'années, je me le demandais enfin, et je compris que je venais de découvrir tout à la fois la suite de mon livre et l'explication du chagrin qui était en train de m'anéantir : notre mère m'avait abandonné à l'âge de trois mois pour sauver un autre de ses fils. Ramené par mon manuscrit à cet épisode auquel je n'avais jamais pris garde, je venais probablement de retraverser les ténèbres dans lesquelles je m'étais débattu au tout début de ma vie.

5.

«Luchon, juillet 1950», a-t-elle noté au dos de la photo, de sa grosse écriture verte. Frédéric est sauvé, il aura bientôt quatre ans, et maman presse son petit visage contre le sien. C'est une scène de famille où nous figurons tous les six, assis dans l'herbe. Maman étreint son fils aîné dont les traits sont amincis, Nicolas s'est assis sur les jambes de Toto qui se tient en tailleur, tandis que Christine et moi sommes au premier plan. Nous paraissons tous attentifs au petit oiseau qui va sortir de l'appareil photo, ou à la personne qui se tient derrière (y compris moi, qui n'ai que dix mois), mais nous ne sourions pas, à l'exception de maman qui semble glisser un secret à l'oreille de Frédéric.

De notre retour en France, je n'ai que cette photo. C'est une année difficile qui s'annonce et Toto a sûrement bien d'autres soucis que de photographier sa famille.

Nous nous installons provisoirement rue de Caudéran, à Bordeaux, chez notre grand-mère Alix, la mère de papa, et je devine le désenchantement que doit éprouver maman. Cinq années ont passé depuis la fin de la guerre, et la voilà revenue à son point de départ, sous la coupe de cette belle-mère qu'elle méprise, et partageant de nouveau la chambre de jeune homme de son mari.

Je crois que c'est à sa demande que Toto part seul pour Paris chercher du travail. Elle ne veut plus vivre à Bordeaux, dont nous l'entendrons toute sa vie dénoncer l'étroitesse d'esprit et la malveillance, tandis que Paris lui inspire des rêves d'élégance et de grandeur.

Papa habite l'hôtel, au début, puis il loue une chambre de bonne près de la place Saint-Augustin. Il épluche les petites annonces, court de rendez-vous en rendez-vous dans cette ville immense et grise qu'il apprend à connaître. Parfois, il se perd dans le métro, arrive en retard, en nage, et se fait éconduire. Les temps n'ont pas changé, il n'a toujours aucun ami bien placé, ni personne pour le conseiller ou le recommander. Il s'épuise, ne prend pas soin de lui, pressé de sortir sa Suzanne des soins acides de sa mère, et après quelques semaines de ce régime il tombe malade.

Maman évoquait avec une émotion troublante cet événement minuscule de leur vie – le moment où Toto a dû rester alité, dans sa petite chambre sous les toits, terrassé par une pneumonie. Elle nous laisse à la garde de sa belle-mère détestée, notre bonne-maman, que nous appellerons bientôt Boma, et court rejoindre son mari. Ils se retrouvent soudain, à deux pas de la Madeleine et des Champs-Élysées, comme s'ils étaient seuls au monde. Ils n'ont que trente ans, c'est un second voyage de noces que semble leur avoir ménagé le destin, en pleine tourmente. Depuis des mois ils courent, traversant et retraversant la Méditerranée, parant au plus urgent, et voilà qu'ils n'ont plus rien d'autre à faire qu'à se consoler. Du chagrin d'avoir failli perdre Frédéric, d'avoir dû quitter la Tunisie comme des voleurs, de n'avoir encore rien à eux, même pas un toit décent sous lequel mettre à l'abri leurs quatre enfants. Maman, qui devrait pleurer, n'en a curieusement plus envie, comme si la maladie de Toto, venant après celle de Frédéric, l'avait provisoirement vaccinée contre les larmes. Pour la première fois de sa vie, sans doute, elle se sent détachée des contingences. Peut-être est-ce le désir qui la met dans cet état. En embrassant papa, elle comprend combien il lui a manqué, combien elle l'aime, et tout en se déshabillant au milieu de l'après-midi pour se glisser nue auprès de lui, elle songe avec colère : «Qu'ils aillent tous au diable, à la fin, moi aussi j'ai bien le droit de vivre.»

Elle est reconnaissante à son mari de lui donner tant de plaisir, tant de bien-être, et en échange elle court lui chercher tout ce qu'il aime. Elle le regarde manger et boire, puis faire ses premiers pas de convalescent. Il a beaucoup minci, elle retrouve le jeune homme qu'elle a épousé six ou sept ans plus tôt, et elle ose lui dire en rougissant qu'elle le trouve beau. « Tu sais, dit-elle, Nicky prétendait que tu ressemblais à Gérard Philipe. Il n'est pas mal, c'est vrai, mais je te trouve bien plus séduisant. – Viens plutôt m'aider à enfiler ces boutons de manchettes au lieu de dire des bêtises. »

Ils vont au théâtre, puis dîner aux Halles d'une soupe à l'oignon. Toto reprend des forces. « Grâce à toi, mon minou, minaude-t-il. – Quand crois-tu que tu auras une situation ? – Accorde-moi encore un mois si tu veux bien. – Mon Dieu, un mois de plus avec cette femme ! – Maman n'est pas très marrante, je suis bien placé pour le savoir, mais que veux-tu, elle nous accueille. – Oui, oh !... Je crois que je préférerais être à l'hôtel. » Il s'en tire en éclatant d'un rire faux, songeant à part lui : « Tu es bien mignonne, mon petit, mais l'hôtel ça coûte de l'oseille. »

Enfin, ça y est, le voilà représentant chez Tornado, les aspirateurs. Il se met aussitôt en quête d'un appartement à louer pour nous faire venir, et en découvre un rue de Milan, au-dessus de la gare Saint-Lazare. C'est un premier ou deuxième étage, dans mon souvenir, un appartement où n'entre jamais qu'une lumière grise. Nous y emménageons probablement à la fin de l'hiver 1951 car on m'assoit encore dans ces chaises hautes pourvues d'une tablette pour poser une assiette (et d'un boulier pour tuer le temps).

Dans la première scène qu'a conservée ma mémoire, je me trouve coincé dans cette chaise, justement, et en plein courant d'air, entre maman qui hurle et Toto qui tente de se justifier, ou de lui expliquer un truc (dont je n'ai pas gardé le souvenir, si jamais je l'ai su). Cela se passe dans la cuisine, à l'heure du déjeuner. Maman est devant l'évier, peut-être en train de rincer la vaisselle, elle a ouvert la fenêtre sur sa droite et elle se tourne à intervalles réguliers pour lancer de violentes invectives à papa que je ne peux pas voir car il se trouve juste derrière moi, vraisemblablement dans l'embrasure de la porte. Mais je l'entends plaider son cas, et peut-être s'embrouiller, tandis que les cris de maman, portés par le courant d'air et couvrant les bruits de l'évier et de la rue, me sifflent péniblement aux oreilles et me font accélérer le cœur.

Si vous me demandez ce que je pense de ma mère, je vais vous répondre que déjà, si petit, je ne l'aime pas (mais il ne faut pas prendre à la lettre tout ce que je dis). C'est simplement ce qui me traverse l'esprit tandis que je me remémore cette scène, tant d'années après, et qu'une autre me revient aussitôt. Cette fois, maman est avec une dame qui peut être Coulala, une vieille servante de Bordeaux dont je reparlerai bientôt, venue peut-être l'aider pour une réception, ou Dieu sait quoi. Et moi je suis de nouveau dans cette chaise à boulier. Coulala, tout amidonnée de blanc du col aux chaussettes, me donne à manger de la bouillie tandis que je me tiens complètement ramassé sur un côté de ma chaise. « Pourquoi tu ne te mets pas droit ? me demande-t-elle gentiment, tu serais mieux pour manger. – Bouda, dis-je, pour lui rappeler que je ne suis pas seul dans la chaise. – Bouda ? Qui est-ce, mon petit ? » Je suis surpris qu'elle ne le voie pas. C'est mon double, mon ami, celui avec lequel je bavarde toute la journée, et aujourd'hui encore j'ai la sensation de sa présence, et de combien je dois m'écraser sur l'accoudoir pour lui permettre d'être à son aise. « Oooh, ce gosse avec son Bouda ! nous interrompt maman. Laissez-le donc, ma pauvre Coulala, à tous les repas ça recommence. » Et tandis qu'elle s'éloigne de la cuisine, j'entends les échos de son rire de tête à travers l'appartement.

Et puis je ne suis plus le dernier, car au mois de septembre 1952 notre mère met au monde Anne-Sophie. J'ai trois ans, mais je n'ai aucun souvenir de cet événement. Entre-temps, oncle Armand a dû épouser notre jolie tante Ingrid (ou du moins se fiancer), car en décembre de cette année 1952 nous posons tous les cinq avec elle dans le salon de la rue de Milan. Elle est assise dans un fauteuil, devant le secrétaire Louis XVI de maman, et tient Anne-Sophie sur ses genoux. Nous l'encadrons, Frédéric et Nicolas sur sa droite, Christine et moi sur sa gauche. Nous portons tous les quatre le même pull-over fin ras du cou (jaune pâle si ma mémoire est bonne), surmonté

d'un petit col rond, et nous arborons nos médailles de baptême
(une croix en or, flanquée d'une médaille de la Vierge et
d'une autre de sainte Thérèse de l'Enfant-Jésus pour moi).
Scrutant cette photo à la loupe, je m'avise soudain que c'est
Frédéric qui figure dans le cadre posé sur le secrétaire de
notre mère. («Tiens, me dis-je tout haut, un peu plus et je
ratais ce détail.»)

Frédéric et Nicolas entrent dans ma vie devant la mercerie
de la rue de Milan. C'est exactement là que je fais leur connaissance. Avant cette scène, que je vais maintenant raconter, je
n'ai aucune image d'eux. Je dirais que la mercerie se situe à
droite en sortant de notre immeuble, sur le même trottoir, à
une quinzaine de mètres du porche. Nous avons tous les trois
une fascination pour une figurine articulée, placée dans la
vitrine du magasin, et qui pique inlassablement le même petit
bout de tissu sur une machine à coudre miniature Singer (je
dis tous les trois car j'ai le souvenir de notre fascination collective, alors même que ma mémoire n'a pas encore enregistré l'existence de mes deux frères). Ce jour-là, donc, nous
descendons dans la rue pour voir la figurine, et je me rappelle
bien notre excitation après que maman nous y a autorisés.
Nous courons jusqu'à la vitrine, et là nous nous figeons :
plongée dans la pénombre, la petite couturière semble paralysée. Nous ne sommes pas déçus, nous sommes *atterrés*, et
pendant quelques instants nous ne trouvons même pas les
mots pour le dire. Puis l'un d'entre nous remarque une présence dans le magasin, une femme, sur la droite, derrière une
table de couture. «On n'a qu'à lui demander», dit une voix,
peut-être la mienne, et alors s'engage une discussion pour
savoir qui va y aller. Si j'ai gardé cette scène en mémoire,
c'est évidemment parce qu'elle prend soudain pour moi un
tour inattendu et périlleux : Frédéric et Nicolas me désignent.
Je ne veux pas, j'ai bien trop peur, je dis non en collant obsti-
nément mon front contre la vitrine, mais je me heurte à une
chose que je n'avais jamais éprouvée encore : la puissance de
ces deux géants dès lors qu'ils se liguent contre moi. Ils sont
inébranlables, et absolument, définitivement solidaires. Si
quelqu'un doit entrer dans le magasin, ce sera moi. En ce qui

les concerne, le débat est clos : ni l'un ni l'autre ne bougera. Et ils fixent la figurine à travers la glace, serrés l'un contre l'autre comme s'ils ne formaient plus qu'un. Si je n'y vais pas, si je n'ai pas ce courage, eh bien tant pis, semblent-ils dire, on restera là jusqu'à ce soir.

Pourquoi est-ce que je ne rentre pas à la maison en courant, puisque j'ai si peur ? J'ai eu tout le temps d'y réfléchir, depuis, et chaque fois que j'y pense me revient le désir qui m'a traversé sur le moment de les étonner pour qu'ils m'admirent et deviennent mes amis. J'ai bien sûr envie de voir le spectacle, mais ça ne compte pas comparé à l'enjeu de l'entreprise : devenir un héros à leurs yeux. Et donc je me décide à entrer. La dame a dû nous repérer depuis le temps, parce qu'elle me sourit, mais sans chaleur excessive, s'offre le plaisir de me laisser bafouiller, puis se lève et va appuyer négligemment sur le bouton d'un commutateur. D'un seul coup, la devanture s'illumine, puis simultanément, comme touchée par la grâce, la petite couturière se remet à l'ouvrage. C'est un tableau enchanteur.

Je ne touche plus tout à fait terre en sortant. Mes frères sont éblouis, je le vois, et cependant ils ne m'adressent pas un mot de louange.

Comment Toto, représentant chez Tornado, parvient-il à convaincre la Caisse des dépôts de lui louer l'un de ses plus beaux appartements, en lisière du bois de Boulogne, boulevard Richard-Wallace, à Neuilly ? Jamais il ne nous l'a dit, mais je sais que c'est son adoration pour maman qui lui donne cette force de conviction, ce talent. Il est servi par ce nom épatant de Dunoyer de Pranassac, certes, et par son titre de baron, mais l'un et l'autre ne pèseraient sans doute pas lourd en face de gestionnaires tatillons si papa n'avait à cœur de combler sa Suzanne. Il a repéré cet ensemble en pierre de taille, dont le chantier s'achève tout juste, à l'angle du boulevard Richard-Wallace et de la rue de Longchamp, et il veut l'appartement du quatrième, le plus haut perché, le plus élégant avec son large balcon sur les frondaisons depuis lequel, songe-t-il, on doit apercevoir la Seine.

Il n'est pas le seul candidat, loin de là, plusieurs hauts fonctionnaires sont déjà sur les rangs (en 1959, lorsque nous serons expulsés, c'est un ministre du général de Gaulle qui prendra notre suite), mais il est sans doute le seul à aimer sa femme au point d'embrouiller et de rendre chèvre un agent immobilier, fût-il mandaté par la Caisse des dépôts. Et c'est lui qui l'emporte.

Il avait promis à maman qu'elle ne resterait pas plus d'un an ou deux rue de Milan – «Laisse-moi le temps de me retourner, mon petit, et je t'assure que tu l'auras, ton appartement» –, eh bien au printemps 1953 c'est fait : il lui dépose sous le nez les clés de Neuilly.

À la veille de leur dixième anniversaire de mariage, la voilà enfin satisfaite, en mesure de «tenir son rang». («Tu ne me permets pas de tenir mon rang», reprochera-t-elle à papa quand tout se sera effondré autour de nous.) J'ai le souvenir très vague d'une visite dans les jardins de notre future résidence alors que ni les arbres ni le gazon ne sont encore plantés. Et le souvenir aussi de ce nom de Durnerin qui revient bientôt comme une scie. Durnerin est le décorateur qu'elle a choisi pour aménager notre appartement, l'homme qui va imaginer d'installer des lits escamotables dans la chambre que mes frères et moi allons désormais partager. Toute notre enfance, nous entendrons maman vanter les mérites de cette trouvaille aux yeux de ses amies, de sa voix chantante d'épouse mondaine et gâtée – «Eh bien ça, c'est une idée de Durnerin, justement. – Oh, mais Suzanne, c'est formidable ! – N'est-ce pas ? Et ce n'est rien du tout. Regardez, Odile : on les abaisse le soir, on les relève le lendemain. Et hop ! les gosses ont de nouveau toute la place pour leurs petites voitures» (Odile H., notre voisine du deuxième, dont le mari est conseiller à la Cour des comptes).

Durnerin est également l'inventeur des vitrines illuminées pour exposer l'argenterie dans la salle à manger, le génie du salon meublé de Louis XVI – «Ne me parlez pas du Louis XV, c'est affreux, mon père n'aimait que le Louis XVI» (maman) –, l'inspirateur de la chambre conjugale avec sa parure de lit à ramages blanc et or assortie aux doubles rideaux, le concepteur du bureau de Toto aux chaudes couleurs havane, enfin l'ordonnateur des psychés, guéridons, appliques, porte-parapluie et scènes de chasse à courre qui animeront le vestibule et son long corridor conduisant aux chambres.

Je n'ai encore rien dit de la cuisine où s'installe Josépha (qui ne nous est pas fournie par M. Durnerin), notre nouvelle «bonne à tout faire», de nationalité espagnole, ainsi remisée à une portée de cloche de la salle à manger.

C'est aujourd'hui, me remémorant nos repas familiaux, que je suis surpris de revoir maman «sonnant» Josépha. Elle agite sa clochette entre chaque plat, d'un air agacé le plus souvent, et aussitôt surgit cette femme, à qui nous n'adressons pas la parole, et qui se met en devoir de desservir nos assiettes sales, avant de nous apporter la suite. Je découvre la vie à travers ce manège, et je n'en pense rien de particulier sur le moment. J'imagine sans doute que toutes les familles de France vivent ainsi, avec une Josépha que l'on sonne et qui accourt.

Entre la scène de la mercerie, et celle où je regarde Frédéric et Nicolas en train de jouer avec leurs Dinky Toys dans notre nouvelle chambre équipée de lits escamotables, il ne s'écoule aucun délai dans mon souvenir (alors qu'en réalité les travaux d'aménagement de l'appartement de Neuilly ont duré plusieurs mois). Et je suis toujours dans le même état d'esprit : je me demande ce que je pourrais bien inventer pour que ces deux-là me considèrent comme digne de jouer avec eux. Frédéric ne veut pas en entendre parler («Toi, tu ne joues pas»), et Nicolas lui est entièrement dévoué, de sorte que je ne semble plus exister à ses yeux dès lors que Frédéric a parlé.

Frédéric est un chef immense dont dépend mon bonheur, j'en ai très tôt une conscience aiguë, et je serais prêt, comme Nicolas, à lui faire complètement allégeance, si seulement il voulait bien que je sois son ami. Mais à voir les regards qu'il me lance, tandis que je m'écorche nerveusement l'articulation du majeur jusqu'à la faire saigner, assis près de la porte de notre chambre, je mesure combien la route risque d'être longue.

Ce n'est pas seulement que Frédéric a trois ans de plus que moi (j'en ai alors quatre, et lui sept), mais c'est qu'il est un *survivant*. Même si la chose n'est pas exprimée à chaque instant par notre mère, la vie se charge sans cesse de nous le rappeler. Frédéric a gardé de lourdes séquelles de son choléra, et en particulier de graves problèmes intestinaux. Je n'ai aucun souvenir de son entrée à l'école primaire, mais je n'oublierai jamais, en revanche, certains de ses retours, les jambes dégoulinantes de merde, et l'intensité dramatique qui s'attachait à ces moments. On entendait ses pleurs depuis le fond de l'appartement, et aussitôt on savait parce que maman bondissait à sa rencontre, comme rattrapée par une émotion qui la dépassait et nous glaçait le sang.

Elle courait le chercher jusqu'au vestibule au milieu duquel il se tenait, interdit, sanglotant et n'osant plus bouger, prenant seulement soin d'écarter son cartable de ses jambes pour ne pas le souiller.

— Vite, Josépha, criait maman, venez m'aider !

Ensemble elles le débarrassaient de son cartable, essuyaient grossièrement ses bottines pour qu'il ne salisse pas tout le corridor, et maman l'entraînait vers la salle de bains. Nous les regardions passer comme s'ils rentraient de la guerre, écoutant les mots de réconfort qu'elle lui prodiguait, elle si peu encline à la douceur – «Ne pleure pas, mon chéri, ce n'est pas ta faute. Ne pleure pas, je t'en supplie, je suis là» –, et puis nous les rejoignions dans la salle de bains depuis la porte de laquelle nous suivions les gestes tendres de maman lavant son fils aîné dans la baignoire.

Sans doute est-ce qu'il m'arrive alors de prier silencieusement pour que le choléra me tombe dessus et que je puisse, moi aussi, rentrer de l'école (où je ne vais pas encore) les bottines pleines de merde. Mais au lieu de ça, tout me profite, et l'on commence même à s'extasier ici ou là sur mes «bonnes joues». Peut-être est-ce un compliment chez d'autres, mais pas chez nous où maman entretient le culte des hommes «maigres et secs» – «comme l'était mon père», ajoute-t-elle invariablement. Frédéric, qui souffre de rachitisme (en plus de ses problèmes de sphincter), est évidemment appelé à entrer dans cette élite, mais pas moi qui suis le plus rond des cinq enfants.

Très tôt, mon frère aîné reprend à son compte cette échelle de valeurs, et il est le premier à faire de mes bourrelets une forme de handicap qui ne dirait pas son nom. C'est d'ailleurs l'un des seuls sujets qui semble l'intéresser en moi et à propos duquel il m'adresse volontiers la parole, tandis qu'il continue à m'exclure de ses jeux avec Nicolas. Le dimanche matin, désormais, nous devons nouer une cravate autour de notre cou avant de partir pour la messe. Je les regarde faire, l'un et l'autre, tout en me battant avec le bouton de mon col. Celui de Nicolas l'étrangle un peu, mais Frédéric, lui, pourrait encore facilement glisser deux doigts derrière son nœud de cravate. J'ai cinq ans, et déjà je l'envie d'être si fin, si élégant. «Toi, Nogret, me dit-il, comme si mon avenir le souciait soudain, tu ne pourras pas porter de cravates quand tu seras grand. Avec ton cou, il faudra que tu mettes des polos.» Nous savons l'un et l'autre que maman trouve que les polos «font affreusement péquenot», et cependant rien dans le ton innocent de Frédéric ne le laisse deviner.

C'est lui qui m'a surnommé Nogret, gonflant les joues et singeant un poussah lorsqu'il me désigne à Nicolas.

Alors oui, je mesure combien la route risque d'être longue avant que Frédéric me juge digne de devenir son ami.

Au mois de mars 1954, notre mère met au monde son sixième enfant. Je n'ai aucune mémoire d'elle enceinte dans les mois qui précèdent. Je me souviens, en revanche, de son séjour à la clinique. Notre grand-mère, Boma, est à la maison, sans doute venue pour la remplacer pendant ses couches.

— Mes enfants, nous dit-elle un matin tandis que nous nous habillons silencieusement, il est arrivé quelque chose de bien triste : votre petit frère a été rappelé au ciel.

— Maman n'a pas eu son bébé?

— Si, mais il est mort quelques heures après sa naissance.

Nos parents ont-ils pleuré cet enfant? Je ne vois pas Toto pendant cette période, et de maman j'ai seulement le souvenir de cette prière du soir où nous sommes tous agenouillés, en pyjama, et durant laquelle elle nous explique que nous comptons désormais un ange, au ciel, puisque notre frère y est retourné avant d'avoir pu commettre le moindre péché sur la terre.

— Il nous voit et il va veiller sur nous, dit-elle.

Je me rappelle avoir songé à la chance que nous avions de connaître quelqu'un au ciel.

— Petit frère qui est mort..., énonce alors maman pour la première fois parmi les invocations, et après que nous avons récité ensemble le *Notre Père*, et le *Je vous salue Marie*.

— ... priez pour nous, répondons-nous.

Désormais, tous les soirs nous demanderons à cet enfant, disparu avant d'avoir reçu un prénom, de bien vouloir prier pour nous.

6.

J'entre à l'école communale de la rue de la Ferme et, simultanément, Boma entre dans ma vie.

Elle a quitté sa maison de la rue de Caudéran, à Bordeaux, pour se rapprocher de nous. Elle loue désormais une chambre meublée près du pont de Neuilly, et peut ainsi venir à notre secours aussitôt que nous avons besoin d'elle. Qui a bien pu songer à cette étrange organisation, sachant combien maman déteste sa belle-mère ? Toto, sûrement, qui voit là le moyen de consoler sa mère (chagrinée de son départ pour Paris), tout en économisant le salaire d'une gouvernante.

Boma est apparue comme la Providence lors de la sixième grossesse de maman (celle de l'enfant aussitôt rappelé au ciel), et il me semble que maman a dû faire par la suite contre mauvaise fortune bon cœur. Sans lui avouer ses problèmes financiers, papa a dû lui exposer l'économie que représenterait la présence de sa mère, et maman, qui porte un intérêt certain à l'argent, a dû y trouver secrètement son compte.

Boma est de nouveau chez nous en mars 1955, lorsque notre mère s'apprête à accoucher d'un septième enfant, une année exactement après la mort du sixième. Notre frère Guillaume vient au monde au début du mois d'avril, devenant ainsi le sixième parmi les vivants (et prenant, par la force des choses, le numéro d'ordre de l'enfant mort).

Avec une famille aussi lourde dont l'aînée, Christine, fête seulement ses dix ans, et dont elle allaite le dernier, maman est bien forcée de laisser une place grandissante à sa belle-mère qui est désormais à la maison tous les jours pour nous accueillir au retour de l'école. Boma nous fait goûter, puis surveille notre travail.

Comment en vient-elle à prendre dans ma vie la place immense qu'elle va bientôt y occuper, au point que notre mère prétendra qu'elle m'a ensorcelé ? Je crois que c'est une histoire d'amour qui se construit petit à petit, en écho au désappointement que je devine dans le regard de notre mère chaque fois qu'elle me contemple.

Je constate très vite que je ne corresponds pas à son idéal de beauté, et d'ailleurs, si je ne l'avais pas compris tout seul, Frédéric se serait chargé de me l'expliquer plus en détail. Maman est certainement confuse de me trouver si peu à son goût, elle aimerait sans doute que je ne m'en aperçoive pas, mais en même temps les mots la débordent et je suis suffisamment intelligent pour les décoder. À chaque dîner qu'elle donne, nous devons maintenant sacrifier au rituel des présentations, dans le salon Louis XVI. Frédéric ouvre le ban, invariablement salué des mêmes exclamations ravies : « Celui-ci est le portrait craché de mon père ! Verbois jusqu'au bout des ongles ! » Si d'aventure les invités sont des cousins de Bordeaux, on peut alors avoir droit, de la part de l'un ou de l'autre, à de tonitruants : « Oh, mais c'est Henri ! Hen-ri ! » Alors maman, au comble de la satisfaction : « N'est-ce pas ? Sec et racé comme mon père. Quel dommage qu'il ne l'ait pas connu. » Puis c'est au tour de Nicolas, aussi blond que Frédéric est brun, et dont il se trouve toujours quelqu'un pour s'écrier : « Mon Dieu, que cet enfant est beau ! – C'est ce que tout le monde me dit, convient aussitôt maman, feignant la modestie. Je me demande de qui il tient ? » Pour moi, dont l'apparition suscite quelques sourires amusés, elle n'a aucun doute : « Celui-là est du côté de Toto », tranche-t-elle sans enthousiasme. « Ah voilà, voilà, un véritable Dunoyer de Pranassac », renchérit-on ici et là, comme rassuré de tenir une piste.

À quel moment est-ce que je fais le lien avec les sourdes diatribes de maman contre « cette famille de dégénérés » ? Je m'éveille à la conscience des miens en découvrant d'un côté l'inexplicable colère de notre mère contre les Dunoyer de Pranassac – sans doute réactivée par la présence de Boma à la maison – et d'un autre mon appartenance physique (*raciale*, allais-je écrire) à cette famille haïe, méprisée. Et c'est encore Frédéric qui éclaire ma lanterne. Il est le premier à me parler du destin de l'oncle Pierre (l'un des frères du père de Toto), mort d'une cirrhose du foie. Il a dû entendre maman fustiger «ce pauvre alcoolique, ce raté» (comme je l'entendrai moi-même plus tard), et il semble suggérer que je pourrais finir comme lui, moi qui ai déjà tous les attributs des Dunoyer de Pranassac.

Cette hérédité physique, qui me ferme les bras de notre mère, m'ouvre ceux de Boma. Sans doute vais-je vers elle en quête d'une consolation (même si je garde, et vais garder jusqu'à mes dix ans, l'espoir d'intéresser ma mère), mais surtout Boma tombe sous mon charme, reconnaissant en moi un décalque de son petit Toto.

Je lis très vite dans les yeux de notre grand-mère que je suis son préféré et, comme je le ferai plus tard dans mes relations amoureuses, je commence à auréoler son cher visage de toutes les qualités. C'est à elle que je pense en rentrant de l'école communale, marchant dans les pas de Nicolas qui tout au long de la rue de Longchamp fait rouler sa traction avant sur le muret sans cesser une seconde de faire le moteur avec sa bouche, *broum-broum-broum* (et sans jamais m'adresser la parole). C'est dans les jupes de Boma que je me précipite pour lui raconter ma journée, évitant soigneusement maman, dont j'ai reconnu le timbre glacial dans la lingerie, probablement occupée à engueuler Josépha («Mon Dieu que cette pauvre fille est bête!»). Boma est mon rempart contre l'adversité. Que Frédéric et Nicolas complotent contre moi, qu'ils se moquent de mes grosses joues, et je me réfugie auprès d'elle.

Certains soirs, la hargne sourde qu'entretient notre mère contre Boma me précipite dans une tristesse dont je fais pour la première fois l'expérience. Cela se passe généralement après qu'elles se sont disputées et que maman n'a pas répondu au «Bonsoir Suzanne» lancé par Boma au moment de rentrer chez elle, juste après nous avoir donné notre bain. Je vois son

accablement et je la raccompagne en pyjama jusqu'au vestibule.
Je lui prends la main, j'essaie de trouver des mots pour la
consoler, et finalement je lui dis : «Je vais encore te faire
au revoir à la fenêtre, tu n'oublieras pas de me regarder,
d'accord?» Je cours la guetter depuis la fenêtre de notre
chambre, et quand je reconnais sa petite silhouette ronde dans
la nuit, à l'angle du boulevard et de la rue de Longchamp,
j'agite le bras. Elle se souvient, lève péniblement la tête,
brandit le pommeau de sa canne dans ma direction, puis
disparaît.

Au début de juillet, nous partons pour Luc-sur-Mer. Nous
louons une jolie villa blanche au toit d'ardoises, entourée
d'une haie de ficus, dans une rue transversale et calme, à trois
cents mètres de la plage. Et on dirait soudain que la lumière
d'été de Luc nous bonifie. On dirait que nous devenons tous
bien meilleurs qu'à Neuilly, comme si nous nous retrouvions
dans un coin de ciel, mystérieusement débarrassés de toutes
nos colères. Pendant des années, devenu adulte, je retournerai
furtivement à Luc, pour un jour ou deux, seul ou avec mes
enfants, soucieux de revoir cette lumière si particulière dans
mon souvenir et me demandant chaque fois pourquoi, aussitôt
assis sur la jetée, je me sens le cœur plein de félicité, comme
si j'étais arrivé au terme de mes ennuis et que je n'attendais
plus rien d'autre de la vie que de rester là. Pendant des années,
oui, et c'est encore à Luc que j'emmènerai Blandine pour
l'embrasser, la première fois. Jusqu'au jour où, scrutant mes
photos à la loupe et tombant sur maman promenant Anne-
Sophie sur la jetée de Luc, dans notre valeureuse poussette,
j'ai cru reconnaître Bizerte. Ou plutôt, quelque chose en notre
mère que nous avions connu à Bizerte, une grâce, une émotion,
et que nous n'avions plus jamais retrouvé par la suite. Comment
ça *plus jamais*? Mais si, justement, une émotion qui réap-
paraissait à Luc.
    Toto nous y rejoint pour le week-end. Je crois qu'il n'a pas
encore la 203 familiale aux flancs frappés de la marque
Tornado dans son ovale rouge et noir. Dans mon souvenir, il
surgit au volant d'une 4 CV qu'on a dû lui prêter (celle de

son nouvel ami Prioux, peut-être, qui l'année suivante nous conduira à Luc). Il porte des Ray-Ban, un complet d'été mastic dont il a jeté la veste en travers du siège, et il étreint maman accourue derrière nous pour l'accueillir. Il doit être midi. Pendant qu'ils s'embrassent et se caressent dans cette petite rue tranquille baignée de soleil, nous grimpons dans la 4 CV. L'habitacle est encore tout imprégné de l'odeur chaude du moteur et songer qu'un instant plus tôt papa était assis derrière ce volant, lancé à pleine vitesse, nous laisse muets d'émotion et de respect. Nous touchons le volant, le levier de changement de vitesse, et puis l'un d'entre nous s'avise soudain que le pare-brise est constellé de bêtes écrasées. Des mouches, des guêpes, des papillons, peut-être même des libellules. Ce sont surtout les guêpes qui nous intéressent. Il y en a dont il ne reste plus que la petite tête noire et quelques pattes, collées dans une flaque de pus séché. « Alors ça, c'est bien fait pour elles ! Les guêpes, on devrait toutes les tuer. – N'empêche qu'il faut rouler au moins à cent à l'heure pour les attraper... – Ça veut dire que papa a roulé à cent à l'heure ? – Avec cette voiture, tu peux même aller jusqu'à cent vingt si tu veux. Regarde le compteur si tu ne me crois pas. – Cent vingt ! Là c'est sûr que les guêpes elles sont complètement écrabouillées. »

Entre-temps, Toto a fini d'embrasser maman. « Regarde-moi ces loustics, lance-t-il en se retournant, sans lâcher la main de sa femme. Tenez, les enfants, apportez-moi donc ma veste au lieu d'en faire du chiffon. Ah, je te jure, quelle équipe ces trois-là ! »

Nous déjeunons avec les fenêtres grandes ouvertes sur le jardin. Toto donne des nouvelles de Paris tout en mastiquant son bifteck et en se servant à boire, maman l'interroge sur sa situation, et par moments elle l'interrompt pour dire une chose qui n'a rien à voir – « Qu'est-ce que ça te va bien, cette coupe en brosse ! » ou : « Tu as maigri, ça t'allonge le visage » –, comme si elle n'écoutait pas vraiment ce qu'il raconte, trop excitée de le retrouver. D'ailleurs, au moment de desservir, il vient l'embrasser dans le cou et elle le laisse faire.

— Où veux-tu prendre ton café ? murmure-t-elle en se dégageant.

Il lui dit à l'oreille un secret qui la fait rire.

— Que tu es bête ! s'exclame-t-elle. Allez viens, les gosses t'ont attendu toute la semaine.

Et c'est vrai que nous aussi on se sent le cœur gonflé d'excitation depuis qu'il est là.

Il prend son café dans le jardin, elle se tient debout derrière son fauteuil d'osier et lui caresse distraitement les cheveux. Quand le petit chat surgit de la haie, elle hurle :

— Oh ! mon Dieu, encore cette horrible bête ! Toto, je t'en supplie, débarrasse-m'en.

— Mais, mon minou, c'est un chat ! Comment peux-tu avoir peur d'un chat ?

— Je déteste cet animal. Prends un bâton, fais ce que tu veux, mais chasse-le. Je ne veux plus le voir ici !

Elle a disparu dans la maison, comme si elle avait vu le diable. Alors papa se lève en gloussant, puis il s'agenouille dans l'herbe.

— J'adore les chats, dit-il. Tiens, tu vas voir, viens par ici mon minet...

Il l'attire avec une brindille de bois et le fait jouer.

— Vous ne devriez pas, papa, maman ne va pas être contente.

Ça, c'est Christine, notre grande sœur, dont je remarque si rarement la présence en ce temps-là que je ne saurais même pas dire où se trouve sa chambre dans le grand appartement de Neuilly. De nous tous, Christine est la seule à vouvoyer nos parents.

— Ta mère est folle, comment peut-elle avoir peur de ce délicieux petit animal ? Tiens, va donc lui chercher un peu de lait, toi, tu vas voir comment il va se régaler.

Frédéric rapporte une soucoupe de lait, et quand maman réapparaît avec les sacs de plage, elle nous retrouve tous agenouillés autour du petit chat.

— Enfin, Toto, qu'est-ce que je t'ai dit ? Tu te fiches de moi !

— Mais non. Viens voir, viens le caresser, ma chérie...

— Alors ça, certainement pas ! Tu me battrais que je n'irais pas !

Papa se relève, il vient enlacer maman comme s'il voulait l'attirer de force, et comme elle se débat, il éclate de rire et la berce sur son cœur.

— Mon trésor, mon tout petit, susurre-t-il, ne te fais pas de bile, jamais je ne te forcerai à quoi que ce soit.

Ensuite, nous partons pour la plage. Maman pousse le landau de Guillaume et Toto laisse errer sa main sur les reins de sa femme. Anne-Sophie donne la sienne à Christine, et tous les trois nous les suivons en traînant nos pelles de fer sur le bitume du trottoir. Dès qu'on tourne au coin de la rue, et en même temps que l'on aperçoit l'acier étincelant de la mer sur le bleu tendre du ciel, l'air plus vif soulève nos cheveux et nous entre dans les narines, comme si l'océan nous soufflait soudain son haleine au visage. C'est le signe, l'annonce de cette ivresse qui nous saisit aussitôt sur la plage, et parfois nous courons et dépassons nos parents pour y être plus vite.

Nicolas est beaucoup plus inventif à Luc qu'à Neuilly, c'est lui qui a l'idée de creuser le sable autour des chars d'assaut et des Jeep du Débarquement, que la mer recouvre à marée haute, pour trouver des bouts de fer ou des vieux ressorts qu'il rapporte à la maison ; c'est lui qui imagine faire de l'eau rouge dans nos seaux en frottant deux morceaux de brique l'un contre l'autre pendant des heures ; c'est encore lui qui nous entraîne au débouché des égouts où l'on découvre en effet sous la vase de vieilles écumoires, des semelles de chaussures, des boucles de ceinturons, et même un jour une petite voiture rongée par la rouille mais récupérable. Du coup, Frédéric n'est plus le même. Comme débordé par son adjoint (et par toutes les tâches qui nous accaparent, au point que nous ne voyons plus passer les après-midi), il laisse aller les choses et ne trouve plus rien à redire à ma présence.

Le soir, après le dîner, nous ressortons, rincés de la tête aux pieds, les cheveux luisants coiffés d'une raie sur le côté, et tous habillés du même petit chemisier blanc au col amidonné. Nous allons faire un tour de digue et manger une Gui-gui dans le long crépuscule doré de juillet. Nos parents se tiennent par la taille, et quand Toto ne sera plus là, déjà reparti pour Paris, c'est Christine qui marchera à la droite de maman.

«Vous savez, Minette, dira-t-elle, j'ai fait beaucoup de progrès au Jokari, vous voudrez bien me regarder jouer, demain?» Christine est aussi la seule à surnommer maman Minette.

Nous trois allons devant, avec la suffisance des petits coqs, imbus de la toute-puissance de notre père et léchant nos Gui-gui, persuadés que quand nous serons grands, nous saurons, comme Toto, plier le monde à nos désirs.

Puis à la fin de juillet nous quittons Luc pour Châtel, en Haute-Savoie. «Un mois à la mer, deux mois à la montagne, c'est l'idéal pour les gosses», dit toujours maman à Neuilly, au milieu de l'hiver, lorsqu'elle nous appelle au salon pour dire bonjour à une amie passée prendre le thé et qui s'extasie sur notre santé. «C'est l'idéal pour les gosses», répétons-nous en retournant dans notre chambre et en sautant, exactement sur le même ton satisfait que maman.

Sans doute repartons-nous de Luc en train, car j'ai le souvenir de bousculades ahurissantes sur les quais de la gare Saint-Lazare. «Mais où est-il? Mais où est-il?» répète maman, naufragée au milieu de toutes nos valises avec son dernier-né sur les bras, cherchant de ses yeux affolés la silhouette de Toto. «Le voilà! Le voilà!» crions-nous, aussitôt que nous reconnaissons sa coupe en brosse dans la cohue des chapeaux.

— Enfin, Toto, où étais-tu? hurle-t-elle.

— Tout va bien, mon petit, tout va bien. Comment s'est passé le voyage?

— Ça fait une demi-heure que je t'attends! J'ai cru devenir folle.

— Un quart d'heure, ma chérie.

— Tu as réservé le taxi?

— Mais oui, il nous attend, ne te fais pas de bile. Allons-y, les enfants!

Plus tard, dans l'autre train, celui qui va nous conduire à la montagne, quand la nuit tombe et que nous sommes tous installés dans le même compartiment, elle semble soudain regretter de s'être mise en colère.

— Va-t'en maintenant, dit-elle doucement à papa en lui caressant la nuque, et prends le temps de dîner surtout.

— Oui, ne te fais pas de souci pour moi.

— Promets-moi de nous rejoindre pour le 15 août.

— Je te le promets, mon petit, je vais faire tout mon possible. Allez, je file, faites bon voyage.

À Châtel, nous louons un chalet aux Villoux-Suvet qui en ont plusieurs. Depuis le nôtre, on voit le leur, un peu en contrebas dans la vallée. Ils ont deux enfants, Gertrude et Firmin Villoux-Suvet. Gertrude est l'amie de Christine, Firmin aimerait bien être le nôtre mais la plupart du temps nous nous moquons de lui. Comme il n'a plus de boutons à sa braguette et ne porte pas de slip, on voit son zizi, et on se demande bien qui de nous trois osera le lui dire.

Pour devenir un héros aux yeux de Frédéric, je me porte volontaire.

— Et comment tu vas faire ?

— Je vais dire : «T'as un petit truc, là, qui sort.»

— T'es pas cap.

— Si, je suis cap.

Je le dis, Firmin est vexé, et pendant quelques jours il ne revient plus nous voir.

Nous partons tous les trois dans la montagne cueillir des mûres. Un jour, nous repérons au fond d'un ravin un entrelacs de mûriers sauvages. Tous les fruits sont là, parmi les ronces, personne n'a pu les atteindre.

— Moi, je veux bien descendre, et vous n'avez qu'à me tenir, dis-je.

Frédéric me regarde différemment depuis qu'il me trouve courageux.

— Oui, acquiesce-t-il, c'est une bonne idée, on pourrait t'attacher avec une corde.

Le soir, nous trouvons suffisamment de bouts de ficelle dans la grange pour faire une corde de plusieurs mètres.

Le lendemain, quand Frédéric entreprend de m'attacher «comme un parachutiste», dit-il, c'est sûrement le plus beau jour de ma vie. Je le regarde faire, je suis touché qu'il prenne soin de moi, qu'il ne veuille pas que je me tue, et aussi d'être devenu suffisamment important, désormais, pour qu'il prenne

la peine de s'agenouiller devant moi et de me ficeler comme
un rôti.

— Comment tu sais qu'il faut passer la corde entre les
jambes ?

— C'est papa qui me l'a dit.

À quel moment papa a-t-il pu lui expliquer comment on
attache les parachutistes ? Frédéric prétend toujours que tout
ce qu'il sait, et il en sait beaucoup plus que nous, il le tient de
papa. Or, il ne le voit pas plus que nous. Pendant longtemps
cela me préoccupera. J'imaginerai même des réunions secrètes
entre Toto et lui, jusqu'au jour où j'oserai le traiter de menteur.
Mais ce jour-là, je le crois.

Et je descends à plusieurs reprises au fond du ravin remplir
nos seaux de mûres.

Maintenant, je crois tenir une place unique entre mes frères
(je me trompe, je ne tiens rien du tout), et quand Nicolas
découvre une décharge au fond de laquelle on devine des
vieux stylos à bille, des canifs, des roues de bicyclettes, des
phares de voitures, c'est encore moi qui vais à la pêche,
retenu par Frédéric.

À la rentrée, c'est au tour de Nicolas et au mien de préparer
notre première communion. Tous les jeudis matin, notre mère
nous conduit au catéchisme dans un couvent de religieuses,
avenue de Breteuil. C'est là que je fais la connaissance de
mère Colin, dont je vais très vite devenir le chouchou, comme
je le suis déjà de Boma.

Pourquoi Nicolas, qui a presque deux ans de plus que moi,
se retrouve-t-il dans mon cours de catéchisme ? Pourquoi
n'a-t-il pas déjà fait sa première communion ? C'est le début
de ses ennuis en réalité. Il est «beau comme un dieu», certes
(maman, trois fois par jour), mais plusieurs choses en lui n'en
inquiètent pas moins nos parents. Son goût pour les vieux
ressorts et les bouts de fer, en particulier, qu'il ramasse maintenant dans les caniveaux et les poubelles en rentrant de notre
école commune, rue de la Ferme. Le plaisir manifeste qu'il
éprouve à se salir. Son silence obstiné quand on tente de le
raisonner, comme s'il ne comprenait rien à ce qu'on lui

raconte. Enfin, son désintérêt pour l'école. Les parents en déduiront bientôt que Nicolas n'est pas intelligent et ils chercheront pour lui des filières manuelles destinées aux crétins (potier, ou conducteur de pelles mécaniques), étonnés sans doute de l'entendre dire qu'il veut être ferrailleur. Aujourd'hui qu'il est artiste, et aussi intelligent qu'un autre, il m'est facile de conclure qu'il fut sans doute le premier d'entre nous à vomir notre éducation. À sa façon, mélange subtil d'autisme et de provocation.

Durant les cours de catéchisme dispensés par mère Colin, il s'arrange pour répondre un truc idiot à toutes les questions tandis que je vois le visage de la religieuse s'illuminer, dans l'écrin serré de sa cornette blanche, aussitôt que j'ouvre la bouche. Je n'ai aucun mal à suivre parce que j'adhère de toutes mes forces à l'organisation du monde telle que nous la décrit mère Colin. Je suis satisfait que nous ayons été créés par un Dieu auprès duquel nous nous retrouverons tous après la mort (sauf certains, exceptionnellement méchants, qui survivront en enfer). Je ne suis pas choqué que ce Dieu nous surveille sans cesse de là-haut, tenant une comptabilité scrupuleuse de nos bonnes actions et de nos péchés, car j'ai la ferme intention de toujours bien me conduire. L'étude des péchés me passionne, je me dis chaque fois que je serai bien assez fort pour ne pas les commettre, tous autant qu'ils sont : péché de gourmandise, de jalousie, d'orgueil, d'avarice, de méchanceté... Le péché de trahison, ou de reniement, me tient en haleine quelques jeudis de suite à cause de *La Vie de saint Pierre* que je lis et relis. Dans la même situation que saint Pierre, me dis-je, j'aurais évidemment décidé de mourir sur-le-champ plutôt que d'aller prétendre que Jésus n'était pas mon ami. «Moi, je suis prêt à mourir pour Jésus», dis-je à mère Colin qui, ce jour-là, saisit mon visage entre ses mains tout en levant les yeux au ciel, comme si le Christ lui était apparu.

Il effleure sans doute maman, régulièrement complimentée par mère Colin pour mes élans de ferveur, que je pourrais peut-être devenir prêtre (et par la suite, pourquoi pas, béatifié puis canonisé). Il est vrai que je dévore cette année-là plusieurs vies de saints, missionnaires pour la plupart, songeant secrètement que je me verrais bien, moi aussi, parcourant le monde avec mon bâton pour évangéliser les sauvages, leur apprendre à construire des maisons et à cuire le pain.

En attendant, je fais ma première communion, le 5 mai 1956, habillé en costume marin, tout comme Nicolas, puis nous posons tous les deux pour la photo sur notre balcon de Neuilly baigné de soleil, tenant notre missel dans une main et notre chapelet dans l'autre.

7.

Cette année de ma première communion, pour les vacances de Pâques, nous partons à Cestas, près de Bordeaux. Nous allons chez Bobo, qui doit être la grand-mère maternelle de maman, ou une arrière-grand-tante, je ne sais pas précisément. Bobo habite le château de Cestas, Lestaules. Avant la guerre, maman et son frère Armand fréquentaient beaucoup Lestaules. Oncle Armand y montait à cheval, et Suzanne y amenait ses amis, dont peut-être ce prétendu fiancé qu'elle devait perdre de vue une fois la France occupée (et le château réquisitionné par l'état-major allemand).

Tout au long du voyage, dans le train pour Bordeaux, maman redouble de recommandations. Nous devrons sans cesse dire bonjour et remercier, nous taire à table, manger proprement, ne pas réclamer quoi que ce soit, ne pas nous disputer, ne pas courir ni sauter dans le château pour ne pas perturber la vie quotidienne de cette Bobo que nous ne connaissons pas mais que nous imaginons, au fil des heures, de plus en plus méchante. D'ailleurs, l'un d'entre nous a le tort d'en faire la remarque. «Elle n'est absolument pas méchante, rétorque maman, soudain piquée au vif. Je vous demande simplement d'être bien élevés.» Ce que nous devinons, c'est que maman nous demande surtout de ne pas lui faire honte devant cette vieille dame qui semble incarner à ses yeux toute la capacité de nuisance des Bordelais.

À la gare Saint-Jean, le chauffeur de Bobo nous attend devant une traction avant noire. C'est un vieux monsieur qui

porte un tablier d'instituteur gris, et une casquette qu'il
soulève pour saluer maman.

— Bonjour, Joseph, dit-elle. Comment va Bobo ?

— Madame est heureuse de voir arriver le printemps.

— Et vous, Joseph ? Mon Dieu, vous ne changez pas !

— Oh...

— Eh bien, je vous présente mes enfants : Christine,
Frédéric, Nicolas, William, Anne-Sophie et Guillaume, qui
vient d'avoir un an.

Mais Joseph n'est qu'à moitié intéressé, et tandis que
maman parle il commence a enfourner nos valises dans la
malle arrière.

Jamais nous ne sommes montés dans une telle auto, aussi
longue, aussi luxueuse, et pourvue de strapontins en vis-à-vis
de la banquette arrière, de sorte que nous passons tout le trajet
à nous extasier. Et voici que la traction cahote sur un chemin
de terre au bout duquel nous apercevons le château. « Nous
allons tout de suite monter dire bonjour à Bobo, souffle
maman, assise au fond de la banquette et retenant Guillaume
dont la petite tête ballotte. Approchez-vous que je vous donne
un coup de peigne. »

Je crois me souvenir que Coulala nous attend à notre
descente de la traction. En blanc de la tête aux pieds, fidèle à
l'image que j'ai conservée d'elle lorsqu'elle me donnait ma
purée, rue de Milan, et que je devais défendre la présence de
Bouda dans ma chaise haute. Au contraire de Joseph, on sent
que Coulala nous aime, et je dirais : surtout moi, qu'elle
embrasse un peu plus que les autres (à cause de mes « bonnes
joues », sans doute). C'est elle qui nous conduit jusqu'à la
chambre de Bobo, précédant maman qui se retourne sans
cesse, comme pour nous compter et nous recompter.

Et soudain nous y sommes. C'est une très vieille dame,
assise sur un fauteuil impossible, une espèce de coffre à jouets
surmonté d'accoudoirs, au fond d'une chambre immense.
Maman se penche pour l'embrasser et nous les entendons se
murmurer des trucs inaudibles. Puis elle se relève, un peu
rouge, et entreprend de nous présenter dans une certaine
confusion.

Bobo dit chaque fois quelques mots, dont on ne comprend pratiquement rien, sauf pour Frédéric, à cause du mot choléra qu'elle se met à hurler comme si elle appelait au secours.

— Oui, confirme aussitôt maman, c'est celui-ci qui a failli mourir.

— Oh! mon Dieu!

Du coup, Bobo accroche Frédéric par le cou et le garde si longtemps contre elle, le buste complètement tordu, qu'il est écarlate et paraît au bord des larmes quand elle le relâche. Sans doute est-ce la seule fois où je me félicite silencieusement de n'avoir pas eu le choléra.

À la fin, Bobo fait signe à maman de lui apporter une boîte qui se trouve sur sa table de nuit. Elle va nous offrir quelque chose de bon, sûrement, et nous suivons ses efforts pour ouvrir la boîte sans tout faire tomber par terre.

— Oh, des calissons d'Aix! s'exclame maman quand la vieille dame tend enfin la boîte à Anne-Sophie. C'est trop gentil, Bobo. Trop gentil. Eh bien sers-toi, ma chérie, ne fais pas attendre Bobo.

— Merci beaucoup, Bobo, murmurons-nous, chacun à notre tour, sous le regard noir de maman dont tout le visage est figé dans un rictus qui ne donne pas vraiment envie de désobéir.

Enfin, c'est elle qui annonce la retraite.

— Maintenant, nous allons vous laisser vous reposer, Bobo, en vous remerciant mille fois.

— Oui, oui, renchérissons-nous aussitôt, merci pour les calissons.

Et sur un signe de maman nous regagnons la porte, en prenant bien garde de ne bousculer aucun guéridon au passage.

Quel soulagement lorsque nous nous retrouvons tous de l'autre côté!

Nos chambres sont à l'étage, Joseph y a déjà déposé nos valises.

— C'était parfait, vous avez tous été très polis, je vous félicite, dit maman en se laissant tomber sur une chaise, manifestement épuisée et Guillaume toujours dans ses bras.

— Vous avez remarqué son fauteuil? demande Frédéric Ça n'avait pas l'air très confortable.

Maman étouffe un petit ricanement nerveux.

— Que tu es sot ! Ce n'est pas un fauteuil, dit-elle en baissant la voix, c'est une chaise percée.

— C'est quoi une chaise percée ? demandons-nous.

— Une chaise dans laquelle on peut faire ses besoins, reprend-elle en chuchotant carrément, cette fois.

— Tu veux dire que pendant qu'on était là, elle faisait peut-être caca ? s'enquiert Frédéric, l'air sidéré.

— Comment veux-tu que je le sache ? Mais c'est une chaise faite pour ça, oui, pour lui éviter d'avoir à marcher jusqu'aux cabinets.

La nouvelle est si inconcevable, si énorme, qu'elle chemine d'abord en nous sans susciter autre chose qu'une stupéfaction muette. Puis, petit à petit, nous envisageons l'impossible : Bobo en train de faire caca tandis que nous étions tous autour d'elle à nous confondre en remerciements pour ses calissons d'Aix. Et soudain, ce n'est pas un fou rire qui nous prend, c'est une tempête, un ouragan. Frédéric sanglote de rire, agenouillé et le visage enfoui dans un dessus-de-lit, pendant que Nicolas et moi nous roulons par terre, étouffant et hoquetant.

— Qu'ils sont bêtes ! s'exclame maman, elle aussi prise d'un rire nerveux.

Puis elle se ressaisit.

— Assez, maintenant ! Taisez-vous et relevez-vous ! Que va penser Coulala si elle vous trouve dans cet état ?

Mais maman sait bien que nous n'avons rien à craindre de Coulala, qui l'a connue petite fille, qui nous aime pour cela, et qui jamais ne nous dénoncera à Bobo. Dès le premier jour, nous avons deviné tout ça (à moins que Coulala nous l'ait raconté), et c'est donc vers elle que je me tourne quand Frédéric et Nicolas partent jouer dans les bois de Lestaules en m'expliquant qu'ils sont pleins de vipères et que je suis trop petit pour les suivre.

Avec deux ou trois autres dames, Coulala officie dans les caves du château. Ce sont des cuisines immenses, dans mon souvenir, éclairées par des rayons de soleil qui tombent à l'oblique de fenêtres si haut perchées qu'on ne peut pas les atteindre. «Les enfants n'ont pas le droit de venir ici, m'a prévenu Coulala, alors tu vas rester bien sagement avec moi.»

Elle ouvre une boîte en fer, remplie de brisures de sablés. «Tiens, mon chéri.» Je mange mes gâteaux en les regardant plumer un gros volatile sur une table en bois, au milieu de la pièce. Plus tard, Coulala repasse le linge de table, dans cette odeur de coton chauffé qui donne envie de dormir au milieu de l'après-midi, puis elle veut bien que je l'aide à le ranger et elle grimpe à l'assaut de placards qui sont deux fois plus hauts qu'elle.

Elle est en haut de l'échelle quand surgit Chantal Demézière.

— Ah, ma Coulala! s'exclame-t-elle, descends vite que je t'embrasse.

Et puis, après les baisers :

— Toi, tu dois être un petit cousin. William, je parie. Tu ne veux pas venir avec moi?

Quel âge peut-elle avoir? Quinze ans peut-être. Elle est en tout cas beaucoup plus grande que notre sœur Christine. La lumière qui tombe du plafond et joue dans ses cheveux lui fait un halo doré autour du visage.

— Je veux bien.

— Viens vite, je vais te montrer quelque chose qui va t'amuser.

Elle me prend par la main, et quand nous sommes dehors m'emmène vers les écuries sans cesser de parler tout en me souriant. Je crois qu'à part Boma, personne ne m'a encore regardé avec tant de bienveillance.

Ce qui va m'amuser, c'est une bicyclette, qu'elle va chercher au fond des écuries, dans cette odeur de crottin que je ne trouve pas désagréable, et qu'elle rapporte sous le soleil tiède de l'après-midi.

— Ah oui... mais je ne sais pas en faire, dis-je.

— Je vais t'apprendre, c'est très facile. Tu veux bien que je t'apprenne?

Je dois lui paraître penaud, ou pitoyable, parce qu'elle éclate de rire.

— Tu es trop mignon, mon petit cousin...

Elle s'agenouille et m'embrasse. Pour la première fois, je vois son visage de tout près. Ses yeux pâles, le rose soyeux de ses joues, ses narines délicates.

— Mais oui, je vais t'apprendre, reprend-elle. Tu es d'accord? Tu vas voir, après tu aimeras tellement ça que tu ne pourras plus t'arrêter. Viens, on va déjà regarder si la selle n'est pas trop haute...

Je n'ai conservé aucun souvenir des leçons, ou peut-être de l'unique leçon qu'a dû me donner Chantal Demézière, mais je me revois sur ma bicyclette, tournant autour du château, ivre de plaisir et d'excitation, comme si le monde était devenu un manège. Chantal me guette, et aussitôt qu'elle me voit surgir à l'angle, son visage s'illumine et elle crie : «Bravo! Bravo! Continue».

C'est un petit vélo dont les freins ne fonctionnent plus et dont le pédalier fait *tac-tac*, *tac-tac*, à chaque tour de manivelle, de sorte qu'on m'entend venir et qu'on a le temps de s'écarter. Comme je ne porte pas de socquettes dans mes kneipps et que les pédales doivent être tordues, je me blesse à la cheville droite et le sang coule dans ma chaussure. Mais je crois que même avec le pied arraché je continuerais de pédaler.

Désormais, je me fiche de Frédéric et de Nicolas, ils peuvent bien aller chasser les vipères dans les bois, et même les ours bruns, je n'ai plus aucune envie de les accompagner nulle part et, aussitôt levé, je cours vers les écuries récupérer ma bicyclette. La jolie Chantal n'est plus là, elle n'avait dû venir que pour la journée, et même Coulala ne sait pas quand elle reviendra.

Après les longues vacances d'été, j'entre à Sainte-Croix de Neuilly. Au *petit* Sainte-Croix, boulevard Victor-Hugo, tandis que Frédéric est déjà au *grand* Sainte-Croix, avenue du Roule. Nicolas ne nous suit pas. Nos parents l'inscrivent dans une école pour enfants compliqués dont je ne me rappelle pas le nom.

Je ne tombe pas sur Mlle Bergeon, l'institutrice à grosses lunettes de myope, spécialiste des tables de multiplication chantées, qu'avait eue Frédéric (qui l'imitait presque tous les soirs, tournant en rond et chantant au milieu de la chambre, 2 fois 2 font 4, 4 fois 4 font 16, etc.), mais sur M. Constant. Maman, qui a connu Mlle Bergeon, estime que j'ai bien de la chance. Elle n'a pas tort : cette année de neuvième va être la plus heureuse de toute ma scolarité (si l'on excepte la terminale). M. Constant est un très vieil instituteur, héros de 14-18, portant chapeau, moustache, Légion d'honneur à la boutonnière et oignon d'argent dans la petite poche de droite du gilet de son complet trois pièces *La Belle Jardinière*. Dans celle de gauche, il met des pastilles à la menthe qu'il nous laisse lui voler pendant la récréation.

La particularité de cet homme, comparé aux autres professeurs que je connaîtrai, c'est que lui semble se détendre en compagnie des enfants. Se détendre et s'amuser, comme si nous le consolions des chagrins de sa longue vie. De sorte que nous nous sentons à la fois aimés et valorisés.

Je suis un élève moyen, mais très consciencieux, désireux de réussir, et grand collectionneur de bons points (M. Constant en distribue à tous les élèves, même les moins doués, pourvu qu'ils se donnent du mal). Boma, qui me fait travailler tous les soirs, essuie mes crises de colère quand je n'arrive pas à apprendre une leçon ou renverse l'encrier sur mon devoir (c'est encore l'époque des porte-plumes). Ensuite, je lui demande pardon, lui dis quinze fois que je l'aime et la raccompagne en pyjama jusqu'au vestibule.

J'ai conscience que Dieu me regarde et ne sais comment conjuguer mon désir de perfection avec le sentiment que j'ai de mes imperfections. Mère Colin, dont je continue de suivre les cours de catéchisme avenue de Breteuil, et qui a deviné dans quel dilemme je me débats, m'explique que toutes les « grandes âmes » ont connu de telles affres et que le Seigneur me met ainsi à l'épreuve parce qu'il aura sans doute besoin de moi plus tard, pour réaliser de très grandes choses à son service.

Il m'arrive d'envier secrètement Nicolas, dont le Seigneur n'aura manifestement aucun besoin puisqu'il ne fiche jamais rien en rentrant de son école, bricole ses bouts de ferraille et fait rouler sa traction, au lieu de se poser des problèmes. Mais le plus souvent, j'envie plutôt Frédéric, qui est entré chez les louveteaux, et dont les aventures semblent passionner nos parents, le dimanche soir, lorsqu'il rentre de ses sorties en forêt.

C'est un moment où nous nous retrouvons généralement en famille dans le bureau de Toto, en attendant le dîner. Notre mère feuillette *Paris Match* en écoutant une valse de Strauss, notre père classe des papiers assis devant son bureau à cylindre, tandis qu'allongés sur le tapis nous nous occupons comme nous voulons, Christine avec un jeu de dominos, Nicolas avec le tampon encreur *Tornado* de papa, ou sa grosse agrafeuse, moi en feuilletant la vie illustrée de saint François d'Assise ou du curé d'Ars, et Anne-Sophie avec sa poupée. Et soudain, Frédéric est là, surgissant de l'hiver, son sac et sa gamelle sur le dos, écarlate sous son béret basque.

— Ah! te voilà, toi! s'écrie Toto, ravi, dévisageant son fils aîné de la tête aux pataugas, dans son uniforme bleu bardé d'insignes. Alors comment c'était? Où êtes-vous allés crapahuter cette fois-ci?

— Dans la forêt de Chantilly... On s'est perdus... Akela a dit que sans nos boussoles on aurait été forcés de dormir dans les bois...

— Formidable! Excellent!

— Enfin, Toto, tu es idiot ou quoi? l'interrompt maman. Tu ne vois pas que ce gosse est épuisé?

— Ils se sont battus et ils s'en sont sortis, c'est ça l'essentiel, mon minou. En tout cas, c'est ce qu'il retiendra de cette sortie. Pose donc ton sac, mon vieux, et viens t'asseoir.

Frédéric reprend haleine petit à petit, alors il peut nous raconter comment la nuit les a surpris, les consignes d'Akela de bien rester groupés, et puis la marche à la boussole à travers les ronces et les fossés pleins d'eau, jusqu'à la gare de Chantilly. Il nous montre ses jambes et ses mains striées de griffures.

— Excellent! répète gravement Toto. Je te fiche mon billet que cette sortie-là, tu n'es pas près de l'oublier.

Maman étouffe un ricanement faussement agacé.

— Toi, dit-elle, tant qu'ils ne seront pas tous tombés au fond d'une rivière, tu ne seras pas satisfait.

— Mais, ma chérie, comment crois-tu qu'on devient un homme ? Relis Kipling... Relis Guy de Larigaudie... C'est en surmontant ce genre d'épreuves qu'on apprend à se contrôler, à dominer sa frousse. Tu n'es pas de mon avis ? Je t'assure que quand j'étais dans les «Chantiers de jeunesse» ça n'était pas marrant non plus tous les jours !

— Allez, venez donc dîner, coupe maman en se levant. Demain, il y a école, et ce gosse est crevé.

Notre mère est de bonne humeur, le dimanche, comme si la présence de Toto la rassérénait. À moins que ce soit l'absence de Boma qui lui repose les nerfs. L'absence aussi de Josépha, dont c'est le jour de congé, ce qui nous conduit tous les dimanches à dîner sans façon dans la cuisine de viennoiseries trempées dans un grand bol de chocolat chaud.

C'est par le biais d'un certain capitaine Moureau que je découvre, un de ces dimanches tranquilles dans le bureau de papa, que nous sommes en guerre contre les Algériens. Le matin, nous sommes allés à la messe en famille dans une chapelle aménagée au fond du garage d'un immeuble voisin. Je crois me souvenir que la création de cette chapelle est un acte militant auquel nos parents ont participé pour exiger la construction d'une église dans notre quartier (ce sera Bienheureuse-Isabelle, place de Bagatelle, dont nous verrons poser la première pierre mais dont nous n'aurons pas le loisir de profiter). À la sortie de cette messe dans le garage, des tracts ont été distribués, et ce sont ces tracts que nos parents commentent soudain dans le bureau, tandis que l'électrophone joue une valse de Strauss.

Notre mère parle d'officiers français que les Algériens auraient enterrés dans le sable du désert, ne leur laissant dehors que la tête pour qu'ils meurent d'insolation, le visage brûlé, avant d'avoir les yeux mangés par les chacals. Ce qu'elle raconte est si terrifiant que nous avons tous levé le nez de nos occupations pour l'écouter.

— Oh, ces Arabes ! dit-elle. Dieu sait ce qu'ils ont pu faire à ce malheureux...

— Mais de qui parlez-vous, Minette ? s'enquiert Christine.

— Là, cet officier, dit maman en lui tendant le tract.

Alors je m'approche, et je lis par-dessus l'épaule de Christine cette phrase tellement triste que j'en reste un instant stupéfait : «Pourquoi m'avez-vous abandonné ?» En dessous, il y a le beau visage d'un homme portant un képi et, autour du cou, le foulard des officiers sahariens.

Il a été enlevé par les Arabes, c'est ce que je retiens des explications de nos parents, et nous n'avons rien fait pour lui porter secours. Nous l'avons *abandonné*. Comment avons-nous pu faire une chose pareille ? Je me sens terriblement triste, et honteux d'être là, bien confortablement installé dans le bureau de Toto, quand les Arabes sont peut-être en train de creuser le sable pour y enfouir le capitaine Moureau. Je ne saurais pas dire à quel moment le sort de cet homme fait écho dans mon esprit à celui de Charles de Foucauld, dont j'ai lu la vie, bien sûr, lui aussi enlevé et assassiné par des Arabes qu'il avait pourtant choisi d'aider, d'aimer. Cependant, au fil des semaines, s'installe en moi une peur grandissante des Arabes.

Je me rappelle qu'un soir, maman dit qu'elle en a repéré un en bas de l'immeuble, au coin du boulevard Richard-Wallace et de la rue de Longchamp, «oui, dit-elle, juste là, sous la fenêtre de votre chambre, un de ces horribles bicots», et je me rappelle mon effroi en songeant que c'est exactement le chemin que doit emprunter Boma pour rentrer chez elle. Boma, qui se prépare à partir dans la nuit, justement. «Attendez donc un peu qu'il ne soit plus là, belle-mère», lui conseille maman (qui, malgré tout, ne souhaite pas sa mort, je me le remémorerai plus tard avec soulagement). Alors nous courons aux fenêtres, comme si nous étions assiégés. Nous sommes tous paniqués à l'idée que ce «bicot» pourrait assassiner notre grand-mère qui se tient maintenant interdite au milieu de la pièce, son chapeau sur la tête, son pardessus boutonné, se reposant sur sa canne et attendant un signe de notre part pour s'en aller.

— Ça y est, Boma, il est parti ! Il n'est plus là, ce sale bicot ! Mais n'aie pas peur, on va te surveiller depuis la fenêtre et on criera si on le voit revenir.

Qu'est-ce qui me fait penser que les cris que nous entendons, la nuit, en provenance du bois de Boulogne, quand nous sommes bien au chaud dans nos lits et sur le point de nous endormir, sont ceux de malheureux qui se font égorger par des Arabes ? Pendant des mois, des années, j'en aurai la chair de poule, me figurant le bois de Boulogne comme un lieu d'horreur.

Et qui nous a dit que les Arabes maniaient le rasoir plutôt que le revolver ? Je n'ai pas le souvenir d'avoir entendu l'un ou l'autre de nos parents parler de rasoir, et cependant, lorsque je revois maman fustiger « ces horribles bicots », les pupilles dilatées par l'épouvante, c'est bien le mot rasoir qui me vient à l'esprit.

À la fin du mois de mai 1957, tandis que le sort du capitaine Moureau continue de hanter nos nuits, et que nous supplions chaque soir le « petit frère qui est mort » de lui venir en aide, notre mère met au monde son septième enfant (le huitième si l'on compte le petit défunt), une fille, aussitôt prénommée Cécile.

J'ai sept ans et demi, un âge respectable, et cependant je n'ai conservé aucune image de maman enceinte, comme si ma mémoire les avait systématiquement détruites, aussitôt enregistrées.

J'ai conscience que nous courons à notre perte avec tous ces enfants, allais-je écrire, en guise d'excuse, parce que ce sont les mots qui me viennent à l'instant pour expliquer cet acharnement de mon cerveau à effacer les grossesses de notre mère. J'ai conscience que nous courons à notre perte, oui, ce sont les mots qui me viennent, mais si je regarde mieux, ils me sont suggérés par une scène particulière qui doit se dérouler au tout début de l'automne 1957. Nous rentrons des grandes vacances, de Châtel, et surtout de Luc-sur-Mer où maman est toujours si détendue, si gracieuse, et ce soir-là nos parents sortent dîner chez des amis. Notre mère est extrêmement

élégante, fardée, parfumée, et nous sommes tous là dans le
vestibule, en pyjama, à sauter sur place et tenter d'attirer son
attention, pour lui dire au revoir et obtenir un baiser. Christine
se tient en retrait, bien sûr, comme d'habitude, mais Frédéric,
Nicolas, moi, Anne-Sophie et Guillaume formons une cour
gesticulante et bruyante. Puis Cécile se met à pleurer dans
son berceau, là-bas, à l'autre bout du corridor, et aussitôt
qu'elle l'entend, maman coupe court aux effusions. «Oh!
mon Dieu, Cécile! Je vous la confie, les grands. Vous n'avez
qu'à vous relayer pour la bercer.» Alors, dans le silence qui
suit, et tandis que Toto presse maman de partir, «Allons-y
vite, mon minou, nous ne sommes pas en avance», un peu
comme s'ils cherchaient à s'enfuir, tous les deux, je mesure
soudain combien nous sommes nombreux pour un seul couple de parents. C'est un instant de lucidité, comme un vertige,
ou un sombre pressentiment, mais qui peut expliquer mon
refus entêté de compter et d'enregistrer les ventres ronds de
notre mère, passés comme à venir.

Cette scène m'en évoque une autre, qui doit se dérouler ce
même automne 1957 tandis que j'entre en huitième (chez
l'abominable M. Souère, dont je vais devoir reparler, malheureusement). D'habitude, Frédéric et moi prenons l'autobus
numéro 43, place de Bagatelle, qui nous conduit jusqu'aux
deux Sainte-Croix, le *petit* et le *grand*. Mais ce matin-là, je ne
suis pas parti, et maman se demande ce qu'elle va faire de
moi. «Ne te fais pas de bile, mon petit, intervient Toto, qui
justement s'en va (les oreilles encore pleines de crème à
raser), je vais le déposer à son collège.»

Nous voilà partis, lui au guidon de son Vélosolex, et moi
sur le porte-bagages. Je crois que c'est mon plus beau souvenir
avec Toto du temps de Neuilly. Nous roulons dans le vent
frais du matin, voyez-vous, lui sifflant à sa façon un petit air
des chasseurs alpins tandis que sa cravate flotte sur son
épaule, et que moi je ne peux pas m'empêcher de rire, incrédule et ivre, comme si nous volions tous les deux par-dessus
les maisons. Et cependant, c'est de ce matin-là que date ma
conscience de notre fragilité, ou plutôt, mais c'est un peu la
même chose, de la fragilité de notre père.

Jusqu'à présent, je n'avais pas pris garde qu'il était si différent des autres hommes de l'immeuble. J'avais noté qu'il était le seul à plaisanter avec Mme Féty, la concierge, quand les autres la saluaient du bout des lèvres, traversant le hall comme s'ils n'avaient pas une minute devant eux. J'avais noté qu'il était aussi le seul à siffler dans l'ascenseur, ce qui exaspérait maman – «Enfin, Toto, où te crois-tu? Je t'assure que parfois tu me fais honte!». Mais il ne m'avait pas frappé qu'il roulait en Solex, quand nos voisins montaient à l'arrière de longues voitures noires conduites par des chauffeurs.

Ce doit être cette année-là, d'ailleurs, qu'il reçoit sa première voiture, une 203 familiale gris anthracite aux flancs frappés de l'insigne Tornado. Je nous revois, mes frères et moi, contemplant avec fierté cette auto depuis la fenêtre de notre chambre. Personnellement, je suis rassuré que papa n'aille plus en Solex, la cravate au vent, mais maman n'est qu'à moitié contente et elle lui demande de ne plus garer sa «fourgonnette» devant notre immeuble, de sorte que même sur quatre roues Toto continue de m'apparaître comme différent des autres pères du boulevard Richard-Wallace.

Mais maman, non. Maman est en tous points semblable aux mères de famille que nous croisons dans le hall, et avec lesquelles nous partageons l'ascenseur, certains jours (en plus jolie, oserais-je dire, avec ses yeux verts et ses longues narines). Certaines d'entre elles sont même devenues ses amies, et je pense en particulier à Odile, celle dont le mari est conseiller à la Cour des comptes, ou encore à Alice dont le mari n'est jamais là. Odile a six ou sept filles, «toutes plus ingrates les unes que les autres, les pauvres gamines», dit parfois maman avec un petit ricanement. Et il est vrai que les plus grandes donnent envie de se moquer, rentrant de Sainte-Marie (le pendant de Sainte-Croix pour les filles) avec leurs lourdes tresses, leurs grosses lunettes, leurs cartables sur le dos et ces jupes d'uniforme bleu marine qui leur battent les mollets jusqu'aux socquettes. Les enfants d'Alice, eux, sont plus joyeux, et sa fille aînée est l'amie de Christine, si bien que parfois elle déjeune ou dîne avec nous.

Sans doute aurions-nous été rapidement marginalisés, et regardés avec méfiance, si nous n'avions eu que Toto pour nous représenter, me dis-je aujourd'hui. Mais maman nous sauve de cet écueil. Notre mère, que nous découvrirons bientôt si fragile dans l'épreuve, si vulnérable, et pour ainsi dire si peu de chose, porte ici très haut notre drapeau. Sa certitude d'être à sa place dans ce triangle doré de Neuilly, sa conviction d'être issue d'une race bien supérieure aux autres, lui permet de considérer toutes ses voisines comme ses égales et de les inviter à prendre le thé quand ça lui chante. Sa foi en son destin, en *notre* destin, nous qui portons assurément le nom le plus éclatant de tout l'immeuble, balaie la singularité de son mari.

8.

De l'abominable M. Souère, qui devient mon professeur en huitième, nous avons tous une très haute idée dans la famille, tout simplement parce qu'il est le chef de la meute des louveteaux dont fait partie Frédéric. Quand notre frère a fait sa promesse, dans la cour de récréation du *petit* Sainte-Croix où les louveteaux possèdent un appentis, nous sommes tous venus assister à l'événement (à l'époque, Nicolas et moi étions encore à l'école communale de la rue de la Ferme). M. Souère, petit homme rond et ventripotent au visage écarlate, portant de larges lunettes à monture d'écaille, aurait dû théoriquement faire fuir maman (dont j'ai déjà dit le goût pour Charlton Heston dans *Les Dix Commandements*), mais la malchance a voulu qu'il nous soit apparu ce jour-là dans son uniforme chamarré de chef scout, de sorte que notre mère est tombée sous son charme. Toto, qui se fiche de l'apparence physique, a fait de même, reconnaissant l'homme de qualité à sa poignée de main. «Il n'est peut-être pas très grand de taille, mais c'est un sacré bonhomme, nous a-t-il confié après la cérémonie. Mon vieux, des gars comme ça, on aimerait en voir plus souvent sous les préaux des écoles. Tu n'es pas de mon avis, mon minou?» Si, maman était exactement de cet avis, et moi aussi, qui venais de me faire confirmer par Frédéric que l'incroyable moto Terrot, stationnée devant le local des louveteaux, appartenait bien à M. Souère.

Cependant, après quelques jours seulement dans sa classe, nous nous haïssons silencieusement, lui et moi. Il a déculotté devant toute la classe un élève qui bavardait pour lui donner des coups de règle métallique sur les fesses, et quelque chose s'est aussitôt détraqué dans une relation qui démarrait sous un bon présage. Comment traduire aujourd'hui ce que j'ai pu ressentir sur le moment? J'ai été d'abord horrifié de voir les fesses nues du garçon, puis je me suis imaginé à sa place, déculotté à mon tour sur l'estrade, et j'ai pensé que je pourrais en mourir. Ensuite, quand le garçon est retourné à son pupitre en retenant sa culotte et en pleurant, et que M. Souère a repris la leçon de grammaire, son visage rouge m'a fait songer à celui d'un crapaud, et puisque je ne pouvais pas le frapper à coups de bâton en hurlant «La sale bête, il faut la tuer!» comme on le faisait à Châtel quand on trouvait un crapaud près du lavoir, j'ai essayé de m'en aller en pensée, de ne plus le voir, de ne plus l'entendre, et je n'ai plus rien compris de ce qu'il racontait.

Mes ennuis commencent cette année-là, avec M. Souère (recommencent, devrais-je écrire, me rappelant soudain le choléra de Frédéric et combien maman fut déçue de me découvrir du *côté* Dunoyer de Pranassac, plutôt que Verbois, etc.). Très vite, je me retrouve dernier de la classe, tandis qu'avec M. Constant je me maintenais dans la moyenne (je ne suis tout de même pas si bête). Je me rappelle l'embarras que j'en éprouve le soir où les Viala viennent dîner. Le commandant, qui n'a pas oublié que je suis son filleul, sort de la poche de son uniforme blanc l'écusson du bateau qu'il commande cette année-là, le croiseur *Georges Leygues*.

— Tiens, mon lionceau, me dit-il en me le tendant, j'ai pensé que ça te ferait plaisir.

C'est un visage de corsaire, émaillé noir et blanc.

— Regarde-le bien, intervient Nicky, il a été fait d'après le profil de ton parrain.

Et, en effet, c'est bien lui : je reconnais dans la seconde son front haut, son nez droit, son menton volontaire.

— Mais comment ça? bondit Toto.

— Ça alors! s'exclame maman. Fais voir.

Je leur montre l'écusson.

— Mais c'est extraordinaire! poursuit maman.

— J'avoue qu'avec ce foulard sur la tête, Henri, tu as une sacrée gueule ! renchérit papa.

— N'est-ce pas ? sourit aimablement Nicky, pendant que le commandant rallume sa pipe.

C'est la première fois que nos parents m'apparaissent comme rapetissés par la présence d'un couple d'amis. Même maman, si sûre d'elle-même d'habitude, semble peiner à trouver le ton juste. Toto, lui, paraît nerveux comme un enfant qui n'aurait pas appris sa leçon. Peut-être est-ce lui qui met d'ailleurs Nicky sur la voie de l'école.

— Alors, dis-moi, en quelle classe es-tu cette année ?

— Huitième.

— Et ça marche ? Tu es content ?

Elle m'a saisi les deux mains, je suis planté devant elle en pyjama. Plutôt que de répondre non, je hausse les épaules.

— Donne-moi des nouvelles de Bruno, nous interrompt alors maman. Te rends-tu compte, Nicky, que la dernière fois que j'ai vu ce gosse il avait à peine six mois ?

— Mais absolument, ma chérie, s'immisce Toto. C'était à Bizerte. Je m'en souviens parfaitement.

— Bruno est en septième, répond enfin Nicky qui, la bouche ouverte, avait paru retenir ses mots le temps que papa finisse sa phrase. Son père lui a expliqué que s'il voulait faire Navale, comme lui, il devait être en tête de sa classe.

— Choisis ton objectif, et donne-toi les moyens d'y parvenir, décline le commandant à l'appui de ce que vient de dire sa femme. C'est aussi simple que cela.

— Excellent ! s'écrie Toto. Si tu veux mon avis, Henri, c'est exactement le genre de phrases qu'on devrait inscrire au fronton des écoles.

— Et toi alors ? reprend Nicky, qui ne semble pas tellement intéressée par l'avis de papa, et qui ne m'a pas lâché les mains.

— Je trouve que la huitième est très difficile, dis-je.

— Et tu as du mal à suivre ?

— En tout cas, ce n'est pas faute de travailler ! lance maman, de sa voix de tête. Il fait tout ce qu'il peut.

— Eh bien alors je suis certaine que tu vas y arriver,

conclut gentiment Nicky, avant de m'inviter à venir passer quelques jours avec Bruno aux prochaines vacances.

Le lendemain, dans le 43 qui me conduit à Sainte-Croix, je pense à ce que je vais devoir inventer pour ne pas aller chez les Viala. Quelque chose m'a effrayé chez mon parrain, et, curieusement, c'est cette chose qui me permet de mesurer combien notre père est gentil. Est-ce que *gentil* est le bon mot? Je ne sais pas, je n'en connais pas d'autres. Pas encore. En tout cas, la singularité de Toto, que j'avais mis du temps à déceler (le fait, par exemple, qu'il soit le seul de tout l'immeuble à rire avec Mme Féty, la concierge), m'apparaît plus clairement grâce au commandant. Toto regarde vaguement mon bulletin, le dimanche, avant de le signer. Il voit que toutes les notes sont catastrophiques, que je suis le dernier de la classe (collé trois heures le samedi suivant). «Ben mon pauvre vieux, dit-il, je ne sais pas trop comment t'aider. Continue à t'accrocher, je suis de tout cœur avec toi.» Avec le commandant, je le pressens, je serais sommé de m'expliquer, de rendre des comptes, et je finirais par devoir raconter la scène du garçon déculotté et tout ce qui m'a traversé à ce moment-là.

Sans doute est-ce durant cette année que papa, sans le vouloir, gagne notre amitié. Il y est aidé par un événement qui le grandit à nos yeux : son entrée comme représentant chez Bardahl, les huiles et additifs pour voitures de course. Les aspirateurs ne nous avaient jamais beaucoup intéressés (d'autant plus que le nôtre, «cette saloperie de Tornado», disait maman, était tout le temps en panne), mais les huiles Bardahl nous enthousiasment. Toto rapporte boulevard Richard-Wallace de pleins cartables de décalcomanies et de produits de réclame, tous frappés du fameux macaron vert cerclé d'argent dans lequel s'inscrivent les grandes lettres bâtons de la marque sous le célèbre drapeau à damier des circuits de course. Nous collectionnons les porte-clés («*Roulez à droite, merci. Bardahl!*»), les casquettes, les affiches, les stylos-burettes avec lesquels nous lubrifions les essieux de nos Dinky Toys.

Mais ce qui révolutionne notre vie, c'est la nouvelle voiture de notre père : une 2 CV fourgonnette entièrement peinte aux couleurs de la marque (le noir et le vert) et portant sur ses flancs de tôle ondulée le prestigieux macaron flanqué du drapeau à damier. Bien que nous n'ayons jamais assisté à une course, il nous semble que cette 2 CV en exprime la fièvre, l'ivresse et le vacarme que nous tentons de reproduire lorsque nous poussons nos propres voitures sur le sol en Dall'ami de notre chambre (un produit italien censé imiter le marbre et ardemment promu par M. Durnerin).

Toto, qui ne nous emmenait guère dans la 203 Tornado, doit être flatté de l'intérêt que nous portons à celle-ci car il nous laisse en explorer tous les recoins tandis qu'il donne un coup de chiffon sur la calandre, ou met de l'ordre dans ses caisses d'échantillons. Il n'a pas plus la permission de la garer devant l'immeuble que la Tornado («Je ne sais pas comment tu te débrouilles, lui dit maman, pour avoir toujours des voitures impossibles!»), il la stationne donc le long des berges de la Seine, sous les grands arbres dénudés par l'hiver, de sorte que nous avons toute la place pour lui tourner autour. Les premiers temps, il n'y a que les deux sièges avant dans cette voiture, tout l'arrière étant réservé aux caisses d'échantillons dont notre père a besoin pour convaincre ses clients de mettre du Bardahl dans leur moteur. Cependant, je me rappelle bien du jour où Toto nous explique avoir récupéré dans un garage une planche «qui pourrait parfaitement faire une banquette arrière». Ce doit être un samedi après-midi, nous l'accompagnons donner un coup de chiffon à «la Bardahl» (comme nous disions «la Tornado»), reléguée, je viens de le dire, à cinq cents mètres de notre immeuble, sur les berges grossièrement pavées de la Seine.

Aussitôt sur place, Toto ouvre avec sa clé les deux petites portes arrière de la 2 CV, et là, nous découvrons la planche, posée en travers des bidons d'échantillons. On a cloué dessus une espèce de moleskine noire rembourrée dont on devine le confort au premier coup d'œil.

— Oui, elle est épatante, nous confirme papa, c'est une chance que je sois tombé dessus, le gars n'en avait rien à faire, il voulait la foutre en l'air. La seule chose, c'est qu'il va falloir trouver une astuce pour l'adapter.

Je les vois chercher l'astuce, Frédéric et lui, et un moment plus tard la planche est parfaitement fixée, figurant une banquette où nous tenons tous les trois. Après ça, notre père nous emmène faire un petit tour. Comme nous n'avons pas de dossier, nous prenons l'habitude de nous retenir aux tubes métalliques des sièges avant.

C'est un samedi après-midi semblable à celui-ci que nous apparaît pour la première fois André Périgne, qui va tellement compter dans notre vie. Il me semble qu'il sonne au moment où nous nous apprêtons à sortir pour aller donner un coup de chiffon à la Bardahl. Maman, qui était dans la cuisine avec Josépha, probablement alertée par la sonnette, surgit à l'instant où Toto ouvre la porte, si bien que nous sommes nombreux dans le vestibule pour accueillir Périgne. C'est un homme râblé, aux cheveux blonds frisés, dont le visage poupin est éclairé par deux yeux bleus minuscules, effrontés et rieurs. Ce jour-là, il porte un imperméable trois quarts couleur mastic et une grosse écharpe de tricot rouge autour du cou.

— Chérie, je te présente André Périgne, dit papa.

Je vois tout de suite qu'il déplaît à maman qui lui serre la main comme on saisit un poisson pourri par la queue.

— Bonjour, monsieur, dit-elle. Excusez-moi, mais je n'ai pas compris votre nom...

— Périgne, André Périgne.

— Ah, très bien. Et vous êtes...

— Un ami de Toto, lâche-t-il, un peu goguenard peut-être, en la regardant droit dans les yeux.

— André est mécanicien, mon petit, je lui ai demandé de passer...

Mais maman se fiche complètement des explications de notre père et elle repart vers la cuisine avec une drôle de petite mimique agacée, l'air de dire qu'elle a déjà perdu suffisamment de temps avec cet individu.

Ce qui m'étonne, moi, c'est que cet homme que nous n'avons jamais vu puisse appeler notre père Toto, comme s'il le connaissait depuis toujours.

Ensuite, Périgne nous accompagne jusqu'à la Bardahl, et en chemin papa et lui bavardent.

— Oui, dit à un moment notre père, et puis tu as raison : qui ne tente rien n'a rien.

C'est tout ce que je saisis de leur conversation.

— C'est vrai que vous êtes mécanicien ? lui demande Frédéric en le voyant soulever le capot de la 2 CV.

— Oui, mon bonhomme. Tiens, Toto, tu veux bien la mettre en route, ta trottinette...

— Tout de suite, mon vieux.

Un moment plus tard, et sans avoir rien fait d'autre qu'ouvrir et refermer le capot, Périgne s'en va.

— À bientôt, les garçons, dit-il, comme s'il remarquait seulement notre présence. C'est bien d'aider votre père, il en a besoin.

Pourquoi a-t-il dit que notre père avait besoin d'aide ? Nous ne reverrons pas Périgne à Neuilly, et quand nous le retrouverons, à Rueil, domaine de la Côte noire, nous ne serons plus exactement les mêmes enfants. Mais de cette première rencontre je garde le sentiment confus d'un danger. Non pas inspiré par Périgne, pour lequel j'ai tout de suite éprouvé de la sympathie, mais par un ennemi impalpable qui nous menacerait, et contre lequel Périgne serait notre allié, notre ami.

Cependant, la vie continue comme avant, et de même que nous allons au catéchisme tous les jeudis matin avenue de Breteuil (où je continue d'être le chouchou de mère Colin), notre mère nous conduit deux fois par an chez le pédiatre, le docteur Brault.

Le docteur exerce dans un immeuble haussmannien dont le salon d'attente nous impose le respect avec ses tentures et ses tapis, ses lourdes lampes potiches dont les halos dorés prêtent au chuchotement, ses fauteuils profonds, et surtout le parquet qu'on entend craquer par moments derrière la double porte miroir, celle qui s'ouvre sur son cabinet. Je ne vois pas Toto chez le docteur Brault, c'est une sortie que semble se réserver maman (elle n'a peut-être pas envie que notre pédiatre aperçoive la Bardahl). Nous nous y rendons en métro, habillés,

comme pour la messe ou le catéchisme, de nos manteaux gris
à martingale et de nos casquettes assorties (pour les filles, je
ne me souviens pas, un béret ou un foulard). Et nous patientons dans un silence mâtiné d'appréhension.

Puis notre mère est priée d'entrer avec la plus jeune,
Cécile, avant que nous allions la rejoindre chacun à notre
tour. Le docteur Brault est un homme long et fin, peu disert,
mais dont on devine le scrupule et le respect (parfois aussi
l'affection, à travers un imperceptible sourire). Il nous prie de
garder notre slip et commence par nous regarder la gorge et
les oreilles, avant de nous retourner pour examiner notre
colonne vertébrale. («Celui-ci a une scoliose. – Allons bon!
dit maman. – Je recommanderais la natation deux fois par
semaine. – Très bien, docteur.») Ensuite, il nous emmène
dans un petit cabinet pour nous peser et nous mesurer. Puis il
nous ramène et nous fait allonger sur un sofa au pied duquel
est assise notre mère. Là, il nous baisse notre slip et nous
décalotte le zizi (c'est pourquoi je parlais d'appréhension). Et
puis c'est fini. Nous avons trente secondes pour nous rhabiller, le temps qu'il note ce qu'il a retenu de la visite.

— Vous pouvez faire entrer le suivant, dit-il à maman par-
dessus ses lunettes et sans cesser d'écrire.

Au mois d'août 1958, notre mère met au monde son huitième
enfant, Marie (neuvième, si l'on compte le petit frère qui est
mort). Exceptionnellement, elle ne passe pas l'été avec nous
et nous a donc confiés aux bons soins de Boma et de la sœur
de celle-ci, notre tante Élisabeth, qui ne s'est jamais mariée.
Je me rappelle la lecture de sa lettre, reçue à Châtel, nous
annonçant la naissance de notre petite sœur. Nous en avions
tous ressenti une excitation inhabituelle parce que maman
semblait en même temps comblée par cette enfant, qu'elle
nous décrivait en détail, et ravie d'être seule à Paris (sans
nous, en d'autres termes), comme si elle était très amoureuse
de notre père. («Le soir, écrivait-elle, papa et moi dînons sur
le balcon. Marie est adorable, elle nous laisse dormir.»)

Toto vient nous chercher à Châtel à la fin des grandes
vacances, et tandis qu'un taxi descend Boma, tante Élisabeth,

Christine et les petits jusqu'à la gare de Thonon-les-Bains, nous, les garçons, dévalons toute la vallée à bicyclette derrière notre père dans le soir qui tombe. Je crois que jamais encore la vie ne m'a paru aussi excitante et belle que durant ces quarante kilomètres où la pente et le vent nous enivrent.

À la rentrée, je redouble ma huitième et entre dans la classe de M. Rondel. C'est un petit homme sanguin, bossu, éternellement fagoté d'un tablier gris, mais qui sitôt les leçons achevées nous raconte des histoires, comme pour se faire pardonner. Il nous lit *Sans famille*, d'Hector Malot, et nous découvrons qu'on peut être enfant et ne pas aller à l'école, vivre d'aumônes, dormir dehors. Certains soirs, toute la classe est au bord des larmes, et M. Rondel le premier dont nous devinons qu'il n'a pas été un enfant gâté, comme nous le sommes tous ici.

Je songe à notre aveuglement durant cette année scolaire 1958-1959, notre dernière année à Neuilly. Comment avons-nous fait, mes frères et sœurs et moi, pour ne rien pressentir de ce qui allait nous tomber sur la tête? À part l'apparition inopinée de Périgne, me dis-je. (Oui, mais c'était l'hiver précédent.) À part l'étrange complicité instaurée entre Toto et Mme Féty, qui avait pour dessein d'obtenir de cette dernière qu'elle dissimulât à notre mère les nombreux courriers d'huissiers qui arrivèrent à notre nom. (Oui, mais cela, nous ne le sûmes qu'après notre départ de Neuilly.) Et soudain, me revient en mémoire l'accident de Nicolas. Nicolas, qui tente d'arrêter l'ascenseur avec son pied. Tant d'années après, et sachant combien notre frère est particulier, étant le seul, toujours, à repérer le détail insolite dans une scène absolument banale, je ne peux pas m'empêcher de voir dans son geste une sorte d'avertissement. Arrêtons l'ascenseur, semble-t-il nous dire, pendant qu'il en est encore temps. Et descendons vite avant d'être tous précipités dans le vide.

Un jour sans école, se retrouvant donc dans l'ascenseur avec Frédéric (je crois me souvenir qu'ils remontent tous les deux du jardin), Nicolas lui explique qu'il va voir s'il peut arrêter la cabine avec son pied. C'est une expérience qui l'intéresse vivement et à laquelle, nous dira-t-il plus tard, il réfléchit depuis longtemps. Avant que Frédéric ait eu le temps de l'en dissuader, et même d'ouvrir la bouche, Nicolas glisse son soulier à travers les grilles de la porte et le plante dans la couche plâtreuse de l'entresol. Le pied laboure le plâtre sur plusieurs centimètres avant qu'un système d'alerte n'immobilise la cabine. Nicolas hurle de douleur, toute la cage d'escalier résonne de ses cris, mais l'ascenseur est bel et bien arrêté.

Je me rappelle l'émoi dans l'immeuble, les hurlements et les larmes de maman, mais je ne sais pas qui parvient à sortir de là notre frère (le mari de Mme Féty, peut-être), avant qu'on le conduise à l'hôpital.

Il revient avec un pansement, mais son pied est sauvé. La vie familiale peut alors reprendre comme s'il n'était rien arrivé.

9.

C'est un matin d'avril 1959 que notre vie bascule. Je rentre de l'école pour déjeuner et je vois que l'immeuble est en proie à une agitation inhabituelle. Les battants de la porte d'entrée sont retenus ouverts par des caisses posées au sol. Le hall de marbre, si propre et si solennel d'ordinaire, est jonché de cette espèce de paille frisée qui sert à emballer les objets fragiles (je vais bientôt le découvrir). Comme l'ascenseur est occupé, je grimpe à pied, et croise en chemin plusieurs hommes en salopette chargés de cartons. « Ah ! tiens, me dis-je, des gens déménagent. » Cependant, arrivé au quatrième, je trouve grandes ouvertes les portes en bois verni de notre appartement et je vois depuis le palier que d'autres hommes en salopette évoluent au milieu du salon Louis XVI qui ne ressemble plus à rien. Les tapis ont été roulés, les lampes et les tableaux emportés, les vitrines d'argenterie sont vides et béantes. J'entre, et je cours à travers le long corridor jusqu'à notre chambre. Mais ni Frédéric ni Nicolas ne sont là pour me dire ce qui arrive, et un homme est occupé à vider les petits placards entre nos lits, ceux dans lesquels nous rangeons nos cadeaux de première communion, et tout ce qui nous est le plus précieux – nos montres, nos stylos, nos médailles miraculeuses.

— Ben qui vous êtes ? dis-je, hors d'haleine. C'est maman qui vous a demandé de faire ça ?

Il se retourne, hausse les épaules comme si j'étais un débile, et reprend son travail.

— C'est pas *ma-man*, non, maugrée-t-il un instant plus tard, en prononçant maman avec un drôle de petit accent pointu, comme j'ai dû le faire moi-même.

Alors je pars vers les autres chambres, et je tombe sur Christine. Notre grande sœur Christine, qui est très pâle, et qui semble paralysée.

— Qu'est-ce qui se passe ? Où est maman ?

— On est expulsés.

Je crois que pendant un moment j'essaie de comprendre, mais non, ce mot-là ne me dit rien.

— Qu'est-ce que ça veut dire, «ex-pul-sés» ?

Mais au lieu de m'expliquer elle se met à pleurer. C'est la première fois que je la vois pleurer comme ça, tout doucement, comme pour elle-même.

«Expulsés», je n'ai jamais entendu ce mot-là, si singulier, si difficile à prononcer. Pendant quelques secondes encore, qui me paraissent très longues, je reste à côté de Christine, espérant qu'elle va bien vouloir me dire ce que ça signifie. C'est comme si elle était la seule à posséder la suite de notre histoire, soudain, et qu'elle ne veuille pas me la dire, ou qu'elle soit devenue muette. Je regarde les deux hommes qui retournent les tiroirs de sa commode et dont l'un a l'air embêté de la voir pleurer.

— S'il te plaît, qu'est-ce que ça veut dire, «expulsés» ?

Elle ne m'entend pas, comme abasourdie par ce qu'elle voit, alors je m'en vais. J'avais très faim en montant les escaliers, mais maintenant je n'y pense plus. Et je m'aperçois qu'au lieu d'avoir déposé mon cartable dans notre chambre, je le tiens toujours à la main. Je retourne au salon, et là, dans le vestibule ouvert aux quatre vents, je découvre Boma, qui n'a pas encore pris le temps d'enlever son manteau ni de se débarrasser de son chapeau et de sa canne.

— Oh, mon pauvre chéri, dit-elle en étouffant un sanglot, ton père vient de m'appeler, vous êtes mis à la porte. Mon Dieu ! Je ne sais pas comment ils osent, une famille de huit enfants...

— Mais pourquoi, qu'est-ce qu'on a fait ?

— Ton père ne pouvait plus payer le loyer. Je lui avais dit

qu'il n'y arriverait pas, mais que veux-tu, il aurait donné ses yeux pour elle...

Je mets un instant à comprendre qu'elle parle de notre mère, sans doute, puis comme papa surgit du corridor, livide, les cheveux en désordre comme s'il venait de se battre, et que Boma se met aussitôt à sangloter en lui prenant les mains, je m'enfuis sur le balcon. En me penchant, j'aperçois deux hommes en train d'enfourner le secrétaire Louis XVI de maman dans un gros camion orange qui brille sous le soleil de midi. «C'est drôle, me dis-je, il devait être là tout à l'heure, ce camion, quand je suis passé sur le trottoir, et je ne l'ai pas remarqué.»

Ensuite, je ne me souviens plus de ce que je fais ni de rien. Est-ce que nous déjeunons malgré tout? Est-ce que je retourne chez M. Rondel l'après-midi? Ma mémoire n'a plus rien enregistré de ces derniers instants de notre vie à Neuilly. Je suppose que si j'avais pris conscience que je ne reviendrais jamais dans cet appartement, j'en aurais fait le tour méthodiquement, pour tâcher de ne rien oublier, et pour dire au revoir. Mais je n'ai pas compris, et, de ce fait, aujourd'hui encore, devenu vieux, je reviens m'asseoir sous nos fenêtres, boulevard Richard-Wallace, guettant les gens qui entrent et sortent de notre immeuble, attendant comme le ferait un chien, me dis-je, un chien perdu et stupide comme tous les chiens (je déteste les chiens), que les personnes qui vivent au quatrième, à notre place, m'invitent à monter pour constater que les miens n'y sont plus, en effet, que le bureau couleur tabac de Toto n'existe plus, que nos lits escamotables ont bien été remplacés par ceux d'autres enfants, que Josépha n'est plus dans la cuisine occupée à rincer notre vaisselle sale tout en guettant les coups de grelot exaspérés de notre mère («Mon Dieu, que cette pauvre fille est bête!»). Attendant qu'on veuille bien me laisser dire au revoir à notre appartement, en somme, et que je puisse enfin ne plus y penser.

Depuis cinquante ans, j'essaie de reconstituer le reste de cette journée que mes yeux ont vu, forcément, mais que ma mémoire n'a pas voulu retenir. Quand Toto m'est apparu hirsute, «comme s'il venait de se battre», il sortait de leur chambre, bien sûr, où maman avait dû courir se réfugier quand elle avait compris ce qui allait arriver. «Ouvre-moi, mon petit! Je t'en supplie, ouvre-moi!» (Toto). Elle avait dû lui sauter au visage, lui tirer les cheveux, tenter de lui arracher les yeux, essayer de le tuer, de se tuer aussi, peut-être, et puis finalement se jeter sur leur lit pour sangloter (pendant que les hommes en salopette commençaient en sifflotant à vider nos placards). Toto en avait profité pour se tirer, et il était tombé sur sa mère qui n'attendait que de le voir pour se mettre à sangloter, elle aussi. «Elles sont bien mignonnes, toutes autant qu'elles sont, avait-il alors songé, mais elles commencent à me faire braire.» Je l'entends comme s'il me l'avait vraiment dit. L'urgence était tout de même de surveiller les déménageurs (qui allaient voler nos montres de première communion, je le signale au passage à la Caisse des dépôts et consignations, notre bailleur) – on aurait bien le temps de pleurer plus tard, tu n'es pas de mon avis, mon petit vieux? Si, papa. Si, bien sûr, tu as raison. Toto et son fameux sang-froid.

Puis était venu le moment d'en finir. Étions-nous encore là quand, sommée de libérer sa chambre, maman avait dû sortir et parcourir son appartement dévasté? Ça me paraît être une scène si cruelle, si épouvantable, que je comprends que ma mémoire l'ait effacée si jamais mes yeux l'ont vue. Elle laisse Toto la soutenir, tout en le haïssant, tout en bafouillant dans ses larmes : «Oh non, non. C'est impossible. Toto, je t'en supplie, dis-moi que c'est un cauchemar. Dis-moi que je vais me réveiller et tout retrouver comme avant. Je préférerais... Je préférerais être morte plutôt que de vivre ce moment.»

Vers la fin de l'après-midi, ils grimpent dans la Bardahl avec les petits, Anne-Sophie, Guillaume, Cécile et Marie (qui n'a que neuf mois), et ils suivent le camion orange, comme on leur a demandé de le faire. (Cette fois, je suis certain que nous ne sommes pas présents puisque Christine habite les premiers temps chez une amie, et nous, les trois garçons, chez Boma.) Toto a été prévenu qu'ils vont être relogés dans une cité, domaine de la Côte noire, sur les hauteurs de Rueil-Malmaison. Il connaît bien Rueil pour y avoir placé des dizaines d'aspirateurs, mais le domaine de la Côte noire, non, il ne voit pas. Ils passent par Puteaux, puis Nanterre, le grand bidonville des Arabes, le rond-point de la Boule, et, après avoir traversé le centre de Rueil, ils montent vers le plateau par des routes si étroites, si champêtres, que le camion accroche les branches des arbres. À un moment, ils longent un verger dont les arbres sont en fleurs et Toto se dit à part lui que ce sera peut-être moins dramatique qu'il ne le craint.

Oh, comme je suis soulagé, aujourd'hui, de n'avoir pas été le témoin de leur arrivée à la Côte noire ! Parce que l'imaginer seulement me donne envie de pleurer, voyez-vous, alors vous pouvez deviner quel chagrin ce serait si chaque jour je pouvais me repasser le film. Là, non, je dois tout inventer, tout imaginer, et les images sont un peu différentes d'une fois sur l'autre, selon que je suis heureux, ou déprimé, ou parfois caustique. Quand je découvrirai moi-même la Côte noire, une dizaine de jours plus tard, avec mes yeux de neuf ans, je me dirai que la cité n'est pas si mal avec son bac à sable, ses balançoires et son tourniquet. Mais tout de même, je serai frappé par l'odeur de poisson frit dans la cage d'escalier, par l'étroitesse des pièces, par les plafonds si bas que notre mère aurait pu les toucher en levant seulement le bras, et surtout par les couleurs impossibles des murs, peints comme si nous étions des attardés mentaux, l'un rouge, l'autre noir, l'autre vert.

Le camion s'arrête devant le numéro 11, il est peut-être sept heures du soir, et même s'il ne fait pas complètement nuit toutes les fenêtres des cuisines sont illuminées. Je suis sûr que Toto dit à maman : «Reste là, mon petit, je vais voir à quoi ça ressemble et je reviens vous chercher.» Voilà, c'est ici, au deuxième. Nous disposons des deux appartements du palier. Le patron des déménageurs remet les clés à notre père pour qu'il ouvre lui-même les portes et donne ses instructions pour disposer les meubles. En quelques minutes, Toto décide de la façon dont nous allons nous organiser : à gauche, ce sera l'appartement des parents et des petits ; à droite, celui des grands. «Laissez-moi une minute avant de décharger, dit-il, que je fasse monter ma femme et mes enfants. – Vous avez vu l'heure ? rétorque le type. – Je sais bien, mon vieux, je sais bien, je ne vous demande qu'une minute. »

De retour à la voiture, il dit à maman : « C'est au numéro 11, vas-y, je te suis. » Elle part la première en claudiquant, le long du camion, courbatue d'avoir tant pleuré, et lui la suit, en effet, portant Marie sur un bras et traînant Cécile de l'autre. Anne-Sophie et Guillaume ferment la marche. « Eh bien, entre, mon petit, dit-il, comme elle s'immobilise devant les cinq marches en ciment du porche et lève le nez sur les fenêtres des cuisines. – Mon Dieu ! soupire-t-elle. – Suzanne, je t'en supplie, s'impatiente-t-il, ça ne sert plus à rien de se lamenter maintenant. Entre ! »

« Voilà, très bien, l'encourage-t-il en lui emboîtant le pas dans la cage d'escalier (qui sent peut-être le chou-fleur ce soir-là), vas-y, monte, c'est la porte rouge sur ta gauche, c'est ouvert, tu n'as qu'à pousser. »

Maman se remet à sangloter en découvrant cet appartement depuis le vestibule minuscule qui distribue les cabinets, la cuisine à l'évier de zinc, et le « séjour ». Elle voit les ampoules qui pendent au plafond, les couleurs ahurissantes des murs, l'étroitesse et la pauvreté de l'ensemble, n'est-ce pas ? Je crois qu'à ce moment-là ce sont tous les choix de sa vie qui lui reviennent à l'esprit, celui d'avoir traité avec dédain ce prétendu fiancé, au point de ne pas l'attendre après la guerre, et même de se moquer de savoir s'il en était revenu vivant, celui d'avoir pensé que son cousin Yves La Prairie était un traître alors qu'il était à présent une personnalité de l'État français, celui d'avoir épousé Toto en dépit de sa petite situation, et peut-être simplement parce qu'il lui plaisait et avait un nom. Elle songe à son père, aussi, bien sûr – « Mon Dieu, murmure-t-elle dans ses larmes, si papa me voyait ! ». Est-elle assez lucide, cependant, pour mesurer combien ce père adoré est responsable de son malheur ? Combien il a manqué de discernement, d'intelligence et de courage en soutenant jusqu'au bout son vieux maréchal de 14-18 contre l'homme qui avait choisi de continuer la guerre et allait finalement sauver la France ? Combien il l'a induite en erreur, elle, sa propre fille, en adoubant Toto, simplement parce que Toto pensait comme lui ? Mais non, ni ce soir-là ni par la suite elle ne fera jamais le lien entre la faute historique de son père et l'effondrement de sa propre vie. («Je me demande, me dira-t-elle trente ans plus tard, où tu vas chercher des raisonnements pareils.»)

Les petits sont hébétés, personne n'a pris le temps de leur expliquer qu'ils viennent d'être chassés de Neuilly, qu'ils ne retrouveront plus jamais leurs chambres, mais ils devinent qu'ils vont devoir vivre ici, désormais, dans cet endroit qui semble terrifier leur mère. Je suppose qu'ayant été lâchée par Toto, qui tente d'entraîner sa femme et de poursuivre la visite, Cécile pleure maintenant. Les autres, je ne sais pas. Peut-être qu'Anne-Sophie, qui a six ans, essaie de consoler Cécile. Peut-être qu'avec Guillaume, qui vient de fêter ses quatre ans, ils se demandent tout bas pourquoi nous ne sommes plus là, nous, les grands, pourquoi nous les avons abandonnés. Mais soudain, les déménageurs font irruption avec nos meubles sur le dos. «La minute, elle est largement passée», lance le premier en laissant tomber trois chaises Louis XVI au milieu du «séjour», et comme s'il était en colère.

Alors Toto abandonne précipitamment les siens pour se poster sur le palier et jouer les aiguilleurs. Quand nous découvrirons l'appartement qui nous est dévolu, nous constaterons que la plupart des meubles y ont été entassés, faisant du «séjour» un garde-meuble.

Que trouvent-ils encore à se dire, cette nuit-là, en se mettant au lit, dans cette petite chambre sans rideau dont la fenêtre donne sur le bac à sable et le tourniquet, après avoir couché leurs quatre enfants comme ils ont pu, sur des matelas, au milieu des caisses ? Maman n'a plus la force de se jeter sur Toto pour le frapper, peut-être même n'en a-t-elle plus le désir, et elle n'a plus de larmes. Elle attend que son mari la réconforte tout en sachant bien, au fond d'elle-même, qu'il y a quelque chose d'idiot, ou de tordu, à espérer un secours quelconque de celui qui vous a précipité dans le malheur. Mais elle espère tout de même, et alors elle laisse notre père se rapprocher et la prendre dans ses bras.

— Comment as-tu pu me faire ça ? souffle-t-elle. Comment as-tu pu ? Jamais je ne te le pardonnerai.

— Je sais, mon petit. Je sais. Je suis impardonnable, tout est de ma faute. Mais je vais nous sortir de là, fais-moi confiance.

— Comment veux-tu que je te fasse confiance après ce qui vient d'arriver? Oh! mon Dieu! Mais qu'allons-nous devenir, Toto, qu'allons-nous devenir?

Elle est reprise par les sanglots, se remémorant soudain les événements à peine croyables de cette journée, et dans quelle cité du bout du monde ils ont échoué.

— Ne pleure plus, je t'en conjure, s'écrie Toto. Écoute-moi : je te fais le serment de te sortir de là. Tu m'entends? Je t'en fais le serment.

— Mais comment veux-tu? bredouille-t-elle dans ses larmes. Et où trouveras-tu l'argent?

— Laisse-moi juste un peu de temps pour me retourner.

— C'est quoi, un peu de temps?

Ça y est, elle s'est remise à croire en la vie, en lui, presque malgré elle, et c'est bien ce qu'il escomptait.

— Quelques mois tout au plus, dit-il.

— Quelques mois! Mais Toto, tu n'y penses pas, jamais je ne tiendrai *quelques mois* dans ce taudis! Oh! mon Dieu, non, je préfère mourir tout de suite, je préfère me jeter par la fenêtre, lâche-moi, laisse-moi m'en aller...

Elle se débat, lui donne un coup de genou dans le ventre, le griffe au visage, et il est pris de court par ce nouvel accès de violence. Il est tenté de la laisser s'enfuir, sauter du lit, et puis sauter par la fenêtre, tant qu'elle y est, puisqu'elle y tient tellement. «Elle commence à me taper sérieusement sur les nerfs», songe-t-il. Il se figure déjà la scène, la jolie Suzanne atterrissant à moitié nue dans le bac à sable, et se relevant sans une égratignure. Parce que lui a pris le temps de jeter un œil par la fenêtre, bien sûr, tandis qu'elle, non, elle n'a rien voulu voir de cet endroit. Il en rit tout seul, et puis il se reprend.

— Calme-toi, mon petit, je t'en supplie, c'était une expression, j'aurais pu aussi bien dire quelques semaines. Écoute, nous sommes en avril, dans deux mois et demi vous partez pour Luc. Disons qu'à la rentrée nous aurons déménagé.

Elle fait ses comptes, pèse le pour et le contre. En somme, elle n'a que dix semaines à tenir.

— Tu me promets qu'à la rentrée nous aurons un nouvel appartement ?

— Je te le jure, mon minou. Je te le jure.

— Mais comment vas-tu faire ?

— Et comment je t'ai trouvé un avion pour sauver Frédéric ? Et comment je t'ai sortie de la rue de Milan pour t'installer à Neuilly ? Je ne vais pas rester les deux pieds dans le même soulier, je te le garantis.

— Tu me fais mal avec ton genou, tu m'écrases, laisse-moi respirer, pousse-toi un peu.

— Et toi, tu ne crois pas que tu m'as fait mal, tout à l'heure ?

— J'ai peur qu'on ne s'en sorte pas, Toto...

— Depuis le début, si tu regardes bien, jamais la sainte Providence ne nous a abandonnés. Et pourtant, les épreuves n'ont pas manqué, n'est-ce pas ?

— Ça, c'est vrai, on ne peut pas dire que la vie nous ait épargnés...

— C'est une nouvelle épreuve que nous envoie le ciel, mon petit, et je te fiche mon billet qu'on va s'en sortir.

— Tu crois ?

— Écoute, nous avons huit enfants, jamais nous n'avons enfreint les consignes de l'Église, ça serait bien le diable si le bon Dieu ne nous venait pas en aide.

— C'est vrai que s'il y a une justice dans ce monde, nous devrions être les premiers servis. Quand tu vois ces ménages qui n'ont qu'un enfant, et qui naturellement s'en sortent, il y a de quoi hurler. Qu'est-ce que c'est d'autre que de l'égoïsme ?

— Je suis parfaitement d'accord avec toi, mon petit. Parfaitement d'accord. Serrons-nous les coudes au lieu de nous déchirer, et tu verras que demain sera un autre jour.

Peut-être font-ils l'amour après ces mots de réconfort, pour se sentir moins seuls, moins perdus, pour accueillir avec courage ce nouveau jour dont les premières lueurs découpent déjà sur le mur l'ombre du lit et de leurs corps. Ils n'ont pas quarante ans, ils sont encore si jeunes.

Pour moi, c'est le plus insolite, le plus joyeux des printemps qui commence. Avec Frédéric et Nicolas nous habitons chez Boma, près du pont de Neuilly, de façon à pouvoir continuer de nous rendre chaque matin dans nos écoles respectives. Boma loue chez une veuve, la colonelle Brunetière, une jolie chambre baignée de soleil tous les après-midi, ainsi qu'un petit cabinet de toilette attenant dans lequel elle a aménagé un coin cuisine. Nous dormons par terre, au pied de son lit, sur des matelas pneumatiques que nous a dénichés Toto.

D'un seul coup, la vie est devenue réconfortante et légère. Je pars pour Sainte-Croix les joues brûlantes des baisers de Boma, et quand j'en reviens je n'ai qu'un coup de sonnette à donner, elle est aussitôt là, comme si elle n'attendait que moi.

— Viens vite, mon chéri, ne fais pas de bruit surtout, la colonelle se repose, chuchote-t-elle, tandis que nous enfilons le sombre corridor.

Et puis elle ouvre sa porte, et la chambre m'apparaît dans une flaque de lumière. Elle a déroulé à moitié le store pour protéger son petit garde-manger du soleil, et par la fenêtre ouverte les bruits familiers de la cour nous parviennent. En général, ce sont les jeunes enfants de la concierge qui jouent à la balle, six étages plus bas, ou les pigeons qui roucoulent, ou deux dames qui se félicitent du beau temps.

— Tiens, regarde, je t'ai préparé ton goûter.

C'est toujours un mille-feuille, mon gâteau préféré, que j'engloutis en lui racontant ma journée.

À Neuilly, je devais faire vite, parce que maman pouvait entrer en coup de vent et nous interrompre de telle façon qu'ensuite nous étions tous les deux tristes et abasourdis – « Belle-mère, c'est vous qui avez demandé à Josépha de ne plus faire l'argenterie qu'une fois par mois ? – Oui, Suzanne, j'ai pensé... – Eh bien mêlez-vous donc de ce qui vous regarde au lieu de penser. C'est tout de même un comble ! » Et elle nous claquait la porte à la figure. Tandis qu'ici, chez la colonelle, personne ne nous menace plus, nous avons tout notre temps.

— Pour le dîner, dit Boma en me caressant la main, j'ai racheté le velouté de tomates que vous aimez, et un gâteau de riz pour le dessert.

— Est-ce que papa est venu déjeuner avec toi aujourd'hui ?

— Non, mon chéri, je n'ai pas vu ton pauvre père depuis trois jours, j'espère qu'il prend tout de même le temps de se nourrir.

— C'est mon tour de faire le velouté de tomates, ce soir.

— Eh bien oui, je crois, mais vous n'allez pas encore vous disputer, n'est-ce pas ?

Si, nous allons nous disputer, bien sûr, et si par hasard ça n'était pas mon tour de faire le velouté de tomates (le sachet Maggi dont on verse le contenu dans l'eau froide avant de remuer doucement jusqu'à ébullition), je constaterai avec satisfaction combien Boma est embêtée d'être obligée de me donner tort pour laisser faire Frédéric, ou parfois Nicolas (mais Nicolas s'en fout, et la plupart du temps il a oublié que c'était son tour).

Un soir, mes deux frères explosent.

— On sait très bien, disent-ils à notre grand-mère, que ton préféré c'est ce gros crétin.

— Comment pouvez-vous dire une chose pareille ? s'emporte Boma. Vous savez bien que je vous aime tous de la même façon, voyons !

— Tu nous aimes peut-être tous, mais Nogret est ton chouchou, insiste Frédéric, qui a l'air de vouloir m'empoisonner. Tu crois peut-être qu'on ne s'en aperçoit pas ?

Alors, prise au piège, Boma se met à pleurer.

— Oh, ne dis pas ça, mon pauvre enfant, ne dis pas ça, je t'en conjure, tu me fais tellement de peine ! Je vous aime tous autant, je t'en réponds ! Je t'en réponds !

C'est la première fois que j'entends cette expression, «je t'en réponds», et, sur le moment, je me demande bien où les vieilles personnes vont chercher leur façon de parler. Mais Boma a l'air vraiment affectée, elle continue de pleurer, et, du coup, je déteste un peu plus Frédéric. Ce soir-là, nous nous couchons tous les quatre en silence, et j'attends que nous soyons sur nos matelas pneumatiques pour régler mes comptes.

— C'est vous les crétins, dis-je à Frédéric, vous avez fait pleurer Boma alors qu'il n'y a personne sur la terre d'aussi gentil qu'elle.

— Ta gueule, Nogret.

Puis arrive le week-end où Toto nous emmène à la Côte noire. Nous allons revoir notre mère que nous avions laissée en larmes, cachée quelque part pendant que les déménageurs vidaient nos affaires, et c'est un événement suffisamment éprouvant pour me faire cogner le cœur durant tout le trajet. Malgré tout, c'est une heureuse surprise de découvrir sous le soleil ces longs immeubles, qu'on dirait fins et légers comme du carton, agréablement disposés autour d'une pelouse où l'on aperçoit des garçons en train de jouer au ballon.

— C'est joli, ici, dit l'un d'entre nous.

— C'est ce que je me tue à répéter à ta mère, mon petit vieux. Dis-le-lui, tu me rendras service.

— Comment elle va, maman ?

— Ça, mon vieux, ça dépend de quel pied elle se lève...

Ce samedi-là, elle a dû se lever du bon pied, car elle nous apparaît complètement différente de celle que nous connaissions. C'est elle qui nous ouvre quand nous sonnons. Elle nous attendait, peut-être même nous guettait-elle par la fenêtre de la cuisine.

— Ah, vous voilà enfin, dit-elle, ça me fait plaisir de vous voir !

— Nous aussi, ça nous fait plaisir, murmurons-nous en lui tendant la joue.

Elle est très pâle, elle a minci, on dirait qu'elle est un peu plus petite qu'avant. Et puis elle n'a plus sa voix de tête, sa voix de « stentor », disions-nous à Neuilly (sans du tout savoir ce que pouvait bien être un « stentor » en ce qui me concerne), maintenant elle parle plus bas, avec un sourire un peu figé, comme si elle rentrait de la guerre ou venait d'échapper par miracle à une catastrophe sismique.

Josépha n'est plus là, c'est donc notre mère qui a préparé le déjeuner. Nous le prenons autour de la table de Neuilly qui occupe maintenant tout l'espace de cet étrange « séjour » aux murs bigarrés d'école maternelle. Maman se met à table avec nous, mais elle ne mange pas, elle garde son assiette vide, et quand notre père lui adresse la parole, elle continue de nous regarder et de nous sourire, comme si elle ne l'avait pas entendu, ou qu'il n'existait plus pour elle.

— Ça va, c'est bon ? s'enquiert-elle.

— Oui, c'est très bon.

— Comment êtes-vous installés chez Boma ?

— On dort par terre, dis-je, trouvant la chose amusante et propice à détendre l'atmosphère.

— Vous dormez par terre !

— Je leur ai acheté des matelas gonflables, bondit Toto, ne te fais pas de souci, mon petit, ils ne manquent de rien.

— Boma vous fait travailler, j'espère.

— Oui, dit Frédéric, qui a compris, lui. Ne t'inquiète pas, maman, on travaille exactement comme avant, on a tout ce qu'il nous faut, vraiment.

Après le déjeuner, nous allons visiter notre appartement, de l'autre côté du palier. L'empilement des meubles dans le «séjour» condamne la baie vitrée, de sorte qu'il nous apparaît d'abord très sombre. Cependant, les deux chambres du fond sont lumineuses. Celle de gauche, qui donne sur le jardin, sera pour Christine et Anne-Sophie, nous dit Toto, celle de droite est la nôtre, et d'ailleurs nos trois lits métalliques venus de Neuilly (les fameux lits escamotables, mais qui ne le sont plus à présent) sont serrés l'un contre l'autre, occupant tout l'espace.

Notre chambre donne sur l'alignement des box aux portes rouges dans lesquels nos nouveaux voisins rangent leurs voitures. Il me semble que nous passons ce samedi après-midi à observer leur manège, tous les trois allongés à plat ventre sur le lit le plus proche de la fenêtre (une porte-fenêtre, en réalité, de sorte que nous possédons une vue plongeante sur la rue et qu'il nous serait également loisible de nous accouder au garde-corps pour profiter du spectacle si nous n'avions pas peur d'être vus). Jamais nous n'aurions soupçonné qu'on pût passer l'après-midi à laver son auto à la lessive (les roues comprises), puis à la rincer à grande eau, et enfin à la sécher avant d'en faire briller les chromes. Or, presque tous nos voisins s'adonnent à cette occupation, s'interpellant d'un box à l'autre, se prêtant un seau ou une éponge, et la plupart sont aidés par leurs femmes qui courent chercher le chiffon manquant, ou le tube de crème, pour les chromes des pare-chocs. Je crois que nous sommes partagés entre l'envie de nous moquer d'eux parce qu'ils sont tous habillés de ces marcels « qui font affreusement péquenot » (maman, lorsqu'elle en apercevait un sur la plage de Luc : « Non, mais regarde-moi ce péquenot avec son marcel ! »), et le regret de ne pas pouvoir faire la même chose avec la Bardahl. En même temps, il nous est pratiquement impossible d'imaginer Toto déguisé de cette façon et notre mère courant ici et là, avec des bigoudis sur la tête et une paire de seaux au bout des bras, pour le seconder et que la Bardahl brille de tous ses feux (d'autant plus que maman voudrait plutôt voir *disparaître* la Bardahl).

Tout ce printemps, nous aurons plaisir à venir pour le week-end à la Côte noire retrouver notre mère et les petits, nous pousser mutuellement sur les balançoires et jouer sur le tourniquet. Un peu comme si nous possédions désormais une maison à la campagne, et n'ayant encore qu'une conscience assez vague du chagrin dans lequel fut précipitée notre mère, et surtout de ce qui nous attendait.

10.

Je n'ai qu'un lointain souvenir de cet été 1959. Engagé chez les louveteaux sans qu'il me soit venu à l'esprit de protester, chez l'abominable M. Souère (déguisé en Akela, certes, mais néanmoins parfaitement reconnaissable), je pars une dizaine de jours en camp au début de juillet. Je ne m'y fais aucun ami, je n'y trouve aucun plaisir, j'apprends à détester cette forme de discipline militaire faite de hurlements, de cavalcades et d'esprit collectif. De ce camp, je retiens surtout la satisfaction que j'éprouve à compter et recompter chaque soir sur mes doigts le nombre de jours qui me séparent de ma libération. (Par la suite, les événements aidant, je ne remettrai plus les pieds chez les louveteaux et ne croiserai furtivement M. Souère qu'une dizaine d'années plus tard, un soir d'automne après la sortie des élèves, quand je m'introduirai clandestinement dans le *petit* Sainte-Croix avec l'intention, plus ou moins arrêtée, d'y foutre le feu.)

Je ne vous dis pas ma joie en retrouvant Boma, par un lumineux 10 juillet, puis, quelques instants plus tard, mes vêtements civils et mon mille-feuille. Mes frères ne sont plus là (probablement partis pour ces interminables camps scouts qu'affectionne Frédéric – qui terminera chef de troupe), et je passe donc deux jours seul avec cette grand-mère dont je suis si épris que je me promène avec une photo d'elle dans l'étui de ma carte «famille nombreuse» (75 % de réduction). Ensemble, nous retournons au parc de Bagatelle, évitant soigneusement de passer boulevard Richard-Wallace, et c'est cet après-midi-là, tandis que nous marchons en nous donnant la main parmi les saules et les massifs de roses (et ces imbéciles de paons), que je fais ma déclaration à Boma.

— Toi, lui dis-je, tu es tellement gentille que plus tard tu seras une sainte.

— Mon chéri, comment peux-tu dire des choses pareilles !

Puis nous nous taisons. Je sais que le lendemain nous allons nous quitter et j'en ai le cœur serré comme si nous ne devions plus jamais nous revoir. Tout ce long printemps chez elle a été un tel bonheur !

— J'aimerais bien, lui dis-je, que tu me donnes un Bic pour que je puisse t'écrire.

Au retour, nous achetons des timbres et des enveloppes, et elle m'offre un de ces Bic bleus à bouchon que je ne vois jamais que chez elle.

Nous n'allons plus à Luc ni à Châtel. Au dernier moment, et sans doute parce qu'il n'a plus d'argent, Toto a changé ses plans. Il a trouvé à louer pour pas trop cher une maison sur les hauteurs de Paramé, près de Saint-Malo, et c'est donc pour cette destination que je prends le train le lendemain matin.

Boma me conduit à la gare Montparnasse, et je me rappelle combien je la trouve petite (ma grand-mère, pas la gare), et combien je suis triste de la laisser seule dans l'énorme vacarme des machines à vapeur et la cohue affolée des voyageurs qui me paraissent bien capables de la bousculer, et même de l'écraser, pour peu qu'on leur annonce le départ précipité de leur train.

— Maintenant, rentre vite chez toi, ma Boma, et fais bien attention.

En arrivant à Saint-Malo, je découvre sans difficulté le petit autocar vert et blanc qui doit me conduire à Paramé. Toto a bien fait les choses en installant notre mère et les petits, deux semaines plus tôt, il a dû se renseigner sur l'autocar, devenir l'ami du chauffeur en lui racontant qu'avec ses huit enfants il aurait sans cesse besoin de ses services, de sorte que le bonhomme est très avenant :

— Ne te fais pas de souci, mon garçon, monte, installe-toi, et je te dirai quand descendre.

Nous déposons des voyageurs ici ou là, et soudain c'est à moi.

— Tu vois la maison, là-bas, au bout de la route de terre ? Eh bien c'est chez toi. Bonnes vacances, mon grand.

C'est une jolie maison de deux étages, toute en hauteur, avec un toit pointu, un petit jardin sur le devant et une grille rouillée dont la porte est ouverte. Elle n'est pas coquette comme celle de Luc, elle semble même un peu à l'abandon avec ses volets qui battent et son petit balcon rouillé et de travers au premier étage, mais plus je m'en approche, plus elle me paraît joyeuse.

À l'instant où je franchis la grille, j'aperçois notre mère de dos dans la petite pièce à droite du balcon (qui se révélera être la salle de bains de nos parents). Elle porte une blouse bleu pâle, et est apparemment en plein ménage.

— Hou ! hou ! maman, c'est moi !

— Ah ! mon Dieu, tu es là ! Monte vite que je t'embrasse.

Elle n'est plus la petite femme éteinte au sourire mécanique de la Côte noire, son visage a retrouvé un peu de grâce et de vivacité, mais on ne reconnaîtrait sûrement pas sous cette blouse de travail (surtout qu'elle porte des gants de caoutchouc roses) notre mère de Neuilly, immense et courroucée, promenant à travers son salon Louis XVI ses longues narines et l'éclat coupant de ses yeux verts.

— C'est joli, ici, dis-je en caressant le lavabo.

— Ah, tu trouves ? Moi je dis que c'est la maison de Cadet Rousselle, tout ce que tu touches te reste entre les mains. Mais raconte-moi plutôt ton camp. C'était bien, tu es content ?

— Très bien, oui. Où sont les petits ?

— À la plage avec Mademoiselle. Tu veux te changer et les rejoindre ?

Au bout de notre route de terre, en prenant à droite, on finit par tomber sur une place où, comme à Luc, les magasins de parasols, de seaux de plage et de cerfs-volants occupent presque tout le trottoir. On sent déjà l'air de la mer, et tout de

suite on la voit, sur la droite, entre des maisons blanches
tachées de rouille.

Mademoiselle est un peu sèche dans mon souvenir (bien
que jolie, avec un long nez comme notre mère), mais très
consciencieuse – je la trouve en train de faire des pâtés avec
Marie. Elle m'indique où sont les autres, occupés à défendre
un château contre la mer qui monte, tandis que Christine est
là-bas, sur la digue, en train de jouer au Jokari. «Ah oui, je
l'aperçois. Merci, Mademoiselle.» Quel bonheur de les
revoir !

Ensuite, l'été suit son cours, rythmé par les apparitions de
notre père que nous attendons fébrilement dès le vendredi
après-midi. Parfois, il arrive dans la nuit, et en ce cas nos
cœurs s'accélèrent (le mien en tout cas) en reconnaissant sa
voix grave tandis qu'il bavarde avec notre mère, le matin,
dans leur chambre qui se trouve par chance juste en dessous
de la nôtre. Mais le plus souvent, il survient le samedi en fin
de matinée, peu avant l'heure du déjeuner, et alors que nous
le guettons depuis des heures, nous, les garçons, suspendus
aux grilles rouillées du jardin.

Il n'a plus la Bardahl, il roule désormais au volant d'une
puissante Peugeot 203 noire dont les accélérations, et surtout
les décélérations, sont audibles de très loin dans le silence qui
saisit la petite ville de Paramé à l'heure du déjeuner. C'est
dire notre degré d'excitation lorsqu'il s'engage sur notre route
de terre, virant dans un ultime rugissement et soulevant un
nuage de poussière. Il conduit en bras de chemise, Ray-Ban
sur le nez, et Humphrey Bogart surgirait de l'habitacle que
nous ne serions pas plus émus.

En dépit de l'expulsion, en dépit de tout, notre mère aussi
semble heureuse de le retrouver. Ils ne s'étreignent plus
longuement comme à Luc-sur-Mer, dans la tiédeur de midi et
le parfum des géraniums, mais elle le laisse l'embrasser près
de l'oreille, lui murmurer un secret et lui caresser furtivement
les fesses, avant de lancer : «Allez vite, à table maintenant,
tout va être brûlé !»

Comme il le lui avait promis, Toto n'est pas resté les deux
pieds dans le même soulier. Il a quitté Bardahl pour entrer

chez Spontex, les éponges. Et il s'est acheté cette Peugeot d'occasion avec laquelle il parcourt maintenant la grande banlieue pour vendre partout les différents produits de la marque, et en particulier la fameuse *Chamex*, de la taille d'un torchon de cuisine, mais en véritable éponge, voyez-vous, de sorte que vous pouvez aussi bien l'utiliser comme descente de bain que pour nettoyer votre voiture, ou encore dans votre vestibule pour recevoir les parapluies de vos visiteurs un jour d'averse. La *Chamex* rencontre partout, paraît-il, un succès grandissant, permettant à notre père de faire un chiffre «qui n'a rien à voir, mon petit, avec ce que je gagnais chez Bardahl». Même si maman feint de ne rien comprendre à toute cette histoire, et surtout de ne pas y croire – «Tiens, Frédéric, mon vieux, va donc me chercher une *Chamex* dans le coffre de la Peugeot que je puisse expliquer à ta mère» –, elle semble malgré tout satisfaite que notre père ait amélioré ses revenus.

Quant au déménagement, ce n'est plus maintenant qu'une question de semaines. Toto a fait la connaissance d'un certain Bouchet-Borin, «un type épatant, vraiment», qui se met actuellement en quatre pour nous dénicher un appartement. Après ce qui nous est arrivé, maman ne veut plus retourner à Neuilly.

— J'en mourrais de honte, dit-elle.

— Je sais, mon petit, je lui ai demandé de chercher dans le 16e.

— L'idéal serait évidemment boulevard Suchet.

— C'est exactement ce que je lui ai dit, mon minou, lui rapportant fidèlement tes propos, et c'est sur ce secteur qu'il concentre tous ses efforts.

Le week-end suivant, Toto est accueilli comme un prince par notre mère, car ça y est, M. Bouchet-Borin nous a trouvé «la perle rare» : un appartement rue des Belles-Feuilles, entre l'avenue Foch et le Trocadéro.

— Enfin! s'exclame maman. Je finissais par ne plus y croire.

— Je t'avais dit que la sainte Providence ne nous laisserait pas tomber...

— Il n'empêche que nous sommes déjà en août! Quand vas-tu commander le déménagement?

— Écoute, chaque chose en son temps. Pour le moment, je vais déjà récupérer les clés, ensuite je me préoccuperai du déménagement.

— J'aimerais tout de même que tu réserves Durnerin assez vite, qu'il ne nous claque pas dans les doigts au moment précisément où on aura besoin de lui.

— Je t'avoue que je n'y avais pas pensé. Est-ce qu'on ne peut pas se passer d'un décorateur ?

— Enfin, Toto, où as-tu la tête ! Tu ne crois tout de même pas que nous allons nous installer dans la crasse des anciens locataires ? Il y aura évidemment des travaux.

— Oui, tu as raison... Cela dit, avec un peu de chance, les peintures seront encore fraîches.

— Oui, enfin, si on t'écoutait, on vivrait comme des romanichels. Fais-moi le plaisir d'appeler Durnerin.

— Très bien, mon petit, ça sera fait dès lundi.

C'est un joyeux week-end où, comme à Luc quelques années plus tôt, nos parents nous emmènent après le dîner faire une longue promenade sur la jetée, nous offrant des sucettes Pierrot Gourmand (on ne connaît malheureusement pas les Gui-gui à Paramé), se tenant étroitement enlacés, Toto caressant sans façon les reins de sa jolie Suzanne.

Je me demande si ce n'est pas durant cette promenade que lui ou maman nous annonce qu'un neuvième enfant va bientôt venir. Comme d'habitude, je n'avais rien remarqué, alors que notre mère est alors au milieu de son quatrième mois de grossesse et a sûrement déjà le ventre bien rond. De la même façon, je n'ai conservé aucun souvenir de la naissance de notre petit frère Oscar, au milieu du mois de décembre 1959. Mais aujourd'hui, remontant le temps et comptant sur mes doigts, je me dis qu'Oscar fut précisément conçu autour de la date de notre expulsion de Neuilly, peut-être la veille même, ou peut-être ce premier soir à la Côte noire où nos parents ont dû éprouver, comme je l'ai dit, le besoin de se réconforter et de se dire des mots d'amour.

Puis toute la fin du mois d'août nous ne parlons plus que de M. Bouchet-Borin et de cet appartement de la rue des Belles-Feuilles. Nous l'avons, il est à nous, mais les clés qui nous permettraient d'en prendre possession paraissent introuvables.

— Ça alors, c'est un comble! s'insurge maman.

— Sois patiente, mon petit, c'est l'affaire de quelques jours.

Cependant, notre père lui-même semble perdre patience. «Je ne vais tout de même pas faire enfoncer la porte pour ses beaux yeux», nous dit-il, mais comme s'il se parlait à lui-même, et tandis que nous nous engouffrons dans la Peugeot avec la liste des courses pour la semaine.

Une fois Toto reparti pour Paris, notre mère va lui téléphoner tous les jours depuis la poste. C'est par ce biais que nous suivons les efforts que déploie M. Bouchet-Borin pour remettre la main sur nos clés. Le concierge les aurait perdues. L'ancien locataire les aurait emportées. Et puis non, finalement, elles se trouveraient enfermées à l'intérieur de l'appartement.

Cependant, de fil en aiguille, arrive le jour où nous devons rentrer à Paris. J'en garde un souvenir confus et terriblement angoissant car, pour une fois, notre père paraît incapable de trouver les mots pour endiguer la panique qui s'empare de notre mère à l'idée de retourner à la Côte noire.

— Regarde-moi bien, Toto, hurle-t-elle, tandis que nous bouclons nos valises tant bien que mal : jamais je ne retournerai vivre dans ce taudis. Tu m'entends? Jamais.

— Mais qui te dit que nous allons y retourner? D'ici deux ou trois jours j'aurai les clés de la rue des Belles-Feuilles, Bouchet-Borin s'y est engagé...

— Bouchet-Borin, Bouchet-Borin, tu n'as plus que ce nom-là à la bouche. Où sont-elles ces clés, à la fin? Toto, je te préviens solennellement que si tu m'as menti tu vas le regretter pour le restant de tes jours.

— C'est ça, traite-moi de menteur maintenant. Et devant les enfants...

— Oui ou non, m'as-tu promis que nous ne remettrions plus les pieds à la Côte noire?

— Je te l'ai promis, oui, et je renouvelle ma promesse si ça peut te faire plaisir.

— Alors peux-tu me dire où nous allons coucher ce soir?

— Comment veux-tu que je le sache ? Dans la voiture. À l'hôtel.

— Ne me dis pas que tu ne sais pas où nous allons dormir avec tous ces gosses ?

— Et qu'est-ce que tu veux que je te dise ? Tu ne veux pas retourner à la Côte noire et je n'aurai pas les clés de la rue des Belles-Feuilles avant deux ou trois jours. Je ne suis pas fakir, je ne peux pas faire de miracles !

— Tu es un monstre, voilà ce que tu es ! Débrouille-toi comme tu veux, mais trouve-nous un toit pour cette nuit sinon tu ne me reverras pas.

Des portes qui claquent, des hurlements, et puis ce long voyage, entassés dans la Peugeot, entrecoupé d'arrêts pour permettre à notre père de téléphoner. Qui appelle-t-il ? M. Bouchet-Borin sans doute. Mais notre mère affecte de s'en moquer et de tout le trajet elle ne lui adresse plus la parole, feignant de se soucier de Marie qui dort sur ses genoux.

Le soir tombe quand nous entrons dans Paris, et retrouver d'un seul coup ces larges trottoirs aux vitrines illuminées où des gens élégants et pressés se croisent me serre le ventre. Puis je reconnais les Champs-Élysées.

— Où nous emmènes-tu ? maugrée soudain maman.

— À l'hôtel, mon petit.

— Tu nous emmènes à l'hôtel ?

— Oui, pour deux ou trois jours ça fera parfaitement l'affaire.

— Enfin, comment as-tu trouvé un hôtel ?

— Je me suis arrangé. Ne te fais pas de souci, il y aura des couchages pour tout le monde.

Notre mère semble abasourdie, mais rassérénée. Si nous allons à l'hôtel, c'est que nous ne retournons pas à la Côte noire.

— Dans quel quartier est-il, cet hôtel ? reprend-elle un instant plus tard d'un ton un peu moins acerbe.

— À deux pas de la gare Saint-Lazare, rue Pasquier.

Quand il s'engage dans une rue étroite qui doit être la rue Pasquier, notre père ralentit et se met à tordre le cou.

— Tiens, ça doit être l'enseigne là-bas, dit-il.

Et en effet, c'est bien cet hôtel. Il gare la Peugeot.

— Attends-moi là une seconde, mon petit, dit-il en s'extrayant de l'habitacle et en nous refermant la portière au nez. Nous le suivons des yeux. Il traverse la rue et s'enfonce sous le porche vivement éclairé de l'hôtel. On devine de chaudes couleurs à l'intérieur qui donnent envie d'entrer. Une femme brune aux lèvres écarlates, qui s'apprêtait à sortir, laisse passer notre père, puis elle se ravise et disparaît à sa suite.

Un moment plus tard, deux hommes surgissent en bavardant et nous mettons une ou deux secondes à reconnaître André Périgne à côté de Toto.

— Oh ! mon Dieu, souffle maman, il ne manquait plus que ça !

— C'est Périgne, confirme Frédéric, traduisant par la solennité de son ton l'estime et le soulagement que nous inspire l'ami de notre père.

Périgne fait le tour de la Peugeot, et avec une drôle de petite courbette il vient ouvrir la portière de notre mère.

— Soyez la bienvenue, madame la baronne, dit-il.

— Ah, bonjour, rétorque maman, prise de court.

— Toto m'a expliqué que vous étiez dans le besoin pour quelque temps, j'ai fait le nécessaire pour vous trouver des chambres.

— Je ne comprends pas. Je croyais que vous étiez... garagiste...

— Cet hôtel appartient à ma mère, chère madame.

— Ah.

— Si vous voulez bien vous donner la peine d'entrer, elle vous attend. Je vous assure que vous ne manquerez de rien, et croyez bien que c'est un plaisir pour moi de rendre service à un ami tel que Toto.

De cette première soirée à l'hôtel Pasquier, je n'ai conservé que ce moment : celui de notre entrée dans le salon d'accueil, une pièce aux couleurs chaudes, en effet, mais plus petite que je ne l'avais imaginé, de sorte que nous y tenons difficilement tous les dix avec nos valises.

— Oh, la belle famille ! s'exclame une très grosse dame derrière une espèce de comptoir sur lequel est posée une lampe à l'abat-jour rouge.

Je reconnais près d'elle la femme brune aux lèvres écarlates qui nous observe également, mais sans sourire, l'air de ne pas en croire ses yeux.

La très grosse dame est la maman d'André Périgne. Elle serre la main de notre mère par-dessus le comptoir, puis nous l'entendons dire :

— Va vite les installer, André, ne les laisse pas attendre ici.

Nous occupons trois ou quatre chambres à l'étage le plus haut, et je me rappelle notre ravissement, le premier matin, lorsque, encore au lit, nous vîmes entrer une dame portant un tablier blanc à bavette précédée d'un plateau croulant sous les croissants et les brocs de café au lait. Nous n'avions plus de toit, la veille encore Toto envisageait de nous faire dormir dans la Peugeot, et voilà que comme dans un conte de fées une servante surgissait les bras chargés d'un petit déjeuner délicieusement parfumé, et dont même aux plus beaux jours de Neuilly nous n'aurions pas osé rêver. Toute ma vie, l'hôtel conservera à mes yeux, du fait de ce matin-là, sans doute, le pouvoir mystérieux de me sauver, et lorsque j'aurai envie de mourir, j'aurai chaque fois le sursaut, comme d'autres poussent la porte d'une église, d'entrer dans un hôtel et de réclamer une chambre.

Nous finissons tous les croissants, nous buvons tout le café, puis, toujours en pyjama, et pieds nus, nous allons aux nouvelles. Par chance, nous tombons dans le couloir sur notre sœur Christine, envoyée par maman à la pharmacie chercher quelque chose. C'est elle qui nous ouvre la chambre de nos parents. Elle offre un spectacle tout à fait à l'opposé des façons de notre mère : tandis que les petits se sont regroupés là pour jouer, à demi nus parmi les valises éventrées, les biberons renversés et les débris de croissants, maman est encore au lit, les cheveux complètement écrasés sur un côté du crâne, son plateau de petit déjeuner posé en travers de sa table de nuit. Ce pourrait être insolite et joyeux si on ne devinait pas à ses yeux rougis qu'elle a passé la nuit à pleurer.

— Tenez, Minette, dit Christine en lui tendant les médicaments. Voulez-vous que je vous apporte un verre d'eau ?

— Oui, s'il te plaît. Ça va, les garçons ? Vous avez pu dormir malgré ce vacarme ?

— Quel vacarme ? On n'a rien entendu...

— Eh bien vous avez de la chance ! Comment ose-t-il ? Mon Dieu, comment ose-t-il ?

— Mais quoi ? dit Frédéric (ou peut-être Nicolas), c'est très bien ici...

— C'est un hôtel pour les prostituées, souffle Christine, revenant du cabinet de toilette avec un verre d'eau, et comme si elle avait peur que les petits l'entendent.

Je crois que je devine vaguement ce que peut être une prostituée, et comme Frédéric et Nicolas semblent en avoir le souffle coupé, je feins moi aussi d'être sidéré.

— Papa est déjà parti ? dis-je, après un moment, et tandis que notre mère finit d'avaler ses cachets.

— Avec cet horrible Périgne, maugrée-t-elle. Je me demande où il est allé chercher ce type...

Quelque chose qui avait déjà commencé à se fêler à l'époque de la Bardahl continue alors à se casser entre notre mère et nous, les garçons (mais peut-être devrais-je plutôt dire entre notre mère et *moi*, mes frères détestant que je parle en leur nom, ce que je fais néanmoins), car nous ne partageons pas son point de vue sur Périgne, et, tout à l'opposé d'elle, nous nous félicitons secrètement que Toto compte un ami de cette trempe, capable de réparer les voitures et de voler à notre secours. Tandis que tout s'effondre petit à petit autour de nous, nous pressentons que nous pourrons toujours compter sur André Périgne, et cela nourrit à nos yeux, et dans nos cœurs également, l'aura qui entoure cet homme.

C'est pourquoi nous retournons dans notre chambre, ce matin-là, ne tenant nullement à médire et comploter avec notre mère et Christine, même si Périgne n'a rien pu trouver de mieux pour nous loger qu'un hôtel habituellement réservé aux prostituées.

Combien de temps vivons-nous à l'hôtel Pasquier ? Peut-être deux ou trois semaines, dans une bienheureuse insouciance, et comme à l'abri de l'ouragan qui semble jour après jour ravager notre mère. Bien que quelques mètres seulement séparent notre chambre de celle de nos parents, nous ne les voyons plus guère, comme si l'hôtel avait cette inexplicable faculté (miraculeuse faculté, devrais-je écrire) de nous protéger des nôtres, comme du reste du monde. Nous entendons dire par notre sœur Christine que chaque nuit nos parents se disputent, que M. Bouchet-Borin n'a toujours pas retrouvé nos clés, que notre mère menace de se jeter par la fenêtre (ce qui ne doit pas faire rire Toto, cette fois-ci, car nous sommes tout de même au sixième étage, sans bac à sable), mais c'est un peu comme si toute cette histoire avait provisoirement cessé d'être la nôtre.

Pour notre part, Nicolas et moi nous adonnons à un jeu qui nous occupe du matin au soir et dont chaque épisode dépasse en suspense les enquêtes du commissaire Bouchet-Borin : nous lançons chacune de nos voitures du sixième étage sur le trottoir de la rue Pasquier pour nous livrer ensuite à une estimation des dégâts. L'un se met en haut, l'autre en bas, et Mme Périgne ne trouve rien à redire à nos expériences tant qu'une de nos voitures ne vient pas s'encastrer dans le crâne d'une de ses filles.

11.

Notre mère doit être trop malade pour quitter son lit lorsque nous regagnons la Côte noire, car je n'ai conservé aucune image d'elle dans ce remue-ménage. J'ai eu dix ans le 1ᵉʳ octobre (nous ne fêtons pas mon anniversaire, nous avons trop de soucis), je dois entrer en septième à Sainte-Croix de Neuilly, mais nous avons laissé passer la date de la rentrée et nous n'avons plus ni vêtements chauds ni affaires d'école. Maman a raison, à force de déménager, nous commençons à ressembler à des romanichels, toujours habillés des mêmes habits de plage, maintenant usés et crasseux, alors que l'automne et les pluies sont là.

Toto, qui a dû sincèrement espérer nous installer dans le 16ᵉ arrondissement, semble épuisé et anéanti de devoir nous ramener tous à la Côte noire (cette fois, Boma ne nous prend pas chez elle). S'il avait su que les choses tourneraient aussi mal, nous explique-t-il, hors d'haleine et la cravate en tire-bouchon, il nous aurait sans doute inscrits dans la première école venue à Rueil, car il va de soi qu'il va nous être difficile, voire impossible, de faire chaque jour l'aller et retour pour Sainte-Croix de Neuilly.

— Je sais bien, mon petit vieux, dit-il à Frédéric (qui doit entrer, lui, en quatrième, et craint de perdre pied), mais que veux-tu que je te dise : on va se démerder avec les moyens du bord.

En attendant, il nous embarque tous les trois dans la Peugeot, direction les Grands Boulevards, pour nous «équiper

décemment». («Je vais vous équiper décemment, les garçons,
et qu'on n'en parle plus.») J'ai conscience, cette après-midi-
là, d'être précipité dans l'âge adulte car je rentre à la Côte
noire habillé du même pantalon de tergal et de la même
chemise grise à manches longues que notre père (moi qui ne
portais jusqu'ici que des culottes courtes, et mon costume
marin les dimanches et jours de fête). Quelques jours plus
tard, Toto nous offrira à chacun une montre Kelton pour remplacer celles que nous ont volées les déménageurs de la
Caisse des dépôts (je ne le répéterai jamais assez).

Notre sœur Christine continue également d'aller à l'école
Saint-Dominique de Neuilly, de sorte que chaque matin Toto
nous reconduit sur le lieu de son naufrage. Peut-être est-ce
ce qui explique, au moins autant que la distance, que nous
arrivions tous les jours en retard, comme si notre père reculait
inconsciemment le moment de revenir dans cette ville maudite.
Nous avons beau le presser, nous lever de plus en plus tôt,
nous arrivons toujours à Sainte-Croix bien après la sonnerie
de la cloche.

Ce retard chronique fait bientôt de nous les phénomènes
du collège, et les souffre-douleur du surveillant général,
M. Prudhomme (je suis désormais, comme Frédéric, au *grand*
Sainte-Croix, avenue du Roule). Colosse dépourvu d'humanité (mais sans doute est-ce la fonction qui exige cela),
M. Prudhomme nous guette derrière la haute porte de Sainte-
Croix et nous conduit aussitôt par les oreilles jusqu'au parloir. Il ne veut pas savoir d'où nous arrivons, ni pourquoi
nous sommes en retard, ni pourquoi nous n'avons pas de mots
d'excuse (la seule fois où Toto a trouvé de quoi nous faire un
mot, un papier écorné et sale qui traînait dans le vide-poches
de la Peugeot, M. Prudhomme l'a chiffonné et jeté sans le lire
parce qu'il n'était pas dans une enveloppe), il ne veut plus rien
savoir de nous, il nous hait, tout simplement, et je crois que si
la loi l'y autorisait, il nous tuerait volontiers sur place en nous
dévissant la tête de ses grosses pattes en forme de battoirs.

Nous passons la première partie de la matinée au parloir,
jusqu'à la récréation, si bien que nous ratons la moitié des
cours. Les professeurs soupirent, ou ricanent, en nous voyant

entrer, déclenchant aussitôt un fou rire général – «Ah tiens, de Pranassac, vous ne venez plus qu'à mi-temps maintenant?». Après quelques semaines seulement nous sommes derniers et menacés d'être renvoyés. Cependant, ni les professeurs ni M. Prudhomme ne se doutent à quel point leurs menaces ne pèsent rien au regard de tous les ennuis que nous avons.

À dire vrai, Toto, qui, déjà, à Neuilly, ne s'intéressait guère à nos bulletins, ne prend même plus la peine de les lire avant de les signer sur son volant.

— M. Prudhomme a dit que la prochaine fois on serait renvoyés trois jours, papa.

— Oui, eh bien tu lui répondras que s'il veut ma place, je la lui cède volontiers. C'est qui, d'ailleurs, ce zèbre?

— Le surveillant général.

— Ils me font braire, tous autant qu'ils sont.

Nous retrouvons notre père tous les soirs de l'autre côté du pont de Neuilly, sous l'enseigne lumineuse BAROCLEM, en lettres bleues géantes, que l'on aperçoit depuis la porte Maillot. Cela lui évite d'entrer dans Neuilly, et nous permet de prendre directement la route de Nanterre («Mon vieux, tu n'imagines pas le temps que ça nous fait gagner»). Je me rappelle qu'avec Nicolas (qui, lui, arrive toujours de son école pour enfants compliqués), notre plaisir est de faire rouler nos voitures sur la rambarde bien lisse du pont de Neuilly. Frédéric nous suit, ou nous précède (il n'a plus l'âge, pour les petites voitures). Et nous rejoignons notre sœur Christine qui, bien souvent, arrive la première à Baroclem (devenu un lieu-dit, au fil du temps).

Toto survient quand il peut, parfois deux ou trois heures après l'heure prévue, mais il ne nous viendrait pas à l'esprit de nous plaindre, ou de le lui reprocher, tant il a l'air fatigué et sonné par les épreuves, comme en témoigne la Peugeot dont tout l'avant est maintenant démoli et à laquelle il ne reste plus qu'un phare valide, en partie écrasé, dont le faisceau maladif éclaire faiblement les branches dénudées des arbres. Il arrive de «clientèle», de lieux dont les noms me serrent le cœur tant ils sont associés à la laideur de notre vie, Chilly-

Mazarin, Chevilly-Larue, Livry-Gargan, Sarcelles, La Vache-
Noire... Tant d'années après, rien que de décliner ces noms
de merde me remplit les yeux de larmes. Mais sur le moment
nous ne pleurons pas, sauf ce soir de décembre où Christine
dit que nous allons mourir de froid si nous n'entrons pas dans
le café qui se trouve sous l'enseigne BAROCLEM. Il tombe
de la pluie gelée que le vent nous jette au visage, et nous
attendons Toto depuis près de deux heures. Alors nous
entrons dans le café avec nos cheveux raides de crasse et de
givre, nos joues écarlates, nos nez pleins de morve, et nos
cartables dégoulinants.

— On voudrait un chocolat chaud, dit Christine.

— Alors quatre grands chocolats.

— Non, monsieur, parce que j'ai juste de quoi payer un
seul chocolat.

— Un chocolat, un client. Les autres sortent. Vous ne
voyez pas que vous occupez une table de quatre, là ?

— Si, monsieur.

— Alors dehors, c'est pas l'Armée du Salut ici.

Ça ne me met pas plus en colère que M. Prudhomme
lorsqu'il nous soulève par une oreille pour nous traîner jusqu'au
parloir. C'est bien plus tard, des années plus tard, tandis que
j'écrirai *Priez pour nous*, que je me mettrai à éprouver une
espèce de chagrin meurtrier, assassin, me rappelant soudain
comment Christine s'était mise à pleurer tout doucement, une
fois revenue sur le trottoir, rien que pour elle-même, comme le
jour de l'expulsion. Me rappelant aussi combien Frédéric avait
eu l'air embêté et triste de ne rien trouver à dire pour la réconforter. Un chagrin meurtrier, oui, qui aurait pu me conduire
à venir descendre ce fumier de cafetier si entre-temps l'immeuble de Baroclem n'avait pas été détruit (avec des centaines
d'autres) pour édifier le quartier de la Défense.

Mais quel bonheur lorsque Toto surgit de la tempête et que
nous nous engouffrons dans l'habitacle capitonné et chauffé
de la Peugeot.

— Ça va, les enfants ? Je ne vous ai pas fait trop attendre ?

— Ça va, papa, mais tu sais, nos souliers sont complètement foutus, l'eau rentre dedans par les semelles.

— Oui, eh bien sois chic, mon vieux, ne dis pas ça à ta mère sinon elle va encore m'en faire tout un pataquès.

Comment peut-il croire qu'on irait raconter quoi que ce soit à notre mère ? Il y a longtemps qu'on ne lui dit plus rien, lui dissimulant nos retards, nos bulletins désastreux, et les lettres de l'économe du collège que Toto expédie sans les ouvrir dans le vide-poches de la Peugeot.

Pour remplacer Josépha, notre père a embauché Thérèse, une jeune fille de dix-neuf ou vingt ans, originaire de Carhaix, en Bretagne, et c'est à présent Thérèse qui nous accueille, le soir, après que nous sommes passés dans notre appartement déposer nos cartables et nos manteaux trempés. C'est elle qui prépare les repas tandis que notre mère s'apprête à mettre au monde notre petit frère Oscar en ce mois de décembre 1959.

Thérèse a seulement quatre ou cinq ans de plus que Christine, elle pourrait être notre grande sœur, et c'est sans doute pourquoi nous ne la considérons pas comme notre « bonne à tout faire ». Et puis les temps ont changé, n'est-ce pas, tandis qu'à Neuilly on « sonnait » Josépha, qui était priée de raser les murs lorsqu'elle s'aventurait hors de la cuisine, Thérèse vit au milieu de nous, à Rueil, et je crois que même maman n'imaginerait plus agiter son grelot pour la sommer de rappliquer.

— Je vous ai fait une bonne soupe de légumes, dit-elle, les joues rougies par la vapeur, allez vite mettre la table, on va manger.

Thérèse dort avec nous, les grands, dans notre appartement. Sa chambre est la cuisine (dont nous n'avons pas besoin puisque nous avons l'autre), et ainsi l'évier de zinc lui fait office de cabinet de toilette.

Tandis que j'écris ce livre, je téléphone souvent à Thérèse qui habite à présent Langueux, près de Saint-Brieuc. Je l'avais cherchée, et retrouvée, alors que j'écrivais *Priez pour nous*, en 1989-1990, et depuis nous correspondons épisodiquement. Hier soir, je l'ai encore appelée. J'ai le souvenir que je dormais seul dans notre « séjour » transformé en garde-meubles, et que Frédéric avait installé une table de fortune dans un renfoncement, entre les meubles et les caisses, au pied de mon lit, sur laquelle il travaillait souvent le soir, tard, pendant que je

cherchais le sommeil. Ma question était de savoir pourquoi
je ne dormais plus dans la chambre du fond, avec mes deux
frères, comme au printemps précédent, au temps où nous
observions les hommes en marcel lessiver leurs autos avec le
concours de leurs femmes. Thérèse me dit que la chambre
était trop petite pour nous trois et qu'il a été décidé que je
dormirais dans le garde-meubles. (En réalité, elle pense que
c'est Frédéric qui m'a viré de la chambre, mais j'ai déjà tant
de problèmes avec Frédéric que je préfère laisser cette information entre parenthèses et tenter de l'oublier, car, comme on
le verra par la suite, ma présence dans le garde-meuble fut à
l'origine du plus extrême effroi de mon enfance, un cauchemar dont je n'ai plus cessé, depuis, de payer le prix, et je
n'aimerais pas avoir à me dire que cela *aussi* est de la faute
de Frédéric.)

Je crois me souvenir que c'est à l'automne 1959, et donc
quelques semaines avant la naissance d'Oscar, que survient
l'événement qui va marquer ma rupture avec notre mère (ma
seconde rupture, devrais-je écrire, puisque la première survint
à Bizerte, comme je l'ai dit, à l'occasion du choléra de
Frédéric, lorsque notre mère dut m'abandonner à l'âge de
trois ou quatre mois pour sauver son fils aîné).

Ce doit être un jeudi, nous n'avons pas école, Thérèse est
en congé ce jour-là, et c'est donc notre mère qui a préparé les
frites censées accompagner les biftecks. Nous sommes tous
assis autour de la table et maman surgit de la cuisine avec la
friteuse pleine d'huile bouillante au bout de ses bras tendus.
Et soudain elle tombe, là, après avoir franchi la porte du
«séjour», et juste avant d'atteindre la table. Elle tombe en
arrière, comme si elle avait glissé sur une peau de banane,
voyez-vous, avec cette énorme friteuse entre les bras. Je
suppose que c'est toujours insupportable de voir tomber sa
mère, mais la nôtre accompagne sa chute d'un hurlement qui
continue de me hanter, tant d'années après. Un hurlement
d'épouvante, comme si elle avait deviné, me dis-je aujourd'hui,
qu'elle allait s'ébouillanter et terriblement souffrir, elle qui
avait toujours si peur de devoir souffrir. Ou comme si elle se
voyait, dans le même instant, précipitée dans la folie, ou dans

la mort, ce qui revient à peu près au même. Puis notre mère
est sur le dos, peut-être dans l'huile brûlante qui s'est répandue
tout autour d'elle, je ne sais pas, je ne vois plus qu'elle, car,
sans cesser de hurler, elle agite frénétiquement ses quatre
membres, comme une énorme bête qu'on ébouillanterait par
l'échine en espérant la tuer. Je ne crois pas, de toute ma vie,
avoir jamais assisté à une scène aussi terrifiante, aussi douloureuse. Je ne sais pas ce que font mes frères et sœurs, mais
moi je me mets à pleurer de terreur et de chagrin, ou de
chagrin et de terreur, je ne saurais pas dire dans quel ordre
tant les deux sentiments se confondent aujourd'hui encore
dans ma mémoire. Et, sans cesser de pleurer, mais en hurlant
tout bas comme si je n'avais plus de voix, je m'enfuis, je
cours me réfugier dans notre appartement, de l'autre côté du
palier. Je ne veux plus voir notre mère agitant les pattes
comme une écrevisse au court-bouillon, ou un scarabée qu'on
essaierait de tuer. Je ne veux plus, mon Dieu. À ce moment-
là, j'ai la certitude que jamais plus je ne la reverrai telle que
je l'ai connue à Luc-sur-Mer, que notre mère est devenue
folle, qu'elle ne reviendra pas à la raison, et c'est la première
fois que je mesure combien je l'aime, moi qui pensais ne pas
l'aimer. C'est la première fois que je la pleure (et la dernière,
ai-je envie d'ajouter aussitôt, puisque je ne pleurerai ni la nuit
de sa mort ni le matin de son enterrement).

Je cours me réfugier dans notre appartement, et je me rappelle que je ne parviens qu'à répéter dans mes sanglots : «Ma
pauvre maman, elle est devenue folle. Ma pauvre maman, elle
est devenue folle», assis sur la chaise de bureau de Frédéric,
près de mon lit, comme si ma vie venait de se rompre sur cet
événement et que je sois incapable d'imaginer comment en
reprendre le cours avec cet énorme fardeau sur le cœur.

Puis Frédéric et Nicolas surgissent, et ils ont l'air sincèrement ennuyés de me trouver dans cet état, répétant comme un
débile «Ma pauvre maman, etc.». Je les revois traînant autour
de moi dans la pénombre du garde-meuble, m'écoutant et me
regardant sangloter, et je ne sais pas lequel des deux a soudain cette phrase incroyable qui m'arrête net, comme si on
me balançait un seau d'eau à la figure.

— Mais c'est de la comédie, elle n'a rien du tout cette conne.

Peut-être l'un dit-il la première partie de la phrase, et l'autre la seconde. Aussitôt, je reprends espoir. Je me fiche qu'ils la traitent de conne (d'ailleurs, ce n'est pas la première fois, il me semble que déjà, à cette époque, nous le disons entre nous : «Elle nous fait chier, cette conne»), j'entends seulement qu'elle n'a «rien du tout» et que donc je vais la revoir un jour. Ce qui m'intrigue, c'est le mot de «comédie». Comment peut-on songer à faire de la comédie alors qu'on vient de tomber en arrière avec une bassine d'huile bouillante entre les bras (et un gros ventre, mais je n'ai aucun souvenir du gros ventre)?

— C'est quoi qui est de la comédie? dis-je.

— Elle s'est cassé la gueule, m'explique Nicolas, et ensuite elle a fait semblant d'avoir une crise de nerfs.

Ah bon. Il a l'air si sûr de lui que je le crois.

Ce soir-là, nous mangeons en silence un dîner que nous a préparé Christine. Elle nous dit que notre mère est dans sa chambre, qu'elle a pris des médicaments et s'est endormie. Toto, lui, est reparti «en clientèle» placer ses précieuses *Chamex*. Thérèse me raconte aujourd'hui qu'Anne-Sophie et Guillaume, «les moyens», comme elle les appelle (par rapport à nous «les grands»), dont plus personne ne se préoccupait à Rueil, ne faisaient que pleurer. Je suppose donc qu'ils ont beaucoup pleuré, comme moi, en voyant notre mère se rouler par terre, et que maintenant ils lapent leur soupe la morve au nez, comme je le fais moi-même. Je suppose, parce que je n'ai aucune image d'eux. En revanche, j'ai un souvenir lointain des plus petites, Cécile et Marie, parce que à tour de rôle nous leur changeons leurs couches et les surveillons vaguement, qu'elles n'aillent pas tomber par les fenêtres, ou rouler dans les escaliers, puisque la porte d'entrée est pratiquement tout le temps ouverte.

C'est le lendemain matin, en découvrant notre mère dans la cuisine, que survient ma rupture avec elle. Elle est de dos, je ne sais pas ce qu'elle prépare à manger, mais comme je n'ose pas lui adresser la parole (paralysé par la trouille), j'attends qu'elle se retourne pour me dire quelque chose, ou même simplement me regarder, ce qui permettrait de renouer le fil entre nous. Mais elle ne se retourne pas, elle nous ignore tous absolument, or je vois bien qu'elle n'est pas brûlée, que tous ses membres fonctionnent, et ainsi commence à s'installer dans mon esprit que c'était bien de la comédie, en effet. Que cette scène qui m'avait, au sens propre du mot, *brisé le cœur* (à moi comme aux plus jeunes, je suppose), n'avait été pour elle qu'une ruse destinée sans doute à ce que Toto lui trouve enfin son appartement boulevard Suchet. Je pense qu'il me faut plusieurs jours, peut-être même plusieurs semaines, pour glisser du chagrin à la colère, et m'entendre formuler, avec les mots de mes frères aînés : «La salope, elle a fait semblant d'être folle.»

Quand notre mère mourra, bien des années plus tard, et que je m'étonnerai de ne pas en éprouver de chagrin (ou si peu), j'en viendrai à me donner pour explication qu'elle était déjà morte en moi, et que sa disparition remontait sans doute à cette fausse crise de nerfs, l'année de mes dix ans, où je l'avais pleurée comme si je ne devais plus jamais la revoir.

Un matin, un des jeunes pions qui surveillent habituellement les récréations vient me chercher dans la classe. Après avoir échangé quelques mots à voix basse avec notre professeur (nous sommes en plein cours), il me prie de ranger mes affaires, de prendre mon cartable, mon manteau, et de le suivre.

Nous parcourons des couloirs où je n'avais jamais mis les pieds, puis il me demande de patienter devant la porte d'un bureau dont je vais bientôt comprendre qu'il est celui de l'économe. Le surveillant en ressort avec une lettre cachetée.

— Je dois te reconduire chez toi, me dit-il, tu sauras m'indiquer comment y aller ?

Il nous est déjà arrivé, avec Frédéric, de devoir rentrer seuls, parce que Toto ne pouvait pas nous récupérer à Baroclem, et je sais donc où prendre le car de la CGEA, porte Maillot. Il nous conduit jusqu'à Rueil, près de la caserne, et ensuite il faut grimper à pied jusqu'au domaine de la Côte noire, sur le plateau.

— Oui, dis-je.

Je suis tellement surpris que je ne demande pas tout de suite pourquoi je dois rentrer à la maison. Nous reprenons les couloirs dans l'autre sens, descendons jusque dans la cour, et là je me rappelle que nous croisons notre aumônier, l'abbé Robin, et qu'il détourne le regard au lieu de s'enquérir de l'endroit où nous allons, tous les deux, à cette heure de la matinée où tout le collège est au travail. Aujourd'hui, je sais que l'abbé Robin savait, comme tous les prêtres de Sainte-Croix, et que ces salauds, censés nous éduquer, avaient trouvé parfaitement légitime la raison pour laquelle on me mettait à la porte, tout en laissant au jeune surveillant le soin de m'en informer et d'affronter ma mère.

— Pourquoi vous me ramenez chez moi? dis-je au surveillant, tandis que nous gagnons à pied la porte Maillot et qu'il est peut-être 11 heures du matin.

— Parce que tes parents ne paient plus ta scolarité depuis plusieurs mois.

Je me souviens alors à quelle allure se met à travailler mon cerveau. Si cet imbécile révèle cela à notre mère, me dis-je, elle est parfaitement capable de se rouler par terre en hurlant, ou même de sauter par la fenêtre, comme elle menace si souvent de le faire.

— Je sais rentrer tout seul, dis-je, vous pouvez me laisser au car.

— Je n'ai pas le droit, je dois te raccompagner jusque chez toi.

— C'est très loin, et il faut marcher au moins trois kilomètres. S'il vous plaît, laissez-moi au car.

— Non, d'ailleurs je dois remettre cette lettre à tes parents en mains propres.

— Je la donnerai à mon père, si vous voulez. Je vous le promets.

Il fait non de la tête, ne veut plus discuter.

Quand nous sommes assis l'un à côté de l'autre dans l'autocar, et que le chauffeur fume une dernière cigarette avant de partir, je reviens à la charge parce que je n'arrive pas à imaginer sans trembler le moment où le surveillant va annoncer cette nouvelle catastrophe à notre mère.

— Ma mère est malade. Il ne faut pas lui dire que mon père n'a pas payé le collège.

Il me regarde et ne répond rien. Alors j'ajoute :

— Elle fait des crises de nerfs. Il ne faut rien lui dire.

Je le vois réfléchir, je suppose qu'il essaie de deviner à quoi peut bien ressembler une crise de nerfs.

— Je ne peux pas te laisser rentrer seul, je dois te raccompagner, répète-t-il.

Puis le car démarre et nous nous taisons. Lui ne m'adresse pas la parole de tout le trajet, et moi je n'ai rien d'autre à lui dire. Je suis partagé entre la satisfaction de ne plus avoir à retourner à Sainte-Croix (pour combien de temps ? Je ne sais pas) et la peur de ce qui va survenir lorsque maman va nous découvrir sur le palier, le surveillant et moi, et comprendre.

Maintenant, nous marchons côte à côte sur la petite route qui grimpe entre les jardins des pavillons, les potagers, le verger... et ce qui me fait honte, aujourd'hui, tandis que je me remémore cette montée vers la Côte noire, c'est que je ne tente rien pour m'enfuir, voyez-vous, pour arrêter le drame que je pressens. Pourtant, je ne pense plus qu'à Toto, à ce moment-là, à ce qui va encore lui tomber sur la tête par ma faute. Mais l'idée d'entreprendre quoi que ce soit d'illégal ou de violent (comme de frapper le surveillant au visage d'un grand coup de cartable, par exemple, et de sauter par-dessus une barrière pour aller me cacher dans un potager) ne me traverse même pas. Sans doute est-ce que je suis encore trop bien élevé, sortant tout juste de Neuilly, me dis-je aujourd'hui, cherchant à me réconforter.

Ça y est, nous y sommes, nous longeons notre immeuble. À droite, ce sont les box pour les voitures avec les portes rouges, et si je levais le nez sur la gauche je pourrais déjà repérer la fenêtre de notre cuisine, la seule à être toujours grande ouverte, de sorte que parfois on entend notre mère hurler depuis l'entrée du domaine. Mais je ne lève pas le nez. Je pense que mon cœur cogne si fort que le surveillant doit l'entendre.

— C'est ici, dis-je tout bas, en le précédant sous le porche.

Dans les escaliers, j'entends l'écho de ses pas derrière les miens, et je songe que par ma faute quelqu'un qui ne nous aime pas, quelqu'un qui est notre ennemi, va s'introduire chez nous. Je songe que je suis en train de trahir Toto, que je suis le traître qui conduit l'ennemi chez nous, et j'ai si peur, je me sens si mal, que je n'exclus pas, en plus de la honte et du déshonneur, de faire dans ma culotte à la seconde où la porte s'ouvrira.

— Je sonne ? me demande le surveillant.

Je fais oui de la tête, et nous nous figeons.

Je sais combien notre mère a peur de la sonnette depuis l'expulsion. Quand ce n'est pas un huissier, c'est une lettre recommandée, ou encore un voisin qui vient lui demander d'arrêter de crier parce que ça fait aboyer le chien, et qui finit par l'insulter en s'entendant répondre qu'il n'a qu'à ne pas avoir de chien.

Maman a ses yeux griffus et hallucinés de folle quand elle ouvre. Ses yeux verts couleur de torrent. Elle voit d'abord le surveillant, puis me reconnaît.

— Qu'est-ce que c'est ? dit-elle, mais en tremblant, déjà, et comme si elle allait nous claquer la porte au nez.

J'ai le temps d'éprouver la satisfaction de voir le surveillant perdre pied et se mettre à bafouiller comme un enfant. Le temps de me murmurer à moi-même : «Je t'avais prévenu, connard, maintenant tu vas voir ce qui va t'arriver.» Mais ensuite, je ne sais plus. Pourquoi ma mémoire a-t-elle si fidèlement conservé la scène de la crise de nerfs avec la friteuse, et complètement effacé celle-ci ? Pourquoi ? J'aimerais tellement pouvoir me souvenir de tout. Sans doute maman est-elle prise de sanglots en découvrant la lettre de l'économe, et sans doute se met-elle à taper du pied en grondant : «Le salaud ! Le salaud !», à l'adresse de notre père (comme je l'ai vue tant de fois le faire), et sans doute le surveillant en profite-t-il pour s'éclipser discrètement. Je ne sais pas.

Le seul souvenir qu'il me reste de cette journée est la consolation de me retrouver soudain seul dans notre appartement, avec devant moi toute une longue après-midi pour faire rouler ma Schuco. Je l'ai gagnée aux billes quelques jours plus tôt dans la cour de récréation, et aujourd'hui, cinquante ans plus tard, je l'ai toujours dans un tiroir de mon bureau, tandis que j'écris et vous parle d'elle. C'est une voiture à peine plus grosse qu'une Dinky Toys, mais équipée d'un moteur à ressort (à présent cassé, malheureusement), d'une direction, de gros pneus à crampons, et dont la vitesse est telle dans les virages qu'elle dérape et fait tourbillonner dans son sillage les flocons de poussière qui tapissent le sol, me précipitant dans une excitation qui me fait oublier tous mes ennuis.

12

Frédéric et moi finissons cette année scolaire dans la Peugeot de notre père. Toto est parvenu à convaincre maman que Sainte-Croix nous a repris, et désormais nous devons faire semblant de travailler pour qu'elle cesse de le faire «braire». Nous partons donc tous les matins avec nos cartables, exactement comme si nous allions au collège, mais en réalité nous n'allons nulle part.

Notre vie est si décousue, si déstructurée, que je ne conserve de cette période que des bribes de souvenirs, comme si je n'avais fait que somnoler. Je me rappelle qu'à deux ou trois reprises maman s'inquiète soudainement de mon travail, et que je lui récite la seule leçon de géographie que je sache à peu près (chaque fois la même, à propos des monts «riants» du Vivarais, dont je serais bien incapable de dire, aujourd'hui encore, où ils se situent, et sans qu'elle s'aperçoive du subterfuge. Je n'ai que deux livres dans mon cartable, calcul et géographie, les autres sont restés dans mon pupitre à Sainte-Croix). Je me rappelle le plaisir paresseux que j'éprouve, chaque matin, en m'engouffrant à l'arrière de la Peugeot, sachant que personne ne m'embêtera de toute la journée, même pas Frédéric, que je parviens à faire sourire en lui récitant ma leçon sur les monts du Vivarais, et en me moquant de notre mère.

Nous ne pressons plus Toto le matin, et si maman était plus perspicace (ou moins abrutie par ses médicaments), elle s'apercevrait que nous partons parfois à l'heure où doit sonner la cloche de Sainte-Croix de Neuilly. Nous suivons notre père « en clientèle », et l'attendons tandis qu'il place ses éponges. Parfois, nous revoyons Boma, que Toto fait monter à l'avant de la Peugeot (à la place de Frédéric, qui me rejoint alors derrière) et avec laquelle il parle gravement de notre avenir et de notre mère.

— Je t'avais mis en garde, Suzanne n'aime que le luxe, elle n'en aura jamais assez...

— Je sais, maman. Je sais. En attendant, il faut que je la sorte de là.

— Tu vas y laisser ta santé, et alors elle sera bien avancée.

Maintenant que nous n'avons plus besoin d'elle, Boma est repartie pour sa rue de Caudéran, à Bordeaux, et elle ne revient plus à Paris que de temps en temps. Elle me serre dans ses bras sur le quai de la gare d'Austerlitz, et je promets de lui écrire. « Ne me laisse pas sans nouvelles, mon chéri. Si tu savais comme je me fais du souci pour vous... »

Un jour, Toto ne peut pas nous garder et il nous dépose à Suresnes, devant un large box dont les portes ouvertes nous laissent entrevoir plusieurs calandres de voitures luxueuses. Il klaxonne, et aussitôt apparaît Périgne en bleu de mécanicien. Il a l'air content de nous revoir. « Ça va, les enfants ? Vous venez me donner un coup de main ? » À Suresnes, Périgne se préoccupe de la Rolls-Royce d'une comtesse, dont il est peut-être le chauffeur, ou le garde du corps, je ne sais pas. En tout cas, il nous fait monter dans la Rolls, et puis il nous montre les autres voitures dans le garage. « Elles sont toutes à la vieille », dit-il. Celle qui me plaît le plus est une antique Citroën, de deux places seulement, dont les phares semblent loucher au bout d'un long capot et dont l'intérieur sent fort le moisi.

— Celle-là, tu peux l'emporter si tu la veux, me dit Périgne.

— C'est vrai ? Tu me la donnes ?

— Si je te le dis !

Pendant quelques semaines, je rêve du jour où nous allons venir la chercher avec Toto, et « une bonne corde », comme l'a dit Périgne, pour la déposer à la Côte noire. Je rêve d'enlever le moteur qui est foutu, paraît-il, et d'en faire une auto à pédales que Frédéric et Nicolas m'envieront. Et puis nous n'en parlons plus, et je l'oublie.

Un autre jour, nous observons notre père qui bavarde sur le trottoir avec un homme élégant. C'est le soir, la rue est illuminée par les devantures des magasins. L'homme est sorti d'un café, ou d'un restaurant, quand Toto lui a fait un petit signe à travers la vitre, et maintenant, les mains dans les poches de son complet, dont il a ouvert la veste, il explique un truc à notre père qui acquiesce en se mordant le gras du pouce. Dans mon idée, c'est un type qui ne veut pas nous acheter d'éponges, même pas de *Chamex*, et c'est bien pourquoi Toto se mord le gras du pouce. Cependant, à peine sommes-nous repartis que je mesure le poids de mon erreur.

— Mon vieux, je ne sais pas ce que je vais raconter à la reine mère, dit Toto.

— Pourquoi ? C'était qui ? s'enquiert Frédéric.

— Bouchet-Borin.

Alors je bondis, je n'en crois pas mes oreilles.

— C'était *vraiment* Bouchet-Borin ?

— Non, c'était le pape, lâche Toto, sans rire. Il m'emmerde, ce zèbre.

Avoir croisé Bouchet-Borin et ne l'avoir pas mieux regardé ! Depuis un an que tous nos espoirs reposent sur cet homme...

— Si j'avais su que c'était lui, je serais descendu avec toi, dis-je.

Mais Toto ne m'écoute pas.

— Il m'emmerde, répète-t-il, en avançant la tête au-dessus de son volant, comme s'il cherchait un nom de rue, ou à repérer une bonne nouvelle qui pourrait nous tomber sur la tête depuis les étages supérieurs des immeubles.

— Pourquoi ? demande Frédéric.

— Parce que ça ne va pas marcher boulevard Suchet.

Maintenant il me parle d'un truc rue Raynouard.

— Et c'est pas bien, la rue Raynouard ?

— Comment veux-tu que je le sache ?

Bientôt, cependant, notre mère ne parle plus que de la rue Raynouard. Quand on sera rue Raynouard, elle pourra de nouveau tenir son rang. Elle fait la liste de tous les «ménages» qu'ils devront recevoir aussitôt installés, tous ces gens qui du jour au lendemain «nous ont laissés tomber». «Et tu ne sais pas, Toto, dit-elle un dimanche matin au petit déjeuner, de bonne humeur comme on ne l'a plus vue depuis Neuilly, j'ai pensé qu'on pourrait inviter les La Prairie. Yves était ministre ou je ne sais quoi quand on a été fichus à la porte, il n'aurait eu qu'à lever le petit doigt... Mais penses-tu, rien du tout! Celui-là, je t'assure que je le retiens. – C'est vrai que s'il avait voulu nous aider...», minaude Toto, tout en écrasant du pain dans son chocolat tiède. On invitera aussi oncle Armand et tante Ingrid contre lesquels notre mère semble couver une sourde colère depuis les «partages» qui lui auraient été défavorables. «Quand tu penses à tous ces hectares de pins qu'ils ont reçus autour du château de Lestaules, et moi cette malheureuse bicoque qui ne valait rien du tout... C'est honteux! Honteux! Mais Armand le sait très bien, ne t'en fais pas, sinon jamais il ne nous aurait prêté cet argent. C'est bien la preuve. – Sur ce point, je ne te contredirai pas», la rassure notre père. Mais quand maman lui demande de «réserver» Durnerin pour l'appartement de la rue Raynouard dans lequel, c'est maintenant tout à fait certain, nous emménagerons en septembre, il ne la contredit pas non plus.

Notre mère est encore de bonne humeur quand nous partons pour Paramé, au début de juillet. Cette fois, Toto n'a trouvé à louer qu'une villa cossue, protégée par de lourdes grilles noires fraîchement repeintes et enfouie sous une végétation florissante. J'ai surtout le souvenir de ce jardin au fond duquel, cet été-là, je m'acharne à rassembler dans un club de vacances tous les scarabées que je découvre dans les sous-bois. Je leur construis des maisons, des aires de jeux, des tunnels, une piscine, et même un tourniquet, comme à la Côte noire, espérant qu'ils se plairont, feront des bébés et me sauront gré du mal que je me donne pour les protéger des intempéries et les distraire, mais la plupart profitent de la nuit pour s'en aller et, finalement, je transforme mon club en une espèce de camp de concentration où chaque matin je compte les détenus et traque les évadés.

Pendant ce temps-là, notre sœur Christine a commencé à se faire des amies. Elle s'est liée avec deux filles de son âge, Thérèse de Grandval et Danièle Ginoux, que nous avons aperçues sur la plage et qui un jour viennent à la maison. Ça n'a l'air de rien, dit comme cela, mais je me rappelle ma stupéfaction en les voyant entrer sur les pas de Christine, tout à fait comme si nous étions des gens normaux. Et ma stupeur, véritablement, en les entendant un peu plus tard bavarder avec notre mère, exactement comme si nous habitions toujours Neuilly. Les souvenirs de notre mère boulevard Richard-Wallace commencent alors à s'estomper dans ma mémoire, en particulier cette voix de tête qu'elle prenait lorsqu'elle donnait un grand dîner et que nous l'entendions rire et s'exclamer jusqu'au fond de notre chambre, or voilà que j'en reconnais l'écho lointain. Que peut bien penser Christine, me dis-je, qui l'a vue tomber avec la friteuse et tant de fois perdre la raison ? Je crois que sans en avoir clairement conscience j'admire silencieusement notre sœur aînée de faire comme si tout cela n'avait jamais existé, de l'enthousiasme qu'elle met à vivre malgré tout comme une jeune fille de quinze ans.

Il me semble que Toto ne vient pratiquement pas cet été-là et que je reste reclus dans le jardin, sans doute délaissé par Frédéric et Nicolas dont je n'ai conservé aucune image, et tentant parfois d'associer les petits à mes travaux d'architecture autour des scarabées.

Toto n'est pas là, et il est même injoignable, le jour où survient cette chose incroyable, complètement imprévisible : notre expulsion de cette jolie maison de vacances. Le propriétaire, un homme ombrageux aux énormes sourcils, portant une veste de tweed et des bottes de cheval, débarque soudain un matin pour nous jeter dehors. Il paraît que Toto n'a pas payé le premier sou du loyer. Je revois Christine courant jusqu'à la poste pour téléphoner à notre père (qu'elle ne trouvera pas de toute la journée), mais par chance je ne vois pas notre mère. Avec le recul du temps, je me demande si dès l'annonce de notre expulsion elle n'a pas sauté dans le premier train pour Paris, tout à la fois pour échapper aux circonstances et assassiner Toto. En tout cas, grâce à son absence (ou à ma faculté nouvelle de ne pas la voir, de l'ignorer), cette deuxième expulsion demeure comme l'événement le plus joyeux de cet été 1960.

En quelques heures, nous sommes mis à la rue, sans même avoir pu boucler proprement nos valises, de sorte que beaucoup de nos affaires se retrouvent entassées dans notre valeureuse poussette de Bizerte à gros garde-boue. Nous sommes neuf enfants, mais dans ce drôle d'exode je ne vois pas le dernier, Oscar, qui n'a que huit mois (peut-être notre mère l'a-t-elle embarqué avec elle), tandis que les autres petits sont bien là, eux, et en particulier Marie, qui vient de fêter ses deux ans, et qui a la singularité, lorsqu'elle a fait pipi, de nous tendre sa culotte pour qu'on l'en débarrasse (j'ai une photo d'elle tenant sa culotte trempée au bout de son bras, et je me rappelle combien elle était mignonne, au point qu'il se trouvait toujours l'un d'entre nous pour bien vouloir s'occuper d'elle). Et c'est Christine qui nous déniche un toit. Pour une ou deux nuits, nous dit-elle, nous allons pouvoir dormir chez son amie Danièle Ginoux, dont les parents possèdent une villa sur les hauteurs de Paramé. Christine ne se plaint pas, mais on devine à une ombre tendue sur son petit visage pointu qu'elle est accablée, ou peut-être simplement honteuse d'avoir dû mêler sa nouvelle amie à nos éternels déboires.

Ce soir d'août où nous l'envahissons, accueillis, me semble-t-il, par les baisers et les sourires attendris de la mère de Danièle, l'élégante maison des Ginoux bascule dans un invraisemblable chaos. Des matelas sont remontés de la cave pour être installés dans les chambres et le salon, puis des draps, des couvertures et des oreillers s'abattent des placards, si bien que bientôt cet énorme désordre et l'excitation fiévreuse qui nous anime me font songer à une scène d'exode du *Guerre et Paix* de King Vidor, avec Audrey Hepburn et Mel Ferrer, que nos parents nous avaient emmenés voir à Neuilly, peu de temps avant l'expulsion, et qui demeure jusqu'à aujourd'hui mon film culte (bien que je ne l'aie jamais revu).

Cette nuit-là, nous ne dormons presque pas dans mon souvenir, car nous parlons de nos parents, ou plutôt Danièle, Christine et Frédéric parlent de nos parents, tandis que je les écoute sans intervenir. C'est ainsi que je devine combien il doit être réconfortant d'avoir pour père un homme respecté, aussi puissant qu'Henri Ginoux, patron d'une entreprise, maire de Montrouge, et disposant d'une voiture dans laquelle il peut lire le journal puisque ce n'est pas lui qui la conduit, mais un chauffeur. Cette nuit-là, Henri Ginoux (que je ne rencontrerai jamais) rejoint le commandant Viala, Yves La Prairie et André Périgne au panthéon des hommes que je place au-dessus de Toto, en dépit de l'estime que je lui voue.

Il me semble que notre père vient nous chercher dès le lendemain après-midi et que nous l'accueillons comme un héros (mais je n'ai pas le souvenir que nous l'ayons jamais accueilli autrement que comme un héros durant les années de la Côte noire). Il a l'air nerveux en bavardant avec Mme Ginoux, qu'il remercie vivement, « Je n'oublierai jamais, chère madame, ce que vous avez fait pour nous », mais il se détend, et plaisante même en chargeant la Peugeot avec notre aide quand Mme Ginoux s'en va (pour la galerie, sur le toit, où s'empilent maintenant nos valises, la poussette et la chaise haute d'Oscar, celle que nous avons tous expérimentée et que nous appelons « la chaise à bébés », il a acheté en venant une *araignée*, association de plusieurs longs tendeurs, reliés entre eux par un anneau d'acier, « et je te fiche mon billet qu'avec ça, mon petit vieux, tu peux rouler en toute tranquillité, ça ne va pas bouger d'un iota »).

C'est septembre, nous devrions emménager rue Raynouard, avec le précieux concours de M. Durnerin, mais nous retournons à la Côte noire. Je suppose que notre mère doit être murée dans un silence hostile et désespéré car je n'ai aucun souvenir d'elle durant cette rentrée. Pourtant, elle est bien présente, puisque nous devons de nouveau faire semblant d'aller à Sainte-Croix. Comme au printemps précédent, Frédéric et moi partons chaque matin avec nos cartables, mais en réalité nous passons nos journées dans la Peugeot.

Il arrive que notre père nous laisse sur un banc public pour quelques heures, car il a besoin d'être seul, ou ne peut pas s'encombrer de notre présence ce jour-là, et c'est dans de telles circonstances qu'un matin je me sens pris d'une fatigue abyssale. Une fatigue comme je n'en avais jamais connue, imaginez-vous, au point de ne pas pouvoir me tenir simplement assis sur le banc à côté de Frédéric.

Je me rappelle combien Frédéric est gentil quand je le lui explique, comme si cet épuisement se lisait sur mon visage et qu'il se soit soudain senti responsable de moi.

— Eh bien allonge-toi, me dit-il.

Il me cale mon cartable sous la tête et je m'endors.

Cependant, quand je me réveille sous le chaud soleil de midi, ça ne va pas mieux. Frédéric propose que nous allions ensemble chercher du pain pour le déjeuner, mais je n'ai pas la force de me relever. Il dit que j'ai de la fièvre, me demande ce qui me ferait plaisir, et comme j'ai très envie d'une glace il trouve le moyen de m'en rapporter une.

Quand Toto nous récupère, dans l'après-midi, je m'endors aussitôt sur la banquette arrière.

Je ne sais pas comment notre père trouve l'énergie et le temps, dans ce naufrage qui n'en finit plus, de me conduire chez le docteur Brault (il y a bien longtemps que notre mère a renoncé à nous y emmener en famille). Mais je me revois m'allongeant sur son petit lit d'auscultation, et je revois la tête de Toto quand Brault lui annonce que je suis au bord de la cirrhose du foie. « Tiens, me dis-je, je vais donc bien mourir d'une cirrhose du foie, comme notre oncle Pierre, l'alcoolique, et comme me l'avait prédit Frédéric. » Je souffre d'une hépatite, diagnostiquée trop tardivement, de sorte que Brault me fait hospitaliser le jour même à Saint-Joseph, où il exerce.

C'est à l'instant, en songeant à Saint-Joseph, que me revient en mémoire l'ostéomyélite de Nicolas. Comment ai-je pu l'oublier alors que je revois les larmes de notre mère quand elle a compris que Nicolas pouvait en mourir, et que j'entends encore Toto : « Bon, écoute, mon petit, c'est comme ça, on va faire tout notre possible pour le tirer de là, mais maintenant la vie continue, ce n'est pas en restant à pleurer les deux pieds dans le même soulier qu'on l'aidera à aller mieux».

Nicolas tombe malade alors que nous vivons à la Côte noire depuis quelques mois seulement. Je dirais durant l'hiver précédant mon hépatite, car je me le rappelle bien faisant rouler sa traction sur la rambarde du pont de Neuilly, au début des rendez-vous à Baroclem, puis le soir où le cafetier nous met dehors parce que nous sommes quatre pour un seul chocolat, mais par la suite, en effet, il n'est plus avec nous. Il entre à Saint-Joseph où il va passer plusieurs mois immobilisé dans une coquille de plâtre. Oui, voilà, et un jour, ça me revient maintenant, nous lui apportons des lunettes spéciales permettant de lire, ou de regarder la télévision, tout en conservant la position allongée. Puis les visites sont interdites aux enfants, et Toto passe de temps en temps l'embrasser tandis que nous patientons dans la Peugeot. Il doit sortir de l'hôpital à la veille de l'été, traînant ses jambes amaigries en s'appuyant sur des béquilles, et réapprenant à marcher avec le soutien de Frédéric pendant que je tente d'initier mes scarabées à la vie en collectivité.

Il revient, en somme, en pleine vague d'enthousiasme de notre mère, tandis qu'elle fait déjà ses plans de table pour la rue Raynouard et que le ciel paraît enfin nous être favorable. Et moi je tombe malade au moment où tous nos espoirs de salut s'effondrent. Je ne vais plus à l'école, notre mère semble vouloir disparaître, notre père continue de se débattre mais en vérité il se noie, jamais notre avenir n'a été aussi sombre, aussi vide de promesses. «Est-ce que mourir d'une cirrhose du foie n'était pas, finalement, la meilleure solution?» me dis-je aujourd'hui. Et sans doute Nicolas a-t-il fait le même raisonnement, un an plus tôt, dans un repli enfoui de sa conscience.

Cependant, ni lui ni moi ne mourons, et, avec le recul, je crois pouvoir dire que nous aurions préféré demeurer à la Côte noire, dans le néant de notre vie, plutôt que connaître l'hôpital dans les conditions où nous l'avons connu.

Menacé d'une hémorragie, j'ai l'interdiction de bouger de mon lit, l'interdiction de poser le pied par terre, mais tout cela n'est pas grand-chose au regard de la solitude dans laquelle je me trouve brusquement reclus. Durant plusieurs semaines, les miens ne me donnent plus aucun signe de vie, je n'ai aucune visite, je ne reçois aucune lettre, et petit à petit je me fais à cette idée impossible qu'ils m'ont abandonné, que je ne les reverrai plus. Je sais que ce n'est pas un dessein voulu de leur part, mais plutôt la conséquence de notre effondrement dont j'essaie de me figurer l'épilogue. Pour notre mère, je ne sais pas, je crois que j'évite de penser à elle, la voyant plus ou moins folle, et sans doute suis-je soulagé de ne plus avoir à croiser son regard, ou sentir sa présence. C'est le destin de Toto qui me brise le cœur. Je l'imagine tombant dans un ravin au volant de la Peugeot, ou se faisant écraser par un train au passage à niveau de Livry-Gargan, ou encore tombant dans la cage d'ascenseur d'un immeuble en fin de chantier (ce qui finira par lui arriver). Je sais que sa mort serait notre mort à tous, et plus je m'enfonce dans le silence, plus la seule explication possible à ce silence me paraît être la mort de notre père.

Je me rappelle avec quelle attention je scrute le visage du docteur Brault, lorsqu'il s'arrête devant mon lit, durant la visite, dans la grande salle que je partage avec sept autres enfants. Brault est devenu la dernière personne à me relier aux miens, à les avoir connus, et j'espère chaque matin qu'il me glissera un mot à propos de Toto. Il m'ausculte, donne des instructions, parfois me sourit distraitement en me prenant le pouls, mais pas un mot sur ma famille ni sur l'orphelinat où l'on m'enverra quand je serai guéri.

Et soudain, après plusieurs semaines de solitude, c'est Nicky Viala qui surgit un après-midi. Elle vient seulement d'apprendre mon hospitalisation à l'occasion d'une visite à la Côte noire. Toto n'est pas mort, mais il est toute la journée sur les routes. «Ton père est courageux, tu sais.» Survenant à l'improviste, elle a trouvé notre mère en larmes, ou pire, c'est du moins ce que je devine.

— Suzanne a besoin de repos, mais je ne vois pas... En attendant, j'ai proposé de te prendre à la maison à ta sortie de l'hôpital. Bruno est ravi !

Moi pas. Je suis tellement triste et consterné que je ne parviens pas à articuler trois mots. Songer que personne n'est mort et que Toto n'a pas trouvé dix minutes pour passer me voir...

C'est lui qui vient me chercher à l'hôpital, et durant tout le trajet jusqu'au pavillon des Viala, à Viroflay, j'ai l'impression d'être devenu un étranger pour notre père. Il ne me donne des nouvelles de personne, se mord le gras du pouce, ne m'adresse pratiquement pas la parole, et lorsqu'il me dépose chez les Viala, voilà qu'il reprend soudain son ton de Neuilly, en dépit des nombreux tics qui trahissent son désarroi : «Transmettez mes amitiés au commandant, Nicky, et dites-lui bien que je suis extrêmement touché par votre geste. Grâce à vous, ce loustic va retrouver la santé en moins de temps qu'il n'en faut pour le dire. Ah! Ah! Ah!»

En fait de retrouver la santé, je plonge dans une espèce de léthargie qui s'apparente à une dépression (je peux le dire aujourd'hui, devenu un fin connaisseur de la mélancolie). On doit être en novembre ou décembre, le ciel est atone, il tombe tous les jours une fine bruine, et je n'ai rien d'autre à faire qu'à tourner deux heures par jour autour des pavillons de Viroflay, emmitouflé dans un manteau qui n'est pas le mien, et m'arrêtant à intervalles pour écouter le roulement d'un train. Sinon, je dois rester allongé.

Bruno a beau être mon contemporain, puisque nous sommes tous les deux nés à Bizerte, à quelques semaines d'intervalle, nous n'avons rien en commun (à part son manteau). Lui est en quatrième, il songe déjà à intégrer Sainte-Geneviève pour préparer Navale, tandis que moi je n'ai toujours pas réussi à intégrer la sixième. Le dimanche après-midi, Nicky nous emmène au cinéma. Cela nous fait un vague sujet de conversation pour le retour. Je n'ai lu aucun des livres dont il me parle, je n'ai pas d'amis avec lesquels je pourrais projeter d'aller camper l'été prochain «si les parents sont d'accord», je n'ai aucune idée du métier que je ferai plus tard, et la seule chose dont j'aimerais parler c'est du jour où je retournerai chez moi, mais de cela Bruno n'a aucune idée.

13.

Il me semble que je suis présent, revenu depuis peu à la Côte noire, le jour où l'agent d'EDF-GDF vient nous couper le gaz et l'électricité. À moins que j'aie rêvé cette scène. Mais non, je le vois délivrant un papier à notre mère dont les mains tremblent, et se mettant aussitôt à bricoler avec une pince dans un placard de la cage d'escalier. Il doit avoir l'habitude qu'on discute, qu'on le supplie, peut-être même qu'on le frappe, c'est pourquoi il s'active pour repartir le plus vite possible. Mais avec nous il n'a rien à craindre. Notre mère le regarde faire, ses yeux devenus gris dilatés par l'effroi, le tremblement de ses mains gagnant petit à petit le reste de son corps, et puis soudain elle court s'enfermer dans sa chambre avec une espèce de hurlement, comme un sanglot qui n'en finirait pas.

C'est Thérèse qui lui succède dans l'encadrement de la porte d'entrée, venant de la cuisine, tandis que moi je me tiens toujours de l'autre côté du palier, sur le seuil de l'appartement des «grands». Il est peut-être 11 heures du matin, mais je suis encore en pyjama, en convalescence.

— Qu'est-ce que vous faites, monsieur? s'enquiert-elle à l'adresse du type.

— Je coupe le gaz et l'électricité.

— Mais vous savez qu'il y a neuf enfants ici...

— Qu'est-ce que vous voulez que j'y fasse? On m'a dit de couper, je coupe. De toute manière, c'est pas moi qui décide.

Je ne sais pas comment Thérèse se débrouille pour faire manger les petits, ce jour-là. Mais en fin d'après-midi, tandis que le soir tombe, elle vient me voir.

— Je vais te donner de l'argent et tu vas courir jusqu'à la petite épicerie acheter des bougies, tu veux bien ?

Ce sont des boîtes de dix bougies, et nous en allumons deux dans la salle à manger, deux dans la cuisine, et une dans la chambre des petits. Maman a dû s'endormir sur son lit, aucun bruit ne nous parvient de sa chambre.

— Maintenant, il ne reste plus qu'à attendre ton père, dit Thérèse.

D'habitude, elle l'appelle « monsieur le baron » pour plaisanter, mais aujourd'hui elle n'a pas envie de rire.

Quand Toto débarque, flanqué de Christine, de Frédéric, de Nicolas et d'Anne-Sophie (qui a démarré l'école), tous les cinq tirent une tête épouvantable, ne parvenant même pas, durant les premières minutes, à exprimer leur stupéfaction.

— Bon Dieu de merde, lâche finalement Toto, se passant et se repassant la main dans les cheveux. Il ne manquait plus que ça. Où est Suzanne, où est ma femme ?

— Elle n'est plus ressortie de votre chambre depuis qu'ils sont venus couper, explique Thérèse. Et c'était ce matin. Dites, il faudrait trouver quelque chose pour faire chauffer le dîner des enfants.

— J'ai compris, Thérèse. J'ai compris. Bon, je vais voir dans quel état elle est, et on discute de tout ça après.

C'est dans ces moments-là que j'admire le plus notre père, parce que je crois qu'à sa place je préférerais m'enfuir, ne plus jamais remettre les pieds à la maison, plutôt que de pousser la porte de leur chambre, sachant que notre mère est juste derrière. Mais lui a ce courage, et je l'accompagne des yeux tandis qu'il se glisse dans les ténèbres de la pièce avant de refermer.

Je suppose que les petits sont là, dans nos jambes, en tout cas dans celles de Thérèse, et que certains pleurent, puisque Thérèse se souvient de leurs larmes, sans arrêt, mais moi je ne les vois ni ne les entends, trop effrayé par ce que pourrait faire notre mère. Je guette ses hurlements, je m'attends à ce qu'elle se jette sur Toto, ou tente de sauter par la fenêtre, ou encore surgisse de la chambre comme une furie prête à commettre une de ces horreurs qui me vident le cœur.

Mais il ne se passe rien, et, trois minutes plus tard, peut-être, Toto est de retour.

— Mon vieux, dit-il à la cantonade en refermant douce-ment la porte, elle dort comme je ne l'ai jamais vue dormir. Et je vais vous dire une chose : c'est ce qu'elle a de mieux à faire.

La nouvelle fait tomber la tension qui nous tenait paralysés à l'entrée du «séjour», dans la lueur fragile des bougies, les grands portant toujours leurs cartables comme s'ils n'étaient plus certains d'être chez eux et ne savaient où se mettre.

— Bon, les enfants, maintenant ça ne sert à rien de pleurni-cher, et c'est sûrement pas ça qui nous ramènera l'électricité.

— Personne ne pleurniche, papa, rétorque sèchement Christine dont on devine les larmes, mais comment... com-ment voulez-vous...

— C'est l'affaire de quelques jours, ma cocotte. On va s'organiser, voilà tout.

Il nous expédie acheter d'autres bougies à la petite épicerie, «Tiens, dit-il à Frédéric, voilà cinq francs, allez-y tous les trois, prenez tout ce que vous trouverez», et lui repart dans la nuit au volant de la Peugeot qui n'a plus de pot d'échappe-ment et dont on peut suivre l'accélération jusqu'à la sortie du domaine. Ensuite, je me rappelle le contraste entre la chaude lumière de la cage d'escalier (qui, la veille encore, nous paraissait pourtant si triste) et l'obscurité de notre apparte-ment lorsque nous y pénétrons pour la première fois avec une bougie entre les mains. Le plus consterné d'entre nous semble être Frédéric qui a repris sa scolarité à Sainte-Croix pendant que j'étais à l'hôpital (je crois que c'est oncle Armand qui a payé), découvert la lecture, les dissertations, la mythologie grecque, et la fierté, sans doute, d'être enfin respecté par certains de ses professeurs. Je le revois plantant sa bougie sur son bureau de fortune, au pied de mon lit, puis sortant ses livres et tentant malgré tout de se mettre au travail, comme si tout allait très bien.

Quand notre père revient un peu plus tard avec deux bouteilles bleues de Camping-gaz, tout ce qu'il faut pour poser deux casseroles, et que le visage de Thérèse s'illumine, «Alors là, monsieur le baron, bravo!», on dirait que d'un seul coup le cœur de la famille, qui avait complètement cessé de battre depuis le passage de l'agent d'EDF, se remet lentement à brasser notre sang.

Je suppose que c'est Toto qui a l'idée d'appeler mère Colin à notre secours. À moins que ce soit maman qui, se réveillant au milieu de la nuit, et devinant qu'elle n'aurait pas la force de vivre le prochain jour, ait eu cette pensée pour nous protéger de son chagrin, de sa folie (et peut-être même de sa mort, me dis-je aujourd'hui). Oui, à moins que ce soit maman. «Toto, je t'en supplie, appelle mère Colin, dis-lui que je n'en peux plus, dis-lui... Elle comprendra. C'est la seule qui peut me comprendre. – Dès demain matin, mon petit. Dès demain matin. Maintenant, essaie de te rendormir.»

Je ne me souviens pas du départ de notre mère pour ce couvent de l'avenue de Breteuil où nous allions au catéchisme au temps de Neuilly (et où mère Colin me promettait à la sainteté), mais je me rappelle notre soulagement aussitôt que maman n'a plus été là. D'un seul coup, plus rien n'a eu vraiment d'importance, et tout est devenu risible, allais-je écrire (me reprenant aussitôt, car je crois que rien ne fut jamais *risible* à la Côte noire pour nos deux aînés, Christine et Frédéric, ni pour les petits qui furent complètement abandonnés). Mais pour Nicolas et moi, et sûrement pour moi, notre vie prend alors un tour léger et drôle grâce à Thérèse, grâce au joyeux caractère de Thérèse. Elle n'a que vingt ans et, bien que fiancée à un garçon de Carhaix qui se trouve alors soldat en Algérie, elle est peut-être secrètement amoureuse de notre père (qui n'a que quarante et un ans, après tout). Je ne sais pas. Elle nous aime suffisamment en tout cas pour avoir lié son destin au nôtre au fil des mois et accepter de rester avec nous alors que Toto ne la paie plus depuis longtemps.

Désormais, nous ne craignons plus ni les huissiers ni les lettres recommandées ni les voisins. Ils peuvent bien venir frapper (la sonnette ne fonctionne plus sans l'électricité), nous menacer de saisie, des tribunaux, de la police, ou se plaindre du bruit, nous leur répondons qu'il n'y a plus que des enfants à la maison et qu'ils peuvent entrer visiter s'ils en ont envie.

— Comment ça, des enfants ? Et où sont les parents ?

— Madame est à l'hôpital, et monsieur le baron est sur les routes, rétorque Thérèse.

— Et quand sera-t-il de retour, *monsieur le baron* ?

— Alors là, on ne sait pas.

— Mais vous, qui êtes-vous ?

— Moi je ne suis pas de la famille.

— Jamais vu ça ! Et vous vivez sans électricité...

— Avec des bougies, comme à l'ancien temps.

Et Thérèse est alors capable d'éclater de rire, s'enfouissant jusqu'aux yeux dans le col roulé de son pull rouge à grosses mailles.

Maintenant, c'est elle qui décide des menus, et je me souviens de ce jour particulier où elle entreprend de nous préparer une choucroute pour le dîner. Je suis encore en convalescence, et toute l'après-midi nous nous activons ensemble dans la cuisine à découper le chou puis à le faire mariner dans le vin blanc. Les petits vont et viennent pendant ce temps-là, il me semble que les trois derniers portent encore des couches et que nous nous interrompons par moments pour les changer. Le rire de Thérèse a remplacé l'hébétude glaciale de notre mère, et je ne sais pas si les petits ont moins de chagrin, mais ils ne pleurent plus, et nous leur donnons des croûtes de pain autant qu'ils en demandent.

Périgne vient dîner ce soir de décembre (peut-être la choucroute lui était-elle destinée), et c'est ce soir-là que je mesure combien sa présence me réconforte. Il arrive très tôt, s'assoit avec nous dans la cuisine tout illuminée de bougies, et se verse un verre de vin blanc. Il fait bien chaud, la fenêtre est couverte de buée, et quand Toto débarque avec les grands de Baroclem, sur le coup de 20 heures, tout le monde a l'air surpris par la gaieté qui règne dans la pièce. Dans mon souvenir, nous mangeons dans la cuisine, servis par Thérèse, et serrés autour de la petite table. Toto et Périgne sont affamés, et Périgne raconte comment il a procédé avec le dernier «poulet» qui prétendait que sa Jaguar n'était pas en règle. «Tu ne me croiras pas, Toto, mais je lui ai foutu son bâton dans le cul! – Non! – Comme je te le dis! Je lui ai baissé son falzar, et vlan! Mon vieux, en voilà un qui regardera à deux fois avant d'emmerder le monde. – Ah! Ah! Ah!» Notre père rit en se tenant les côtes, lui que nous n'avons plus vu rire depuis Neuilly, et Périgne grandit encore dans mon esprit. Comment ne pas être confiant en l'avenir quand nous avons pour ami, de notre côté, un homme capable de déculotter un policier en pleine rue et de lui enfoncer son bâton dans le derrière?

Plus tard, les autres vont se coucher, et il ne reste plus que Nicolas et moi, autour de Thérèse et de Toto, pour écouter Périgne. Alors il raconte la bataille de Stalingrad. Notre père semblait ignorer que Périgne avait fait Stalingrad, et nous sommes tous sidérés par son récit, par son courage, par la façon dont il décrit les soldats couchés en tunique blanche dans la neige et dont la peau des mains reste collée sur l'acier gelé des fusils. Décidément, Périgne est un héros, et vers la fin de la soirée je vais m'asseoir sur ses genoux, et je bois dans son verre, exprès, comme si mélanger sa salive à la mienne et le toucher pouvaient me permettre d'acquérir un peu de sa force. (Il me faudra quelques années encore pour comprendre que si Périgne a réellement fait Stalingrad, c'est évidemment dans les rangs de l'armée allemande, ce qui ne pouvait pas choquer notre père, violemment opposé au communisme.)

Puis c'est Noël, et cette année c'est mère Colin qui se charge de tout. Nous allons revoir maman à cette occasion, et quand j'essaie de me remémorer ce que cela m'inspire, il ne me revient qu'une peur animale. Depuis peut-être deux semaines qu'elle n'est plus là, j'ai dû m'efforcer de l'oublier, de ne plus penser à elle, et la perspective de l'entendre à nouveau, d'avoir à soutenir son regard, me serre le ventre.

Nous n'étions plus très bien tenus ces derniers mois, mais, désormais privés de la machine à laver, nous nous débrouillons «avec les moyens du bord», comme aime à dire notre père. Il a découvert une blanchisserie industrielle à laquelle il confie notre linge et dont un employé a dû devenir son ami car il rapporte de là-bas des vêtements perdus que personne n'est venu réclamer. C'est par ce biais que nous découvrons les blue-jeans, les chemises de cow-boys à gros carreaux, les blousons, des vêtements que jamais notre mère ne nous aurait choisis. Je le dis maintenant, à la veille de ce Noël 1960, car en nous revoyant, notre mère fera la réflexion que nous sommes habillés «comme l'as de pique».

Mère Colin vient nous chercher à la conciergerie du couvent ce soir-là, tous les enfants regroupés autour de Toto qui porte Oscar dans ses bras. Nous ne nous sommes pas vus depuis près de deux ans, la religieuse et moi, mais elle ne m'a pas oublié, et il me semble qu'elle garde mon visage une éternité entre ses longues mains, ses yeux plongés dans les miens, comme si elle voulait me dire quelque chose de grave et d'important (que je ne veux pas entendre – j'ai le souvenir d'avoir eu un peu honte vis-à-vis de mes frères et sœurs, et de m'être murmuré à moi-même : «Bon, quand est-ce qu'elle va me lâcher?»).

Puis nous la suivons.

— Venez vite maintenant, c'est un soir de fête, votre mère vous attend. Elle est tellement impatiente!

Nous grimpons peut-être deux ou trois étages, enfilons un long couloir, mère Colin se retournant de temps à autre pour nous encourager d'un sourire ravi entre les parois gaufrées de sa cornette. Voilà, nous y sommes, maman est derrière cette porte, et la religieuse attend que nous soyons tous arrivés, et attentifs, pour nous chuchoter la bonne nouvelle :

— Quand vous aurez embrassé votre maman, nous irons tous ensemble découvrir l'arbre de Noël et les cadeaux déposés par Jésus pour chacun d'entre vous. D'accord, les enfants?

— Oui, répondons-nous (partagé, en ce qui me concerne, entre l'appréhension et le plaisir).

Elle ouvre, et notre mère nous apparaît auréolée d'une lumière chaude et dorée, dans un lit confortable, adossée à une pile d'oreillers. Elle a mis un peu de rouge sur ses lèvres et porte une chemise de nuit rose qui lui laisse les bras nus.

Elle nous regarde entrer, et tandis qu'elle sourit mécanique-
ment et tend les bras aux petits qui vont devant, ses yeux se
remplissent de larmes.

— Oh! mes chéris, venez vite m'embrasser, souffle-t-elle.

C'est plus tard, quand nous sommes tous autour de son lit,
les petits sur ses jambes, et que l'émotion est passée, qu'elle
fait cette réflexion sur nos tenues, à l'intention de notre père.

— Enfin, Toto, tu aurais pu veiller à ce qu'ils enfilent des
vêtements décents, ils sont habillés comme l'as de pique!

— N'y pense pas, mon petit, ça n'a vraiment aucune
importance.

— Tout de même, vis-à-vis de mère Colin...

La religieuse nous a laissés en famille, mais elle revient
très vite nous chercher, armée de son beau sourire.

— Et maintenant, allons découvrir les cadeaux de Jésus!

Toto aide notre mère à enfiler une robe de chambre, et,
suivant toujours mère Colin, nous gagnons une grande salle
au fond de laquelle scintille un sapin. Les cadeaux ont été
déposés dessous, avec des petites étiquettes portant nos prénoms. Je ne prête aucune attention à ce que reçoivent mes
frères et sœurs, trop impatient de découvrir ce que Jésus m'a
destiné : une grosse Buick bleue à moteur électrique, télé-
guidée, en tôle, dont la peinture est éraflée ici et là, mais qui
m'enthousiasme à la seconde même où je la vois. Je ne saurais
pas dire pourquoi, mais il me plaît qu'elle ait appartenu à un
autre enfant, exactement comme ma Schuco remportée aux
billes (un gage de robustesse, peut-être, ou la certitude d'une
sympathie déjà mise à l'épreuve – d'ailleurs, devenu adulte,
je n'achèterai jamais que de grosses et vieilles Peugeot,
patinées et confortables, ayant déjà fait leurs preuves au
service de mes prédécesseurs).

C'est seulement aujourd'hui, me remémorant ce Noël, que
je comprends soudain combien notre mère dut en être affectée : non seulement elle n'avait plus les moyens d'habiter
Neuilly, de «tenir son rang», mais elle n'avait même plus de
quoi gâter ses enfants à Noël, et pour la première fois de sa
vie elle venait d'être réduite, comme les plus pauvres, à béné-
ficier de la charité. La connaissant, je pense qu'elle en eut

honte, et le dit à peu près en ces termes à notre père : «Est-ce que tu as conscience, Toto, de ce que tu me fais vivre ? De ce que tu fais vivre aux enfants ? Nous habitons un taudis sans électricité ni gaz, et pour Noël on nous fait l'aumône.» Car pas une fois, de toute ma vie, je ne l'ai entendue exprimer à notre père son soutien, sa solidarité, choisissant toujours de se ranger au premier rang de ses victimes, comme s'il était l'unique responsable de tous nos ennuis.

J'entre en sixième à Sainte-Croix de Neuilly après ce Noël. J'ai pris tellement de retard, et notre mode de vie est si différent de celui des autres élèves de la classe, que j'ai le sentiment d'être devenu étranger à ma propre langue. Dans la cour de récréation, et avant même de se dire bonjour, les autres se demandent chaque matin : «T'as vu le film hier soir?» Et comme ils l'ont tous vu, aussitôt la conversation s'engage. Moi, non seulement je ne l'ai pas vu, mais je mets un temps fou à comprendre qu'ils parlent du film diffusé par la télévision, et comment avouer que nous n'avons ni la télévision ni même l'électricité? (Je regarderai pour la première fois la télévision à dix-sept ou dix-huit ans, chez mon ami Rémi Berli dont je reparlerai.) En cours, c'est la même chose, je ne saisis pratiquement rien de ce que racontent les professeurs d'allemand et de latin, et dans les autres matières les mots n'éveillent plus en moi que de lointains échos, comme si j'étais sous l'eau, voyez-vous, en train de me noyer, et que la classe se poursuivait à l'air libre, sur un bateau, au-dessus de ma tête. Je crois qu'à force de ne plus établir de liens entre les mots des professeurs et des connaissances que je n'ai pas, et devinant que je n'y arriverai pas, mon esprit choisit de s'éteindre aussitôt franchies les portes du collège, et que je traverse cette année de sixième, ou plutôt ce qu'il en reste, dans une sorte d'abrutissement comateux qui me protège à la fois de la honte d'être différent, et de l'humiliation d'être le dernier de la classe, semaine après semaine. «Ah, de Pranassac, encore lanterne rouge ! Mais on ne fait plus de commentaires, n'est-ce pas ?» (Non, c'est inutile, car comme le dit justement M. Prudhomme, qui continue de nous haïr et de nous jeter au parloir un matin sur deux, «avec les de Pranassac, ça rentre par une oreille, ça sort par l'autre».)

Ma vie est ailleurs, suspendue aux rebondissements de celle de Toto. En ce mois de janvier 1961, tandis qu'on sable les routes tout autour de la Côte noire à cause du gel, l'événement est l'arrivée dans la famille d'une nouvelle Peugeot, une 403 verte, d'occasion, que nous a trouvée Périgne. C'est à elle que je pense pendant les cours de latin, et au plaisir que nous allons éprouver, le soir même à Baroclem, à nous engouffrer dedans. Elle est bien plus spacieuse que la 203, elle a ses deux phares, une lampe au plafond, des sièges capitonnés de velours, des accoudoirs, un puissant chauffage, et même une petite horloge rectangulaire et lumineuse sur le tableau de bord – toutes choses qui contribuent à faire d'elle une sorte de petit salon douillet où il est agréable de bavarder tout en se sachant à l'abri des «emmerdeurs» (notre père désigne ainsi les huissiers, et plus généralement toutes les personnes qui ont une raison quelconque de nous en vouloir).

Il a quitté Spontex (les éponges) pour devenir «directeur commercial» des Bonbons du chat gourmet. Je ne situe pas précisément le moment où il change de situation, mais je n'oublierai jamais le jour où il nous l'annonce. Ce doit être un samedi, parce que nous sommes à la maison. Comme toujours nous accourons en l'entendant rentrer (quand ce n'est pas le pot d'échappement crevé de la Peugeot qui nous avertit, c'est lui qui siffle dans les escaliers, ou encore Thérèse qui crie depuis la fenêtre de la cuisine : «Voilà votre père, les enfants!» et qui se précipite, elle aussi). Il a le sourire, ce soir-là, et un énorme cartable qu'il pose sur la table de la salle à manger.

— Qui veut connaître la nouvelle?

— Ben, tout le monde, dit Nicolas (ou peut-être moi). T'as encore changé de bagnole?

— De situation, mon petit vieux. De situation. Regardez bien.

Alors il renverse son cartable sur la table et c'est une montagne de bonbons qui en surgit.

Notre mère est toujours avenue de Breteuil, chez les religieuses, et Périgne de plus en plus souvent chez nous. Parfois, le soir, à Baroclem, on le découvre assis à côté de Toto, dans la Peugeot, son écharpe de tricot rouge autour du cou, habillé maintenant d'un pardessus gris trois quarts qui sent le gasoil. Il remonte avec nous et reste dîner. D'autres fois, il débarque à la Côte noire au volant de sa Jaguar décapotable, et même si nous avons déjà dîné, il s'assoit dans la cuisine, Thérèse lui fait réchauffer quelque chose, lui sert un verre de vin, et il nous raconte des histoires de Stalingrad, ou bavarde avec Toto. Qu'il soit là, avec sa bonne odeur de gasoil, me rassure ; il me semble que rien de grave ne nous arrivera jamais en sa présence.

Un soir où nous remontons avec lui, nous découvrons fermée la porte de notre appartement (celui des « grands »). Thérèse est désolée, personne ne s'explique où sont passées les clés après que l'appartement eut été fermé à double tour. Christine et Frédéric s'impatientent, surtout Christine qui n'aime pas Périgne et a maintenant hâte de s'en éloigner et de retrouver sa chambre. Notre père essaie d'ouvrir avec tout un tas de vieilles clés qu'il ramasse ici ou là, et conserve à la cave, mais aucune ne convient.

— Fichtre merde, dit-il, je ne sais pas comment on va s'en sortir.

Moi, je suis certain que Périgne va nous sauver, et lui aussi le sait, je le devine à la façon dont il observe notre père de ses petits yeux bleus rieurs et malins. Il ne se moque pas de lui, il l'aime trop pour cela, mais il attend qu'on lui demande son avis. Et soudain, il n'a plus la patience d'attendre.

— Mon vieux Toto, je ne vois plus qu'une solution.

— Laquelle ?

— Enfoncer la porte.

Je revois encore notre père opinant gravement du chef, puis prenant son élan pour charger la porte, épaule droite en bélier. Mais rien. Rien ! Juste l'exclamation sourde de notre père, se massant aussitôt l'épaule :

— Putain que ça fait mal !

Alors survient ce que j'attendais secrètement depuis le début. Périgne s'élance, et à l'instant où il s'abat contre la porte, celle-ci s'ouvre dans un fracas hallucinant, allant du même coup s'encastrer dans la porte des cabinets, juste derrière.

— Qu'est-ce que c'est encore? lance notre voisin du dessous, M. Kérivel, bondissant de chez lui tel un bouledogue.

Mais quand il surgit au détour de l'escalier, la bouche pleine et sa serviette de table encore à la main, son regard croise celui de Périgne et on dirait qu'il regrette aussitôt de s'être mis en colère.

— C'est rien du tout, mon vieux, vous pouvez retourner manger votre soupe tranquillement, lui rétorque Périgne.

Et M. Kérivel s'exécute en maugréant, lui qui d'habitude menace de nous mettre au tribunal. «Je vais vous mettre au tribunal, moi, vous allez voir ce que vous allez voir. Famille de fous, bande de vauriens! Même pas capables de respecter les autres.»

Le chambranle a été arraché au niveau de la serrure, et comme le dit Périgne en rigolant (mais Toto, lui, n'a pas l'air de trouver ça drôle) nous n'aurons plus à nous emmerder la vie avec des clés, désormais, puisque la porte bat librement.

Dans les jours suivants, je m'habitue à dormir dans la proximité de la cage d'escalier. Depuis mon lit, dans le garde-meuble, je peux compter les fois où la minuterie s'allume, et même deviner l'ombre de la personne qui monte ou descend à travers le large interstice grossièrement découpé dans le chambranle. Il me semble qu'aujourd'hui je ne pourrais pas m'endormir paisiblement dans une telle situation, me sachant à la merci du premier rôdeur venu qui n'aurait qu'à pousser la porte pour entrer et m'étrangler dans mon sommeil. Curieusement, à ce moment-là de ma vie, non seulement je n'ai pas peur, mais la lumière de la cage d'escalier me rassure, comme si la vie qui s'y déroulait était amicale et me protégeait de tous les dangers (comme un enfant aime à s'endormir dans la grande maison familiale, me dis-je, sentant les siens aller et venir à pas feutrés autour de son lit, ou derrière sa porte).

Et cependant, c'est dans cette situation, et à ce moment-là de ma vie, que je vais connaître ma plus grande peur, mon plus grand effroi. Notre mère est revenue depuis quelques jours, et la vie a repris sous son joug glacial. Je crois que j'apprécie d'autant plus alors la chaude lumière de la cage d'escalier qu'elle forme entre notre mère et nous, les «grands», entre notre mère et moi, la nuit à tout le moins, une sorte de halo protecteur. Or c'est précisément tandis que la cage d'escalier est plongée dans les ténèbres, et que je cherche le sommeil, que je vois s'ouvrir doucement la porte d'entrée de notre apparte-ment. Quelqu'un profite donc de l'obscurité pour s'introduire chez nous, ai-je la présence d'esprit de me dire, et ma frayeur est telle à cet instant-là que mon cœur doit probablement s'arrêter de battre car tout mon corps se fige dans une sorte de raideur cadavérique (le lendemain, je retrouverai la marque de mes ongles enfoncés jusqu'au sang sous mon aisselle gauche). Et puis je reconnais notre mère, et c'est une peur plus familière qui me saisit. Que vient-elle faire chez nous à cette heure avan-cée de la nuit, prenant bien soin de ne pas se signaler, elle qui d'ordinaire se fiche éperdument de réveiller tout le voisinage? L'idée qu'elle vient peut-être pour me tuer me traverse furtive-ment l'esprit, mais elle dépasse mon lit et se dirige maintenant vers l'armoire qui occupe le fond de cette petite pièce où Frédéric s'est aménagé un bureau. M'appliquant à ne pas bouger, je la suis des yeux entre mes paupières à demi closes. Si elle prenait la peine d'écouter mon sommeil, elle remarque-rait sûrement que je ne respire plus. Mais elle me croit profon-dément endormi et elle a d'autres préoccupations. Elle ouvre l'armoire, prenant garde à ne pas faire craquer la serrure, et en sort des linges qu'elle étale sur le sol (terriblement sale et pous-siéreux, depuis près de deux ans que nous vivons ici sans jamais faire le ménage). Et puis elle s'allonge à plat ventre sur les linges et je la vois se glisser sous l'armoire.

Mais pourquoi? Je crois me souvenir que je suis suffisam-ment lucide pour me poser toutes les questions possibles : pourquoi vient-elle donc se mettre là au milieu de la nuit? que veut-elle? qu'attend-elle? va-t-elle s'endormir et rester ici jusqu'au matin? Cependant, ma panique est telle que je suis incapable de formuler un début d'explication. Et puis j'ai peur d'être trahi par mon cœur qui cogne si violemment, maintenant, que tout mon corps en est secoué. Que m'arriverait-il si elle se rendait compte que je l'ai épiée ? J'ai conscience d'être le témoin d'une chose que je n'aurais pas dû voir.

Aussi je m'efforce, en dépit de ma peur, de dompter mes tremblements, de réguler ma respiration, d'être le dormeur insouciant et docile sur lequel compte notre mère pour la réussite de son entreprise.

Je ne saurais pas dire combien de temps a duré ce cauchemar qui demeure, tant d'années après, l'épisode le plus terrifiant de ma vie (j'allais écrire *le plus douloureux*, mais la douleur que je continue d'en éprouver est chaque fois comme effacée, ou plutôt distancée, par la terreur que m'inspire l'événement).

Enfin Toto surgit comme un libérateur (une fois encore !), en contre-jour dans le halo lumineux de la cage d'escalier. Et, sans ménagement, me secouant par le menton :

— Tu n'as pas vu maman ?

— Ah, non. Non.

— Elle a disparu. J'ai peur qu'elle ait fait une connerie.

— Je vais t'aider à la chercher, dis-je en sautant aussitôt de mon lit et en enfilant mes pieds nus dans mes souliers.

En me tournant à peine, je pourrais l'apercevoir sous l'armoire, mais je ne veux pas que notre père la découvre en ma présence, je ne veux pas, il me semble que je n'y survivrais pas, et c'est pourquoi je me hâte de me rhabiller pour l'entraîner ailleurs. (Tiens, pourquoi ce sentiment que *je n'y survivrais pas* ? C'est en voyant Toto que je comprends enfin le dessein de notre mère : elle est venue sous l'armoire pour se cacher, et ainsi lui faire croire qu'elle avait disparu, s'était peut-être suicidée – ce qu'il croit, en effet. Aujourd'hui, je conçois combien cette manœuvre secrète et intime s'apparente à une parade sexuelle entre deux adultes, et puisque ces adultes sont mes parents, une parade de la même indécence destructrice que si je les surprenais en train de faire l'amour. Voilà sans doute pourquoi je m'enfuis.)

Nous dévalons l'escalier, contournons l'immeuble au petit trot, et c'est quand nous arrivons sous la fenêtre de leur chambre, en voyant notre père scruter le sol, que je devine qu'il a vraiment cru qu'elle avait pu sauter par la fenêtre. Puis, en dépit d'un froid terrible (ce doit être février ou mars), nous fouillons tout le domaine, écartant les arbustes des haies, parcourant les caves des immeubles, nous penchant ici ou là sous les voitures, et allant même jusqu'à fouiner dans les fossés autour de la petite épicerie, là-haut, à l'extrémité du domaine.

— Mais bon Dieu, où a-t-elle bien pu passer ? répète notre père, maintenant fou d'inquiétude.

Et moi :

— On devrait prendre la petite route entre les potagers, papa, elle est peut-être partie par là-bas.

— Mais pour aller où, sainte Providence ?

— Je ne sais pas, elle a peut-être voulu retourner chez les bonnes sœurs...

— En pleine nuit ! Elle sait bien qu'il n'y a plus d'autocars.

Mais nous y allons malgré tout, sur la petite route, et par moments j'ai si peur en me la remémorant allongée sous l'armoire que je me surprends à espérer que nous pourrions quand même la retrouver errant au milieu d'un potager (comme si je ne l'avais pas vue se cacher, n'est-ce pas, ou seulement en rêve).

Quand nous remontons à la maison et que Toto semble prêt à partir pour le commissariat, c'est moi qui lui suggère de prendre une lampe électrique et de bien regarder partout avant d'aller prévenir la police.

— Tu as raison, dit-il. Tu as raison.

Il paraît accablé, épuisé, mais il ne perd pas son sang-froid.

Et cette fois, je ne l'accompagne pas. Je me réfugie dans la cuisine que les lampadaires de la rue baignent d'une pâle clarté, et j'attends.

Je sais qu'il va la trouver.

Quand enfin je l'entends s'exclamer : «Tu es là, mon petit ! Mais qu'est-ce que tu fais là, voyons ? Ça fait des heures que je te cherche...», j'éprouve un relâchement de tout le corps. C'est fini, me dis-je, il va la reprendre avec lui, il va l'emmener, la mettre au lit. C'est fini. (Alors qu'en vérité, je le vois bien aujourd'hui, tant d'années après, ça ne fait que commencer.)

14.

Un samedi du printemps 1961, notre père rentre de clientèle avec au fond des yeux une fierté, un orgueil qu'on ne lui avait jamais connus. Il a laissé tomber les Bonbons du chat gourmet pour se mettre à vendre des assurances en porte à porte, et il vient de gagner en une seule après-midi un peu plus de cinq cents nouveaux francs (mais nous disons encore cinquante mille francs). Je le revois allant et venant autour de la table de la salle à manger, cependant que le jour décline, trop excité pour se résoudre à s'asseoir, faisant et refaisant ses comptes en notre présence pour retomber chaque fois sur ce chiffre mirobolant de cinquante mille francs (peut-être le quart de son ancien salaire empoché en quelques heures seulement).

— Mon vieux, c'est une mine d'or ce truc !

— Si tous les jours tu gagnes cinquante mille francs..., commence l'un d'entre nous.

Mais là, nous sommes rapidement pris de vertige, car, même en déduisant les dimanches, notre père est assuré de devenir millionnaire.

C'est vous dire si j'aime à me remémorer ce samedi. Il m'a toujours semblé, en plus, que Toto emmène notre mère au cinéma, ce soir-là, et que c'est également pour cette raison qu'il ne s'assoit pas : il patiente pendant qu'elle enfile une robe et se met un peu de rouge sur les lèvres, éveillant en chacun de nous l'écho lointain de certaines soirées de printemps, à Neuilly, où nous assiégions notre mère dans le vestibule pour obtenir un baiser avant qu'ils ne s'en aillent dîner chez des amis. Je crois que, sans nous donner le mot, nous avons l'intuition que ces deux événements extravagants survenant coup sur coup (les cinquante mille francs et le cinéma) annoncent un revirement du destin à notre égard, et peut-être la fin de notre long hiver.

En tout cas, notre mère retrouve une certaine joie de vivre. Quelques jours avant de partir pour les grandes vacances, et alors qu'elle ne se préoccupait plus de savoir comment nous étions habillés, elle entreprend de trier nos tenues d'été, de faire une pile pour chacun d'entre nous en fonction de notre taille (les habits portés par l'aîné un an plus tôt allant généralement au cadet, etc.), ce qui lui permet d'établir la liste des vêtements à acheter pour que chaque enfant ait à peu près son compte. C'est un de ces soirs de printemps où le soleil ne se couche pas, voyez-vous, et nous sommes tous autour d'elle pour les essayages, en culotte, à rire et à nous moquer les uns des autres. Notre mère s'énerve, parfois, mais le plus souvent elle sourit des plaisanteries de Frédéric, et c'est un bon moment.

Toto a pu louer de nouveau la villa de notre premier été à Paramé, celle dont nous avons tous conservé un bon souvenir même si notre mère la surnommait volontiers la maison de Cadet Rousselle, bien qu'elle s'appelle en réalité (son nom me revient à l'instant) villa Génista.

En partant pour Paramé, au début de juillet, à bord de la Peugeot dont le toit est lourdement chargé, j'ignore qu'au retour je ne retrouverai ni Thérèse ni la Côte noire. À l'automne, nous aurons déménagé et Thérèse nous aura quittés. Je n'ai aucun souvenir du moment où nous nous disons au revoir, ni des mots que nous échangeons après ces deux années si étroitement partagées avec elle. Peut-être ne nous disons-nous même pas au revoir. Thérèse sort discrètement de notre vie, comme elle y était entrée, et c'est seulement lorsque j'écrirai *Priez pour nous* que, éprouvant soudain le désir de l'entendre, je la retrouverai en moins d'une heure grâce aux renseignements téléphoniques et entamerai alors avec elle une correspondance épisodique (lui promettant sans cesse de venir la voir en Bretagne, mais ne l'ayant toujours pas fait à l'heure où j'écris ce livre). Quant à la Côte noire, j'y retournerai pour la première fois durant la rédaction de *Priez pour nous*, passant alors un long moment assis sur le tourniquet, près du bac à sable, à contempler nos fenêtres tandis que me revenaient les souvenirs de la nuit où nous avions cherché maman jusque dans les potagers. Puis je reviendrai m'asseoir une ou deux fois par an sous nos fenêtres, comme à Neuilly, sans trop savoir pourquoi, ne pouvant pas m'empêcher de pleurer, parfois, ou de rire, mais n'osant jamais sonner chez nos remplaçants pour leur demander la permission de revoir notre maison.

Je n'ai guère de souvenirs de cet été 1961 que je dois passer sur la plage avec les petits, à me baigner et faire des châteaux (Christine a retrouvé ses amies, Thérèse de Grandval et Danièle Ginoux, et je crois que Frédéric et Nicolas commencent à s'éloigner pour regarder les filles), jusqu'à ce week-end du mois d'août où je devine que des événements importants se préparent. Toto débarque au volant de la Peugeot avec ses habituelles Ray-Ban sur le nez, mais cette fois il n'est pas question de caresses à notre mère ni de promenades en famille sur la digue. Je vois qu'il a des conversations secrètes avec Christine et Frédéric, puis qu'il s'enferme avec notre mère, puis qu'il bavarde de nouveau à voix basse avec les deux grands. Finalement son plan est arrêté et il peut nous annoncer à tous la grande nouvelle : il a trouvé de quoi nous loger dans des immeubles tout neufs d'une petite ville de banlieue dénommée Vaucresson. Mais comment ? Nous croyions que nous allions habiter boulevard Suchet, ou rue Raynouard ? Que notre mère avait juré qu'elle ne retournerait jamais dans «cette foutue banlieue» ? «Oui, eh bien elle a mis de l'eau dans son vin, mon petit vieux, voilà tout. Et puis je vais te dire une chose : le boulevard Suchet, c'est pas vraiment dans nos moyens.»

Jamais je n'ai entendu notre père parler sur ce ton. On dirait que c'est lui qui commande à présent. Aujourd'hui encore, je me demande comment il est parvenu à convaincre notre mère de renoncer à Paris, de renoncer au 16e arrondissement, et la seule explication qui me vienne est l'épuisement de notre mère. Elle n'a plus la force d'exiger quoi que ce soit, la Côte noire et les déchéances successives qui ont accompagné notre vie sont venues à bout de sa combativité (durant le dernier printemps, une bouteille de Camping-gaz a mis le feu à la cuisine en se renversant, laissant les murs et le plafond noircis par les flammes, de sorte que nous avions le sentiment de prendre notre petit déjeuner dans l'antre du diable). Oui, notre mère est sans doute arrivée au point où la première banlieue venue vaut mieux que retourner à la Côte noire (et Vaucresson, nous le découvrirons, est bien plus élégant que la première banlieue venue).

Le plan de notre père pour la rentrée coupe la famille en deux : notre mère et les petits vont exceptionnellement rester à Paramé durant le mois de septembre, cependant que lui et les grands effectueront le déménagement tout en démarrant l'année scolaire. L'idée est de mettre à l'abri notre mère et les petits durant ce nouvel exode, tout en s'assurant qu'ainsi on ne les aura pas sur le dos. Je dis «on», car tandis que Toto nous expose son plan je me range naturellement, en ce qui me concerne, parmi les déménageurs. Or, je me trompe, notre père m'a réservé une place particulière dans son dispositif, et cette place va lourdement peser sur mon destin : je vais rester à Paramé auprès des petits et de notre mère, pour soutenir cette dernière, l'aider à faire tourner la maison, pendant que mes trois aînés aideront Toto à déménager. Je n'ai aucun souvenir des mots exacts qu'emploie notre père pour définir ma mission, mais je me rappelle mon désespoir en comprenant que je suis exclu de la dernière phase de la Côte noire, du glorieux épilogue de cette longue guerre que j'ai pourtant menée jour après jour aux côtés de Toto, *avec* les grands.

À ce désespoir s'ajoute l'appréhension de ce qui m'attend : c'est donc à moi, qui ai si peur de notre mère (qui suis le plus terrorisé par elle, suis-je tenté d'écrire, tout en me demandant si les autres ne le sont pas tout autant), que revient la tâche d'être son soutien, d'être *le représentant de notre père auprès d'elle*, si j'ai bien compris ma mission.

Et voilà, c'est le dernier jour des vacances, les écoles vont rouvrir, les villas ferment un peu partout autour de nous, tandis que nommé chef de famille par intérim à la veille de mes douze ans j'embrasse Toto qui repart pour Paris avec les trois grands (et sans doute aussi les deux moyens, Anne-Sophie et Guillaume, neuf et six ans, dont je me demande bien ce qu'il a fait durant ces jours de folie). Je devrais rentrer en cinquième mais, définitivement viré de Sainte-Croix de Neuilly, je n'irai pas à l'école durant cette année scolaire 1961-1962.

Je garde le souvenir du silence subit qui s'abat sur la villa Génista après leur départ. De la difficulté que j'ai à m'extraire d'une tristesse de plomb pour aller échanger quelques mots avec notre mère et lui demander ce que je peux faire pour l'aider. Puis d'une certaine douceur qui s'installe entre nous, comme si nous nous découvrions. Maman semble touchée par ma présence, par les services que je prends plaisir à lui rendre, et moi je suis étonné qu'elle me parle si gentiment, contrôlant ses nerfs pendant les repas des petits (Cécile, quatre ans, Marie, trois ans, Oscar, vingt et un mois) et faisant des efforts pour nous sourire.

Comme elle consacre ses quelques heures de loisir à faire du tricot, je lui demande un jour de m'apprendre à tricoter, et, tous ensemble, moi poussant notre valeureuse poussette (où ont pris place Oscar et Marie), nous allons acheter de la laine et des aiguilles pour moi, dans la petite mercerie, près de l'église de Paramé. De la laine mauve, pour faire une écharpe que je destine à notre mère. Nous tricotons désormais côte à côte, parfois sur la plage, maintenant déserte, tout en surveillant les petits, parfois dans le jardin sous un pâle soleil, et cet ouvrage, pour lequel je lui demande souvent des conseils, nous rapproche tout en me tirant de ma mélancolie.

Je me rappelle aussi que je m'installe dans la chambre de notre mère, à son secrétaire, un peu comme si j'étais son mari, n'est-ce pas, pour écrire aux trois grands, et je crois aussi aux deux moyens, cinq lettres destinées aux enfants (mais oui, comme si j'étais le chef de famille) pour leur donner de nos nouvelles et leur demander comment se passe le déménagement. Puis je cours à la boîte aux lettres, espérant chaque matin recevoir au moins une réponse (qui n'arrivera jamais).

Durant ce mois de septembre, notre mère est enceinte de neuf mois, figurez-vous, or je n'en garde aucun souvenir. Ma sœur Marie, que je viens d'appeler, est cependant formelle : notre petit frère Clément est bien né le 26 septembre 1961. C'est donc vraisemblablement sa layette que notre mère tricote. Est-ce la désapprobation qui me rend à ce point aveugle ? Est-ce l'intuition que chaque enfant est annonciateur de nouveaux drames ? Sans doute, et pourtant cela ne me semble pas suffisant pour expliquer que je n'ai rien vu, rien voulu voir.

Aujourd'hui, calculant presque malgré moi à quel moment fut conçu Clément, je tombe sur janvier 1961, la période où notre mère revint de son hospitalisation chez les religieuses. À moins que notre petit frère n'ait été conçu au couvent même. Dans tous les cas, nos parents ont fait cet enfant au plus noir de notre naufrage, alors que nous n'avions pas le plus petit espoir de nous en sortir. Peut-être est-ce la conscience de leur inconscience qui, sur le moment, m'a fermé les yeux.

Je suis certain que Toto est venu nous chercher à Paramé (je ne nous vois pas prenant le train avec les trois petits, le gros ventre de maman, la poussette et toutes nos valises), et cependant je n'ai aucune mémoire de ce voyage de retour dans la Peugeot. Je conserve en revanche le souvenir ébloui de nos nouveaux appartements à Vaucresson. Ils sont situés sur le même palier, non pas face à face, comme à la Côte noire, mais côte à côte, de sorte que nous allons pouvoir les relier en abattant plusieurs cloisons. C'est ce que m'expliquent Frédéric et Nicolas en me faisant visiter. Le soleil d'automne pénètre partout par d'immenses baies vitrées, les pièces sont lumineuses, les plafonds hauts, et les murs immaculés car personne n'a jamais habité ici. La résidence du Pré-au-Bois, qui compte une douzaine d'immeubles, vient tout juste d'être inaugurée sur le plateau de Vaucresson, en lisière de la forêt de Saint-Cucufa.

Pour le moment, nous campons tous les trois dans l'un des deux salons, et je m'explique mieux l'aspect de la pièce où s'entassent nos vêtements, nos livres et nos vieux jouets dans un désordre inextricable en apprenant aujourd'hui (grâce à Marie) que, aussitôt rentrée de Paramé, notre mère partit pour la clinique accoucher de Clément. Elle n'est donc pas là durant les premiers jours, et Toto a recruté pour s'occuper des petits deux jeunes filles au pair originaires de Suisse qui logent, me semble-t-il, dans l'une des cuisines (comme Thérèse à la Côte noire).

Je ne me souviens pas du retour de notre mère avec son dixième enfant sur les bras (onzième, si l'on compte le petit frère qui est mort), mais Marie tient de notre mère, qui le lui raconta à plusieurs reprises, me dit-elle, qu'elle posa Clément sur le lit conjugal (lui-même égaré parmi les caisses du déménagement) en lâchant dans une forme de sanglot : « Celui-là, jamais je n'aurai la force de l'élever. »

Ensuite, c'est une nouvelle guerre qui commence : celle de notre installation au Pré-au-Bois. Les premiers temps, nous devons passer par le palier pour aller d'un appartement à l'autre, et les choses s'organisent comme à la Côte noire : d'un côté les parents avec les petits, de l'autre les grands (et sans doute les moyens dont je perds décidément la trace) avec les deux Suissesses (qui vont rapidement nous quitter, mais nous enverront régulièrement du chocolat par la suite). L'un de mes premiers souvenirs de notre nouvelle vie est celui de notre mère passant d'un appartement à l'autre en claquant violemment les portes palières derrière elle pour exprimer tout à la fois son exaspération et sa fatigue. Elle porte désormais dans la journée une de ces blouses de femme de ménage qui se boutonnent sur le devant, de couleur tantôt rose, tantôt bleu pâle, et aux pieds des babouches dont le crissement des semelles sur le plancher nous avertit de sa présence et me fait immédiatement cogner le cœur. Oh, ces babouches !

Le début de complicité que nous avions construit à Paramé, dans la nostalgie de septembre, autour de nos travaux communs de tricot, semble avoir été complètement anéanti par son accouchement, aussitôt suivi de notre emménagement de fortune (et d'ailleurs, j'ai perdu l'écharpe que je lui tricotais). Nous ne bavardons plus guère, bien que je sois le seul grand à demeurer auprès d'elle chaque matin après le départ des autres que Toto conduit dans leurs écoles respectives. Je ne

sais plus quelle est précisément ma mission maintenant que je
n'ai plus à remplacer notre père, et durant les premières heures de la matinée je traîne d'une pièce à l'autre, ouvrant une
caisse ici ou là pour voir ce que je vais y découvrir, attendant
que notre mère m'expédie faire les courses, ou me demande
un service quelconque. Je suis capable de changer les draps
de tel ou tel petit qui a fait pipi au lit, ou de donner son bain à
Clément dans la petite baignoire en caoutchouc souple, avant
de le sécher, de lui enduire les fesses de Mytosil, de le talquer, de lui mettre de l'eau de rose sur la tête, puis de le rhabiller. C'est même un plaisir quand notre mère veut bien me
le confier, car nous, les grands, aimons énormément les bébés,
nous aimons les faire rire en collant nos lèvres sur leur ventre
et en soufflant de toutes nos forces (ce que nous appelons
«faire des proutes»), nous aimons qu'ils s'agrippent à nos
cheveux, ou encore les entendre éclater de rire lorsque nous
les faisons tourner dans nos bras. Et puis tous ces plaisirs sont
associés au parfum mélangé du talc et de l'eau de rose qui
doit nous rappeler nos propres félicités de nouveau-nés.

Pour les courses, il y a un Primistère tout neuf au Pré-au-
Bois, dont la caisse est tenue par Mme Sirièze. Mme Sirièze
habite une jolie maison particulière enchâssée dans nos
immeubles, donnant le sentiment qu'elle posséda sans doute,
au temps de sa gloire, tout le terrain à présent occupé par
notre cité, mais qu'elle sut résister au promoteur et sauver sa
maison. Je l'agace parce que je n'ai jamais suffisamment
d'argent pour payer toutes les courses dont notre mère m'a
fait la liste, et qu'alors il faut qu'elle accepte de me faire
crédit, ou que je décide à quel(s) article(s) je vais renoncer
pour que le compte soit juste. Pendant toutes ces tergiversa-
tions, elle mastique une pastille Valda dont la boîte est posée
à côté de sa caisse enregistreuse («Va mal, Valda, Va bien»,
tiens, je me rappelle soudain la réclame), me signifiant ainsi
combien je lui fais perdre son temps. Un jour, Toto fera de
Mme Sirièze notre ennemie jurée en lui faisant un coup qu'avait
dû lui apprendre Périgne et que je l'ai parfois vu pratiquer par
la suite. Au moment de passer à la caisse, il sort son portefeuille, et il dit : «Aïe, aïe, je suis en panne de liquide... Ça ne

vous ennuierait pas que je vous fasse un chèque du double de la somme ? Comme ça, vous me donnez la différence en liquide, et ça ne change strictement rien à votre comptabilité.

– Bon, d'accord», acquiesce Mme Sirièze, soupirant et mastiquant sa Valda de plus en plus nerveusement. C'est vrai que ça ne change «strictement rien» pour la comptabilité, sauf si le chèque est en bois, naturellement (et celui de Toto l'est bien évidemment) car alors ça multiplie par deux la perte du magasin (tout en multipliant également par deux notre profit). Tout de même, me dirai-je par la suite, papa aurait pu épargner Mme Sirièze qui jamais plus ne nous fera crédit (ni ne nous sourira). (Mais nous avait-elle souri une seule fois avant de se faire voler ? Je n'en suis pas certain.)

Après avoir déposé mes frères et sœurs à l'école, et être passé à son bureau (il est alors assureur pour le compte de La Bâloise), notre père revient au Pré-au-Bois. Il est peut-être midi, notre mère est dans la cuisine, occupée à préparer le repas des petits, et, bien qu'elle ne lui réponde qu'en maugréant, il s'acharne à lui expliquer ses plans d'aménagement. Dès qu'il en aura l'autorisation, il ouvrira largement la cloison qui sépare les salons des deux appartements. L'un deviendra la salle à manger, attenante à la cuisine. L'autre, le salon proprement dit. De la seconde cuisine, on fera une chambre pour Christine. Puis on percera la cloison séparant les corridors des deux appartements, nous permettant ainsi de circuler entre toutes les chambres à coucher sans passer par les pièces de séjour (les «pièces de réception», disent nos parents). L'un des deux W.-C. sera transformé en lingerie, et l'un des cabinets de toilette en bibliothèque. Enfin, on construira des placards et des penderies en divers endroits.

— Je t'assure, mon petit, qu'une fois fini ça peut être aussi bien qu'à Neuilly.

— Enfin, Toto, comment peux-tu comparer le boulevard Richard-Wallace à cette résidence de péquenots !

— Tu n'es pas sortie, mon petit, tu ne connais pas les gens qui habitent ici.

— Je n'ai pas besoin de sortir, je les vois promener leurs chiens. C'est à peine mieux qu'à la Côte noire.

— Mon minou, je ne peux pas te laisser dire ça !

— Et quand bien même ça serait des ducs, je m'en fiche, comment veux-tu avoir une vie mondaine dans ce trou ? Est-ce que tu imagines les La Prairie, ou même mon frère et Ingrid venant dîner ici ?

— Et pourquoi pas ?

Alors moi, voulant tout à la fois défendre Toto et réconforter notre mère :

— C'est vrai, maman, pourquoi ils ne viendraient pas dîner ? Ça sera très joli quand les travaux seront finis.

— Je ne te dis pas que ça ne sera pas joli... Oh, et puis merde ! Fichez-moi la paix à la fin.

Combien de fois me suis-je retrouvé ainsi dans la cuisine, essayant maladroitement de les réconcilier, reprenant les arguments de l'un pour tenter d'amadouer l'autre, avant de me rendre compte, devenu un homme, que nous n'avions fait que rejouer à l'infini la scène de mon premier souvenir, rue de Milan, lorsque, coincé dans ma chaise de bébé, en plein courant d'air et encore privé de la parole, j'avais dû supporter silencieusement de les entendre se disputer, notre mère devant l'évier, déjà, et Toto juste derrière moi, plaidant son affaire. Et c'est aujourd'hui seulement que je comprends enfin pourquoi nous n'étions pas trop de deux dans ma chaise de bébé, l'un se faisant l'avocat de notre mère, l'autre celui de notre père. Bouda et moi, solidaires au point de partager notre purée, de nous écraser les côtes sur notre accoudoir respectif, et cependant incapables de nous fondre l'un dans l'autre pour ne former plus qu'un (comme nos parents durent en avoir l'illusion trompeuse quand ils faisaient l'amour, me dis-je, se reposant un bref et délicieux instant de la guerre impitoyable qu'ils se livraient aussitôt rhabillés).

En attendant d'obtenir l'autorisation d'abattre les cloisons, Toto et moi entreprenons de transformer la seconde cuisine en une chambre pour Christine. Nous avons fait de l'une des deux caves qui nous ont été attribuées, au sous-sol, un atelier pourvu de tout l'appareillage technique indispensable au bricolage : l'électricité, bien sûr (longtemps captée sur la minuterie de la cage d'escalier que nous avions neutralisée,

avant que le concierge s'en aperçoive, menace de nous dénoncer, et que nous soyons contraints de tirer un fil depuis chez
nous); de larges tableaux de bois cloutés pour suspendre
scies, clés à molette, rouleaux de fil électrique et de tube de
cuivre; de fortes étagères solidement accrochées aux murs
pour entreposer bidons de térébenthine, d'huile, d'essence, de
gasoil et de dissolvants divers, du trichloréthylène à l'acide
chlorhydrique; enfin, un remarquable établi (en réalité, une
commode Directoire ayant appartenu au père de Toto – et à
ce titre détestée par notre mère – dont nous avons renforcé le
plateau pour y fixer un étau, et dont nous avons rempli les
tiroirs d'outils). Tout cela pour dire que desceller un évier,
escamoter une bouche de vide-ordures, ou encore faire sauter
quelques mètres carrés de carrelage ne nous fait pas peur.

Aussitôt après le déjeuner, pour échapper aux larmes des
petits et aux récriminations de maman, nous descendons nous
changer dans cet atelier. La pièce a gagné au fil des jours une
chaleur, une intimité qu'aucun recoin de l'un ou l'autre appartement ne saurait nous offrir. Nous avons soigneusement capitonné la porte de bois, autrefois ajourée, à l'aide de vieilles
couvertures, de sorte que passant par les caves personne ne
pourrait soupçonner combien nous sommes confortablement
installés. Et d'ailleurs, un verrou nous permet de nous bar-
ricader de l'intérieur si quelqu'un venait nous embêter.

— Mon vieux, dit Toto en enfilant son bleu, c'est encore
ici qu'on est le plus peinard. Tu n'es pas de mon avis?

— Si, papa, c'est vrai.

— On va terminer la chambre de Christine, et puis je ne te
cache pas que, s'ils continuent à me faire mariner pour les
cloisons, je me passerai de leur autorisation.

— Tu veux dire qu'on cassera les murs? Et s'ils s'en aper-
çoivent?

— Qu'est-ce que tu veux qu'ils nous fassent? De toute
façon, on ne peut pas continuer comme ça, ta mère n'en peut
plus de passer d'un appartement à l'autre toute la sainte journée,
et comme je l'ai dit à Brare, si vous l'aviez sur le dos jour et
nuit, je vous fiche mon billet que vous réagiriez différemment.

— C'est qui, Brare?

— Le zèbre dont on attend le feu vert pour les cloisons, pomme à l'eau.

Toute l'après-midi nous bricolons ensemble, et pour peu que notre mère ne vienne pas harceler Toto à propos d'une somme d'argent que quelqu'un nous réclame, du téléphone qui n'est toujours pas installé, ou du marbre d'un guéridon Louis XVI qui a été fendu dans le déménagement, notre père siffle à tue-tête un de ses vieux airs des chasseurs alpins tout en collant du papier peint sur les murs de l'ancienne cuisine, perché au sommet d'un escabeau, imaginez-vous, tandis que je me tiens juste sous lui, m'assurant que le papier peint est bien ajusté.

«Le mieux est l'ennemi du bien», dit-il, quand ça n'est pas parfait. Ou aussi, quand nous fixons une applique (imitation Louis XVI) à l'aide d'une vis dont nous avons préalablement chevillé le trou : «Regarde-moi ça, mon petit vieux, ça rentre comme papa dans maman!»

Sur le coup de 17 heures, et tandis que la nuit tombe, nous suspendons le chantier car Toto «file» en clientèle. «Je file en clientèle, mon petit», lance-t-il à notre mère, qui parfois se laisse embrasser, mais d'autres fois non. Il passe une chemise propre, se noue une cravate autour du cou sans cesser de siffler, se donne un coup de brosse dans les cheveux, et un instant plus tard je reconnais la longue accélération de la Peugeot virant au coin de notre immeuble.

Notre père n'est pas devenu millionnaire, comme nous l'avions espéré, mais il gagne tout de même beaucoup d'argent au début de ces années 1960 grâce aux pieds-noirs qui commencent à débarquer en foule de l'Algérie en guerre, et sont soucieux d'assurer le peu de biens qu'ils ont pu sauver. Pour la première fois de sa vie, Toto, qui a toujours marché à contre-courant de l'Histoire, se retrouve soudain servi par les événements. Il n'a pas changé de camp, il est toujours farouchement opposé à de Gaulle qu'il appelle «le grand Charles», toujours du côté de Charles de Foucauld et du capitaine Moureau qui ont cru avec raison, dit-il, aux bienfaits de la colonisation, mais cette fois-ci la défaite des siens, au contraire de celle de Vichy, est pour lui pain bénit. Aussitôt

tendue sa carte de visite et décliné son identité au garde-
à-vous, « Théophile Dunoyer de Pranassac, assureur conseil »,
il parvient à exprimer sa compassion pour les Français
d'Algérie. Il sait trouver le ton, les mots justes, et lui-même,
glisse-t-il, a longtemps vécu en Tunisie. Alors on le prie
d'entrer, on ne laisse pas un tel homme sur un paillasson, et
quand la conversation s'engage il ne cache pas l'indignation,
pour ne pas dire la colère, que lui inspire le Général, cet
homme qui aura passé toute sa vie à trahir si on veut bien se
donner la peine d'examiner objectivement les choses. Le
Maréchal d'abord, dont on peut penser ce que l'on veut, je ne
dis pas, mais qui avait malgré tout fait le don de sa personne
à la France, et aujourd'hui ces Français d'Afrique du Nord,
ces pionniers, ces gens d'un courage extraordinaire auxquels
il avait pourtant promis...

— ...qu'il ne nous abandonnerait jamais, parfaitement,
monsieur. Parfaitement. Et regardez le résultat : nous avons
tout perdu !

— C'est pitoyable ! Pitoyable ! soupire notre père, debout
dans le vestibule, à présent, sa lourde serviette suspendue à
son bras gauche, et lorgnant discrètement en direction des
lumières du salon.

— Mais entrez, monsieur. Mon mari ne va plus tarder. Je
peux vous offrir un whisky ?

— Avec plaisir, chère madame.

Plus tard, une fois le mari rentré, ils évoqueront gravement
l'avenir de « ce merveilleux pays », bientôt aux mains de « ces
pauvres bougres », « ces malheureux Arabes », qui seront bien
incapables d'en tirer quoi que ce soit, n'est-ce pas, n'ayant
toujours pas assimilé, après cent trente années de colonisation, l'usage de la salle de bains et du tout-à-l'égout.

— Ne me demandez pas de les plaindre en plus du reste,
protestera le mari. Ils ont voulu leur indépendance, eh bien ils
vont l'avoir. Et maintenant qu'ils se démerdent ! Je vais vous
dire une chose : j'espère bien qu'on ne lèvera pas le petit
doigt pour les aider.

— Il ne manquerait plus que ça ! Il vient un moment, dans
la vie, où il faut assumer ses responsabilités. Ce n'est pas moi

qui vous contredirai sur ce point, cher monsieur, vous avez parfaitement raison : qu'ils se débrouillent sans nous.

Et de fil en aiguille, notre père devient ainsi l'assureur et l'ami d'une grande partie des milliers de pieds-noirs relogés à la hâte en banlieue parisienne.

15.

C'est un dimanche de décembre que nous lançons les opérations. Cette fois, Frédéric et Nicolas sont avec nous. La veille, nous sommes allés acheter deux longues masses et différents outils tranchants. En tapotant avec un marteau d'horloger sur la cloison qui sépare les deux appartements, à hauteur des «pièces de réception», notre père détermine où nous pouvons commencer à défoncer le mur, sans démolir par la même occasion l'un des nombreux conduits de cheminée qui passent à cet endroit. Il se fie à l'écho, nous expliquant que si le son est bien creux, c'est vraisemblablement que nous ne tomberons pas sur une cheminée. Mais il n'est pas sûr de lui pour autant.

— Et qu'est-ce qu'il va se passer si on casse une cheminée?

— Tu veux que je te dise? C'est le genre de truc auquel je préfère ne pas penser.

Puis il trace un rectangle vertical sur la surface lisse, au crayon gras, de la taille d'une modeste porte de chambre.

— On va commencer par ça, dit-il, et puis on élargira ensuite. *Piano piano.*

Je me rappelle ma stupéfaction lorsque le premier coup de masse s'abat contre le mur. Il me semble que tout l'immeuble en est secoué, et cependant il ne fait qu'entamer le plâtre sur une profondeur dérisoire.

— Si tu veux mon avis, commente notre père, déjà essoufflé par l'effort, ça ne m'étonnerait pas qu'on ait rapidement les voisins sur le dos.

Pour le moment, ce sont seulement les petits qui accourent. Tous en pyjama, des croûtes dans les yeux, certains tenant encore fermement le jouet avec lequel ils s'occupaient, une poupée hirsute à moitié nue ou un camion de pompiers. Et puis notre mère surgit à son tour, en robe de chambre et babouches, feignant de ne rien comprendre.

— Enfin, qu'est-ce que vous fabriquez ?

— Tu le vois bien, mon minou, on abat cette cloison.

— Sans l'autorisation de Brare !

— Écoute, mon petit, Brare, il commence à me courir sérieusement sur le haricot. On ne peut pas continuer à vivre comme ça, tu n'en peux plus, et c'est bien normal. Alors s'il n'est pas content, Brare, ça sera le même prix. Maintenant, sois gentille, ma chérie, débarrasse-nous des gosses, j'ai peur qu'ils se prennent des éclats de plâtre dans la figure.

Aussitôt, Frédéric prend le relais, et durant un long moment, sans avoir à se concerter, notre père et lui s'acharnent à tour de rôle contre le mur, produisant un martèlement continu et assourdissant, semblable à un bombardement nourri, me dis-je à part moi (bien que n'ayant aucune expérience de la guerre), et qui contribue à mon sens à nous protéger d'une sortie des voisins. Il est certain que l'on n'imagine pas dans ce vacarme un homme sensé, tenant un minimum à la vie, se présentant à notre porte pour protester (c'est du moins ma vision des choses, dans le feu de l'action, tant je me sens fort et sûr de moi, étant résolument du côté des démolisseurs).

Puis on dirait que les coups de masse commencent à porter, car le mur, qui jusqu'ici encaissait sans broncher, se craquelle petit à petit à la façon d'une meringue.

— Putain, je crois qu'on va finir par l'avoir, dit Frédéric, hors d'haleine.

— Il est costaud, le bougre, renchérit Toto.

Tous les deux sont maintenant écarlates, accoudés sur le manche de leur masse et reprenant haleine, dans un silence qui me semble propice à tous les dangers.

Et d'ailleurs, voilà que quelqu'un sonne.

— Merde ! dit notre père. Il ne manquerait plus que le gardien débarque.

— On n'a qu'à pas ouvrir, suggère Nicolas.

— Ça, mon vieux, c'est jamais une bonne solution. Il vaut toujours mieux discuter.

De nouveau la sonnette.

— Bon, j'y vais. En attendant, les garçons, planquez les masses quelque part.

Mais non, ce n'est pas le gardien.

— Bonjour, monsieur Hertz, comment allez-vous ? entendons-nous Toto s'exclamer avec jovialité. J'espère qu'on ne vous a pas réveillé, ou perturbé le sommeil de Mme Hertz ?

— Mais pas du tout, pas du tout. Je me demandais juste si vous en aviez pour longtemps car nous sommes sujets à des maux de tête

— Oh, je suis sincèrement désolé, croyez-le bien. Pour tout vous avouer, nous en avons pour un certain temps, oui. Mais entrez, je vais vous présenter mes fils.

M. Hertz est l'un de nos voisins du dessus. Notre père l'a peut-être assuré, ou a tenté de le faire, en tout cas tous les deux semblent se connaître.

— Nous nous sommes décidés à abattre le mur, explique Toto, après les salutations.

— Vous faites bien. Avec dix enfants, vous ne pouviez pas continuer comme ça, n'est-ce pas ? Eh bien, je vais emmener ma femme au restaurant et vous laisser travailler tranquillement.

— C'est vraiment très aimable à vous.

Aussitôt après le départ de M. Hertz, nous ressortons les masses de derrière la porte.

— Mon vieux, dit Toto, il est charmant ce type. Si tous les juifs étaient comme lui...

— Comment sais-tu qu'il est juif ? s'enquiert Frédéric.

— Hertz, dit en reniflant notre père, tout en se tapant sur le bout du nez comme si ce nom-là avait une odeur particulière. D'ailleurs, lui, poursuit-il, c'est un gars qui travaille dans la confection, comme beaucoup de juifs. Je te fiche mon billet qu'ils ont le sens des affaires.

Puis Frédéric et Toto se remettent à frapper, et soudain la masse de Frédéric s'encastre tout entière dans le mur. Un trou monumental vient d'apparaître, de la taille d'une tête de bœuf, mais qui ne débouche pas du tout sur l'autre appartement comme je l'avais escompté. Non, derrière ce mur-ci, il y en a un autre. Et peut-être un troisième encore derrière cet autre, qui sait ? De mon point de vue, c'est une catastrophe. D'ailleurs, nous semblons tous atterrés. Notre père s'empare silencieusement d'une lampe électrique et, enfonçant sa tête dans le trou, il entreprend d'en inspecter tant bien que mal l'intérieur. Nous apercevons des toiles d'araignées dans le faisceau de sa lampe, des coulures de plâtre ou de ciment noircies par la crasse. Il semble que toutes sortes de bêtes survivent dans cet endroit. Mais soudain notre père se met à siffloter.

— Tu as vu quelque chose de bien ? demandons-nous.

— On ne pouvait pas mieux tomber ! s'exclame-t-il en réapparaissant. C'est à se demander s'ils n'avaient pas prévu le truc : on a au moins un mètre de chaque côté avant d'atteindre les conduits de cheminée.

Alors nous nous remettons à y croire, et quand, en début d'après-midi, après avoir descendu le premier mur, nous passons dans l'autre appartement pour nous attaquer au second, nous sommes portés par le fol espoir qu'avant la nuit nous aurons accompli l'inimaginable. J'ai le souvenir de mon éblouissement lorsque, cédant enfin, le mur éventré nous permet soudain d'entrevoir la lumière de l'autre côté (celui où nous étions deux heures plus tôt), et avec quel empressement nous collons notre œil à la fissure, l'un après l'autre, comme si nous découvrions un monde merveilleux et tout à fait inattendu.

Et notre fierté, quelques minutes plus tard, lorsque le trou est assez large pour permettre à Frédéric de passer le premier de l'autre côté ! Il se retourne vers nous après cet exploit, nous sourit silencieusement comme s'il nous observait depuis le ciel, et d'ailleurs, les cheveux et tout le reste nimbés de plâtre, il a l'air d'un ange de Noël, ou d'un revenant. Alors Nicolas passe à son tour, puis moi. Toto, essoufflé, nous regarde en souriant.

— Il faut appeler les petits, dis-je, dans ma hâte de partager ce moment incroyable, et surtout de nous faire applaudir.

— Si tu permets, propose notre père, on va d'abord finir
de casser le plus gros et rassembler les gravats, parce que je
vois mal les petits dans ce merdier.

Et c'est vrai que la pièce est jonchée de morceaux de plâtre
plus ou moins saillants.

À la nuit tombée, la voie est ouverte. Pour la première fois
depuis trois mois que nous habitons au Pré-au-Bois, nous
n'avons plus besoin de traverser le palier pour aller d'un
appartement à l'autre. Comme nous n'avons pas encore pu
dévier les fils électriques qui courent dans les plinthes, Toto
construit une sorte de marche provisoire pour les enjamber.
Et je vois encore notre mère emprunter pour la première fois
ce passage, *notre* passage, une pile de linge repassé sur les
bras. Il est tard, peut-être 20 heures, les petits sont déjà venus
voir et ils ont bruyamment manifesté leur enthousiasme.
Christine aussi est venue. « Quel travail ! a-t-elle dit. Maintenant,
vous devriez vous reposer, papa, vous avez l'air épuisé. »
Quand soudain notre mère se présente avec sa pile de linge.
Elle contourne la montagne de gravats, se dirige vers le vestibule comme si elle allait devoir de nouveau emprunter le
palier, et puis, découvrant l'ouverture, ou feignant de la
découvrir (car elle a tout de même bien dû entendre les petits
sauter d'une pièce à l'autre en hurlant de rire), elle marque le
pas. Entre-temps, nous avons cessé de plaisanter, comme
chaque fois que nous l'entendons approcher sur ses babouches.
Elle n'a pas un mot pour s'étonner, pour nous féliciter. Et
cependant, à l'instant où elle comprend qu'elle peut passer, et
qu'elle s'engage, encouragée par quelques mots de notre père
– « Ça y est, mon petit, c'est ouvert, je ne te dis pas que tout
est terminé, le bon Dieu n'a pas fait le monde en un seul jour,
mais c'est un premier pas qui devrait tout de même te faciliter
la vie, n'est-ce pas ? » –, à l'instant où nous la voyons s'engager,
disais-je, il ne nous effleure pas de réclamer sa gratitude,
sa reconnaissance, pour l'énorme travail accompli. Tant
d'années après, je me dis que c'est ce soir-là qu'elle nous a
fait le plus de mal, et par notre faute, parce que aucun d'entre
nous trois, les garçons, n'a trouvé la force de la rappeler pour
lui balancer en pleine figure ces mots que je me répète silen-

cieusement, certaines nuits, aujourd'hui encore, et alors que notre mère est morte depuis longtemps : «Maman, tu pourrais au moins nous remercier. On n'est pas des chiens.» Non, aucun d'entre nous ne l'a rappelée, nous avons commis par ignorance, ou par lâcheté, la faute de nous aligner sur notre père, comme si nous étions ses répliques dévouées et serviles. Mais nous n'étions pas les époux de notre mère, n'est-ce pas, nous n'avions rien à négocier avec elle, au lit ou ailleurs (tandis que notre père, si, bien sûr, tout cela me saute aux yeux à présent), nous étions ses fils, des personnes distinctes d'elle-même, des étrangers d'une certaine façon, et nous n'avons pas su exiger qu'elle nous respecte.

Bien après minuit, après avoir chargé les gravats dans la Peugeot, nous partons sur les routes trouver un lieu propice où les abandonner. Alors nous sommes quatre voyous ricanant par avance du mauvais coup que nous allons commettre. Nous longeons tous feux éteints les élégantes propriétés qui bordent le golf de Saint-Cloud. L'idée de Toto est de découvrir une barrière défaillante pour déverser dans un terrain quelconque notre tonne de décombres. Et voici la barrière défaillante, justement, un trou dans une haie, cette dernière offrant l'avantage de dissimuler la Peugeot aux regards des habitants de la maison (qui semblent tous profondément assoupis, mais on ne sait jamais). Prenant soin de ne faire aucun bruit, nous évacuons nos gravats à travers la haie, et nous sommes sur le point de finir quand une voix d'homme nous glace le sang :

— Qui va là? Nom de Dieu, qu'est-ce que vous foutez par là-bas?

Et avant même qu'on ait pu réagir, toute la maison s'illumine.

— Putain de merde, nous lance Toto, on se tire, vite!

Cette fois, nous claquons les portières de toutes nos forces, et, enclenchant la première, notre père nous précipite à tombeau ouvert dans la pente qui s'offre sur notre droite.

— Tout le monde est là? hurle-t-il dans le rugissement du moteur, feignant de nous compter dans son rétroviseur. Parfait! Dis donc, un peu plus et il nous tombait sur le râble...

— J'espère qu'il n'a pas vu la voiture...

— À mon avis, il n'a rien vu du tout, mais on ne va pas prendre le risque de repasser par le golf.

— Maintenant, tu devrais allumer tes phares, suggère doucement Frédéric, manifestement tendu, comme nous le sommes tous.

— Tu as raison, mon vieux. Inutile de s'attirer les foudres de la maréchaussée en plus du reste. Et tu ne sais pas ? On va faire le détour par Saint-Cloud et rentrer par l'autoroute. Comme ça, ni vu ni connu.

« Il n'avait pas l'air commode, le lascar », reprend soudain notre père, une fois sur l'autoroute. Et cette fois, nous éclatons tous les trois de rire, d'un de ces fous rires inextinguibles et stupides qui suivent généralement les grandes peurs.

Nous rions encore en gagnant nos lits, répétant comme un gimmick : « Il n'avait pas l'air commode, le lascar », vaguement conscients sans doute de notre déchéance, de notre indignité, traités comme des chiens par notre mère, puis traqués comme de minables rôdeurs par un homme dont nous n'avons pas vu le visage, mais dont la voix continue de nous faire trembler.

Oui, je me dis aujourd'hui que le mal est fait dès ce dimanche de décembre, ce dimanche historique où nous avons percé le mur. Puisque nous n'avons pas eu le courage de nous dresser contre notre mère, nous sommes désormais condamnés à demeurer les ombres serviles de notre père durant l'immense chantier qui s'ouvre, qui va se prolonger jusqu'à l'été, consistant à faire un seul appartement des deux dont nous disposons, un appartement dont la splendeur devra consoler notre mère d'avoir perdu celui de Neuilly. Et parmi les ombres serviles, je suis le plus assidu, « le plus dévoué », dira un jour notre mère dans un sursaut de bonne humeur (et peut-être de gratitude, enfin), puisque seul parmi les aînés à ne pas aller à l'école, je suis sans cesse à sa disposition.

Elle ne se doute pas de tout ce que recèle mon « dévouement ». En réalité, je suis l'agent de Toto, son homme de main. L'une de mes premières missions, le matin, est d'intercepter le courrier avant que notre mère ne tombe dessus.

Toutes les lettres qui me semblent suspectes, et en particulier les lettres d'huissiers, je descends les cacher dans l'atelier. Puis je remets le reste dans la boîte, et je ne peux pas m'empêcher d'avoir le cœur qui cogne (comme si j'avais honte de moi, ou que je l'avais échappé belle, je ne saurais pas dire exactement) quand j'entends notre mère descendre le chercher. C'est également moi qui cours ouvrir lorsque quelqu'un sonne. Si c'est un huissier, je le garde sur le palier, je lui interdis d'entrer, lui expliquant que notre mère est malade, qu'elle a déjà tenté de se suicider à plusieurs reprises. Si c'est un voisin (pour se plaindre du bruit), ou le gardien (qui ne nous aime pas), je leur promets que notre père passera les voir le soir même. «C'était encore le monsieur pour aiguiser les couteaux», dis-je, si notre mère me réclame des comptes (ou les Cannes blanches, ou la Croix-Rouge). Je ne laisse entrer que le préposé aux allocations familiales que maman reçoit avec un sourire tremblant, allant ensuite cacher quelque part dans sa commode, parmi ses sous-vêtements, l'impressionnante liasse de billets. Un jour, descendant pour vérifier le courrier, mon œil est attiré par des affiches placardées dans le hall de notre immeuble : «Vente aux enchères des meubles de la famille Dunoyer de Pranassac». Un peu plus et notre mère tombait dessus. Je les arrache, et je ne sais pas ce que fait Toto, mais jamais personne ne viendra saisir nos meubles pour les vendre sur le trottoir comme il était écrit.

C'est dire si je suis soulagé quand je vois revenir notre père pour nos longues après-midi de bricolage. Et puis ce sont les vacances de Noël, Frédéric et Nicolas se joignent à nous, et en deux semaines le chantier connaît une véritable métamorphose : ça y est, les «pièces de réception» sont reliées entre elles par une large ouverture qui semble avoir été là depuis toujours ; la cloison entre les corridors a été également abattue ; à l'inverse, le petit salon, côté salle à manger, a été soigneusement cloisonné pour devenir la chambre de nos parents.

«Ça te plaît, mon minou ?» minaude invariablement Toto lorsque notre mère nous croise, filant sur ses babouches comme un drakkar, au milieu de cette espèce d'apocalypse

où nous nous traînons du matin au soir dans des tourbillons
d'étincelles et de poussière. Dans mon souvenir, nous sommes
tous les quatre agenouillés, parfois même carrément à plat
ventre lorsqu'elle surgit (occupés, par exemple, à raccorder
des fils électriques), comme si ma mémoire n'avait retenu de
toute cette époque que notre bassesse, notre servilité. «Pourquoi
s'acharne-t-il à guetter son approbation? me dis-je. Pourquoi
s'humilie-t-il? Pourquoi nous humilie-t-il? Puisqu'il sait
qu'elle ne va rien dire, puisqu'il sait qu'elle va même passer,
certains jours, sans même nous jeter un coup d'œil, feignant
de n'avoir rien entendu, comme si nous ne comptions pas
plus à ses yeux que des cafards...» Et cependant, moi aussi je
me surprends chaque fois à espérer, imaginez-vous, comme
si elle était notre geôlière et que je voulais malgré tout l'amadouer, la séduire, tout en la traitant intérieurement de salope.
«La salope, on fait tout ça pour elle, et elle n'a jamais un mot
pour nous remercier.» Voilà, c'est sans doute ce qui demeure
le plus douloureux, aujourd'hui encore, comme si le temps
n'avait pas réparé l'humiliation, la honte, de sorte que je
vais m'arrêter là, si ça ne vous ennuie pas trop, et partir me
promener sur mon vélo pour ne plus y penser.

Un matin, ce doit être février ou mars, je ne sais plus,
j'entends notre mère hurler dans la salle de bains et je me
précipite. «Quoi encore?» me dis-je, songeant qu'elle vient
peut-être de tomber sur une lettre d'huissier qui m'aurait
échappé. Mais non, c'est notre petit frère, Clément. Il se trouvait assis dans notre vieille chaise de bébé à boulier, et il vient
de basculer en avant et de se fracasser le visage sur le bidet.
Notre mère trépigne et tourne sur elle-même comme une
toupie, sans cesser de hurler. Et il est vrai que l'on préférerait
devenir fou, ou se jeter par la fenêtre, plutôt que de devoir
contempler ce qui vient d'arriver : Clément qui ne parvient
même plus à pleurer, qui perd le souffle, qui se noie dans son
sang, maintenant couché sur le carrelage, à côté du bidet.
Cependant, je crois que c'est elle qui trouve la force de le
ramasser. Ou peut-être est-ce moi qui le lui tends, je ne sais
plus. En tout cas, un instant plus tard, je le vois dans les bras

de notre mère, le visage complètement ensanglanté, la bouche grande ouverte, mais sans qu'aucun son n'en sorte encore, tandis qu'elle hurle en le secouant : «Oh non! Oh non! Oh non!» et que je me retiens de hurler à mon tour, tellement c'est impossible à supporter, pressentant que notre petit frère est en grand danger, mais n'ayant aucune idée de ce que nous devons entreprendre pour le sauver.

— Va vite téléphoner à papa! me crie-t-elle tout à coup.

Et immédiatement je suis d'accord, bien que n'ayant jamais téléphoné de ma vie à qui que ce soit. Alors je cours jusqu'au tabac-restaurant, au carrefour des quatre routes, après la maison de Mme Sirièze, et sans parvenir à m'arrêter complètement de pleurer j'explique à l'homme qui se tient derrière le bar qu'il y a eu un accident à la maison, que je dois téléphoner à mon père Il me donne un jeton, m'indique où se trouve la cabine, mais jamais je ne parviens à joindre Toto à La Bâloise parce que je ne sais pas qu'il faut attendre la tonalité avant de composer le numéro.

Je crois que c'est un client qui me suggère d'appeler un taxi et de conduire Clément à l'hôpital quand je dis que je n'ai pas réussi à joindre mon père et que mon petit frère a le visage complètement écrasé. Et c'est l'homme derrière le bar qui téléphone lui-même au taxi, après avoir noté mon adresse, de cela je suis certain car aujourd'hui encore je ressens de la gratitude pour ce cafetier.

Quelques semaines avant de mourir, et comme si elle avait retenu cet aveu durant des années, notre mère me dira que sans moi elle n'aurait jamais eu la force d'endurer ce que nous avons vécu ce jour-là avec Clément (et qui était demeuré comme un secret entre nous, du même ordre que nos séances de tricot à Paramé, bien qu'empreint d'une émotion si forte, encore, qu'elle nous fit nous étreindre brièvement, ce qui n'était pas dans nos habitudes, le lecteur attentif l'aura deviné). D'abord le taxi ne veut pas nous prendre avec cet enfant dégoulinant de sang, qui ne fait que pleurer maintenant, et je dois remonter chercher des serviettes-éponges pour protéger les sièges. Puis il nous conduit dans une clinique qui ne veut pas de nous, prétextant qu'elle ne dispose ni de l'équipement ni des spécialistes pour des enfants si jeunes. À l'hôpital de Versailles, où le taxi nous emmène ensuite, et devant lequel nous lui demandons de nous attendre, on nous renvoie vers un hôpital pour enfants. Clément continue de pleurer, mais de plus en plus doucement, et sans cesser de saigner. «Mais enfin c'est impossible, sanglote notre mère sur le trottoir, c'est impossible...» Et voilà que le chauffeur, qui était si désagréable au début, nous prend en pitié.

— Où vous ont-ils dit d'aller, madame? Je vais vous y conduire. Et vous voyez, je coupe le compteur, ça ne vous coûtera rien.

Mais notre mère ne peut plus s'arrêter de sangloter, tandis que Clément, lui, s'est enfin endormi. Alors c'est moi qui explique au taxi qu'ils nous ont conseillé l'hôpital Trousseau, ou l'hôpital Saint-Joseph, l'un et l'autre à Paris.

— Allez d'abord à Saint-Joseph, lui dis-je, parce que là-bas il y a un médecin qui nous connaît.

Et durant tout le trajet je repense au docteur Brault, à cette nuit d'hiver où Anne-Sophie avait terriblement souffert d'une infection urinaire, à la Côte noire, et où Toto avait dit : «Je cours téléphoner à Brault, je ne vois pas d'autre solution. — Jamais Brault ne viendra jusqu'ici», avait rétorqué maman. Mais peut-être deux heures plus tard nous l'avions vu entrer chez nous, dans ce «taudis», comme disait notre mère. Sa haute stature, son beau visage impassible.

— Oh, docteur, je ne sais pas comment vous remercier, avait murmuré maman, transie de honte. Jamais je n'oublierai...

— Je vous en prie, madame. Où est l'enfant?

Il avait compris que nous vivions sans électricité, et réclamé discrètement une ou deux bougies de plus pour préparer la piqûre qu'il allait administrer à Anne-Sophie.

Je devrais me souvenir si c'est bien le docteur Brault qui nous a reçus à Saint-Joseph, je devrais me souvenir de l'hôpital dans lequel nous avons finalement atterri, et de notre soulagement, mais j'ai tout oublié, comme si à l'instant même où Clément s'était enfin trouvé entre les mains d'un médecin compatissant, quel qu'il soit, j'avais sombré dans un profond sommeil.

16.

L'arrestation du général Salan, au mois d'avril 1962 (quelques semaines après l'accident de Clément), marque dans mon souvenir la soudaine réouverture de notre famille sur le monde extérieur. Trois ans presque jour pour jour après notre expulsion de Neuilly, et tandis que le chantier de notre nouvel appartement entre dans une phase de plus en plus prometteuse, nous sommes de nouveau capables de nous intéresser à un événement qui ne soit pas strictement lié à notre destin (et je veux dire par là : à notre naufrage).

J'ai donc une mémoire très claire de ce jour «historique» pour la France, comme pour nous, les Dunoyer de Pranassac. Par une de ces après-midi d'avril où les nuages laissent place à de larges éclaircies, annonciatrices du printemps, nous descendons l'avenue de la Grande-Armée aux côtés de Toto, à bord de notre vieille Peugeot 403 verte (dont la calandre a été enfoncée mais dont les deux phares sont miraculeusement intacts), quand soudain notre regard tombe sur la une de *France-Soir*, brandie par un crieur de journaux sur le bas-côté, et barrée de ce titre énorme, en lettres noires : «SALAN ARRÊTÉ!»

— Oh merde! s'écrie notre père, écrasant aussitôt la pédale des freins.

Il cherche un peu de monnaie, se fait porter le quotidien à sa portière. Nous sommes tous les quatre atterrés par la nouvelle. Me rappelant la tristesse, puis la révolte qui nous saisit tandis que nous découvrons l'article, il me vient à l'esprit que le sort du général Salan, patron de l'OAS, devait nous tenir en haleine depuis plusieurs mois déjà. Cependant, je n'en ai pas gardé le souvenir (comme si le souci permanent que me donnait notre mère avait effacé celui que j'ai dû me faire pour Salan, alors recherché par toutes les polices de France), de sorte que son arrestation marque bien, en tout cas pour moi, le début de mon ouverture d'esprit aux bouleversements du monde.

Un an plus tôt, en avril 1961, alors que nous habitions encore à la Côte noire, nous avions vécu comme un événement folklorique le putsch des quatre généraux d'Alger (à l'époque, nous n'avions pas prêté une grande attention à leurs noms, ne retenant que celui du général d'aviation Maurice Challe, parce que notre mère avait dit que c'était un type «formidable» dont la droiture lui rappelait celle de son propre père). Durant tout un week-end ensoleillé, accoudés à la fenêtre de la cuisine (qui n'avait pas encore brûlé), Nicolas et moi avions guetté avec Thérèse l'apparition des parachutistes qui devaient s'emparer de Paris, tuer de Gaulle, et gagner la guerre d'Algérie (d'après ce que Thérèse avait compris de ce que rapportait la radio). Jamais nous n'avions vécu d'heures aussi excitantes, et d'ailleurs, à force de chercher les parachutistes dans le soleil, nous étions partiellement devenus aveugles. Cependant, aucun soldat n'avait sauté sur la Côte noire, ni sur les potagers des environs, si bien que, petit à petit, nous avions cessé d'espérer et nous étions mis à penser à autre chose.

L'arrestation de Salan n'a plus rien de folklorique à nos yeux (d'ailleurs, je ne fais pas tout de suite le rapprochement avec ce merveilleux week-end où nous avions attendu les parachutistes), et nous partageons la consternation de notre père qui estime qu'une fois de plus «le grand Charles» vient de porter un coup fatal aux quelques hommes qui avaient choisi de se battre pour la grandeur de la France.

C'est à partir de ce jour que nous entrons en politique, allais-je écrire avec emphase (mais peut-être ne devrais-je, encore une fois, parler que pour moi, Toto et mes frères étant sans doute déjà fortement impliqués dans le soutien aux hommes de l'Algérie française), nous passionnant pour le sort des généraux putschistes, Challe, Jouhaud, Zeller et Salan, désormais tous en prison, et surtout pour les derniers résistants de l'OAS, dont le colonel Argoud, notre héros, qui continue de narguer les différentes polices du général de Gaulle.

Nous n'avons pas les moyens d'acheter les journaux, nous les récupérons donc une ou deux fois par semaine dans le local des poubelles où nos voisins ont l'élégance de les déposer en pile, à côté du conduit du vide-ordures, peut-être à l'intention du gardien ou des éboueurs. Parmi tous, notre préféré est *Paris Match*, car il est le seul à publier des photos des généraux dans leurs prisons. Je me rappelle notre émotion en croisant le regard abattu de l'un ou l'autre, surpris par le photographe en train de tourner en rond dans une cour grillagée réservée à la promenade, habillé d'un vulgaire survêtement et chaussé de baskets. Voilà donc ce que de Gaulle a fait de ces hommes dont on nous rappelle par ailleurs la puissance et la gloire, durant le putsch, à travers une série de clichés où nous les voyons tous les quatre paradant sous le soleil d'Alger, leurs poitrines étincelant d'étoiles et de décorations. J'entends encore notre père, penché sur *Paris Match*, tandis que nous marquons une pause au milieu du chantier (nous sommes alors occupés à fixer des baguettes décoratives au plafond destinées à donner un aspect Grand Siècle aux « pièces de réception ») : « C'est pitoyable! Pitoyable! Ce de Gaulle mériterait d'être fusillé. » Toto ne manque pas de nous rappeler le sort réservé au maréchal Pétain, emprisonné à l'île d'Yeu sur les ordres du même de Gaulle, et nous partageons alors son sentiment que tant que de Gaulle sera au pouvoir tous les hommes d'honneur seront voués à finir leurs jours derrière des barreaux.

Un dimanche, au milieu d'une pause similaire en plein chantier, nous tombons sur la photo d'un officier putschiste, également en prison, mais dont le nom fait sursauter notre père : Hélie Denoix de Saint-Marc. Bien qu'il ne soit que commandant, *Paris Match* lui consacre une large place.

— Va vite chercher ta mère! lance-t-il à l'un d'entre nous.

Par chance, notre mère est d'assez bonne humeur ce jour-là, bien qu'affectant d'être sans cesse agacée.

— Quoi encore? Si c'est pour m'expliquer que la comtesse de V. va quitter le 16ᵉ arrondissement pour s'installer à Vaucresson, soi-disant, tu me l'as déjà dit...

— Mais pas du tout, mon petit, regarde sur qui je tombe.

Et notre père lui fiche le magazine sous le nez.

— Hélie! Alors ça je n'en reviens pas...

— Le malheureux est en prison, figure-toi, pris dans l'affaire des généraux.

— Oh, mon Dieu!

Alors notre mère se remémore avoir dansé au bras de cet homme, à Bordeaux, en 1939, dans les derniers mois précédant la guerre, et peut-être même avoir songé à plus. Seulement Hélie de Saint-Marc entre aussitôt dans la Résistance (comme le prétendu fiancé de notre mère, ou encore comme Yves La Prairie), elle le perd donc de vue. Bientôt, il est arrêté par les Allemands et déporté au camp de Buchenwald, puis de Langenstein-Zwieberge, dont les Américains le sauveront in extremis.

— C'est un type d'un courage extraordinaire! Comment cet horrible de Gaulle ose-t-il le mettre en prison?

Elle nous raconte que, tentant de fuir les camps nazis, il a eu les mollets lacérés par les crocs des bergers allemands.

— Un courage, Hélie de Saint-Marc! répète-t-elle. Et tu vois, lui n'a pas hésité à se battre pour qu'on n'abandonne pas l'Algérie à ces misérables bicots quand d'autres ont préféré rester bien au chaud dans leurs ministères...

Elle songe évidemment à son cousin, Yves La Prairie, qui, lui, est demeuré fidèle à de Gaulle, plutôt que de se rallier aux généraux putschistes.

Je crois que c'est à ce moment de ma vie (l'année de mes douze ans) que je me pose pour la première fois la question de savoir quel regard notre mère peut bien porter sur Toto. Elle loue le courage d'un homme qui est entré à dix-neuf ans dans la Résistance (c'est *Paris Match* qui l'écrit et je sais lire), qui a survécu à la déportation, qui a même tenté de s'évader, puis qui n'a pas hésité, devenu officier, à risquer de tout perdre pour ne pas abandonner l'Algérie – comment peut-elle, dans le même temps, déclinant ces actes d'héroïsme, avoir une considération quelconque pour notre père qui n'a pas bougé le petit doigt durant tous ces événements périlleux, allant même jusqu'à se marier en plein Débarquement allié (ça, je ne le découvrirai que plus tard, mais notre mère est bien placée pour le savoir, elle, quoiqu'elle feigne de ne rien y voir de choquant)?

Oui, comment peut-elle avoir une considération quelconque pour notre père? Paradoxalement, ce questionnement, qui ne va plus cesser de m'intéresser, que je ne vais plus cesser d'approfondir, m'aide à comprendre, puis même à accepter, l'irrespect qui préside aux relations qu'entretiennent nos parents entre eux. Il me paraît moins anormal que notre mère humilie en permanence notre père, et presque cohérent que celui-ci se réfugie dans la servilité, voire dans l'obséquiosité, n'ayant aucun objet de fierté à faire valoir, me dis-je, aucun acte d'héroïsme. Notre mère non plus, me rétorquerez-vous, qui ne fut ni résistante ni putschiste ni membre de l'OAS (ni même engagée dans les «Chantiers de jeunesse» du Maréchal, comme le fut Toto), mais la plupart des femmes, à l'époque, se réalisaient à travers le destin de leur époux (à l'exception de Germaine Tillion et d'une poignée d'autres), de sorte que j'ose écrire que notre mère est peut-être plus fondée à être déçue par son mari que l'inverse.

C'est à ce moment de ma vie que, commençant à sonder l'irrespect qui est le quotidien de nos parents, et m'interrogeant par ricochet sur les ressorts secrets de leur attachement, mon œil est attiré par certains gestes, ou indices, qui ne me trompent pas en dépit de mon innocence. À plusieurs reprises, je surprends Toto en train de caresser les fesses de notre mère tandis qu'elle surveille la cuisson de la soupe ou du gratin de chou-fleur, et alors qu'il devrait être parti en clientèle depuis longtemps. Ou même, non plus simplement de lui caresser les fesses, mais carrément de se coller contre elle, par-derrière, voyez-vous, tout en l'embrassant dans le cou et sans qu'elle y trouve à redire (elle qui d'ordinaire n'est jamais contente). Un jour, je découvre dans un cagibi une serviette hygiénique usagée de notre mère, oubliée entre deux caisses de livres, ce qui me donne à penser qu'il s'est passé dans ce réduit, à une

heure ouvrable, et peut-être même en plein chantier, une de
ces scènes dont je suis incapable d'imaginer la teneur (n'ayant
aucune représentation de la sexualité), mais qui me prouve
qu'en marge de la guerre qu'ils se livrent quotidiennement
sous nos yeux nos parents ont des instants de complicité qui
nous échappent, comme s'ils fraternisaient dans notre dos,
me dis-je, confusément en colère.

Il me semble que c'est durant les vacances de Pâques, en
pleine affaire Salan, que cette colère que je viens d'évoquer
connaît un paroxysme (mais il y en aura d'autres par la suite,
bien sûr). Nous venons de finir de peindre les « pièces de
réception » (la salle à manger avec ses vitrines récupérées à
Neuilly – jamais je n'ai compris comment Toto avait réussi à
les démonter puis à les embarquer, je le signale au passage –,
le grand salon, le petit salon, sans oublier le large vestibule)
et nous nous hâtons de ranger le matériel, de faire place nette,
pour que notre mère puisse découvrir la splendeur et la variété
de ces différents espaces, sous le soleil couchant et traversant,
les plafonds décorés de leurs motifs Grand Siècle d'une blan-
cheur de meringue, tout comme les plinthes et les diverses
baguettes d'angle (œuvres du travail minutieux de Frédéric).

— Mon minou ! appelle notre père, affectant la décontrac-
tion. Peux-tu venir voir s'il te plaît ?

Nous nous postons tous les trois à l'intersection du vestibule et du grand salon, guettant l'entrée de notre mère, tandis
que Toto s'apprête à la recevoir au débouché du corridor.
Nous n'avons guère de doute sur son émerveillement, notre
seul souci est de savoir dans quels délais elle va repérer les
quelques petites imperfections abandonnées en l'état ici ou là
au titre du vieil adage de notre père : « Le mieux est l'ennemi
du bien. »

Enfin, elle apparaît, précédée du crissement de ses babouches.

Et immédiatement nous lisons la déception sur son visage.

— Eh bien, qu'en penses-tu, mon petit ? intervient joyeusement Toto puisqu'elle ne dit rien.

— Je n'aime pas du tout ce gris, c'est beaucoup trop
sombre.

— Je te ferais remarquer que c'est toi qui l'as choisi, mon petit.

— C'est moi qui l'ai choisi, c'est moi qui l'ai choisi... et qu'est-ce que ça change ? Si c'est tout ce que tu trouves à dire, c'est pas la peine de me demander mon avis.

— Pardonne-moi, tu as parfaitement raison. Cela dit, une fois les lampes installées, tu verras que ça te paraîtra nettement plus lumineux.

— Ça, évidemment.

— Veux-tu qu'on place quelques lampes avec les garçons pour que tu te rendes compte ?

— Que je me rende compte de quoi ? Ce gris est sinistre, qu'est-ce que tu veux que je te dise d'autre ?

— Ne t'énerve pas, mon petit, je t'en supplie. Nous sommes en train de parler calmement, et s'il faut recommencer, eh bien nous recommencerons.

— Enfin, tu ne vas pas me dire que ça te plaît ? On dirait un tombeau...

C'est à ce moment que je commence à prier en moi-même : « Mon Dieu, faites qu'il se défende, faites qu'il se mette à crier, lui aussi, faites qu'il lui lance à la figure : "Non, mais ça ne va pas de nous parler sur ce ton, pour qui tu te prends à la fin, espèce de grosse conne ? Ce gris, c'est toi qui l'as voulu, et maintenant tu viens nous dire que ça ressemble à un tombeau ! Tu pourrais au moins t'excuser, nous demander pardon, on n'est pas tes esclaves." »

Seulement Toto ne se défend pas, non, il continue de guetter une approbation, la tête légèrement penchée sur le côté, tout bariolé de peinture dans son bleu de chauffe informe, et pour un peu je crois qu'il se mettrait bien à lui caresser les fesses si elle n'avait pas l'air si remontée.

— S'il faut recommencer, nous recommencerons, mon petit, répète-t-il. Mais essaie tout de même de te figurer ces pièces une fois meublées, avec des lampes un peu partout, et des rideaux qui te renverront la lumière.

— Jamais les rideaux n'ont renvoyé la moindre lumière, tu dis vraiment n'importe quoi !

— Excuse-moi, mais je suis certain qu'avec des rideaux du genre de ceux que nous avions à Neuilly...

— Oh, et puis merde à la fin! Si ce gris te plaît, garde-le donc. De toute façon, ce Vaucresson est un enterrement de première classe, tu sais parfaitement que nous n'aurons aucune vie mondaine dans ce trou, alors tu as raison, à quoi bon se donner du mal.

Et notre mère nous laisse sur ces mots, retournant à son repassage après avoir violemment claqué la porte du corridor.

Mais sa satisfaction, trois jours plus tard, quand après avoir tout repeint avec notre concours (dans un ton émeraude aux reflets diaphanes) notre père la fait entrer selon le même dispositif protocolaire! Sa satisfaction! J'aimerais écrire « son émerveillement », tant nous l'avons espéré, oubliant notre colère pour nous aligner sur la servilité de Toto, mais jamais notre mère ne se serait abaissée, me semble-t-il aujourd'hui, avec le recul, à « s'émerveiller » devant une œuvre de son mari. Toto n'en demande pas tant, d'ailleurs, et je me rappelle combien nous sommes tous excités ce soir-là, dînant au milieu du chantier sur la grande table que nous avons enfin dégagée de ses bâches de protection, nous félicitant secrètement de voir nos parents provisoirement réconciliés, les observant se sourire et se caresser furtivement, comme si nous étions partie prenante du plaisir qu'ils s'apprêtent à se donner (et donc bien d'accord, cette fois-ci, pour qu'ils fraternisent dans notre dos – preuve qu'il ne faut pas prendre toutes mes colères pour argent comptant).

Si ma mémoire ne me trompe pas, c'est après ce premier succès (l'inauguration des « pièces de réception ») que notre mère se remet soudain à évoquer le nom de Durnerin. Comme si elle se surprenait à croire en la possibilité d'une vie mondaine dans « ce trou » de Vaucresson, au point d'en appeler au « magicien » de Neuilly, Durnerin, l'inventeur des vitrines d'argenterie, du bureau de Toto couleur tabac, ou encore de nos lits escamotables.

— Tu as appelé Durnerin? commence-t-elle, sur le ton qu'elle employait trois ans plus tôt pour s'enquérir de M. Bouchet-Borin (l'homme qui devait nous trouver un appartement boulevard Suchet).

— Oui, mon petit, j'ai eu sa secrétaire, il fait l'impossible pour se libérer.

«Elle me fait braire avec son Durnerin, me confie-t-il, une fois dans l'atelier. Il est hors de prix ce zèbre, et de toute façon je ne le vois pas venant jusqu'ici.» Toto se garde donc de l'appeler. Son idée est de faire comme si Durnerin nous conseillait par téléphone en attendant que son agenda se libère.

Durnerin demande par exemple que nous déposions dans ses ateliers tous les bougeoirs, appliques et cruches chinoises qui doivent être montés en lampes, et nous feignons avec Toto d'embarquer ces précieuses antiquités dans le coffre de la Peugeot. En réalité, nous les stockons dans notre propre atelier, à la cave, où je passe désormais une grande partie de mes journées à faire moi-même le travail.

Pour le coup, notre mère s'émerveille du résultat lorsque Toto déballe les bougeoirs montés en lampes que nous avons pris soin d'enrouler quelques minutes plus tôt dans du papier de soie (récupéré dans le local des poubelles, au fil des semaines, en même temps que les journaux). J'essaie de me rappeler ce qui me traverse tandis que je suis tout à la fois l'artisan et le spectateur de la situation ridicule dans laquelle se trouve placée notre mère. Je ne ressens pas la gêne, ou la honte, que je continue d'éprouver certains matins après avoir trié le courrier. Non, je me sens simplement plus malin qu'elle, supérieur à elle, sans que cela soit associé à un quelconque scrupule. Au contraire, je suis fier de me démener avec Toto pour économiser l'argent de la famille qu'il a tant de peine à gagner. Je crois que je me mets à regarder notre mère comme une vieille enfant capricieuse et gâtée, mais cependant facile à berner du fait de sa naïveté, ou de sa bêtise (en dépit de la peur qu'elle ne cesse pas, et ne cessera jamais, de m'inspirer).

Quelques mois plus tôt, rien ne me paraissait plus important que de lui offrir un bel appartement, cela valait qu'on y sacrifie notre vie (la mienne en particulier), pensais-je, car cet appartement nous sauverait. C'était ce que j'avais compris des démarches de Toto pour nous sortir à tout prix de la Côte noire, puis de ses plans d'aménagement du Pré-au-Bois élaborés avec entrain en dépit du mutisme de notre mère. Mais j'ai grandi durant le chantier, et, en ce printemps 1962, je commence à observer avec un peu de distance, et même de moquerie, cette formidable entreprise à laquelle nous nous sommes attelés, pour si peu de chose finalement : permettre à notre mère de retrouver la vie mondaine qu'elle menait à Neuilly.

Ma découverte du monde par le biais du naufrage des officiers putschistes et de l'OAS (ce que j'appelle avec emphase «mon entrée en politique») me donne le recul nécessaire pour me moquer de nous-mêmes et juger que notre mère est sans aucun doute une idiote. Toto contribue à m'ouvrir les yeux, tout en regagnant mon estime (fortement entamée par sa faiblesse envers notre mère), quand je devine qu'il prend part à la lutte clandestine contre de Gaulle. J'allais écrire, avec emphase encore : «Quand je devine qu'il entre dans la clandestinité», tellement fier, aujourd'hui encore, d'imaginer notre père entrant dans la Résistance (quel que soit l'objet de la prétendue Résistance). En réalité, son action est sans doute minime, pour ne pas dire insignifiante, mais elle se manifeste par des conciliabules secrets avec des hommes que nous croisons dans la Peugeot et qu'il nous présente par leur grade, bien qu'ils soient en tenue civile.

Je me souviens surtout de l'un d'entre eux, le lieutenant Dejean. Il rentre d'Algérie où il servait dans un régiment de parachutistes, ces deux circonstances le plaçant immédiatement à nos yeux au firmament des héros. C'est un grand type blond aux yeux clairs qui semble trop profondément abattu pour s'intéresser à nous, comme le faisait autrefois Périgne («Ça va, les enfants? Pas trop froid?»). Il lui arrive cependant de se retourner sur son siège pour nous sourire, mais quand bien même il ne nous dirait pas bonjour, nous l'aimerions et l'admirerions plus que tout. Peut-être est-il recherché par la police car il n'a jamais l'air tranquille, et certains jours il descend précipitamment de la Peugeot pour s'engouffrer dans une bouche de métro. Nous ne savons pas ce qu'il mijote avec notre père (peut-être simplement apprendre le métier d'assureur), mais je dirais qu'il a remplacé Périgne dans le cœur de Toto (Périgne, qui est sorti de notre vie sans explications, du jour au lendemain, et qui serait en prison, apprendra-t-on bientôt).

Est-ce par le lieutenant Dejean, ou par un autre de ses amis de l'OAS, que notre père reçoit l'opportunité d'accomplir enfin un acte authentique de résistance, le seul dont nous fûmes les témoins ? Il rentre un soir, tard, avec une cargaison mystérieuse dans le coffre de la Peugeot.

— Venez m'aider, les garçons, nous dit-il.

Ce sont des caisses de livres que nous avons pour consigne de décharger discrètement, puis d'empiler dans notre cave. Une fois le travail effectué, et après s'être assuré que nous sommes seuls dans les caves, Toto nous explique à voix basse qu'il s'agit d'un livre qui vient d'être interdit par le général de Gaulle. La quasi-totalité du tirage a été saisie par la police à l'imprimerie pour être détruite, mais les amis de notre père sont parvenus à sauver quelques centaines d'exemplaires qu'il a reçu pour mission de cacher.

Que risque-t-il si les livres sont découverts ? Sans doute la prison, comme Salan ou Denoix de Saint-Marc, imaginons-nous, et ce secret que nous partageons avec lui (et dont notre mère est évidemment exclue) contribue à nous donner enfin une place dans le vaste monde. Certes, nous sommes toujours les ouvriers serviles de notre mère, attachés à finir le chantier, à satisfaire tous ses désirs, mais nous existons désormais hors les murs, dans la « clandestinité ». C'est un pas si important, voyez-vous, que j'ai conservé jusqu'à ce jour un exemplaire de ce livre salvateur (bien que jamais lu), interdit par de Gaulle : *Réquisitoire contre le mensonge*, d'un certain René Rieunier, aux Nouvelles Éditions latines.

Les hommes de l'OAS nous sauvent de notre condition, et lorsque le lieutenant Roger Degueldre, chef des commandos Delta (responsables de plusieurs attentats et assassinats), est condamné à mort, nous sommes au bord des larmes, abasourdis et révoltés. Notre frère Nicolas, qui se passionne pour l'Histoire, et apparaît à présent comme le plus intellectuel d'entre nous (alors que nos parents avaient songé à faire de lui un conducteur de pelles mécaniques) nous a parlé de Degueldre avec foi et émotion. Il nous a tenu au courant de ses déclarations devant la cour militaire. Nicolas découpe les journaux que l'on remonte du local des poubelles et constitue des dossiers sur chacun de nos héros. L'exécution de Roger Degueldre, le 6 juillet 1962, alors que nous nous installons pour l'été à Paramé, villa Génista, nous précipite dans une colère silencieuse.

Nous pensons être les seuls, parmi les vacanciers, à partager le destin tragique des résistants de l'Algérie française, or nous faisons la connaissance, cet été-là, des filles du colonel de Grandval, qui semblent elles aussi choquées par la cruauté du général de Gaulle (je crois que notre analyse politique se résume et se limite à ce mot de «cruauté» : «Comment de Gaulle peut-il jeter en prison, ou faire exécuter, des militaires qui n'ont rien fait d'autre que défendre l'intérêt de notre pays?» pensons-nous). Thérèse de Grandval, l'aînée, est une amie de notre sœur Christine, et sans doute est-ce elle qui nous ouvre les portes de la maison familiale. J'ai le souvenir de mon éblouissement silencieux en découvrant une famille si différente de la nôtre : la mère, prévenante et sereine, chaleureuse, nous invitant à faire comme chez nous, à nous amuser «surtout», puisque «les enfants sont là pour s'amuser», remarque-t-elle (ce qui ne m'avait pas frappé) ; le père, levant le nez de son journal pour nous adresser un sourire jovial, avant de s'enquérir de qui nous sommes, tout en bourrant sa pipe. Frédéric nous présente en quelques mots dont je n'ai rien retenu. Le colonel lit *Minute*, et bien vite il nous fait partager les propos sarcastiques de l'hebdomadaire à l'égard du général de Gaulle. Sans doute est-il secrètement touché, peut-être même profondément blessé par les suites dramatiques de la guerre d'Algérie, mais il nous donne le sentiment qu'on peut aussi regarder tout cela avec hauteur et s'amuser des revirements des uns et des autres (c'est en tout cas ce que je comprends).

Plus tard, quand je découvrirai *Tant que la terre durera*, d'Henri Troyat, qui fut ma première grande émotion littéraire, je songerai sans cesse et avec ravissement à la famille Grandval, me demandant comment nous, les Dunoyer de Pranassac, avions pu tomber dans le fossé et nous y embourber, tandis que les Grandval, à l'image des héros de Troyat, semblaient traverser les tragédies de l'Histoire avec une inexplicable élégance.

C'est cette élégance, venue de loin, qui nous attire et nous intimide chez eux. Leur maison est chargée de souvenirs, de gravures, d'armes et de livres anciens, et les murs tapissés des portraits de leurs ancêtres, apparemment tous officiers, comme les nôtres. Cependant, nous n'avons pas le même respect pour les nôtres (notre mère ne ratant jamais une occasion de traiter de «traîne-sabre», ou de «pauvre minable», notre grand-père défunt, le commandant Henri Dunoyer de Pranassac), et quand bien même nous aurions ce respect, nous n'avons pas la moindre maison pour rassembler ce qu'auraient pu nous léguer les générations précédentes (qui ne nous ont rien légué, d'ailleurs, comme si elles avaient prévu notre incurie).

Les Grandval ne se doutent en aucune façon du délabrement dans lequel nous vivons, et c'est cette ignorance qui nous permet de les approcher. Ce sont nos premiers amis, les premières personnes chez qui nous entrons depuis plus de trois ans que nous croupissons en marge du monde. À Rueil, puis à Vaucresson en plein chantier, nous n'aurions pas osé aller chez eux, de peur qu'ils viennent chez nous et découvrent notre misère, l'irrespect de nos parents l'un envers l'autre, la folie de notre mère. Mais à Paramé, ils peuvent bien venir villa Génista, «ce n'est qu'une maison de location», comme le dit notre mère avec dédain, retrouvant ses intonations de Neuilly pour recevoir le colonel et son épouse à l'heure du thé.

La beauté des filles Grandval ne compte évidemment pas pour rien dans notre assiduité. À première vue, Thérèse, Clotilde et Sabine semblent avoir été conçues pour les trois garçons que nous sommes, et c'est pourquoi je considère bêtement Sabine (que je trouve la plus jolie, ça tombe bien) comme ma promise. Ce qui me soucie, cependant, c'est qu'elle est un peu plus âgée que moi, ayant déjà fêté ses treize ans (dans l'idée que je me fais alors d'un couple, ce doit être le contraire), cette discordance me laissant présager que les choses sont peut-être moins évidentes qu'elles n'y paraissent. Et du reste, je vois bien que Nicolas, qui devrait s'intéresser à Clotilde, lui préfère Sabine, tandis que Frédéric semble délaisser Thérèse (également un peu plus âgée que lui) pour courtiser discrètement Clotilde.

Entre Nicolas et moi, je me doute que le choix de Sabine sera vite fait, et j'éprouve donc pour la première fois, cet été-là, le pincement au cœur d'être, sans discussion, dépossédé par la beauté de mon frère («Celui-ci est beau comme un dieu», recommence à dire notre mère, maintenant qu'elle va mieux, parlant de Nicolas). Dépossédé sans l'être puisqu'il ne se passe évidemment rien entre Sabine et Nicolas, et que Sabine consent à être mon amie et à se promener parfois avec moi. Je me souviens d'un jour où nous nous asseyons tous les deux sur un muret et où je me penche discrètement en avant pour la regarder d'en dessous, dans la lumière d'une fin d'après-midi, comme je regardais Chantal Demézière au château de Lestaules, priant secrètement pour qu'elle ne s'arrête pas de me parler et que ce moment-là dure une éternité. Elle me raconte sa vie à l'école, en Allemagne, où son père est en garnison. L'an prochain, ils n'y retourneront pas, m'explique-t-elle. Ils vont s'installer quelque part en France, près de Nantes. Elle entre en troisième.

— Et toi?

— Moi, en quatrième, dis-je, confus, et bien que je ne sois plus allé à l'école depuis la sixième.

— Ah. Tu vas voir, la quatrième, c'est très facile.

Je devrais sans doute l'interroger sur le programme, mais je me sens trop accablé, et nous nous taisons.

L'échec de l'attentat du Petit-Clamart contre de Gaulle, le 22 août de cet été 1962, nous jette, mes frères et moi, dans la consternation. Il me semble, cependant, que nous essayons d'en tirer profit pour nous donner de l'importance aux yeux des sœurs Grandval, comme si notre engagement politique, notre révolte, pouvaient contribuer à nous grandir. Mais il me semble aussi qu'elles ne nous prennent pas vraiment au sérieux, surtout Clotilde, qui a le sens de l'humour, et que nous les faisons rire.

17.

Je ne sais pas comment Toto s'y prend pour me faire entrer en quatrième à Saint-Joseph, un petit collège privé de Saint-Cloud, alors que mon dernier bulletin scolaire, celui de sixième, rédigé par les professeurs de Sainte-Croix de Neuilly, recommande mon redoublement («dans un autre établissement») après avoir précisé que je n'ai le niveau en aucune matière. Connaissant bien notre père, je suppose qu'il insiste pour obtenir un rendez-vous en tête à tête avec le directeur de Saint-Joseph, M. Touzet, de façon à dramatiser l'événement. Je suppose également qu'il s'est assuré auparavant, par une courte enquête, des convictions religieuses de M. Touzet. Toto n'est jamais si bon qu'en face des grands catholiques, prêtres ou laïcs (à l'exception de ceux de Sainte-Croix dont il a sans doute épuisé la crédulité, à moins que les catholiques de Neuilly ne soient plus perspicaces que ceux des autres communes) : il ouvre la conversation sur ses dix enfants, les onze grossesses de sa femme si nécessaire, son éducation chez les Jésuites, sa foi en la sainte Providence (Saint-Exupéry, Jean Mermoz, Charles de Foucauld, Guy de Larigaudie peuvent éventuellement être convoqués ici ou là) avant d'évoquer nos «épreuves». «Je vous avoue que la vie ne nous a pas épargnés... On se fait un devoir d'avoir des enfants, de respecter les consignes de l'Église, mais quand on se noie et qu'on appelle au secours, eh bien je vous fiche mon billet qu'il n'y a plus personne! Enfin, c'est comme ça, on ne va pas refaire le monde. Toujours est-il qu'en dépit de l'hospitalisation de mon épouse, des maladies des uns et des autres – nous avons failli perdre l'un de nos fils d'une ostéomyélite – nous sommes parvenus à sortir la tête de l'eau. Aujourd'hui, je vous demande de tendre la main à un autre de nos fils qui s'est trouvé déscolarisé par suite des "événements". Je vous le demande les yeux dans les yeux, monsieur Touzet, parce que je sais quel homme vous êtes...»

Et M. Touzet me prend en quatrième. Quelques mois plus tôt, au printemps, comme nous parcourions Paris et sa banlieue dans la Peugeot, à la recherche de poignées Louis XVI pour les portes des pièces de réception, j'avais dit à Toto que j'aimerais bien avoir des patins à roulettes. Il avait repéré un fabricant à Montreuil, et, quelques jours plus tard, nous y étions passés ensemble.

— Je suis directeur d'un home d'enfants, avait expliqué notre père. Des comme celui-ci, avait-il ajouté en me montrant, j'en ai plus de cinquante. J'aimerais équiper tous ces garçons d'une bonne paire de patins, c'est excellent pour l'équilibre, et je ne parle pas seulement de l'équilibre physique, cependant je ne vous cache pas que les finances de notre association...

Et nous étions repartis avec une paire de patins aux trois quarts offerte (en attendant les cinquante autres que nous ne sommes jamais allés chercher).

Cela pour dire que même s'il n'avait pas été catholique, M. Touzet se serait très vraisemblablement fait emboviner par notre père.

J'essaie de me remémorer dans quel état d'esprit je reprends ma scolarité. Je dirais : comme à Sainte-Croix de Neuilly, en spectateur silencieux d'une pièce dont je tiens le rôle du débile, celui dont on va finalement rire et se moquer. Je n'imagine pas une seconde sortir de ma condition, je crois que s'est ancrée en moi la conviction que je suis incapable de comprendre ce que disent les professeurs, et que, bien qu'obligatoire, l'école ne sera jamais pour moi qu'un apprentissage de l'échec et de l'humiliation. Mais je l'accepte sans me révolter, comme une fatalité, conforté sans doute par les échecs de mes aînés (Christine a dû renoncer à briguer le bac, et il me semble que c'est cette année-là que Frédéric abandonne ses études secondaires, ou envisage de le faire).

Or, dans une matière au moins, le français, je me découvre suffisamment éveillé, non seulement pour comprendre, mais pour prendre du plaisir à étudier. Avec Mlle Mullard, qui a bon cœur, nous montons *Le Bourgeois gentilhomme*, et je me retrouve parmi ceux qui reçoivent un rôle, ainsi que le costume qui va avec pour le spectacle de fin d'année. J'ai le souvenir de notre professeur me maquillant durant les répétitions, quelques instants avant d'entrer en scène, le souvenir de ses mains sur mon visage, de son sourire, de ses encouragements, et de mon étonnement d'être soudain considéré, comme si je comptais pour quelque chose dans cette école. C'est grâce à Mlle Mullard, et à son *bourgeois gentilhomme*, que j'ose prudemment m'essayer aux rédactions («Racontez une journée qui a compté dans votre vie» – et je raconte le jour où j'ai fait du vélo pour la première fois à Lestaules), à la géométrie, au calcul, à l'histoire. Dans ces matières, sans pour autant briller, je gagne quelques points qui me placent dans la moyenne de la classe. Dans d'autres, je continue d'éprouver le sentiment qu'on me parle une langue étrangère. C'est le cas de l'orthographe dont j'ignore la quasi-totalité des règles (j'ai oublié le peu de grammaire que j'avais appris en huitième avec M. Rondel); de la géographie, dont je me suis tellement moqué au temps où je récitais à notre mère l'unique leçon que j'avais apprise sur «les riants coteaux du Vivarais» (comment des coteaux peuvent-ils être «riants»?); enfin, de l'anglais, dont je ne connais pas le premier mot, ayant seulement appris à dire bonjour en allemand au début de ma sixième, avant d'être mis à la porte. C'est peu dire que le professeur d'anglais (une vieille demoiselle dont j'ai oublié le nom) me hait, prenant plaisir à me ridiculiser avant d'interroger le talentueux Crémieux (un grand blond, avec une tête de chanteur de variétés, qui ne me répond pas quand je lui parle dans la cour de récréation). Dans ces disciplines, je redeviens le silencieux imbécile que j'étais à Sainte-Croix, l'œil éteint, laissant passer sans ciller le déferlement des rires jusqu'à ce que le professeur veuille bien y mettre un terme.

Je ne me fais aucun ami cette année-là, à Saint-Joseph, continuant à vivre de loin sous la tutelle de Toto, dans l'ombre des miens. Pour les vacances de la Toussaint, notre père nous propose de gagner « un peu d'oseille » en repeignant l'appartement de Josyane Beuhé, la petite amie du lieutenant Dejean. Frédéric et moi prenons le chantier (sans Nicolas, qui doit être occupé ailleurs). C'est un appartement sombre, au premier ou deuxième étage, dans un quartier populaire de Paris, donnant sur une rue commerçante qui s'illumine en cette saison dès 17 heures et résonne de toutes sortes de vociférations, soit que les gens s'interpellent d'un trottoir à l'autre, soit qu'ils s'engueulent, se battent, même, parfois, ou soient ivres. Jamais nous n'avons habité Paris (à part rue de Milan, quand nous étions petits), et nous sommes impressionnés, pour ne pas dire apeurés, par la saleté des rues, la vulgarité, ou du moins la véhémence, des habitants.

Nous lessivons les pièces, faisons les enduits, travaillons parfois jusqu'à 22 ou 23 heures. Certains soirs, Josyane passe nous encourager. Elle est petite et blonde, porte les cheveux bouffants, un twin-set jaune qui met en relief sa forte poitrine, une jupe courte et des talons hauts. Si elle n'était pas la fiancée du lieutenant Dejean, nous dirions sans doute (comme notre mère) qu'elle est « affreusement commune ». Mais l'aura de Dejean nous interdit de critiquer Josyane.

— Quel travail ! s'exclame-t-elle. C'est formidable !

Elle dit qu'elle s'est mise d'accord avec notre père sur le prix, et elle donne un chiffre qui nous fait tourner la tête. Aussitôt après son départ, nous nous réjouissons de tout cet argent qui nous tombera bientôt, même si nous aurions préféré faire ce chantier gratuitement, en échange de l'estime et de l'amitié du lieutenant Dejean dont nous espérons chaque jour la visite (mais qui ne viendra pas).

Pour les vacances de Noël, Frédéric, Nicolas et moi partons pour Bordeaux. Je sais que Toto a dû négocier avec notre mère pour nous obtenir ce voyage, mais je ne me souviens pas des termes de la discussion, ni de ce qui motive Frédéric et Nicolas. Pour moi, c'est revoir Boma, avec laquelle je corresponds (j'ai retrouvé quelques-unes de mes lettres après sa

mort et compté jusqu'à quarante-cinq fautes d'orthographe
par page) et que je n'ai pas serrée dans mes bras depuis sa
dernière venue à Paris, clandestinement (car notre mère
continue de la détester), au temps de la Côte noire.

Boma et notre tante Élisabeth partagent toujours la maison
de la rue de Caudéran où a grandi Toto, où s'est éteint son
père, le commandant, en 1936, où nos parents ont fait l'amour
pour la première fois, en juin 1944, au soir de leur mariage,
où ils ont conçu Christine, puis Frédéric, puis Nicolas, avant
de partir pour la Tunisie (où Nicolas et moi sommes nés), où
nous avons vécu à notre retour de Tunisie, pendant que notre
père cherchait du travail à Paris, et donc juste avant d'emménager rue de Milan. Bien qu'ayant habité cette maison, enfant,
je n'en ai pas conservé la mémoire, et je la découvre donc à
Noël 1962, l'année de mes treize ans.

Mes frères et moi dormons dans la grande chambre du rez-
de-chaussée qui est humide et sent la naphtaline, en dépit du
feu qu'allume pour nous tante Élisabeth dans la cheminée. Je
crois que cette chambre fut un modeste salon de réception,
autrefois. À l'étage, dans une pièce qui jouxte la cuisine,
Boma et tante Élisabeth s'affairent autour de l'unique poêle
de la maison. Elles ont chacune leur fauteuil, elles reprisent
leurs vêtements, aiguisent les couteaux, encaustiquent un
meuble qui en a besoin. C'est également dans cette pièce – la
seule de la maison à être confortablement chauffée – que nous
prenons nos repas (et que je reste parfois bavarder avec Boma
qui me caresse la main tout au long de la conversation comme
si j'étais son trésor). Aujourd'hui, je devine que c'est ici, près
du poêle, qu'a dû mourir le commandant, notre grand-père.
Curieusement, je n'ai gardé aucun souvenir de la chambre de
notre père, celle où nos parents se sont tellement aimés (oncle
Armand les surprenant même au lit, n'est-ce pas, une après-
midi de l'été 1944), comme si après tous nos ennuis je n'avais
plus envie de penser à eux.

Je ne sais plus lequel d'entre nous trois a l'idée de s'aven-
turer au grenier, découvrant ainsi, tout à fait par hasard, et
dans la froide lumière d'hiver d'une lucarne, toute la mémoire
de notre grand-père, je veux dire le legs qu'il ne nous a pas

fait mais que nous avons très vite décidé de nous octroyer (avec le consentement de notre grand-mère), donnant à ce séjour rue de Caudéran une importance dont nous n'avons pas mesuré la portée sur le moment mais dont l'écho continue de m'habiter tant d'années après. Remisés dans une armoire et quelques malles, tous les objets du commandant reposent ici. Je crois me souvenir qu'ouvrant d'abord l'armoire, nous tombons sur ses pipes d'écume, dans leurs étuis de cuir, et sur quelques objets hautement personnels : décorations, briquets, lunettes (lorgnons, en vérité, puisque ces étranges lunettes cerclées d'acier, et rouillées par endroits, n'ont pas de branches), jumelles, blaireau de poils bruns, ciseaux, et, sur la même étagère, diverses boîtes métalliques et flacons de verre au capuchon d'argent oxydé.

J'entends encore les exclamations étouffées de Frédéric qui contribuent à me faire prendre conscience du trésor que nous venons de lever. Il s'empare d'une ou deux pipes, des décorations, et nous redescendons aussitôt tous les trois consulter notre grand-mère et tante Élisabeth.

— Regardez ce qu'on a trouvé, dit-il, le souffle court, comme s'il venait de traverser le quartier au pas de course.

— Mon Dieu, les pipes d'Henri ! s'écrie Boma. Mais vous êtes donc montés au grenier ?

— Oui. On se demandait si c'étaient bien les affaires du père de papa.

— Mes chéris, vous ne pouvez pas aller là-haut avec ce froid, voyons !

— On s'en fiche du froid, dit l'un d'entre nous. Et d'ailleurs, il ne fait pas froid. Est-ce que ce sont les affaires du père de papa, alors ?

— Oui, mon chéri, et je t'avoue que je ne sais même pas pourquoi nous avons conservé tout ça...

Notre grand-mère s'empare d'une des pipes, puis, après l'avoir considérée un moment silencieusement, la rend à Frédéric.

— Je crois qu'il n'y a rien de bien intéressant, mes pauvres enfants, remarque-t-elle.

— Est-ce qu'on peut y retourner et prendre des choses ?

— Oh, tout ce que vous voulez, bien sûr... Mais vous n'allez pas rapporter ces vieilleries à Paris !

— En tout cas, si vous remontez, mettez au moins vos manteaux et fermez bien la porte, intervient alors notre tante Élisabeth, sinon vous allez refroidir toute la maison.

Voilà, je pense avoir retranscrit avec fidélité l'esprit de cet entretien qui nous précipite tout à la fois dans une excitation sans bornes (nous pouvons *prendre* tout ce que nous voulons), et un trouble sournois qui ne va plus cesser de nous poursuivre (Boma ne semble attacher aucun prix, aucune émotion, aux objets de notre grand-père, son mari). Cependant, l'excitation l'emporte largement sur le trouble, dans l'instant, et nous remontons aussitôt poursuivre nos investigations (le trouble nous amènera plus tard, et de façon récurrente, à interroger Toto sur le couple que formèrent ses parents, et il ne fera jamais que nous répéter qu'ils se marièrent entre cousins, sans s'aimer, et pour «faire une fin», selon son expression – lui-même, le père de dix enfants, étant l'unique progéniture de cette «fin»).

Durant trois ou quatre jours, dans une confusion qui tourne parfois à la folie, nous vidons les malles, exhumons tout ce qui s'empile sur les étagères de l'armoire, poussant des hurlements de surprise ou de ferveur lorsque nous tombons sur un objet, une photo ou un écrit susceptible de porter aux nues notre grand-père. La découverte de la citation du 8 octobre 1916, résumant sa bravoure devant Verdun (et au terme de laquelle il obtint la croix de guerre) – «a organisé et assuré, avec intelligence et un dévouement de tous les instants, le service délicat des liaisons par coureurs et estafettes, dans les conditions les plus périlleuses, sous un bombardement des plus violents» – nous fige dans un silence plein de colère à l'égard de notre mère. C'est donc cet homme, ce héros, qu'elle ose traiter de «pauvre raté», de «traîne-sabre»... Nous sommes ulcérés, et sans doute tenons-nous là ce que nous cherchions, sans en avoir tout à fait conscience, car dès lors notre travail d'anthropologue s'organise avec un peu plus d'intelligence. À proximité de cette citation, nous avons trouvé une photo encadrée de notre grand-père. Casqué, l'une de ses pipes d'écume à la bouche (et nous tenons cette même pipe entre nos mains), il prend un instant de repos non loin de ses hommes, son long corps recouvert de la capote des cavaliers que le vent fouette, la main gauche dans une poche, la droite tenant sa paire de gants. Grâce à ma loupe, je peux voir aujourd'hui (car j'ai conservé cette photo) que les semelles de ses bottes sont encore légèrement crottées de la boue des tranchées. Cette photo, qui donne aux mots une émotion palpable, insuffle soudain chaleur et vie à tous ces objets dont nous avons jonché le sol du grenier et que nous nous reprochons maintenant d'avoir traités avec un peu trop d'empressement et de désinvolture.

Ce parfum de tabac froid que nous aspirions dans cette pipe-ci, ou dans les autres, c'est le parfum qu'a respiré cet homme avant nous, et ce sont les marques de ses dents sur le bec. Le casque qu'il portait sur la tête, ce jour de 1916, est celui qui est couché là, à nos pieds, entre les restes d'un parapluie, et une paire de chaussures de ville au cuir craquelé. Et sa musette et son ceinturon de cuir, je veux dire ceux de la photo, sont un peu plus loin, parmi des chemises sans col au tissu jauni par le temps. Alors nous ramassons ces objets et nous décidons de replacer dans l'armoire tous ceux que nous allons rapporter à Paris : les pipes et les décorations, bien sûr, mais aussi les sabres et les fleurets, les différents fusils et le revolver d'entraînement de notre grand-père (excellent tireur, paraît-il, mais qui se défendait également remarquablement à l'épée), son ceinturon, sa musette, sa gamelle de campagne avec son réchaud à alcool, ses étriers, ses jumelles, ses canifs, son nécessaire de toilette, toutes les photos le représentant, ainsi que plusieurs flacons et boîtes, ces dernières contenant divers bagues, épingles de cravate et boutons d'uniforme (dont un gros anneau d'argent frappé d'une fleur de lys en or, emblème peut-être des Camelots du roi, ces disciples de Maurras, dont notre grand-père fut membre).

(Ce jour-là, ou le lendemain, je glisse dans ma poche un objet qui ne présente aucune valeur et semble dérisoire parmi la somme de souvenirs étalés sous nos yeux : une clé accrochée à une petite plaque métallique sur laquelle notre grand-père a gravé grossièrement à la pointe : «Lt Dunoyer. 4e cuirassiers. Cambrai» [Lt pour lieutenant]. J'ai toujours cette clé aujourd'hui, que j'aime garder au fond de ma poche certains jours, songeant qu'elle fut sans doute celle de la chambre qu'occupa notre grand-père lorsqu'il se trouva en garnison à Cambrai, en 1905, comme me le montrent deux photos signées de sa main et sur lesquelles il pose dans son uniforme de cuirassier. Je rêve de découvrir un jour la porte qui correspond à cette clé, d'entrer dans la chambre et de m'endormir sur le lit de notre grand-père.)

Comme notre frère Nicolas tient également à emporter sa cantine d'officier (celle qui vraisemblablement l'accompagna à Verdun) parce qu'elle est frappée de l'épigraphe, en lettres blanches : «Capitaine Dunoyer», nous chargeons cette cantine de tous les objets qui peuvent y tenir, et faisons avec les fusils, les sabres et les fleurets des colis à part et bien ficelés.

Toto n'en croit pas ses yeux en nous récupérant sur le quai de la gare d'Austerlitz.

— Comment Boma a-t-elle pu vous laisser partir avec tout ce fourbi ? Enfin, c'est inconcevable !

— Ce sont les affaires de ton père, remarque justement Frédéric.

— Merci, j'ai compris. Seulement tu vas voir la tête de maman si elle vous voit débarquer avec ce merdier...

— On s'en fout, rétorque Nicolas. De toute façon, elle n'est jamais contente.

— Moi je ne m'en fous pas, figure-toi. Et si tu l'avais sur le dos toutes les nuits, tu ne t'en foutrais pas non plus.

Cependant, notre père se détend au fil du trajet jusqu'à Vaucresson. Lui qui proposait de tout planquer à la cave en arrivant semble maintenant trouver la situation plutôt marrante.

— Après tout, merde, tu as raison, vous avez parfaitement le droit de rapporter quelques souvenirs de papa... (de «papa», dit-il, et sans doute est-ce la première fois que nous l'entendons nommer ainsi notre grand-père). Bon, je ne te dis pas que la reine mère va sauter de joie, mais d'un autre côté, depuis le temps qu'elle nous bassine avec son père...

— Oui, alors ça c'est vrai, dis-je, elle est toujours à la ramener avec son père.

Et Toto se met alors à nous raconter comment, au début de l'Occupation, il a enterré au fond du petit jardin de la rue de Caudéran les fusils et le revolver de notre grand-père pour ne pas avoir à les livrer aux Allemands.

— Et qu'est-ce qu'ils t'auraient fait s'ils les avaient trouvés ?

— Ça, mon vieux, je préfère ne pas le savoir...

Aucun d'entre nous n'a la présence d'esprit de lui rappeler qu'un quart d'heure plus tôt il résumait ces armes, pour lesquelles il avait peut-être risqué sa vie, à un vulgaire « merdier ». D'ailleurs, sur le moment, nous n'avons aucune idée du risque qu'il a pris. Ce que nous retenons de son histoire, c'est qu'il a aimé ces armes à une période de sa vie, plus précisément avant de rencontrer notre mère, et que par la suite il a préféré les oublier pour qu'elle le laisse dormir tranquille. Mais qu'à présent, et sans même peut-être oser se l'avouer, il n'est pas mécontent que nous les ayons adoptées, que nous nous posions ainsi en héritiers de son père, bien qu'il ne nous ait rien demandé.

C'est du reste son problème : persuader notre mère qu'il n'est pas à l'origine de l'arrivée de ce legs sous son propre toit. Il s'y emploie aussitôt, et alors même que notre mère n'a encore rien dit, demeurant stupéfaite devant l'ampleur de nos colis, et surtout devant la petite cantine frappée du patronyme tant dénigré – « Capitaine Dunoyer ».

— Je te ferais remarquer, mon petit, que je suis le premier à leur avoir passé un savon. Je ne te dis pas ma colère quand je les ai vus débarquer du train avec ce foutoir...

Notre mère, elle, semble au-delà de la colère quand nous déballons les armes et ouvrons la cantine.

— Enfin, vous n'allez pas garder toutes ces saloperies ici, parvient-elle à articuler.

— Ce ne sont pas des saloperies, dit Frédéric en lui présentant un des fusils.

— Toto, fais quelque chose ou je vais devenir folle.

— Je te répète, mon petit, que je leur ai passé un savon

mémorable. Que veux-tu que je fasse de plus? On ne va pas les renvoyer à Bordeaux!

— Alors ça, c'est inimaginable!

Et, sans pouvoir claquer la porte, car nous la bloquons avec nos bagages, notre mère tourne les talons pour filer s'enfermer dans la cuisine.

Quelques heures plus tard, cependant, nous l'avons vaincue (c'est la première fois, me semble-t-il, et je crois que la seconde, en ce qui me concerne, sera la publication de *Priez pour nous*, qu'elle ne parviendra pas à empêcher, vingt-sept ans plus tard). Durant le dîner, elle ne fait plus aucune allusion aux objets de notre grand-père paternel, souhaitant seulement savoir comment s'est passée notre visite chez son frère. Ah oui, car nous avons revu durant notre séjour à Bordeaux oncle Armand et tante Ingrid. Heureusement pour notre mère, c'est Frédéric qui raconte : la nouvelle voiture d'oncle Armand, une Peugeot 404 aux sièges de cuir fauve; leur maison de campagne (reçue à l'issue des fameux «partages»), tout près du château de Lestaules; les chevaux d'oncle Armand; l'élégance d'oncle Armand; l'humour d'oncle Armand. «Bon, mais il vous a fait des compliments?» Frédéric sait bien ce que notre mère attend : elle veut entendre ce qu'ont dit oncle Armand et tante Ingrid sur les ressemblances, sur la beauté de ses deux aînés. Frédéric, le «portrait craché» de son père, n'est-ce pas, «racé jusqu'au bout des ongles», et Nicolas, «beau comme un dieu». Bien sûr qu'oncle Armand et tante Ingrid se sont prêtés à ce petit jeu terriblement bordelais (et évidemment désagréable pour moi qui suis un Dunoyer), puisque je garde de cette journée un souvenir accablé. Frédéric continue donc de raconter, imitant à merveille tante Ingrid : «Armand, celui-ci, c'est la copie de ton père! Alors ça, c'est trop drôle.» Puis, à propos de Nicolas : «Mon Dieu que cet enfant est beau! Eh bien toi, mon petit, tu dois déjà avoir toutes les filles à tes pieds...»

Si c'est moi qui avais dû raconter à notre mère, j'aurais plutôt essayé de traduire le profond malaise qui m'avait saisi peu après les fameux «compliments», et tandis que nous roulions dans la 404. Soudain, oncle Armand et tante Ingrid

s'étaient mis à expliquer qu'ils trouvaient véritablement
dégoûtant de serrer la main aux hommes. Ah bon, m'étais-je
dit à part moi, mais pourquoi ? Je ne parvenais pas à comprendre pourquoi les hommes et non les femmes. Puis, à de
multiples allusions d'oncle Armand qui avaient beaucoup
faire rire tante Ingrid, j'avais fini par deviner que le problème
venait de ce que les hommes se tenaient le zizi pour faire pipi
(au contraire des femmes), et que leur toucher la main revenait donc en quelque sorte à leur toucher le zizi. Alors tante
Ingrid avait ajouté une phrase équivoque, dans le genre : «Je
ne dis pas que ça soit toujours désagréable, mais enfin, ça
dépend des hommes...» Venant après les compliments qu'elle
avait faits à mes deux frères, et dont j'avais été naturellement
exclu, je m'étais aussitôt rangé parmi les hommes dont elle
préférerait ne pas avoir à toucher la main (et encore moins le
zizi, même si, sur le moment, m'éveillant à peine à la sexualité, j'avais dû me formuler la chose d'une façon nettement
plus confuse), de sorte que ma disgrâce, pour ne pas dire ma
laideur, m'avait rendu jusqu'au soir autiste et maladroit.

Tandis qu'à l'école je suis un des personnages secondaires
du *Bourgeois gentilhomme*, à la maison nous déballons les
livres de notre père. Où étaient-ils à Neuilly ? Je ne les vois
nulle part dans mon souvenir. À la Côte noire, en revanche, je
les localise : ils formaient au pied de mon lit un rempart de
cartons m'isolant en partie du bureau de fortune que s'était
aménagé Frédéric. Parfois, mon frère en sortait quelques-uns
au hasard pour les feuilleter, peut-être les lire, avant de les
remettre à leur place.

L'aménagement de notre appartement enfin terminé, notre
mère a consenti à ce que nous consacrions tout un week-end
à la construction d'une bibliothèque dans un des cabinets de
toilette désaffectés. Après démontage du lavabo, les trois
murs ont été recouverts d'étagères, du carrelage au plafond,
puis est venu le moment de remonter les cartons qui patien-
taient à la cave depuis un an et demi. Survenant quelques
semaines seulement après notre retour de Bordeaux avec le
legs de notre grand-père, cette nouvelle invasion d'objets

anciens issus de la famille Dunoyer de Pranassac (la plupart
des livres furent acquis par notre grand-père, voire par
Adolphe, notre arrière-grand-père) plonge notre mère dans
une colère qu'elle ne parvient pas à dissimuler.

— Enfin, Toto, tu ne vas tout de même pas conserver ces
vieux machins qui empestent le moisi et que personne ne lira
jamais !

— Et pourquoi pas, puisque nous avons la place ?

— Pourquoi pas !... Mais parce que ce sont des nids à
poussière, tout simplement !

— Mon petit, s'il fallait jeter les livres sous prétexte qu'ils
prennent la poussière, alors il n'y aurait plus de bibliothèques
nulle part.

— En tout cas, ne compte pas sur moi pour faire le ménage
de cette pièce.

— C'est entendu, ma chérie, nous nous en occuperons
nous-mêmes.

Avec le recul, me remémorant ces conversations idiotes, je
suis frappé de constater combien notre mère (qui n'était tout
de même pas si stupide, ni totalement inculte) s'enferme dans
sa propre caricature. Comme si elle n'avait trouvé aucun
moyen d'échapper à son personnage d'emmerdeuse – ni la
force ni l'imagination –, et je me dis aujourd'hui qu'en cédant
à ses caprices, à sa bêtise affichée (revendiquée, allais-je
écrire), notre père a sans doute contribué à cet enfermement.
Car je crois que nous sommes nombreux à héberger en nous
un emmerdeur (j'entends souvent le mien maugréer), et que
c'est en partie grâce à notre entourage que nous parvenons à
le circonvenir.

Les livres, comme les hommes de l'OAS, nous rapprochent
soudain de notre père. Les uns et les autres incarnent à la fois
l'esprit de résistance (les livres, contre la bêtise de notre
mère ; les tueurs de l'OAS, contre de Gaulle) et l'ouverture
sur le monde qui nous fait défaut depuis tant d'années. Tandis
que nous déballons les premières caisses, et commençons à
ranger les volumes par auteur, selon l'ordre alphabétique, je
suis surpris de voir combien notre père a lu dans sa jeunesse.
Il prend les ouvrages un par un, souffle sur la tranche, puis,

après avoir jeté un œil au dos, s'écrie souvent : «Ah ça, c'est formidable!» ou aussi : «Mon Dieu, Mistral, j'ai adoré ce bouquin... Tiens, papa me l'avait offert pour mes quinze ans, c'est d'ailleurs écrit en page de garde.» Et il nous montre la dédicace de notre grand-père. Ou il dit encore : «Ah ça, je ne connais pas, jamais ouvert, mais je sais que mon père y tenait énormément.»

C'est un Toto plus riche et plus mystérieux que celui que je croyais connaître qui m'apparaît à l'issue des deux ou trois week-ends que nous passons à classer son millier de livres. Je le regarde différemment, m'en voulant confusément, je crois, de l'avoir réduit à son personnage public de bonimenteur rusé, un peu menteur, un peu voleur. Me mettant sans doute pour la première fois à réfléchir sur sa vie, je commence à me dire (et c'est une réflexion qui va durer quelques années) que sa rencontre avec notre mère a fait de lui un homme bien différent du jeune homme qu'il semble avoir été. Il lisait beaucoup, or aussi loin que je remonte dans mes souvenirs, jamais je ne le vois avec un livre en main. Il devait aimer parler de ses lectures, rêver, vagabonder peut-être, or jamais jusqu'à ces week-ends il n'avait évoqué devant nous tel ou tel auteur «épatant», «bouleversant», «formidable», comme il vient de le faire (à l'exception de Saint-Exupéry, souvent cité, mais que j'ai longtemps pris pour un saint plutôt que pour un écrivain, moi qui avais aimé me plonger dans la vie des saints, et de Guy de Larigaudie, constamment mentionné pour exalter les mérites du scoutisme). Tout cela, une fois de plus, ne contribue pas à grandir notre mère.

Tandis que nous rangeons les livres, au milieu de cet hiver 1963, le colonel Argoud est arrêté, livré à la préfecture de police ficelé comme un saucisson au fond d'une fourgonnette. C'est du moins le souvenir que j'ai conservé de cet événement dramatique à nos yeux (on parle d'un coup des «barbouzes» du général de Gaulle, et ce seul mot de «barbouzes» nous fait frissonner d'effroi). Argoud emprisonné, c'est la fin de l'OAS, le triomphe de de Gaulle, et nous partageons avec notre père l'amertume de la défaite. Quand, deux semaines plus tard, nous apprenons que le colonel Bastien-Thiry, auteur de l'attentat du Petit-Clamart, a été fusillé, après que de Gaulle lui a refusé sa grâce, Toto évoque «le destin tragique du maréchal Pétain». «Décidément, dit-il gravement, tout en soufflant sur la tranche de ses livres, l'Histoire se répète», et, ne comprenant qu'à moitié ce qu'il veut nous dire, j'éprouve de nouveau un élan d'admiration pour tout ce qu'il sait, pour cette immense culture que je ne lui soupçonnais pas.

Dans ma mémoire, le suicide du lieutenant Dejean, que je situe au printemps 1963, vient clore cette série de tragédies. Cependant, je suis choqué par la façon dont notre père nous annonce la mort de cet homme que nous vénérions, et pensions être son ami. Comme s'il s'en fichait, ou avait bien d'autres soucis en tête. Cela vient au milieu d'une conversation que nous avons dans la Peugeot, un samedi matin, me semble-t-il, en route pour la scierie de Meudon qui nous fait toujours un prix de gros sur les planches (nous en sommes à ajouter des étagères dans les placards, à la demande de notre mère).

Frédéric s'étonne une nouvelle fois que Josyane Beuhé ne nous ait toujours pas payés pour la réfection de son appartement, six mois plus tôt.

— C'est parfaitement exact, convient Toto. Mais si tu permets, je vais attendre un peu avant de la relancer.

— Pourquoi, elle a des ennuis ?

— Dejean s'est foutu en l'air, nous lâche-t-il alors tout à trac.

— Qu'est-ce que tu dis ! bondissons-nous. Dejean a eu un accident ?

— Un accident ? Il s'est fait sauter la cervelle, oui !

— Mais comment ? Mais quand ?

— Ça, mon petit vieux, je n'en sais fichtre rien. Et il n'est plus là pour nous le raconter.

— Putain, Dejean !

— C'était un garçon sympathique, hein. Mais entre nous, il était un peu tête brûlée.

Ce n'est que le soir, ou le lendemain (parce que je n'ai jamais aucun à-propos) que me viennent enfin les mots que j'ai cherchés sur le moment : «Mais toi, papa, ça ne te fait pas de peine qu'il soit mort ?» C'est exactement ce que j'aurais voulu lui demander, revoyant Dejean assis dans la Peugeot avec nous l'hiver précédent, mais abasourdi par la nouvelle, et par la désinvolture de notre père, je suis resté sans voix.

Et peut-être est-ce seulement dix ans plus tard, tandis que nous n'espérions plus être payés par Josyane Beuhé (qui avait disparu de notre vie), que j'ai compris que Toto avait dû empocher notre fric dès la fin du chantier, bien sûr, et saisir l'opportunité du suicide de Dejean pour nous embobiner et «noyer le poisson» (une de ses expressions).

Cet été 1963, nous retrouvons les sœurs Grandval à Paramé. Nous aménageons l'une des caves de leur maison et, certaines après-midi, nous donnons des surboums où viennent aussi leurs cousins. Nous dansons sur les chansons de Sylvie Vartan, de Claude François, de Sheila, de Françoise Hardy. Sabine danse parfois avec moi. J'aimerais qu'elle soit grave et intimidée dans mes bras, comme je découvre qu'on le devient en tombant amoureux, comme je le suis, donc, mais elle ne fait que rire et s'amuser, et ça me désespère. Par chance, elle n'est pas vraiment différente dans les bras de Nicolas.

Une autre fille est apparue, Carole de Breuil, qui doit avoir l'âge de notre sœur Christine. Elle vient en vacances chez sa grand-mère dont la maison se trouve un peu en retrait de la digue, entre Paramé et Saint-Malo. Elle a de très longs cils, des yeux turquoise d'une beauté stupéfiante, et je ne saurais pas dire d'où vient la rumeur qu'elle serait sous le charme de Frédéric, ou que Frédéric serait sous son charme. Peut-être est-ce une bêtise lancée au départ par Clotilde, la sœur de Sabine, mais l'idée s'ancre dans nos esprits et quand Frédéric et Carole dansent ensemble Clotilde ricane, tandis que je retiens mon souffle.

À la fin de l'été, quand les sœurs Grandval repartent pour je ne sais où (Nantes, peut-être), nous allons les attendre au passage à niveau de Rothéneuf pour qu'elles nous lancent un paquet de Carambar par la fenêtre de leur compartiment. Le train a déjà pris de la vitesse, et tandis qu'elles hurlent des au revoir dans le vent, tout en tâchant de ne pas envoyer les Carambar dans les ronces, et que nous ne distinguons plus leurs jolis visages parmi leurs cheveux qui volent et se confondent, nous agitons nos mouchoirs comme des forcenés en leur criant : « À l'année prochaine ! À l'année prochaine ! »

18.

Insensiblement, au fil des années, je me suis rapproché de Frédéric. J'allais écrire que Frédéric est devenu mon modèle, mais non, aussi loin que je remonte, Frédéric a *toujours* été mon modèle. À Neuilly, déjà, j'aurais été capable de sauter par la fenêtre sans parachute pour mériter son estime et qu'il veuille bien que je joue avec lui aux petites voitures, comme Nicolas seul en avait le droit (pour Frédéric, rappelez-vous, je suis descendu encordé au fond de quelques ravins et décharges publiques à Châtel). Aussi loin que je remonte, mon frère aîné est un seigneur dont je dois conquérir le cœur pour accéder au plaisir, au bonheur, à la vie même, sans doute. J'envie son choléra qui a fait de lui un enfant fluet, fragile, sur lequel notre mère pose sans cesse un regard soucieux, tandis qu'on sourit de mes «bonnes joues». Je l'envie d'être un Verbois, doté du front haut et des traits fins de notre grand-père maternel, tandis que je suis un Dunoyer de Pranassac, cette «famille de dégénérés». Je l'envie d'être louveteau, de rentrer de ses dimanches en forêt ivre de fatigue, les genoux en sang, les mollets griffés, ce qui lui vaut l'admiration tapageuse de notre père, et ces fameuses exclamations – «Excellent!», «Bravo!» – qui font dire à notre mère, à la fois amusée et agacée : «Oh toi, Toto, tant qu'ils ne seront pas tous tombés au fond d'une rivière, tu ne seras pas satisfait...»

Les années à la Côte noire ont rendu Frédéric plus accessible (il me semble, d'ailleurs, qu'il n'a plus jamais joué aux petites voitures après l'expulsion). Notre mère n'a plus été là pour le couver, et Toto a bientôt fait de lui son confident. Je les revois bavardant silencieusement au pied de mon lit, autour de minuit, tandis que j'essaie vainement de m'endormir, notre père assis sur un carton de livres, se mordant parfois nerveusement le gras du pouce, et mon frère attablé de travers à son bureau de fortune, deux bougies brûlant parmi ses cahiers d'écolier. Comme si le poids des responsabilités l'avait fait tomber de son piédestal d'enfant gâté et adulé, Frédéric est devenu bien plus gentil. Nous haïssons ensemble les curés et les professeurs de Sainte-Croix de Neuilly, nous vouons aux pires châtiments M. Prudhomme qui, un matin sur deux, nous traîne par les oreilles jusqu'au parloir, nous rions ensemble, nous nous sentons solidaires, je crois, dans cette espèce de guerre qu'il nous faut livrer chaque jour contre un adversaire invincible et bien décidé à nous écraser (et qui nous écrasa, en effet).

Le grand chantier de Vaucresson, puis celui de Josyane Beuhé, nous ont encore rapprochés. Ça ne veut pas dire que Frédéric ne s'autorise pas soudain à me fusiller d'un trait, et tandis que je cherche comment illustrer cette espèce de cruauté sournoise qui toujours prend argument de mon physique pour me rabaisser (selon la culture de notre mère pour qui les critères esthétiques l'emportent sur tout le reste) je songe à une photo de moi, retrouvée récemment, et sur laquelle Frédéric a déposé sa marque. La voici. Je pose sur le petit balcon de la villa Génista, à Paramé, endimanché car nous partons chez les sœurs Grandval où je suis à peu près certain de croiser Sabine. « Ouh ! Qu'il est péquenot ce gros couillon », a écrit mon frère aîné au dos de la photo. En dépit d'une certaine complicité, Frédéric conserve donc à mes yeux une forte capacité de nuisance. Et cependant, il demeure mon modèle, le prince dont je continue de solliciter l'estime et l'amitié.

Son aura fait un nouveau bond le soir où il rentre à la maison chevauchant de sa fine silhouette une moto énorme dont le fracas me jette à la fenêtre. Il la gare au pied de l'immeuble, et avant qu'il ait eu le temps de retirer son casque, Nicolas et moi sommes là (et peut-être également Guillaume, qui doit avoir huit ou neuf ans). Elle est entièrement noire, terriblement impressionnante, au moins deux fois plus grosse que la Terrot de l'abominable M. Souère. C'est une Vélocette, selon les lettres dorées tracées en caractères manuscrits sur les flancs du réservoir.

— Mais comment... Mais où tu l'as eue ?

— On vient d'aller la chercher, avec papa.

— Vélocette...

— C'est une marque anglaise. Qui est-ce qui veut faire un tour ?

Comme Nicolas ne se précipite pas, c'est moi qu'emmène Frédéric dans le soir d'automne, sur la route toute droite qui longe la forêt de Saint-Cucufa. Je ne porte pas de casque, la vitesse effarante me fait pleurer sous l'effet du vent, mais aussi de l'émotion, sans doute, tandis que les sourdes déflagrations du moteur (un monocylindre de 350 centimètres cubes) se confondent avec les battements enflammés de mon cœur.

— C'est pas mal, hein ? s'enquiert mon frère, au retour, tenant son guidon d'une main.

— C'est comme un avion ! je lui hurle à l'oreille. Tu me remmèneras ?

— Bien sûr !

Ni Toto ni lui ne nous avaient prévenus de cet achat, et Nicolas et moi tombons des nues. Quelle mouche a donc piqué notre père d'offrir à Frédéric cette machine magnifique ? Aujourd'hui encore je me le demande. A-t-il réalisé à travers son fils aîné un rêve inaccompli de jeune homme ? A-t-il voulu se faire pardonner de lui avoir complètement saboté ses études secondaires ? Frédéric a dû se rabattre sur une capacité en droit qu'il mène à l'université, au centre de Paris (l'inscription en « capacité » n'exigeant pas le bac) et c'est officiellement pour qu'il puisse se rendre à ses cours qu'ils ont acquis cette moto, une occasion.

L'arrivée de la Vélocette de mon frère aîné est un événement considérable dans ma vie, puisqu'il est vraisemblable que, sans elle, je ne me serais jamais pris de passion pour la moto, et qu'il m'aurait donc fallu inventer autre chose, trouver

un autre stratagème pour fuir la tristesse que je sentais là,
souvent, mais que je n'aurais certainement pas su nommer. À
la même époque, Nicolas, lui, a déjà découvert le moyen
d'échapper au chagrin familial, à la bêtise, à l'obscénité de
nos parents : sur un vieux Vélosolex, il s'en va photographier
le monde que nous ne connaissons pas, dont nous ne savons
pratiquement rien. Il a acheté son premier appareil à soufflet
au marché aux puces de Saint-Ouen, et puis très vite il s'est
fait son petit laboratoire, qu'il monte et démonte dans un coin
de la salle de bains, pour développer ses films et tirer lui-
même ses photos. Il est là, il participe encore vaguement aux
travaux de l'appartement, il va à l'école, écoute d'une oreille
distraite ce que dit notre père, mais en réalité il est déjà
ailleurs, en partie débarrassé de nous, engagé dans l'œuvre de
sa vie – la photographie – dont il n'a jamais dévié depuis un
demi-siècle. Déjà sauvé, en vérité.

Tandis que moi, je n'ai encore aucune idée de la place que
va prendre l'écriture dans mon histoire. Si vous m'aviez
demandé, cette année-là, quelle image je me faisais d'un écrivain, je vous aurais répondu : «Une très haute image. – Tiens
donc. Et pourquoi? auriez-vous repris, étonné, sachant que je
n'avais pratiquement rien lu (à part peut-être quelques *Signes
de piste*, et *Tant que la terre durera*). – Parce que mon frère
aîné m'a dit un jour qu'il voulait être écrivain. – Et tu aimes
beaucoup ton frère aîné? – Je ne l'aime pas beaucoup, non,
aurais-je rétorqué. Je l'admire.»

Là-dessus, je me serais tu. Je n'aurais pas su trouver les
mots pour vous dire combien Frédéric m'avait impressionné,
et touché, lorsqu'il m'avait annoncé cette nouvelle. C'était à
la Côte noire. Nous parlions près de son bureau de fortune, au
pied de mon lit, lui debout, moi assis, et je crois qu'il tenait à
la main un livre qu'il avait pris dans l'un des cartons. «Quand
je serai grand, m'avait-il dit soudain, avec une lumière particulière dans le regard, une émotion dont je devais retrouver le
souffle mystérieux quelques années plus tard dans les élans
du Grand Meaulnes, je serai écrivain. J'écrirai l'histoire d'un
apatride. – C'est quoi un apatride? avais-je demandé. – Un
homme qui n'a pas de pays à lui sur la terre, qui est chassé de

partout, qui est condamné à fuir et à se cacher toute sa vie.» J'avais compris dans l'instant le livre qu'il allait écrire, l'intelligence d'un tel livre, le retentissement qu'il ne manquerait pas d'avoir (nous vengeant de notre condition, n'est-ce pas, en particulier auprès des gros cons de Sainte-Croix de Neuilly) et ma ferveur à l'égard des écrivains était née ce jour-là, se confondant avec celle que je nourrissais pour mon frère.

Sans doute aurais-je cherché plus vite dans l'écriture une solution à mon chagrin si Frédéric s'était amené avec son manuscrit, plutôt qu'avec sa Vélocette, ce fameux soir d'automne. Mais notre frère n'a plus jamais évoqué la possibilité de ce livre, et l'ivresse de sa moto me l'a fait provisoirement oublier.

Désormais, quand je suis à l'école, où il ne se passe plus rien d'intéressant depuis *Le Bourgeois gentilhomme*, j'écoute la rumeur des motos sur le boulevard. Sur le chemin du retour, je n'en croise jamais une sans m'arrêter. Je commence à me repérer dans les marques, dans les cylindrées. Et puis j'achète *Moto Revue*, et je me fais une opinion sur les qualités respectives des constructeurs (tous anglais, à l'exception de l'allemand BMW). J'ai bientôt une hiérarchie en tête, aux premiers rangs de laquelle figurent les Norton et les Vélocette, aussitôt suivies par les Triumph puis les BSA. Par un de ses clients, Toto m'a déniché une façon de gagner de l'argent : je distribue dans les boîtes aux lettres des dépliants pour une entreprise de meubles – chaque fois qu'un meuble est acheté grâce à moi, je touche un petit pourcentage. Je peux donc envisager de m'offrir un jour une moto, et ce rêve me permet de supporter dans une quasi-indifférence les railleries du professeur d'anglais, comme tous les ennuis qu'on fait habituellement aux mauvais élèves.

En attendant, je roule sur un vieux Vélosolex, moi aussi. J'ai fixé sur le porte-bagages une boîte à biscuits métallique au format des enveloppes de mon entreprise de meubles et, le jeudi après-midi ou le samedi matin, ma boîte bourrée d'enveloppes, je fais la tournée des immeubles, depuis Garches jusqu'aux luxueuses résidences de La Celle-Saint-Cloud. Et puis je me suis fait mon premier ami à l'école, Laurent (c'est

son patronyme, lui m'appelle de Pranassac). C'est un garçon
élégant, qui ne manque de rien, et je ne parviens pas à me
souvenir à quelle occasion nous nous mettons à bavarder, et
par quel miracle nous sympathisons. Je suis étonné et flatté
qu'il s'intéresse à moi qui porte un pantalon trop court et
toujours le même pull-over tricoté à la main (par notre mère),
quand lui est habillé comme ces types que Christine, mes
frères et moi appelons des « poupoules », c'est-à-dire avec un
foulard de soie autour du cou dans le col amidonné de sa
chemise, un shetland et des souliers de cuir rouge, ou jaune,
soigneusement lustrés. À deux ou trois reprises, je viens
l'attendre devant chez lui sur mon Solex, sans jamais oser
entrer. Lui roule en Mobylette. Il habite Garches, une maison
particulière au toit compliqué doté de multiples pentes et d'un
pigeonnier, aux volets bordeaux, et dont la façade est recouverte de lierre. Je ne l'invite pas chez nous, je préférerais
mourir plutôt que de lui présenter notre mère dans sa blouse
de travail, filant comme un ouragan dévastateur sur ses
babouches, claquant les portes et hurlant sur les petits ou sur
notre père. Je compense mon dénuement, auquel je feins
d'être complètement indifférent, par le radicalisme de mon
engagement politique et la violence de mes propos. En y
repensant, je crois que c'est cela qui a séduit Laurent, et
continue de le séduire. Lui ne semble pas avoir d'opinions
politiques et il adhère très vite à mon soutien aux hommes de
l'OAS, tous en prison désormais (quand ils n'ont pas été
fusillés), et à mes vitupérations contre le général de Gaulle.

Certains soirs, après le dîner, nous nous retrouvons pour
couvrir les murs de la petite ville tranquille de Garches d'affi-
chettes réclamant la libération des tueurs de l'Algérie française. Je ne sais pas où Toto se les procure, mais c'est lui qui
me les fournit. « Amnistie ! » exigent-elles, en grosses lettres
rouges sur fond blanc. Laurent, qui travaille bien à l'école,
parle déjà couramment l'anglais et devrait me regarder de
haut, paraît en admiration devant mon audace.

J'ai le souvenir que Toto nous embarque cette même
année, Nicolas et moi, dans la campagne d'un ancien militant
de l'OAS pour une élection locale (Nicolas n'est donc pas

encore si détaché de nous). Les réunions se tiennent chez le docteur Giraud, que notre père a certainement dû assurer, puis qui est devenu son ami par le biais de la politique et sera bientôt notre médecin de famille (en remplacement de l'estimable docteur Brault que nous ne reverrons jamais). Le docteur Giraud habite une maison bourgeoise sur le plateau de Vaucresson, à cinq minutes de chez nous, et c'est sa femme, souriante et maternante, qui nous fait entrer et nous sert du café brûlant avec des biscuits. Le candidat est là, un grand type mince et nerveux, ainsi que notre père quand il en a le temps. Le médecin, qui semble diriger la campagne, discute avec le candidat de la meilleure façon de convaincre les gens de voter pour lui («pour nous», dit-il, incluant tous les présents dans le combat). Je n'écoute que d'une oreille, n'en croyant pas mes yeux d'être là, parmi des hommes aussi importants, dans le bureau même du docteur, à boire du café et manger autant de gâteaux que je veux (Mme Giraud glissant discrètement l'assiette dans ma direction).

Nicolas et moi sommes chargés d'«inonder» les boîtes aux lettres des tracts du candidat (j'en profite pour glisser avec les dépliants de mon entreprise de meubles). Nous nous levons à l'aube, et la distribution finie nous nous retrouvons chez le docteur Giraud pour un petit déjeuner. C'est le moment que je préfère car le candidat, qui arrive de chez lui et sent fort l'after-shave, nous étreint chaleureusement en nous bourrant de croissants. «Bravo, les garçons! s'exclame-t-il. Vous faites un boulot formidable. Si nous l'emportons, ça sera grâce à vous.» Mais nous ne l'emportons pas, et je suis abasourdi en apprenant que notre homme n'a même pas atteint les cinq pour cent.

À l'automne 1965, alors que je viens de fêter mes seize ans, mes frères et moi nous retrouvons de nouveau unis autour de notre père pour soutenir la candidature à l'élection présidentielle de Jean-Louis Tixier-Vignancour contre de Gaulle. Avocat, Tixier a notamment défendu le colonel Bastien-Thiry, l'homme qui a tenté d'assassiner le général de Gaulle au Petit-Clamart, et nous lui vouons pour cela un culte quasi religieux (j'ignore, alors, qu'il a été membre du gouvernement de Pétain à Vichy, mais notre père le sait, lui, et cela le grandit évidemment à ses yeux). Nous allons tous les quatre au grand meeting que le candidat organise à la Mutualité, et pour la première fois je vois et j'écoute Jean-Marie Le Pen qui prend la parole le premier, me semble-t-il. Il porte alors un bandeau noir sur son œil de verre, et bien que n'écoutant pas tout ce qu'il raconte, je suis impressionné par l'enthousiasme et l'ivresse qu'il suscite, à tel point que les gens se mettent à hurler et pousser aveuglément devant eux, menaçant de nous marcher dessus (nous sommes tous debout), pour approcher de la scène et toucher Le Pen. Tixier-Vignancour, lui, ne soulève pas la même folie, mais la salle l'écoute avec une ferveur profonde que nous partageons.

Je suis si ému, en sortant, qu'il ne fait guère de doute dans mon esprit qu'il sera notre prochain président de la République. Je me revois encore le disant à Toto tandis que nous remontons le boulevard Saint-Germain tous les quatre, les mains dans les poches, et je me rappelle ma stupéfaction en l'entendant me répondre : « Non, mon vieux, c'est tout à fait impossible. S'il fait quinze pour cent, ça sera déjà formidable. – Mais tu as vu comme tous les gens l'aiment ! – Ceux qui étaient là pensent comme nous, pomme à l'eau. Malheureusement toute la France n'a pas le même sens des valeurs. »

Je ne saurais pas expliquer, sur le moment, ce que notre père entend par ce mot de « valeurs », et si je me surprends soudain à y réfléchir, c'est grâce à Nicolas. À la même époque, tandis que nous sommes tous à table, Toto se remet à parler des juifs. Je n'écoute pas, ou n'entends pas ce qu'il dit (nous sommes douze autour de la table), en revanche je ne peux pas rater l'interjection brutale, et totalement inattendue, de Nicolas :

— Mais qu'est-ce que tu as contre les juifs ?

Toto semble un instant interloqué, ou embarrassé, un peu comme si on lui avait piqué son verre de vin au moment justement où il allait le boire.

— Ah, mais je n'ai rien contre les juifs ! Ce sont des gens pour lesquels j'ai le plus profond respect. Il m'arrive d'ailleurs de bavarder très tranquillement avec M. Hertz dans la cage d'escalier. J'ai du reste appris, je voulais t'en parler, mon minou, qu'il avait perdu pratiquement toute sa famille dans les camps, le malheureux.

— De qui parles-tu ? rétorque notre mère, agacée, qui priait à cet instant-là Clément de finir son assiette.

— Hertz, mon petit. Hertz, le voisin du dessus. Figure-toi que le malheureux a perdu toute sa famille dans les camps.

Notre mère acquiesce vaguement, mais l'air de dire : «Et que veux-tu que j'y fasse!» Cependant, Nicolas ne lâche pas l'affaire.

— Tu dis que tu n'as rien contre les juifs, mais tu parais toujours les soupçonner d'un truc.

— Les soupçonner... Oui, enfin, non... Je pense, si tu veux, qu'ils ne se sont pas toujours comportés comme il aurait fallu. Tu sais, c'est un peu comme les francs-maçons...

— Hou, les francs-maçons! l'interrompt notre mère. Je t'assure que ceux-là... Mère Colin disait toujours qu'ils incarnaient le diable sur la terre, et elle avait bien raison.

— Attends, mon petit, laisse-moi finir s'il te plaît, sinon Nicolas ne va rien comprendre à ce que j'essaie de lui expliquer. Oui, je te disais que dans l'Histoire, la grande, hein, avec un grand H, eh bien les juifs ne se sont pas toujours comportés comme il aurait fallu. Ils n'ont parfois pas hésité à tirer leurs marrons du feu, en se fichant bien des autres Je crois, si tu veux, que ce sont des gens qui n'hésiteront jamais, en affaires, à te glisser une peau de banane pour peu qu'il y ait un peu d'oseille à gagner.

— C'est toujours cet argument qu'utilisent les antisémites, laisse alors tomber Nicolas.

Comment le sait-il? Qu'a-t-il lu pour être si au fait de l'antisémitisme? De *Paris Match*, il est passé à *Historia*, qu'il ne ramasse pas dans le local des poubelles, mais qu'il achète, et qu'il lit méthodiquement, je vais bientôt le découvrir. Or *Historia* a fait un dossier sur l'affaire Dreyfus et l'antisémitisme en France.

— Tu as parfaitement raison, mon vieux, reprend notre père, et Dieu sait que l'antisémitisme a fait du mal! Mais je vais te dire une chose : bien souvent, dans la vie, il n'y a pas de fumée sans feu. Et si les juifs n'étaient pas si âpres au gain, eh bien l'antisémitisme n'aurait pas lieu d'être.

Cette conversation (retranscrite aussi fidèlement que possible), où l'on voit que notre père dit à peu près n'importe quoi pour dissimuler son antisémitisme, marque un tournant dans le regard que je porte sur lui. Il me semble qu'à partir de ce jour je me mets à être plus attentif à ce qu'il raconte, à ce bavardage d'embobineur qu'il a acquis dans son métier, relevant silencieusement les contradictions et les bêtises, au début, puis osant de plus en plus souvent intervenir tout haut et le mettre dans l'embarras.

Tous ces événements correspondent à mon entrée en seconde dans une nouvelle école, le cours Sévigné, à Garches. Pour la première fois, Nicolas et moi sommes dans la même classe. Toto a sympathisé avec le directeur, le vieux M. Kapokzy, qui revient de loin, lui aussi, et qui a bien voulu nous prendre avec la «réduction famille nombreuse» que réclame partout notre père.

Les professeurs du cours Sévigné tranchent radicalement avec ceux de Saint-Joseph, arriérés et mesquins pour la plupart. Ils sont jeunes, enseignent dans des lycées parisiens, et parlent sans notes. Je découvre enfin le plaisir que l'on peut éprouver à étudier, à réfléchir, et cette année-là je me mets à lire – Balzac, Zola, Stendhal. Pas énormément, mais suffisamment pour prendre mieux conscience de notre isolement, et de la misère intellectuelle dans laquelle nous ont enfermés nos parents. Essayant, tant d'années après, de me remémorer ce qui me traverse, il me semble que je suis sans cesse en colère contre notre mère à laquelle je fais porter la plus lourde responsabilité. «Cette idiote inculte», dis-je en parlant d'elle, pardonnant à notre père qui est malgré tout sauvé à mes yeux par sa bibliothèque (même si je n'y trouve rien de Zola, tandis que Maurras, Barrès et Drumont – *La France juive* – se disputent complaisamment l'espace).

À midi, nous remontons partager avec les petits le repas que prépare notre mère. Nous déjeunons tous ensemble dans la cuisine, et jamais nous n'adressons la parole à notre mère.

Elle a tout apprêté, mais nous n'avons pas un mot pour la remercier, ou même pour parler du temps qu'il fait. Elle doit sentir que nous ne l'aimons pas, qu'une faute irrémédiable a été commise, car parfois elle s'enquiert de notre matinée, de cette école qu'elle ne connaît pas, mais nous maugréons des sons inaudibles, sans jamais la regarder en face, et à peine avalée notre pomme, nous nous levons et sortons.

En attendant de retourner en cours, Nicolas se plonge dans ses revues d'Histoire, ou fait un peu de laboratoire, et moi je descends à la cave. Au printemps précédent, j'ai acheté pour presque rien, avec le concours de Frédéric, une BSA 250 centimètres cubes de l'immédiat après-guerre qui pourrissait au fond d'une écurie, et j'ai entrepris depuis de la restaurer. Frédéric et moi avons transformé l'atelier des travaux de l'appartement en un atelier de mécanique. Je passe là toutes mes heures libres, assis en tailleur près de ma moto, clés en main sous une baladeuse. Oublieux de ma colère, de notre chagrin, comme si cette moto allait incarner mon salut, voyez-vous. Un jour. Le jour où je partirai en la chevauchant, peut-être.

Je ne vois plus Laurent, mais je me suis fait un nouvel ami dans ma classe, Olivier Aubey, le fils du pharmacien de la place de l'Église, à Garches. Depuis la fenêtre de sa chambre, au-dessus du magasin, nous regardons les jambes des femmes qui patientent dans la voiture pendant que leur mari est à la pharmacie. Le toit de l'habitacle les empêche de nous repérer, de sorte qu'elles n'ont aucune conscience de la vue plongeante que nous avons parfois sur leur petite culotte, à travers le pare-brise. Olivier est souvent triste, mais il a aussi beaucoup d'humour, un talent incroyable pour se foutre des gens, dans la rue, raconter des histoires, imiter les professeurs, et nous sommes heureux, chaque matin, de nous retrouver.

Sinon, je suis amoureux de Florence, une fille de notre classe. Pendant quelque temps, nous échangeons des mots sous des prétextes quelconques (elle se moque d'une autre fille qui prétendument me courrait après, etc.), puis elle m'emprunte mon stylo pour un week-end et me le rend imprégné de son parfum. Je pense que n'importe quel crétin aurait immédiatement saisi l'allégorie et se serait rendu le soir

même à son domicile pour escalader la fenêtre de sa chambre
et se glisser dans son lit, la bite aussi raide qu'un stylo (elle
habite une superbe maison au centre de Garches). Moi, non.
Je respire avec volupté mon stylo, mais je ne devine pas ce
que Florence attend de moi. Pas un instant je n'envisage de la
déshabiller et de me retrouver nu dans ses bras. Je dirais, me
remémorant mes sentiments de l'époque, que l'exercice de
ma sexualité me paraît être une hypothèse assez improbable,
et en tout cas infiniment lointaine. D'abord, j'aurais terriblement honte de me montrer nu, en dépit des portraits flatteurs
que Florence dessine de mon visage dans ses lettres, ayant
trop entendu notre mère, puis Frédéric, dire que je n'étais
qu'un Dunoyer de Pranassac (aux traits lourds et dégénérés)
quand j'aurais tellement voulu être un Verbois (à la silhouette
élancée, aux attaches fines). Et puis Frédéric lui-même, qui est
si beau, est toujours vierge. Comment pourrais-je le dépasser ?
Faire mieux que lui ?

Florence se lasse, ne m'invite plus chez elle, cesse de
m'écrire, et j'en suis à la fois dépité et soulagé. J'avais beau
feindre de n'avoir, comme elle, aucun problème d'argent, je
redoutais le jour où nous allions nous retrouver assis à la terrasse d'un café, moi n'ayant pas de quoi payer l'addition. Je
me console avec ma moto, achevée sans l'être, puisqu'elle
tombe sans arrêt en panne et que je n'ose plus m'éloigner de
la maison sans embarquer ma caisse à outils. J'engloutis dans
cette vieille machine tout l'argent que je gagne, et j'en gagne
de plus en plus, grâce à Nicolas. C'est lui qui a eu l'idée de
proposer ses services en porte à porte pour nettoyer les vitres,
et tout de suite ça a marché. Il a maintenant une clientèle
d'une dizaine de femmes au foyer pour lesquelles il fait les
vitres une fois par mois. J'ai fait comme lui, je me suis consti-
tué une clientèle, essentiellement regroupée dans la luxueuse
résidence Élysée 1, à La Celle-Saint-Cloud, et je suis parfois
grisé par le paquet de billets que j'ai dans ma poche.

La plupart de mes sorties à moto me conduisent chez le
concessionnaire Norton, dans le quartier Convention (où se
trouve également le concessionnaire Vélocette de Frédéric).
À force de me voir traîner dans son immense entrepôt, le

vieux père Garaud, importateur des prestigieuses Norton, a fini par me prendre en pitié.

— Qu'est-ce qui veut encore ? ronchonne-t-il en m'apercevant, et sans jamais me dire bonjour.

— Je cherche toujours une occasion, monsieur Garaud, je voudrais changer de moto, vous savez bien.

— Ben oui, mais t'as pas d'argent.

— Une moto à refaire, ça irait. Je m'y connais en mécanique.

— Ben repasse voir de temps en temps. On sait jamais.

Et un jour, le père Garaud a mon affaire : une BSA 500 centimètres cubes récupérée Dieu sait où, couverte de poussière et de fiente de pigeons, dont le faisceau électrique a brûlé, mais qui tourne, paraît-il. «Je te la laisse pour trois cents francs», me dit-il. J'aurais préféré une Norton, bien sûr, mais la BSA sera magnifique, on le devine au premier regard, et je l'achète. Il me semble que c'est Toto qui me tracte avec la Peugeot jusqu'à Vaucresson. Et le lendemain même j'entreprends de restaurer ma seconde moto. Celle-là, j'en suis sûr, me conduira plus loin que la première.

C'est encore cette année, tandis que je place tous mes espoirs en la résurrection de ma BSA, que notre sœur Christine se fiance, puis se marie, et s'en va. Thomas a peut-être trente ans, il est issu d'une famille intellectuelle et bourgeoise, diplômé d'une grande école de commerce, et il gagne confortablement sa vie de toute évidence. Nous avons tous conscience de la chance que représente pour notre sœur aînée la survenue de cet homme, et lorsqu'elle nous le présente, à l'occasion d'un dîner à la maison, nous nous efforçons d'apparaître comme des gens absolument normaux et bien élevés. Notre mère a retrouvé pour la circonstance ses accents de Neuilly, elle appelle notre père «chéri» durant tout le repas, et on sent que Toto lui-même contrôle rigoureusement ses formules, ce qui lui donne une diction mondaine un peu pointue qu'on lui avait connue autrefois mais qu'on avait oubliée.

Il me semble que c'est durant le dîner suivant (un sans-faute, de nouveau), et alors que Frédéric évoque son intention de s'offrir un jour une voiture d'occasion, que Thomas propose de nous donner une vieille 4 CV qui, dit-il, se trouve dans le garage de la maison familiale, à Avallon.

— Il n'en est pas question, bondit aussitôt notre mère, nous allons vous l'acheter, voyons.

— Mais non, je vous assure, d'abord elle n'a plus aucune valeur, et ça me fait plaisir de vous l'offrir.

Enfin, notre mère se laisse fléchir, et c'est entendu, la 4 CV est à nous. Nous mettons au point, ce soir-là, les modalités pour aller la récupérer dans l'Yonne (sans Thomas, qui a autre chose à faire), et le week-end suivant, Toto, Frédéric et moi partons pour Avallon.

Au début, tout se présente pour le mieux. En dépit d'une forte pluie, nous parvenons à démarrer le moteur de la 4 CV après l'avoir tirée sur un petit kilomètre. C'est alors que nous nous apercevons que les essuie-glaces ne fonctionnent pas. Sans doute un autre que Toto aurait jugé préférable d'ajourner l'opération, et de revenir par beau temps. Mais, habitué à rouler sans éclairage, avec des pneus lisses, et parfois même sans freins (durant quelques semaines, les premiers temps, à Vaucresson, Toto n'eut plus que son frein à main et il percuta plusieurs voitures), notre père estime que les essuie-glaces sont un luxe dont on peut très bien se passer, et nous reprenons aussitôt la route pour Paris.

Toto va devant à bord de la Peugeot, tandis que Frédéric et moi le suivons, tentant de deviner les contours de la route sous le crépitement du déluge. Mais soudain, la 4 CV mord sur l'accotement, bascule sur le côté et se met aussitôt à rouler comme une balle tandis que nous nous écrasons successivement la tête sur le plafond, puis sur les parois, exactement comme si nous nous trouvions dans le tambour d'une machine à laver, avec cette circonstance aggravante que le cric, la manivelle, la roue de secours et divers objets plus ou moins tranchants tournent avec nous. Enfin, nous nous immobilisons sur le flanc. Et tandis que nous nous extrayons par la porte du haut, comme Iouri Gagarine de sa nacelle, nous apercevons Toto qui dévale le talus herbeux, la main en visière pour se protéger les yeux de la pluie.

— Putain de merde ! s'écrie-t-il. Vous n'avez rien, les enfants ?

Non, nous sommes intacts. Mais la 4 CV, elle, n'a plus que trois roues, et le toit est sévèrement froissé.

Christine est au bord des larmes, à notre retour. Je crois qu'elle ne voit pas comment rapporter cette histoire à Thomas, sans lui révéler un peu de ce que nous sommes : des irresponsables, des dangers publics, des imbéciles qui gâchent tout.

Avec le recul, repensant à ce que nous avions fait de sa 4 CV, Thomas a dû penser que c'était probablement un avertissement du ciel (il est très croyant), l'invitant à prendre Christine par la main et à se tirer le plus loin possible de sa belle-famille (ce qu'il fera, quelques années plus tard, installant les siens à l'autre bout de la France). Mais sur le moment, tout à son bonheur, sans doute, il ne pressent pas le danger que nous représentons et ne trouve rien de mieux que de s'installer avec sa femme à cinq cents mètres de chez nous.

19.

La moto me permet enfin de conquérir Frédéric, de gagner son affection, son respect, et je peux dater le moment où je prends conscience de cette conquête : notre voyage à travers la France durant les vacances de Pâques 1967.

Avec l'aide de Frédéric, j'ai bouclé la restauration de ma grosse BSA qui tourne maintenant comme une horloge. Quelques mois plus tôt, lui a complètement bousillé sa Vélocette dans un accident, mais la sainte Providence était avec nous puisque le boucher du Primistère, qui nous avait repérés en pleins essais mécaniques sur la petite route, devant le magasin, nous avait alors proposé de nous céder sa vieille Norton.

Il était là, en train de découper nos douze biftecks du dimanche («douze biftecks, douze francs, exige Toto, tu lui dis qu'il se démerde»), quand il s'était soudain tourné vers moi :

— Ça ne t'intéresse pas une Norton ?

— Pardon, une Norton ? Vous avez une Norton ?

Il m'aurait proposé un voyage sur la lune que je n'aurais pas été plus surpris.

— Elle n'est pas toute neuve, et elle prend la poussière au fond de mon garage depuis pas mal de temps...

— Mais vous nous la vendriez ?

— Un prix symbolique. Depuis qu'on a la voiture, ma femme ne veut plus que je touche à la moto.

Jamais Mme Sirièze, qui mastique toujours ses Valda (et continue de se méfier de nous comme de la grippe), ne m'avait connu si empressé à son égard.

Frédéric, que j'avais retrouvé plongé dans ses bouquins de droit, en avait oublié de tirer sur sa pipe. Pensez, une Norton ! Et nous tombant du ciel, pour ainsi dire... Trois jours plus tard, la moto était à nous. Une 500 centimètres cubes gris métallisé, somptueuse. Pour Frédéric, en remplacement de sa Vélocette.

Je ne sais plus lequel d'entre nous a l'idée de ce voyage à deux motos, mais que Frédéric veuille bien partir avec moi me console de tous les dimanches à Neuilly passés à le regarder jouer aux Dinky Toys avec Nicolas. Nicolas ne partage plus grand-chose avec lui (à part le culte de notre grand-père dont les armes sont accrochées au mur), il se fiche de la moto, le droit ne l'intéresse pas, il ne songe plus qu'à faire des photos – la place est enfin libre.

Nous partons pour Saint-Malo, car on annonce une marée d'équinoxe exceptionnelle, et nous voulons assister au spectacle de la mer débordant sur le « Sillon » et venant aux portes de la ville fortifiée. Et nous ne sommes pas déçus : la route du littoral est en effet sous l'eau. Cette nuit-là, nous dormons sous la tente, sur la colline qui surplombe le petit port de Saint-Servan, et comme je suis malade (une diarrhée d'enfer – comme si je voulais commémorer les diarrhées de Frédéric, petit, après son choléra, exprimant peut-être ainsi ma félicité d'être enfin devenu son ami), mon frère est aux petits soins pour moi, d'une gentillesse inimaginable, me donnant à boire des petites cuillères d'élixir parégorique à chacun de mes retours sous la tente, épuisé et grelottant, bien plus prévenant encore que lorsque je m'étais endormi sur le banc, au début de mon hépatite. C'est à partir de cette étrange nuit, me semble-t-il, et comme si nous avions noué un pacte silencieux, que je me mets à me reposer sur mon frère aîné, à le considérer comme une espèce de père de substitution (bien qu'il n'ait que trois ans de plus que moi), commençant à avoir plus confiance en lui qu'en notre père. Et il est vrai que Frédéric, dont le droit structure la pensée, parle maintenant de tous les sujets avec pondération et raison, quand Toto semble de plus en plus enclin à se noyer dans ses propres boniments.

Puis nous traversons la Bretagne et descendons la côte atlantique jusqu'à Bordeaux où nous visitons le château de Pranassac que notre arrière-grand-père, Adolphe Dunoyer de Pranassac (1828-1917) dut vendre au début du siècle. Nous sommes fiers qu'on nous ouvre les grilles aussitôt notre nom prononcé, et qu'on nous invite à entrer, bien que nous ne soyons guère présentables dans nos combinaisons de moto. «Si ces messieurs veulent bien me suivre, je vais maintenant leur montrer les différentes salles du château...» Avant de remonter vers Paris, nous allons jeter un œil au château voisin de La Brède où Montesquieu rédigea *De l'esprit des lois*.

Je suis en première et, grâce à notre professeur de français, M. Rémond, j'ai découvert Montesquieu, mais aussi Montaigne (que j'aurais aimé connaître de son vivant, dont je me sens proche), Chateaubriand, Mme Récamier (qui n'a rien écrit, à ma connaissance, mais dont je suis amoureux, scrutant à la loupe son visage dans mon *Lagarde et Michard*, comme je scrute aujourd'hui le visage de Blandine), Rousseau, Voltaire, ainsi que les auteurs contemporains dont on parle dans les journaux, Françoise Sagan, Louis Aragon, J.D. Salinger, Antoine Blondin, Romain Gary, Jean-Paul Sartre, Albert Camus. À travers eux, j'entrevois, dans de brefs moments d'illumination, ce que pourrait être la vie, combien elle pourrait être intéressante, troublante, bouleversante parfois, si nous n'étions pas maintenus sous cette espèce de cloche de bêtise. Et puis la lumière me quitte et je retourne frileusement sous notre cloche, trouvant auprès de ma moto un puissant réconfort. Je vois bien que les illuminations que connaît Nicolas avec la photographie sont plus durables que les miennes. Qu'elles l'emportent loin de nous et l'y maintiennent parfois durant plusieurs jours. Mais Nicolas est peu bavard, très secret, et bien que dans la même classe nous ne parlons jamais de nos sentiments profonds. Quant à Frédéric, il me semble qu'il s'est résigné à demeurer le confident de notre père, j'allais écrire «le sacrifié», et qu'il s'est fait à l'idée d'être le chef de famille en second, celui à qui il reviendrait de sauver le bateau si le commandant venait à passer par-dessus bord, ou à se tirer en chaloupe, à la faveur d'une nuit de brouillard, pour avoir enfin la paix.

Notre père évoque de plus en plus souvent cette éventualité, mais à demi-mot, comme s'il voulait nous y préparer, ou s'y préparer lui-même. «Ça durera ce que ça durera», lâche-t-il, énigmatique, au volant d'une 4 CV sans âge achetée le jour où la Peugeot s'est effondrée à l'entrée de Sarcelles. Contrairement à ce qu'il avait espéré, l'appartement de Vaucresson, si magnifique soit-il, n'a pas rendu à notre mère l'élan vital qui la portait à Neuilly. Toutes les nuits, elle le harcèle, lui réclamant des comptes à propos de telle ou telle menace de saisie arrivée par la poste, ou délivrée par l'huissier lui-même (je ne suis plus là pour filtrer le courrier et congédier ces imbéciles). Et quand ce ne sont pas des menaces de saisie, c'est la pendule Louis XVI que Toto aurait confiée depuis deux ans à un horloger et qu'il promet chaque jour de rapporter, ce sont les PTT qui s'apprêtent à couper le téléphone si la facture n'est pas payée dans les huit jours, c'est encore Brare, le représentant de notre logeur, «cet ignoble type avec sa moustache», dit-elle, qui est passé au milieu de la matinée pour répéter que si nous n'avons pas remonté les cloisons d'ici un mois, et remis les deux appartements dans l'état où nous les avons trouvés, il entamera une procédure d'expulsion (je songe aujourd'hui que ce Brare, qui terrorisa notre mère durant des années, venant à des heures de la journée où il était certain de la trouver seule avec les petits, dut espérer qu'elle lui accorderait ses faveurs en échange d'un compromis de paix). Notre père est exténué par ces nuits de hurlements, il a le teint gris, il ne siffle plus comme autrefois ses petits airs des chasseurs alpins, il ne prend plus aucun soin de lui et part en clientèle avec des chemises au col douteux, des vestons élimés et tachés, des pantalons en tire-bouchon auxquels il manque parfois un ou deux boutons de braguette.

Les premiers temps, je ne comprends pas ce qu'il sous-entend avec son : «Ça durera ce que ça durera.» Puis, petit à petit, la pensée m'effleure qu'il envisage peut-être de nous débarrasser de notre mère. J'en éprouve une sourde satisfaction, attendant vainement depuis des années qu'il se défende, qu'il exige qu'elle le respecte, et nous respecte. Mais ma réflexion ne va pas au-delà. Je n'imagine pas une seconde nos parents se séparant (le mot « divorce » nous est absolument étranger, je me demande même si nous en connaissons le sens), et je ne vois pas ce que Toto pourrait faire de notre mère, à part la ramener chez mère Colin, avenue de Breteuil, et l'y laisser jusqu'à la fin des temps.

Cependant, en fait de nous débarrasser d'elle, c'est lui qui passe à deux doigts de débarrasser le plancher. Un soir, tandis qu'il s'aventure dans un immeuble en fin de chantier, toujours en quête de nouveaux clients, il tombe dans la cage de l'ascenseur. Il s'en sort avec quelques côtes cassées, mais il aurait ouvert la porte un étage plus haut, il se serait tué. Un autre jour, tandis qu'il suit au volant de sa 4 CV un de ces longs camions qui transportent des fers à béton, il voit soudain la cargaison lui fondre dessus. Les fers à béton pénètrent avec fracas dans la 4 CV à travers le pare-brise, perforant le siège du passager, labourant tout l'habitacle sur leur passage, mais ne faisant que frôler, comme par miracle, l'épaule droite de notre père.

On dirait bien que la mort ne veut pas de lui, même si lui l'appelle peut-être secrètement de ses vœux (il développera bientôt une insuffisance cardiaque), et, trois jours plus tard, il repart sur les routes au volant d'une vieille Volvo rouge dont un de ses clients lui a fait cadeau. C'est une époque où notre père fait souvent allusion au poids que représente sa famille pour ses seules épaules, semblant espérer que nous terminions rapidement nos études, ou décidions de les interrompre, pour nous mettre au travail et ajouter nos revenus aux siens. Cependant, ce n'est pas le tour que prennent les choses, puisque Nicolas et moi sommes admis en terminale avec des notes prometteuses (nous sommes soudain devenus de bons élèves), tandis que Frédéric entre en licence en droit après avoir obtenu sa capacité avec plus de 12 de moyenne (ce qui le dispense du baccalauréat). Le souhait secret de notre père aurait sans doute été que l'un d'entre nous s'associe rapidement avec lui dans les assurances, et il songeait évidemment à Frédéric dont nous pensions tous qu'il ne parviendrait pas à entrer en licence. En réussissant tous les trois, je le vois clairement aujourd'hui, nous nous éloignons de Toto, nous l'abandonnons à son sort.

C'est également vrai sur le plan des idées. Cette année de terminale me transporte dans un monde éblouissant ou, pour la première fois de ma vie, je touche à la réflexion, me laissant emporter dans les méandres de la pensée de tel ou tel philosophe, découvrant le doute, notre incapacité à donner un sens au chaos (comme le faisait pourtant mère Colin, avec tellement de grâce), et la beauté qu'il y a à consacrer toute sa vie à chercher la vérité malgré tout, à l'image de Socrate, d'Aristote, de Platon, ou encore du pathétique Sisyphe d'Albert Camus. J'observe et j'écoute M. Pfister, notre jeune professeur de philo, comme s'il était un chevalier ailé descendu du ciel pour me libérer de la prison où je mourais. Je nourris pour cet homme, qui marche à travers la classe, parlant sans jamais consulter ses notes, une admiration sans bornes. Jamais la pensée d'un seul homme ne m'avait entraîné si loin de ma condition, dans les limbes inépuisables de l'esprit. Je note fébrilement tout ce que dit M. Pfister, et puis je relis chaque soir ses cours avec délectation, sourd aux cris de notre mère comme aux pleurs des petits.

Avec M. Pauliat, notre professeur d'histoire, je découvre les mouvements sociaux, en particulier les grandes grèves des ouvriers du textile, dans le Nord, au début du XXe siècle (et je suis évidemment perplexe en constatant que notre grand-père chargea les grévistes, à la tête de son peloton, en octobre 1903 à Armentières, comme le montre une de mes photos rapportées de Bordeaux), je découvre la pensée de Jaurès, les mutineries de 14-18, la révolution bolchevique d'octobre 1917. Sur la naissance du communisme, je n'avais lu jusqu'à présent que les mémoires du général Wrangel, commandant de l'armée blanche, un gros livre passionnant et haletant trouvé dans la bibliothèque de notre père. J'avais admiré Wrangel et ses Cosaques, et nous détestions Waldeck-Rochet, le secrétaire général du Parti communiste français, dont Toto disait d'un air entendu qu'on lui avait «lavé le cerveau» à Moscou, et qu'il aurait été capable de tuer sa propre mère si on le lui avait demandé. M. Pauliat, qui semble être proche des communistes, et dont l'intelligence et le savoir sont fascinants, me donne un regard différent sur le monde. Au fil de ses cours, je me sens glisser du côté de Jaurès, du côté des bolcheviques, et peut-être me serais-je réconcilié avec de Gaulle si les événements de Mai 68 ne nous avaient pas empêchés d'atteindre la guerre de 1939-1945, pourtant au programme.

Le soulèvement étudiant de ce printemps 1968 tombe au pire moment pour nous, car si nous n'avons pas notre bac cette année, il est entendu que nous n'aurons pas les moyens de le présenter une seconde fois. Le cours Sévigné a changé de propriétaire entre-temps, et le nouveau directeur, constatant que Toto ne paie plus notre scolarité (même avec la réduction famille nombreuse), nous a proposé un compromis, que Nicolas et moi avons accepté : il nous garde jusqu'à l'examen, mais l'année suivante l'un d'entre nous deux sera pion sans être payé, jusqu'au remboursement de la dette. Cela contribue à nous faire immédiatement prendre en grippe les étudiants que nous appelons entre nous des «petits cons», des «fils de bourgeois», parce qu'il nous semble clair, à les voir toute la journée dans la rue, qu'ils n'ont pas besoin de travailler pour vivre (tandis que mon frère et moi lavons des carreaux deux ou trois fois par semaine).

Nous sommes incultes, nous n'avons aucune vision de la France et du monde. Depuis notre départ de Neuilly, neuf ans plus tôt, aucun étranger n'est plus entré chez nous (à part Thomas, le mari de Christine, l'ignoble Brare et de nombreux huissiers) : Yves La Prairie, qui aurait pu nous ouvrir l'esprit, n'est plus jamais revenu, ni mon parrain, le commandant Viala, ni le docteur Brault avec lequel je rêve parfois de parler, aujourd'hui encore, comme s'il avait deux ou trois choses importantes à me confier. La seule tête nouvelle apparue dans notre entourage est celle de Roger Holeindre, ex-parachutiste en Algérie, ancien de l'OAS et futur bras droit de Le Pen, venu s'installer dans notre immeuble à sa sortie de prison, avec sa jeune femme et leurs enfants. Nous avons beaucoup de sympathie pour lui, nous gardons les petits quand il emmène sa femme au cinéma, mais nous connaissons par cœur, et jusqu'à la nausée, tout ce qu'il peut nous raconter sur la décadence de la France, sur l'honneur bafoué de nos soldats, sur la trahison de de Gaulle (il est d'ailleurs assez peu bavard). De sorte que nous sommes absolument sourds à la colère des étudiants, ne trouvant rien à redire aux maux d'une société dont nous ne savons pas grand-chose et dont nous nous sommes mis en marge (ou qui nous y a mis).

Nous n'avons pas la télévision, et c'est à la radio que nous suivons l'évolution des combats de rue dans le Quartier latin. Bientôt, nos professeurs rejoignent les enseignants en grève, les cours sont interrompus (ils ne reprendront pas), puis les ouvriers cessent à leur tour le travail, les usines ferment les unes après les autres, et quand la France se retrouve paralysée et que de Gaulle parle de «chienlit», Toto estime, lui, que nous sommes en présence d'une «révolution bolchevique». Nous remémorant les massacres d'octobre 1917 à Saint-Pétersbourg, nous envisageons de fuir avant qu'il ne soit trop tard, et je crois que c'est Frédéric qui propose l'Australie pour destination. Notre père y songe-t-il sérieusement? En tout cas, l'hypothèse de ce départ, dont nous nous mettons à parler avec fièvre durant quelques jours, nous apparaît comme une libération, la fin tant attendue du joug de notre mère, l'effondrement d'un système familial dont nous avons horreur. D'une certaine façon, nous rejouons à notre niveau, et sans en avoir conscience, ce que jouent les étudiants au plan national en tentant de se débarrasser du vieux général pour inventer sur sa tombe une société plus marrante.

Les étudiants vont réussir, on le sait aujourd'hui. Mais pas nous. Nous ne sommes pas partis en Australie, de sorte qu'après le printemps 1968 rien n'a changé chez les Dunoyer de Pranassac : notre mère a continué d'humilier quotidienne-ment notre père, de claquer les portes, de nous terroriser, tandis que notre père a continué de lui mentir tout en répétant que «ça durera ce que ça durera».

En plein rêve d'Australie, on se fiche du bac. On est prêts à tout lâcher pour une nouvelle vie où on se figure Toto en chemise à carreaux au volant d'une Land Rover, et nous en défricheurs, la hache sur l'épaule, pendant que les petits jouent à chat perché autour d'une confortable maison en bois dont la large galerie laisse deviner plusieurs fauteuils à bascule. D'ailleurs, le bac est ajourné sine die. Puis la révolution s'épuise, Renault rouvre ses portes sur l'île Seguin, partout les ouvriers retournent au travail, et l'on évoque la possibilité que nous passions le bac dans le courant du mois de juillet. Mais un bac au rabais, sans écrits, juste des oraux. Et voilà comment Nicolas et moi devenons bacheliers.

Cette année-là, nous ne rejoignons pas les sœurs Grandval à Paramé (nous allons les perdre de vue par la suite, et jamais Sabine ne sera ma femme). Toto a trouvé moins cher que la villa Génista : il s'est fait prêter par une cliente, devenue une amie, une aile d'une maison de vacances à Douarnenez. Je m'y rends au guidon de ma nouvelle moto, une fulgurante Triumph 500 centimètres cubes, rachetée après la vente de ma BSA. Je vous épargnerais volontiers le récit de cette vente, mais il se trouve qu'elle est déterminante dans mon destin car sans elle je n'aurais sans doute jamais connu Agnès, ma première femme, si bien que j'en aurais épousé une autre et que ma vie en aurait été certainement différente.

Pour vendre ma BSA, je place des affiches chez les commerçants. Et je vois un jour débarquer chez nous Aurélien Le Guen, un type dont le visage me dit quelque chose. Mais oui, voilà, nous nous sommes croisés trois ans plus tôt à Saint-Malo, chez Carole de Breuil, cette fille aux longs cils et aux yeux turquoise dont Frédéric fut peut-être amoureux. Cet été-là, Aurélien roulait sur un Solex dont il avait limé la culasse pour aller plus vite. Nous avions découvert que Carole habitait La Celle-Saint-Cloud, à un petit kilomètre de chez nous, et à l'automne elle nous avait invités à une surboum chez elle où nous avions de nouveau croisé cet Aurélien. Un peu plus tard dans la soirée, nous étions tous allés chez lui, cette fois à trente mètres de chez Carole (je crois qu'il voulait nous montrer une bicyclette de son invention dont le guidon était une roue de vélo). C'est ce soir-là que j'avais aperçu pour la première fois ma future femme, Agnès, la petite sœur d'Aurélien. Elle avait onze ans, moi quinze. Elle jouait à se déguiser avec la jeune sœur de Carole. Je l'avais trouvée extraordinairement jolie – elle m'avoua plus tard qu'elle n'avait gardé aucun souvenir de moi ni de cette soirée.

Aurélien Le Guen n'a plus son Solex quand il sonne à la maison. Entre-temps, il s'est mis à la moto, il fait même de la compétition, me dit-il, et il est intéressé par ma BSA. Il me la prend au prix que j'en demande, sans discuter, me permettant ainsi d'acheter la Triumph d'occasion que j'avais repérée. À partir de ce jour, il m'invite à passer à son atelier, une ancienne écurie du domaine Saint-François-d'Assise où vivent les Le Guen, et il m'arrive de lui rendre visite pour prendre des nouvelles de ma BSA (je ne pense plus à Agnès, que pas une fois je ne croise). Je me rappelle qu'une après-midi de ce printemps 1968, Aurélien n'a pas le temps de bavarder avec moi car, me dit-il, il part d'un instant à l'autre au stade Charléty avec son père pour écouter Mendès France. J'en déduis qu'ils sont de gauche, lui et son père, comme M. Pauliat, et cela m'inspire de la sympathie, presque de la jalousie. Aurélien semble très excité par ce qui se passe en France, plein d'espoir en l'avenir, enthousiasmé, tandis que nous, nous songeons à fuir en Australie.

Cet été-là, à Douarnenez, je découvre enfin l'amour partagé dans les bras d'Anne, la fille de l'amie de notre père qui nous héberge. Anne est une longue fille aux cheveux courts, avec des taches de rousseur, qui dès la première promenade que je lui propose sur ma moto m'enlace et se colle sans façon contre moi. Je n'ai qu'à me retourner, au premier feu rouge, pour l'embrasser sur la bouche. Nous nous enlaçons sur la plage, je lui caresse les seins et nous nous embrassons avec la langue. Comme tout est simple entre nous (elle a cette qualité étonnante pour un type comme moi de ne jamais rien compliquer, d'accepter les choses, et en particulier les caresses, avec un naturel déconcertant), nous nous persuadons que nous nous aimons et commençons à envisager l'avenir ensemble. Nous songeons en particulier à acheter une île qui se trouve justement à vendre, en face de la plage, pour restaurer la ruine qu'on y devine, entre les pins, et nous installer là pour toutes les années qu'il nous reste à vivre. Ce projet nourrit notre amour durant tout le mois d'août. Cependant, nous ne couchons

254 *Le chagrin*

pas ensemble, et aujourd'hui encore je me demande bien pourquoi.

À la rentrée, je retrouve Anne, qui aimerait qu'on se voie tous les jours (elle habite Saint-Germain-en-Laye), qui m'attire dans sa chambre, sur son lit, mais dont l'amour m'encombre, soudain. Je ne rêve plus d'habiter sur notre île, à Douarnenez, et je me sens soulagé chaque fois que je la quitte pour repartir seul sur ma moto. Elle le sent et se met à pleurer, sans pouvoir deviner l'effet catastrophique que produit sur moi une femme qui fait des scènes à son conjoint. Je me vois d'un seul coup dans la peau de Toto, inventant des prétextes pitoyables pour parvenir à m'enfuir, l'abandonnant en larmes, et cela me précipite dans une colère démesurée contre la vie, ou contre moi-même, je ne saurais pas trop dire. En tout cas, je romps sans élégance avec Anne.

Comment ai-je pu, moi qui avais tant aimé la philo, m'inscrire en première année de licence en droit ? Nicolas fait de même. Il me semble que c'est Frédéric qui nous en convainc, sous le prétexte que nous devons rapidement décrocher un diplôme qui nous permette de gagner le plus d'argent possible (pour sortir Toto de la merde, et ne pas y tomber à notre tour).

Le jour, je suis surveillant au cours Sévigné pour rembourser notre dette, et le soir je suis à l'université de Nanterre à écouter des professeurs qui parlent la même langue que les huissiers et ont le même regard implacable et désincarné sur la vie, sur le commerce entre les hommes. À part le cours d'histoire du droit qui se lit comme un roman, tout le reste contribue à attiser mon dégoût pour les huissiers, et, d'une façon générale, pour toutes ces professions (policiers, magistrats, notaires, syndics) où l'on se retranche derrière un langage codé pour s'adresser aux autres, comme si nous étions tous devenus des robots sans âme, interchangeables.

Je suis triste et déprimé d'être tombé chez ces gens, surtout quand je me remémore ma félicité en classe de terminale, mon émotion pour Sisyphe dans l'ombre duquel je devinais Toto. Cependant, je continue à suivre les cours, me demandant que faire de ma vie. Et comme souvent, dans de telles circonstances, la vie décide pour nous. Un soir, tard, au début de l'hiver, rentrant de Nanterre à moto, j'accroche avec mon pied le pare-chocs métallique d'une voiture qui sortait de stationnement (une Peugeot 403, comme celle qu'avait eue notre père) et je me retrouve couché sur le bitume, le pied profondément entaillé, plusieurs petits os fracturés.

Je ne peux plus poser le pied par terre sans hurler de douleur, je ne peux plus aller nulle part, ni à Nanterre ni au cours Sévigné, et j'en ai facilement pour deux mois, me dit-on, ce qui me mènera au printemps. Adieu la licence en droit, et en fait d'aider Toto à sortir de la merde, je contribue à l'y enfoncer un peu plus en ne gagnant plus un sou.

20.

J'essaie de me remémorer mon impression la première fois que je les ai vus à la terrasse de *La Civette*, le café-restaurant qui fait le coin, devant la gare de Vaucresson : Sylvie, André, Michel, Françoise, Bobonne, Calédo, les frères Caglioni... Après mon accident, j'ai revendu ma Triumph pour m'acheter une BMW 600 centimètres cubes d'occasion, et le jour où je suis venu la montrer à Aurélien, il m'a convaincu de l'accompagner à *La Civette*. C'était un dimanche en début d'après-midi. Aurélien m'a vaguement présenté à ses amis, nous nous sommes serré la main, les filles m'ont embrassé, et je me suis assis parmi eux. Personne ne m'a demandé quoi que ce soit, ni même adressé la parole, et cependant je me suis senti presque aussitôt des leurs. Comme s'il émanait d'eux une chaleur particulière, cette forme de complicité spontanée que l'on croise chez les vétérans, les collectionneurs de vieilles bagnoles ou les fans d'aviation.

— Tu viens avec nous ? m'a demandé Michel quand ils se sont levés.

— Pourquoi pas ? Je ne sais pas.

— Ben si tu sais pas, tu viens, a dit André. À moins que t'aies une gonzesse à tringler dans l'après-midi... comme moi !

Et alors il est parti d'un éclat de rire tout en enlaçant Sylvie par-derrière et en mimant le truc.

— Arrête, Andy ! s'est-elle exclamée en s'écartant, riant à moitié. Qu'est-ce qu'il va penser ?

— Viens ! a repris Michel, sans leur prêter attention. On n'est pas des cadors, on roule tranquillement.

— OK, je viens.

Il me semble que ce premier dimanche nous sommes partis rouler dans la vallée de Chevreuse. Michel devant sur une Honda 450 centimètres cubes, puis André et Sylvie sur une Triumph Bonneville, Aurélien sur mon ancienne BSA, Caledo sur une Guzzi, l'un des frères Caglioni sur une Laverda, l'autre sur une Triumph, puis moi sur ma BMW, me plaçant volontairement en queue pour être à l'aise, mais néanmoins suivi de loin par Bobonne au volant d'une voiture décapotée, une Triumph Spitfire, Françoise assise à côté de lui.

«À dimanche prochain», m'ont-ils dit le soir, de retour devant *La Civette*, notre point de rendez-vous. Et j'ai répondu : «Oui, à dimanche.»

Je ne vais plus à la fac. J'ai trouvé par Manpower un emploi de chauffeur-livreur. Au volant d'un petit camion, une Super Goélette Renault, je livre des carreaux de plâtre sur différents chantiers de Paris et de la banlieue. Je me sens mieux, je gagne ma vie, j'ai le sentiment d'être utile à quelque chose. «Salut chef ! me dit-on. La prochaine fois, faudra dire à ton patron de t'envoyer plus tôt, ça fait une heure qu'on coince la bulle. – D'accord, les gars. – Tu veux un coup à boire ? – Non, merci, je bois pas de pinard à cette heure-ci. – Toi, t'es pas du métier. T'es un étudiant ? – Oui. Mais là, j'ai abandonné. – Alors t'étais sur les barricades au printemps, avec tous ces trous du cul... – Ben non, justement, j'étais pas sur les barricades, je révisais mon bac.» Le dimanche suivant, quand je me pointe à *La Civette*, ils sont déjà tous là. Ils envisagent d'aller passer l'un des longs week-ends du mois de mai à Val-d'Isère et je tombe en pleine discussion. C'est Françoise qui n'est pas libre, et Sylvie ne veut pas partir sans Françoise qui est son amie. Michel propose une autre date. André dit : «Mais qu'est-ce qu'on en a à faire de Françoise ? De toute façon, elle baise pas.» Il rit. Françoise rougit. «Qu'est-ce que t'en sais, d'abord ? lui rétorque Sylvie. Et puis fiche la paix à Françoise.» Michel me laisse sa chaise pour que je ne reste pas debout. « Tiens, assieds-toi, moi j'ai des fourmis dans les guibolles. » Sylvie me sourit : « T'es revenu ? T'en as pas encore marre de nous ? – Non, ça va. » Entre-temps, André s'est levé pour embrasser Françoise dans le cou (qui a de nouveau rougi en haussant les épaules) et puis il allume une Kool et vient se placer à côté de Michel qui feuillette son agenda. « Nous, de toute manière, on est libres, disent les frères Caglioni, alors décidez la date qui vous arrange. – Ouais, nous c'est pareil », font les autres. « Tu viendrais ? me demande plus bas Sylvie. – Je ne sais pas, peut-être. – Quand tu dis que tu ne sais pas, tu viens, hein ? » Et elle me sourit discrètement, avant de se retourner vers André et Michel : « Bon, les garçons, vous arrêtez une date, sinon ça va encore tomber à l'eau comme chaque fois. »

La préparation de ce week-end à Val-d'Isère m'occupe l'esprit les semaines suivantes. Je révise soigneusement le moteur de ma BMW, je m'offre deux pneus neufs. Cependant, un dimanche où André nous rejoint à *La Civette* sans Sylvie, je ne parviens pas à profiter de la route ni à m'extraire de l'espèce de mélancolie dans laquelle je suis retombé après avoir épuisé l'excitation qui me portait, les premiers temps, au volant de mon camion. Sylvie contribue largement au plaisir que j'éprouve à faire de la moto avec mes nouveaux amis, et j'en prends conscience à cette occasion. Pourtant, son visage ne m'avait pas touché au départ, mais maintenant si, et ce sont ses traits qui m'apparaissent aussitôt que je songe à nos rendez-vous du dimanche.

Elle a un sourire d'un charme presque insupportable, me dis-je (parlant comme notre mère, parce que je ne connais pas encore le mot sensualité), et quelque chose de cendré dans la voix qui me déshabille le cœur. Comment ai-je pu ne pas y être sensible dès le premier dimanche où je l'ai vue, où je l'ai entendue ? Y penser me met en colère, comme si j'avais perdu un temps précieux. Enfin, comment ai-je pu ? Je me repasse le film de cette première fois. « Arrête, Andy ! Qu'est-ce qu'il va penser ? » avait-elle dit, parlant de moi, quand André l'avait enlacée par-derrière en mimant un accouplement. Et puis nos regards s'étaient croisés et j'avais détourné le mien.

Des yeux clairs allongés, des pommettes hautes. Qui m'évoque-t-elle ? Ah voilà, je sais, cette actrice, Faye Dunaway, que j'ai découverte quelques mois plus tôt dans *Bonnie and Clyde*. Le Clyde de Sylvie, André, est un roux aux yeux verts, petit, bedonnant, au profil à la Gainsbourg. Il est bien plus âgé que moi, peut-être vingt-six ou vingt-sept ans. Il gagne sa vie depuis longtemps, se parfume à l'*Eau sauvage*, s'habille avec élégance, même pour la moto, une chemise rose, un Perfecto. Il est visiteur médical, si j'ai bien compris (je ne sais pas en quoi ça consiste), et Sylvie exerce le même métier que lui.

Michel, qui est l'ami d'enfance d'André, est l'inspirateur de la bande. Son âme. C'est un grand brun costaud, généreux, constamment préoccupé du bien-être des autres. Il nous fait rire en se moquant de lui-même, «au taf», sur sa machine-outil, puis enfilant une «liquette propre» pour aller faire le beau et «draguer les gonzesses». Ce sont ses mots. Il me fait penser à Fernand Raynaud. «On est bien tous des charlots, tiens», dit-il à la fin de son numéro, tout en allumant une Gauloise, souriant tristement comme s'il ne croyait pas vraiment en la vie. Il est fraiseur-outilleur. Il aurait l'âge de se marier, mais il vit seul. Quand Sylvie se dispute avec André (ce qui survient un dimanche sur deux), elle monte derrière Michel, mais il n'y a rien d'équivoque, il est comme leur grand frère à tous les deux. Il arrive aussi qu'elle s'assoie sur ses genoux, à *La Civette*.

Des autres, je ne sais presque rien avant notre week-end à Val-d'Isère. Je ne connais pas le véritable nom de Calédo qui doit son surnom au fait d'avoir fait son service militaire en Nouvelle-Calédonie, et qui travaille sur le tarmac d'Orly, bagagiste peut-être. Les frères Caglioni sont l'un et l'autre mécaniciens chez un concessionnaire Porsche. Françoise, que chaperonne Sylvie, habite toujours chez ses parents et doit être secrétaire. Quant à Bobonne, dont je ne connaîtrai jamais le nom, qui est obèse (ce pour quoi il préfère sans doute la voiture de sport à la moto), il vend de l'électroménager. Aurélien est le seul de la bande à ne pas travailler, à faire des études – une école d'ingénieurs.

Je me rappelle que je ne dors pas la nuit qui précède notre départ pour Val-d'Isère. J'ai trop attendu ce week-end, trop songé à la route, au plaisir d'être ensemble, de se suivre, d'entendre gronder les moteurs lorsque nous traverserons des villages et que toutes les têtes se tourneront vers nous. Trop pensé à Sylvie. Il fait encore gris quand je descends du plateau de Vaucresson vers *La Civette*. Depuis la nationale, je vois qu'ils sont déjà nombreux à patienter, debout parmi les motos et la Spitfire de Bobonne dont les lanternes sont allumées. Françoise occupe le siège du passager. Je gare ma BMW, on se serre la main. Michel sourit, la Gauloise au coin des lèvres : «Ça va, ta bécane ? – Oui, elle tourne bien.» «On n'attend plus qu'Adrien !» lance Bobonne, assis sur une aile de sa Spitfire. Adrien est le surnom d'Aurélien. Je cherche des yeux Sylvie. Elle et André se sont assis en retrait, à la terrasse de *La Civette* (qui est encore fermée). Elle n'a pas retiré son casque et elle semble dormir sur l'épaule d'André qui m'adresse un petit salut contrit, l'air de dire : «Désolé, je ne peux pas bouger.»

Puis on entend de loin les déflagrations croissantes d'un monocylindre, et Adrien-Aurélien se pointe au guidon de la nouvelle moto qu'il utilise en compétition, une Vélocette 500 centimètres cubes qu'il est allé chercher en Grande-Bretagne. «Je ne me souviens pas d'un jour où Adrien ne nous a pas fait attendre», remarque Sylvie de sa voix cendrée, quand il a coupé sa machine et que nous sommes tous autour de lui. Elle ne dormait pas, c'est elle qui a tiré André par la main jusqu'à nous, et à la façon dont elle regarde Aurélien, je devine qu'il l'agace, qu'elle l'a peut-être aimé, autrefois, mais qu'elle ne l'aime plus.

Sur la seule photo que j'ai conservée de ce week-end, je me tiens assis à côté de Sylvie et de Françoise, sur une pente herbeuse de la station de Val-d'Isère. On reconnaît quelques-unes de nos motos sur la route, en contrebas. Je me rappelle bien la scène. C'était au milieu de l'après-midi, j'étais resté seul près des motos (les autres étaient allés boire une bière), le soleil chauffait le bitume et je suivais des yeux des cerfs-volants qui froufroutaient dans le vent et que des gens, qui paraissaient minuscules, manœuvraient depuis le fond de la vallée, à nos pieds. Quand je m'étais retourné, j'avais aperçu les deux filles, et vu qu'elles souriaient en me regardant. Sylvie m'avait fait signe de les rejoindre.

— Françoise était en train de me dire qu'elle te trouvait très beau, m'avait-elle rapporté en riant quand je m'étais assis à sa droite.

— Je n'ai pas dit ça ! s'était aussitôt récriée Françoise.

— Non, c'est vrai, tu as dit « mignon », c'est moi qui ai dit que tu étais beau. Enfin, tu plais à Françoise, si ça t'intéresse de le savoir.

Elle avait encore ri, et je m'étais senti idiot, flatté et confus. C'était la première fois qu'on me disait une chose pareille, et pour un peu j'aurais répondu : « Non, vous vous trompez, ce sont mes frères qui sont beaux. Vous retirerez ce que vous venez de dire quand vous les aurez vus. Ce sont des Verbois, eux, tandis que moi, malheureusement, je suis du côté Dunoyer. »

Après, et pour la première fois, nous avions un peu bavardé. Elles m'avaient demandé ce que je faisais dans la vie. J'avais essayé d'expliquer, l'université, et puis le camion.

— Ah bon ! avait fait Sylvie. Alors c'est pas ton père qui t'a payé ta moto Avec la tête que tu as, je pensais que tu étais un fils à papa. Comme Adrien.

— Quelle tête est-ce que j'ai ? avais-je repris.

— C'est pas pour te vexer, hein, ça serait même plutôt un compliment, mais tu n'as pas vraiment le physique d'un fils d'ouvrier.

Je lui avais retourné le compliment, et j'avais appris qu'elle, en revanche, était d'un milieu ouvrier. Elle avait perdu son père, et sa mère élevait à présent seule sa petite sœur. Françoise n'avait plus participé à la conversation.

Par la suite, nous nous étions aperçus que nous avions le même âge, Sylvie et moi, dix-neuf ans, et que j'étais donc le plus jeune parmi les garçons. Puis ils étaient revenus du café et c'est Bobonne qui avait pris la photo.

Cette nuit-là, nous dormons tous ensemble dans un refuge, sur le même châlit de bois.

— Putain, Sylvie, te colle pas contre moi, feint de protester André, tu vas me faire goder !

J'entends le rire étouffé de Sylvie.

— Qu'il est con, celui-là, dit-elle.

Le lendemain, tout le monde est d'humeur maussade, en
dépit du beau temps. Nous traînons un peu dans la station,
nos blousons et nos casques sur les bras, les jambes lourdes,
puis nous déjeunons en terrasse de saucisses-frites et je
regrette de n'avoir pas de lunettes noires, comme ils en ont
tous, parce que le soleil me brûle les yeux. Après le repas, au
moment où l'on commence à rassembler nos affaires pour
reprendre la route, André et Sylvie se disputent. On n'entend
pas ce qu'ils se disent, mais lui a l'air terriblement en colère,
écarlate, prêt à la frapper, puis il enfourche sa moto et, au lieu
de faire de même, Sylvie tourne brusquement les talons et
vient vers moi :

— Tu veux bien me prendre derrière toi ? J'en ai marre de
ce connard.

J'acquiesce silencieusement, mais au même moment je
croise le regard de Michel. Il a suivi la scène, et quelque
chose le soucie. Le fait sans doute que Sylvie se réfugie derrière moi, plutôt que derrière lui. Pendant un instant, nous
nous dévisageons, puis j'enfourche à mon tour ma moto et je
dis : « Vas-y, Sylvie, tu peux monter. »

Il fait très chaud, nous roulons en chemise. Tout de suite,
elle se colle contre moi. Ses bras autour de ma taille, ses seins
dont je sens les bouts durcis dans mon dos. Je me souviens
des seins d'Anne : ils se tendaient quand elle savait que nous
allions nous embrasser, et, au retour, je ne les sentais plus.
Ceux de Sylvie m'entrent dans la peau, et quand elle croise
ses mains sur ma poitrine, je peux croire qu'elle aussi aimerait me caresser.

Comme d'habitude, je me suis arrangé pour partir le dernier, dans le sillage des frères Caglioni, et seulement suivi par
Bobonne que nous avons semé dans la descente. Jamais je
n'ai conduit aussi vite, avec autant d'adresse, confiant en
moi-même, en mes pneus, ne ratant aucun virage, comme si
je dansais avec Sylvie au bord d'un précipice et que l'ivresse

du danger, s'ajoutant au plaisir indicible que me procure sa présence, avait fait de moi un funambule, presque un ange.

Parvenus dans la vallée, nous nous regroupons. Puis, à l'entrée d'un village, Michel fait signe que nous allons nous arrêter et nous nous garons un moment plus tard sur le parvis d'une église. Il y a deux cafés à cet endroit. Il semble qu'André ait raté un virage et failli se foutre en l'air, car les frères Caglioni, qui le suivaient, lui fondent dessus avec des exclamations affolées et des mimiques qui ne laissent guère de place au doute. Michel retire son casque et vient aux nouvelles. Puis Calédo et Aurélien, moulé dans son cuir intégral de compétition. Enfin, Sylvie et moi. «C'est bien, les BMW, me glisse-t-elle, je me sentais plus en sécurité que sur la Triumph.» «Oh l'enfoiré!» s'écrie André, et avec ses hanches il mime un mouvement de slalom, avant de lever les deux bras et d'émettre un sifflement aérien, comme s'il était propulsé dans le vide. Tout le monde rigole, puis raconte un autre truc sur le même enchaînement de virages. Calédo prétend qu'il a touché du genou le bitume. Mais André n'écoute plus, il se passe la main dans les cheveux, il est un peu pâle maintenant, et puis il nous jette un drôle de regard.

À la terrasse du café, où nous rejoignent Françoise et Bobonne, Sylvie tend son verre à Françoise et lui fait une place à côté d'elle. Quand André se lève pour aller aux toilettes, je vois qu'elle le suit des yeux. À son tour, elle se lève. Ils réapparaissent ensemble quelques minutes plus tard et chacun regagne la place qu'il occupait. Mais au moment de repartir, quand j'atteins ma moto et me retourne pour chercher Sylvie du regard, je la découvre dans les bras d'André, près de leur Triumph. Il se laisse caresser le visage, sa bouche tout près de la sienne, comme s'ils allaient bientôt s'embrasser. Il n'est plus en colère, il écoute ce qu'elle lui raconte.

Les dimanches de juin, nous nous retrouvons pour rouler dans la vallée de Chevreuse. Le légendaire *Bol d'or* («les Vingt-Quatre Heures du Mans de la moto») vient d'être relancé, il se tiendra à la mi-septembre, sur le circuit de Montlhéry, et nous envisageons d'y aller. C'est sur ce projet, sur cette promesse, devrais-je écrire, tant j'ai hâte d'y être, que nous nous séparons pour les vacances d'été.

Cette fois, Toto a de nouveau loué à Paramé, mais une nouvelle villa, moins chère peut-être que Génista. Je rejoins les miens au guidon de ma BMW, et comme cette maison est de plain-pied, les jours de pluie, je rentre carrément ma moto dans le salon pour la mettre à l'abri. Nicolas fait silencieusement plusieurs photos de cette singularité – ma moto stationnée près du canapé – comme s'il voulait conserver, me dis-je aujourd'hui, quelques traces indiscutables de la bêtise, ou du fanatisme, dans lesquels je me suis réfugié pour échapper à la mélancolie. Lui aussi a laissé tomber sa licence en droit, mais pour partir en voyage au milieu de l'hiver photographier les mineurs du nord de l'Angleterre, ou les gens de Berlin-Est, je ne sais plus. Il a déjà commencé, en tout cas, l'œuvre de sa vie (il fera par la suite plusieurs expositions sur les mineurs et sur Berlin-Est, jusqu'à photographier la chute du Mur, le 9 novembre 1989). À présent en licence, Frédéric vise maintenant le doctorat en droit, et lui aussi a trouvé comment fuir le désastre familial. Christine, que nous ne voyons plus beaucoup, construit sa vie avec Thomas et ils ont déjà deux enfants. Je suis le seul des quatre aînés à poursuivre un leurre avec le ravissement stupide d'une bête de corrida.

Quand je me promène à pied dans les rues de Saint-Malo, ou le soir au moment de m'endormir, je songe à ma moto et sa présence me remplit de contentement. Elle donne un sens à ma vie, elle en comble tout l'espace, jusqu'aux plus petits interstices. Voyez-vous, je crois que j'aurais ri si quelqu'un s'était avisé, durant ce merveilleux mois de juillet 1969, de me rappeler combien j'avais pleuré le jour où j'avais cru que notre mère était devenue folle, ou le sentiment d'horreur et la détresse qui m'avaient étreint le jour où Clément s'était fracassé le visage sur le bidet. «C'est vrai qu'on ne s'est pas marrés tous les jours», aurais-je dit, pour ne pas avoir l'air désagréable, mais je me serais raccroché aussitôt à un détail de ma BMW que j'aimais particulièrement, le galbe des garde-boue, la fluidité du réservoir aux flancs frappés de la cocarde de la prestigieuse marque allemande, ou les puissants cylindres à plat figurant à mes yeux un moteur d'avion au temps de Mermoz. Et j'aurais ri, oui, bien sûr, comme ces types qui ont réussi, qui se savent assis sur un tas d'or, et qui pensent n'avoir plus rien à craindre de la vie.

Ma moto me donne une place parmi la bande de *La Civette*, et plus secrètement auprès de Sylvie. Elle est étroitement associée à un amour dont je comptabilise les signes de réciprocité. Certains regards de Sylvie, certains mots équivoques, ses caresses à peine ébauchées en dévalant de Val-d'Isère. Qu'elle vive avec André ne me dérange pas, parce que je n'envisage rien. Je sais bien que Sylvie m'est inaccessible, et j'allais écrire : comme ma mère, dont je me rappelle la beauté éthérée, réelle ou réinventée, dans les rues de Bizerte baignées d'une lumière blanche. Qu'André et Sylvie passent une bonne partie de leur temps à se disputer m'offre l'espoir confus d'être le consolateur, celui qui prendra la place du mari décevant dans le cœur de la jeune épouse, comme j'ai sans doute ardemment rêvé de le faire, petit, dans le cœur de notre mère (ne comprenant pas encore qu'étant un Dunoyer, et non un Verbois, je n'avais aucune chance). Cela pour vous dire combien le leurre est puissant, et probablement indécelable.

Notre mère connaît une rémission durant ce mois de juillet. On dirait qu'elle prend conscience que nous avons grandi, que nous allons bientôt partir, et qu'il serait temps de réparer les dégâts. Elle se montre détendue, cherche à engager la conversation, à savoir ce que nous pensons de telle ou telle chose, et semble soudain prête à accepter toutes nos extravagances, notre haine des curés, notre défiance envers le mariage, les familles nombreuses, sa propre famille (« Tu commences à nous faire chier avec ton père », lui balance un jour Nicolas), et c'est sans doute pourquoi elle n'ose rien dire quand je rentre ma BMW dans le salon. La nuit où Armstrong et Aldrin marchent pour la première fois sur la lune, elle sort avec nous et les petits dans le jardin, comme si elle était soudainement devenue notre amie, comme l'aurait fait Toto s'il avait été là, et nous passons une bonne heure à tenter d'apercevoir les deux Américains à travers les vieilles jumelles de notre père.

À la fin du mois, je rentre à Paris pour prendre un poste de pompiste dans une station BP, sur la route de Rungis. Un dimanche d'août, les frères Caglioni et Bobonne réapparaissent à *La Civette*. Mais la conversation se traîne, comme si rien ne pouvait être entrepris sans les autres, comme si nous étions orphelins. Enfin, André et Sylvie reviennent, puis Françoise, puis Michel. Maintenant, nous nous retrouvons toutes les fins d'après-midi à *La Civette* au retour du boulot. Un soir, je les invite tous à la maison. Toto est parti pour Paramé, je suis seul dans le grand appartement dont les volets ont été tirés pour l'été par notre mère, les rideaux décrochés, les tapis roulés, et dont les lampes potiches et les meubles Louis XVI sont recouverts de housses. Je vois bien que tout ce faste plongé dans les ténèbres laisse mes amis perplexes. Ils errent un moment silencieusement au milieu des salons. Sylvie semble penser que nous sommes immensément riches, en dépit de ce que j'ai pu lui raconter, et j'explique simplement que nous sommes dix enfants. Puis je fais une énorme bassine de frites (le seul plat qui me soit familier) et ils me baptisent Léon-la-Frite. Le lendemain, nous recommençons, et un jour les frères Caglioni ramènent deux filles qu'ils ont levées dans un bar. Après les frites, nous les voyons disparaître avec leurs amies au fond du petit salon et puis nous entendons les filles gémir, les Caglioni ahaner, et je songe à part moi que si notre mère arrivait à l'improviste elle pourrait en tomber d'un arrêt du cœur.

Les miens reviennent au début de septembre, et c'en est fini des frites et de nos joyeuses soirées. Tous les jours de la fin août j'avais été euphorique en sachant que le soir je verrais Sylvie ; à présent, je vis dans l'attente de notre week-end à Montlhéry pour le *Bol d'or*. Après, je ne sais pas, je n'ai aucun projet au-delà de ce rendez-vous. Me rappelant tout ce que j'en attends, tout ce que j'en espère, une sorte de bonheur céleste, éternel, sans incarnation terrestre puisque je sais bien que Sylvie ne sera jamais ma femme (pas un instant je ne songe à lui faire la moindre déclaration), je crois qu'un autre à ma place aurait pressenti que l'affaire allait obligatoirement tourner au drame.

Le week-end démarre joyeusement, à *La Civette*, autour d'un café. Pour la première fois, Françoise va monter derrière Michel (ses parents, qui refusaient qu'elle fasse de la moto, ont cédé, semble-t-il). Elle s'est acheté un casque, ou Michel le lui a offert, en tout cas c'est lui qui le lui ajuste. On voit bien qu'il a pour elle des gestes tendres, comme d'écarter les boucles brunes qui lui tombent sur le front, mais personne n'en fait la remarque parce que c'est Michel et qu'on trouve sans doute qu'il se moque suffisamment de lui-même pour ne pas en rajouter.

Nous sommes tous au premier rang des tribunes, excités et fébriles, quand va être donné le départ du *Bol d'or*. À la fin du compte à rebours, les pilotes, qui se tenaient alignés face à nous dans une tension presque insoutenable, se ruent sur leurs machines dont ils doivent réussir le démarrage avant de s'élancer sur la piste. C'est un moment qui ne dure que quelques secondes, voyez-vous, mais dont la chorégraphie, ponctuée du grondement ahurissant des moteurs, laisse généralement le spectateur bouleversé, parfois même au bord des sanglots, et en toute hypothèse incapable de dire quoi que ce soit durant plusieurs minutes tant il a conscience de la petitesse des mots au regard de l'événement dont il vient d'être le témoin. Quand les premières motos repassent devant les tribunes, lancées à plus de 200 kilomètres à l'heure, il essuie cependant ses larmes pour repérer le numéro des concurrents et commencer à se faire un point de vue sur la course.

Après plusieurs tours, les moins impliqués se lassent, et c'est le cas d'André qui propose qu'on se bouge le cul. Certains, tel Aurélien, suggèrent qu'on aille se placer dans un virage pour voir les pilotes au travail, mais André et Bobonne ont plutôt envie d'aller s'enfiler une bière. J'écoute tout cela d'une oreille distraite, conscient que nous allons nous disperser d'un moment à l'autre et que mon plaisir en sera entamé (je suis de ceux qui pleurent au départ d'une course), mais bien décidé à ne pas quitter ma place. Et voilà, ils ramassent leurs casques. « Tu restes là ? me demande Michel. – Ouais. – Kenavo, camarade », dit-il, me clignant de l'œil.

J'éprouve un bien-être inattendu à me retrouver seul, comme si cela me permettait de descendre un instant du manège, d'arrêter le temps pour réfléchir à toutes les heures qu'il nous reste encore à vivre ensemble. Sylvie et moi, je veux dire. Même si je ne lui ai pas jeté un regard quand elle s'est levée pour suivre les autres, trop absorbé par la course. À moins que j'aie espéré qu'elle resterait. Je me surprends à tourner la tête. Non, elle est bien partie, et elle ne feint pas d'avoir oublié un truc pour revenir. Si elle revenait... Non, rien. Un centième de seconde, j'en ai eu le tournis. Mais non, rien. Si elle revenait, je lui dirais que la Honda vient de passer en tête, et on ne s'adresserait plus la parole. Je suis soulagé d'être un peu seul. Je songe qu'on se retrouvera pour le dîner, puis tout au long de la nuit. C'est extraordinairement long, une nuit sans dormir. Ensuite, on partagera des cafés, et ce ne sera encore que le début de la matinée... Nous avons l'éternité devant nous. Vingt-quatre heures de course, moins les deux heures écoulées, plus la route du retour. Peut-être une heure si on ne roule pas comme des dingues. Je me rappelle m'être mis à compter sur mes doigts, $24 - 2 + 1 = 23$, puis avoir frissonné, comme si je savais ce qui allait arriver. Et puis m'être aperçu subitement que le jour déclinait. Quand j'ai repris mon pointage (la Honda était toujours en tête), on aurait dit que des particules grises voletaient au-dessus de la piste, comme des cendres volcaniques. Et puis les stands se sont illuminés et soudain j'ai pris conscience que je pourrais les perdre, tous, Sylvie, Michel, André, si je ne partais pas à leur recherche avant la nuit.

À quelle heure nous sommes-nous retrouvés dans ce petit bal ? C'est encore André et Bobonne qui ont dû avoir cette idée d'aller boire et danser après le dîner, pendant que les motos continuaient à tourner et qu'on les entendait hurler sur l'anneau de vitesse. À un moment, Sylvie a pris le verre que je tenais à la main. «Tu veux bien ?» a-t-elle fait en riant. Elle l'a fini d'un trait et l'instant d'après nous dansions. «Quel beau jeune homme, m'a-t-elle glissé à l'oreille sans cesser de rire. Avec Françoise, on te regardait de loin...» «Je t'en supplie, Sylvie, dis-moi que tu m'aimes», ai-je failli lui dire. J'étais un peu ivre. J'ai cherché André des yeux, il était au bar avec Michel. Il a levé le nez dans notre direction, mais il ne nous a pas vus. «S'il te plaît, m'a glissé Sylvie, tu veux bien inviter Françoise à danser? Je crois qu'elle s'ennuie.» J'ai invité Françoise. C'était un slow, elle a collé aussitôt sa joue contre la mienne. Puis son ventre, puis ses jambes. Je me suis surpris à chercher sa peau parmi les cheveux fins et délicats derrière l'oreille, et puis à l'embrasser à cet endroit, à la respirer, la pressant doucement contre moi, lui caressant les reins. Dès que la danse a été finie, Sylvie m'a pris à part : «Ne refais plus jamais ça. Michel est très amoureux de Françoise. Ils sont pratiquement fiancés.»

N'escomptez pas que je vous explique pourquoi j'ai cédé à la tentation d'embrasser Françoise, étant au même moment transi d'amour pour Sylvie. Ni pourquoi Françoise a bien voulu que je l'embrasse alors qu'elle venait de se fiancer avec Michel. Des années plus tard, me remémorant cette bizarrerie (jamais plus Françoise et moi ne devions nous approcher), et succombant à mon goût pour la dramaturgie, j'écrirai dans une nouvelle que nous savions l'un et l'autre que nous allions mourir. C'était sans doute vrai pour moi, qui en avais confusément le pressentiment, mais je crois qu'en ce qui concerne Françoise, elle avait tout simplement trop bu.

Au premier soleil, épuisés et ivres, nous nous endormons dans l'herbe humide près de nos motos. Il n'est pas loin de midi quand je rouvre les yeux. Ils sont déjà tous partis pour les tribunes, à l'exception de Bobonne qui boit un café dans sa Spitfire.

— Tu m'attendais, Bobonne?

— Je t'avoue que je préfère les sièges en cuir de ma bagnole au ciment des tribunes.

Mais il m'attendait, oui (Bobonne est plutôt gentil, il aimerait cependant qu'on le prenne pour un méchant cynique parce qu'il pense sincèrement que c'est le genre d'homme qu'apprécient les femmes), et nous rejoignons les autres pour l'arrivée.

J'ai conservé quelques images brouillonnes de la bousculade qui accompagne le tour d'honneur des vainqueurs (Rougerie et Urdich, sur Honda 750 centimètres cubes), et précède de peu notre départ. André et Sylvie veulent échapper à la horde des motards quittant le circuit, et nous plions bagage comme des voleurs, abandonnant Bobonne dans les premiers bouchons. Je cours avec eux, j'essaie de ne pas prêter attention à l'angoisse qui me serre le cœur.

Les premiers kilomètres, nous slalomons nerveusement pour nous dégager, puis bientôt nous sommes seuls sur la route et je viens me placer derrière Aurélien. Je sais qu'arrivés à *La Civette* nous nous dirons brièvement au revoir, qu'André et Sylvie ne descendront même pas de leur Triumph, pressés d'aller se coucher, d'aller se disputer sans nous, sans moi, et brusquement je ne vois plus rien à quoi me raccrocher et je me sens tomber. Puis, comme si le ciel m'avait entendu, je les aperçois qui nous font signe, devant – nous allons nous arrêter pour boire un coup, peut-être pour dîner tous ensemble, et j'accueille la nouvelle avec soulagement.

Nous poussons la porte d'un de ces restaurants pour routiers, au bord de la nationale. J'avais oublié ce moment, ce que nous nous étions dit ce soir-là, et tout me revient à l'instant, tant d'années après. Sylvie s'arrange pour que je m'assoie à côté d'elle, et aussitôt je reprends espoir. Quand arrive le plat de spaghettis, elle dit :

— Donne-moi ton assiette, je vais te servir (et c'est exactement ce que j'attendais).

— Je n'ai pas faim, dis-je.

— Même pas un petit peu ? (de sa voix cendrée, m'offrant son profil).

— Non. J'ai la migraine. Je voudrais juste boire.

— Tu veux que je te commande une Badoit ?

— Oh oui, s'il te plaît.

Pendant qu'ils s'enfilent leurs spaghettis et que je descends mon litre de Badoit, Sylvie me demande :

— C'est parce que tu vas retrouver ta petite amie que tu n'as pas d'appétit ?

— Je n'ai pas de petite amie.

— À ton âge, tu ne fais pas l'amour avec une fille ?

— Non.

— Je ne te crois pas. Quand les garçons boivent beaucoup d'eau c'est généralement pour prendre des forces.

— Prendre des forces pour quoi ?

— Pour ne pas tomber en panne ! Tu le fais exprès, ou quoi ?

Alors, collant sa bouche à mon oreille :

— Andy prétend qu'il faut un litre d'eau pour produire cinq centilitres de sperme.

— Tu es complètement folle.

— Ouais, ouais. Je suis sûre que ta petite amie est ravissante et que c'est pour ça que tu nous la caches.

— Sylvie...

— Moi, en tout cas, si j'étais elle, je te surveillerais d'un peu plus près.

Ce sont ses derniers mots. Sans doute songe-t-elle à Françoise, aux caresses que nous avons échangées la nuit précédente.

La Civette est sur le point de fermer, et la place de la gare déserte, lorsque nous y retrouvons Bobonne patientant au volant de sa Spitfire, sous un lampadaire orangé, dans le crépuscule d'un dimanche soir. Pourquoi ne propose-t-il pas de raccompagner Françoise puisqu'il habite sur le plateau, comme elle, comme André et Sylvie, comme moi ? Françoise ne veut pas que Michel fasse le détour par le plateau (lui habite en bas, tout près de la gare) et je pense que c'est un malentendu. Dans le désordre des au revoir, Sylvie oublie Bobonne et crie à Françoise : «Monte derrière William, on va se suivre.» Françoise enfourche ma BMW. Mais nous ne nous suivons pas, non, je pars aussitôt devant, et quelques secondes plus tard j'ai complètement oublié la présence de Françoise. Je ne saurais pas dire pourquoi je me mets à franchir les carrefours comme une bombe, en souriant, comme si je me sentais enfin libéré du poids qui m'écrasait le cœur, grisé par la sourde sonorité de mon moteur et par la nuit qui vient à ma rencontre par écrans successifs, de plus en plus rapprochés. À quel moment est-ce que j'ai rompu avec la vie ? Je ne sais pas, je ne l'ai pas décidé. Nous avons dû nous séparer d'un commun accord, sans qu'il soit nécessaire d'y mettre les formes.

Devant la gare, peut-être. Maintenant, je me sens bien plus léger, je n'ai plus la conscience de toutes les petites choses qu'il faut entreprendre pour se préserver, pour survivre, surtout au guidon d'une moto, sur le plateau de Vaucresson qui est quadrillé de carrefours, et je fonce au-devant de la nuit dans la certitude joyeuse de ne plus souffrir, de ne plus rien attendre.

Plus tard, Sylvie me dira que, me voyant franchir les carrefours à cette allure, André m'a fait des appels de phare, puis qu'il s'est mis à klaxonner, à jurer, à m'insulter, avant de tenter vainement de me rattraper. « Mais qu'est-ce qu'il fout, cet enfoiré ! hurlait-il. Il veut se tuer ou quoi ? »

Je me rappelle bien l'instant où les phares ont surgi sur ma droite, me donnant le sentiment qu'ils se ruaient sur moi, voyez-vous, qu'ils m'attendaient, comme un fauve embusqué, ai-je eu le temps de penser, avant qu'un choc phénoménal se produise et que je ne pense plus à rien.

Je suis couché sur le bitume, j'entends les hurlements d'André et de Sylvie, des portières qui claquent, des gens qui accourent des maisons et qui crient : « Mon Dieu ! Mon Dieu ! Mais qu'est-ce qui s'est passé ? » Et puis, entrouvrant les yeux, je reconnais le visage de Sylvie penché sur le mien, ses traits déformés par la stupeur. « Oh non ! » supplie-t-elle. Elle vient tout près, elle dit : « Parle-moi... parle-moi... Tu m'entends, William ? » Et comme je ferme les yeux et m'endors dans un délicieux bien-être, elle colle ses lèvres sur les miennes.

21.

— Sylvie, la nuit de l'accident, j'ai rêvé ou tu m'as embrassé sur la bouche ?

— Je t'ai embrassé.

— Tu veux bien recommencer ?

— Alors juste une fois.

— D'accord, juste une fois.

Ma sœur Christine a fait entrer Sylvie au début de l'après-midi, et puis elle s'est éclipsée en chuchotant des mots d'excuse et de bienvenue. J'habite le salon du bel appartement de Christine et de Thomas. On y a disposé un lit à mon intention, plongé la pièce dans la pénombre parce que je ne supporte pas la lumière.

— S'il a trop chaud, vous pouvez entrouvrir la baie vitrée, a dit Christine.

— C'est entendu. Merci.

J'ai trop chaud, c'est de nouveau l'été dehors, mais nous n'ouvrons pas.

— Tu veux que je te rafraîchisse un peu ?

— Oui, s'il te plaît.

Elle déboutonne ma veste de pyjama et me passe sur le torse un coton imbibé d'eau de Cologne. De celle qu'elle m'a apportée à l'hôpital, les premiers jours.

Je ne peux pas suivre ses gestes, j'ai la nuque immobilisée par des sacs de sable. Je préfère, elle peut faire ce qu'elle veut, feindre de croire que je suis encore à moitié inconscient.

Elle tourne autour de mon nombril, puis descend insensiblement l'élastique de mon pantalon.

— Bon, dit-elle pour elle-même, pas trop bas quand même...
Et j'entends quelques notes cendrées de son rire de femme.

Je serais un garçon normal, et nous serions un couple normal (bien qu'illégitime), je descendrais mon pantalon et elle me caresserait, bien entendu. Et puis, comme je ne peux pas bouger, elle viendrait à califourchon sur moi et nous ferions l'amour.

Mais ce n'est pas ce que j'attends, ni elle non plus. Pour cela, elle a André, dont elle est amoureuse, dont elle est loin d'être lassée, et qui doit être en bien meilleure forme que moi. Nous, nous sommes un couple incestueux, nous n'avons pas le droit d'être amants. C'est moi qui l'ai décidé, sans jamais le formuler, en n'ouvrant aucune porte, en ne répondant pas aux avances de Sylvie. Un autre lui aurait caressé le genou en descendant de Val-d'Isère. Puis il aurait proposé un premier rendez-vous, clandestin, quelque part dans un des pavillons du bois de Saint-Cloud. Je ne suis pas certain que Sylvie aurait donné suite (traiter André de connard et venir sur ma moto est une chose, le tromper en est une autre). Si elle est là, cette après-midi de septembre, me rafraîchissant le torse, descendant, mais pas trop, l'élastique de mon pantalon de pyjama, c'est qu'elle adhère aux règles que j'ai suggérées. Nous n'avons pas le droit d'être amants parce que, bien qu'ayant le même âge qu'elle, j'entends retourner à l'enfance en sa présence et la regarder avec des yeux éblouis, transis, comme je n'ai sans doute pas eu le temps de regarder ma mère, à Bizerte, au temps de sa splendeur. Je ne sais pas ce que Sylvie a deviné des ressorts secrets de cette relation bizarre, mais l'impossibilité de «consommer» lui convient, et l'excite apparemment autant que moi.

Ensuite, elle s'agenouille à mon chevet (sur le tapis moelleux de ma sœur Christine et de mon beau-frère), puis pose sa tête sur mon ventre, à hauteur de mon nombril.

— J'ai eu tellement peur, dit-elle.

Je lui caresse doucement les cheveux, puis me promène sur son visage, le galbe du front, les sourcils, l'arête du nez.

Quand je viens sur ses lèvres, elle embrasse d'abord distraitement mes doigts, puis mordille le majeur, puis rit imperceptiblement.

— J'aimerais qu'on reste toute la vie comme ça, dis-je (mon doigt mouillé sur ses lèvres entrouvertes).

— J'ai eu tellement peur, répète-t-elle.

Sans cet accident, jamais nous n'aurions pu vivre ce moment exceptionnel. Nous en sommes conscients, nous sommes en pleine tragédie romantique, et nous écrivons les répliques en temps réel, jouissant des minutes qui s'écoulent si délicieusement, acteurs et spectateurs de notre propre drame.

Françoise est toujours à l'hôpital, avec une fracture du crâne. Moi je m'en sors avec un traumatisme crânien, autant dire un détail insignifiant au regard de la violence du choc. La voiture était une DS 21. Nous l'avons percutée sur son flanc gauche, entre les portières, de sorte que nous avons été projetés au-dessus d'elle avant de nous écraser vingt-huit mètres plus loin, de l'autre côté du carrefour. Nous serions partis de la gare de Vaucresson un centième de seconde plus tôt, c'est elle qui nous percutait sur notre flanc droit, nous tuant sur le coup, avant de nous réduire en bouillie (les DS ont un avant tranchant comme une hache de bûcheron pour mieux fendre l'air). Le ciel a bien voulu nous épargner cette version *trash* et sans lendemain, et ainsi pouvons-nous inlassablement nous repasser le film de notre premier baiser, moi allongé sur le bitume, n'est-ce pas, Sylvie pressant ses lèvres chaudes sur les miennes dans l'affolement et l'hébétude qui ont suivi la collision, tandis qu'André se préoccupe de Françoise.

Quand j'avais repris connaissance, je me trouvais allongé sur une table, dans une pièce qui ressemblait à une salle d'opération. J'avais dû m'y reprendre à deux fois avant d'ouvrir les yeux tellement le plafond était illuminé. Alors j'avais croisé les regards de Nicolas et de notre père. Ils ne souriaient pas, ils semblaient soucieux, et j'allais leur demander ce que nous faisions ici, tous les trois, quand je m'étais aperçu que j'étais tout nu. En même temps que m'envahissait la gêne, une gêne épouvantable (nous sommes très pudiques dans ma famille), les faits m'étaient revenus. J'avais donc survécu, et

ce n'était pas un de ces rêves épouvantables où l'on se voit
arriver à l'école complètement nu, la bite à l'air, se demandant comment on a bien pu commettre une horreur pareille,
avant de se réveiller et d'éprouver un soulagement de tout son
être. Non, ce n'était pas un rêve, malheureusement, et la
preuve que nous étions dans la vraie vie, c'est qu'on m'avait
laissé mon casque sur la tête, ce qui avait accru en moi le
sentiment d'être dans une situation non seulement indécente, mais ridicule. Par chance, j'avais aussitôt replongé
dans une sorte de coma. (Toto devait m'expliquer par la
suite qu'au moment où j'avais ouvert les yeux, ils attendaient l'arrivée du chef du service, aucun médecin présent
ne voulant prendre la responsabilité de me retirer mon casque qui, supposait-on, retenait provisoirement l'hémorragie
qui allait me foudroyer.)

Au bruit de la clé dans la serrure, Sylvie se redresse et
rabat prestement sur mon ventre les pans de ma veste de
pyjama.

— Comment ça s'est passé ? s'enquiert Christine à voix
basse. Il n'a pas trop souffert ?

— Non. Je l'ai fait boire. Sinon, il a dormi presque toute
l'après-midi.

— Ah, très bien. Merci d'être venue faire la garde-malade,
Sylvie. Comment va votre amie Françoise ?

— Beaucoup mieux. Elle n'aura aucune séquelle, nous
sommes rassurés.

— Ouf ! Je crois qu'on peut remercier la Sainte Vierge. Eh
bien, merci encore, Sylvie. Et n'hésitez pas à revenir, je crois
que les visites lui font plaisir, malgré tout.

Christine m'expliquera plus tard qu'elle m'avait pris chez
elle, après l'hôpital, pour épargner à notre mère d'avoir à me
soigner. « Et puis tu souffrais sans arrêt de la migraine, ajou-
tera-t-elle, et tu n'aurais pas pu te reposer à la maison, entre
maman et les petits. »

Puisqu'elle y est si gentiment invitée, Sylvie revient presque tous les jours. Un soir où Christine et son mari dînent
chez des amis, me confiant la garde de leurs enfants, Sylvie
n'est pas pressée de rentrer chez elle.

— Je dormirais bien avec toi, chuchote-t-elle, de nouveau couchée en travers de mon ventre nu.

Et, comme je ne réponds pas :

— Tu dors ? Tu m'as entendue ?

Je n'aurais qu'à dire : «Oui, viens», à repousser le drap avec mes jambes, à la laisser finir de me déshabiller. Et je suis tenté de le faire, d'oublier Bizerte, de cesser de confondre Sylvie avec notre mère au temps de sa splendeur, de décider que nous pouvons très bien être amants, puisque je ne suis plus un enfant, que tout cela ne fait qu'accroître ma mélancolie, me précipiter dans la mort. Puisque je suis à la veille de mes vingt ans (le 1ᵉʳ octobre 1969).

Mais je fais semblant de dormir, et je m'endors vraiment.

Aujourd'hui encore, je m'amuse à penser à ce qu'aurait été mon destin si j'avais décidé d'aimer Sylvie, ce soir-là. Je veux dire, de faire l'amour avec elle, puis de lui demander si elle voulait bien vivre avec moi, et puis avoir un enfant de moi, et puis m'épouser pour que nous portions tous les trois le même nom et formions une famille pour l'éternité. À supposer qu'elle ait dit oui à la première question, il aurait fallu que je trouve la force d'affronter André (avec lequel elle n'était pas encore mariée), d'aller lui dire tranquillement, et les yeux dans les yeux, que Sylvie et moi nous aimions, que tout cela me chagrinait pour lui, évidemment, me donnant vaguement le sentiment, de surcroît, d'avoir trahi sa confiance, comme celle de toute la bande, alors même que chacun m'avait accueilli avec une extraordinaire gentillesse, ne me demandant rien, m'acceptant comme je suis. «Un petit enculé», aurait-il sans doute placé à cet endroit de la conversation, tout en se passant nerveusement la main dans les cheveux (à moins qu'il m'ait déjà foutu son poing dans la gueule). Mais j'aurais feint de ne pas avoir entendu, ne désespérant pas de sauver notre amitié, et donc aussitôt poursuivi en lui faisant valoir que, tout cela posé, j'enviais malgré tout sa situation, n'ayant pas le premier franc, en ce qui me concernait, pour louer un appartement avec Sylvie et lui assurer un train de vie équivalent à ce qu'elle avait connu avec lui.

Pourquoi ai-je préféré m'endormir plutôt que demander Sylvie en mariage ? Ce n'est sûrement pas la peur d'André puisque, un an plus tard seulement, amoureux d'Agnès, j'oserai affronter ses parents qui m'impressionnaient beaucoup plus qu'André. Non, je crois que je suis encore dans notre enfance, ayant entrevu la lumière en philo mais n'ayant pas donné suite (au contraire de Nicolas), me complaisant dans notre chagrin et dans l'obscurantisme de nos parents. Et puis, j'ose à peine l'écrire, me l'avouer, mais il me semble bien que j'attends de Toto, dont j'ai été l'auxiliaire dévoué durant des années, qu'il continue de décider pour moi. Ou Frédéric, mon idole. L'un ou l'autre ont toujours décidé pour nous, ceux des rangs subalternes, et personne ne m'a encore dit qu'en matière de sexualité, comme d'amour, il me revient de décider seul.

Je ne me bats pas pour Sylvie, ce qui aurait aussitôt fait de moi un homme, m'épargnant une année de dépression abyssale – l'année de mes vingt ans. Après une quinzaine de jours chez Christine, je regagne l'appartement familial du Pré-au-Bois. Frédéric me convainc de me réinscrire en licence en droit. « Arrête de faire le con, maintenant. Tu ne vas pas être prolo toute ta vie, et ce sont les seules études qui te donneront un métier digne de ce nom. » Je ne sais pas ce qui me retient de lui demander s'il songe encore à écrire son livre sur l'apatride, sans doute la crainte qu'il soupire de nouveau d'exaspération : « T'es vraiment trop chiant avec tes enfantillages. Sors de cette pièce, j'ai du boulot par-dessus la tête. » Mon inscription faite, je me relance dans le nettoyage des vitres, et j'entreprends de récupérer mes anciens clients et d'en trouver de nouveaux (pour le porte-à-porte, Toto a dû me transmettre son talent car je suis très persuasif).

Je suis quotidiennement pris de vertiges, que je mets au compte de mon accident, je me sens profondément abattu, et il me semble que mon salut ne pourra venir que de ma nouvelle moto (rien n'a pu être sauvé de ma BMW). C'est pourquoi je mets les bouchées doubles pour faire rentrer du fric. Avec Aurélien, nous envisageons un voyage à Londres : lui pour en rapporter une moto robuste qu'il veut atteler à un side-car, moi une Vélocette.

Alors que je nourris ce projet, Nicolas et moi envisageons de quitter la maison. Ce n'est pas la première fois, nous y avions déjà songé avec Frédéric l'année du bac, mais Toto nous avait alors rattrapés par le collet, prétendant que sans nous il ne tiendrait pas le coup, entre les petits et notre mère. «Mon vieux, je ne me vois pas tout seul dans ce pétrin. Je sais bien que ce n'est pas très marrant pour vous, mais je ne te cache pas que c'est un réconfort de vous savoir là.» Ce n'est pas très marrant, non, en effet, et cette fois nous nous divisons sur la question : Frédéric estime que nous ne pouvons pas abandonner Toto, que nous avons la responsabilité collective des petits, tandis que Nicolas et moi, de plus en plus remontés contre notre mère, commençons à dire que ce ne sont pas nos oignons, merde. Cependant, Toto obtient un nouveau sursis, et, me remémorant ce jour où nous lui cédons, je me dis que ce fut sans doute une occasion perdue pour moi d'échapper à la dégringolade. Si nous étions partis, j'aurais vraisemblablement trouvé mon salut dehors, renonçant du même coup à me racheter une énième moto et à poursuivre Sylvie de mes rêves d'enfant neurasthénique.

André et elle vont se marier, ce sera l'événement de l'année. En attendant, ils achètent un appartement à Massy, au fin fond de l'Essonne. Pourquoi Massy, alors que l'on commençait tout juste à s'acclimater à Vaucresson – sa gare, sa *Civette*, ses carrefours, sa forêt de Saint-Cucufa merdeuse en hiver mais «riante» au printemps? Je n'ai jamais compris. Du jour au lendemain, cependant, nous nous transportons de *La Civette* à l'appartement de Massy où se tiennent désormais nos rencontres dominicales. Comme je n'ai plus de moto, Bobonne m'embarque dans sa Spitfire, et nous nous entassons dans le «séjour» des futurs mariés. C'est une pièce surchauffée, étouffante, au plafond bas, qui me rappelle la Côte noire, car même en continuant de bavarder pour faire comme si tout était normal, on entend parfaitement pisser celui ou celle qui vient de s'absenter. Ou le voisin du dessus, qui fait la même chose, ou pire, avant de nous tirer la chasse d'eau sur la tête. On ne part plus rouler dans la vallée de Chevreuse, ni nulle part, on reste vautrés là sur le canapé et les fauteuils en mousse et similicuir à fumer et boire des Cuba Libre. Ils parlent de l'organisation du mariage, de la Fiat 850 d'André qui ne vaudra jamais la Ford Mustang, même avec un pot d'échappement Abarth, de la nouvelle Honda 750 que s'offrira Michel au printemps, du dernier Sergio Leone, *Le Bon, la Brute et le Truand*, et Michel nous fait une imitation paresseuse de Clint Eastwood dans la scène finale qui lui vaut des applaudissements et des baisers des filles. «On est bien tous des charlots, tiens», dit-il à la fin en rallumant une Gauloise. Ce n'est pas moi qui le contredirai.

Françoise et lui sont officiellement fiancés, maintenant, mais jamais on ne les surprend en train de s'embrasser, ou simplement la main dans la main. Pas une seule fois nous n'avons parlé de l'accident depuis que nous nous sommes retrouvés. Michel fait comme s'il n'avait pas existé, m'accueillant toujours avec la même chaleur (alors que j'ai tout de même failli tuer la femme de sa vie). Françoise m'embrasse du bout des lèvres et s'assoit toujours le plus loin possible de moi, comme si je sentais le poisson, ce que je peux comprendre, bien que je m'en foute complètement.

Je ris, j'applaudis, je bois, je fume, en dépit de la migraine qui ne me lâche plus. Quand Sylvie croise mon regard, il y a toujours un centième de seconde où elle cesse soudain de rire pour me scruter au fond des yeux, gravement, comme si nous étions seuls et allions nous déshabiller.

— Tu n'aurais pas une aspirine, Sylvie?
— Si, viens.

Quand nous sommes dans la salle de bains, je l'observe qui me prépare mon aspirine, puis elle me regarde la boire, me colle sa main fraîche sur le front : «Tu as de la fièvre, non? – Je ne sais pas.» Elle se dresse sur la pointe des pieds, me dépose un baiser furtif au coin de la bouche, et rejoint aussitôt les autres.

Certains dimanches, elle propose de nous garder à dîner et prépare avec Françoise un plat de spaghettis à la *carbonara* que nous dégustons sous le lustre de la cuisine, serrés autour d'une table en Formica qu'ils ont prise à rallonges, pour ce genre d'occasions, justement. Ensuite, nous retournons au «séjour» écouter des musiciens des Andes jouer de la flûte indienne, et Sylvie ne laisse qu'une petite lumière pour que ceux qui le souhaitent puissent danser. Elle-même flirte avec André, ils s'embrassent, et lui s'écrie soudain : «Putain, l'enfoiré, quelle pelle! Tu ne veux pas m'en tailler une petite pour la route, là, tout de suite?» Sylvie rit en le traitant d'idiot, comme d'habitude. Je songe à part moi que tant qu'André ne nous aura pas offert le spectacle de sa formidable virilité, et même peut-être d'une copulation en direct, il continuera ses blagues de régiment.

Quant à moi, je n'ai pas ce genre de désir pour Sylvie. D'ailleurs, je ne bande plus depuis mon accident. Je trouve qu'André ne mérite pas Sylvie, bien sûr, et quand je pense à elle (c'est-à-dire pratiquement tout le temps), son visage m'apparaît dans un halo de lumière blanche, comme une icône inaccessible.

Au milieu de l'hiver, Aurélien, Calédo et moi partons pour Londres chercher les motos. Je me sens de plus en plus absent, de plus en plus léger, comme si bientôt le vent allait suffire à m'emporter, et sur le bateau, tandis que je suis seul sur le pont à contempler la mer, grise et mauvaise en cette saison, je me surprends à pleurer.

Aurélien découvre rapidement une vieille Matchless d'avant-guerre pour son side-car. Puis nous cherchons ma Vélocette, et finissons par en dénicher une qui est à peu près dans mes prix. Ça y est, l'accident est oublié, je ne suis plus handicapé, j'ai de nouveau entre les cuisses de quoi pétarader (un monocylindre de 500 centimètres cubes), je devrais être réconforté et regarder l'avenir avec confiance, mais au lieu de ça je pars marcher tout seul dans les rues de Londres, exaspéré par les considérations vaseuses de Calédo (ce mec a une âme de lèche-cul, je ne l'avais pas remarqué avant ce voyage).

Quand nous débarquons du bateau, la police nous confisque les motos qui doivent être présentées au service des Mines avant d'être autorisées à rouler en France. Nous finissons le voyage en train, et c'est en arrivant à Paris que je m'aperçois

que j'ai perdu tous les papiers de ma Vélocette, du certificat
de vente à la carte grise anglaise, en passant par la facture. Je
n'ai plus rien pour justifier que la moto noire (dont je ne
connais même pas l'immatriculation), consignée quelque part
dans un hangar géant du port de Calais, parmi des milliers
d'autres véhicules, m'appartient. Un type un peu porté sur la
psychanalyse, ou simplement croyant, y aurait sans doute vu
un signe. Soit que son inconscient cherchât à le détourner
définitivement de la moto, soit que le ciel voulût lui épargner une nouvelle catastrophe. Et à mon avis (mais j'écris
cela aujourd'hui), il aurait laissé tomber, abandonnant sa
moto aux flics de Calais et en éprouvant, après quelques
jours de dépit, un sentiment de libération accompagné d'un
profond soulagement.

Moi, non, je n'y vois aucun signe, si ce n'est que sans
Calédo (dont je ne supporte plus la bêtise) j'aurais été plus
attentif à mes affaires, me dis-je. Et j'entreprends donc, non
pas de supprimer Calédo, comme me le suggère mon inconscient, mais de reconstituer mon dossier, ce qui va m'occuper
jusqu'au mois de mai.

Entre-temps, André et Sylvie se sont mariés (je ne garde
aucun souvenir de la cérémonie, me demandant même si on
m'y a vu – qui saurait me le dire, aujourd'hui ?), et un dimanche après-midi, à Massy, nous avons pris la décision de louer
une maison du côté d'Alicante, sur la Costa Blanca, et d'y
passer le mois d'août tous ensemble.

Vous n'allez pas me croire, mais ma Vélocette à peine
immatriculée en France, je l'ai revendue à un étudiant de
Nanterre avec le projet lointain de me racheter une Honda
750 lorsque j'en aurais les moyens. De sorte que c'est au côté
de Bobonne, dans sa Spitfire, que je pars pour la Costa Blanca
au milieu de cet été 1970. J'ai obtenu ma première année de
licence en droit et, comme si je sortais d'une longue anesthésie,
je songe maintenant à renouer avec l'éblouissement de ma
terminale, ne comprenant pas pourquoi je n'ai pas pensé à faire
une licence en philosophie, plutôt que d'écouter Frédéric.

J'aime me souvenir de ce premier séjour de ma vie en
Espagne, car j'ai appris depuis que tout ce qui venait de ce

pays m'était salutaire. Ce sont pourtant des vacances sans aucun intérêt, entre une maison neuve ingrate, plantée au milieu d'un lotissement dont on finit d'installer le tout-à-l'égout, et une plage de sable blanc comme on peut en trouver à peu près n'importe où. Mais je dors merveilleusement bien, loin des miens, et, sans que je comprenne ce qui a pu se passer, la vue de Sylvie ne me précipite plus qu'épisodiquement, certains matins, lorsqu'elle apparaît en chemise de nuit, dans ma nostalgie de Bizerte. La vulgarité d'André a peut-être fini par déteindre sur Sylvie, anéantissant petit à petit les ressorts secrets de notre liaison. J'apprécie de passer mes journées à jouer aux cartes, ou lire Hemingway, sous l'auvent en canisses d'une roulotte ensablée qui nous fournit en glaces et *Tri-najanras*. Sinon, nous nous baignons, et le soir nous dînons, comme à Massy, de spaghettis à la *carbonara*.

Il me semble que je suis vaguement réticent quand Aurélien propose, pour le retour, de s'arrêter dormir dans la maison que possèdent ses parents du côté de Figueras, au nord de Barcelone, quelques kilomètres avant la frontière française. Je n'ai aucune intuition, aucun pressentiment du bouleversement qui va découler pour moi de cette halte. Je ne vois qu'une étape mondaine, l'obligation de s'habiller décemment, de remercier cent fois, et je préférerais aller à l'hôtel ou rouler toute la nuit.

C'est le père d'Aurélien qui nous accueille cette nuit d'août où je grimpe pour la première fois la colline plantée d'oliviers, plusieurs fois centenaires, au sommet de laquelle se trouve leur mas. Il surgit dans nos phares, au détour de la maison, fouetté par une tramontane d'une force exceptionnelle qui lui hérisse la tête d'aiguilles d'argent, gonfle le paréo qu'il porte autour des reins, de sorte qu'il a l'air d'un vieil ermite hirsute, un peu fou, mais d'une beauté sculpturale avec son visage émacié, profondément marqué, et que jamais je n'oublierai cette vision de lui. Pendant un bref instant, ensuite, nous nous retrouvons tous debout dans le vent, les oreilles encore bourdonnantes du bruit des moteurs, agitant les bras, tentant d'échanger quelques mots, tandis que lui, sans nous connaître, tient à nous montrer la Grande Ourse, d'autres constellations encore, l'étoile du berger, combien le ciel étincelle dans cette nuit sans lune, et puis à l'horizon, là-bas, sur notre droite, les feux de Rosas et de Cadaqués.

Il est tard, il a dû se relever pour nous, car dans mon souvenir il disparaît aussitôt que nous sommes entrés dans la maison, et c'est Aurélien qui nous conduit dans ce que je désignerai bientôt, comme toute la famille Le Guen, sous le nom de *petit mas*, par opposition au *grand mas*, l'un et l'autre étant reliés par quelques marches d'escalier, mais chacun disposant de son propre toit, et le *petit* ne bénéficiant pas encore du même confort que le *grand*.

Je ne dors pratiquement pas cette nuit-là, oppressé par l'obscurité trop profonde de la pièce (me demandant comment faire pour aller pisser si par hasard l'envie m'en prenait), et rendu nerveux par le sifflement entêtant du vent derrière les volets. Mais il n'y a plus aucun vent le matin, lorsque je me lève, choisissant de sortir discrètement par la porte d'entrée du *petit mas*, plutôt que d'emprunter l'escalier vers le *grand mas* et de prendre le risque de tomber sur des gens que je ne connaîtrais pas. Je contourne la maison par le haut, découvrant sous le soleil l'endroit où a surgi le père d'Aurélien – les motos et la Spitfire sont bien là, stationnées en désordre – et tandis que je m'apprête à redescendre j'aperçois une jeune fille de dos, attablée sous un figuier. J'ai cru un instant que c'était Sylvie, mais non, celle-ci est un peu plus blonde, les cheveux décolorés par la mer et le soleil.

— Ah salut! dit-elle en se retournant, sa cuillère de yaourt suspendue dans les airs.

Puis elle la pose, se lève et me tend la main.

— Tu es un ami d'Aurélien? Moi je suis sa sœur, Agnès.

— Oui, je t'ai déjà vue.

— Ah bon? Ben pas moi.

— Si, mais tu as dû oublier. Tu étais petite, tu jouais à te déguiser... Je peux m'asseoir?

— Tu veux que j'aille te chercher un yaourt? Ou du jus de fruits?

— Je veux bien boire un truc, oui.

C'est une ancienne meule de pierre qui fait office de table, disposée au centre d'une terrasse aménagée à l'ombre du figuier. L'horizon lointain est barré par la chaîne des Pyrénées, mais en se retournant, en grimpant sur le muret et en mettant la main en visière pour se protéger de la luminosité, comme je le fais, là, on peut suivre la route étroite qui serpente depuis notre colline jusqu'au littoral, contournant les dernières éminences roussies par le soleil et desservant ici et là des villages dont on devine les clochers.

— C'est combien de kilomètres jusqu'à la mer?

— Je ne sais pas, une vingtaine. Tiens, ton jus de fruits.

— Et vous allez souvent vous baigner?

— Maman y va quelquefois le matin, tôt, pour faire du ski nautique, mais papa préfère rester ici.

— Et toi, tu fais quoi?

— Parfois, j'accompagne maman, et sinon je monte à cheval chez des gitans, sur la route de Figueras. Mais là, je commence à m'ennuyer. Vous allez rester un peu?

— Je ne crois pas, non.

Elle a l'air déçu.

— Je vous envie de remonter à Paris, dit-elle.

À ce moment-là, elle aurait pu se lever, partir prendre une douche, les autres se seraient réveillés entre-temps, et quand elle serait revenue, ils auraient déjà envahi la terrasse, se livrant à leurs habituelles plaisanteries du matin, et jamais Agnès ne serait devenue ma femme. Mais elle ne s'est pas levée et, sans rien deviner de l'importance des quelques minutes dont nous disposions avant l'arrivée de Bobonne et de l'insupportable Calédo, nous nous sommes mis à parler et à échanger nos premiers regards.

J'aimerais retrouver précisément les mots que nous nous sommes dits ce matin-là, et savoir ce qui a traversé Agnès tandis qu'elle me découvrait et que je la découvrais, enregistrant de mon côté mille détails minuscules et touchants de son visage, de ses expressions, qui allaient bientôt faire que, me les remémorant, j'éprouverais le désir de la rappeler, de la revoir, tout en me mettant à marcher fébrilement à travers la forêt de Saint-Cucufa pour contenir mon émotion et supporter de me figurer la scène de nos retrouvailles (moi sonnant à sa porte) sans toutefois avoir la certitude que mon cœur n'allait pas se rompre d'une seconde à l'autre.

Il me semble que nous parlons d'abord d'elle, de ses études. Elle vient de fêter ses dix-sept ans, elle entre en terminale scientifique. Elle veut être vétérinaire. Je lui dis que la terminale est l'année où j'ai été le plus heureux, dans ma vie, et que je vais reprendre des études de philo. « Ah bon, dit-elle, mais ça va te servir à quoi ? – Je ne sais pas, à être moins malheureux. » Elle est la première personne à qui j'explique que je ne vivrai pas en France, plus tard, parce qu'il y a trop de choses que je n'aime pas dans ce pays, trop de gens que je ne veux plus voir, que j'ai même envie de tuer, parfois. Trois mois plus tôt, je n'aurais pas dit ça, mais j'en suis à ce moment-là de mes réflexions, et je suis moi-même surpris par ce que je m'entends formuler. Elle aussi sans doute. Puis nous nous taisons parce que nous entendons venir Bobonne et Calédo qui ont fait le tour de la maison, comme moi, pour ne pas avoir à traverser le *grand mas*. Mais maintenant, il y a ces quelques confidences entre nous.

Plus tard, dans la matinée, comme je lui demande à qui est l'âne qu'on vient d'entendre braire, elle me dit que c'est le sien et me demande si je veux aller le voir. « Je veux bien, oui. » Il s'appelle Gitan, il habite l'écurie, sous la maison. Elle l'embrasse sur le nez, puis lui donne un morceau de pain dur qu'elle sort d'un seau suspendu à une poutre. Elle est pieds nus dans des savates aux semelles de corde, habillée d'un débardeur trop grand dans lequel elle a dû dormir et d'un jean effrangé.

— Je ne pensais pas que dans la vraie vie on pouvait avoir un âne à soi, dis-je.

— Ben si, pourquoi pas ?

— Mais qu'est-ce que tu en fais quand vous n'êtes plus là ?

— C'est un paysan qui le garde, au village.

Il y a donc un village que nous n'avons pas vu en arrivant, au milieu de la nuit, parce qu'il est de l'autre côté de la route. Rabos.

— J'ai envie d'aller y faire un tour avant de partir. Tu m'accompagnes?

Elle me montre le puits au bord du chemin en descendant la colline des oliviers. «Au début, dit-elle, on n'avait pas l'eau courante, on venait se laver ici, à l'eau glacée.»

À l'entrée du village, nous croisons M. Estariol sur son tracteur. Il ne coupe pas son moteur, mais il enlève sa casquette pour nous saluer. C'est un gros homme dont le ventre déborde largement du pantalon. Dans un français rocailleux, mâtiné de catalan, il annonce qu'il montera dans l'après-midi voir «M. Le Guen», pour les travaux, sur le chemin.

— Ah! d'accord, rétorque Agnès en criant pour couvrir le bruit du tracteur, je vais prévenir papa.

— Si, si, acquiesce-t-il, tout en rajustant sa casquette.

Ce ne sont que quelques maisons au crépi lépreux, aux jalousies closes à cette heure de l'été, et disposées autour d'une esplanade de terre sèche et chaotique où se tiennent couchés, dans le dernier carré d'ombre, cinq ou six chiens faméliques assaillis par les mouches. L'un d'entre eux se lève en nous apercevant, remuant timidement la queue, et Agnès, qui semble bien les connaître, lui et ses compagnons, regrette de n'avoir pas pensé à descendre les restes du dîner. Mais elle prend leur écuelle et va la remplir d'eau fraîche. Le robinet appartient à l'épicerie dont la porte d'entrée est masquée par un rideau de perles. La femme qui en sort, un fichu noir sur la tête, tenant étroitement son panier, ne nous jette pas un coup d'œil et s'en va sans répondre à notre salut.

— Ici, les gens ne respectent pas les animaux, dit Agnès. Une fois, même, une dame m'a engueulée parce que je leur donnais à manger.

Elle caresse les chiens aux yeux jaunes, leur promet de revenir, puis nous continuons notre promenade. À l'autre bout de la place, on rejoint le chemin de ronde. Avant de monter vers l'église, construite sur un promontoire, nous croisons un pont en dos d'âne qui enjambe le lit d'une rivière complètement asséchée.

— En prenant par là, me dit-elle, on peut atteindre un sentier qui grimpe vers la petite chapelle et la maison que tu vois là-bas, sur la montagne. C'est un rendez-vous de chasse.

Nous nous accoudons au garde-corps du petit pont.

— L'hiver, il y a beaucoup d'eau, remarque-t-elle alors, et au printemps, on vient se baigner.

Puis nous faisons le tour de l'église dont les portes sont verrouillées, et nous regagnons silencieusement le mas, haletant sous le soleil de midi.

Quand nous arrivons, les autres sont déjà en train de se préparer pour partir. Tandis qu'ils remercient les parents avec lesquels je n'ai pas échangé un mot de toute la matinée, et qu'il y a beaucoup d'agitation autour des motos et de la Spitfire, Agnès, qui avait disparu depuis un moment, revient vers moi. Elle s'est attaché les cheveux en un vague chignon, s'est rafraîchi le visage et a changé de débardeur. Elle a les joues dorées, rondes et duveteuses, les lèvres gonflées et un regard gris-vert qui se veut décidé.

— Si tu veux, dit-elle en me regardant tranquillement, les mains dans les poches de son jean, on peut se revoir à Paris.

— D'accord.

— Tu m'appelleras, alors ?

— Je t'appellerai, oui.

Un quart d'heure plus tard, nous reprenons la route, traversant Espolle, Mollet de Peralada, San Clement Sascebes, Capmani, ces villages dont les noms seront bientôt associés au bonheur d'aimer Agnès et aussi, je crois, de l'avoir connue à l'étranger, loin des miens, dans ce coin perdu de l'Espagne arriérée de Franco où je n'avais pas d'histoire, de sorte que nous allions pouvoir inventer la nôtre.

22.

Un jour d'octobre, je me décide à la rappeler. J'ai beaucoup attendu, je ne suis pas sûr qu'elle n'ait pas commencé à m'oublier. Elle semble se demander quand est-ce que je pourrais bien passer, et puis finalement me propose le dimanche après-midi suivant.

Les Le Guen habitent le domaine Saint-François-d'Assise, sur le plateau de La Celle-Saint-Cloud. Ce sont des maisons particulières, construites au milieu de jardins non clos, sur le modèle américain, dit-on, de sorte qu'on peut aller librement de l'une à l'autre en traversant de vastes étendues de gazon où l'on croise ici ou là un saule pleureur, un cèdre blanc, un bosquet de peupliers, et des enfants en train de jouer au ballon prisonnier surveillés de loin par des parents qu'on devine allongés sur des transats et occupés à prendre le café sur la terrasse qu'ils se sont fait aménager en prolongement de leur pièce de séjour.

À l'heure dite, j'appuie sur la sonnette, me tenant bien droit, le cœur en tachycardie, et c'est Agnès qui m'ouvre, chemisier blanc et pantalon de velours marron.

— Salut ! dit-elle.

Elle se hausse sur la pointe des pieds pour m'embrasser sur la joue.

— Entre !

La baie vitrée est ouverte sur le jardin. Il fait beau, ils ont déjeuné dehors, et je reconnais la silhouette de sa mère occupée à finir de débarrasser la table.

— Maman, William, fait-elle en guise de présentations, et comme si elle n'avait pas envie de s'attarder.

— On se connaît, dis-je à sa mère, j'ai dormi une nuit chez vous, en Espagne.

— Eh bien, je ne me souviens pas de vous. Vous étiez avec toute la bande des motards ?

— Oui, voilà.

— Bon, qu'est-ce que tu veux qu'on fasse ? nous interrompt Agnès, manifestement agacée.

— Je ne sais pas. Si tu veux, je suis venu en voiture, on peut aller se promener.

— Vous ne conduisez pas comme un fou, au moins ?

Sa mère a une façon très directe de se manifester, et cela me la rend plutôt sympathique. Cependant, je n'ai pas vraiment le temps de la rassurer.

— Oh, maman !

— Tu ne crois tout de même pas que je vais te laisser filer avec n'importe qui ?

— Ce n'est pas n'importe qui, c'est un ami d'Aurélien.

— Je vous promets de conduire très prudemment, dis-je.

Elle se tait, me regarde comme si je complotais d'enlever sa fille, puis disparaît dans ce qui doit être la cuisine.

— Soyez de retour avant 5 heures, lance-t-elle alors, je ne veux pas que ma fille soit sur les routes un dimanche soir.

— C'est ça, c'est ça... Bon, à tout à l'heure, maman.

Il me semble que ce premier dimanche nous descendons vers Chatou et que nous mangeons des éclairs au café sur les berges de la Seine, assis sur la banquette avant de l'Ariane 4 dont nous avons ouvert les portières pour profiter de l'après-midi. Cette Ariane, je ne me souviens plus qui nous en a fait cadeau, mais nous nous la partageons, avec Frédéric et Nicolas. C'est une grosse Simca bleu pâle au design américain, flanquée d'ailerons à l'arrière et d'une calandre imitant celle des prestigieuses Buick, mais qui est devenue avec les années la voiture favorite des manouches et que l'on a donc coutume d'apercevoir en lisière des villes, au milieu de terrains vagues parsemés de roulottes et d'enfants à moitié nus.

Quand j'essaie de me remémorer nos conversations et de retrouver sur quelles idées nous sommes devenus complices, il ne me vient rien d'amusant ni de léger. Je n'ai aucun humour, et je commence à éprouver cette espèce de colère inextinguible qui va petit à petit me sortir de ma neurasthénie. Je ne veux pas de la vie de nos parents, le mariage me fait horreur, si j'ai foi en l'amour, c'est évidemment en dehors de ce traquenard avilissant, pitoyable, destructeur, vulgaire. Je rêve d'un pays où je pourrais tout réinventer, de l'architecture de ma maison, que je construirais moi-même, bien entendu (c'est au moins une chose que j'ai apprise de mon père), aux règles de la vie quotidienne. Je ne veux plus entendre parler de tout le merdier qui nous a anéantis, nous, les Dunoyer de Pranassac : le fric, les tribunaux, l'école, les curés, les gardiens d'immeubles, les Brare...

Une partie de ce que je prétends doit sans doute faire écho, dans l'esprit d'Agnès, à ce que fut son père avant sa naissance, et avant de créer une entreprise et de gagner pas mal d'argent : un militant communiste, petit-fils de paysan breton, fils d'un conducteur de tramway, ardemment remonté contre l'ordre du monde (je le comprendrai plus tard, quand je me rapprocherai de lui). Car, sinon, je ne vois pas pourquoi Agnès adhérerait à tout ce que je dis, ne manquant de rien elle-même et n'ayant jamais pâti ni des huissiers ni des curés. Elle aime surtout l'idée de la maison au Canada, pays mythique à nos yeux dont nous ne nous lassons pas d'évoquer les grands espaces, mais ici, le malentendu est patent, et je le comprendrai quelques années plus tard, quand nous serons au Canada : tandis que j'imagine pouvoir vivre là-bas en autarcie, n'ayant de comptes à rendre à personne, elle se figure de son côté entourée de chiens et de chevaux, les êtres auxquels elle compte bien vouer sa vie, et c'est surtout cela qui l'enthousiasme.

Sur l'amour, nous nous découvrons en commun une forme de fanatisme. Nous sommes des croisés de la loyauté, nous rivalisons de mépris pour l'institution du mariage, pour ces couples qui demeurent unis pour la galerie, pour le qu'en-dira-t-on, qui se donnent du «chéri» à toutes les phrases

tandis que chacun trompe l'autre, quand il ne le hait pas.
J'apprendrai bientôt que Janine et Marcel Le Guen ne partagent plus le même lit depuis longtemps, qu'ils ont failli
divorcer à plusieurs reprises, ce pour quoi, sans doute, Agnès
tente, comme moi, d'inventer une façon plus enthousiasmante
de vivre à deux.

Je présume que je dois lui apparaître comme quelqu'un
d'intelligent et de singulier, tandis que si j'avais la possibilité
de me réentendre aujourd'hui, la bouche pleine d'éclair au
café, tapotant nerveusement le volant de mon Ariane 4 tout
en assemblant les planches de notre future maison et de
contempler le flot paresseux de la Seine, je serais consterné
par ma sottise (comme je le fus, il y a quelques années, en
retrouvant dans le grenier des Le Guen, justement, l'un de
mes premiers manuscrits, aussitôt glissé au fond de la poubelle,
bien calé sous les épluchures de patates et les coquilles d'œufs,
le rouge au front rétrospectivement à la pensée que mes enfants
auraient pu tomber sur cette merde après ma mort).

Malgré tout, je dois être assez séduisant pour une jeune
fille de dix-sept ans (j'ai beaucoup minci avec tous mes
ennuis, Frédéric ne me traite plus jamais de « gros couillon »,
et je pourrais sans doute porter une cravate, si l'occasion s'en
présentait, sans risquer ses sarcasmes faussement apitoyés)
car j'ai le sentiment qu'Agnès me fait une place grandissante
dans sa vie.

— Philippe est encore passé, remarque un jour sa mère
devant moi. Il se demande pourquoi tu ne lui fais plus signe.

— Merci, maman, j'ai compris. Tu aurais pu attendre un
autre moment pour me le dire.

— Je ne vois pas pourquoi ! Philippe est un garçon intelligent et très bien élevé. Tout l'été tu as attendu ses lettres, et
d'un seul coup il n'existe plus

Je devine que je suis en passe de détrôner ce Philippe que
nous avons croisé une fois, au milieu d'un océan de gazon,
entre le hameau des Piverts et celui des Cigognes, un garçon
joufflu aux yeux bleus, parfaitement bien élevé, en effet (pas
du tout le genre à me mettre son poing dans la figure), et

promis à une carrière d'ingénieur, voire de polytechnicien, mais dont la conversation avait semblé raser Agnès.

Un dimanche où nous quittons le domaine, ne sachant vers où diriger les roues de notre puissante Ariane 4, l'idée surgit soudain d'aller grimper sur la tour Eiffel. Ni Agnès ni moi n'avons jamais tenté l'expérience. Nous faisons escale au premier étage. C'est un jour d'automne glacial, et quand nous nous accoudons pour contempler le mont Valérien dans le flot orangé du couchant, nous nous trouvons, sans l'avoir prémédité, serrés l'un contre l'autre. C'est une sensation délicieusement réconfortante, et ni elle ni moi ne tentons quoi que ce soit pour l'interrompre, feignant de scruter le mont Valérien, mais ne songeant en réalité qu'à ce plaisir nouveau et bouleversant de deviner le corps de l'autre, sa densité, à travers les couches d'étoffes qui nous enveloppent. Et puis je pose mon bras sur ses épaules, et elle ne proteste pas. Je crois même qu'elle me jette un regard furtif et grave, comme si elle consentait à tout ce qui allait suivre. Quand elle se redresse, elle est aussitôt dans mes bras, et nos lèvres s'effleurent, s'éloignent, se reprennent, comme si nous nous goûtions, n'en revenant pas d'oser, puis de trouver cela aussi bon.

Ça y est, je crois que je ne suis plus seul dans la vie. En me quittant, à l'entrée de son hameau, les Piverts, et bien après la tombée du soir, Agnès m'a dit : «À dimanche prochain», et je passe la semaine à me répéter cette phrase. Ça me paraît très long, une semaine, après tous les baisers que nous avons échangés, tout ce que nous nous sommes dit, mais je ne bouge pas. Tantôt je suis ivre de bonheur à la pensée qu'elle songe à moi, comme je songe à elle, tantôt profondément dépité en me figurant que ça n'était peut-être qu'un moment, que je vais la retrouver agacée et distraite, comme elle l'était avec Philippe quand nous l'avons croisé. Je pourrais téléphoner, bien sûr, mais ce que j'imagine alors me tue : sa mère, prenant le combiné, et la voix lointaine d'Agnès, depuis l'étage : «Dis-lui que je n'ai pas le temps, qu'on se voit dimanche comme prévu.» «Dis-lui». Renvoyé à ma solitude, redevenu un intrus.

Je suis épuisé, le dimanche, quand je me présente aux Piverts, et bien décidé à me tirer si c'est sa mère qui m'ouvre. Déjà très en colère, en somme. D'ailleurs, je n'ai pas garé l'Ariane 4, je l'ai laissée au bord de l'allée, prêt à repartir aussitôt en marche arrière, et c'est elle que je surveille du coin de l'œil quand je pousse le bouton rond de la sonnette qui va faire une espèce de petit *ding-dong* asthmatique censé éviter le stress des anciennes sonneries et installer un climat de joyeuse bienvenue. Et c'est Agnès qui ouvre, mais d'un seul coup, comme si elle avait bondi d'une chaise installée juste derrière la porte, comme si elle n'attendait que ce moment depuis huit jours. Ses bras autour de mon cou avant que j'aie pu dire quoi que ce soit, et puis sa langue dans ma bouche, sa petite langue tiède et délicieuse, fureteuse – «Pourquoi tu ne m'as pas appelée? (un baiser), pourquoi tu n'es pas venu plus tôt? (un baiser), je t'ai attendu tous les jours (un baiser), tu m'as tellement manqué (un baiser), dis-moi que tu m'aimes (un baiser), embrasse-moi encore (un baiser), encore, encore, non, viens, on va aller sur le canapé, maman n'est pas là (un baiser), tu m'as tellement manqué, j'ai failli te téléphoner...»

Je n'ai jamais cessé d'être bouleversé par cette scène, cette divine surprise, et quand je pense à Agnès, aujourd'hui, tant d'années après, c'est toujours ce petit film qui me revient d'abord, avant tout le reste. Agnès me sautant au cou, puis me mettant sa langue dans la bouche, d'autorité. Pour un peu, j'entendrais presque le ronflement du projecteur, comme lorsque les religieuses nous passaient des films pour Noël, au catéchisme, des histoires d'Eddie au Tyrol, ou *La Chèvre de M. Seguin*, et que les images nous transportaient dans un monde merveilleux d'où il était affreusement douloureux de sortir pour plonger dans le métro. Ce dimanche de l'automne 1970, l'empressement d'Agnès à m'enlacer, à m'embrasser, a fait de moi un autre homme, je le sais. Pour la première fois de ma vie, je me suis senti précieux, aimable, désirable, et même beau, oserais-je écrire. Sinon, comment quelqu'un d'aussi précieux qu'Agnès, d'aussi lumineux, d'aussi char-mant, m'aurait-il attendu toute la semaine? Je crois que ce jour-là Agnès m'a sauvé. Le soir, en la quittant, je n'étais plus le même.

Je me demande d'où est née l'idée, apparue dans les semaines qui ont suivi ce dimanche, que j'avais une lourde dette à rembourser avant d'avoir le droit d'être heureux, de jouir d'être attendu, aimé. Ce ne sont pas les explications qui manquent, mais j'aimerais tout de même pouvoir en privilégier une parmi toutes celles qui me passent par la tête, aussitôt que j'y pense, et que je vais vous énumérer pour mémoire : 1 – Ne pas avoir été un enfant désiré (mais je crois qu'à part notre sœur Christine, aucun d'entre nous ne l'a été, et vous non plus, peut-être). 2 – Avoir eu la malchance (circonstance aggravante) d'être né du «côté» Dunoyer plutôt que du «côté» Verbois. 3 – Avoir toujours lu de la déception dans le regard de notre mère, aussitôt que j'apparaissais, et d'autant plus si elle était entourée d'amis auprès desquels elle escomptait briller (mais c'est une conséquence du point précédent). 4 – Ne pas avoir attrapé le choléra. 5 – Avoir entendu notre mère me rétorquer : «Qu'est-ce que tu voulais qu'on fasse ? On n'allait pas vous mettre à la poubelle quand même!», le jour où j'avais commis la bêtise de lui demander pourquoi ils avaient eu tous ces enfants. 6 – Être le fils d'un homme qui devait de l'argent à la terre entière et dont les créanciers semblaient nous en vouloir de manger à notre faim, de vivre au chaud, pendant qu'eux attendaient leur fric. Et cetera.

Une lourde dette à rembourser, oui, dont je sens peser le poids sur mes épaules aussitôt qu'Agnès entre dans ma vie. Quand elle obtient de ses parents que je sois invité à Rabos pour les vacances de Noël, dans les jours qui suivent nos fabuleux baisers, je décide aussitôt que je descendrai en Espagne en auto-stop. Les Le Guen voyagent en train-couchettes jusqu'à Perpignan, puis ils louent une voiture. Il est exact que je n'ai pas de quoi payer mon billet, mais je ne laisse pas le choix au père d'Agnès de me l'offrir, j'annonce immédiatement qu'en ce qui me concerne je viendrai par la route.

— En cette saison, tu risques d'en baver, me rétorque sobrement Marcel Le Guen.

« J'aimerais bien, oui », m'entends-je murmurer à part moi, car je ne peux pas admettre de dormir dans les bras d'Agnès, dans ce coin d'Espagne désormais élevé au rang d'éden, si je n'ai pas souffert.

Un matin de décembre, sortant du métro, je me poste donc au bord de la nationale 20, porte d'Orléans, avec mon sac à dos et mes chaussures à crampons. Il bruine, le jour est encore loin d'être levé, et quand un camion passe, me devinant probablement dans ses phares, je dois m'écarter de quelques mètres pour ne pas me retrouver happé dans le tourbillon de merde qui le poursuit. C'est d'ailleurs l'un de ces camionneurs qui m'embarque, m'expliquant que, s'il trouvait son fils dans la même situation que moi, il lui en collerait une sérieuse, avant de le ramener à la maison.

Le soir, je suis à Brive, et comme la température est tombée en dessous de zéro, j'entre dans une salle de cinéma et je m'endors pendant le film. Puis je marche jusqu'à la sortie de la ville et je dois attendre 5 heures du matin pour qu'un couple de maraîchers m'offre une place à l'arrière de son tube Citroën. Je suis à Toulouse vers midi, puis je fais étape à Carcassonne, Narbonne, Perpignan, avant de trouver une voiture qui file sur Barcelone et promet de me laisser à l'embranchement vers Capmani, après le passage du Perthus et la ville frontière de La Jonquera, à hauteur, dis-je au conducteur, de l'effigie du taureau plantée dans la montagne (une publicité pour un brandy, je crois). Des décennies ont passé, mais j'ai toujours autant de plaisir, et presque d'excitation, à décliner tous ces noms qui me rapprochent d'Agnès et de ce village de Rabos que je la revois arpenter dans ses sandales de corde et son débardeur trop grand, sous lequel on devinait ses seins, petits et durs, m'expliquant qu'ici, les gens n'ont pas de respect pour les animaux (et moi n'osant pas lui dire combien je me fiche également des animaux, de peur de la perdre, déjà).

Il est peut-être 8 heures du soir quand la voiture me dépose à l'embranchement de Capmani. La route grimpe et s'enfonce aussitôt dans une nuit profonde. Je pense n'avoir que trois ou quatre kilomètres à parcourir avant d'atteindre Rabos, alors qu'en vérité il y en a dix-huit. Il est donc plus de minuit lorsque j'arrive au mas, mais je ne me plains pas, j'ai souffert, j'ai payé, je suis en paix avec moi-même. J'ai le droit de prendre du plaisir à entendre Agnès me murmurer des mots d'amour.

Nous louons deux chevaux chez les Gitans, sur la route de Figueras, que nous ramenons jusqu'à la maison par des chemins de terre à travers la plaine. Agnès m'apprend à monter, mais de toute façon mon cheval n'est pas contrariant, tandis que le sien, fier et nerveux, demande à être conduit. Le lendemain, nous décidons d'emprunter le petit pont en dos d'âne qui sort du village pour monter jusqu'au rendez-vous de chasse, dans la montagne. Quand le chemin est trop étroit, Agnès va devant, sinon nous allons au pas côte à côte et elle dit que c'est cette vie-là qu'elle imagine pour nous, plus tard. Avec le recul, je m'étonne de la célérité avec laquelle nous nous sommes choisis, ne doutant pas un instant de nos sentiments, ni de la vie que nous voulions, comme si nous avions l'un et l'autre une longue expérience des relations amoureuses.

Parvenus au rendez-vous de chasse, nous attachons les chevaux pour entrer dans la petite chapelle dont les portes battent. Les vitraux sont cassés, des araignées ont tissé leurs toiles tout autour de l'autel et jusque dans la voûte bleu pâle du dôme, piquée d'étoiles, dont l'humidité commence à boursoufler le plâtre. L'endroit semble abandonné, livré aux pilleurs, et pendant quelques minutes nous rêvons d'en devenir propriétaires, plus tard, pour restaurer la chapelle et vivre dans le bâtiment attenant, pourquoi pas ? (Deux années plus tôt, j'avais envisagé d'acheter une île au large de Douarnenez pour partager mes jours avec Anne, peut-être vous en rappeliez-vous depuis un moment, mais pas moi, ça me revient à l'instant, et je m'empresse aussitôt de l'écrire comme si je cherchais à éveiller la méfiance et le doute sur mes propres emballements.)

J'ai vingt et un ans, je ne crois plus que le ciel soit habité par le moindre petit dieu qui veillerait sur nos destinées (comme je l'ai cru, enfant), mais enfin, ce jour-là, même vide, le ciel semble vouloir nous mettre en garde contre une idylle qui va trop vite. Comme nous récupérons nos bêtes et marchons vers la maison à colonnades qui fait office de lieu de rendez-vous pour les chasseurs (et semble elle-même en ruine), Agnès me tend soudain les rênes de son cheval. « Tu veux bien me le tenir ? » Elle a vu quelque chose dans l'herbe qui l'a intriguée, peut-être un scarabée sur le dos qu'elle veut remettre à l'endroit avant qu'il souffre d'hypothermie, ou une mue de serpent, ou un chardon bleu qu'elle aimerait bien cueillir, en tout cas un truc suffisamment intéressant pour qu'elle m'appelle : « Viens voir ! » Et moi, comme le dernier des cons, j'abandonne les chevaux pour accourir. J'entends encore l'exclamation stupéfaite d'Agnès :

— Mais tu es fou ! Les chevaux...

Et, sans attendre, elle retourne vers eux. Seulement, à l'instant où elle va reprendre ses rênes, son cheval a compris, il fait une ruade de côté pour lui échapper et s'élance au galop. Alors elle s'accroche à l'étrier, faute de mieux, espérant ainsi sans doute l'arrêter, mais le cheval la traîne sur plusieurs mètres jusqu'à ce qu'elle lâche prise et roule dans l'herbe.

— Agnès !

Je cours jusqu'à elle. Elle a reçu un peu de terre sur le visage, projetée par les sabots, mais elle semble a priori entière, intacte.

— Merde ! dit-elle. Je ne sais pas comment on va le récupérer.

— C'est de ma faute, je suis désolé. Tu n'as mal nulle part ?

— Non, ça va. Viens vite, le tien n'a pas bougé, on va déjà essayer de l'attraper...

Mais tandis qu'elle se relève, je vois que son pantalon est largement déchiré au niveau du genou. Et entre les lèvres béantes de l'étoffe, j'aperçois une chose effarante : la chair de son genou qui bâille, sans la moindre trace de sang, laissant deviner le tendon laiteux, couleur d'ivoire.

— Oh ! fait-elle, une fois debout, comme si la douleur la rattrapait soudain.

Et elle perd connaissance à l'instant où, la prenant dans mes bras, j'allais lui faire remarquer qu'elle était blessée.

Par ma faute, et en quelques secondes, tous nos rêves d'une vie autonome et sauvage viennent d'être anéantis. Agnès est maintenant inconsciente, allongée dans l'herbe, tandis que, agenouillé près d'elle, lui retenant la tête et lui caressant le front, je cherche qui pourrait bien nous venir en aide au sommet de ce mamelon désert. Nos chevaux se sont enfuis, et je n'ai aucun moyen d'appeler au secours.

Puis Agnès revient à elle, et retrouve aussitôt le fil :

— Il faut rattraper les chevaux.

— Je vais d'abord te redescendre au village. Tu vas grimper sur mon dos...

— C'est impossible, il y a plusieurs kilomètres. Est-ce que tu aperçois les chevaux ?

— Non, je ne les vois plus.

Mais alors surgit de derrière la grosse bâtisse à colonnades une vieille Jeep qui bringuebale à toute allure jusqu'à nous. Ce sont deux chasseurs, ils ont assisté à la scène depuis un poste d'affût qu'ils nous désignent vaguement, là-haut, dans la chaîne montagneuse, nous soûlant de commentaires qui nous font perdre pas mal de temps, certes, tandis qu'Agnès semble souffrir de plus en plus, mais que j'accueille, en ce qui me concerne, avec l'envie de les embrasser. Enfin, ils se penchent sur la blessure, échangent encore quelques considérations exaltées en catalan, et nous nous retrouvons bientôt assis à côté du chauffeur, Agnès dans mes bras, livide maintenant, cependant que l'autre homme nous explique qu'il va tenter de récupérer nos chevaux avec quelques amis qui vont le rejoindre.

La Jeep nous raccompagne jusqu'au mas, et tout va bien ensuite. Le père d'Agnès nous conduit aussitôt jusqu'à une clinique de Figueras où un médecin recoud le genou après avoir placé un drain. Entre-temps, le second chasseur *y sus amigos* ont récupéré les chevaux et nous les retrouvons à l'écurie à notre retour. Si tout cela était destiné à nous faire prendre conscience que nous sommes encore incapables de nous débrouiller seuls (et donc assez loin de pouvoir partir pour le Canada avec juste une hache et une boîte de clous), c'est assez réussi.

Le lendemain, le père d'Agnès et moi allons rendre les chevaux aux Gitans de Figueras. Il fume des Lucky Strike, m'en offre une, et nous échangeons quelques mots, chevauchant côte à côte. Je savais par Aurélien qu'il admirait Mendès France, j'ai appris depuis par sa fille qu'il avait été communiste, puis résistant dès l'âge de dix-neuf ans. Il m'intimide. Je ne peux pas m'empêcher de songer en sa présence à mon grand-père chargeant les grévistes, en 1903, à Armentières. J'ai le sentiment que si je lui disais mon nom en entier (ce *de Pranassac* que j'ai laissé tomber en classe de seconde ou de première), il m'observerait aussitôt avec méfiance. (Curieusement, je me sens bien plus honteux d'être le petit-fils d'un homme qui a chargé les ouvriers grévistes que le fils d'un homme qui n'a pas fait de résistance et ne fut pas loin de penser que le nazisme était un mal nécessaire pour nous préserver du communisme.) Ce qui me permet de me tenir la tête haute, malgré tout, c'est que je suis moi-même ouvrier à temps partiel (je travaille au chauffage urbain, cette année-là, quai de la Rapée), et de gauche (version confusément anarchiste), après avoir soutenu Tixier-Vignancour cinq ans plus tôt. Cependant, nous ne parlons que de choses anodines, de ce chemin qui vaut mieux que cet autre, là-bas, des problèmes d'irrigation que rencontrent les paysans du coin, de la façon dont eux, les Le Guen, ont connu les gitans, et pas un instant de politique ou de mes origines sociales (c'est un procès que je m'intente à moi-même, silencieusement, tout au long du chemin, sans que Marcel Le Guen y participe en quoi que ce soit).

Désormais, Agnès et moi nous promenons dans une petite carriole attelée à son âne, Gitan. Gitan brait de satisfaction aussitôt qu'il reconnaît la voix de sa maîtresse, si bien qu'il est prêt à braver les pires raidillons pourvu qu'elle l'encourage. Chaque soir, nous jouons aux cartes avec le père d'Agnès, devant un feu de bois, tout en fumant ses Lucky Strike, pendant que sa mère prépare le dîner ou décape le dessus d'une table de ferme dont M. Estariol lui a fait cadeau en échange d'une table de cuisine en Formica qu'elle est allée chercher à Perpignan.

Janine Le Guen n'est pas enthousiasmée par le nouveau petit ami de sa fille (Agnès et moi ne sommes pas encore amants, même s'il nous arrive parfois de nous endormir dans les bras l'un de l'autre). Elle ne se cache pas de regretter Philippe, qui était bien élevé, et avait un avenir plus prometteur que le mien, pense-t-elle. Un jour où elle m'entend dire que je suis contre l'héritage (j'ai Jean Baudrillard pour professeur et *Les Héritiers*, de Bourdieu et Passeron, pour livre de chevet), elle soupire, moitié en colère, moitié amusée : «Vous allez arrêter, oui, de bourrer le crâne de ma fille avec vos idées idiotes!» C'est une femme d'un milieu modeste, qui fut manucure après la guerre, élancée et belle dans sa jeunesse, et dont le franc-parler a quelque chose de rassurant, presque de chaleureux. Son mari, intellectuel, pudique et secret, tout le contraire d'elle, m'observe avec sympathie, me semble-t-il, se gardant de se mêler de la vie privée de sa fille.

C'est au retour de ce séjour en Espagne que je prends la décision d'en finir définitivement avec la moto et d'entreprendre un long voyage en forme d'épreuve qui devra tout à la fois marquer ma rupture avec le passé (en réalité, me punir pour mon insondable bêtise) et rembourser par avance l'énorme dette que je dois à je ne sais qui pour le bonheur d'avoir rencontré Agnès. J'avais acheté une Honda que je revends, ainsi que différentes épaves (dont ma première BSA 250 centimètres cubes), pour aller déposer aussitôt mon argent chez le plus prestigieux des constructeurs de vélos sur mesure, Alex Singer, à Levallois.

Un garçon singulier, Rémi Berli, rencontré en terminale, m'a entraîné chez Singer et me conseille pour le choix du vélo. Rémi se moque des gens qui prennent la vie au sérieux (comme je le fais), et c'est cela qui a dû à la fois m'agacer et m'attirer, au départ. Cette façon de relativiser la littérature, comme la philosophie, de réduire Sartre à un nabot carriériste, Socrate à un gros paresseux rêveur, et de ricaner de tout finalement. Comme Rémi partage avec mon frère Nicolas un intérêt artistique pour la photo, nous formons un trio dès la terminale. Puis je m'éloigne de Rémi pour rejoindre mes nouveaux amis de la moto, tandis que Nicolas et lui deviennent inséparables. Quand j'arrête la moto et rencontre Agnès, je reviens vers eux deux. Alors nous passons souvent nos soirées chez les parents de Rémi qui possèdent une espèce de chalet suisse, à Saint-Cloud, sur les berges de la Seine, et dont le père est artiste peintre, paradoxal et chaleureux, comme l'est son fils, et la mère telle que tout enfant rêve d'en avoir une, intelligente, aimante et généreuse. Rémi a déjà fait plusieurs grands voyages à vélo, seul, y compris au milieu de l'hiver, dont il a rapporté des photos. C'est lui qui m'inspire l'idée de partir à vélo. En l'écoutant, puis en regardant ses photos, j'y vois une façon de creuser silencieusement mon sillon, dans la douleur, comme un paysan, rompant ainsi radicalement avec le brouillage volontaire de la pensée qu'incarne pour moi la moto à travers le bruit et la vitesse.

Au fil de nos discussions, cependant, nous décidons de partir ensemble. Oui, pourquoi pas ensemble ? J'avais d'abord envisagé de rouler à travers l'URSS, rêvant de connaître Moscou, puis Sébastopol d'où l'armée blanche avait fui le communisme, encore habité par quelques pages bouleversantes des *Mémoires* du général Wrangel, avant d'atteindre Vladivostok qui incarnait pour moi le bout du monde. Mais nous choisissons finalement le Haut Atlas, qui nous permettra de traverser toute l'Espagne, puis le Maroc, et de découvrir le désert une fois franchies les montagnes. C'est donc un vélo capable de supporter les chaos d'une piste tout en transportant quarante kilos de matériel qu'il me faut, et c'est ce vélo-là qu'Alex Singer me construit (Rémi a déjà le sien, fabriqué par le même Singer trois ans plus tôt).

Le 1ᵉʳ juin 1971, nous quittons Paris pour un voyage d'environ sept mille kilomètres dont nous estimons la durée à quatre ou cinq mois. Agnès pleure, la veille de notre départ, lorsque je passe l'embrasser, tandis que moi je suis secrètement fier de ce que j'ai inventé pour ne pas me vautrer dans le bonheur conjugal : cette sorte d'engagement volontaire pour un front imaginaire qui va nous tenir éloignés l'un de l'autre, certes, mais qui me grandira aux yeux de ma promise, et fera de moi un héros digne d'être aimé. C'est au retour, devenu ce héros, allongé une après-midi de septembre auprès d'Agnès endormie, dans notre chambre blanche et fraîche du *petit mas*, à Rabos, que telle une illumination m'apparaîtra la véritable raison de toute cette entreprise, de tant de souffrance et de larmes : échapper au spectre de Toto épousant notre mère après s'être planqué durant toute la guerre, et lui faisant l'amour l'après-midi, au milieu de l'été 1944, tandis que ceux de sa génération se battaient et mouraient pour libérer la France.

À toutes les étapes m'attendent des lettres d'Agnès – Bayonne, Valladolid, Cordoue, Gibraltar, Rabat, Marrakech. «Mon amour...», m'écrit-elle. Elle a été reçue au bac avec mention, elle ne trouve aucun plaisir à vivre en mon absence, elle compte les jours qui la séparent de mon retour. Je lui réponds qu'elle est toute ma vie, que j'aimerais tellement être près d'elle, que chaque heure du jour je pense à elle (sous-entendant que pour l'heure j'ai autre chose à faire : je suis un homme engagé dans une guerre secrète et lointaine).

Nous nous perdons en franchissant le Haut Atlas, et après une journée à errer sans eau, traînant nos vélos parmi des escarpements abrupts, sous un soleil hallucinant, nous devons notre survie aux habitants d'un fortin que nous repérons quelques minutes seulement avant que la nuit nous engloutisse. Ils prennent soin de nous, nous donnent à boire des litres d'eau, et après deux jours de repos nous remettent sur la piste. Arrivé à Ouarzazate, cependant, je suis pris de diarrhées et tombe malade. La chaleur est suffocante et nous n'avons pratiquement plus d'argent, tout juste de quoi nous offrir du pain et un peu de fromage. Pendant deux ou trois jours, je reste allongé sous le même arbre, n'ayant plus la force de tenir debout.

La fatigue et les difficultés nous ont mis les nerfs à vif, et nous décidons de nous séparer. Rémi veut rester un peu au sud, tandis que je prends le parti de rentrer seul. De ce long retour, j'ai surtout conservé le souvenir de ma remontée de l'Espagne par la côte – Malaga, Almeria, Carthagène, Alicante, Valence, Barcelone... Je me nourris des fruits que je vole dans les vergers, et je dors toutes les nuits sur la plage sans avoir besoin de monter ma tente. Mon corps s'est fait au vélo, l'effort ne me fait plus souffrir, et j'apprécie d'être seul, de n'avoir plus personne à qui devoir parler. Cependant, je ne réfléchis plus, je suis devenu comme un cheval de labour (moi qui parlais de creuser mon sillon), j'avance, parce que je n'ai pas le choix, et j'évite de penser à Agnès dont le souvenir me fait tourner la tête. Certains soirs, avant de m'endormir, je relis une de ses lettres au hasard. «Mon amour...», m'écrit-elle. C'est donc bien qu'elle existe, que je ne rêve pas.

23.

À la rentrée, Nicolas et moi quittons la maison. Toto, qui conserve Frédéric, ne cherche plus à nous retenir. C'est même grâce à un de ses collègues assureur, Jean-Jacques Raynaud, que nous trouvons à nous loger. Jean-Jacques, qui voue une grande admiration à notre père parce que c'est de lui qu'il a appris son métier, vient de s'installer à son compte dans un trois pièces de la rue Duban, en plein Passy. Il a pris le salon pour bureau, la pièce attenante pour salle d'attente, et veut bien nous sous-louer la troisième chambre dont la fenêtre donne sur une petite cour pavée plantée d'un marronnier. L'appartement est vétuste, il n'est pas chauffé, il n'y a qu'un évier en guise de salle de bains et les toilettes sont dans la cour, mais Nicolas et moi aurions accepté une soupente chez les chiffonniers d'Emmaüs plutôt que de passer une année de plus avec notre mère.

Notre chambre est petite, mais nous parvenons néanmoins à y entrer nos deux lits, une malle datant de Bizerte qui nous fait office de table de cuisine, et un bureau pour moi, près de la fenêtre. Nicolas est sans cesse en voyage, désormais, accumulant des photos qu'il met en sûreté chez Rémi Berli. Il ne s'est pas réinscrit à l'université, tandis que de mon côté je poursuis vaguement des études de lettres et de philo.

En vérité, c'est durant cet automne 1971, au retour de mon voyage à vélo, et dans l'émotion que je découvre à vivre enfin seul, loin des miens, dans cette chambre que j'ai immédiatement aimée, que je me mets pour la première fois à écrire. Ça

306   Le chagrin

me vient comme l'envie de faire l'amour (dont j'expérimente
par ailleurs les plaisirs et les surprises avec Agnès), je veux
dire par là que je me sens soudain très exalté, dans une espèce
d'érection immatérielle qui me pousse à aller piquer un nouveau
paquet de cigarettes Pall Mall à Jean-Jacques Raynaud (qui
n'est jamais là, par chance), dans le tiroir de droite de son
bureau, puis à arpenter tout l'appartement en fumant, terriblement nerveux, tremblant bientôt de colère, avant de m'asseoir
à ma table et d'écrire une longue lettre d'insultes à l'abbé
Dussoulier, le supérieur de Sainte-Croix de Neuilly, à l'abominable M. Souère, ou encore à cet enfoiré de M. Prudhomme
qui faillit nous arracher les oreilles et chiffonna sans le lire
le seul mot d'excuse que nous écrivit jamais Toto, sous
prétexte qu'il n'était pas dans une enveloppe. Dix ans avant
d'écrire la première version de *Priez pour nous*, je règle
déjà quelques comptes à coups de hache, découvrant combien l'écriture me sort de mon chagrin, combien elle me
donne le sentiment d'exister, enfin (d'ailleurs, j'entends
cogner mon cœur, parfois je pleure, parfois je ris aux larmes, comme cela ne m'arrive jamais, y compris en pleine
extase amoureuse). Un matin, finissant une lettre à l'ignoble
abbé Robin, l'aumônier qui me fit raccompagner par un surveillant à la Côte noire, je décide d'aller la lui porter moi-
même. Mais une fois sur place, j'entre dans mon ancien
collège et, comme personne ne me demande rien (ce doit
être un jeudi ou un mercredi, jour de congé), je grimpe dans
les étages, reconnais la classe de M. Souère, et sans doute y
aurais-je mis le feu si seulement j'avais pensé à prendre des
allumettes et un peu d'essence.
     Rémi parvient à vendre les photos de notre traversée du
Haut Atlas, mais le magazine qui les lui prend, *Loisirs et
Voyages*, réclame un récit pour les accompagner ; j'écris donc
pour la première fois un texte à peu près construit susceptible
d'être publié. Il l'est, en échange d'un chèque que je n'aurais
pas songé à réclamer, mais qui nous ouvre des horizons nouveaux. «Pourquoi tu n'écris pas, puisque ça te rapporte du
fric, au lieu de te faire chier avec tous ces connards ?» me fait
remarquer Nicolas (je suis alors manutentionnaire chez un

fabricant de freins, Abex). J'écris des lettres d'insultes, mais je ne vois pas bien ce que je pourrais écrire qui ait une quelconque valeur. Et c'est encore Nicolas qui trouve la solution. Il a fait la connaissance d'un cascadeur, dont il a photographié le spectacle, Jean-Pierre Chapelet, et cet homme cherche un secrétaire. Nous nous rencontrons brièvement, il est fruste, pas sympathique, imbu de lui-même, mais il me propose de m'emmener le lendemain même à Liège, en Belgique, où il doit donner une série de représentations, et j'accepte de l'accompagner.

Mon travail consiste à écrire pour les journaux locaux des biographies plus ou moins détaillées (et plus ou moins fantaisistes) de mon patron, ou à livrer de longs entretiens dont je rédige moi-même les questions et les réponses. J'en ai appris suffisamment sur lui durant le voyage de Paris à Liège pour décrire par le menu son émotion à l'instant où il va percuter un mur de brique à près de 100 kilomètres à l'heure, ou bondir au-dessus d'un tas de planches en feu au volant d'une vieille Ford.

Durant quelques semaines, j'habite Liège, et Agnès et moi renouons avec les lettres d'amour. Elle souffre de mon absence, «sans toi la vie me semble vaine», m'écrit-elle, et, sans vouloir me retenir, elle m'avoue qu'elle ne voit pas comment elle supportera le long voyage que j'envisage de faire l'été suivant avec Nicolas et Rémi. Nous projetons d'aller jusqu'en Éthiopie, par l'Égypte et le Soudan, l'idée étant de me confier la relation du voyage tandis qu'eux deux photographieront les scènes qu'ils voudront. Nous partirons au moins quatre mois, et je ne trouve rien à répondre à Agnès, si ce n'est que nous ne sommes qu'en janvier

Dès mon retour à Paris, nous nous retrouvons au milieu de l'après-midi dans ma chambre de la rue Duban. Agnès a renoncé à devenir vétérinaire, elle s'est inscrite en fac de sciences à Jussieu et elle sèche quelques cours pour venir faire l'amour avec moi (ses parents lui interdisent de découcher). Nous sommes très amoureux, inlassablement curieux l'un de l'autre, et j'évite soigneusement de parler de l'Éthiopie pour ne pas la voir pleurer.

Elle sort de chez moi pour retourner en cours, et je suis encore à moitié nu ce jour de février 1972 où nous découvrons Toto sur mon palier. Il n'est plus le même, je le vois aussitôt : le cheveu lissé, rasé de frais, habillé comme un ministre d'un blazer croisé bleu marine et d'un pantalon de flanelle à revers.

— Salut, mon petit vieux !

— Papa ! Ça faisait longtemps que tu frappais ? On n'a rien entendu. Tiens, je te présente Agnès. Mon père...

— Bonjour, monsieur, dit-elle, je suis désolée, je partais.

— Mais je suis enchanté de faire votre connaissance.

— Entre, papa. Agnès est pressée.

J'enfile une chemise, retape vaguement le lit.

— Je t'offre du thé ?

— Avec plaisir.

Je le fais asseoir sur le lit de Nicolas, et ainsi nous avons la malle de Bizerte entre nous deux sur laquelle je dispose les tasses et les quelques Petit Brun que je viens de découvrir au fond du paquet.

— Comment ça va à la maison ?

— Je ne te cache pas que c'est un peu difficile...

— Depuis notre départ, tu veux dire ?

— Non, de ce point de vue-là rien à dire : maman a récupéré la chambre pour prendre des gosses à la journée, ça nous fait un peu d'oseille en plus et je t'avoue qu'on en a bien besoin.

— Maman prend des gosses à la journée...

Et je songe à part moi : «Tiens, il se trouve donc des parents assez cons pour confier leur enfant à notre mère, pour ne pas voir au premier coup d'œil qu'elle est complètement cinglée, incapable d'aimer, de donner de la tendresse.»

Cependant, Toto a repris le fil de la conversation.

— ... une femme d'une douceur, mon vieux, je n'avais jamais vu ça... Et cultivée, au courant de tout, je t'assure que ça me change de ta mère.

Mais de qui parle-t-il ?

— Excuse-moi, papa, je n'ai pas suivi, je pensais à autre chose.

— Je te disais que j'ai rencontré une femme d'une douceur exceptionnelle, et que ça me change de ta mère.

— Tu as rencontré une femme.

— Voilà, oui. Et au fond, tu vois, je suis soucieux de savoir ce que vous en pensez, ton frère et toi.

— Nicolas est à Berlin, mais si tu veux je lui en parlerai quand il rentrera.

Je dis absolument n'importe quoi, j'essaie de gagner du temps, d'assimiler cette nouvelle incroyable : Toto a envoyé chier notre mère, il dort avec une autre femme. Ça a donc duré ce que ça devait durer. Et cette femme prend soin de lui, il n'a plus du tout l'air d'un clochard. Il a dépassé les cinquante ans, mais je vous assure qu'il en fait dix de moins dans ce blazer, avec cette nouvelle coupe de cheveux et la peau de son visage qu'on dirait retendue et légèrement hâlée.

— Bon, mais toi, mon vieux, quel est ton sentiment? reprend-il en se mordant férocement le gras du pouce.

— Mon sentiment?... Je trouve que tu as bien raison, m'entends-je dire, à ma profonde stupéfaction. Je me demande même pourquoi tu ne t'es pas tiré plus tôt, depuis le temps qu'elle t'emmerde.

J'allais ajouter : «cette conne!», «depuis le temps qu'elle t'emmerde, cette conne!» avec un point d'exclamation, voyez-vous, mais je me suis arrêté à temps. La nuit même, repensant à notre conversation, je me rendrai compte que je n'avais fait qu'exprimer mon propre regret de ne pas être parti plus tôt de la maison pour connaître l'idylle qui me transportait à présent, confondant ma situation avec celle de notre père (après tout, nous étions curieusement tombés amoureux à quelques mois d'intervalle). Mais il était trop tard, je lui avais donné ma «bénédiction», comme allait me le reprocher notre sœur Christine, dès le surlendemain.

Elle se présente à ma porte avec un sourire un peu tendu, mais les bras chargés de gâteaux néanmoins.

— Je ne te dérange pas, j'espère? Je voulais voir où vous habitiez. Papa m'a dit que Nicolas était à Berlin.

— Entre! J'étais en train de bouquiner. Alors tu as vu papa, récemment?

— Hier. Je suis catastrophée...

— Ah ouais. Assieds-toi, enlève ton manteau. Je vais faire du thé. Il t'a dit pour sa...

— Pour sa maîtresse, oui. Et tu lui as donné ta bénédiction, paraît-il. Mais enfin tu es complètement fou, William ! Est-ce que tu réalises qu'il y a encore six enfants à la maison ?

— Ça fait trente ans qu'elle lui pourrit la vie, elle aurait fini par le tuer de toute façon.

— Ce n'est pas la question. Ils ont eu dix enfants ensemble, papa a le devoir de les élever jusqu'au bout.

— Il a aussi le droit d'être heureux. Tu as vu comme il a rajeuni d'un seul coup ?

— Non, je n'ai pas vu, et je m'en fiche, figure-toi. Tu es complètement inconscient. Tu veux que je te dise ce qui va arriver ? Maman va se laisser mourir de chagrin, elle est incapable de vivre sans lui, papa regrettera ce qu'il a fait jusqu'à la fin de ses jours, et je ne sais pas comment les petits se remettront de cette nouvelle catastrophe.

Elle a raison, bien sûr, et je balance désormais entre la vieille complicité que j'éprouve pour Toto, la pitié que m'inspire soudain notre mère, et l'inquiétude que me cause l'avenir des petits, Guillaume, Cécile, Marie, Oscar, Clément, dont les âges s'échelonnent de seize à onze ans (Anne-Sophie, qui a dix-neuf ans, va bientôt s'en aller pour se marier).

Maman me prend à part pour sangloter quand je passe au Pré-au-Bois, et pour la première fois je trouve le courage de lui expliquer que papa a tout de même de bonnes raisons d'avoir envie de partir.

— Depuis que je vous connais, maman, je vous vois vous disputer (je ne dis pas « vous humilier », « vous haïr », « vous détruire », « vous assassiner », je choisis ce qu'il y a de plus modeste dans la lexicographie : « disputer »). Comment veux-tu, à la longue ?

— Mais aussi, tu as vu les épreuves que nous avons dû traverser ? Quelle femme aurait supporté ce que j'ai supporté ?

— Maman, chacun est quand même responsable de sa vie.

— Qu'est-ce que tu veux dire ?

Qu'ils auraient pu se dispenser d'avoir dix enfants, mais comme je n'ai pas envie de m'entendre répéter que j'aurais pu finir à la poubelle, j'élude.

— Personne ne vous a forcés à vous marier, par exemple.

— Personne ne nous a jamais aidés non plus.

Et là, elle repart dans les fameux «partages» qui auraient favorisé son frère (oubliant de mentionner, ce que j'apprendrai plus tard, que notre oncle Armand paya une bonne partie des dettes de nos parents quand il apprit que nous avions échoué à la Côte noire).

Quelque temps après cette conversation, cependant, tout semble s'arranger puisque Toto nous annonce qu'ils viennent d'acheter une maison à Saint-Malo, sur le front de mer. Ils n'ont pas d'argent, ils sont pétris de dettes, notre père a une maîtresse, mais ils ont acheté une maison, et pas n'importe où : sur la digue même, certainement l'emplacement le plus recherché.

C'est le genre de nouvelles qui me glace le sang car j'imagine aussitôt le boniment qu'a dû inventer Toto pour faire croire au vendeur qu'il avait de quoi le payer (comme il avait réussi à persuader la Caisse des dépôts qu'il paierait sans problème le loyer exorbitant de Neuilly, bien que simple représentant en aspirateurs). Et cependant, Nicolas me décide à en rire. «Si le mec est assez con pour lui vendre sa baraque, qu'est-ce qu'on en a à foutre?» me dit-il. Oui, il a raison, et en même temps, je pense à part moi que nous avons tort d'en rire parce qu'un jour ça nous retombera sur la tête, comme Neuilly, comme Sainte-Croix, comme les cloisons de Vaucresson abattues sans autorisation.

Il me semble que c'est en mars, un week-end venteux et pluvieux, que Toto nous convainc, Nicolas et moi, de les accompagner à Saint-Malo voir cette maison. Nous sommes séduits par son romantisme, sa vétusté. C'est une villa de trois niveaux dont seul le rez-de-chaussée est en pierre, toutes les structures supérieures étant en bois peint, dans le style des maisons de La Nouvelle-Orléans. Sur le devant, une véranda aux piliers d'acier rouillés, aux vitres cassées, la protège tant bien que mal des embruns. Le froid et l'humidité sont à peine supportables à l'intérieur, et cependant notre mère ne se plaint de rien. Jamais nous ne l'avons connue si bien disposée, si attentionnée, nous proposant sans cesse du café ou du thé brûlant, comme si elle avait résolu de reconquérir notre père.

Toto a démarré les travaux de restauration au rez-de-chaussée, et nous lui donnons un coup de main. Nous doublons les murs de pierre de panneaux en bois ventilés, car l'humidité est telle que ni la peinture ni le papier peint n'accrochent sur le plâtre. Toutes les deux ou trois heures, notre père disparaît subrepticement pour revenir une demi-heure plus tard en sifflotant.

— Vous m'excusez de vous abandonner, hein, les garçons, nous glisse-t-il à un moment où notre mère est dans les étages, mais j'ai promis à Catherine de l'appeler régulièrement. Ce n'est pas très marrant pour elle ces week-ends où on ne se voit pas.

En somme, notre père retape une maison pour sa femme tout en songeant à sa maîtresse. A-t-il dit à notre mère que c'était fini avec Catherine (puisqu'elle s'appelle Catherine, donc)? Notre mère feint-elle de le croire, se raccrochant silencieusement au projet d'avenir en commun que représente cette maison?

Quelques jours plus tard, repassant par le Pré-au-Bois, je la découvre en larmes dans leur chambre. Toto découche une nuit sur deux, notre mère a beaucoup maigri (en dépit de ses onze grossesses, il me semble soudain retrouver furtivement la jeune femme aux épaules étroites, aux seins menus, qu'elle fut avant son mariage, élancée et belle – celle des photos que j'accumule mais que je ne scrute pas encore à la loupe, comme je le fais aujourd'hui). Je l'écoute m'expliquer que notre père est un salaud, «le dernier des salauds», dit-elle – «Mon Dieu, après tout ce que j'ai enduré, me faire ça!» – et qu'elle n'aura pas la force, cette fois-ci.

— Qu'est-ce que ça veut dire, maman, que tu n'auras pas la force?

— Comment, qu'est-ce que ça veut dire? Ça veut dire que je n'en peux plus, que je ne dors plus, que je ne mange plus, que je suis en train de tomber malade...

— Est-ce que tu aimes encore papa ?

— Mais bien sûr que je l'aime ! Je n'ai jamais aimé que lui, en dépit de toutes... de toutes les saloperies qu'il a pu me faire, ses mensonges, ses coups pendables... Je finis par croire qu'il n'est pas normal, que ce n'est pas sa faute... Quand tu penses d'où il vient, cette famille de dégénérés, ses parents qui se sont mariés entre cousins... Et de toute façon, je ne vois pas comment il aurait pu échapper à la folie, élevé par un père qui le battait et par ces deux vieilles, Boma et tante Babeth, qui l'appelaient encore « bébé » à la veille de notre mariage... « Ne te couche pas trop tard, bébé »... À vingt-quatre ans !... Je te jure, je les retiens ces deux-là, elles mériteraient de finir leurs jours en prison pour tout le mal qu'elles ont fait...

— Tu l'as déjà dit, maman, ça ne sert à rien de ressasser tout ça.

— Mais j'ai besoin de comprendre. Je passe mes nuits à essayer de comprendre comment on a pu en arriver là : ces dix gosses, et lui qui ne trouve rien de mieux à faire aujourd'hui qu'à aller s'envoyer en l'air avec cette putain !

— Écoute, maman, je ne sais pas si papa reviendra, je ne sais pas comment ça va finir, mais je sais que tu ne dois pas rester là à pleurer si tu veux le récupérer.

Je m'entends encore énoncer cette drôle de phrase, m'ériger en conseiller conjugal, moi qui quelques jours plus tôt félicitais Toto d'avoir envoyé paître notre mère. Je suis un autre que moi-même à ce moment-là, puisque je veux soudain du bien à notre mère, n'est-ce pas, puisque je me pose soudain en bienveillant médiateur ; et, revivant cette scène aujourd'hui, pour ce livre, je cherche à comprendre qui parle donc à travers ma bouche. J'émets l'hypothèse que ça peut être le nouveau-né de Bizerte, transi d'amour pour la jeune femme lumineuse qui le pousse dans son landau, et rêvant déjà de prendre la place de son mari dans son lit. À moins que ce soit l'enfant de dix ans qui ne se remet pas d'avoir vu sa mère se cacher sous l'armoire, à la Côte noire, et surtout de ne pas avoir eu le courage d'aller s'agenouiller auprès d'elle pour lui dire : « Pourquoi tu fais ça, maman ? Ne reste pas là, viens, tu vas me dire ce qui ne va pas et j'essaierai de

trouver les mots pour te consoler. » Ou encore le garçon de
douze ans qui a dû remplacer Toto au pied levé, le jour où
Clément s'est fracassé le visage sur le bidet, et qui a conservé
de cet événement épouvantable le sentiment de son impuissance à rassurer notre mère, à prendre la situation en main, et
en somme à être un homme digne de ce nom.

Cette fois, cependant, j'entends bien l'être (je veux dire :
occuper la place laissée vacante par Toto, et en l'absence
miraculeuse de Frédéric, parti depuis peu au service militaire)
c'est pourquoi je propose à notre mère tout un programme de
reconquête de son destin. Cela passe par cesser de pleurer,
par sortir de cette chambre pour aller se coiffer, se parfumer
et s'habiller de choses légères et affriolantes, par l'institution
de sandwichs à tous les repas pour en finir avec l'esclavage
de la cuisine, par l'organisation de « cinq à sept » autour d'une
tasse de thé avec les rares amies qui lui sont restées fidèles,
dont Nicky Viala, par des soirées musicales susceptibles de
sortir les petits de leur dépression (et de leurs chambres) pour
les rassembler au salon autour de notre mère et que d'un seul
coup la sinistre vie familiale apparaisse à notre père comme
un trésor perdu. Mais la mesure phare de ce programme est
évidemment la préparation du permis de conduire qui doit
permettre à notre mère de ne plus dépendre de Toto chaque
fois qu'elle veut sortir de ce trou perdu de Vaucresson pour
aller s'acheter une toilette aux Galeries Lafayette ou s'offrir
une séance de cinéma sur les Champs-Élysées.

— Ah ça, jamais ! s'écrie-t-elle. Jamais je ne conduirai
une voiture.

— Il le faut, maman.

— Mais comment veux-tu ? Nerveuse comme je le suis, je
vais provoquer des accidents à tous les carrefours.

— Ça n'est pas plus compliqué que de préparer un gratin
dauphinois sans mettre le feu à la cuisine, et jamais tu n'as
mis le feu.

(Si, à la Côte noire, me dis-je, tout en ne me souvenant
plus, soudain, si c'était elle ou Thérèse qui avait renversé le
Camping-gaz.)

— Jamais je ne conduirai! répète-t-elle. Et n'insiste pas, je te prie.

J'insiste, et le lendemain je suis de retour pour notre première leçon. Notre vieille Ariane 4 finit de pourrir sur le parking, derrière l'immeuble, et son état pitoyable est mon argument le plus convaincant : «Maman, dis-toi que si tu rentres dans un arbre, ça n'a aucune importance, d'accord? On foutra la bagnole à la ferraille, et voilà tout.»

Nous partons pour la forêt de Saint-Cucufa, de l'autre côté de la route qui nous en sépare (c'est pourquoi je parlais d'arbre), et avant d'installer notre mère au volant, je prends le temps de lui expliquer le principe de l'embrayage. Pour cette après-midi, nous allons seulement essayer d'enclencher la première et de démarrer, avant de freiner aussitôt, de se remettre au point mort, et de recommencer l'opération jusqu'à ce que le réflexe soit acquis. À une dizaine de reprises, j'exécute moi-même la manœuvre, lui demandant de suivre attentivement le mouvement croisé de mes pieds : tandis que celui de droite appuie *très progressivement* sur l'accélérateur, celui de gauche relâche *tout doucement* l'embrayage.

Et puis nous nous immobilisons au milieu de l'allée forestière.

— Tu as bien compris? Tu crois que tu vas pouvoir le faire?

Jamais de ma vie je n'ai parlé si gentiment à notre mère. «Eh bien tu vois, me dis-je, elle ne te fait plus peur, il suffisait d'avoir le courage de lui tendre la main.» Et, l'observant à ce moment-là, sagement assise à la place qu'occupait Agnès au temps de nos premiers baisers, je suis confusément étreint par le remords, comme si durant toutes ces années c'était par ma faute que nous nous étions craints, et si souvent détestés. Notre mère, qui est maintenant presque aussi menue qu'Agnès, et dont le regard décoloré par les larmes ne lance plus guère d'éclairs, m'attendrit terriblement soudain. Je suis traversé par l'envie de la prendre dans mes bras, de l'embrasser, de lui demander pardon – «Je ne sais pas pourquoi j'ai toujours eu si peur de toi, maman, même quand tu m'apprenais à tricoter à Paramé, tu te souviens?, eh bien même à ce moment-là je tremblais intérieurement de peur, mais ce n'est pas ta faute, c'est la mienne, moi aussi je suis issu d'une famille de dégénérés, il me manque sans doute une ou deux cases, comme à papa». Et cependant, je ne la prends pas dans mes bras, j'en suis incapable, je me contente de lui sourire en soutenant un instant son regard.

— Tu crois que tu vas pouvoir le faire, alors ?

— Je veux bien essayer, dit-elle sans conviction.

Et c'est moi qui fais le tour de la voiture pendant qu'elle se glisse sous le volant.

— Vas-y, enclenche la première.

Elle l'enclenche. Puis elle emballe le moteur de l'Ariane 4, qui vibre de toutes ses tôles, comme un Messerschmitt au décollage.

— Tu accélères trop, maman. Relâche un peu.

— Mais relâcher quoi ? hurle-t-elle.

Ça y est, elle a tout oublié, elle est en train de perdre ses moyens, alors je me penche sous le tableau de bord, j'attrape son pied droit et je le retire de l'accélérateur. Par chance, l'autre est resté bien écrasé sur la pédale d'embrayage.

— Relâcher l'accélérateur, maman, dis-je, dans le calme retrouvé de l'habitacle. C'est ma faute, j'ai voulu aller trop vite. On va procéder différemment : tu vas te mettre au point mort et simplement accélérer puis relâcher la pédale. Vas-y, fais-le tranquillement, n'aie pas peur, il n'y a aucun risque, la voiture ne peut pas avancer.

Elle accélère, puis, de nouveau affolée par le vrombissement du moteur, elle retire vivement son pied, comme si elle venait de se brûler, cette fois.

— Tu vois, tu y arrives, dis-je. Recommence !

Elle recommence. Emballe le moteur, lève le pied, l'emballe de nouveau, puis décélère posément.

— Je crois que j'ai compris, dit-elle.

Cependant, elle semble épuisée, défaite.

— Est-ce que tu veux qu'on arrête là pour aujourd'hui et que je revienne dans quelques jours ?

— Je ne sais pas...

Et soudain, se tournant vers moi :

— Pourquoi tu te donnes tant de mal pour moi, mon chéri ?

«Mon chéri». J'ai bien entendu. Je devrais la prendre dans mes bras et recueillir ses sanglots, puisqu'elle est au bord des larmes et qu'elle n'attend que cela. Mais j'en suis incapable, je ne dois pas être encore un homme, décidément, en dépit de tous mes efforts pour le devenir, alors je me réfugie dans la position réglementaire.

— Je ne me donne pas de mal, j'ai du temps libre en ce moment.

J'aurais aussi bien pu répondre, comme Tintin ou Mermoz à la fin de l'album : «Je n'ai fait que mon devoir, tout autre à ma place, etc.»

— Bon, dis-je après un silence, on va en rester là si tu veux. Ce sont les premiers pas qui sont les plus difficiles, et je trouve qu'on a bien avancé. Je reviendrai bientôt pour une deuxième leçon.

— Si tu veux, souffle-t-elle.

Puis, plus bas encore :

— Mon Dieu, je ne sais pas ce que je vais devenir.

Mais je ne reviendrai plus, j'abandonnerai notre mère à son chagrin comme je l'avais abandonnée sous l'armoire, dix ans plus tôt, il n'y aura jamais de deuxième leçon, car entre-temps la vie va me ferrer par un autre bout.

24.

Peut-être est-ce le soir même de cette première leçon de conduite, ou le lendemain soir, que je découvre Agnès sur mon palier. Elle n'a pas dormi, me dit-elle, elle a réfléchi à nous deux toute la nuit précédente. Comme c'est une fin d'après-midi ensoleillée – ce doit être avril –, nous n'entrons pas et décidons d'aller marcher vers les jardins du Ranelagh. C'est mon futur voyage en Éthiopie qui l'a empêchée de dormir.

— J'ai trop souffert de ton absence l'été dernier, dit-elle tristement, je ne veux pas que ça recommence. Tu comprends ?

Je ne comprends pas, non. Sans doute est-ce que je devrais compatir et la prendre dans mes bras, comme l'aurait fait Toto, puisque c'est à lui que je pense tandis que nous marchons l'un à côté de l'autre sur la chaussée de la Muette et que j'ai brutalement lâché la main d'Agnès – «Oui, mon petit, je comprends, ne te mets pas dans cet état, je t'en supplie, tout va s'arranger». Au lieu de compatir, je sens monter une énorme colère. Mais je ne reconnais pas immédiatement ma vieille colère contre la faiblesse de Toto à l'égard de notre mère, voyez-vous, de sorte que je n'ai pas conscience de confondre Agnès avec notre mère et que, ne voulant à aucun prix marcher sur les traces de notre père, je dis tout haut, et très violemment, ce que j'ai tant rêvé l'entendre dire :

— Agnès, tu ne peux pas m'empêcher de faire ce que je veux. Ce voyage est très important pour moi. Et puis merde, je ne vais pas rester toute ma vie à tes pieds comme un petit toutou.

— Mais qu'est-ce qui te prend ? s'écrie-t-elle en s'immobilisant. Mais tu deviens fou ! Jamais tu ne m'as parlé comme ça... Et soudain elle s'en va pour aller s'asseoir sur l'un des bancs, à l'entrée des jardins. Et moi, je suis tellement en colère que je la poursuis.

— Si c'est ça, dis-je en hurlant, planté au-dessus du banc et agitant les bras, on n'a qu'à se séparer tout de suite, parce que j'ai bien l'intention de voyager toute ma vie.

— Mais tu deviens fou, répète-t-elle, levant les yeux vers moi. Tu penses vraiment ce que tu dis ?

Et elle se met à pleurer, bien sûr. Je ne sais pas si ce sont ses larmes qui me ramènent à nous, à nos oignons, ou l'état de mes nerfs qui me paraît brusquement suspect, mais je reste un instant coi, ne trouvant rien à répondre. Oui, je pense vraiment ce que je dis, mais non, je ne le pense pas, en tout cas pas comme ça. Oh non, pas comme ça. Et je m'assois à côté d'elle, et j'essaie maladroitement de la prendre dans mes bras.

— Pardonne-moi.

— Non. Laisse-moi. Ne me touche pas.

— Pardonne-moi, Agnès. Je t'aime, je ne veux pas qu'on se sépare.

— Eh bien, moi, si, dit-elle dans ses larmes, je crois que je préfère qu'on se sépare tout de suite.

— Non, je t'en supplie, je ne pensais pas ce que j'ai dit.

— Bien sûr que si... Tu as dit exactement ce que tu pensais. Tu as peur que je fasse de toi un petit toutou... Mais comment peux-tu croire une chose pareille ? Comment peux-tu croire en notre amour si tu penses vraiment que je veux t'empêcher de vivre, te donner la place d'un petit chien ?

Elle sanglote, mais plus de dépit que de chagrin, me semble-t-il. Comme si elle avait pris la mesure du malentendu. Et moi aussi, maintenant, je commence à discerner le truc. Mais j'ai conscience que je ne peux pas lui en donner les clés, lui expliquer qu'en voulant échapper au modèle exécrable de mon père, je lui ai parlé comme j'aurais voulu qu'il parle à notre mère, la soupçonnant par avance de vouloir me couper les couilles, me réduire à ramper devant elle, parce que si je lui révélais une chose pareille, je le devine, elle se lèverait immédiatement et partirait en courant. Et jamais plus elle ne voudrait me revoir, je le pressens, je peux même me mettre à sa place, éprouvant une forme de dégoût pour moi-même, pour le personnage mal fagoté que je suis. Quelle femme pourrait supporter de voir surgir l'ombre de ses beaux-parents au détour d'une phrase de son amant, et pourquoi pas aussi au lit ? Surtout de tels beaux-parents, me dis-je, tellement misérables, tellement obscènes.

Je ne peux rien lui expliquer de ma confusion, et donc je me mets à pleurer à mon tour, affolé, je crois, par les dégâts que je viens de commettre. En deux ou trois phrases seulement, j'ai sabordé notre petit bateau qui s'apprêtait à voguer joyeusement vers la haute mer, et maintenant nous nous débattons au milieu des flots, de l'eau jusqu'au cou.

— Pardonne-moi, Agnès, dis-je, sans la toucher cette fois. Je ne sais pas comment j'ai pu te dire une chose pareille. J'ai honte de moi, je tiens à toi plus que tout.

— Comment veux-tu que je te croie ?

Ce qui est horrible, alors, c'est que je reconnais dans la seconde cette phrase qu'employait si souvent notre mère, fusillant Toto de son mépris : «Comment veux-tu que je te croie ?»

— Viens, dis-je en lui prenant la main, ne restons pas sur ce banc, oublions tout ce que j'ai dit, je ne sais pas comment j'ai pu, je me sens tellement mal. On va se serrer dans les bras et ne plus parler, ne plus penser.

— Non, je préfère rentrer à la maison.

Elle se lève, cherche déjà les clés de sa voiture dans son sac. Alors j'ai le sentiment que si je la laisse partir, je ne vais pas survivre à ce malheur. Et, assez pitoyablement, je la supplie :

— Tu ne peux pas t'en aller comme ça, Agnès. C'est trop triste.

Et puis je reste assis.

— J'étais venue en pensant qu'on passerait la nuit ensemble, tu as tout gâché, dit-elle, sans me regarder, mais sans partir non plus.

Cette fois je me relève, comme un homme qu'on aurait claqué dans la nuque après l'avoir assommé : avoir fait cet esclandre le soir où justement elle allait rester dormir !

— Mais pourquoi tu ne me l'as pas dit tout à l'heure ?

— Je voulais te faire la surprise, mes parents sont partis chez des amis pour le week-end.

— Agnès, qu'est-ce que je dois faire pour que tu me pardonnes ? Je regrette tellement.

— Je ne sais pas, dit-elle. Je ne sais pas.

Elle semble complètement perdue. Et puis elle croise timidement mon regard, voit que je pleure, et alors elle a un geste furtif de la main pour m'essuyer la joue.

— Bon, dit-elle en souriant vaguement, on a l'air malin tous les deux.

— Viens dans mes bras.

Elle veut bien. Je sens ses lèvres et son nez au creux de mon cou, puis son souffle. Elle se blottit. Je caresse sa nuque. «C'est beau l'amour», susurre la voix d'un homme qui passe tout près de nous, et, quand je lève les yeux, je le vois qui sourit en se retournant, dandy, manteau bien coupé, cartable. Je ris, tout en enfouissant mon nez dans les cheveux épais et chauds d'Agnès.

— Qu'est-ce qui te fait rire ?

— Le type qui a dit «C'est beau l'amour».

— Ah, je n'ai pas entendu.

— Viens, on va faire l'amour.

— Tu es sûr ?

— Oui, j'en ai très envie.

Maintenant nous rentrons en nous tenant par la main. J'enfonce d'un coup de genou la porte de l'immeuble. La cage d'escalier a conservé l'humidité glaciale de l'hiver tandis que dehors c'est presque le printemps. Je grimpe devant.

— Viens vite, dis-je tout bas en me retournant, on va se faire un lit dans l'autre chambre, comme ça personne ne nous dérangera.

L'autre chambre, c'est la salle d'attente de Jean-Jacques Raynaud, qu'il n'a jamais meublée et qu'il nous autorise à utiliser (nous l'avons repeinte en blanc et nous avons prévu d'y organiser en mai une exposition des photos de Nicolas et de Rémi). Nous y transportons mon matelas, ainsi qu'une lourde couverture rouge et noir dont la mère d'Agnès m'avait fait cadeau un jour où je disais que j'avais froid la nuit sans chauffage.

Et puis nous fermons la porte, nous nous déshabillons à toute allure et c'est un sentiment vertigineux de nous retrouver nus dans les bras l'un de l'autre, bien au chaud sous la grosse couverture, un sentiment à perdre le souffle.

— Oh, comme je t'aime, dis-je à Agnès.

— Moi aussi, tu es toute ma vie.

Je suis soulagé, nous sommes réconciliés. Je songe en moi-même que désormais je me méfierai de ma colère, je ne suis pas Toto, et Agnès n'est pas notre mère, elle ne veut ni m'humilier ni me détruire. Et cependant, je me sens si coupable de l'avoir blessée, si pitoyable, que je veux cette fois-ci que ça soit plus tendre que d'habitude, inoubliable, comme si c'était notre première nuit, notre nuit de noces, peut-être, pour qu'on s'en souvienne toute notre vie et qu'on se rappelle que ce jour-là nous sommes sortis de l'enfance pour inventer une façon de s'aimer qui soit différente de celle de nos parents.

Nous nous aimons avec passion, nous nous le disons, nous nous promettons que toute la vie nous serons l'un à l'autre, et c'est si réconfortant, si enthousiasmant, que je ne veux pas me retirer, même si la conscience du danger m'effleure, mais je me dis que s'il y a un peu de bienveillance quelque part dans le ciel, un peu de compassion pour nous ce soir-là, ce soir-là seulement, eh bien nous nous en sortirons comme des voleurs, pas vus pas pris.

— Je pensais... Je crois qu'on vient de faire une bêtise, dit Agnès à la fin, quand nous reprenons haleine.

Elle ne dit pas «tu», elle dit «on», par élégance, mais la bêtise, c'est moi qui l'ai commise. Et je vois tout de suite dans son regard que les conséquences vont être considérables, comme si elle avait su dans la seconde que ce que je venais de faire en ne me retirant pas était infiniment grave, que toute notre vie future allait en pâtir, que peut-être nous n'allions jamais nous en remettre.

— Attends, ajoute-t-elle en me repoussant doucement, je vais vite aller me laver.

Et elle part s'enfermer dans la petite pièce qui ne compte qu'un évier et un robinet d'eau froide.

Puis elle revient se blottir contre moi.

— Je crois que ça va aller, ne t'en fais pas.

Je me rappelle combien je me sens rassuré aussitôt. Et aussi, comme je dors bien cette nuit-là, dans ses bras, tandis qu'elle ne parvient pas à trouver le sommeil, m'avouera-t-elle plus tard.

Au début du mois de mai, nous inaugurons l'exposition de photos, et Marcel Le Guen, le père d'Agnès, nous fait l'honneur de passer. Il arrive directement de son bureau, nœud papillon et cheveux argentés, il est le plus prestigieux de nos visiteurs, à mes yeux en tout cas, et je suis fier de l'intérêt qu'il porte au travail de Nicolas et à la sympathie qu'il nous manifeste. Sinon, et en dépit des affiches que nous avons collées dans tout le quartier, les curieux se résument aux gens de notre immeuble, qui nous aiment bien pour la plupart, au marchand de journaux, au libraire à qui nous volons plusieurs livres par semaine (pris de scrupules à la suite de sa visite, nous irons désormais, comme tout le monde, voler nos livres à *La Joie de lire*, la librairie de François Maspero) et aux parents de Rémi Berli qui apportent à boire et à manger.

Les photos sont encore accrochées quand Agnès m'annonce qu'elle est enceinte. Le premier sentiment qui me traverse est celui de la honte, j'en ai très clairement le souvenir. Tandis que dix ans plus tard je ressentirai de la félicité, et une discrète fierté, à savoir Agnès enceinte (d'un enfant que nous perdrons au cours de la grossesse), je suis là accablé de honte. Moi qui avais tant voulu échapper au modèle de notre père, je marche sur ses traces, je m'empêtre dans la paternité à la veille de partir en voyage (Toto, qui admirait tant Mermoz et Larigaudie, qui rêvait de faire le tour du monde à bord d'un paquebot, n'est jamais allé plus loin que Bizerte). Et par une ironie qui ne m'échappe pas, j'ai conçu cet enfant le jour où, précisément, voulant échapper à l'exemple horrifiant de nos parents, j'ai confondu Agnès avec notre mère. Je me rappelle combien je me sens petit, humilié, diminué, le jour où je dois annoncer la nouvelle à Nicolas. Parce que je sais à l'instant ce qu'il va penser de moi. « Oh, le pauvre mec, ça commence mal pour lui. » Ce que tous les fils de Toto ont sûrement pensé à vingt ans d'un type de vingt ans qui avait mis sa petite amie enceinte.

Cependant, pas une seconde, ni Agnès ni moi ne songeons à garder cet enfant, et c'est cette perspective qui me permet de relever la tête. Nous devons trouver un médecin qui accepte de nous en « débarrasser » (tiens, me dis-je aujourd'hui – tandis que j'hésite sur le mot « débarrasser », puis me décide à l'employer, estimant qu'il exprime exactement ce que nous pensions alors –, dans la panique et la colère du moment je n'étais donc pas loin de parler comme notre mère : un médecin qui accepte de le « mettre à la poubelle » en somme). Mais nous n'en connaissons aucun, et nous n'osons pas encore envisager de devoir partir en Hollande, comme le font, paraît-il, les femmes qui veulent avorter. D'ailleurs, nous n'aurions pas suffisamment d'argent pour payer le voyage.

— Je vais demander à mon père de nous aider à trouver quelqu'un, dis-je à Agnès.

Je suis conscient, bien sûr, que Toto nous a souvent jetés à la côte, menés au naufrage, et cependant je continue de lui faire confiance. Notre mère aussi n'a jamais cessé de lui faire confiance, de le croire, en dépit de tous les mensonges qu'il lui a faits. Est-ce que je dois essayer de vous expliquer pourquoi, alors que je ne le sais pas précisément moi-même ? Je dirais dans le désordre : parce que Toto ne perd jamais son sang-froid, parce que je continue de l'associer au soulagement que j'éprouvais à Baroclem quand je reconnaissais l'échappement libre de sa Peugeot, parce que je me sens déchargé d'un poids aussitôt que je l'entends dire : « Ne te fais pas de bile, mon petit vieux, je m'en occupe », parce que je l'ai vu se sortir indemne de situations inextricables, tous les huissiers enfermés dans la boîte à gants de la Peugeot, éructant, tapant du poing pour sortir, et lui : «Ils commencent à me faire braire avec leurs menaces de saisie, qu'ils aillent voir ailleurs si j'y suis», ou survivre par miracle à des trucs effarants, comme le jour où la cargaison de fers à béton a transpercé sa 4 CV de part en part en lui faisant juste un petit accroc à la manche droite de son vieux veston, ou encore le jour où il est tombé dans la cage de l'ascenseur. À la réflexion, je ne suis pas sûr que Mermoz, Larigaudie, ou même Tintin, se soient sortis entiers, et toujours aussi confiants en la vie, d'autant de périls. De sorte que je dirais pour conclure qu'en dépit de naufrages innombrables (mais Mermoz aussi s'est crashé dans la cordillère des Andes avant de parvenir à la franchir) Toto demeure un héros crédible aux yeux des siens.

Je ne me souviens plus où nous nous rencontrons, peut-être dans un café de la rue de Provence, à proximité de sa compagnie d'assurances. Mais je me rappelle combien je suis gêné, confus, de devoir lui avouer qu'Agnès est enceinte. Et le malaise insidieux qui me saisit lorsque je le vois sourire, imperceptiblement, l'air de dire : «Dis donc, rafraîchis-moi la mémoire, c'est pas toi qui me demandais l'autre jour comment j'avais pu être assez con pour mettre ta mère enceinte à onze reprises?», avant de se reprendre et d'afficher une mine faussement mortifiée.

— Aïe! fait-il. Et comment envisagez-vous l'avenir?

— Il n'est pas question de le garder. Est-ce que tu peux m'aider à trouver un médecin?

— Je vais voir ce que je peux faire.

— Papa, je ne peux en parler qu'à toi, je ne connais personne.

— J'ai bien compris, mon vieux. J'ai bien compris. Je vais tenter l'impossible pour te sortir de là. Rappelle-moi dans deux ou trois jours.

Je ne lui ai posé aucune question sur notre mère, sur la situation à la maison, je glisse dans une angoisse qui commence à m'absorber chaque heure du jour, et bientôt de la nuit : nous sommes à la mi-mai, Agnès est enceinte d'un mois, et à la fin du mois de juin je pars pour l'Éthiopie avec

Nicolas et Rémi. Il faut que d'ici là tout soit fini, et je n'ai pas la moindre idée de la façon dont je vais m'y prendre. Notre père a-t-il toujours sa maîtresse ? Notre mère continue-t-elle de sangloter dans sa chambre pendant que les petits se débrouillent comme ils peuvent ? J'avoue que ça m'est devenu complètement indifférent. Je travaille toute la journée à ranger des fiches dans des dossiers, enfermé dans un bureau, rue de Rome, et je suis comme assommé par le sale tour que vient de me jouer la vie.

Eh bien oui, notre père a toujours sa maîtresse.

— J'ai parlé de ton problème à Catherine, me dit-il, tu vas appeler de sa part son gynécologue. C'est un type assez ouvert, paraît-il, il doit pouvoir vous aider.

— OK, merci.

— Je ne te cache pas que Catherine aimerait faire ta connaissance. Tu pourrais nous rejoindre un de ces jours à déjeuner, non ?

— Heu... Oui, oui.

— Je pense qu'elle y serait sensible.

— Je comprends.

— Veux-tu passer demain ?

— D'accord, faisons ça demain si tu veux.

En raccrochant, j'ai l'impression que mon cerveau s'est liquéfié. Je chancelle en sortant de la poste et je m'assois sur un banc du boulevard des Batignolles. Il est midi, c'est ma pause-déjeuner. C'est aussi le printemps, mais je n'en profite pas vraiment. Appeler Agnès, prendre rendez-vous avec ce gynécologue, et demain déjeuner avec notre nouvelle bienfaitrice, la maîtresse de mon père. Une bombe, semblable à celle d'Hiroshima, s'est abattue sur notre chambre à coucher et tandis que nous sommes nus parmi les décombres, des gens entrent et sortent, étonnamment bien portants, eux, nous volant notre intimité, tous nos secrets, piétinant ce que nous trouvions si précieux, profitant de notre dénuement pour nous humilier un peu plus.

Le lendemain, j'échange quelques mots avec cette Catherine dans un restaurant du quartier Saint-Lazare, inventant des brûlures d'estomac pour ne pas avoir à toucher à mon assiette.

Quand elle prend ostensiblement la main de Toto, déguisé en amiral de la flotte, cette fois-ci, avec sa cravate tricolore et ses boutons dorés, je suis pris d'un léger étourdissement.

— Ça va, mon vieux ? Tu n'as pas très bonne mine.

— C'est rien, c'est mon estomac qui me lance.

Le surlendemain, en fin d'après-midi, je retrouve Agnès boulevard Saint-Germain, sous le porche du médecin.

— Si tu veux, tu me laisseras lui expliquer.

— Mais non, ça va aller, ne t'en fais pas.

— Je ne m'en fais pas, je crois qu'on va s'en sortir.

Nous ne nous adressons plus la parole que pour nous rassurer mutuellement.

Le médecin est à peine aimable, il feint de s'intéresser à notre situation, mais la froideur de son regard, à certains moments, me laisse penser qu'il nous juge sévèrement, et qu'il n'hésiterait peut-être pas à nous dénoncer si l'occasion s'en présentait.

— Bon, dit-il, je peux vous proposer une série de trois injections. Je ne peux pas vous promettre que ça provoquera ce que vous espérez. C'est efficace sur certaines patientes, sur d'autres non.

— Et si ça n'a pas d'effets ?

— Alors je ne pourrai plus rien pour vous. Il sera d'ailleurs inutile de reprendre rendez-vous. Nous nous comprenons, n'est-ce pas ?

— Oui, docteur.

— Eh bien alors, si nous sommes d'accord, vous allez me régler d'avance, en liquide naturellement, et je vais vous faire immédiatement la première injection.

Le week-end qui suit les trois piqûres, nous décidons de partir tous les deux camper en Sologne pour oublier tous ces gens que nous avons dû inviter dans notre vie. Nous prenons le train le samedi, en début d'après-midi, jusqu'à une petite gare dont j'ai oublié le nom, et puis nous nous enfonçons à pied dans les bois par une route étroite. Je porte le sac à dos avec ma tente ficelée sur le dessus. Nous nous tenons par la main et je crois que nous serions parfaitement heureux s'il n'y avait pas cette petite chose menaçante dans le ventre d'Agnès. Parfois, elle s'arrête pour chercher des yeux l'oiseau dont elle a reconnu le chant. C'est un martin-pêcheur, une pie je ne sais quoi, une merlette que notre présence inquiète, paraît-il, pour ses petits... Agnès a pris son guide des oiseaux, elle songe à devenir orni- thologue. Quand elle lève les yeux vers la cime des arbres, j'en profite pour la regarder et je pense que j'ai tout de même de la chance d'être aimé par quelqu'un d'aussi charmant.

— Tu es jolie, Agnès, dis-je. Tu voudras bien que je demande à Nicolas de te photographier ?

— Si tu veux, oui.

Ensuite, nous cherchons un endroit pour planter notre tente, pique-niquer (nous avons apporté des sandwichs et de l'eau), bavarder et lire avant de faire l'amour, peut-être, quand la nuit sera tombée, et si nous y arrivons (parce que depuis tout ça, nous sommes glacés d'effroi à l'idée de refaire l'amour). Ce n'est pas facile de dénicher un emplacement qui ne soit pas barricadé, ou protégé par un panneau «Propriété privée», en lettres rouges sur fond blanc, ou l'inverse. Mais malgré tout nous en trouvons un, au bord d'un étang, et à découvert, pour profiter le plus tard possible du long crépuscule de printemps, et nous dressons notre tente dans les herbes hautes.

Nous sommes là depuis une petite demi-heure, assis en tailleur au bord de l'eau, Agnès plongée dans son guide des oiseaux, moi dans la lecture du *Voleur*, de Georges Darien (notre dernière découverte avec Nicolas et Rémi – un livre volé, évidemment), lorsque nous sommes brutalement apos- trophés par un long type que nous n'avons pas entendu venir, portant un pull à losanges, un chapeau tyrolien et des bottes de caoutchouc.

— Il ne faut pas vous gêner, surtout. Je vous signale que vous êtes sur ma propriété, que cet étang m'appartient, et que vous avez de la chance que mes chiens ne vous aient pas repérés avant moi.

— Ah bon. Excusez-nous. Et ça vous ennuie si on passe la nuit ici ?

— Si ça m'*ennuie* ? (Il ricane vaguement.) Je vous donne un quart d'heure pour déguerpir, oui, et après ça j'appelle les gendarmes.

— Mais qu'est-ce qu'on a fait de mal pour que vous nous parliez sur ce ton ? intervient Agnès en se relevant.

— Vous fichez le camp, c'est clair ?

— Ils sont tous aussi accueillants que vous, les gens, par ici ? dis-je.

— Les gens, ils n'ont pas l'intention de se laisser envahir par les hippies et la vermine. Alors un conseil : démontez votre tente avant que je le fasse moi-même.

— Monsieur..., commence Agnès, au bord des larmes.

— Laisse tomber, c'est un connard, dis-je, suffisamment haut pour qu'il l'entende. Laisse tomber, Agnès, on va trouver un autre coin.

Mais nous ne trouvons aucun autre endroit, à deux reprises des chiens accourent pour nous aboyer dessus, et, finalement, à la nuit tombée, nous retournons vers la gare où nous passons la nuit allongés sur les bancs de la salle d'attente. Depuis ce week-end, quand je regarde une carte de France, je vois un trou noir à la place de la Sologne et mes yeux cherchent instinctivement les itinéraires de contournement.

Les piqûres n'ont rien donné, et au début du mois de juin nous commençons à envisager sérieusement le voyage à Amsterdam. Seulement le prix est astronomique, et même en additionnant l'argent de poche d'Agnès et ce que j'ai mis de côté pour l'Éthiopie, nous n'arrivons pas à la moitié de la somme nécessaire. Je songe alors à braquer la petite bijouterie de la rue de Passy, *Bijoux-box*, que je connais pour être allé y acheter un bracelet pour Agnès au milieu de l'hiver. J'y retourne, sous prétexte de trouver des boucles d'oreilles assorties au bracelet, et je profite de la présence de clients pour demander à réfléchir, mémoriser les lieux, et jeter un œil dans le tiroir-caisse quand les deux jeunes filles que j'ai laissées passer devant moi paient la petite chaîne qu'elles ont choisie pour l'anniversaire d'une troisième.

Je pense qu'avec le pistolet d'alarme de Rémi (qu'il me prêtera volontiers, je n'en doute pas) et une cagoule de ski que je vole dès le lendemain chez Inno, juste en face de *Bijoux-box*, je peux ramasser en cinq minutes le fric qu'il

nous manque pour Amsterdam, et peut-être même un peu
plus. Curieusement, ce projet, qui devrait m'angoisser, me
transporte dans une excitation qui frise par moments l'hystérie.
La Sologne vient d'ajouter une couche de peinture fraîche à
ma haine des propriétaires, des gens qui ont de l'argent et
nous font payer, depuis notre expulsion de Neuilly, le fait de
ne pas en avoir, et je vois le moyen à travers ce casse de régler
leur compte à la Caisse des dépôts, aux curés de Sainte-Croix,
à l'armada d'huissiers qui emmerdent Toto. Ce qui me plaît,
je crois, dans ce geste, c'est sa forte portée symbolique : grâce
à lui, je vais cesser de vivre en harmonie avec nos ennemis,
voire de me compromettre avec eux dans des conversations
polies (comme lorsque je reçois un huissier avec courtoisie,
plutôt que de lui balancer immédiatement un coup de genou
dans les couilles) ; en déclarant la guerre aux possédants, aux
détenteurs du fric, je vais leur signifier que nous ne sommes
pas dans le même camp, n'y serons jamais, et qu'ils devront
désormais compter avec mon désir de leur pourrir la vie,
comme ils ont pourri la nôtre.

Il me semble que je ne dévoile rien de mon projet à Agnès,
et cependant elle doit pressentir que quelque chose ne va pas,
ou pourrait mal tourner, car c'est elle qui propose un jour de
tout dire à son père.

— Le temps passe, je ne vois plus d'autre solution que de
prévenir papa, dit-elle. Tu es d'accord ?

Et je m'entends répondre : «Oui, je suis d'accord», soudain soulagé de pouvoir renoncer à mon baptême de petit bra-
queur.

Marcel Le Guen est en colère, et sans doute blessé que sa
fille ait attendu si longtemps avant de lui demander son aide.
C'est le seul reproche qu'il fait à Agnès, sinon, pudique et
discret, comme à son habitude, il se dispense de tout commentaire. Lorsqu'il aura tout organisé pour nous sortir de là
et que je le rencontrerai brièvement, dans sa voiture, afin qu'il
m'explique la marche à suivre, il prendra un air fermé quand
je le remercierai et éludera d'un geste agacé mon offre de
remboursement.

Il a découvert un médecin prêt à pratiquer l'intervention dans sa propre clinique, à Paris, en échange d'une somme en liquide dont nous ne saurons jamais le montant. Cependant, le jour dit, et pour que l'opération ne présente aucun risque judiciaire pour le docteur, il faudra qu'Agnès se présente à la clinique en état d'urgence, c'est-à-dire feignant de souffrir d'une hémorragie comme si elle sortait de l'officine d'une faiseuse d'anges, ou avait tenté elle-même de se libérer.

Le rendez-vous à la clinique tombe le jour où nous partons pour l'Éthiopie. Nous avons fixé la date de notre départ en fonction du bateau qui fait la liaison Le Pirée-Alexandrie. Il n'y en a qu'un par semaine, et nous avons prévu trois jours pour rejoindre Le Pirée en auto-stop. Mais nous aurions pu prévoir deux jours seulement, ou j'aurais pu exiger qu'on parte une semaine plus tard, de façon à ne pas abandonner Agnès. Aujourd'hui encore, je me demande pourquoi je ne l'ai pas fait. Comment j'ai pu partir en la laissant se présenter toute seule dans cette clinique, en sachant que je ne serais pas là pour la réconforter dans les jours suivants, pour lui dire, surtout, combien je l'aimais.

Qu'est-ce que c'est, une semaine, au regard de la catastrophe qu'a constituée pour nous mon départ ? Du sentiment de détresse qu'en a ressenti Agnès, avant que la solitude et le chagrin lui donnent l'impression d'avoir été trompée, dupée, par le salaud qui prétendait tenir à elle plus qu'à sa propre vie mais qui s'était néanmoins tiré en Afrique à la veille de l'épreuve ?

Je n'ai que de mauvais arguments à mettre en avant pour expliquer mon départ. Le fait qu'après avoir emmerdé Nicolas et Rémi deux mois durant avec mes problèmes, je n'ai pas eu le courage de leur demander encore une semaine (d'autant plus qu'on avait rendu notre chambre pour ne plus avoir à payer le loyer et qu'on habitait dans la cave des parents de Rémi). Le fait qu'Agnès elle-même, sans doute échaudée par la scène du petit-toutou-qui-n'allait-pas-rester-toute-sa-vie-à-ses-pieds et cetera, m'a demandé de partir, de ne rien changer aux dates prévues (il m'a fallu des années pour apprendre à ne jamais tenir compte de ce genre de prière venant d'une personne aimée, quelle qu'elle soit, et même à en prendre systématiquement le contre-pied).

Deux jours avant, cependant, nous organisons ensemble la mise en scène. Il faut trouver un demi-litre de sang dont Agnès imbibera une protection périodique dix minutes avant de se présenter à la clinique, et nous allons pour cela aux abattoirs de Vaugirard. Je me suis muni d'un flacon, j'explique à l'équarisseur que je suis étudiant à l'école de cinéma et que j'ai besoin de sang pour une scène de meurtre. J'essaie d'être drôle et léger, mais comme je suis livide, épuisé par des semaines d'angoisse, je crois que le type me prend plutôt pour un détraqué. Cependant, je repars avec mon sang, après lui avoir glissé une pièce.

Mon soulagement, le lendemain matin, lorsqu'une première voiture nous embarque en direction de Lyon ! Rémi est parti la veille, je voyage avec Nicolas. Nous allons descendre jusqu'à Brindisi, au sud de l'Italie, et de là prendre un bateau qui nous conduira jusqu'au Pirée par le canal de Corinthe.

25.

Nous mettons un mois à atteindre Addis-Abeba. Du Caire, où nous dormons sur la terrasse de l'auberge de la jeunesse, nous gagnons Assouan par le train. Le barrage est en cours de construction, la voie ferrée provisoirement coupée (sous l'eau, en réalité), mais nous parvenons à embarquer sur l'une des péniches qui descendent en deux ou trois jours jusqu'à l'extrême sud du lac Nasser, Ouadi-Halfa, aux portes du Soudan et du désert de Nubie. Un train blanc, stationné au loin sur le sable, attend les voyageurs qui surviennent des péniches, leurs balluchons sur le dos. Je me rappelle qu'en traversant à pied la portion de désert qui nous sépare du train je ramasse sur le sable brûlant un crapaud desséché, foudroyé par le soleil alors qu'il tentait sans doute de rejoindre la rive du lac. «Pour Agnès», me dis-je, car bien que sans nouvelles, je pense beaucoup à elle (nous avons prévu qu'elle m'écrirait en poste restante à Addis-Abeba, mais pas avant, car nous n'étions pas certains de notre itinéraire).

Le train s'arrête une dizaine de fois au long de sa traversée du désert, en lisière d'oasis, pour permettre aux passagers de se désaltérer. Les femmes et les enfants voyagent à l'intérieur, dans une forte odeur d'excréments car les toilettes débordent jusque dans les couloirs et sous les sièges, tandis que les hommes se tiennent sur le toit, assis en tailleur à la queue leu leu dans la journée, la tête enturbannée et tournant le dos au nuage de sable que soulève la locomotive, puis allongés l'un contre l'autre, la nuit, pour dormir. Nous faisons comme eux. Quand un homme tombe, ce qui arrive parfois, les autres le font rapidement savoir au chauffeur qui arrête son train et repart en marche arrière récupérer le naufragé. C'est l'occasion de se congratuler et de rire tout en l'aidant à remonter (s'il n'est pas mort, ce qui arrive aussi parfois, paraît-il).

Arrivés à Khartoum au milieu de la nuit, nous dormons dans la gare et je me fais voler mes chaussures à crampons pendant mon sommeil. Je dois acheter des sandales sur le marché. Puis nous mettons plusieurs jours, à bord de cars plus ou moins déglingués, à atteindre Asmara, la capitale de l'Érythrée alors en pleine guerre de sécession avec l'Éthiopie. À Asmara, en attendant de trouver comment traverser le front sans se faire tuer, nous logeons quelques jours chez des soldats américains qui ont un plein saladier d'herbe dans leur salon, de sorte que nous nous roulons des pétards comme nous nous roulions du tabac blond, la veille encore, et que nous dormons profondément. C'est finalement un petit bimoteur d'une douzaine de places qui nous transporte jusqu'à Gondar, de l'autre côté de la zone des combats, et de là nous reprenons des cars qui nous conduisent à travers les montagnes, et par des chemins parfois très escarpés, jusqu'à Addis-Abeba, située à 2 500 mètres d'altitude.

Il pleut des cordes quand nous y parvenons, au premier crépuscule, et nous sommes terriblement impressionnés par le nombre de lépreux qui hantent les rues défoncées, la tête recouverte de toile de jute pour se protéger de l'eau, pieds nus dans la boue, et qui tentent de nous accrocher avec leurs moignons pour obtenir l'aumône ou quelque chose à manger. Nous mettons un bon moment avant de trouver une chambre où nous mettre à l'abri, et celle que nous obtenons, faite de cloisons en bois qui laissent filtrer tous les bruits des familles voisines, est si pleine de puces et de bêtes diverses que nous nous réveillons au milieu de la nuit couverts de piqûres.

Il ne pleut plus et quelques rayons filtrent à travers les nuages lorsque nous quittons l'hôtel, au matin. J'ai maintenant hâte d'être à la poste – c'est notre première destination. Depuis la veille au soir, je pense intensément à Agnès. Avec le temps, j'ai fini par effacer de ma mémoire le souvenir des dernières semaines à Paris, et même celui des abattoirs de Vaugirard, pour revenir à l'Agnès amoureuse et tendre dont les lettres m'avaient accompagné tout au long de mon voyage à vélo, l'été précédent. « Mon amour... », m'écrivait-elle.

Je tends mon passeport à l'homme assis derrière le guichet. Il était en train de manger des haricots dans une écuelle, ou quelque chose de semblable, et il s'interrompt pour me servir. Il se lève, je le vois disparaître derrière une porte. Nicolas et Rémi se sont assis à la table, dans le hall, derrière moi, je les entends rire et bavarder. J'ai le cœur qui cogne. Ah, voilà, il revient avec des lettres, deux apparemment, les glisse dans mon passeport, me tend le tout avec un petit salut de la tête, avant de se rasseoir et de se remettre à manger. Je ne bouge pas. Je suis ému de reconnaître l'écriture d'Agnès, son écriture de gauchère, ici, dans cette poste, dans ce pays moyenâgeux, si loin d'elle, et puis je regarde les tampons sur les enveloppes. L'une est datée du 4 juillet, trois jours après notre départ, l'autre du 12. Et nous sommes le 2 août. Tiens, me dis-je, elle ne m'a plus écrit après le 12. Pourquoi ? J'ai le cœur qui se serre, comme un mauvais pressentiment, soudain. Je suis tenté d'ouvrir immédiatement la dernière lettre, et puis non, Nicolas et Rémi m'attendent pour aller prendre un petit déjeuner, je les ouvrirai l'une après l'autre, confortablement assis quelque part, en sachant que j'ai tout le temps devant moi.

Je me rappelle bien ce grand café, datant sûrement de l'occupation italienne, où nous nous asseyons en terrasse, calant nos sacs à dos entre nos jambes. Nicolas et Rémi échangent leurs premières impressions, commandent des cafés crème, tandis que je me mets un peu en retrait. C'est par erreur, sous le coup d'une trop vive émotion, que j'ouvre la dernière lettre arrivée, celle du 12 juillet. « William... », commence-t-elle, et tout ce qui suit est épouvantable. Bien que je ne me sois jamais séparé de ces deux lettres (enfermées dans un tiroir de mon bureau), je n'ai jamais voulu les relire, et c'est toujours de mémoire que j'ai tenté d'en restituer la portée plutôt que les mots. Agnès m'écrit qu'au cas où cela m'intéresserait elle a saigné sans interruption durant près de dix jours. Qu'elle a pensé que ça ne s'arrêterait pas, qu'elle allait finir par en mourir. Que tous ces jours effroyables, elle les a traversés seule, forcée de se colorer les joues et de faire bonne figure pour sa mère qui n'est au courant de rien. Qu'après avoir compris que je sois parti, elle ne peut pas se défendre aujourd'hui de m'en vouloir, de trouver que je me suis conduit comme un pauvre mec. «Tu m'as beaucoup déçue, poursuit-elle, et à l'heure où je t'écris je ne suis pas capable de te dire si je t'aime encore, si j'ai même envie de te revoir.» Pour finir, elle m'informe qu'elle vient d'accepter de partir au mois d'août en Turquie avec des amis du domaine Saint-François-d'Assise, dont Laurence et Louis, un garçon aux yeux tirant sur le mauve, pianiste, joueur de jazz, que j'ai croisé à deux ou trois reprises et qui chaque fois m'a charmé.

Je devine aussitôt combien va être violente l'onde de choc, cependant tous les mots ne m'ont pas encore pénétré, il faut leur laisser le temps de s'accrocher à la paroi, puis de la perforer et de creuser, de creuser, jusqu'à atteindre en nous cet endroit qu'on ne saurait pas situer précisément mais où se décide notre désir de vivre, ou parfois de ne plus vivre, de préférer mourir. C'est dans ce laps de temps que mettent les mots à m'atteindre, les mains déjà tremblantes, néanmoins, que j'ouvre la première lettre. «Mon amour...» Elle me dit combien elle a souffert durant vingt-quatre heures, que le médecin, qui semblait en colère, ne lui a pas adressé un mot d'explication ou de réconfort. Que c'est son père qui l'a ramenée de la clinique et qu'à présent elle est allongée tranquillement dans sa chambre et se sent soulagée. «Je n'ai pas cessé de penser à toi, m'écrit-elle, j'aimerais tellement pouvoir t'accompagner lors de ton prochain voyage. Écris-moi, je vais attendre tes lettres tout l'été à Rabos, elles seront ma seule raison de vivre.»

Lisant «Mon amour...», j'ai parcouru les lignes à toute allure, conscient que cette lettre n'a plus aucun sens. Et cependant, si, elle me permet de mesurer ce que j'ai perdu.

Je crois que je ne mets pas plus de quelques minutes à prendre ma décision. Je me souviens que, lorsque Nicolas se tourne vers moi pour s'enquérir d'Agnès, tout est en train de se mettre en place dans ma tête.

— Je vais repartir, dis-je.

— Qu'est-ce qui s'est passé?

— J'ai fait une énorme connerie, je n'aurais jamais dû l'abandonner.

— Mais elle va bien?

— Oui, c'est moi qui ne vais pas bien... Il faut que je lui envoie tout de suite un télégramme, vous m'accompagnez?

À la poste, ils ne connaissent pas les télégrammes, alors nous sonnons à l'ambassade de France. Je calcule rapidement le temps qu'il va me falloir pour remonter jusqu'à Alexandrie, puis quel bateau j'ai une chance d'attraper si je ne perds pas un jour, et j'écris : «Je t'attends au Pirée le 28 août. Je serai sur le bateau en provenance d'Alexandrie.»

— C'est tout? me demande le jeune homme.

— Oui, merci beaucoup. Vous me rendez un très grand service.

J'ajouterais bien «Je t'aime», mais nous avons dû inventer une histoire de deuil pour justifier l'urgence de ce télégramme, de sorte que je m'en tiens là. Je l'adresse aux Piverts, domaine Saint-François-d'Assise, sans savoir s'il touchera quelqu'un puisque Agnès est sans doute déjà partie pour la Turquie, et ses parents pour l'Espagne.

En milieu d'après-midi, sous la pluie qui s'est remise à tomber, je repars seul d'Addis-Abeba, à bord d'un des autocars en piteux état qui font la ligne jusqu'à Gondar par des pistes cabossées, abandonnant Nicolas et Rémi qui songent sans doute que je serais décidément mieux en père de famille, comme Toto, qu'en aventurier.

Cette remontée vers Alexandrie, seul, ne dormant jamais que d'un œil pour ne pas me faire voler mon passeport et le peu d'argent dont je dispose, demeure l'une des expériences les plus éprouvantes de ma vie. Comme les cars ne roulent pas la nuit pour ne pas s'abîmer dans les ravins et que je n'ai pas les moyens de me payer l'hôtel, je m'arrange avec le chauffeur pour qu'il me laisse dormir dans son bus (avec les lépreux, dont personne ne veut). Cependant, mon cerveau n'arrête pas de travailler. La lettre d'Agnès ne me laisse pas une minute en paix, et, inlassablement, je compte et recompte le nombre de jours qui me séparent de l'appareillage du bateau d'Alexandrie, le 27 août, conscient de l'autre catastrophe que représenterait mon absence au Pirée, le lendemain. Puis, à ce point de ma réflexion, je continue à me torturer en songeant qu'Agnès n'a vraisemblablement pas eu mon télégramme, qu'elle ne sait rien de mon retour, me croit indifférent, et que nous allons donc nous perdre pour toujours. En somme, je n'ai pas un instant de répit, et il me semble que je vieillis d'une année chaque jour qui passe.

Parvenu à Gondar, je veille toute la nuit sur le petit aérodrome pour être sûr d'embarquer à bord du bimoteur qui survole la zone de guerre et qui est parfois pris d'assaut par des familles de paysans en colère. À Asmara, je m'accorde ma première nuit de repos depuis Addis-Abeba, chez nos amis américains, et après m'être roulé un copieux pétard. Puis je reprends la route pour Khartoum.

En m'installant sur le toit du train pour la longue traversée du désert de Nubie, je retrouve un semblant de sérénité : j'ai désormais un jour d'avance sur mon compte à rebours, le train pourrait dérailler, ou la terre trembler, me dis-je, que je parviendrais sans doute à rejoindre Alexandrie à temps. Malgré tout, je fais bien attention de ne pas m'endormir trop profondément, parce que je ne suis pas certain que quelqu'un préviendrait le chauffeur si je tombais.

Encore trois jours de péniche pour remonter le lac Nasser, et me voici à Assouan. Comme je suis désormais confiant pour le bateau, c'est l'angoisse de ne pas retrouver Agnès au Pirée qui me submerge. J'ai sans cesse à l'esprit l'image du facteur tournant autour de la maison des Le Guen avec mon télégramme, dans la torpeur du domaine Saint-François-d'Assise au mois d'août, frappant aux volets clos, appuyant sur la sonnette, et se décidant finalement à le glisser sous la porte d'entrée où je l'imagine avec effroi, racorni et fané désormais. Comment ai-je pu tout miser sur une si petite chance ? Pourquoi n'ai-je pas supplié qu'on me laisse téléphoner depuis l'ambassade ? Quand j'avais obtenu du fonctionnaire qu'il prenne mon télégramme, je m'étais cru sauvé, alors que ça n'était qu'une étape, il aurait fallu poursuivre, et même tenter de joindre M. Estariol à la mairie de Rabos. Mais oui, voilà, lui serait monté jusqu'au mas prévenir les parents d'Agnès de mon arrivée au Pirée, et le message aurait été transmis jusqu'en Turquie.

Dans le train qui me ramène au Caire, puis la nuit à l'auberge de la jeunesse, je fais l'inventaire de tout ce que j'aurais pu tenter avant d'entreprendre de remonter comme un forcené. Plutôt que de passer une nuit de plus à Addis-Abeba, je m'étais précipité dans le mouvement parce que l'angoisse et le chagrin étaient insupportables. Je n'avais pas pris le temps de réfléchir, j'avais manqué de sang-froid, et maintenant, plus j'approchais du but, plus il me paraissait tout à fait improbable qu'Agnès soit au Pirée.

Le bateau appareille à 16 heures, et je suis à l'entrée des docks à 9 heures, arrivé la veille à Alexandrie. Tant d'années après, j'aime encore le souvenir de cette journée passée à reprendre haleine et à rêvasser, assis à l'ombre d'un hangar, parmi des ballots grossièrement ficelés, ne perdant pas un instant de l'œil mon paquebot dont on charge les cales. Je crois que je suis trop fatigué pour continuer de me demander si elle sera là, ou n'y sera pas, pour la première fois depuis un mois je n'ai plus rien à décider, plus rien à craindre de personne ni de quoi que ce soit, et je me laisse flotter dans une bienheureuse béatitude.

C'est en entrant dans le port du Pirée, le lendemain, après une longue nuit de sommeil sur le pont, que ma poitrine me paraît de nouveau trop petite pour contenir mon cœur. On aperçoit une foule sur le quai, et bien qu'il soit impossible de distinguer un visage d'un autre, je cours jusqu'à la proue, et puis je grimpe sur le pont supérieur, me disant que de là-haut j'aurai une bien meilleure vue d'ensemble lorsque nous accosterons. Et je n'ai pas tort. Durant tout le temps que durent les manœuvres d'approche, puis d'amarrage, je scrute un par un les visages. Des gens agitent les bras et commencent à s'interpeller en reconnaissant les leurs, mais moi je ne reconnais pas Agnès. C'est à ce moment-là, ne parvenant pas à croire que cela soit possible, je veux dire : qu'elle ne soit pas là, et sentant une vague brûlante me monter au visage,

comme si on venait de me frapper, que je mesure combien j'ai
espéré malgré tout. Et combien je continue d'espérer, puisque
maintenant je parcours la foule de façon complètement désordonnée, m'arrêtant sur toutes les têtes blondes, en proie à une
angoisse qui bientôt me brouille la vue, me tord le ventre.

Et puis je m'aperçois que les passagers commencent à descendre, que le pont où je me tiens se vide, et, complètement
abasourdi, je me décide à suivre le mouvement. Je me revois
franchissant la passerelle, atterrissant dans la cohue, trop
assommé pour relever même les yeux et ne tentant rien pour
échapper à la bousculade. Et puis je suis fatigué de piétiner,
je tends le cou, je cherche à m'en aller, parviens à fendre la
foule, à faire quelques pas. Et soudain elle est là ! Elle aussi
me cherchait. Repensant à son émotion à mon retour du
Maroc, une année plus tôt, je me dis aujourd'hui que si j'avais
été moins enfant, plus perspicace, j'aurais compris ce jour-là,
au Pirée, à la retenue que dissimulait son sourire, que nous
étions désormais lestés d'une blessure qui ne cicatriserait pas.
«J'ai eu tellement peur», dis-je, avant que nous nous enla-
cions et que j'enfouisse mon visage dans ses cheveux.

Il me semble qu'elle n'a pas de mots d'amour pendant que
nous nous étreignons, car sinon je m'en souviendrais. Juste
des mots pratiques : «Les autres nous attendent dans un café.
– Ah bon, tu n'es pas seule ? – Non. Ça tombait bien, tu sais,
la date de ton bateau correspondait à celle de notre retour.
– Après j'ai pensé que tu n'aurais jamais mon télégramme. –
Ça a bien failli... Tu sais comment j'ai su ? – Non, dis-moi.
– La voisine a vu le facteur qui sonnait à la maison, et comme
elle savait que j'étais partie avec Louis, elle est allée le porter
aux parents de Louis. – C'est incroyable ! – Oui. Et je peux te
dire que si le télégramme était tombé entre les mains de
maman, jamais je ne l'aurais eu. Quand elle a su que je te
rejoignais, elle n'était pas très contente. – Elle ne m'aime pas
beaucoup, hein ? – Viens maintenant, on va rejoindre les
autres. – Qu'est-ce que tu es jolie ! Je n'en reviens pas que tu
sois là... – Viens.»

Ils arrivent de Rhodes, après avoir visité Istanbul et Izmir.
Ils comptent passer deux ou trois jours à Athènes et prendre

l'avion pour Paris. Moi, je n'envisage pas de rentrer, et de toute façon, si je le faisais, ça serait en stop (je n'ai encore jamais pris l'avion de ma vie). Je ne sais pas comment me vient l'idée de proposer à Agnès de partir avec moi pour la Crète.

Elle me regarde gravement, et puis elle dit : «Oui, si tu veux.» Je vois que Louis est un peu surpris. «Ta mère ne va pas apprécier», glisse Laurence. Mais Agnès ne l'écoute pas. «Oui, répète-t-elle, c'est une bonne idée la Crète.»

Sans doute avons-nous revendu le billet d'avion d'Agnès, car dans mon souvenir nous avons un peu d'argent en débarquant à Iraklion. Ce soir-là, nous dînons dans un petit restaurant au-dessus du port. Des aubergines confites, des tomates farcies. En sortant, nous nous tenons par la main, comme nous le faisions à Passy cette après-midi d'avril où nous étions partis nous promener vers les jardins du Ranelagh, et puis nous trouvons une fourgonnette pour nous sortir de la ville et nous laisser quelque part sur la côte.

C'est une nuit biblique, étoilée et chaude, nous n'avons aucune appréhension, nous n'avons pas peur d'être surpris, pas ici, pas sur cette île, et pour la première fois nous allons refaire l'amour, nous le savons depuis le restaurant où la dame nous a si bien accueillis. «Attends, dis-je à Agnès, je vais nous faire un lit confortable avec les duvets, sous cette espèce d'appentis, là-bas.» C'est un toit qui doit servir à abriter du soleil la barque d'un pêcheur, et l'homme doit être en mer. J'étale les duvets, avec nos vêtements de rechange je fais des oreillers, et puis nous nous déshabillons et nous nous enlaçons. Je pense qu'Agnès est disposée à ce moment-là à m'aimer comme s'il n'était rien arrivé, comme si elle pouvait oublier, tandis que moi je suis occupé à prendre soin d'elle, à ne pas me laisser déborder par mes propres émotions. Nous faisons l'amour, et puis aussitôt après nous nous endormons.

C'est seulement le lendemain, tandis que nous traversons le village de Sitia dont tous les toits en terrasse sont recouverts de raisin que les gens disposent là pour le faire sécher, qu'Agnès m'annonce que quelque chose a dû se casser dans son ventre, ou dans sa tête. «Tu sais, me dit-elle, je n'ai plus de plaisir quand je fais l'amour avec toi.» Une fois encore, je dois laisser aux mots le temps de m'atteindre, et pendant qu'ils font ce travail, nous continuons de marcher silencieusement sur la route de terre blanche, parmi les maisons blanches, sous le soleil de midi. Et nous nous tenons par la main.

— Qu'est-ce que ça veut dire que tu n'as plus de plaisir? dis-je, finalement.

— Je ne ressens plus rien.

— Oh...

Je crois que je commence lentement à prendre conscience qu'une chose bien plus grave que je ne l'avais supposé nous est arrivée. En tout cas, je dois lui apparaître sonné, car elle dit un peu plus tard :

— Ne sois pas triste, ça va sûrement revenir.

Mais dans les jours suivants, ça ne revient pas, non, et bientôt nous évitons de faire l'amour. Cependant, nous n'en parlons plus, parce que cela nous plonge l'un et l'autre dans un profond désarroi. Agnès semble s'en vouloir, comme si c'était de sa faute, et tout ce qu'elle trouve à dire pour me rassurer, ou se rassurer elle-même, peut-être – «Mais tu sais, ça ne change rien à mon amour pour toi» –, ne fait qu'accroître mon trouble. Je me sens le seul coupable de ce qui nous tombe dessus, et au fond de moi je pense au contraire que ça change *énormément* à l'amour que peut éprouver Agnès pour moi. Seulement j'évite de me l'avouer parce que c'est entrevoir que nous pourrions ne pas nous en remettre, et je préfère me raccrocher à l'idée qu'Agnès retrouvera du plaisir avec moi, plus tard, un jour, quand le temps lui aura permis d'oublier.

Après une dizaine de jours en Crète, nous décidons de rentrer. Nous voulons profiter de ce retour pour parcourir une partie de l'Europe communiste en auto-stop, et nous remontons par Sofia, Bucarest, Belgrade, Budapest. En Bulgarie et en Roumanie, nous sommes sidérés par la pauvreté des gens, puis nous nous habituons aux magasins vides, aux vitrines fanées, aux femmes employées à paver les rues. Dans les villes, nous dormons dans les foyers universitaires, et sinon au bord des routes, parfois sous la tente, parfois dans des granges ou à la belle étoile. Il m'arrive de songer que la mère d'Agnès me tuerait si elle voyait dans quelles conditions je fais voyager sa fille. Parvenus à Vienne, en Autriche, nous pillons les magasins d'alimentation et passons à deux doigts d'être pris les poches pleines de fromage et de chocolat volés. Puis nous évitons l'Allemagne, traversons la Suisse, et arrivons un matin porte d'Italie à bord d'un camion rempli de chaussures. C'est déjà octobre, mais par bonheur le jour qui se lève sur Paris a encore un parfum d'été.

26.

Toto a quitté Catherine, il est retourné vivre auprès de notre mère et des petits. J'apprends la nouvelle de la bouche de Nicolas tandis que nous déménageons nos affaires de la maison des parents de Rémi à notre nouvelle adresse. Je repense à l'unique leçon de conduite donnée à notre mère, au déjeuner en face de Catherine et de Toto (déguisé en amiral), au moment où elle lui avait pris la main comme pour bien me montrer combien ils s'aimaient, et tout cela me paraît soudain très lointain. Je ne sais pas si je suis satisfait ou déçu que nos parents se soient retrouvés, et comme je n'ai pas envie d'y réfléchir, je dis : «Ils me font chier, j'aimerais bien ne plus entendre parler d'eux.»

Rentrés d'Éthiopie une semaine avant nous, Nicolas et Rémi nous ont déniché à Saint-Cloud une maison condamnée à la démolition que les propriétaires ont accepté de nous louer, pour un prix dérisoire, en attendant les bulldozers (il me semble que Rémi est alors le petit ami de leur fille). La baraque est insalubre, elle n'a ni chauffage ni salle de bains, elle est située en bas de la très bruyante rue Dailly, à proximité du grand échangeur de l'autoroute de l'Ouest, mais elle compte trois chambres et une cuisine délabrée où coule un robinet d'eau froide. En quelques jours, nous avons repeint toutes les pièces en blanc, changé les vitres cassées et remis une serrure à la porte d'entrée.

Insensiblement, je change de famille cette année-là. Je quitte les miens pour me faire adopter par les parents d'Agnès.

La chose s'accomplit naturellement, du fait que nous préfé-
rons passer nos dimanches dans le cadre bucolique de Saint-
François-d'Assise plutôt que rue Dailly, dans le grondement
de l'autoroute. Agnès, qui vient dormir avec moi le samedi
soir, au volant de la 4L de sa mère, m'embarque le matin pour
Saint-François où je suis accueilli comme un second fils
(Aurélien s'est marié, il n'habite plus chez ses parents). Janine
Le Guen n'est pas enthousiasmée par moi, elle continue sans
doute d'espérer que sa fille lui ramènera un jour un gendre plus
prometteur, mais elle me regarde avec une certaine tendresse.
«Allez donc prendre un bain chaud, me dit-elle, et donnez-moi
vos vêtements que je vous les lave, vous avez l'air de sortir
d'une cave, mon pauvre garçon» (elle pourrait aussi bien dire
d'une poubelle, mais elle n'est pas méchante, et elle sait combien je suis susceptible). Puis, quand je sors de la salle de bains,
habillé de vêtements ayant appartenu à Aurélien, ou enroulé
dans le peignoir de Marcel Le Guen, elle s'écrie : «Mais quels
beaux cheveux il a, cet animal! Vous savez que vous avez de
la chance d'avoir une tignasse pareille? Quand vous serez
vieux, vous aurez autant de cheveux que Marcel. C'est beau,
un homme de cinquante ans avec des cheveux!»

Pendant qu'elle prépare le repas de midi, Agnès et moi
allons acheter les gâteaux à la pâtisserie du domaine, en coupant à travers la mer de gazon où jouent des enfants blonds
en culottes courtes généralement très bien élevés. Nous nous
tenons par la taille, je glisse parfois ma main dans son pantalon pour lui caresser les fesses. «Arrête, dit-elle, on pourrait
très bien nous voir.» Je ne partirai plus avec Nicolas et Rémi,
je n'abandonnerai plus Agnès. L'été prochain, nous avons
décidé d'aller tous les deux en Islande, avec le nouveau guide
des oiseaux que je lui ai offert, et ce projet l'illumine et nous
transporte. J'allais écrire qu'il nous permet d'oublier notre
blessure, mais non, elle est inoubliable puisqu'elle se rappelle
à nous chaque fois que nous faisons l'amour. Cependant,
l'Islande nous permet de la contourner, d'avoir sans cesse ce
rêve à partager.

Le père d'Agnès apparaît pour le déjeuner dominical. Lui
ne me fait pas sentir qu'il aimerait un gendre plus présentable.

Il semble amusé et curieux de constater que je suis si différent des garçons studieux que fréquentait sa fille avant de me rencontrer (peut-être parce qu'il est autodidacte et que je suis une voie similaire), et nous évoquons ensemble les auteurs que je découvre, Kierkegaard, Knut Hamsun, Ivan Illich, A. S. Neill, le pédagogue mythique de *Libres enfants de Summerhill*. «Et ça va vous mener à quoi, tout ça, mon pauvre William ? nous interrompt Janine Le Guen. – Je ne sais pas. – Vous n'allez quand même pas rester ouvrier toute votre vie !» Jamais son mari ne fait le moindre commentaire, il attend que sa femme ait fini de m'asticoter, qu'elle se lève pour aller préparer le café, par exemple, et nous reprenons notre conversation comme s'il ne s'était rien passé.

Je n'ose pas lui parler du travail qui m'occupe l'esprit en marge de mes lectures. J'ai entrepris d'apprendre le cinéma tout seul dans des manuels techniques que je me suis achetés (hors de prix), décidé d'économiser pour m'offrir une caméra Beaulieu d'occasion, et je me suis mis à écrire le scénario d'un film que je compte tourner moi même : l'histoire d'un amour ingénu et bref qui ne survit pas à l'itinéraire sordide d'un avortement clandestin (je suis assez bête pour croire que, le moment venu, Agnès acceptera d'interpréter son propre rôle). Le jour, je suis manutentionnaire dans une imprimerie, passage du Caire, et le soir je retrouve mon scénario avec un mélange d'excitation et de colère. La liste de mes ennemis, déjà longue des curés de Sainte-Croix, des juges, des huissiers, de l'abominable M. Souère, des propriétaires solognots, des possédants en général, s'est désormais enrichie des médecins contre lesquels je nourris un profond ressentiment.

Me demandant aujourd'hui pourquoi je passe par le long apprentissage du cinéma pour écrire ce premier texte autobiographique, je constate que c'est uniquement par égard pour Frédéric. Dans mon esprit, mon frère aîné s'est réservé le métier d'écrivain, et même s'il ne m'a plus jamais reparlé de son livre sur l'apatride, je m'interdis d'aller sur son terrain, de le «doubler». Cependant, au nom de cet antécédent, et de la reconnaissance que je continue d'attendre de lui, je lui demande s'il accepterait de me relire, voire de me conseiller.

C'est une démarche très bizarre, qui ne peut s'expliquer que par l'histoire secrète de notre enfance, puisque Frédéric est désormais juriste dans une entreprise (embauché dès la fin de son service militaire), et qu'il n'a aucune compétence particulière en matière de cinéma ou de littérature. Mais il accepte, et il viendra à deux ou trois reprises rue Dailly bavarder avec moi, écouter la lecture d'un dialogue, avant que je me résolve à me dispenser de sa tutelle.

Je ne passe plus que de loin en loin voir notre mère et les petits, et lorsque j'en sors il m'arrive presque chaque fois une petite chose désagréable, soit que je me coince un doigt dans une porte, soit que je me torde la cheville en dévalant l'escalier, soit encore (et c'est le plus courant), que je me casse la gueule à vélo au premier feu rouge, tout simplement parce que j'ai oublié de retirer à temps mon pied du cale-pied. Comme si ces visites me rendaient complètement absent à moi-même, ou comme si je m'en voulais de ne plus pouvoir supporter les miens, ni eux ni cet appartement maudit, et qu'il fallût que je me fasse mal pour me punir (et, du coup, ne plus penser à eux, mais de nouveau à moi – «Oh, merde! Aïe... aïe...»).

Pour Noël, comme pour Pâques, je descends en stop à Rabos. Je n'aimerais pas aller en train de nuit, et encore moins en avion, j'apprécie d'étirer le temps, d'égrener le nom de villes dont la musique me réchauffe le cœur, Brive, Cahors, Montauban, Toulouse, Carcassonne, Narbonne, de compter les heures qui me séparent de la frontière, puis de l'embranchement de Capmani. Je veux faire à pied les derniers kilomètres, reconnaître San Clemente Sascebes, Espolle, entendre les hommes parler le catalan rocailleux quand je passerai devant le grand café, sentir la fumée âcre de leurs cigarettes Ducados, puis, dans la dernière portion de route avant Rabos, me laisser doucement gagner par le plaisir d'être bientôt arrivé. S'ils ne sont pas encore couchés, les Le Guen m'accueillent comme leur propre enfant. «Venez donc vous asseoir et manger au lieu d'embrasser ma fille, nous interrompt Janine, vous aurez bien le temps pour ça. Depuis quand vous n'avez rien avalé? – Je ne sais pas, j'ai surtout soif. – Laisse-le donc se

débrouiller, dit son mari. – Certainement pas ! Il n'est déjà
pas épais cet animal, je ne veux pas qu'il aille au lit le ventre
vide...»

Le lendemain, nous descendons à la petite épicerie acheter
du jambon et du *turron*, nous enquérir de la santé des Estariol,
caresser les chiens efflanqués de la place, puis récupérer
Gitan. Bien avant que nous soyons arrivés à sa pension, il a
reconnu la voix d'Agnès et il s'est mis à braire. Tous les deux
s'embrassent sur le nez et pleurent («à chaudes larmes», ai-je
failli ajouter, soudain transporté dans le souvenir de *Sans
famille*). L'âne connaît le chemin pour remonter au mas, il
n'a pas besoin qu'on le tire, il marche devant. Marcel Le
Guen nous regarde venir avec un discret sourire. Il a entrepris
de construire une terrasse de pierres sèches, au bas du mas, à
l'entrée de l'écurie. Il veut la faire à sa façon, silencieusement, enfermé dans ses réflexions. Même pour aller chercher
les pierres, ici et là, parmi les oliviers, il ne réclame pas notre
aide. Mais le soir, nous nous retrouvons devant la cheminée
pour jouer aux cartes, ou au Scrabble, en fumant ses Lucky
Strike et en buvant son whisky.

Un jour, il pique une colère soudaine contre sa fille – ce
que je ne lui avais jamais vu faire – parce qu'elle avoue ne
pas savoir exactement ce que signifie le mot «fascisme»
(Agnès ne s'intéresse pas beaucoup à l'Histoire, et encore
moins à la politique). Alors je me rappelle qu'il a été communiste, puis résistant, et cette nuit-là, me repassant cette scène,
je songe pour la première fois que je n'aimerais pas qu'il
apprenne que mon père est d'extrême droite et que nous
avons soutenu Tixier-Vignancour, sept ans plus tôt, quand lui
votait probablement pour François Mitterrand. Je n'aimerais
pas non plus, me dis-je, qu'il croise Toto, pour lequel mon
amour est intact, sans doute, mais dont je sais qu'il me ferait
honte avec ses boniments, au regard de l'extrême réserve de
mon «beau-père». Par chance, Marcel Le Guen ne me pose
jamais aucune question sur les miens, et je ne suis même pas
certain s'il sache que j'ai un nom à particule.

Quant à notre mère, je prie pour qu'elle ne le rencontre
jamais depuis qu'une de mes jeunes sœurs, Marie peut-être,

m'a rapporté qu'elle trouvait «lamentable» que je songe à me «mésallier» en construisant ma vie avec la petite-fille d'un conducteur de tramway. «Quelle conne! m'étais-je alors écrié. Mais quelle conne!»

Pour partir en Islande, Frédéric nous a fait cadeau de son ancienne moto, une Adler 250 centimètres cubes, que j'ai équipée de porte-bagages à l'avant et à l'arrière. Nous remontons toute l'Angleterre jusqu'à Édimbourg et embarquons à bord d'un petit cargo mixte, le *Gullfoss*, qui nous dépose à Reykjavik après trois jours d'une mer démontée. Même au milieu de l'été, l'Islande est balayée par des vents glacials, sujette à des tempêtes capables de vous enfouir sous la grêle ou de jeter votre moto dans le décor. Nous ne savons jamais, en nous couchant, transis de froid et blottis l'un contre l'autre, ce qui va encore nous tomber dessus. Une nuit, nous sommes réveillés par le chant du clapot, notre tente semble prête à appareiller, et quand nous passons un œil dehors, c'est un spectacle hallucinant qui s'offre à nous : nous sommes au milieu de l'eau, encore miraculeusement retenus par quelques piquets, mais le torrent qui s'est levé pendant notre sommeil a déjà emporté toutes nos affaires, réchaud, gamelles, chaussures, et la moto semble sur le point de lever l'ancre également.

Cependant, nous sommes solidaires et complices dans l'adversité, jamais nous ne nous disputons, et il suffit d'observer Agnès photographiant les oiseaux, ou nous préparant des crêpes en lisière d'un glacier par un vent de quatre-vingts nœuds, pour deviner qu'elle serait capable d'en endurer deux fois plus pourvu qu'elle vive en pleine nature et parmi ses amies les bêtes. C'est d'ailleurs au fil de ce voyage que nous vient le projet beaucoup plus ambitieux de traverser tout le continent américain, du Canada à la Terre de Feu. Agnès rêve de côtoyer les ours des Rocheuses, les paresseux des forêts tropicales, de partager la vie des Indiens des Andes. Et à certains moments de grande excitation, quand tout nous semble possible soudain, nous n'excluons pas de rester en Amérique pour peu que nous découvrions un endroit où je pourrais construire notre maison.

Les photos de Nicolas sont enfin reconnues, il entre dans une agence de presse et commence à gagner un peu plus d'argent. J'ai rangé mon scénario sans oser le faire lire à Agnès (il racontait la fin de notre histoire à laquelle nous avions échappé – provisoirement, ai-je envie d'ajouter aujourd'hui, connaissant la véritable fin), renoncé à acheter une caméra, mais parfois, quand je marche ou suis sur mon vélo, je me surprends à rêver, à entendre des phrases se former dans ma tête, s'enchaîner, composer bientôt tout un paragraphe, toute une page peut-être, qui me semble exprimer quelque chose de si essentiel, ou de si beau, que j'essaie aussitôt de le retranscrire. Cependant, le temps de trouver un crayon et du papier, je l'ai perdu, ou parfois le temps d'écrire la première phrase j'ai perdu tout le reste. Comme si ces mots, ou ces images, étaient enfouis si profondément en moi qu'ils n'affleuraient que dans certaines situations particulières, certains moments de détachement, d'inattention ou de grâce, avant de m'échapper aussitôt entraperçus. Cela me désespère, et, en même temps, me remplit d'espoir. Je me dis que si j'ai la chance de découvrir un jour l'objet de ma vie (comme Nicolas l'a découvert avec la photo), je le trouverai dans ces instants où mon esprit semble se détacher de moi pour voler subrepticement de ses propres ailes, avant de regagner sa sombre boîte. Et je guette ces instants, et je ne pars plus me promener sans un carnet et mon stylo.

Marcel Le Guen trouve dommage que je continue de transbahuter des pains de plomb dans mon imprimerie quand je pourrais faire des choses plus intéressantes. Il me le dit à sa façon, discrète, à peine audible, et la première fois je ne comprends pas qu'il est en train de me proposer de travailler pour lui.

— Tu as réfléchi à ma proposition ? me dit-il, le dimanche suivant.

— Pardon, non. Quelle proposition ?

Il s'agirait d'animer des stages de formation pour cadres supérieurs et entrepreneurs. Des stages dont il a lui-même rédigé le contenu. Pour chacun d'entre eux, il existe donc un

manuel et un ensemble de diapositives. En trois jours seulement, je gagnerais ce que je gagne en un mois comme manutentionnaire.

— Je pense que tu peux y arriver, me dit-il.

— Je ne comprends pas. Comment est-ce que je pourrais
apprendre quoi que ce soit à des gens qui dirigent des entre-
prises ?

— C'est le principe de ces stages, le contenu leur est
donné, toi, tu n'es qu'un médiateur. À la limite, ça pourrait
fonctionner avec une bande enregistrée.

— Et vous proposez de me payer pour remplacer une
bande enregistrée ?

— En quelque sorte, oui.

— Bon, alors je veux bien essayer.

J'investis le peu d'argent que j'ai dans l'achat d'un costume et d'une paire de chaussures que nous allons choisir un
samedi après-midi avec Agnès. C'est pour moi un choc inouï
de me retrouver un matin déguisé en jeune cadre et souhaitant
la bienvenue à des femmes et des hommes du double de mon
âge, tandis que la veille encore je volais mon jambon et mon
fromage au Prisunic de la rue Dailly. Et ce premier stage est
une catastrophe : les appréciations me décrivent comme un
jeune homme aimable, poli, mais totalement incompétent, et
parfaitement inutile.

Marcel Le Guen, qui m'a fait asseoir dans son bureau pour
me les faire lire, paraît agacé et préoccupé. Je vis péniblement
de l'avoir déçu.

— Je suis désolé, dis-je en retirant ma cravate. Je n'ai pas
su répondre à leurs questions.

— Théoriquement, ils n'avaient pas à t'interroger, toutes
les réponses à leurs interrogations se trouvent dans le bouquin
ou les diapositives.

— Alors j'aurais dû les connaître.

Il réfléchit. Maintenant, j'ai compris comment m'y prendre,
et lui a compris que j'avais compris, sans qu'un mot soit dit.

— On va faire un nouvel essai, dit-il. Tu veux bien ?

— Oui, cette fois j'essaierai d'être moins con.

Je passe les trois jours qui précèdent le stage suivant à lire et relire le bouquin, à l'annoter dans les marges, à me projeter les diapositives. J'imagine les questions et, allant et venant dans ma chambre dont les vitres tremblent au passage de chaque camion, je répète et affûte mes réponses.

Je suis si tendu, la veille, que je ne parviens pratiquement pas à dormir. Mais cette fois je réussis, la plupart des appréciations sont très élogieuses, et il se trouve même un dirigeant d'entreprise (une fromagerie de Normandie) pour me proposer un poste de conseiller dans son directoire, estimant qu'avec mes qualifications (aucune), et ma « vivacité d'esprit » (je le note aussitôt pour ne pas l'oublier), je suis « clairement sous-employé » à ma place actuelle.

Alors je multiplie les stages et ma relation avec le père d'Agnès prend un autre tour. Il lui arrive de me ramener jusque chez moi à bord de sa voiture de sport, ou à Saint-François, pour le dîner en famille, et en ce cas je dors chez les Le Guen. Cet homme continue de m'intimider, je ne sais pas si j'envie ses enfants de l'avoir pour père car, en ce qui me concerne, j'ai sans cesse peur de le décevoir (au contraire de Toto, avec lequel il est si facile d'établir une complicité). J'ai pour lui une affection un peu maladroite, entre provocation et demande de reconnaissance. Je me rappelle qu'un soir, tandis que nous remontons vers La Celle-Saint-Cloud, je lui explique combien je me sentais mieux dans mon imprimerie qu'en présence de ces stagiaires qui ne parlent que de « bilans » et de « résultats ».

— En ce moment, lui dis-je, je songe à rejoindre le parti communiste.

Il me jette un regard de biais et semble réfléchir.

— Je ne comprends pas comment on peut être communiste aujourd'hui, finit-il par laisser tomber.

— Vous l'avez bien été, vous. Mais maintenant ça ne vous choque plus que des gens aient comme seul objectif dans la vie de gagner du fric. Et qu'ils en gagnent dix fois plus que d'autres. Comme si le fric était une fin en soi...

— Si, ça continue de me choquer, mais j'ai admis que c'était un mal nécessaire. Disons, le moins mauvais des systèmes.

— Je n'ai pas envie de m'en arranger.

— Ça, je peux le comprendre.

Avec le recul, je pense que Marcel Le Guen nourrit alors le secret espoir de m'attacher très vite à un métier pour que je prenne goût au confort, à la vie bourgeoise, et renonce à ce voyage en Amérique que nous évoquons maintenant de façon récurrente. Il nous laisse dire, jamais il ne donne son opinion, mais je devine aujourd'hui qu'il ne doit pas trouver très malin qu'Agnès interrompe ses études (entre maîtrise et doctorat), et qu'il imagine aussi tous les dangers que représente une telle expédition. Au contraire de lui, sa femme ne se prive pas de dire à voix haute tout le mal qu'elle en pense. «C'est bien de vous, mon pauvre garçon, d'avoir des idées pareilles. Je vous préviens, s'il arrivait quoi que ce soit à ma fille, jamais je ne le vous pardonnerais!»

La perspective de ce voyage m'a petit à petit écarté, et j'allais écrire *soulagé*, de mes désirs confus d'écriture. Tandis que la France connaît des soubresauts passionnants, Agnès et moi sommes déjà partis dans nos têtes, de sorte que nous regardons de loin les événements : la mort de Georges Pompidou, qui ne nous avait jamais fait rêver, et l'arrivée en mai 1974 d'un président de quarante-huit ans seulement, Valéry Giscard d'Estaing. Nicolas a couvert sa campagne, et bien qu'il soit de gauche (nous avons l'un et l'autre voté pour Mitterrand), il ne se cache pas d'être séduit par l'homme. Il nous raconte comment le nouvel élu a remonté les Champs-Élysées sous un soleil printanier, à pied, en toute simplicité, saluant les uns et les autres, et nous avons le sentiment que d'un seul coup la République est moins confite, plus marrante. De Pompidou, nous avons gardé le souvenir d'une police haineuse et violente, nous frappant à coups de matraque durant les manifestations étudiantes de 1972, l'un des flics nous balançant des coups de pied tandis que nous étions à terre, et s'écriant : «Regarde-moi ça, ils sont crasseux comme je ne sais quoi!» (inoubliable). Le geste de Giscard suffit à nous rendre les institutions plus sympathiques. Nous nous surprenons à rêver, le temps d'un soir, rue Dailly, d'une réconciliation avec les juges, la police, les huissiers, comme si un seul homme pouvait transformer le regard que nous avons les uns sur les autres.

Cet été-là, Agnès et moi travaillons pour nous payer la fourgonnette avec laquelle nous comptons traverser l'Amérique. Agnès est caissière à la librairie *Gibert*, moi coursier à la Société générale. Nous avons pris de brèves vacances en juillet, à Rabos, et il s'est alors produit un drame qui nous a profondément secoués : le feu a emporté une large partie de la colline.

C'est vraisemblablement un automobiliste qui l'a déclenché sans le vouloir en jetant son mégot de cigarette depuis la route, en contrebas. Janine Le Guen se trouvait seule au mas, Agnès et moi étions partis nous baigner. En fin d'après-midi, tandis que nous rentrions, nous avons aperçu la fumée depuis Villajuega. «Oh, a dit Agnès, pourvu que ça ne soit pas à Rabos !» Mais plus on approchait, plus ça semblait bien être chez nous, et après avoir passé le dernier virage, nous avons vu que les oliviers étaient en flammes. Le feu grimpait la colline à une allure folle et on ne distinguait plus le mas, au sommet, pris dans un tourbillon de fumée et d'étincelles. Nous avons laissé la voiture au bord de la route et sommes montés en toute hâte par le chemin que l'incendie n'avait pas encore atteint. Les gens du village étaient déjà accourus : ils formaient une chaîne humaine depuis le puits jusqu'à la maison, se passant des seaux d'eau pour protéger le mas. Janine Le Guen était en train de vider les pièces de tous les objets précieux qui s'y trouvaient et, parmi eux, j'ai immédiatement repéré sur la terrasse les chaussures orthopédiques que je portais depuis mon premier accident de moto. «Vite, aidez-moi à finir, s'est-elle écriée quand nous sommes entrés dans la maison. Oh, mes pauvres enfants ! J'ai pensé à vos chaussures, William» (ce jour-là, j'ai décidé de l'aimer, de tout lui pardonner). Puis les pompiers et le Canadair sont arrivés et nous n'avons pas eu besoin d'abandonner la maison. Le feu a été stoppé à quelques mètres de la terrasse de pierres sèches qu'avait construite Marcel Le Guen.

Nous avons passé nos derniers jours de vacances dans ce décor à pleurer, entourés de fumerolles, voyant rougir la terre et l'entendant craquer au milieu de la nuit car les racines des oliviers centenaires continuaient à se consumer en profondeur.

Nous aurions dû deviner que ce premier deuil en annonçait un autre, bien plus douloureux, et fermer la maison cet été-là, pour ne plus y revenir avant que le printemps ait effacé l'ombre de la mort sur notre colline. Mais nous n'avons pas su voir. Et quand nous avons regagné Paris, le cœur lourd, nous avons seulement imaginé le chagrin qu'éprouverait Marcel Le Guen en découvrant ce spectacle, nous demandant comment le lui décrire pour que le coup soit moins rude.

Il se trouvait encore à Saint-François, sur le point de partir pour Rabos, quand nous avons débarqué du train. Nous avons dîné ensemble, Agnès lui racontant l'incendie, et lui se renseignant discrètement sur le sort de tel ou tel olivier. Je me rappelle qu'il s'appliquait à ne rien montrer, enregistrant les informations avec beaucoup de calme et de sang-froid, un infime froncement de sourcils trahissant parfois sa tristesse.

— Non, papa, disait Agnès, le feu n'est pas monté jusqu'à la citerne.

— Ah bien, bien. Mais tu dis qu'aucun olivier n'a survécu sous la terrasse

— M. Estariol nous a expliqué que certains devraient repartir.

— Hum...

— Si, il avait l'air très sûr de lui.

Ce fut notre dernière conversation avec le père d'Agnès, jamais nous ne devions le revoir.

27.

Durant ce mois d'août 1974, nous quittons notre maison de la rue Dailly, qui doit être démolie d'un jour à l'autre, pour emménager dans un appartement rue Cardinet, six étages au-dessus des voies ferrées de la gare Saint-Lazare. Pour la première fois, Agnès et moi allons vivre complètement ensemble. C'est un trois pièces que nous partageons avec Nicolas : lui prend le salon, vaste et lumineux, et nous les deux chambres. Le déménagement est très joyeux à travers le Paris alangui et vide du mois d'août. Nous repeignons tout en blanc, bricolons une table dans la cuisine et quelques placards. Nous avons conscience de n'être là que pour une année puisque notre départ pour le Canada est prévu au début de juillet, et cela nous permet d'observer toute chose avec recul et bonne humeur comme si nous ne devions plus jamais revoir Paris, l'acrimonie de ses concierges, la suffisance de ses cafetiers, l'aigreur des vieillards dont nous dérangeons le sommeil quand nous restons à bavarder et rire sur le trottoir, après le cinéma.

Et ce soir-là, justement, nous rentrons du cinéma, Nicolas, Agnès et moi. C'est une nuit de la fin août, je ne me souviens pas du film que nous venons de voir, mais je me rappelle combien l'air est doux, le vent caressant. Et puis nous apercevons de loin Frédéric, planté devant le porche de notre immeuble, rue Cardinet. « Tiens, c'est Frédéric », dit Nicolas. Et moi, tenant Agnès par la taille : « Mais qu'est-ce qu'il fout là à cette heure-ci ? »

En nous approchant, nous voyons qu'il a l'air terriblement secoué, le corps chétif et comme cassé en deux, se tenant les bras croisés sur le ventre, ne manifestant aucune joie de nous reconnaître. Puis nous voyons qu'il pleure. Merde, Frédéric !

— Ben qu'est-ce qui s'est passé ? Il est arrivé quelque chose ?

— Oui...

Et puis il ne peut pas en dire plus, il a une espèce de sanglot en fixant Agnès.

— Ton père, Agnès..., dit-il. Ton père a eu un accident. Je suis tellement désolé...

— Mais c'est grave ? s'enquiert-elle.

— Oui, très grave. Un accident de plongée. C'est Aurélien qui l'a retrouvé.

— Oh !

Alors Agnès se met à sangloter, et pendant quelques secondes je ne trouve rien à dire, pas un mot pour la réconforter, juste lui poser stupidement la main sur l'épaule, avant de la retirer, comme si son chagrin m'effrayait.

— Allons à l'appartement, dit finalement Nicolas.

— Oui, viens, dis-je doucement à Agnès, je vais préparer du thé.

C'est la seule idée qui me vienne à l'esprit. J'aurais pu aussi bien dire : « Viens, on va se coucher, il est tard », parce que je ne réalise pas encore que Marcel Le Guen est mort, que la terre vient de se dérober sous les pas d'Agnès, et notre vie de basculer dans les ténèbres.

Frédéric la garde dans ses bras pendant que je prépare le thé. Je l'envie et je l'admire de savoir le faire, d'*oser* le faire. Tant d'années après, m'en voulant encore terriblement d'avoir été si maladroit, si gauche, ce soir-là, je me rends compte que je me suis conduit comme devant les grandes souffrances de notre mère : tétanisé par l'effroi, incapable de lui ouvrir mes bras, de lui caresser les cheveux, de lui murmurer des mots tendres, « Je suis là, je veille sur toi, tu peux compter sur moi ». C'est Blandine, en me prenant dans ses bras quinze années plus tard, quand je serai moi-même au fond du malheur, en me caressant le visage tout en me murmurant des mots inoubliables, «Je t'aime, mon chéri, tout ira bien, tu es le trésor de ma vie», c'est Blandine qui m'apprendra à consoler. Ensuite, je ne ferai jamais que l'imiter pour consoler mes enfants, ou la consoler elle-même. Frédéric explique à mots hachés, tout en pleurant, qu'Aurélien lui a téléphoné d'Espagne, ne parvenant pas à nous joindre. Plus tard, quand le jour se lève et qu'Agnès ne pleure plus, qu'elle parle, veut savoir, comme si elle avait déjà retrouvé la maîtrise d'elle-même, il raconte que d'après ce qu'il a compris, Aurélien et son père plongeaient ensemble, quand Aurélien avait été surpris de se retrouver seul. Il avait cherché son père durant quelques minutes, puis était remonté, pensant le découvrir en surface. Mais constatant qu'il n'avait pas rejoint le promontoire rocheux sur lequel ils avaient laissé leurs affaires, il était aussitôt redescendu et c'est à ce moment-là qu'il avait trouvé son père, inanimé, et avait ramené sa dépouille jusqu'à la plage.

Nous enterrons Marcel Le Guen, au début de septembre, dans le petit cimetière de La Celle-Saint-Cloud.

Puis, très vite, comme l'aurait fait sans doute son père, Agnès garde son chagrin pour elle. Elle reprend ses études, se passionne pour les fossiles, part à plusieurs reprises dans le nord de la France mener des fouilles avec d'autres étudiants, puis décide d'apprendre à photographier les oiseaux et retourne en Sologne avec un groupe d'ornithologues. Parfois, je vois qu'elle a les yeux rouges en rentrant de la fac, mais elle évite de pleurer devant moi.

Un jour, nous sommes approchés par une femme qui nous a vus à l'enterrement, nous écrit-elle, qui aimerait nous connaître parce qu'elle a besoin de parler de Marcel qu'elle a beaucoup aimé, et continue d'aimer, dit-elle. Elle s'appelle Michèle. Agnès ne la connaît pas, mais elle savait que son père, qui ne partageait plus depuis longtemps le lit de sa mère, avait une vie amoureuse quelque part. Nous acceptons l'invitation à dîner de Michèle qui est une jeune femme plutôt jolie, mais réservée, attentive et curieuse. Nous découvrons combien Marcel Le Guen l'a aimée, lui rapportant un bijou ou une toilette de chacun de ses voyages à l'étranger, quand il offrait un tablier ou un quelconque ustensile de cuisine à sa femme. «Maman dit que tous les hommes sont des salauds», m'avait rapporté Agnès au tout début de notre histoire. «Et toi, avais-je demandé, tu penses la même chose? – Oui, je crois. – Mais pourquoi? – Je vois comment se conduisent les hommes, ici, à Saint-François. – Je ne comprends pas, qu'est-ce que tu vois? – Par exemple, je sais que le voisin qui habite là-bas, derrière, sort avec la femme du docteur. – Ah oui? – Ils font tous des trucs comme ça, même papa.»

L'écoutant bavarder avec Michèle pendant le dîner, j'essaie de deviner ce qui peut la traverser : «Ai-je bien fait d'avoir accepté cette invitation? Est-ce que ce n'est pas déloyal à l'égard de maman? Cette fille n'est pas du tout une salope, ça se voit, je comprends que papa soit tombé amoureux d'elle. Oui, mais ça n'empêche pas que c'est dégueulasse vis-à-vis de maman. En même temps, maman est tellement chiante, je peux comprendre que papa ait eu envie d'aller voir ailleurs. D'accord, mais alors pourquoi n'a-t-il pas quitté la maison? Pour garder son petit confort? Pour avoir le beurre et l'argent du beurre? Pour continuer à nous voir tranquillement, nous, ses enfants?»

Après ce dîner, pense-t-elle toujours que tous les hommes sont des salauds? Je n'ose pas le lui demander quand nous repartons de chez Michèle avec deux livres superbes, l'un sur l'Amérique du Nord, l'autre sur l'Amérique du Sud. Mais elle le pense sans doute, oui, puisque quand je la tromperai, et le lui dirai, c'est la première phrase qu'elle me sortira, les yeux soudain noyés de larmes : «Tous les hommes sont des salauds.»

Nous découvrons que Marcel Le Guen a donc parlé de notre voyage à son amour secret, et en termes bien plus élogieux que ce que nous imaginions, disant qu'à notre âge, s'il ne s'était pas retrouvé dans la guerre, il aurait sans doute souhaité faire même chose.

Partir devient désormais une façon d'échapper à la tristesse, une sorte de sauve-qui-peut. Cela me paraît évident aujourd'hui, me remémorant comment nous nous traînons cet hiver-là, de grippes et infections diverses, mais nous n'en avons pas conscience sur le moment. Jamais nous ne parlons du vide, pour ne pas dire de l'abîme, qu'a laissé dans notre vie la disparition du père d'Agnès, alors même qu'à chaque instant nous croyons tomber dedans et nous rattrapons aux branches. Tous les week-ends, souffreteux ou carrément malades, nous partons pour Saint-François-d'Assise nous faire dorloter par la mère d'Agnès. C'en est fini des joyeux repas dominicaux, mais Janine Le Guen n'a pas baissé les bras, elle prépare des soupes, des gratins, achète des gâteaux, organise des soirées devant la télévision (que jamais nous ne regardions auparavant). Puis Agnès et moi allons nous coucher dans la chambre de son père, dans le lit de son père, qui est désormais le nôtre quand nous habitons La Celle-Saint-Cloud. Nous nous endormons blottis l'un contre l'autre, assommés de fatigue.

Nous n'allons plus à Rabos, nous gardant même de pro-noncer seulement ce nom, encore hantés par les images du feu, puis de la colline en cendres, et imaginant ce qu'ont dû être les derniers jours quand il a fallu qu'Aurélien annonce à sa mère la mort de Marcel Le Guen, dans ce décor, puis qu'ils organisent ensemble le rapatriement du corps.

Je fais de la philo à la fac de Nanterre, cette année-là, tout en travaillant sur des chantiers pour le compte de Manpower, songeant plus que jamais adhérer au parti communiste (où je n'irai jamais, finalement). Et je prépare activement notre départ. J'ai pu obtenir deux couchettes et une place pour notre fourgonnette sur un vieux paquebot soviétique, le *Pouchkine*, qui ne fait qu'une fois par an la ligne Le Havre-Montréal, arri-vant de Leningrad (redevenue Saint-Pétersbourg aujourd'hui). Et j'aménage notre fourgonnette (une Renault 4) de telle façon que nous puissions y dormir, y faire la cuisine, et y lire confortablement.

À l'initiative de Frédéric, je crois, les miens ont décidé de faire de notre départ une grande fête familiale et, le jour dit (le 1er ou le 2 juillet 1975), nous nous retrouvons tous au Havre sur le quai du *Pouchkine*. Toto est là dans sa nouvelle Peugeot (une 204 break) avec tous les petits. Frédéric, Nicolas et Rémi sont évidemment présents. Et Anne-Sophie nous fait la surprise de se pointer avec son mari. Seule manque Christine, qui habite maintenant entre Nice et Cannes, et notre mère (pourquoi n'est-elle pas venue ? Toto avance une excuse dont j'ai tout oublié).

Réexaminant à la loupe les photos de cette belle journée d'été, je suis frappé de voir combien Agnès semble être aimée des miens, et les aimer aussi, bavardant ici avec Toto tandis que Marie, Oscar et Clément l'observent en souriant très gentiment ; partageant un fou rire avec Rémi tandis que Frédéric les photographie (et que Nicolas fait la photo des trois) ; embrassant chacun des Dunoyer de Pranassac avant de monter à bord et de les saluer depuis le premier pont (je suis alors sur la photo, la tenant par les épaules), et ne pouvant retenir ses larmes (ce que je n'avais pas remarqué, sur le moment, mais découvre à l'instant grâce à ma loupe d'horloger). Ni Aurélien ni sa mère ne sont venus, Agnès apparaît orpheline, heureuse et touchée d'être adoptée par les miens, qu'elle connaît à peine, comme j'avais été adopté par les siens quatre ans plus tôt, me dis-je soudain. Oui, je crois que c'est à compter de ce jour qu'Agnès entre dans ma famille, un peu comme si nous célébrions notre mariage sur le quai du *Pouchkine*, de façon inopinée et informelle (et en l'absence de notre mère qui jugeait déshonorant que j'épouse la petite-fille d'un conducteur de tramway).

Le Canada n'est pas du tout le pays que nous avions imaginé, offrant aux nouveaux arrivants de vastes espaces boisés pour qu'ils bâtissent leur maison de rondins et commencent à planter des haricots. Le Canada ne nous apparaît pas très différent de l'Europe, et il se trouve même des policiers pour nous réveiller avec leur sirène et leurs lampes torches au milieu de la nuit, et nous chasser du parc où nous nous étions installés pour dormir. Nous sommes assez abattus les premiers jours, étreints par notre brutale solitude et l'extinction de nos rêves d'enfant (entretenus trois années durant) au contact d'une réalité impitoyable. Il n'y a pas plus de place ici qu'en France, et j'allais même dire qu'en Sologne, pour des gens comme nous qui préféreraient ne pas avoir de compte en banque et se tenir en marge de la grosse lessiveuse dans laquelle tous plongent avec entrain.

Puis nous nous y faisons et travaillons durant quelque temps pour le compte d'un agriculteur qui dit à peine bonjour et paie un dollar la caisse de cerises cueillies avec les queues (un demi-dollar sans les queues). Insensiblement, nous acceptons l'Amérique du Nord telle qu'elle est, nous pliant à ses règles, payant pour séjourner dans le parc de Yellowstone, où nous croisons des ours, en effet, et quelques autres animaux sauvages qu'Agnès photographie avec des exclamations de joie.

Nous descendons les États-Unis par les Rocheuses, traversons l'Idaho, l'Utah, le Colorado, l'Arizona, le Nouveau-Mexique. Nous ne souffrons plus de la solitude, nous sommes subjugués par la beauté des endroits où nous nous arrêtons pour dormir. Parfois, nous grimpons sous le soleil jusqu'au sommet d'une crête, et je dis : «Une fois là-haut, tu voudras bien qu'on fasse l'amour?» Agnès me sourit, acquiesce, mais j'ai le sentiment qu'elle accepte pour me faire plaisir, qu'elle n'en a pas vraiment envie.

Nous n'avons pas renoncé à construire notre maison, mais maintenant notre rêve s'est déplacé vers la lointaine Argentine. Nous songeons à la Patagonie où l'on dit que tout est encore possible, où la terre n'appartiendrait à personne.

Le climat n'est plus le même au Mexique où des hommes viennent souvent rôder autour de notre campement, le soir, s'approchant pour bavarder parce que nous les y invitons, mais jetant des regards de biais sur Agnès qui ne sont pas vraiment réconfortants. Un soir, sur une plage venteuse et déserte du Pacifique, trois cavaliers viennent nous aborder. L'un d'eux propose à Agnès de monter son cheval. Elle est tentée d'accepter. «Je ne préfère pas», dis-je en français. Les hommes mettent pied à terre, ils commencent à regarder silencieusement tout ce qui se trouve dans notre voiture, à tourner autour d'Agnès. Nous avons l'un et l'autre la sensation d'un danger imminent, le sentiment que l'idée de nous agresser est en train de prendre forme petit à petit dans leurs esprits et qu'il faut très vite tenter quelque chose. «Je vais leur proposer des cadeaux, dit Agnès (qui parle bien l'espagnol, au contraire de moi). – Oui, donne-leur mes chemises.» Elle prend un ton léger et souriant pour leur offrir à chacun une chemise, la leur plaquant sur le torse en riant, comme si elle voulait s'assurer que la taille est bien la bonne. Ils se détendent, acceptent, puis j'offre du café et des gâteaux, et la tension retombe. Ils ont renoncé, cela se lit dans leurs yeux.

Mais une autre nuit, comme nous dormons les fenêtres ouvertes, je vois le bras d'un homme passer au-dessus de mes jambes pour aller se servir dans le vide-poches. Alors j'adapte des grillages métalliques sur nos portières et, dans le petit village de Salinas, où les hommes pêchent au filet, pieds nus parmi les requins-marteaux, nous recueillons un chien affamé dont Agnès devient immédiatement l'amie et dont les aboiements nous protègent.

Pour Noël, nous sommes à Panamá, attendant avec d'autres voyageurs, dans un camp de fortune, de pouvoir embarquer notre voiture sur un cargo jusqu'à Barranquilla, en Colombie, puisqu'une jungle infranchissable sépare les deux Amériques. Nous nous lions avec deux garçons qui voyagent dans un minibus Volkswagen, prenons l'habitude de passer toutes nos soirées ensemble, refaisant le monde en nous inspirant d'Ivan Illich, parlant beaucoup d'Albert Camus dont je lis alors *L'Homme révolté*, et Agnès tombe amoureuse du plus âgé. Elle est très attirée par lui, et ne s'en cache pas. Nous pourrions en déduire que notre blessure ne cicatrise pas, décidément, puisqu'elle éprouve pour un autre ce qu'elle ne ressent plus pour moi, mais, curieusement, pas une seconde nous ne mettons en doute notre amour. Nous pensons être liés l'un à l'autre pour l'éternité, à travers tout ce que nous avons partagé déjà, comme peuvent l'être des frères et sœurs, suis-je tenté d'écrire, car c'est la comparaison qui me vient.

Arrivés à Barranquilla en avion, nous attendons notre voiture durant plusieurs jours. Le cargo semble s'être perdu quelque part dans la mer des Antilles, en tout cas la compagnie assure ne plus avoir aucune nouvelle de lui. Enfin, un matin, il est là, mais notre fourgonnette est méconnaissable, on jurerait qu'un imbécile s'est acharné sur elle avec une barre à mine. Il

semble qu'il y ait eu une tempête et que les voitures, qui
n'étaient pas attachées, se soient tamponnées.

La sombre beauté de la Colombie nous retient, et nous
nous attardons dans ces villages de montagne aux maisons
blanches disposées autour d'immenses places carrées désertes
que traverse de temps à autre une femme en noir, ou un enfant
de chœur, trottinant silencieusement jusqu'à l'église. Nous
pouvons bien rester là plusieurs jours, les gens nous ignorent,
il ne se passe rien de particulier, et cependant il est impossible
de ne pas avoir le cœur serré par la gravité de ces hameaux,
comme si la mort y rôdait et qu'il faille sans cesse se recueillir
et prier pour s'en prémunir.

J'achète un cahier d'écolier dans une épicerie qui vend
aussi des mantilles, des statuettes de la Vierge, des revolvers,
et je me remets à écrire. Depuis plusieurs jours, je me surprenais à rêver en conduisant, comme au temps de la rue Dailly
où j'essayais de retenir des phrases qui me semblaient miraculeuses. J'écris des fragments de dialogues avec Marcel Le
Guen, des scènes minuscules où on le voit rire, conduire sa
voiture de sport, débarquer d'Orly les traits tirés et ouvrir nerveusement son courrier dans le vestibule – tandis qu'Agnès
part toute seule dans la montagne, avec un marteau, chercher
des fossiles.

Un soir, elle me demande si je veux bien lui lire mon cahier.

— Pourquoi tu écris sur papa ? s'étonne-t-elle, un peu
mécontente, me semble-t-il, comme si je lui avais volé
quelque chose. À quoi ça te sert ?

— Je ne sais pas.

— On dirait que tu fais exprès de te rendre malheureux.

Quinze ans plus tard, quand elle lira le manuscrit de *Priez
pour nous*, Agnès me fera exactement la même réflexion,
mais cette fois je saurai quoi lui répondre :

— Parce que je ne veux pas que les choses meurent.
J'essaie de toutes mes forces de les retenir.

Alors elle, furieuse, au bord des larmes, et me lançant
quasiment mon livre à la figure :

— Tu ne veux pas que les choses meurent, mais tu vas
tuer ta mère sous prétexte qu'il ne faut pas oublier. Et même

sur nous, je ne comprends pas comment tu oses raconter des choses aussi intimes...

Agnès veut bien aller fouiller dans le passé, mais seulement après que des millions d'années se sont écoulées, quand les souvenirs, fossilisés, ne risquent plus de blesser personne, tandis que moi je travaille à coups de marteau parmi les vivants. Si j'avais été plus perspicace, j'aurais deviné dès ce soir-là, en Colombie, qu'un jour nous nous casserions la figure sur cette profonde différence dans la façon d'approcher la vie, d'exhumer la mémoire.

À Quito, en Équateur, nous travaillons comme serveurs dans un restaurant, puis un peu plus au sud, à Ambato, comme professeurs de français à l'Alliance française. Il y a huit mois que nous avons quitté la France et toute trace de nostalgie a disparu en nous. Je crois que nous n'avons jamais été si près de prendre racine en Amérique, attendant sans doute d'atteindre l'Argentine pour creuser les fondations de notre maison, à moins qu'une occasion se présente avant.

Le Pérou ne nous retient pas, en dépit de la beauté du désert, sur le Pacifique, tandis que nous sommes bouleversés par la Bolivie. Les pentes abruptes de La Paz, les visages des femmes et des hommes comme brûlés par l'altitude, le vent glacial qui vide les rues, le soir, les mineurs d'Oruro qui grimpent le dimanche sur les pentes aux herbes rases, au-dessus de la ville, pour jouer de la flûte et de la trompette, et finalement se soûler. À Santa Cruz, dans la plaine orientale, chaque fois que nous croisons un Blanc au volant d'une Jeep, nous songeons que ce pourrait être un ancien nazi. Dans les arbres des parcs, Agnès repère des paresseux qu'elle photographie.

Quand nous pénétrons en Argentine, au début de mai 1976, le général Videla vient de prendre le pouvoir à la tête d'une junte militaire. Nous ne le savons pas encore mais ce coup d'État, qui va plonger le pays dans la terreur, condamne par avance tous nos espoirs d'y construire notre vie. C'est l'automne dans l'hémisphère Sud, les arbres dénudés et le ciel atone nous rappellent soudain la France. À hauteur de Mendoza, nous franchissons la cordillère des Andes pour gagner Santiago du Chili. Nous sommes saisis d'émotion en passant la frontière, puis en parcourant les rues de la capitale. C'est presque le crépuscule quand nous y parvenons, les trottoirs sont peu animés, les commerces fermés. Est-ce le visage qu'offre la dictature ? Nous avions passionnément soutenu le gouvernement socialiste de Salvador Allende, et vécu dramatiquement sa mort, le 11 septembre 1973, lors du coup d'État mené par le général Pinochet (nous sentant bien plus concernés par la disparition d'Allende que par celle de Pompidou, six mois plus tard). Depuis, nous avons le sentiment que les Chiliens sont nos cousins et que nous devrions faire beaucoup plus pour les aider que de pleurer sur leur sort.

Le lendemain matin, les rues sont plus animées, on croise des gens bavardant gaiement aux terrasses des cafés, et je songe à ces photos de Paris sous l'Occupation où l'on voit des couples rire, alors même que les Allemands raflent les juifs et fusillent les résistants. Comme si la vie trouvait toujours un petit espace pour s'épanouir, même un interstice, et même quand il n'y a plus aucun espoir de revoir le soleil.

Nous savons que des lettres nous attendent à la poste, mais, curieusement, il n'y en a qu'une pour moi et elle émane de notre mère. Elle est épouvantable : elle m'annonce que ma petite sœur Marie va mourir, qu'il n'y a plus aucun espoir de la sauver, que les médecins ont renoncé, qu'elle fait dire des messes et brûle des cierges à la Sainte Vierge. Marie souffrait depuis deux ou trois ans d'une mystérieuse maladie qui parfois la clouait au lit avec de la fièvre, mais nous n'avions pas imaginé que cela tournerait au drame. Je décide d'appeler la maison, ce que nous n'avons pas fait depuis notre départ, et je tombe sur notre mère. Le tableau clinique n'a pas changé, Marie est perdue, maman sanglote au téléphone et je me retiens d'en faire autant.

Ce jour-là, nous prenons la décision de rentrer, espérant trouver un cargo depuis Buenos Aires. Mais nous ne renonçons pas à atteindre la Terre de Feu dont nous rêvons depuis l'origine de ce voyage. Au sud du Chili, nous repassons la cordillère des Andes pour gagner Comodoro Rivadavia, sur la côte atlantique. C'est maintenant l'hiver, il neige, les jours ne durent plus que quelques heures, et dans ces conditions difficiles nous traversons la Patagonie du nord au sud. Nous pensons sans cesse à Marie, le temps nous est compté. À deux reprises, la neige menace de nous ensevelir, mais nous parvenons à nous dégager et atteignons Ushuaia au début de juillet. Je me rappelle notre émotion en découvrant la plage recouverte d'une épaisse couche de neige, puis en observant la mer, le soir, depuis la fenêtre de notre hôtel, imaginant le sombre cap Horn à quelques encablures. Nous avons conscience qu'une étape de notre vie s'achève ici, et nous ne savons rien de celle qui s'ouvre.

28.

C'est le plein été lorsque nous débarquons à Paris au milieu de ce mois d'août 1976. Seuls Frédéric et Nicolas sont là pour nous accueillir. Depuis Santiago du Chili, je me réveille toutes les nuits en songeant à Marie.

— Comment va-t-elle ? dis-je en embrassant mes frères.

— Beaucoup mieux, mais tu ne la verras pas, elle est en vacances à Saint-Malo avec tous les autres.

Pendant une minute, j'éprouve un tel soulagement que je tombe assis.

— Oh, dis-je, quel bonheur ! On a eu tellement peur.

— Mais tu sais, reprend Nicolas, nous, on n'a jamais cru qu'elle allait mourir. C'est la baronne qui a monté tout ce cirque.

Alors il nous raconte que pendant des semaines notre mère est restée suspendue au téléphone, annonçant à qui voulait l'entendre que sa fille était condamnée, sanglotant pendant qu'on tentait à l'autre bout du fil de la réconforter, et puis séchant ses larmes aussitôt après avoir raccroché pour composer le numéro suivant dans son carnet d'adresses et reprendre la chronique de l'agonie de sa fille tout en se mettant à hoqueter au moment où les médecins lui annoncent qu'ils ne peuvent plus rien pour Marie et qu'il n'y a plus qu'à espérer en la Sainte Vierge.

— Le cinéma qu'elle nous a fait ! confirme discrètement Frédéric en secouant la tête.

— Mais comment ? dis-je. Elle n'a pas inventé la maladie de Marie...

— Non, les médecins ont dit qu'ils ne voyaient pas ce qu'elle avait, mais jamais ils n'ont prétendu qu'elle était «perdue».

— C'est pourtant ce qu'elle m'a écrit, dis-je, et quand je l'ai appelée de Santiago elle m'a expliqué qu'il n'y avait plus d'espoir.

— Cette conne! s'exclame Nicolas. Je sais, j'étais là ce jour-là, c'est même moi qui ai failli décrocher mais elle s'est précipitée sur le téléphone. Je l'ai entendue te parler, ensuite j'ai espéré que tu rappellerais pour te dire que tout ça c'était du bidon, que vous pouviez terminer tranquillement votre voyage, mais tu n'as pas rappelé.

Assez curieusement, je n'en veux pas à notre mère. Je repense confusément à la nuit où elle s'est cachée sous l'armoire et où je ne suis pas venu à son secours. Je crois que je préfère l'entendre sangloter au téléphone, prenant prétexte de la maladie de sa fille pour exprimer son profond désespoir, l'indigence, la pauvreté de sa vie, et ainsi appeler au secours en suscitant la compassion. Tout, plutôt que de l'imaginer retournant se cacher et attendant qu'on la découvre. Quand Toto entrera dans le cycle des opérations à cœur ouvert, risquant à chaque fois de ne pas en revenir, et que j'entendrai notre mère rameuter de la même façon le ban et l'arrière-ban, cherchant de toute évidence à se faire plaindre et à reconquérir par ce biais une place, si médiocre soit-elle, dans le cœur d'amis ou de cousins qui lui avaient plus ou moins tourné le dos, j'éprouverai, malgré mon agacement, une forme de soulagement. Comme si, me dis-je aujourd'hui, appelant les autres, elle m'avait signifié qu'elle n'attendait plus rien de moi.

Nous nous sentons si mal de ce retour précipité en France (comme si on nous avait réveillés au milieu d'une longue anesthésie) que je ne me souviens même plus de l'endroit où nous posons nos valises. Peut-être chez la mère d'Agnès où je me revois passant des coups de fil, peut-être chez les parents de Rémi Berli où je me revois peinant à rédiger mon premier article. Car je suis à la lettre le conseil de Nicolas lorsqu'il m'entend dire que je vais me mettre à écrire un roman, et reprendre un métier d'ouvrier en attendant d'être publié : «Pourquoi tu ne deviens pas plutôt journaliste, puisque tu aimes écrire ? Tu te feras moins chier qu'en étant ouvrier.» Oui, pourquoi pas journaliste ?

Rémi fait alors des photos pour *Témoignage chrétien*, il parle de moi au rédacteur en chef qui accepte de me prendre comme stagiaire non rémunéré. J'aimerais écrire sur l'Argentine du général Videla, sur Buenos Aires où nous avons erré plusieurs jours, mais on me demande un papier sur la culture du cannabis dans la plaine de la Bekaa, au Liban (où je n'ai jamais mis les pieds). Nicolas m'encourage dans le même temps à faire le tour des agences de presse, et c'est comme cela qu'une après-midi de la fin août je pousse la porte de l'Agence centrale de presse (l'ACP) qui alimente alors en dépêches tous les quotidiens de province. On ne sait jamais sur quoi se joue notre destin : ce jour-là, je crois que c'est sur la sympathie que m'inspire immédiatement le rédacteur en chef de permanence, un certain Volmier (les deux autres rédacteurs en chef, dont je ferai la connaissance plus tard, m'auraient sans doute mis dehors sans discuter car il y avait déjà beaucoup trop de stagiaires à l'ACP). Jean Volmier est un ours, mais il a la tête des journalistes incorruptibles dans les films de Costa-Gavras, *Z* et *L'Aveu*, qui ont largement contribué à mon éducation politique, et comme j'ai sans doute l'air de le trouver admirable, il me prie de m'asseoir. Je lui dis que je veux faire le même métier que lui, que j'aime écrire, que je n'ai pas peur de voyager, que je rentre d'Argentine... «Bon, me dit-il à la fin, vous avez une bonne tête, je vous prends pour un mois. Si vos articles sont corrects, on vous les paiera à la pige. Sinon, vous irez vous faire voir ailleurs. Ça vous convient comme arrangement ? – Parfaitement, monsieur.»

En sortant, je vais chez *Duriez*, boulevard Saint-Germain, acheter ma première machine à écrire, une Hermès Baby, ainsi qu'une méthode pour apprendre à frapper avec les dix doigts. Frédéric, Nicolas et notre petit frère Guillaume emménagent à ce moment-là dans le même appartement. Comme nous n'avons pas d'endroit où habiter, ils nous proposent de les rejoindre, et nous nous serrons à huit (chacun ayant une petite amie) dans un minuscule quatre pièces.

Agnès reprend ses études de sciences à la fac de Jussieu, et moi je me pointe tous les jours à l'ACP, rue Caumartin, où l'on s'étonne de ma présence. Les stagiaires plus anciens occupent les rares bureaux disponibles dans la vaste salle de rédaction, et personne ne semble accorder la moindre importance à la parole de Jean Volmier. Je dois mes premières piges au conflit du *Parisien libéré*, en grève depuis un an et demi déjà, et dont les ouvriers du Livre CGT négocient alors des nuits entières avec un obscur médiateur dans les locaux du Conseil d'État, me semble-t-il. Je suis le seul à bien vouloir passer mes nuits à errer dans les couloirs pour récupérer quelques indiscrétions et rédiger une dépêche de vingt-cinq lignes pour l'ouverture du fil de l'agence, à 6 heures du matin.

On me confie la permanence du dimanche matin où il ne se passe généralement rien, à part la recension des quelques carambolages du samedi soir à la sortie des boîtes de nuit. Puis André Malraux meurt, et comme on ne trouve personne pour couvrir son enterrement, on m'expédie à Verrières-le-Buisson. Je regrette de ne pas avoir conservé le long papier que je dicte à la sortie de la cérémonie, depuis une cabine téléphonique. J'y parle de ma découverte de *La Condition humaine* (qui fut pour moi un choc équivalant aux *Mémoires* du général Wrangel), et longuement de *L'Espoir*, plaçant au passage que Malraux aura au moins eu la satisfaction de voir mourir Franco avant de disparaître à son tour. Je suis conscient aujourd'hui qu'un tel article aurait dû me valoir d'être immédiatement foutu à la porte, mais j'ai la chance qu'il soit tombé entre les mains de Nadine Lefèvre. Nadine est une personnalité de l'agence, chef des informations, chroniqueuse judiciaire et critique culturelle. Nous ne nous sommes parlé qu'une fois, le jour de son retour de vacances d'été, à la fin de septembre, alors que je m'étais installé à son bureau en attendant qu'on veuille bien me donner du travail. « On ne t'a pas dit que c'était mon bureau ? – Ah non, je suis désolé. – Mais tu es qui ? D'où tu viens ? – Je suis stagiaire. – Enfin, c'est invraisemblable, il en arrive chaque jour un nouveau! Excuse-moi, hein, ce n'est pas de ta faute, mais ici les gens font n'importe quoi. – Voilà, je vous rends votre bureau. – Merci. C'est comment ton nom? – William Dunoyer. – Eh bien essaie de te trouver une autre place. »

Quand je rentre de Verrières-le-Buisson, en milieu d'après-midi, elle me fait signe d'approcher.

— Ça ne va pas du tout ton article sur Malraux, dit-elle, visiblement agacée, mais suffisamment bas pour qu'on ne l'entende pas des bureaux voisins.

— Ah bon.

— Non, je suis en train de tout récrire. Tu n'as pas fait d'école de journalisme?

— Je ne savais pas qu'il en existait.

— Mais d'où tu sors?

— J'ai fait philo à la fac, je ne pensais pas devenir journaliste.

Je la vois réfléchir, relire silencieusement ce qu'elle vient d'écrire, les sourcils froncés. Elle doit avoir dépassé la quarantaine, elle est blonde aux yeux bleus, le teint lumineux, le visage rond mais l'air têtu, on dit qu'elle est la femme d'un type important, un chef d'entreprise, ou un banquier. Je ne saurais pas dire pourquoi, mais j'ai confiance en elle, sinon je serais sans doute parti pour ne plus revenir.

— Tu veux que je t'apprenne? dit-elle en relevant soudain les yeux vers moi.

— Avec plaisir, oui.

— Prends une chaise et assieds-toi.

Enterrer Malraux, quand on se prétend journaliste d'agence, c'est d'abord rappeler les faits en quatre lignes, «Les obsèques d'André Malraux ont été célébrées ce matin...», puis, dans la même foulée, évoquer l'écrivain, le résistant et le compagnon de route du général de Gaulle (avant d'y revenir de façon plus approfondie, plus bas, dans le corps du texte). Énumérer dans le deuxième paragraphe les personnalités présentes à la cérémonie, tout en repiquant trois ou quatre phrases de l'homélie pour donner un peu de chair à cette litanie de noms propres, ne pas hésiter à citer au passage le titre de l'adagio, le nom de l'organiste si on parvient à le récupérer, puis penser à la couleur, surtout, «n'oublie jamais de mettre de la couleur, d'accord?», le ciel d'automne, les feuilles mortes qui volent sur le parvis, les larmes de tel ou tel ministre...

— Si tu connais bien son œuvre, tu peux parler d'un livre ou deux, faire des rapprochements entre la mort d'un de ses héros et la sienne, par exemple, mais que *La Condition humaine* t'ait bouleversé, on s'en fiche, tu comprends?

— Maintenant je comprends, oui.

— Enfin, ne le prends pas mal, hein, ajoute-t-elle en me saisissant le poignet et en me souriant très gentiment, je ne cherche pas à te blesser.

— Vous ne me blessez pas.

— Et puis tu peux me tutoyer, tout le monde se tutoie dans ce métier.

Vingt ans plus tard, quand je ne serai plus journaliste, j'éprouverai soudain le besoin de rappeler Nadine Lefèvre, de la revoir, de lui dire combien je l'avais trouvée élégante (et jolie) cette après-midi de novembre 1976, combien elle avait compté dans ma vie, sans s'en douter probablement. Je l'écris ici pour qu'on ne s'imagine pas que je n'ai jamais fait qu'insulter et menacer les gens qui nous avaient pourri l'existence. Non, il m'est arrivé aussi de remercier.

Je deviens en quelques semaines, grâce à Nadine, un excellent chroniqueur de faits divers. Jamais je n'oublie de rappeler les faits, dans l'ordre voulu, et de mettre de la couleur. La couleur, c'est ce que tout le monde réclame, et en particulier Yves Hugonnet, le chef du service politique, qui cherche alors à donner un peu de chair et d'âme aux élus, à Valéry Giscard d'Estaing et à son nouveau Premier ministre, notamment, le très rasoir Raymond Barre.

— Dites-moi, me dit un jour Hugonnet, j'ai lu vos papiers, c'est pas mal. Ça ne vous dirait pas de travailler de temps en temps en politique? (Hugonnet est le seul de l'agence à vouvoyer tout le monde.)

— J'ai peur de dire pas mal de bêtises, je n'y connais rien.

— C'est exactement ce que je cherche : quelqu'un qui n'y connaisse rien mais qui soit capable d'écrire ce qu'il ressent.

— Vraiment ? Alors je veux bien essayer.

Je suis embauché à l'ACP, je deviens officiellement journaliste, je reçois une carte de presse barrée de tricolore et mon premier salaire, une somme phénoménale comparée à ce que je touchais chez Manpower. Nous quittons mes frères pour emménager avec Agnès dans un appartement très romantique, tout l'étage d'un ancien corps de ferme, à Vaucresson (à proximité de chez Janine Le Guen), et je m'achète une Mobylette pour échapper aux trains de banlieue.

Désormais, je couvre certains déplacements de Valéry Giscard d'Estaing, mais en «électron libre», comme dit Hugonnet. Un journaliste averti rend compte de la dimension politique du voyage, des différents discours, des «petites phrases», tandis que moi je fais un papier plus fantaisiste sur un événement quelconque susceptible d'avoir retenu mon attention. Lors du premier voyage, je suis le témoin d'une scène étonnante : tandis que le président fend la foule de sa haute taille, une jeune femme lui tend son bébé, comme s'il était en grand danger et que le chef de l'État eût le pouvoir miraculeux de le sauver, voyez-vous, et Valéry Giscard d'Estaing s'arrête, s'illumine, prend l'enfant dans ses bras dans un très bel élan, le presse contre son cœur, l'embrasse, avant de le rendre à sa mère. Plus tard, je constaterai que Giscard prend souvent des enfants dans ses bras, mais comme je n'ai aucune habitude des voyages présidentiels, que je rentre d'une année à l'étranger, que je n'oublie pas Clément le jour où je l'ai découvert dans la salle de bains, je suis sans doute anormalement touché par cet épisode (qui n'a pas duré plus de trente secondes), et je fais tout mon article là-dessus.

Le lendemain, Hugonnet est ravi : ce non-événement fait la une de la plupart des journaux de province (un photographe a eu la bonne idée de le saisir), reléguant en pages intérieures les commentaires politiques.

J'essaie de me remémorer dans quel contexte Agnès et moi nous séparons au printemps suivant, et alors même que notre vie devient plus confortable : j'ai enfin un métier, elle est en doctorat de troisième cycle, nous avons une maison rien que pour nous, le dimanche matin nous partons ensemble nous promener à bicyclette, ou parfois nous allons à la piscine. Et soudain, il me semble qu'elle m'est devenue indifférente. C'est que j'ai croisé une journaliste de radio dont je n'arrive pas à me défaire. Une fille brune, plus âgée que moi, qui m'a expliqué deux ou trois trucs en politique, mais gentiment (dans un milieu où les filles sont impitoyables avec les crétins dans mon genre), et dont j'écoute désormais la voix dans tous les journaux de RTL (une voix cendrée, bouleversante, qui me rappelle celle de Sylvie). Je lui téléphone, on se croise parfois dans un café, j'ai le cœur qui explose, mais elle me regarde comme si j'étais son fils. Elle aussi me dit un jour, comme Nadine Lefèvre : «Mais d'où tu sors? On dirait que tu découvres la vie.» Elle aime un autre homme, elle en aime même deux, et elle n'a vraiment pas besoin de moi.

Je n'ai aucun souvenir de ce que j'explique à Agnès, mais ce doit être sûrement dramatique et définitif parce que quelque temps plus tard je reçois la visite d'un garçon qui se prénomme Olivier, qui est également en doctorat de sciences, et qui vient m'avertir qu'il est très amoureux d'elle. Pourquoi prend-il la précaution de m'en informer? Il me semble que nous ne nous connaissons pas, ou peut-être est-ce que je l'ai croisé une ou deux fois en me baladant avec Agnès sur le campus de Jussieu.

En tout cas, je m'entends lui dire cette phrase qui me paraît à peine croyable avec le recul :

— Merci d'être venu, mais tu n'as pas à te sentir confus, je crois que je n'éprouve plus rien pour Agnès.

Il semble rasséréné en me quittant, et quelques jours plus tard, pour les vacances de Pâques, il invite Agnès à le rejoindre dans un hameau perdu des Causses dont il restaure plusieurs maisons avec un groupe d'amis.

C'est durant le séjour d'Agnès là-bas que je découvre brutalement combien je l'aime. Je suis à mon bureau, à l'agence, quand j'ai soudain la sensation de me noyer. Dix minutes plus tôt, tout allait parfaitement bien, je surveillais ma montre pour ne pas rater RTL, et brusquement, plus un pouce de souffle. Merde, Agnès ! Le pouls qui s'accélère, la suée dans le dos, les cheveux qui semblent se dresser sur ma tête. «Merde !

Merde ! dis-je tout haut. – Quelque chose qui ne va pas ? s'inquiète mon vis-à-vis. – Oui, je file à la poste. Si on me demande, je suis de retour dans un quart d'heure.»

C'est le second télégramme que je vais expédier à Agnès après l'avoir abandonnée. Je cherche mes mots devant la préposée de la poste, une femme entre deux âges, conscient d'être ridicule.

— Mettez : «Je t'aime. Je suis complètement con.»

— C'est tout ? dit-elle en levant sur moi un regard agacé et fatigué, l'air de me trouver complètement con, en effet.

— Non. Ajoutez s'il vous plaît : «Tu me manques. Reviens le plus tôt possible.»

— Et ce sera tout ?

— Oui. Enfin... Non, c'est bien, n'ajoutez plus rien.

Je me souviens combien Agnès est jolie à son retour. Amincie, le visage hâlé par les travaux en plein air, perchée sur les charpentes. Et surtout joyeuse, la tête ailleurs, amoureuse. J'attends ce moment depuis des jours, je ne dors plus, j'écoute Catherine Ribeiro, «Comment sortir du noir quand tout est noir dehors».

Elle veut bien que nous dormions ensemble, mais faire l'amour, non, elle ne peut pas, elle est trop perturbée par ce qu'elle vient de vivre. Deux ou trois jours plus tard, elle prend ses affaires et s'en va habiter chez Olivier.

— Je crois que je t'aime encore, mais je n'en suis pas sûre. J'ai besoin que tu me laisses aller au bout de cette histoire.

— Combien de temps ?

— Comment veux-tu que je le sache ? Ce ne sont pas des choses qui se calculent. Ne m'attends pas. Si je sens que tu m'attends, je vais être malheureuse.

Ce qui m'étonne, quand je me remémore ce printemps, c'est à quelle allure je dévisse. Et aussi, combien ce qui me traverse est enfantin, irrationnel. Je n'essaie même pas de survivre à l'absence d'Agnès, de me réfugier dans la première histoire possible, de m'investir dans mon travail, non, je vais me coucher en attendant de mourir. Alors que j'ai vingt-sept ans, je me comporte comme un nourrisson qu'aurait abandonné sa mère, je cesse de m'alimenter et j'alterne sommeil et crise de désespoir. Un soir, tout de même, saisi par la honte, je pars à la recherche d'une fille qui pourrait me rappeler Agnès. Je mets bien trois heures à la découvrir, rue Saint-Denis (Agnès n'a pas du tout l'air d'une pute, ce qui ne me facilite pas les choses). Nous passons la nuit ensemble. Je rentre au petit matin fourbu mais content de moi, animé d'un vague sentiment de confiance en l'avenir – qui ne dure pas, malheureusement. Des années plus tard, j'accepterai sans enthousiasme l'explication selon laquelle j'aurais revécu là (pour la énième fois, sans doute) le départ de notre mère me laissant à Bizerte pour voler au secours de Frédéric. J'écris «sans enthousiasme» car il n'est jamais agréable de devoir reconnaître que l'on confond parfois sa femme avec sa mère.

Au moins ne vais-je pas chercher secours auprès de notre mère (l'idée ne m'en vient pas, pour tout dire), mais très curieusement auprès de Frédéric plutôt que de Nicolas. Je frappe à la porte de ce frère aîné dont je me suis toujours méfié, dont je continue de quêter l'estime. J'ai compris pourquoi, par la suite : parce que je lui prête un pouvoir quasi surnaturel et qu'à ce titre je le crois seul capable d'aller convaincre Agnès de revenir vers moi. Frédéric et sa femme me reçoivent avec compassion, et lui accepte en effet cette mission extravagante : aller parlementer avec Agnès pendant que je grelotte dans sa voiture (un soir du mois de mai où les gens se promènent en chemisette).

Et Agnès finit par revenir. Je ne m'explique pas, aujourd'hui, comment une jeune femme de vingt-trois ans peut quitter un amant aussi charmant et entreprenant qu'Olivier pour retourner auprès d'un type souffreteux qui vient de lui bousiller son histoire. Elle me dira qu'elle n'a jamais douté qu'elle reviendrait, tenant très profondément à moi – «Je t'aime, c'est avec toi que je veux vivre, ne me demande pas pourquoi» –, m'en voulant seulement, m'avouera-t-elle, de n'avoir pas eu la force de l'attendre.

Cet été-là, trois années après la mort de Marcel Le Guen, nous retournons à Rabos à bord de notre première voiture, une vieille Renault 4. Je me rappelle notre émotion au moment d'emprunter le chemin qui grimpe au mas. Les jeunes pousses ont recouvert les cendres, et la végétation est si dense autour du puits qu'on devine à peine sa présence. C'est une fin d'après-midi, les cigales se taisent à la seconde où nous descendons de voiture, puis, comme si les plus âgées d'entre elles nous avaient reconnus, toute la colline se remet à grincer d'un coup. J'allais ajouter «joyeusement», mais non, en dépit de la chaleur, nous avons le cœur glacé soudain. Le figuier a sauvagement forci et ses tentacules ont envahi la terrasse, avalant le muret, emprisonnant la meule de pierre sur laquelle nous prenions le petit déjeuner. On ne distingue plus l'allée parmi les massifs d'herbes folles, de figuiers de Barbarie et de cactus. Ces plantes grasses rampantes, que l'on appelle ici choucouious et qui font des fleurs mauves au printemps, ont entièrement recouvert les ardoises. Elles courent jusqu'au seuil de la maison, entortillent ici et là leurs petites pattes velues, avant de dévaler les marches qui mènent à l'écurie. Quant aux fleurs sauvages de la charmille, au-dessus de la porte, elles tombent à présent en lourdes grappes, condamnant l'entrée de la maison.

Voyez, semble nous dire un invisible jardinier, j'ai mis à profit le temps, votre longue absence, pour effacer toutes les traces du funeste été 1974. On voudrait le remercier parce que c'est objectivement d'une saisissante beauté, mais tant de fleurs et d'abandon rappellent aussi la mort. Tout serait resté en cendres, les troncs noirs des oliviers figés dans l'horreur, que nous serions sans doute repartis aussitôt en étouffant des gémissements. Tandis que là, nous demeurons interdits, au bord des larmes.

Je deviens l'homme de l'exploitation, élaguant farouchement pour nous protéger d'un nouvel incendie, veillant à ce que la citerne soit toujours pleine, grimpant sur le toit à toute heure de la journée pour embrasser le domaine, entreprenant de repeindre les volets que le soleil commençait à brûler, puis dix autres chantiers, ressuscitant pour quelques semaines notre vieux rêve d'une maison en marge du monde. Pendant que je m'agite, torse nu, les mains calleuses, les cheveux raidis par la poussière, courant du matin au soir, Agnès bouquine silencieusement sur la terrasse, à l'ombre du figuier aux heures les plus chaudes. Nous nous sourions, parfois nous échangeons une caresse ou quelques mots. Il m'arrive de songer que si nous étions un couple normal nous ferions l'amour à l'heure de la sieste. C'est ce qu'elle faisait avec Olivier. «Tu sais, m'a-t-elle dit, comme pour se faire pardonner, on n'avait pas beaucoup d'intimité. À part le soir, mais on dînait tard, ils jouaient de la guitare, ça n'en finissait pas. Et à la sieste.» Mais nous ne sommes pas un couple normal.

— On ne fait plus jamais l'amour, dis-je. Ça ne te manque pas?

— Non, je t'aime, je suis heureuse comme ça. Mais si tu veux, ce soir, on le fera.

— Si c'est pour me faire plaisir, je ne préfère pas.

— Arrête, je sais bien que ça te manque. Tu me donneras envie, d'accord?

Un soir, je lui propose de la photographier toute nue, allant et venant dans la lumière frisante.

— Si tu veux, dit-elle aussitôt.

Elle se prête au jeu, elle veut me montrer qu'elle m'aime, qu'elle m'appartient, tandis que j'ai pour la première fois la conscience aiguë qu'une partie d'elle-même m'est devenue inaccessible.

29.

On m'envoie à Strasbourg pour couvrir la première session du Parlement européen. Je vois dans les annales que c'est juillet 1979 (présidente : Simone Veil, la femme qui a fait légaliser l'avortement, mais pour nous c'était trop tard, le mal était fait). Deux années se sont donc écoulées depuis mes photos d'Agnès posant nue, dans la lumière d'un soir d'été, à Rabos. Qu'avons-nous fait durant ces deux années ? Ah, voilà, les choses me reviennent petit à petit : nous avons quitté notre appartement dans le corps de ferme pour emménager dans un studio en rez-de-jardin ; nous avons pris un chat dont je ne me rappelle plus le nom ; Agnès est entrée dans un laboratoire de recherches où elle travaille désormais sur le comportement des fourmis ; notre chat s'est fait écraser et Agnès a beaucoup pleuré ; avec Stéphane Moles, un journaliste de l'agence qui est devenu mon ami, nous avons fait un livre d'entretiens avec une douzaine de grands patrons français, *Paroles de patrons*, chez Alain Moreau, qui n'a eu aucun succès ; un matin, en sortant de notre immeuble, j'ai découvert André Périgne sur notre trottoir et mon sang s'est glacé – «Dis donc, mon vieux, tu ne sais pas où je pourrais trouver ton père ? – Putain, Périgne ! – Ben oui, je sais, ça ne nous rajeunit pas... – Tu cherches papa ? – Un peu, oui ! – Je vais te donner son téléphone» ; tous les dimanches soir, nous regardons *Dallas* à la télévision, confortablement installés dans notre lit, riant des niaiseries de Sue Ellen et de la méchanceté de JR, son mari texan ; Rémi Berli est venu nous photographier dans notre studio pour un reportage sur les jeunes couples à paraître dans *La Vie catholique* ou *Le Pèlerin*, je ne sais plus; grâce à Stéphane Moles, j'ai découvert *Libération* et découpé un éditorial de Serge July, «Une semaine en France ou la dictature de la bêtise», que j'ai collé sur un mur de notre cuisine américaine; ma petite sœur Marie, qui est complètement guérie, nous a rejoints à Rabos, un été, et, depuis, Agnès et elle sont devenues très proches; notre mère m'a appelé pour m'annoncer que Périgne et Toto s'étaient «racoquinés», qu'elle n'en dormait plus, «ce salaud de Périgne! Tu ne sais pas où il était toutes ces années-là? En prison!», je n'ai pas osé lui avouer que c'est moi qui avais balancé leur téléphone...

Dès le premier soir, à Strasbourg, je croise le regard de Monika. Elle est blonde, des yeux clairs avec des reflets verts, elle est en maîtrise de sciences, elle se destine à la recherche et nous bavardons comme si nous nous connaissions depuis toujours, comme si elle était la part disparue d'Agnès, me dirai-je, quelques jours plus tard. D'ailleurs, je lui avoue combien je suis ému de l'avoir retrouvée.

— Trouvée seulement, me corrige-t-elle tout bas, tandis que nous nous embrassons sur la place de la cathédrale, complètement déserte à cette heure de la nuit.

Et puis nous allons chez elle et pendant huit jours nous faisons l'amour toutes les nuits, plusieurs fois par nuit. J'en ai tellement besoin, j'ai pris tellement de retard. Il me semble que pas un instant je ne songe à Agnès, et d'ailleurs je ne lui téléphone pas, je l'oublie, je me sens à ma place dans le lit de Monika qu'il m'arrive d'appeler Agnès par inadvertance. «Qui est-ce, Agnès? C'est ta femme? me demande-t-elle avec son drôle d'accent. – Oui, mais toi aussi tu es ma femme.» Kieslowski n'a pas encore tourné *La Double Vie de Véronique*, il le fera en 1990, l'année où Agnès et moi nous séparerons, trop tard pour que nous allions voir le film ensemble et que je puisse lui dire: «Tu vois, c'était encore toi que j'aimais à Strasbourg. C'était avec toi que je faisais l'amour. Sinon, jamais je n'aurais eu cette histoire, si vite, dès le premier soir. Il m'est arrivé de te tromper, mais pas comme ça. Là, nous n'avons eu qu'à nous prendre par la main, et tout était dit. Est-ce que maintenant tu peux comprendre?»

Car c'est une grande souffrance pour Agnès quand je lui raconte cette étrange liaison à mon retour de Strasbourg. «Mais pourquoi tu as fait ça? Je me disais que depuis plusieurs mois nous étions heureux ensemble...» Dans mon souvenir, c'est à la suite de cette désillusion qu'Agnès rentre un soir en me parlant de Mortefontaine. Parcourant les petites annonces immobilières, elle est tombée par hasard sur une location en lisière d'une forêt privée, l'ensemble appartenant au comte et à la comtesse de R. Elle a aussitôt téléphoné, pris rendez-vous avec la comtesse pour visiter, et elle en revient éblouie. C'est un ancien rendez-vous de chasse, m'explique-t-elle, à présent transformé en trois appartements. Il en reste un de libre, le plus agréable selon elle car ses hautes fenêtres donnent sur une prairie sauvage, bornée au loin par un rideau de peupliers derrière lequel on devine le château de Joseph Bonaparte, le frère aîné de Napoléon Ier, comme posé sur les eaux endormies d'un étang.

— Il faut que tu viennes visiter avec moi, j'aimerais tellement habiter cet endroit!

Et je dis : «Oui, allons-y tout de suite si tu veux.» J'ai envie de lui faire plaisir, j'habiterais la Ruhr s'il le fallait, rien que pour lui prouver combien je tiens à elle.

Mortefontaine se situe à une quarantaine de kilomètres de Paris par l'autoroute du Nord. On sort à Survilliers, après la barrière de péage, on traverse Plailly, et soudain plus un commerce, plus un lotissement, comme si le pied de l'homme moderne avait renoncé à fouler la mémoire du vieux Bonaparte. La route n'est plus bordée que d'herbes folles, piquées de coquelicots en cette saison, ombragée ici ou là par la frondaison d'un platane. Puis apparaît sur la droite le haut mur de pierre du couvent des bonnes sœurs, et l'on tourne sur la gauche pour descendre dans le village même de Mortefontaine par une ruelle pavée, étroite et tortueuse. On dépasse la mairie dont pas une pierre n'a été bougée, on enjambe un ruisseau par un pont en dos d'âne où deux voitures ne se croiseraient pas, et l'on quitte enfin la départementale pour s'engager dans une longue allée privée plantée d'une haie de peupliers dont le feuillage argenté frissonne au vent chaud de l'été. La maison est au bout de cette allée, sur la droite, une haute bâtisse de brique aux volets verts dont les communs sont demeurés en l'état, toitures moussues, portes battantes.

Un tilleul centenaire ombrage le devant. L'appartement occupe tout le premier étage. La comtesse, qui nous reçoit aimablement, nous laisse errer à travers les vastes pièces. Tout a été refait de blanc, la cheminée fonctionne, dit-elle, les tomettes auraient besoin d'être huilées, puis cirées.

— Et la forêt ? demande Agnès.

— Habitant ici, vous aurez naturellement le droit de vous y promener. Je vous présenterai le garde-chasse.

Une heure plus tard, nous avons signé, la comtesse est repartie, et maintenant, assis sous le tilleul, nous essayons d'imaginer comment nous allons organiser notre vie. Le laboratoire d'Agnès est à Villetaneuse, au nord de Saint-Denis, de sorte qu'elle n'aura pas à entrer dans Paris pour y aller.

— C'est pour toi que ça va être le plus compliqué, dit-elle. Comment tu vas faire ?

— Je vais racheter une moto. La comtesse a dit que l'on pouvait utiliser les communs, ça sera parfait pour la mettre à l'abri.

— Tu es sûr ? Tu ne vas pas regretter d'habiter si loin ?

— Non. Je suis certain qu'on va être heureux.

Nous emménageons au milieu de l'été. La grande pièce et notre chambre sont orientées sud-ouest, de sorte qu'elles sont baignées de soleil toutes les après-midi. Dans la troisième chambre, qui donne sur le tilleul, au nord-est, nous disposons nos deux bureaux et construisons une bibliothèque avec de vieilles lattes de plancher que nous récupérons à la scierie du village.

À l'automne, nous passons une grande partie de nos week-ends dans la forêt. Le garde-chasse, qui semble très séduit par Agnès (ce que je peux comprendre), est fier de nous apprendre à distinguer les champignons comestibles des vénéneux, et aussi de nous montrer les clairières où nous avons le plus de chances de voir surgir un jour une biche, ou un cerf.

Mais parfois je suis en voyage, absent tout le week-end, ou plusieurs jours durant la semaine, et c'est comme cela que surgit dans l'esprit d'Agnès l'idée d'avoir un chien. Non pas pour se protéger, car nos voisins du dessus (un chanteur de variétés qui ne percera pas et sa jeune femme) sont déjà devenus des amis, mais comme compagnon de promenade.

— J'aimerais tellement pouvoir marcher avec un chien !

— Je comprends.

— Comment peux-tu comprendre puisque tu n'aimes pas les chiens ?

— Je t'ai vue avec les ours, je te vois avec tes fourmis. Jamais je n'aurais pensé avant de te connaître qu'on pouvait aimer une fourmi au point de lui donner un petit nom.

— Espèce de crétin !

— Quel genre de chien tu voudrais ?

— Un bouvier des Flandres. J'en rêve depuis que je suis petite.

Une après-midi, nous partons pour les Flandres choisir un petit bouvier dans un élevage. Nous le baptisons Raisin. Au début, il est très déprimé par l'absence de sa mère et ne sort pas de son panier, puis petit à petit il répond aux caresses d'Agnès, et bientôt il pleure quand elle part sans lui.

C'est durant ce premier hiver à Mortefontaine que, de plus en plus intrigué – et séduit – par le ton de *Libération*, je m'intéresse pour la première fois à son histoire. La lecture du livre de François Samuelson, *Il était une fois Libération*, me précipite durant plusieurs semaines dans une profonde perplexité. Avec sept années de retard, je découvre d'où sont issus les journalistes dont je découpe les articles – Serge July, Gilles Millet, Sorj Chalandon, Jean-Baptiste Harang – et dans quel climat de folie est né le quotidien. En 1973, tandis que je songeais à fuir la France pour me construire une maison au Canada, eux choisissaient à l'inverse de dire tout haut ce qu'ils pensaient. Sans argent, mais avec le soutien de Jean-

Paul Sartre, ils créaient leur propre journal et entraient alors dans une forme de résistance.

Je ne sais pas si le mot de résistance figure une seule fois dans le livre de Samuelson, mais moi je le lis à chaque page, comprenant soudain avec effroi qu'en ignorant, et même en *méprisant* le soulèvement de Mai 68, puis le bouillonnement intellectuel qui a suivi, je n'ai fait, en vérité, que mettre mes pas dans ceux de Toto, fuyant les combats de ma génération, comme lui avait fui la Résistance. Je viens de fêter mes trente ans, et comme notre père au début des années 1950 (lorsque, rentrant de Tunisie, il vient à Paris chercher du travail), je suis un étranger dans mon propre pays. Je n'ai participé à aucune action collective, je n'ai jamais pris la parole pour dénoncer quoi que ce soit (à part insulter les curés de Sainte-Croix), jamais je ne me suis mis en danger, jamais je n'ai pris le moindre risque, de sorte que si je ne suis pas exactement un parasite, puisque je paie mes impôts, je ne suis tout de même qu'un trou du cul. Comme Toto, je n'ai aucun ami, en tout cas aucun de ces amis qui comptent, et sur lesquels on sait pouvoir compter parce qu'on a traversé ensemble des temps difficiles.

J'ai conscience de m'être trompé, d'avoir raté un truc (l'événement fondateur de ma génération, qui sait ?), et cela me préoccupe durant tout l'hiver (je crois que je suis en colère contre moi-même, mais sans pouvoir m'empêcher de rire chaque fois que je me remémore combien nous étions excités, au printemps 1968, lorsque nous imaginions notre fuite vers l'Australie, avec Toto et les petits, croyant sincèrement avoir affaire à une nouvelle révolution bolchevique). Au début du printemps 1980, je me résous à prendre rendez-vous avec Serge July. Les journalistes de *Libération* me sont devenus aussi familiers, aussi attachants surtout que les personnages d'une fresque romanesque, et je rêve secrètement de les approcher, de me fondre parmi eux, comme une sorte de héros, ou plutôt d'imposteur de la vingt-cinquième heure.

Le quotidien est alors installé rue de Lorraine, la rédaction occupant tout le rez-de-chaussée d'un immeuble moderne (aujourd'hui devenu un supermarché Ed) tandis que son directeur dispose d'un bureau sur le trottoir d'en face, dans une maison particulière décatie et lépreuse, dans mon souvenir. Il me semble que j'observe alors Serge July, dont la pièce ne désemplit pas (et qui a manifestement oublié notre rendez-vous), comme une espèce de Jean Moulin.

— Ton rendez-vous est là, lui fait remarquer à un moment son assistante.

Je le vois me jeter un regard de biais par la porte ouverte, tout en remontant la mèche qui lui tombe sur l'œil.

— Ouais, dit-il, tu veux quoi ?

J'explique que je suis journaliste dans une agence et que j'aimerais écrire dans *Libération*.

— Ben entre !

Il rallume son cigare.

— Qu'est-ce que t'aimerais écrire ? dit-il en allant et venant.

— Des faits divers. Des histoires avec plusieurs personnages.

— Et t'en as une en tête, là, tout de suite ?

— Oui, ça se passe près de la frontière avec l'Allemagne. Je ne sais pas si vous avez vu, c'est l'histoire d'un type qui vit reclus dans son domaine, qui a même construit des miradors, paraît-il, pour s'assurer que personne ne vienne l'emmerder. Les gens prétendent que ce serait un ancien nazi.

— J'ai lu une dépêche. Et ça, par exemple, ça t'intéresse ?

— Oui.

— Ben tu y vas. C'est tout ce que tu voulais ?

Je passe le week-end là-bas. Mon article est publié trois jours plus tard sur une double page.

Je fais deux autres reportages. Maintenant Serge July connaît mon nom. « Salut William » dit-il, quand il me croise dans la rédaction où il m'arrive de venir traîner. Mais il ne me propose pas pour autant de m'embaucher.

À l'automne, le 10 octobre 1980, la terre tremble à El-Asnam, une ville d'Algérie située entre Alger et Oran. L'agence décide de m'y envoyer, et en quelques heures, sans avoir eu le temps de réfléchir à ce qui m'arrive, je me retrouve à Orly, embarquant au pas de course dans un avion que l'on a fait patienter sur le tarmac rien que pour moi.

C'est la première fois que je vais en Algérie, et c'est en débarquant à l'aéroport Houari-Boumediene, alors que le soir tombe, que je prends soudain conscience de l'état de frayeur dans lequel je me trouve. Est-ce que je me rappelle ce soir d'hiver à Neuilly où notre mère avait repéré «un de ces horribles bicots» sous nos fenêtres et où nous avions eu si peur qu'il égorge notre grand-mère? Est-ce comme cela que les choses se passent? Ou bien la peur s'installe-t-elle sans explications, surgissant du tréfonds de notre inconscient? Il me semble que le mot de «bicot» me revient, associé à un danger. Mais pas toute la scène dans son déroulé, je veux dire : la façon dont nous retenons Boma qui a déjà enfilé son manteau et coiffé son chapeau, puis mon soulagement en constatant que notre mère, bien qu'elle déteste Boma, ne souhaite pas sa mort malgré tout, enfin notre panique lorsque nous faisons plusieurs allers et retours vers la fenêtre pour voir si le «bicot» se trouve toujours sur le trottoir. Non, pas toute la scène, pas encore. Il me semble aussi que le souvenir du capitaine Moureau, pour lequel nous avions tant prié, enfants, ressurgit brusquement des limbes de ma mémoire. Et cette phrase : «Pourquoi m'avez-vous abandonné?» Il fait nuit lorsque le taxi fonce à travers les faubourgs d'Alger, ne parvenant pas à éviter tous les nids-de-poule, tressautant et grinçant de toutes ses tôles, tandis que par moments le chauffeur hurle pour couvrir la musique arabe qu'il ne songe pas à baisser.

— Comment tu vas y aller, là-bas, à Orléansville?

Il ne dit pas El-Asnam, il continue d'appeler la ville comme au temps des Français.

— Je ne sais pas.

— Il y a beaucoup de morts, tu sais, beaucoup de blessés, alors nous les taxis on n'a pas le droit d'y aller pour laisser la route aux secours. Sinon, je t'emmènerais, je te ferais un bon prix.

— Merci, vous êtes gentil.

— Je vais te conduire à l'hôpital, là où il y a toutes les ambulances.

— Ah oui, c'est une bonne idée.

Des «bicots». Malgré moi, quand nous sommes dans les rues d'Alger embouteillées et que nous longeons les trottoirs noirs de monde, faiblement éclairés par les néons des boutiques, c'est ce mot qui me revient. Les hommes avec leurs moustaches – des «bicots». Mais pourquoi les appelait-elle des «bicots»? Je ne sais même pas d'où vient ce nom. Notre père disait des «bougnoules», lui. Je songe que je n'aimerais pas que le taxi me laisse ici, dans cette rue sombre, et que j'ai de la chance d'être tombé sur un homme bien. Lui ne me fait pas peur, bien qu'il soit le portrait de Ben Bella. «Cet horrible Ben Bella, disait-elle aussi (tiens, ça me revient tandis que nous patientons à un carrefour), quand tu penses qu'on l'a engraissé dans sa prison pendant que ces salauds de FLN assassinaient ces malheureux pieds-noirs... Il n'y a que les Français pour être aussi bêtes! Et maintenant, il est président de la République! Ce raton qui ne sait ni lire ni écrire. Non, mais je te jure...» Ah oui, elle disait aussi les «ratons». Qu'est-il devenu, Ben Bella? Je suis tenté de le demander à mon taxi. Quel dommage qu'il ne puisse pas me conduire jusqu'à El-Asnam.

Devant les portes de l'hôpital, c'est une procession d'ambulances qui bloque le passage.

— Attends-moi là, je vais discuter avec les chauffeurs (il dit «*li chôffeurs*» et je souris malgré moi).

— Merci, vous êtes vraiment gentil.

Et, peut-être dix minutes plus tard :

— Lui, là-bas, il va t'emmener. Va vite, il repart tout de suite.

Ils sont deux ambulanciers assis devant. C'est un petit bus Volkswagen. Moi, je suis assis sur un des brancards, derrière, me retenant au dossier du passager. Ils roulent à pleine vitesse sous le gyrophare qui dessine un halo bleu dans la nuit, au-dessus de nos têtes. Nous doublons des convois de l'armée, des engins de chantier tractés par des poids lourds (des grues, des bulldozers). Parfois, traversant un village, nous avons le temps d'apercevoir une terrasse de café où quelques hommes sont encore attablés. De l'autre côté, ce ne sont que des ambulances qui remontent vers Alger à toute allure et se suivent à quelques centaines de mètres l'une de l'autre.

À Khemis Miliana, nous nous arrêtons deux minutes, et celui qui ne conduit pas revient avec trois cafés et des cigarettes.

— Pour quel journal tu travailles ?

— Je travaille dans une agence, c'est un peu différent d'un journal.

— Ah. Et t'es connu, là-bas, en France ?

— Non.

— Roger Gicquel, Léon Zitrone, Alain Delon, égrène-t-il.

— Oui, dis-je, eux ils sont connus.

— Tu aimes le café d'Algérie ?

— Oui, merci, il est très bon.

Et puis nous allumons des cigarettes, reprenons la route et nous ne parlons plus. Je préfère. J'ai besoin de silence et de temps pour me faire à l'idée que je suis en Algérie. Ce qui m'étonne, c'est comment j'ai pu chasser ce pays de ma mémoire alors qu'il fut si présent dans notre enfance. Pourquoi suis-je allé au Maroc à vélo plutôt qu'en Algérie ? Et pourquoi, l'année suivante, l'Égypte, le Soudan et l'Éthiopie, plutôt que l'Algérie ? Ni au Maroc ni en Égypte ne m'était revenu qu'elle appelait les Arabes des «bicots». Et ni au Maroc ni en Égypte je n'ai eu peur comme tout à l'heure, à l'aéroport, puis dans les rues d'Alger (mais déjà, ça va un peu mieux). J'étais si serein, au Maroc et en Égypte, qu'il m'est arrivé de dormir seul à la belle étoile, au bord de la route, ou sur un banc, au milieu d'un parc, en pleine ville. Jamais ne m'a effleuré l'idée qu'on pourrait m'égorger. Tandis que dans les rues d'Alger, quand j'ai songé que je n'aimerais pas que le taxi m'abandonne, j'y ai pensé, oui.

Nous franchissons un barrage de police, et maintenant nous roulons moins vite parce que la route est crevassée par endroits. Comme nous arrivons au faîte d'un promontoire et que la vallée s'étire en contrebas sous un ciel constellé d'étoiles, seulement coupée en deux par le cortège lumineux des ambulances, celui qui conduit me fait signe de regarder sur notre gauche : un train est couché sur le flanc au fond de la vallée, la locomotive et trois ou quatre wagons.

— Oh! dis-je.

— Là-bas, à droite, c'est El-Asnam. Avant, on voyait toutes les lumières de la ville depuis cet endroit, c'était très joli, mais là tu ne vois plus rien.

Non, en effet, on ne distingue qu'une masse ténébreuse, chaotique.

Il doit être près de minuit lorsque l'ambulance me dépose en lisière de ce qui fut autrefois un carrefour urbain mais ne ressemble plus à rien, à présent, avec ces blocs de béton tombés du ciel sous lesquels on devine des voitures, cet épais tapis de verre pilé et de gravats qui recouvre le bitume et, tout autour de soi, ces immeubles aplatis sur eux-mêmes, figés de guingois comme de vieux soufflets d'accordéon. Je me souviens combien je suis incrédule, au départ, me mettant aussitôt à marcher avec entrain, et presque joyeusement, à travers les rues silencieuses, mon sac de voyage sur le dos, comme si je me trouvais au milieu d'un décor hollywoodien. Voilà donc ce que produit un tremblement de terre, me dis-je, comparant malgré moi les dégâts à ceux causés par les bombardements de Berlin, ou de Dresde, dont j'ai vu des photos. Je ne peux pas imaginer qu'entre les dalles de béton de ces immeubles plongés dans le silence et dans la nuit, à l'intérieur de ces énormes « mille-feuilles », comme j'entendrai bientôt dire des secouristes français, il y a des morts, tant de morts, et qu'ici et là des gens que je n'entends pas appellent au secours. Je ne peux pas l'imaginer parce que c'est tout simplement inimaginable tant qu'on ne l'a pas vu.

Et puis je tourne au carrefour suivant, attiré par une lumière crue sur le sommet d'un immeuble de plusieurs étages qui n'est guère plus haut, maintenant, qu'une maison particulière. Une dizaine d'hommes s'affairent sous un projecteur. Je les rejoins facilement en escaladant les décombres, mon sac toujours sur l'épaule. La dalle de béton s'est fracturée, offrant un passage autour duquel ils sont tous penchés, les uns agenouillés, les autres debout. Ah, voilà, maintenant je comprends : l'un d'entre eux s'est glissé dans le trou, et c'est à lui que parlent ceux qui sont agenouillés, dans un français truffé de mots arabes. En m'approchant, je peux voir le faisceau de la lampe électrique du type, sous la dalle. Et comme l'homme qui tient le projecteur me fait discrètement signe de reculer, je vais me placer à côté de lui.

— Qu'est-ce qu'il y a? Qu'est-ce qu'il fait là-dessous?

— Il y a quelqu'un qui n'est pas mort, m'explique-t-il, on va essayer de le sortir.

Alors seulement je commence à concevoir l'étendue de l'horreur. À concevoir que des femmes, des hommes et des enfants se trouvent entre les dalles, écrasés. C'est une idée qui fait lentement son chemin, et qui lorsqu'elle atteint votre noyau dur vous fait soudain trembler de la tête aux pieds. Non, dites-vous, ça, je ne veux pas, je ne veux pas le penser, s'il vous plaît, laissez-moi partir. Mais personne ne vous retient, et d'ailleurs vous êtes dehors, vous pouvez parfaitement vous en aller si ça vous chante, seulement maintenant que l'idée a franchi votre cortex, vous ne pouvez plus l'en chasser, et malgré vous, vous essayez de vous figurer les quelques secondes durant lesquelles la chose s'est produite, la peur des enfants, leurs cris, les larmes des petits, les tentatives désespérées des parents pour les mettre à l'abri, puis l'effondrement qui commence et ne va plus s'arrêter, et c'est une vision si insupportable qui vous demeurez stupéfait, vous interdisant de gémir, de vous plaindre, puisque les secouristes ne se plaignent pas, eux.

Ceux qui sont agenouillés écoutent même avec beaucoup de calme ce que leur explique celui qui est descendu dans le trou et dont on devine par instants le galbe du casque. Ils acquiescent, ils ont compris. On lui passe ce qu'il demande : des bouteilles d'eau minérale, des linges, une trousse, et l'un des secouristes, qui s'est mis à plat ventre au bord de la cavité, fait signe à mon voisin de descendre le projecteur et de l'orienter d'une certaine façon. «Oui, dit-il, non, un peu plus à gauche, un peu plus bas.» Alors, d'un seul coup, je vois : un homme dont le tronc est recouvert de gravats et de poussière est couché au fond, un homme avec un gros ventre, qu'on dirait mort, dont les jambes sont prises sous une poutrelle de béton. Celui qui l'a rejoint est un chirurgien, il se tient contre lui, dans une position impossible, tête-bêche, parce qu'il va lui couper les jambes. Pourquoi est-ce que je ne m'enfuis pas, puisque j'ai compris tout seul, sans qu'il ait été nécessaire qu'on me fasse un dessin? Sur le moment, je ne sais pas. J'ai vaguement conscience de n'être pas à ma place, que ma présence est indécente alors que chacun occupe ici une fonction précise, indispensable, mais je suis transi d'émotion et je crois que je veux les voir sauver cet homme. Oui, voilà, je veux les voir sauver cet homme, comme pour tenir la preuve, comprendrai-je plus tard, qu'ils ne sont pas ce qu'elle disait d'eux, des assassins, des «horribles bicots», mais des hommes comme les autres.

Et je reste là, voyez-vous, jusqu'à la fin, moi qui tourne de l'œil quand un de mes enfants saigne du nez. Je suis encore là quand ils sortent l'homme qui n'a plus ses jambes, qu'on dirait mort, et qu'ils l'emportent aussi vite qu'ils le peuvent vers l'ambulance qui l'attend en bas. Et encore là quand le chirurgien émerge du trou, couvert de poussière et de sang. Je fais même un truc complètement incongru, j'ouvre mon sac de voyage pour chercher ma serviette de toilette avec l'intention de la lui donner, mais les secouristes sont plus rapides que moi, ils l'aident à se laver avec de l'eau minérale et puis l'un d'entre eux lui allume une cigarette qu'il lui glisse entre les lèvres.

Toute la nuit, ensuite, j'erre à travers la ville. Il me semble qu'au fil des heures les équipes de secours sont de plus en plus nombreuses. Parfois, un homme ou une femme se précipitent à leur rencontre pour les supplier de venir parce qu'ils ont entendu quelqu'un appeler, ici ou là. Il faut arrêter de marcher pour avoir une petite chance d'entendre quelque chose, car sinon le bruit des pas sur le verre brisé couvre tous les sons. À un endroit, ils sont trois ou quatre à parler avec un enfant à travers un interstice. La voix est fluette, elle dit quelques mots en arabe et puis se tait. On ne sait pas s'il est blessé, si c'est un garçon ou une fille, et en attendant l'arrivée d'une grue pour tenter d'élargir l'interstice, les hommes essaient de trouver le moyen de glisser un tuyau pour lui envoyer de l'eau à boire. À un autre endroit, les secouristes sont joyeux, on dirait presque qu'ils sont ivres tellement ils parlent fort : ils viennent de sortir toute une famille, la mère, le père et les trois enfants, et ils ne peuvent pas s'empêcher de se raconter l'histoire. «*Allah akbar!* répètent-ils. Dieu est le plus grand! Dieu est le plus grand!» Il ne s'en trouve aucun pour remarquer que s'il était si grand que ça il n'aurait pas laissé ensevelir toutes les autres familles.

Et soudain, vers 5 heures du matin, tandis que les premières lueurs du jour donnent enfin un visage à cet immense chaos, et que je marche au milieu d'une avenue jonchée de verre brisé mais dont la plupart des immeubles sont encore debout, une espèce de grondement sourd se fait entendre. Dans les premières secondes, je cherche à savoir d'où cela provient, me figeant, scrutant le ciel, ne comprenant pas qu'il s'agit d'une réplique, et puis je vois que les immeubles, qui n'ont déjà plus de vitres, se mettent à trembler et vaciller autour de moi comme s'ils n'étaient que des carcasses en biscuit, en même temps que commence à s'abattre sur ma tête une pluie de verre et de gravats. Je ne sais pas combien de temps je reste là, pétrifié, planté au milieu de cette avenue, me demandant que faire et où aller, avant de me sentir soulevé par l'épaule et d'entendre une voix me hurler dans les oreilles :

— Cours, putain! Cours! Faut pas rester là, ça va tomber!

Et alors je cours derrière ce type, rentrant la tête dans les épaules, manquant plusieurs fois de m'étaler dans les brisures de verre, mon sac de voyage sur le dos comme s'il pouvait me protéger d'une cheminée d'immeuble basculée d'un sixième étage, ou même de toute une façade.

Puis le grondement cesse, le bruit de la pluie s'estompe lentement, et, comme après un violent orage d'été, nous nous arrêtons subitement de courir, hors d'haleine, pour regarder le ciel et sourire.

— Il faut courir quand tu vois que ça recommence! T'es pas d'ici?

— Non, je suis français, je n'avais pas compris, c'est la première fois.

— Si tu cours, tu as moins de chances d'être tué. Tu comprends ?

— Oui, je le saurai pour la prochaine fois. Merci. Merci beaucoup.

Il fait un petit signe vers le ciel et disparaît.

Maintenant, je cherche un endroit où je pourrais m'asseoir, écrire mon article. J'aimerais que l'agence le reçoive pour l'ouverture du fil. Grâce aux premiers rayons, je peux décrire avec beaucoup de précision ce que je vois. J'essaie d'être objectif, de ne pas me laisser submerger, car sinon j'écrirais qu'on ne se remet pas d'un tel spectacle, et ensuite je n'aurais plus rien à dire. Je raconte comment ils ont amputé l'homme sous la dalle, qu'on attend l'arrivée des chiens et des grues mais qu'il y aura sans doute plusieurs milliers de morts. Pas un instant je ne songe à la façon dont je vais pouvoir transmettre cet article, alors que plus rien ne fonctionne ici.

C'est quand je me mets en quête d'un téléphone que je mesure combien ça va être difficile. Il faut remonter jusqu'à Khemis Miliana pour trouver une ligne téléphonique. Durant trois ou quatre jours, c'est ce que je fais, retournant chaque fois là-bas, à bord d'une ambulance ou d'un camion, pour dicter mes papiers, et dormant à El-Asnam quand je le peux, sous une des tentes de la Croix-Rouge.

Et puis il n'y a plus d'espoir de découvrir aucun survivant, les camions commencent à emporter les décombres de la ville (qui sera rebaptisée Chleff), et je retourne à Alger où l'on me donne une chambre à l'hôtel Albert Ier.

Je ne me doute pas alors de l'importance que va revêtir pour moi ce premier séjour à Alger, suivant le séisme d'El-Asnam, et le mien propre, durant lequel je me suis remémoré jusque dans ses moindres détails la scène de l'«horrible bicot» de Neuilly menaçant prétendument notre grand-mère, me détestant et me méprisant d'avoir pu croire notre mère (petit bourgeois de six ou sept ans, bête comme un canard), puis la détestant et la méprisant, me répétant à part moi, tandis que j'assistais à ce que tentaient les Algériens pour sauver les leurs : «Mais comment a-t-elle pu ? Comment a-t-elle pu les appeler devant nous des "bicots", des "ratons" ? Comment a-t-elle pu ne rien vouloir apprendre de leur façon d'être, ne jamais tenter de les approcher, d'échanger quelques mots, quelques mots seulement, elle qui justement les connaissait un peu pour avoir vécu en Tunisie ?» Tout m'est revenu au fil des quelques jours à El-Asnam où je me suis débarrassé de ma peur, regrettant tellement de ne pas être allé en Algérie à vélo, plutôt qu'au Maroc, mais comprenant maintenant les raisons de l'étrange amnésie qui avait effacé ce pays de ma mémoire.

Je crains de ne pas trouver les mots pour expliquer le bien-être que j'éprouve à me réveiller à Alger. Comme si j'étais enfin de retour à la maison, comme si la mémoire me revenait. Il y a l'odeur des draps qui ont dû sécher au soleil de l'Afrique du Nord, qui n'est pas le même soleil qu'en France. Il y a le dénuement de la pièce et les bruits de la ville qui se confondent avec les sirènes du port. La fenêtre ouverte et les volets bleu pâle par où les rayons du jour pénètrent à l'oblique.

Je les ouvre, je m'accoude au garde-corps, et embrassant cette place baignée de la lumière du matin, embrassant les palmiers et le miroir bleu de la mer, en contrebas, je cherche avec qui je pourrais partager l'émotion qui me gagne, cette envie de sourire et de pleurer. «Mais comment est-ce possible ? me dis-je tout bas. Comment ai-je pu attendre l'année de mes trente ans pour découvrir que c'est ici ma place, que c'est ici chez moi.» Alors le nom de celui avec qui je voudrais partager ce moment surgit : Toto ! Toto, bien sûr, qui ne fut sans doute vraiment heureux qu'en Tunisie, et qui se battant pour que l'Algérie reste française, tandis que nous étions exilés à la Côte noire, a dû m'enseigner sans le savoir que nous avions laissé en Afrique du Nord quelque chose d'irremplaçable, de l'ordre des bras d'une mère dans lesquels on pourrait demeurer jusqu'à la fin des temps, serein et comblé, ne redoutant plus rien ni de la vie ni des hommes.

30.

Libération cesse de paraître, et c'est à ce moment-là que Serge July me propose de m'embaucher. Il reçoit les candidats au *Balzar*, rue des Écoles, plutôt que dans son bureau délabré de la rue de Lorraine. Je suppose qu'il explique à chacun la même chose : qu'il souhaite constituer une équipe plus professionnelle que la précédente afin d'inventer un quotidien qui soit à la fois complet, intelligent et critique. Son intention est de reparaître le lundi 11 mai 1981, au lendemain de l'élection présidentielle. Quel que soit celui des deux candidats qui l'emportera, Valéry Giscard d'Estaing ou François Mitterrand, il pense que la richesse de l'actualité nous sera favorable. J'écris *nous* car j'accepte immédiatement de signer, bien que je perde la moitié de mon salaire pour intégrer un titre qui n'existe pas. Mais j'ai une confiance aveugle en Serge July que je continue de comparer secrètement à Jean Moulin (notre rendez-vous dans une brasserie, comme au temps de la clandestinité, me renforçant dans cette illusion), et je trouve digne et prometteur que nous soyons tous payés cinq mille francs, du directeur à l'homme de ménage.

En fait de dignité, nous, les nouveaux, prenons un sérieux coup sur la tête dès notre arrivée rue de Lorraine, au début du printemps 1981. Nous ignorions combien avait été douloureuse la dissolution de l'ancienne équipe (la plupart des héros que j'avais découverts dans le livre de Samuelson avaient été licenciés), et nous en prenons la mesure en nous installant dans des locaux encore hantés par la mémoire de nos prédécesseurs. Les tiroirs de leurs bureaux n'ont pas été débarrassés de leurs affaires, sur les murs sont encore punaisés les articles et les photos qu'ils ont aimés, tracés au feutre rouge les citations ou les slogans dans lesquels ils se sont reconnus, et, en ce qui me concerne, je trouve même un de ces anciens sous mon bureau, en chair et en os. Il répond au nom de Jean-Paul Cruse, ou plutôt ne répond plus, m'explique-t-on, car il est depuis des jours en grève de la faim, furieux et grelottant au fond de son duvet.

Le plus étonnant, c'est que ses ex-camarades réembauchés (une poignée) ne lui prêtent pas plus d'attention que nous, qui ne le connaissons pas, enjambant très naturellement la pointe de son duvet qui dépasse de sous mon bureau, voire se prenant les pieds dedans et ne jugeant pas indispensable de venir s'excuser. Ce Jean-Paul Cruse, qui semble incarner leur mauvaise conscience (et qui aura la gentillesse d'aller bivouaquer dans un autre endroit de la pièce quand il comprendra qu'il me dérange), écorne sérieusement l'idée que je m'étais faite du journal et de son équipe. Je les avais imaginés comme des résistants, solidaires jusque dans la mort, et pas du tout : il m'apparaît au contraire que ceux qui ont pu sauver leur tête n'ont aucune envie d'aller se compromettre publiquement avec l'un des licenciés. Quant à nous, les nouveaux venus, résistants de la vingt-cinquième heure, comme je l'écrivais plus haut, toute notre fierté d'être enfin intégrés se trouve brusquement entachée du sentiment sournois d'être des briseurs de grève.

Et puis nous multiplions les numéros zéro, Jean-Paul Cruse sort de son duvet pour être réembauché (et créer aussitôt une section CGT), petit à petit nous oublions les anciens et je suis conquis par l'intelligence et la culture de Serge July. J'aime l'écouter mener les conférences de rédaction, nous raconter le monde tel qu'il le voit. Depuis M. Pfister, mon professeur de philo, je n'avais plus connu ce plaisir de suivre le déroulement d'une pensée avec la sensation grisante que les zones d'ombre s'illuminent au fur et à mesure du discours.

Agnès et moi votons pour François Mitterrand. Nous avons connu de Gaulle, puis Pompidou, puis Giscard, nous ne parvenons pas à croire que la gauche puisse avoir enfin sa chance et je m'engueule avec Frédéric qui parle de Mitterrand comme d'un filou, d'un démagogue, tandis que pour moi il est l'héritier du grand Blum. « La vérité, c'est que tu es resté un mec de droite. – T'es vraiment trop con. On en reparlera quand les communistes seront au pouvoir. – Parce que tu crois que la France va devenir communiste sous prétexte que Mitterrand est élu ! – Je ne suis pas le seul à le penser, des tas de gens s'apprêtent à se tirer, figure-toi. – Eh bien qu'ils se tirent ! – Le problème, espèce d'abruti, c'est que ce sont les plus grosses fortunes du pays qui vont s'en aller et qu'on a tous besoin de leur fric pour faire tourner la machine. »

Le 10 mai 1981, à 20 heures, quand c'est le visage de Mitterrand qui apparaît à la télévision, donné vainqueur par les sondages, nous hurlons, et puis nous pleurons. Nous croyons sincèrement que les rapports entre les gens vont être profondément bouleversés dans notre pays du fait de l'arrivée de cet homme, qu'il n'y aura plus de classes sociales, plus de pauvres ni d'exclus, qu'on ne traitera plus les Arabes de « bicots » et que les policiers, les juges et les huissiers vont soudain devenir, peut-être pas nos amis, non, tout de même, mais des êtres doués de compassion.

Frédéric avait raison cependant : dans les jours qui suivent l'élection de François Mitterrand, des milliards de francs s'envolent vers la Suisse (et avec eux, peut-être, quelques richissimes possédants). Des voix s'élèvent à gauche, et notamment au parti communiste, pour dénoncer cette forme d'incivisme. Le nouveau président et son premier gouvernement, conduit par Pierre Mauroy, prétendent bientôt avoir enrayé la fuite des capitaux. Nos frontières sont désormais étanches, assure en substance le Premier ministre. C'est ce que nous allons voir, répliquons-nous à *Libération*, en tentant de franchir la frontière franco-suisse, avec des mallettes de pièces d'or, par toutes les voies imaginables : l'air, l'eau et la terre (et peu importe que les pièces soient en chocolat). Laurent Joffrin, qui a choisi l'avion, ou l'hélicoptère, atterrit sans problème à Genève où il se fait photographier, un peu plus tard, entrant dans une banque suisse avec sa mallette.

Sorj Chalandon réussit le même coup en quittant la France par le lac Léman à bord d'une vedette privée. Je suis le seul à être contrôlé, par la voie du pauvre, le chemin de fer, mais je parviens sans difficulté à planquer mon magot sous la banquette, de sorte que nous réalisons le lendemain l'une des plus grosses ventes de l'histoire du journal avec ce démenti énorme à la une : « La passoire franco-suisse ».

Pourquoi me demande-t-on à moi, à moi justement, si j'ai envie de partir en Algérie enquêter sur l'origine d'un charnier que l'on vient de découvrir dans les Aurès ? La dépêche de l'Agence France-Presse, qui révèle l'événement, précise que les premiers ossements ont été exhumés alors que des bulldozers retournaient la terre pour construire à cet emplacement un terrain de football. Elle ajoute que, selon les autorités locales, l'emplacement aurait été occupé par l'armée française durant la guerre d'Algérie.

Je ne réfléchis pas, je dis que je pars immédiatement, et le lendemain matin je m'envole pour Alger. C'est étrange d'oser écrire combien je me sens soulagé, serein, heureux comme je ne l'ai jamais été durant les quelques jours que je passe à Alger, tentant d'obtenir les autorisations administratives pour partir dans les Aurès, alors que je suis là pour ausculter des cadavres et découvrir des assassins. J'ai obtenu d'être logé à l'hôtel Albert Iᵉʳ, obtenu qu'on me donne la même chambre, et, bien que l'administration algérienne me fasse tourner en bourrique, je me réveille chaque matin dans une profonde félicité.

Puis je devine que je n'aurai jamais aucune autorisation, le gouvernement algérien ne souhaitant pas soulever un nouveau contentieux avec la France, et je pars pour les Aurès à bord d'un taxi collectif sans aucune accréditation. La petite ville où a été découvert le charnier s'appelle Khenchela, elle est située sur le versant oriental des Aurès, non loin de la frontière tunisienne. Je traverse ainsi une bonne partie de l'Algérie, visitant Bouira, Sétif, Merouana, Batna, avant d'arriver à Khenchela, et je crois pouvoir écrire que le fait de parcourir tous ces kilomètres à bord d'une Peugeot 403 exactement identique à celle qu'avait Toto à la Côte noire n'est pas étranger à l'ivresse qui ne me quitte pas.

On m'accueille avec chaleur à Khenchela, me laissant passer plusieurs jours parmi les ossements dans les différentes fosses maintenant à ciel ouvert. Je récupère dans la terre des boîtes de bière d'origine française, des capsules, des tire-bouchons, des fragments de pneus, de cuir, tout cela rongé par le temps mais susceptible d'être expertisé en laboratoire. Puis je fais des dizaines de photos du site, dont l'une depuis le faîte d'une grue sur laquelle on distingue les quelques bâtiments qui devaient être présents durant la guerre, aujourd'hui noyés parmi les constructions nouvelles.

Mon idée est de retrouver dans la presse française de l'époque une photo du cantonnement français à Khenchela, de façon à voir si l'emplacement du charnier se trouve bien à l'intérieur de l'enceinte, comme l'assurent les hommes dont j'ai recueilli le témoignage. À Constantine, on me laisse accéder aux archives des *Dépêches de Constantine* remisées dans une pièce sombre et poussiéreuse où personne ne semble être entré depuis l'indépendance. J'y passe une semaine, lisant tous les articles relatifs à l'activité militaire autour de la caserne Darnault, à Khenchela, entre 1954 et 1962. Et grâce aux photos, je parviens à établir que le charnier se trouve, en effet, dans l'ancien périmètre du camp français, à égale distance des locaux occupés par le 2ᵉ Bureau et par la Légion étrangère qui possédait son propre centre d'interrogatoires. Parmi tous les articles, je relève cette phrase, que je suis capable de citer de mémoire, aujourd'hui encore : «La bataille du renseignement est le fait d'officiers d'élite qui, dans le Constantinois, arrachent leurs secrets lambeau par lambeau aux hordes terroristes.»

De retour en France, ayant noté les noms de tous les officiers passés par Khenchela, j'en retrouve plusieurs dont cinq ou six seulement acceptent de me parler. Mais ce qu'ils me confient, s'ajoutant aux expertises des objets découverts dans le charnier, lève toute ambiguïté, et au mois de juin 1982 nous pouvons titrer à la une de *Libération* : «936 cadavres qui accusent la France».

Je suis conscient d'avoir mené cette enquête avec un acharnement singulier, frisant l'obsession, sans doute, mais je ne suis pas certain que j'aurais su expliquer mon entêtement si on m'avait interrogé sur le moment. C'est un peu plus tard, quand je me suis fait insulter et menacer au téléphone par des hommes qui se prétendaient anciens de l'Algérie (pieds-noirs ou militaires) que j'ai compris que je venais d'entrer par ce travail dans la guerre d'Algérie, avec vingt ans de retard, certes, mais croyant sincèrement qu'il n'était pas trop tard pour se battre, et cette fois depuis le camp opposé à celui dans lequel je m'étais rangé enfant, terrorisé par les «bicots», à l'exemple de notre mère, et favorable à l'Algérie française, jusqu'à soutenir les tueurs de l'OAS, à l'exemple de notre père.

Après avoir partagé les colères et les haines des Degueldre, Bastien-Thiry, Argoud, et surtout le désarroi du lieutenant Dejean, notre ami qui devait se suicider, je partage la colère silencieuse des Algériens. Je veux que les comptes soient justes, qu'on ne les vole pas de ces 936 morts supplémentaires en tentant de faire croire qu'il pourrait s'agir de harkis exterminés par l'armée algérienne au lendemain de l'indépendance, comme le prétendent bientôt les anciens d'Algérie relayés par quelques voix politiques. La nécessité de leur répondre, de les convaincre qu'ils se trompent, me force à rattraper le temps perdu. Je travaille jour et nuit pour tout apprendre de ce qui s'est réellement passé en Algérie durant les sept années de guerre. Je rencontre l'historien algérien Mohammed Harbi et je lis toute son œuvre, puis Pierre Vidal-Naquet dont j'annote les livres, et en particulier *Les Crimes de l'armée française*, puis Georges Arnaud, Jean-Louis Hurst (auteur du texte *Le Déserteur* sous le pseudonyme de Maurienne), puis le colonel de Bollardière, premier officier à avoir dénoncé la torture et les exécutions sommaires, puis le général Massu dont j'ai disséqué l'ouvrage *La Vraie Bataille d'Alger*, puis le cardinal Duval, celui que les officiers français avaient surnommé «Mohammed Duval» et que je retourne tout exprès visiter à Alger, et bien d'autres encore. Je crois que je deviens en quelques mois, si ce n'est un expert, du moins un excellent connaisseur de la guerre d'Algérie,

capable de répondre point par point aux dizaines de lettres
que je reçois.

Ce doit être au milieu de cet été 1982, tandis que je suis
obsédé par ces 936 morts, jugeant insupportable que la France
refuse d'en assumer la paternité (en dépit de toutes les preuves
que j'ai publiées), qu'Agnès tombe enceinte. Cela peut paraître
étrange de concevoir un enfant dans un tel contexte, puisque
cet enfant-là n'est pas un accident, n'est-ce pas, mais avec le
recul toutes les conditions me semblent au contraire réunies.
Je viens de me libérer d'une partie de l'héritage des miens (le
plus nauséeux, sans doute) et, redressant l'échine, fier de donner
à ma vie un tour différent, je peux imaginer devenir père à
mon tour. Agnès, qui n'était pas pressée d'être mère, a dit
oui, sous l'influence sûrement des moments de grâce qu'elle
partage avec les animaux de la forêt. Je vois bien aujourd'hui
combien nous sommes différents : elle guettant avec bonheur
les saisons, écoutant le brame, surprenant les biches à l'aube
avec ses jumelles, récupérant les petits merles tombés du nid
pour les nourrir à la maison, tandis que je suis sans cesse à
courir, sans cesse en colère. Mais cette différence nous
convient et, dans les rares moments que nous partageons dans
la forêt, nous sommes très amoureux l'un de l'autre.

Au début de l'automne, je guette avec curiosité son ventre,
prenant plaisir à la regarder aller et venir toute nue entre notre
chambre et la salle de bains. Ce doit être en octobre qu'un
matin, l'observant en train de s'habiller depuis le lit, je suis
surpris de ne pas la voir s'arrondir.

— Je trouve que ton ventre ne grossit pas très vite.

— Ah bon, tu crois ?

Je la revois encore se plaçant devant la glace, de profil,
puis caressant son ventre comme s'il était rond, alors qu'il ne
l'est pas.

— Est-ce que ça devrait se voir maintenant ? s'inquiète-
t-elle.

— Je ne sais pas.

Mais nous prenons rendez-vous avec son médecin, et,
quelques jours plus tard, la nouvelle nous laisse abasourdis :
à trois mois, la grossesse s'est soudain interrompue, sans que

l'on puisse dire pourquoi. Nous n'aurons pas cet enfant, son cœur s'est arrêté de battre, le fœtus est mort.

Je demandais à la France d'assumer la paternité des 936 Algériens morts à Khenchela, et voilà qu'on m'annonce que je suis le père d'un enfant mort. L'air de me dire : «Tu vois quel effet ça fait, connard? (C'est toujours le mot qu'emploient les anciens d'Algérie pour me parler au téléphone – "connard"). La prochaine fois, tu y regarderas à deux fois avant de jouer les justiciers. Tel est pris qui croyait prendre.» Quand je ferai le rapprochement, quelques semaines plus tard, marchant à ce moment-là dans une rue de Paris, je m'entendrai pousser un petit gémissement de contrariété, et puis je chasserai cette idée, et jamais je n'en parlerai ni à Agnès ni à personne.

Curieusement, et bien que la mort soit omniprésente lors de tous mes voyages en Algérie, c'est la lumière que je reviens y chercher. Et chaque fois je la retrouve, prenant bientôt plaisir à m'attabler aux terrasses des cafés et à bavarder avec mes voisins comme jamais je ne le fais à Paris. Il me semble qu'à Paris je ne fais toujours que courir nerveusement, hanté par le souvenir de notre mère, par ses hurlements (surtout lorsque je m'approche du quartier Saint-Lazare, voyez-vous – mais pourquoi? Est-ce une réminiscence du temps où nous séjournions rue Pasquier, dans l'hôtel de passe de Mme Périgne, et que notre mère ne faisait que pleurer?), tandis qu'à Alger j'ai sans cesse envie de m'asseoir, d'écouter les hommes discuter dans cette langue arabe que j'aime, qui me fait du bien, et de sourire. La mort, la guerre, le souvenir d'El-Asnam ne peuvent rien contre cette lumière, ni entamer la paix qu'elle me procure.

Et c'est habité d'elle, rentrant d'Alger, que je me mets à écrire ce que je crois être mon premier roman, au printemps 1983. L'histoire d'amour de mes parents, Toto et Suzanne, lors de leur séjour à Bizerte, avant ma naissance. Aujourd'hui, je me rends compte que ce texte est un chant d'amour à notre mère écrit sur la foi de quelques photos où je la trouve extrêmement séduisante, poussant le landau de Nicolas, ou la poussette de Frédéric et de Christine sous le soleil d'hiver de

Bizerte. Je comprends combien Toto a pu l'aimer en ce
temps-là, et la sensualité de notre mère est associée dans mon
esprit à la lumière si particulière de l'Afrique du Nord que je
devine sur mes vieilles photos. Peut-être est-ce que je ne me
remets pas du bonheur entrevu durant les premières semaines
de ma vie. Peut-être est-ce ce bonheur que je reviens chercher
en Algérie. Je ne sais pas, et d'ailleurs je n'ai pas forcément
envie de savoir, me satisfaisant très bien de m'endormir
comme un bébé dans ma chambre de l'hôtel Albert Ier. En tout
cas, j'écris ce long manuscrit, que j'interromps à la veille de
ma conception (et qui ne sera donc jamais publié).

Je me rappelle combien je me réjouissais d'inventer la nuit
d'amour au cours de laquelle j'allais être conçu, incarnant
avec enthousiasme le personnage de Toto, notre mère ayant
sans cesse du désir pour lui dans mon récit, quand Agnès est
entrée dans mon bureau pour m'annoncer qu'elle était de
nouveau enceinte. J'ai aussitôt laissé tomber Toto (et mon
manuscrit) pour aller la prendre dans mes bras.

Avec le recul, il paraît tout à fait extravagant qu'habitant
Mortefontaine nous ayons choisi l'hôpital de Saint-Cloud
pour l'accouchement. Je suppose qu'Agnès n'est pas mécontente de se rapprocher de sa mère, mais dans mon souvenir
c'est sur les conseils pressants de Frédéric que nous nous ins-
crivons dans cet hôpital. Frédéric a eu ses deux premiers
enfants à Saint-Cloud et il nous vante les mérites du patron
de la maternité, que je vais appeler ici le professeur André,
car j'ai préféré oublier son véritable nom. Ce médecin, qui est
un adepte de la sophrologie, mène lui-même les séances de
préparation à l'accouchement, nous explique mon frère aîné,
l'œil mouillé d'émotion et de reconnaissance.

Dès la première séance, cependant, je suis profondément
agacé par le paternalisme de cet homme en lequel j'identifie
immédiatement un spécimen de la famille des vieux cons
qu'apprécie Frédéric. C'est un peu mon frère à l'âge de la
retraite, rasoir et pontifiant. Pourquoi est-ce que je ne dis pas
à Agnès : «Tirons-nous de là. Ce mec est insupportable, et
très probablement nul»? D'abord parce que nous ne voulons

pas retourner à l'hôpital le plus proche de Mortefontaine où Agnès a fait sa fausse couche, un an plus tôt. Mais surtout parce que je continue de rechercher l'approbation de Frédéric dans tout ce que j'entreprends, comme si je ne m'étais pas débarrassé de mes complexes d'enfant et que Frédéric demeurait, en dépit de mon énervement grandissant, le censeur de mon droit à respirer (et donc, sûrement, à devenir père). Une partie enfouie de moi est heureuse de suivre ses conseils, d'acquiescer à toutes les idioties qu'il énonce : «Ce professeur André est vraiment un type formidable, n'est-ce pas ? – Oui, oui, absolument!», tandis qu'une autre partie de moi murmure : «Dis-moi, Frédéric, tu n'as pas remarqué que cet abruti parle aux femmes comme si elles étaient des poules dans une basse-cour ?»

Et puis mon frère aîné tient une place particulière dans la vie d'Agnès depuis qu'il lui a annoncé la mort de son père. Je ne suis pas certain de ce que j'avance, mais il me semble que tout ce qu'il dit est aussitôt frappé dans l'esprit d'Agnès d'une sagesse indubitable.

Nous nous tapons donc tous les cours de sophrologie et voulons croire qu'à condition de respirer comme des caniches, Agnès ne sentira quasiment rien au passage de la tête. Le professeur André le jure (lui qui n'a jamais accouché) et il se trouve une idiote, dont c'est la seconde grossesse, pour confirmer qu'en effet, elle n'a rien senti (prenant alors le même air illuminé que Frédéric, ou que sainte Cécile, vierge et martyre).

Enfin, le jour arrive, tous les signes sont bien là, et nous débarquons à la maternité comme s'ils n'attendaient que nous depuis neuf mois. Pas de professeur André en vue, mais une équipe qui semble sur les nerfs et nous relègue dans une petite pièce grise en attendant que le «travail» se fasse. Quand Agnès commence à souffrir sérieusement, nous nous essayons à haleter de concert comme un couple de caniches bien élevés, mais c'est un peu comme de dresser un rempart de sable devant la marée montante de la baie du Mont-Saint-Michel. Bientôt, plus rien ne résiste, et je cours chercher de l'aide. Il me semble que la sage-femme que je parviens à ramener ricane sournoisement sous cape lorsque j'évoque l'impuissance de la sophrologie à endiguer la douleur, et, constatant combien les gens sont ici débordés et antipathiques, j'ai brusquement une vision de la réalité à l'opposé de celle qui nous a été vendue : pour se débarrasser du vieux radoteur, ils lui ont refilé la préparation à l'accouchement, mais eux-mêmes se foutent éperdument de la sophrologie et ils pratiquent l'accouchement à l'ancienne, en laissant hurler les femmes, comme au temps de nos mères. C'est d'ailleurs ce que fait une parturiente dans la pièce voisine : elle hurle, et se fait engueuler par la sage-femme qui a tout de même du mal à crier plus fort qu'elle.

Quant à nous, on nous prie de demeurer dans notre réduit. Aucun «travail» ne s'est accompli, paraît-il, depuis trois heures que nous y sommes. «Un peu de courage, madame, vous n'êtes pas la première à passer par là si ça peut vous rassurer.»

Je me rappelle qu'à un moment – mais combien d'heures plus tard? – Agnès m'assure qu'elle souffre tellement que si je n'étais pas là elle sauterait par la fenêtre. Je lui fais promettre de m'attendre et je retourne chercher du secours à travers les couloirs. Cette fois, la sage-femme (une autre) semble trouver que les choses ne se déroulent pas comme prévu. Un moment plus tard, on nous emmène en salle d'accouchement. Je suis chargé de pulvériser de l'eau fraîche sur le visage de ma femme pendant qu'elle est censée pousser. Et puis soudain les moniteurs s'affolent, j'entends claquer des ordres auxquels je ne comprends rien et, quelques secondes plus tard, j'ai l'oreille attirée par un bruit de galop dans les couloirs : ce sont trois ou quatre médecins qui rappliquent au pas de charge.

— Vite, on l'anesthésie et on sort l'enfant! lâche le plus âgé. Monsieur, s'il vous plaît, vous ne pouvez pas rester là, on vous appellera quand tout sera terminé.

J'essaie de retrouver leurs mots, sans être tout à fait sûr de moi, car tandis que je devine que tout va décidément très mal pour nous, on me pousse sans ménagement vers la porte.

Vingt minutes plus tard, peut-être, Raphaël est né. Nous sommes le 22 février 1984, et lorsqu'on m'autorise enfin à le voir, mon fils se trouve dans une couveuse, la tête profondément blessée par les forceps. Je me souviens que je ne peux pas m'empêcher de pleurer en le contemplant, pris entre l'émotion de le découvrir et la colère.

31.

C'est déjà mars, et les premiers bourgeons, lorsque nous regagnons Mortefontaine. Nous avons donné notre chambre à Raphaël pour nous replier dans le bureau. Lui et Agnès se remettent lentement, et comme le printemps est en avance, cette année-là, il m'arrive de les découvrir endormis sous le tilleul, lui dans son landau, elle dans un transat. Les samedis ensoleillés, nous partons pique-niquer tous les trois dans la forêt avec notre chien Raisin. Nous étalons une couverture sur les aiguilles de pin, Raphaël prend le sein, puis quand il s'est assoupi sur la couverture entre nous deux et que nous avons fini de manger, nous parlons à voix basse pendant une heure ou deux. Je crois que jamais nous n'avons tant parlé. Comme tous les couples dans notre situation, nous sommes sidérés de nous découvrir parents, étonnés et bouleversés par l'amour que nous portons à cet enfant (nous n'avions pas soupçonné que sa venue allait provoquer tant d'émotions nouvelles en nous) et nous avons besoin de le dire, de le répéter, tout en l'embrassant du regard et en chassant parfois une mouche qui cherche à se poser sur son visage.

Je me rappelle comme nous avions ri, dix ou douze ans plus tôt, en tombant sur un long plaidoyer de Montherlant contre les enfants dans les trains. Le «chialeur international», écrivait-il (et cette seule expression nous avait fait hurler de rire), qui lui pourrissait ses voyages, quelle qu'en soit la destination. L'aversion de Montherlant pour les enfants faisait alors écho en chacun de nous, mais un écho forcément très

différent. Pourquoi Agnès se défiait-elle d'eux, leur préférant
ouvertement les animaux, alors qu'issue d'une famille de
deux (son frère aîné, Aurélien, et elle) elle avait été apparemment choyée? Aujourd'hui encore je me le demande (constat-
tant, de surcroît, quelle adoration voue aux enfants notre fille
Julia, la petite sœur de Raphaël, âgée de vingt et un ans tandis
que j'écris ce livre, qui leur consacre ses études et se prépare
à passer sa vie en leur compagnie). Chez moi, en revanche,
je sais bien ce que Montherlant réveillait : l'angoisse d'être
submergé par les pleurs, débordé par le nombre – la peur du
naufrage.

Mais Montherlant est oublié tandis que nous contemplons
notre fils, et si je songe évidemment au naufrage dans lequel
nous, les dix enfants, avons entraîné nos parents, c'est pour
me dire aussitôt que jamais, oh non, jamais, Agnès et moi ne
suivrons le même chemin qu'eux.

Notre vie se présente alors sous les meilleurs auspices et
dans l'atmosphère bucolique idéale pour éveiller chez un
nouveau-né le désir de grandir. René, le garde-chasse, et sa
femme, Françoise, sont devenus des amis au fil des années, et
je ne sais plus qui, de Françoise ou de nous, évoque le premier l'idée qu'elle pourrait prendre Raphaël chez elle pendant
que nous sommes au travail, mais cette perspective nous
séduit aussitôt, car outre leurs trois enfants, qui sont maintenant adolescents, il y a chez eux toutes sortes d'animaux qui
ne pourront qu'enchanter Raphaël : des lapins, des poules,
deux chèvres, un furet, des hérissons, un élevage de faisans,
trois ou quatre chiens, plusieurs chats, sans compter les pin-
sons et les poissons rouges de l'aquarium. Françoise est de
ces femmes à l'embonpoint généreux, éternellement vêtues
d'une blouse de ménage, dans les bras potelés desquelles les
bébés se sentent aussitôt en confiance. Le nôtre est de ceux-
là, et il lui arrive même de pleurer quand nous passons le
reprendre.

Du premier été de Raphaël à Rabos, j'ai conservé énormément de photos. Sur la plupart, il joue avec un Donald *culbuto*
que nous lui avions rapporté de Rosas, et Agnès, à plat ventre
près de lui, semble ne pas en revenir d'avoir mis au monde ce

petit bonhomme doré et blond aux joues rebondies. Janine Le Guen répète sans cesse : «Mon Dieu, que cet enfant est beau!», ajoutant parfois, comme pour elle-même : «Notez que c'est normal avec la mère qu'il a», puis, si par hasard elle remarque ma présence : «Mais vous n'êtes pas mal non plus, allez.» Et elle sourit, elle est heureuse. Elle me taquine aussi, prétendant que si je continue à porter mon fils sur mes épaules toute la journée, et à faire ses quatre volontés, je vais en faire un voyou. «Mais il n'a même pas six mois! dis-je, en éclatant de rire. Laissez-moi donc le porter si ça me fait plaisir.» Dix ans après la mort de Marcel Le Guen, Raphaël ramène la lumière dans la maison de Rabos.

À l'automne de cette année 1984, Jean-Marie Le Pen laisse entendre qu'il sera candidat à la prochaine élection présidentielle. Or, il se murmure depuis des années que l'homme qui avait conduit la campagne de Tixier-Vignancour en 1965 (et que Toto, mes frères et moi avions applaudi à la Mutualité) aurait pratiqué la torture durant les trois premiers mois de l'année 1957 où il a servi en Algérie. Sa popularité grandissante et son ambition nous donnent envie d'en avoir le cœur net, et c'est vers moi que se tourne *Libération*. Je pourrais refuser de mener cette enquête, arguant du fait que mon père et Le Pen ont quelques amis en commun (que je reconnais lorsque je scrute à la loupe la tribune du Front national), mais je suis trop heureux de reprendre où je l'avais laissée la guerre d'Algérie. Je ne sais pas si Le Pen a eu recours à la torture, mais je sais que l'armée française l'a pratiquée en Algérie, utilisant des méthodes d'interrogatoire similaires à celles de la Gestapo (l'électricité, la baignoire, la pendaison par les pieds), achevant parfois les suppliciés d'une balle dans la tête ou d'une rafale dans le dos, et je vois là une occasion de le redire (je l'ai déjà largement écrit dans mes articles sur le charnier de Khenchela), alors que la plupart des officiers supérieurs et des responsables politiques français continuent de le nier. À mes yeux, la guerre d'Algérie sera finie, et la réconciliation possible, lorsque la France assumera sa part d'indignité.

Remonter la piste d'anciens résistants algériens (que les militaires français appelaient des «terroristes», comme les militaires allemands qualifiaient de «terroristes» les résistants français) susceptibles d'avoir croisé Jean-Marie Le Pen me demande plusieurs semaines d'enquête. Je frappe à des dizaines de portes et partout je suis accueilli avec ce sens de l'hospitalité qu'ont les Algériens. On me sert le thé, on me retient pour le repas, et je me fais raconter la bataille d'Alger au jour le jour, mon plan de la ville en 1957 étalé sur la table, répertoriant tous les lieux stratégiques des résistants dans la casbah, ainsi que les différentes villas, sur les hauteurs de la ville, transformées par l'armée française en centres d'interrogatoires. Je suis curieux de tout ce que je découvre, et touché, conscient que ce travail si délicat me permet d'approcher les ressorts secrets d'un peuple dont je me sens mystérieusement très proche, comme s'il était le mien.

Je retrouve cinq hommes passés entre les mains du lieutenant Le Pen et prêts à venir témoigner devant la justice française si c'était nécessaire. J'enregistre longuement leurs témoignages, je les photographie, je photographie les lieux, leurs papiers militaires de l'époque, je me fais confirmer leurs dépositions par des témoignages annexes, et, fort de tout cela, je rentre en France.

«Torturés par Le Pen», titre *Libération* en première page, le 12 février 1985. Pour la première fois, des hommes se présentant à visage découvert accusent le chef du Front national de leur avoir infligé des sévices inhumains.

Jean-Marie Le Pen porte plainte et je consacre l'essentiel du printemps à organiser notre défense. Nous allons faire venir les témoins et la France entière pourra les entendre. Il faut préparer leur voyage et veiller à ce qu'ils soient protégés à Paris (Henri Leclerc, l'avocat du journal, a reçu comme moi des menaces de mort).

Aujourd'hui, je me rends compte combien ce procès, sans doute historique pour les Algériens si ce n'est pour les Français (un an plus tard, Le Pen sera élu député), est historique pour moi en ce qu'il officialise ma rupture avec l'adolescent que je fus, et, bien sûr, avec le discours de nos parents.

J'interviens longuement à la barre pour raconter tous les détours de mon travail et dire le respect que je porte aux cinq témoins qui patientent derrière la porte. Les Algériens se sont battus comme ils ont pu, et avec courage, dis-je, contre une armée bien plus forte que la leur, comme les résistants français se sont battus sous l'Occupation, et la France a utilisé pour tenter de les écraser des moyens qui la déshonorent.

Personne n'entend, à part dans le camp de Jean-Marie Le Pen, que je viens d'exprimer tout haut combien j'ai honte de nous, les Dunoyer de Pranassac, honte que nous ayons pu penser des Algériens ce que nous avons pensé. Roger Holeindre, devenu un cadre du Front national, se souvient alors qu'il nous est arrivé de garder ses enfants, l'un de mes frères et sœurs ou moi, au milieu des années 1960, et il rédige pour Jean-Marie Le Pen (qui en fera un chapitre de son prochain livre) un portrait de notre famille. Il apparaît pour la première fois que j'ai trahi les miens.

Mais les miens se taisent, eux. Cet été 1985, fuyant la canicule de Rabos, Agnès, Raphaël et moi débarquons à Saint-Malo, chez eux. La maison s'est beaucoup améliorée depuis ce printemps 1971 où Nicolas et moi l'avions découverte avec sa véranda aux vitres cassées et où nous avions aidé Toto à isoler les murs cependant qu'il filait toutes les deux heures téléphoner à sa maîtresse. Je suis chaque fois surpris quand je me remémore ce séjour à Saint-Malo, alors que les orages s'accumulent sous ma calotte crânienne à l'endroit de nos parents et que croiser seulement le regard de notre mère me rend fébrile. Pourquoi est-ce que j'y reviens ? Je ne sais pas. Parce que je parviens encore à contenir ma colère, parce qu'ils sont les grands-parents de Raphaël, parce que Agnès, qui ne sait pas grand-chose d'eux, les aime bien malgré tout, parce que la maison est bien située... Je suppose que s'ils m'avaient accueilli, cet été-là, en me traitant de traître et de salaud, sachant qu'ils étaient décidés à voter pour Le Pen à la prochaine présidentielle, nous serions aussitôt repartis. Mais ils ne font aucune allusion à mon travail, et, de mon côté, je ne suis pas encore prêt à parler, ou plutôt à écrire, de sorte que nous n'avons aucune raison de nous insulter.

en

À l'automne 1985, on annonce l'arrivée d'un nouveau rédacteur en chef à *Libération*, en remplacement de René-Pierre Boullu, auprès duquel je travaille depuis des années dans une silencieuse complicité. René-Pierre a sans doute deviné que j'entretiens une histoire secrète avec l'Algérie, mais il semble s'en foutre, et même en jouer. Je me rappelle parfaitement du jour où son remplaçant débarque car avant même de lui être présenté je suis profondément contrarié par la tessiture de sa voix et son débit. Je crois que je fronce les sourcils et me bouche les oreilles comme lorsqu'un enfant fait grincer sa fourchette dans son assiette. Cette voix-là grince, tout en produisant à intervalles de petits aboiements aigus, comme le roquet. Mais qui peut bien parler de cette façon épouvantable ? me dis-je, quittant mon bureau pour aller jeter un œil dans le couloir. Et c'est à ce moment-là que surgit le nouveau, cornaqué par Serge July.

— Tiens, me dit Serge, je te présente Dominique Pouchin.

C'est un petit homme pointu, aux cheveux blonds ondulés, au visage mangé par le psoriasis, tout à fait conforme à sa voix. Il me semble qu'au premier regard, et avant même que nous nous serrions la main, tout est dit : nous ressentons l'un pour l'autre une vive antipathie. Et encore, le mot est faible, voire ridicule, au souvenir de l'accablement qui me gagne au fil des secondes, tandis que je découvre Dominique Pouchin et que nous échangeons des propos d'une banalité navrante (ne parvenant pas, néanmoins, à nous sourire). Je crois qu'à l'exception de l'abominable M. Souère, qui me haïssait, aucun être n'avait jamais suscité en moi un tel sentiment de rejet. Je suis immédiatement conscient que la haine que nous éprouvons l'un pour l'autre n'est pas négociable, que cet homme souhaitera bientôt ma mort pour tout ce que je représente, tout ce que je porte en moi, et que je ne pourrai que lui souhaiter la même chose si je veux survivre.

Me remémorant cette scène aujourd'hui, qui annonce de profonds bouleversements dans ma vie, tout en allant et venant dans mon bureau depuis les premières heures de la matinée, mécontent de n'avoir jamais su m'expliquer l'origine de l'effroi que m'inspira Pouchin, j'ai soudain la vision du «petit homme gris» dont nous parlait avec tant de conviction mère Colin au catéchisme. Elle prétendait avoir vu le diable à plusieurs reprises, s'incarnant, disait-elle, dans la peau d'un petit homme à la voix sèche et grêle, et surgissant à l'improviste, au moment où vous ne l'attendiez plus. Se peut-il que j'aie confondu Pouchin avec le diable, que je n'attendais plus depuis longtemps, en effet, croyant sincèrement ne plus être dupe de toutes ces conneries ? C'est bien possible, car sinon pourquoi l'image terrifiante du «petit homme gris», enfouie depuis des années dans le tréfonds de mon cerveau, me serait-elle revenue au moment justement où j'évoquais le personnage de Pouchin ?

Outre que je le prends sans doute pour une incarnation du diable (assez crédible), tout nous sépare, lui et moi. Petit, déjà, Dominique Pouchin lisait Trotski, tandis que je me passionnais pour le tsariste Wrangel, soutenais l'Algérie française etc., avant de retourner ma veste pour aller flirter avec le parti communiste, et terminer (provisoirement) chez les pires adversaires du PC, les ex-trosko-maoïstes de *Libération*. Je ne dis pas cela pour le seul plaisir de me moquer de moi-même, et de la vie en général, mais pour que l'on mesure combien nous sommes différents : Pouchin ne variant jamais depuis le biberon, voyez-vous, s'entourant de trotskistes (il en infiltrera plusieurs à *Libération*), devenant un théoricien de la révolution, plaçant sa confiance dans «les masses», se méfiant de l'individu comme de la peste, source d'égoïsme et de réflexes petits-bourgeois ; tandis que je suis agoraphobe, que je change de trottoir lorsque j'aperçois un type avec une banderole et ne crois qu'aux confessions formulées en tête à tête.

Notre premier accrochage sérieux sonne le glas du journalisme tel que je le pratique. Il a lieu le jour où Dominique Pouchin nous expose sa théorie dite des «journalistes interchangeables», prétendant qu'un article devrait avoir le même contenu, et la même force, quel que soit son signataire. Ce qui permettrait, au passage, de supprimer les signatures. Je me grille aussitôt en lui faisant valoir qu'à mon sens un journaliste met une grande part de lui-même dans ses articles, «ce qui anéantit ta théorie, Dominique», et j'ajoute que je n'aurais pas traité le drame de Khenchela de cette façon si je n'avais pas une histoire particulière avec la guerre d'Algérie. Je n'écoute pas sa réponse (Pouchin est un type dont la voix me rend malade), mais je devine que mes jours à *Libération* sont désormais comptés.

Cependant, et comme si cet homme était un authentique messager (ou le diable en personne, qui sait? Mais je peux dire aujourd'hui que sans lui je ne serais peut-être jamais revenu à l'écriture), toute notre vie, si bien organisée jusqu'à présent, semble sur le point de se déliter. Tandis que Raphaël va bientôt fêter ses deux ans, qu'il grandit en compagnie d'un petit faon adopté par le garde-chasse et sous le regard énamouré de Françoise, nous envisageons de nous rapprocher de Paris. J'ai écrit pour le journal le portrait du maire communiste de Fontenay-sous-Bois, Louis Bayeurte, et je suis séduit par sa ville (par lui aussi, d'ailleurs), à la fois provinciale et toute proche de Paris. Tandis que j'arpente les rues pavées du vieux village, voilà que me reprend mon rêve d'une maison à nous que je construirais, au moins en partie, de mes mains. Dans mon souvenir, Agnès me laisse décider, et, connaissant la suite aujourd'hui (quatre ans plus tard, nous nous séparerons), il m'arrive d'essayer d'imaginer quelle autre vie nous aurions pu inventer si nous étions restés à Mortefontaine. Oui, mais alors, me dis-je aussitôt, je n'aurais pas connu Blandine, nous n'aurions pas eu Sophie, puis Pauline, et je reviens à ma vraie vie, étonné que tant d'événements s'y soient déroulés sans que je sache les prévoir, comme si quelqu'un en avait écrit le manuscrit avant moi et que je sois aujourd'hui en train de courir après les pages que le vent aurait dispersées.

Je découvre une maison à Fontenay. Elle est à peine habitable en l'état, de sorte qu'elle est dans nos moyens. Elle est bien trop petite, mais la perspective des travaux me réjouit, et elle possède un beau jardin. Nous y emménageons en février 1986, quelques jours avant l'anniversaire de Raphaël. Sur la photo où il souffle ses deux bougies, on voit que nous sommes assis au milieu des caisses et des plantes vertes, curieusement couverts d'anoraks et coiffés de bonnets. Il fait dix-huit degrés en dessous de zéro, et nous n'avons qu'un petit chauffage d'appoint. Arrivant de notre lumineuse maison de Mortefontaine, nous avons le sentiment durant les premières semaines d'être des réfugiés du Bangladesh, nous demandant silencieusement ce que nous avons fait au ciel pour mériter un tel châtiment.

Puis survient notre sauveur, le bien nommé Castillo, architecte qui nous est adressé par des amis communs. Roberto Castillo est alors un homme d'une quarantaine d'années, aux cheveux longs et bouclés, barbu, dont on devine au premier coup d'œil qu'il est terriblement épris de liberté. Il se déplace en Land Rover 4 × 4, porte la tenue bigarrée des randonneurs du *Vieux Campeur*, ainsi qu'un petit sac à dos écarlate dans lequel il fourre ses équerres, ses crayons et son papier millimétré. Sachant quelle place il occupera trois ans plus tard dans notre vie (devenant l'amant d'Agnès), j'essaie de me remémorer ce premier contact. Roberto m'apparaît comme un type sympathique mais pressé, donnant l'impression de ne vouloir consacrer qu'une infime partie de son temps à son travail afin de conserver le reste pour des loisirs de plein air. Cela dit, et en dépit de ses sautillements permanents destinés sans doute à vous faire prendre conscience qu'il a autre chose à faire (mais qui peuvent agacer à la longue), il inspire confiance car il semble maîtriser parfaitement toutes les questions techniques et posséder des solutions à peu près pour tout (y compris pour notre couple, me dirai-je plus tard).

Nous allons donc multiplier par quatre le volume de la pièce en rez-de-jardin qui, pour le moment, est une espèce d'atelier inhabitable, doublant ainsi la surface de la maison et nous offrant par la même occasion une terrasse orientée plein sud (le toit de la nouvelle pièce) en prolongement de l'actuel salon qui deviendra notre chambre à coucher. Une entreprise construira le gros œuvre sous la direction de notre architecte-randonneur, et je ferai tout le reste.

Tandis que les travaux démarrent et que nous survivons comme des romanichels, je perds un peu les pédales et insulte Serge July, avec lequel j'entretenais pourtant des rapports amicaux. Pour résumer l'histoire, je prends la défense d'une

amie, Catherine Erhel, à qui l'on vient de retirer la rubrique
«Police», sur pression du ministère de l'Intérieur, parce
qu'elle a fait de la prison quelques années plus tôt. Bien sûr,
je suis déçu que Serge ait cédé, mais je crois cependant que je
ne serais pas entré dans cette fureur si je n'avais pas cru
défendre l'un des miens contre l'obscure machine qui nous a
nous-mêmes broyés depuis notre expulsion de Neuilly. J'aime
beaucoup Catherine, il nous arrive parfois d'être amants, mais
nous pourrions être aussi bien frère et sœur par tous les
regards sur les gens et les choses que nous partageons. Je
traite Serge de fumier, comme je traitais de fumiers les curés
de Sainte-Croix, ou le patron de la Caisse des dépôts (par
lettres recommandées), mais je me souviens qu'au fond de
moi j'ai l'espoir de le convaincre, qu'il s'excusera, et que
nous resterons amis. C'est évidemment le contraire qui se
produit : le lendemain, je lui présente mes excuses, et, désormais, nous ne sommes plus amis.

J'ai de plus en plus conscience que mes jours à *Libération*
sont comptés, et cependant quelque chose me retient de partir.
Il m'est facile de dire aujourd'hui que j'attends l'occasion de
clore mon histoire avec l'Algérie pour me mettre enfin à
écrire *Priez pour nous*, puisque c'est ainsi que les choses se
sont enchaînées. Mais, sur le moment, la maison est en chantier, je passe mes week-ends et mes nuits à monter des cloisons, à isoler ma toiture, à poser du plancher, et je n'ai aucune
idée de ce que je vais faire de ma vie. Il m'arrive de me remémorer mon gros manuscrit, interrompu à la veille de ma
conception, d'éprouver un malaise passager en me demandant
si je ne suis pas en train de perdre mon temps, ou de me perdre
tout court, mais aussitôt le plâtre m'appelle et je me remets à
la tâche.

C'est dans ce contexte chaotique que le journal, qui ne me
demandait plus grand-chose, se souvient soudain de mon
existence et me réclame une enquête sur l'avocat Jacques
Vergès. Après avoir défendu devant les tribunaux français les
plus grands résistants algériens, et en particulier Djamila
Bouhired, qui deviendra sa femme, Jacques Vergès a fait des
pieds et des mains pour défendre Klaus Barbie, l'ancien chef

de la Gestapo à Lyon, dont le procès doit se tenir au printemps 1987. L'opinion ne comprend pas bien comment un
homme catalogué à gauche peut se féliciter de plaider bientôt
pour un ex-tortionnaire nazi. Qui est véritablement Vergès
dont la pensée est jugée énigmatique et la biographie ponctuée d'une longue disparition (de 1970 à 1978) sur laquelle il
a toujours refusé de s'expliquer ? Je connais bien l'engagement qu'a eu cet homme durant la guerre d'Algérie, à la tête
du collectif des avocats du FLN, j'admire son courage et j'ai
de l'estime pour son intelligence. Mais, sinon, je ne sais pratiquement rien de lui, et je repars donc pour l'Algérie, sur ses
traces.

Ce que je comprends, à travers tout ce qu'on me rapporte
et tous les écrits qu'il a laissés derrière lui (je retrouve en
l'état son bureau d'Alger, abandonné en 1970), c'est que
Vergès est fondamentalement un colonisé (issu d'un père réu-
nionnais et d'une mère vietnamienne), et que cette identité
transcende tout le reste. C'est en tant que colonisé qu'il prend
la défense des résistants algériens (étiquetés «terroristes»)
face à une justice qui ne mérite pas ce nom, estime-t-il,
puisqu'elle est au service exclusif du colonisateur. Ancien
des Forces françaises libres, Jacques Vergès a combattu et
risqué sa vie pendant que la même justice, au service de
Vichy cette fois, condamnait à tour de bras d'autres résistants
(qu'elle appelait également des «terroristes»). C'est dire le
peu de respect que cet homme porte aux magistrats, et aux
tribunaux en général. S'il s'est fait avocat, ce n'est pas pour
prendre sa place dans la grande communauté des porteurs
d'hermine, mais pour utiliser la barre comme une tribune
politique et ainsi prendre la justice, qui n'aime rien tant que
se mettre en scène, à son propre jeu. En défendant Klaus
Barbie contre les «grandes consciences», lui qui a rejoint
Londres à dix-sept ans et qui est médaillé des FFL pour ses
campagnes d'Italie et de France, Vergès vient en vérité rappeler à la justice française qu'elle est malvenue de se draper
dans la dignité, elle qui s'est constamment rangée du côté des
oppresseurs et des bourreaux. Barbie est certes monstrueux,
vient-il dire à sa façon, ironique et subtile, mais je n'ai pas le

souvenir que ce même tribunal ait condamné aucun des militaires français convaincus de torture et d'assassinats durant la guerre d'Algérie.

C'est en tout cas ce que je retiens, et écris, de Jacques Vergès dans un portrait de trente-cinq feuillets qui sera mon dernier grand article dans *Libération*. Dominique Pouchin, l'homme pour qui les journalistes sont interchangeables, et qui publie mon texte sans en couper une ligne, ne se doute pas à quel point mon propre regard sur la justice a compté dans l'empathie que j'éprouve à l'égard de Vergès.

Tandis que je travaille sur cette enquête, je suis convoqué par un juge qui me demande si j'accepterais de devenir le tuteur de notre père. Il semble que Toto ait fait trop de chèques sans provision tout au long de sa vie et qu'il ne soit plus possible, désormais, de le laisser gérer seul ses affaires. Je me rappelle combien je suis à la fois stupéfait et indigné de me retrouver dans cette situation. Comment la justice, qui ne nous a jamais montré qu'un visage inhumain, ordonnant à deux reprises qu'on nous expulse, nous dépêchant ses huissiers une ou deux fois par semaine, nous menaçant de vendre nos derniers meubles aux enchères alors que nous vivions déjà à la bougie, ose-t-elle aujourd'hui venir me demander mon concours pour empêcher notre père de braquer quelques supermarchés?

Aujourd'hui encore je regrette de n'avoir pas su dire à ce petit juge, sorti tout droit de l'école de la magistrature, que je n'étais pas, comme lui, au service de la Caisse des dépôts et consignations. «Je suppose que vous n'êtes pas le père d'une famille de dix enfants et que vous n'avez jamais vécu à la bougie», lui ai-je glissé nerveusement, puis je me suis tu car j'ai senti que j'allais bientôt l'insulter, lui aussi. J'ai accepté poliment de devenir le tuteur de notre père, de contrôler chacun de ses chèques, et, bien sûr, je n'en ai jamais rien fait. Toto a continué à signer autant de chèques en bois qu'il le souhaitait, et je suis resté à ma place de fils. J'allais écrire que je ne suis pas un collabo, puisque c'est le mot qui me vient. Eh bien voilà, peut-être est-ce ce refus de collaborer qui me lie à Vergès et qui fait que je continue d'aimer cet homme, quoi qu'il fasse.

Notre maison est presque finie tandis que je remonte la trace de Jacques Vergès, et c'est alors qu'Agnès et moi décidons d'avoir un second enfant. Avec le recul, je ne pense pas que nous soyons complètement remis du choc qu'a été notre arrivée à Fontenay, un an plus tôt, mais nous avons maintenant une très jolie chambre, l'envie de nous mettre au lit et de faire l'amour (moi, en tout cas) et à peu près tout ce qu'il faut pour envisager notre avenir familial avec optimisme (Agnès est entrée à la Cité des sciences de la Villette et moi j'ai pratiquement fini de m'aménager un bureau dans les combles où je viens de plus en plus souvent m'asseoir en me demandant ce que je pourrais bien écrire).

Au printemps, et tandis que toute la France suit de près le procès Barbie, je me concentre, moi, sur le ventre d'Agnès. Nous avons appris que ce serait une fille, et, cette fois, je me dispense des conseils de Frédéric pour l'accouchement. Nous avons fait jurer à notre médecin qu'il serait présent à n'importe quelle heure du jour ou de la nuit, et il tient parole. Quand Julia vient au monde, le 26 octobre 1987, c'est lui qui coupe le cordon avant de la déposer délicatement entre les seins de sa mère. C'est une naissance si tendre, si jolie, que nous pleurons tous les quatre.

32.

Dans les vingt-quatre heures qui suivent l'arrivée de Julia à la maison, Raphaël déclenche une maladie infectieuse qui peut être fatale à sa sœur. Il faut les isoler l'un de l'autre, se laver les mains, enfiler un masque et une blouse avant d'entrer dans la chambre de Julia. Je passe mes journées à courir les pharmacies et les supermarchés, à prendre la température de l'un, à changer la couche de l'autre, à nettoyer les petits fromages que Julia dépose sur mes cols de chemise avant de cavaler au journal m'assurer que personne ne me réclame et de revenir aussitôt seconder Agnès qui pleure d'épuisement. Pour la première fois, je me vois au bord du naufrage, me surprenant à me mordre nerveusement le pouce quand je dois patienter au feu rouge, ma Renault 14 pleine de couches-culottes, d'eau d'Évian et de petits pots. Et cet imbécile de juge qui me croyait capable d'être le tuteur de Toto ! Mais à mon âge, Toto en avait déjà six ou sept, lui, nous habitions Neuilly dont il ne payait plus le loyer depuis des mois, et en dépit de tout ce qu'il avait sur le dos (une menace d'expulsion, en particulier) il trouvait encore le moyen d'organiser de grands dîners pour flatter notre mère, de l'emmener au théâtre et de lui faire l'amour en rentrant le soir. Jamais je n'avais mesuré, comme à ce moment-là de ma vie, l'extraordinaire sang-froid de notre père. Comment pourrais-je être son tuteur alors que je ne lui arrive pas à la cheville ?

Puis Raphaël guérit, et tout semble rentrer dans l'ordre. Une après-midi, cependant, alors qu'elle se trouve seule avec nos deux enfants, Agnès s'enfuit pour courir chez un médecin qui habite la même rue que nous. De retour à la maison, elle m'appelle au journal. J'entends à sa voix combien elle est abattue. Elle ne comprend pas comment elle a pu laisser les enfants seuls, et me demande à plusieurs reprises si je ne lui en veux pas. «Mais quelle question. Bien sûr que je ne t'en veux pas. – Ça n'allait pas du tout, tu sais. Je tournais en rond, j'avais besoin de parler à quelqu'un. – Qu'est-ce qui ne va pas? Essaie de me dire. – Je ne sais pas. Le médecin m'a donné un calmant.»

Il me semble qu'absorbés par tous nos soucis, nous n'en reparlons pas. Et pourtant je sais, je devine. À cette réflexion, sans doute, que je n'avais plus entendue depuis quelques années : «Les hommes sont tous des salauds.» C'était le refrain préféré de Janine Le Guen lorsque j'ai connu Agnès, et voilà que la mère et la fille le reprennent à présent, comme si l'histoire était en train de se répéter. L'histoire familiale, bien sûr, puisqu'il faudrait être aveugle, et je cesse soudain de l'être, pour ne pas voir qu'Agnès a refait à l'identique la famille de ses parents : un garçon et une fille, dans le même ordre, et avec à peu près la même différence d'âge. Marcel avait attendu que sa fille ait trois ou quatre ans pour partir s'installer à Milan avec une jeune femme. Ce qui avait ancré dans l'esprit de Janine que «tous les hommes et cetera».

Dans la soudaine complicité de la mère et de la fille – car c'est curieusement vers sa mère qu'Agnès se tourne pour soulager son angoisse, plutôt que vers moi –, je devine la défiance nouvelle dont on m'entoure. D'ailleurs, toutes les deux s'envolent pour une dizaine de jours à New York, me laissant les enfants, comme pour prendre date et inscrire quelque part que ça ne se passera pas comme ça. «J'ai préféré te quitter avant que tu me quittes», m'avouera Agnès après notre séparation, comme si notre destin avait été scellé dès l'apparition de Julia.

Au lendemain de sa naissance, ce n'est pourtant pas Milan qui m'attire, mais Nouméa. La guerre que se livrent en Nouvelle-Calédonie colons et Canaques me replonge dans la guerre d'Algérie. Lorsque j'observe à la télévision le triomphalisme pathétique des colons, je songe aux pieds-noirs acclamant de Gaulle en juin 1958, quelques mois avant d'être lâchés par le même de Gaulle. Et lorsque je croise sur telle ou telle photo le regard sombre et dépité d'un Canaque brandissant un fusil au sommet d'une barricade, je songe évidemment aux résistants algériens. Je me sens proche et solidaire des Canaques, mais je me sens aussi l'ami des colons, me souvenant combien nous avons aimé et vénéré les pieds-noirs. Je balance sans cesse des uns aux autres, me disant que si j'étais né dans un camp j'en serais sûrement solidaire et me battrais avec de bons arguments contre l'autre camp. C'est cette ambivalence dont je ne parviens pas à me défaire, et sans doute aussi la honte ou la tristesse de m'être trompé, enfant, en prenant fait et cause pour les pieds-noirs *contre* les Algériens, qui m'inspire une nuit la décision de partir. Mais bien sûr, ma place est là-bas ! Qu'est-ce que je fais donc en France, dans mon pavillon de banlieue, entre ma femme et mes deux enfants, quand se répète dans le Pacifique ce que nous avons vécu trente ans plus tôt ?

L'Histoire donne rarement dans une même vie l'occasion de se rattraper, et voilà qu'elle m'offre cette chance. Je sais que Toto choisirait la Résistance plutôt que les « Chantiers de jeunesse » si c'était à refaire. Il ne me l'a pas dit, mais je l'ai compris à sa tête (à sa honte, allais-je écrire), le jour où il est tombé en arrêt devant le monument aux morts de son ancien collège. Durant quelques secondes, je suis certain qu'il aurait préféré voir son nom gravé dans la pierre plutôt qu'être là, bien vivant et débraillé comme un touriste, avec moi. Je suis terriblement fébrile cette nuit-là, et j'attends le lever du jour en allant et venant dans notre grande pièce en rez-de-jardin dont j'ai fini de poser le plancher quelques semaines plus tôt. Mon projet est de me faire envoyer en Nouvelle-Calédonie par Serge July le jour même. L'idée d'écouter les deux camps, d'être celui qui saura dire le malheur des deux communautés me sauve de quelque chose dont ne m'a pas sauvé tout ce que j'ai pu écrire sur l'Algérie. Car tant d'années après, je n'ai rien pu dire des pieds-noirs, de mon émotion intacte pour leur douleur, tandis que précipité dans la guerre je sais que je pourrai rendre le désespoir et la colère des deux camps.

J'explique à Serge pourquoi je dois partir en Calédonie relever Marc Kravetz dont je n'aime pas les articles. Lui et Dominique Pouchin, dont il est l'ami, passent une heure au téléphone chaque jour à commenter les stratégies politiques des leaders des deux camps (Jacques Lafleur d'un côté, Jean-Marie Tjibaou de l'autre) en se confiant ce qu'ils feraient s'ils étaient à leur place. Leur militantisme – et leur suffisance – m'exaspèrent, et je ne trouve pas dans *Libération* ce que j'aimerais y lire. Je ne sais pas ce que pense Serge de ce que je lui raconte (peut-être songe-t-il seulement qu'il n'a pas envie de faire plaisir à un mec qui l'a traité de fumier), mais je comprends qu'il ne compte pas rappeler Kravetz.

C'est le soir de cette conversation, tandis que je marche seul dans les rues de Fontenay, que le projet d'écrire un livre sur cette guerre prend forme. Et m'enthousiasme aussitôt. Je serai tellement plus à l'aise dans l'espace d'un livre, me dis-je, loin du caquetage abrutissant de Dominique Pouchin.

Je me revois deux jours plus tard entrant dans le bureau de mon éditeur, Bernard Barrault. Bernard et Betty Mialet dirigent alors les éditions Barrault. Nous avons fait un document ensemble un an plus tôt, *L'Affaire de Poitiers* (une enquête sur deux médecins anesthésistes soupçonnés d'avoir assassiné une patiente pour nuire à leur chef de service), mais nous n'avons pas pris le temps de nous connaître et je ne sais pas comment ils vont réagir. Avec le recul des années, je vois combien ce rendez-vous est en vérité salvateur pour moi puisqu'il signe la fin d'une époque, celle de *Libération* et, plus généralement, du journalisme, et le début de mon retour à l'écriture. Car Bernard Barrault et Betty Mialet adhèrent à mon projet, prenant sans le savoir l'exact contre-pied de Dominique Pouchin : c'est tout ce que je laisse entendre de mes motivations secrètes – l'Algérie, Toto, nos amis de l'OAS, mon regret de m'être trompé, enfant – qui semble les convaincre de porter ce livre, bien plus que la promesse d'un regard prétendument objectif sur cette énième guerre d'indépendance.

Quand je quitte ma maison d'édition, j'ai mon billet d'avion en poche et largement de quoi financer mon livre. Mais surtout, je ne suis plus seul contre le raz-de-marée Pouchin avec ce sentiment grandissant que je vais me noyer, que je ne suis pas de taille à lutter. L'entrée dans ma vie de Bernard Barrault et de Betty Mialet est de la même importance que celle de Nicolas, l'année de mes vingt ans, après ma période motocycliste. Ils me disent à leur façon ce qu'aimait à me répéter mon frère photographe lorsque nous partagions une chambre, rue Duban, et que j'éructais contre nos adversaires : «Si tu as un truc à dire, dis-le, écris-le, pourquoi tu te rends malade pour rien, qu'est-ce qu'on en a à foutre de tous ces gros cons?»

La ville de Nouméa me semble tendue, nerveuse, et comme en état de siège, ce matin de mai 1988 où je la découvre, débarquant d'un DC10 d'UTA. Des Blancs armés de fusils la parcourent au volant de Jeep déglinguées et poussiéreuses. Aux terrasses des cafés, ces mêmes Blancs, reconnaissables à leurs chapeaux de brousse, leurs Ray-Ban et leurs mollets nus se mélangent à de jeunes soldats, certains en uniforme, d'autres non. Ils se tapent dans le dos, se bousculent amicalement, parlent fort, commandent des bières, et l'agitation qu'ils génèrent, leurs chemisettes flottant dans le bourdonnement des ventilateurs, contraste singulièrement avec la torpeur des quelques Canaques qui se tiennent avachis ici ou là sur les trottoirs, à l'ombre ténue d'un cocotier ou d'un pan de mur, finissant de se soûler à la bière avant d'envoyer rouler leurs canettes dans le caniveau.

Impossible de trouver une chambre, tous les hôteliers m'observent avec le même œil agacé et fiévreux. «Non, ni demain ni après-demain, vous n'êtes pas au courant des événements? On a des familles de partout ici, ils s'entassent à huit par chambre, et ce n'est pas demain qu'ils vont pouvoir rentrer chez eux...»

Quand j'annonce au loueur de voiture que je compte partir pour Hienghène, il n'a soudain plus aucune voiture à me passer. Au suivant, je raconte que je ne quitterai pas Nouméa, sinon, me prévient-il, il faut une assurance spéciale (dont la prime équivaut à la moitié du budget de mon livre car la plupart des voitures rentrent «caillassées», ou ne rentrent pas).

Le lendemain matin, avant le lever du jour, je pars pour Hienghène. Située à l'autre extrémité de l'île par rapport à Nouméa, Hienghène est la commune dont Jean-Marie Tjibaou est le maire. Un mois plus tôt, nous nous sommes rencontrés à Paris chez notre ami commun, l'anthropologue Alban Bensa, et Tjibaou m'a dit qu'il me recevrait dans sa vallée. Je sais qu'à l'exception d'une poignée de gendarmes aucun Blanc n'y est plus admis depuis le massacre du 5 décembre 1984 au cours duquel les colons ont assassiné dix Canaques, dont deux des frères de Jean-Marie Tjibaou. Je sais aussi que quelques jours avant mon arrivée une institutrice blanche a été tuée au volant de sa voiture, à quelques kilomètres de Hienghène, sur la piste que je dois emprunter. J'ai le vague espoir que le leader indépendantiste aura prévenu de mon passage les tribus qui vivent de part et d'autre de cette piste, mais comme je n'ai pu ni l'avertir de mon arrivée ni lui donner le signalement de ma voiture (les lignes téléphoniques sont coupées), je dois convenir que cet espoir n'a aucun sens.

À la sortie de Poindimié, les gendarmes ont établi un barrage. Ils me déconseillent amicalement d'aller plus loin, mais quand je dis être attendu par Jean-Marie Tjibaou, je les vois aussitôt se fermer. Je ne suis plus leur ami d'un seul coup, et si je passe, ce sera à mes risques et périls. «D'accord, eh bien je vais tout de même passer, si vous permettez. – On ne peut pas vous en empêcher.»

Jusqu'à Touho, où l'armée a établi un campement, je sais que je ne risque pas grand-chose. C'est après, au cours des quarante kilomètres qui séparent Touho de Hienghène, en territoire strictement canaque (la zone où a été abattue l'institutrice), que mon apparition pourrait susciter des coups de feu. J'avais trouvé désagréable la complicité des gendarmes de Poindimié tant qu'ils me prenaient pour un Blanc de Nouméa, mais en m'engageant sur la piste de Hienghène, à la sortie de Touho, je fais moins le malin. Plus une présence soudain, plus une voiture, et la sensation, pour ne pas dire la certitude, d'être épié depuis les cases dont je devine les toits de chaume ou d'écorce de niaoulis sous les feuilles géantes des bananiers.

Je pense à l'institutrice, fauchée par quelques balles anonymes, et dont la petite voiture (une Renault 5 comme la mienne, me semble-t-il) est allée finir sa course dans les palétuviers, et je prends le parti d'accélérer. Entre rater un virage et tomber dans la mangrove, ou prendre une balle dans la tête, je choisis sans hésiter la mangrove. J'accélère, et dans le pesant silence que je devine alentour j'entends soudain rugir mon moteur, puis tout l'habitacle se met à vibrer et parfois une pierre, violemment projetée par une roue, vient heurter la tôle et me fait sursauter. Je suis conscient de l'indécence qu'il y a à traverser à la vitesse du son, soulevant derrière soi un épais nuage de poussière, ce fragment sacré de la côte est peuplé de tribus ancestrales dont les coutumes (et le désir de vivre loin des Blancs) sont demeurées intactes depuis leur découverte par James Cook, en 1774, mais je ne veux pas mourir. J'ai honte de moi, je prie pour qu'aucun Canaque n'aille s'enquérir auprès de Jean-Marie Tjibaou de l'identité de l'abruti qui a traversé les tribus en début d'après-midi à près de 100 kilomètres à l'heure, risquant de tuer un enfant, et en tout état de cause recouvrant de sa poussière de merde le linge propre de sa femme qui séchait au soleil, mais en même temps je me félicite de cette poussière qui dissimule ma nuque aux tireurs embusqués que je crois deviner dans les arbres.

Je suis dans cet état de sauve-qui-peut assez peu glorieux quand, surgissant des herbes grasses du bas-côté, une famille poule entreprend de traverser la piste. Il me semble que je jure, tout en écrasant les freins, tout en prenant la mesure de la catastrophe qui vient à ma rencontre, mais déjà j'ai roulé sur les poules – un cahot mou, voyez-vous, pratiquement imperceptible, mais aussitôt suivi d'une espèce de caquetage hystérique (les survivantes, probablement). Entre-temps, ma vitesse a considérablement chuté, le nuage de poussière m'a dépassé, et je peux donc parfaitement distinguer dans mon rétroviseur un tourbillon de plumes et quelques poules indemnes se jetant désespérément sous le couvert des bananiers.

«Oh, merde!» Mon premier réflexe est de m'arrêter complètement, de songer à sortir de ma voiture pour aller indemniser le propriétaire des poules. «Pardonnez-moi, monsieur, je suis tout à fait désolé...», mon portefeuille à la main, lui tendant déjà deux ou trois billets. Oui, mais sauf qu'ici ce n'est pas la Normandie, pauvre con, ici c'est la guerre, et la semaine dernière l'institutrice n'a même pas eu besoin d'écraser une poule pour se faire descendre. C'est pourquoi je ne sors pas de ma voiture. Je retiens mon souffle, j'entends cogner mon cœur, j'entends le ralenti du moteur dans un silence qui devrait me rasséréner mais me glace le sang. Je peux voir dans mon rétroviseur la masse sombre de la poule écrabouillée – la masse sombre de la poule écra... «Oh non! Oh non!» m'entends-je murmurer, car ce sont au moins deux, et peut-être bien trois poules que j'ai tuées... Alors soudain j'enclenche la première et je me tire comme un voleur.

Aurais-je fini par descendre, et peut-être par *me faire descendre*, si je n'avais tué qu'une poule? Est-ce la découverte de la deuxième, voire de la troisième, qui a déclenché ma fuite? Ou la sensation physique, quasi palpable soudain, que si je ne me décidais pas à bouger quelqu'un allait me tirer dessus d'une seconde à l'autre?

Je ne sais pas. Cependant, dans le vacarme recouvré de mon habitacle, je prends petit à petit conscience des dégâts incalculables que je viens de me causer. Quitte à me conduire comme un salaud, me dis-je, je n'aurais jamais dû ralentir, et encore moins m'arrêter. À l'allure où je suis passé sur les poules, bien à l'abri dans mon halo de poussière, il est probable qu'aucun témoin n'aurait été capable d'identifier le modèle de ma voiture, encore moins de relever son immatriculation ou d'enregistrer la couleur de ma peau. Or je m'étais arrêté, laissant le loisir à tous les guetteurs de bien noter mon numéro. Puis, non content de cette première connerie, j'en avais commis une seconde, énorme celle-ci, impardonnable : je m'étais enfui! J'étais désormais le Blanc qui avait tué les poules d'un pauvre paysan canaque et qui, plutôt que de chercher à réparer sa faute, s'était tiré.

Au fil des kilomètres qui me séparent de Hienghène, l'étendue de la catastrophe me saute aux yeux. J'imagine que mon signalement a été aussitôt transmis à la mairie où l'on doit m'attendre avec une charge émotionnelle qui me laisse envisager le pire. Curieusement, ce ne sont plus les coups de feu que je redoute (je les appellerais même de mes vœux pour en finir au plus vite), mais le constat public de mon indignité, la honte, et puis l'avalanche de tuiles qui ne va pas manquer de me tomber sur la tête : l'amertume de Jean-Marie Tjibaou et le retrait de son soutien, mon expulsion de la vallée, mon retour à Nouméa et l'effondrement de mon livre, la perplexité de Bernard Barrault ne parvenant pas à croire, au téléphone, que deux ou trois poules seulement soient venues à bout d'un projet que je lui avais présenté comme une étape essentielle de ma vie. Et moi non plus je n'arrive pas à y croire, me surprenant à espérer par moments, contre l'évidence (et tout en continuant à foncer comme un dératé), que personne ne m'aurait vu. Puis, comme j'essaie de me figurer ce que peuvent représenter trois poules dans l'économie d'un foyer canaque – peut-être un mois de survie, comment savoir ? –, je suis soudain pris d'un remords à pleurer et l'idée m'effleure de retourner sur les lieux de la collision et de faire ce que mon premier réflexe m'avait inspiré : m'enquérir des victimes et les dédommager. Je ralentis, je m'arrête. Ici, la piste longe une plage étroite de sable gris et je ne vois pas trace d'habitations. Oui, me dis-je, mais maintenant ils doivent m'attendre, embusqués sous les bananiers avec leurs fusils, et ils ne me laisseront même pas le temps de descendre de voiture...

Alors je renonce. Je repars. Un peu plus tard, au sommet d'un col et au détour d'un virage, l'horizon s'élargit, et je reconnais aussitôt en contrebas la baie de Hienghène, tant de fois vue en photo, avec ce sombre et abrupt rocher disposé sur les flots noirs de la passe et que les guides touristiques surnomment «la poule couveuse». Brusquement, la coïncidence m'effraie, comme si décidément toutes les poules de Calédonie s'étaient donné le mot pour me briser les nerfs.

Que me réserve celle-ci, toute hérissée de noir et comme habitée par le diable ?

Ce qui me frappe, c'est la solitude et le silence qui semblent s'être abattus sur ce panorama qu'on dit l'un des plus émouvants de la Grande Terre. Durant quelques minutes, immobilisé à la sortie du virage, debout près de ma voiture dont j'ai laissé tourner le moteur, je cherche à surprendre un signe de vie. Depuis Touho, je n'ai plus croisé un homme, qu'il soit à pied, à cheval ou en voiture. Pourtant, des centaines de familles vivent ici et je crois qu'avant la guerre la vallée de la Hienghène était encore réputée pour son café, sa vanille et son coprah. Où sont donc passés les hommes ? La piste contourne les eaux étales de la baie, puis elle longe des bâtiments bas à moitié enfouis sous la végétation avant de grimper jusqu'à la crête d'un promontoire où se dresse un bâtiment blanc sur lequel flottent les couleurs des indépendantistes. La mairie, sûrement. Lui faisant face, construite sur une pointe rocheuse baignée par l'océan, la gendarmerie de Hienghène, aisément reconnaissable à ses lourdes grilles et à son drapeau tricolore. Cependant, on dirait que tous ces lieux viennent d'être désertés.

J'ai en tête mon iniquité à l'instant de me garer devant la mairie. Un homme va en sortir, me dis-je, et me demander si c'est bien moi qui ai écrasé plusieurs poules à une trentaine de kilomètres de là. Je ne nierai pas, j'essaierai d'expliquer. Mais comme personne n'apparaît, je pousse la porte, entre, et me mets en quête d'une présence. Il est autour de 16 heures, mais tous les bureaux semblent vides. « Il y a quelqu'un ? » m'entends-je finalement appeler. Non, il n'y a personne, alors je ressors dans la lumière voilée et dure de l'automne austral et tandis que je cherche vers où me tourner, la main en visière, j'avise soudain un gendarme dont je mets un instant à comprendre qu'il m'observe derrière une paire de jumelles (et derrière les grilles fermées de sa caserne). En traversant toute l'esplanade pour aller à sa rencontre, il me revient que c'est de cette gendarmerie que furent évacués par hélicoptères tous les colons de la vallée au lendemain de l'assassinat des dix

Canaques. Il ne fait guère de doute que sans cette évacuation la plupart des colons auraient été abattus.

— Bonjour, monsieur, dis-je à travers les barreaux, j'ai rendez-vous avec M. Tjibaou. Savez-vous où je peux le trouver?

— Aucune idée. Vous êtes ici à la gendarmerie; la mairie, c'est en face. Puis-je vous demander qui vous êtes?

— J'ai remarqué que vous suiviez mes mouvements derrière vos jumelles, vous auriez pu voir passer M. Tjibaou.

— Nous avons certaines consignes.

À ce moment-là, surgissant par l'autre flanc du promontoire, une vieille Ford vient stationner près de ma voiture.

— Ah, ça doit être pour moi, dis-je en abandonnant le gendarme.

Ce sont deux Canaques armés qui m'ont également vu venir depuis un poste d'observation situé en amont de la mairie si je comprends bien.

Non, ils ne sont pas au courant de mon rendez-vous avec Jean-Marie Tjibaou (ni de la mort des poules, apparemment, et je commence à reprendre espoir), mais ils vont aller se renseigner et, en attendant, je suis autorisé à patienter dans un bureau.

C'est là que me rejoint le leader indépendantiste, une demi-heure plus tard peut-être, vêtu de cette chemise à fleurs qui a fait le tour du monde. Et c'est en l'écoutant me raconter l'histoire des siens dans la vallée, ce soir-là, de sa voix morne et grave, souriant avec parcimonie, et comment, enfant, il jouait avec les futurs assassins de ses frères, que l'économie de mon livre m'apparaît petit à petit : je vais m'installer dans cette vallée, me dis-je, tenter de rendre ce qu'était la vie des Canaques avant l'arrivée des premiers Blancs, puis comment les colons se sont implantés, puis comment les deux communautés ont appris à se côtoyer, à survivre ensemble, se livrant de sourdes guerres parfois, puis se réconciliant, en apparence du moins, jusqu'à cette terrible nuit du 5 au 6 décembre 1984 où, devenus à moitié fous parce qu'ils pensaient que les Canaques s'apprêtaient à les massacrer, les colons prirent les devants et massacrèrent les Canaques.

Oui, quand il finit son récit, et qu'il fait nuit dehors, et que nous avons allumé les néons de cette pièce qui ne ressemble à rien avec ses piles d'affiches et de vieux journaux effondrés dans les coins, j'ai enfin la vision de mon livre. À Paris, un mois plus tôt, je n'avais aucune idée de la façon dont j'allais m'y prendre, seulement l'intuition que la clé me serait donnée par cet homme. Et mon intuition était la bonne.

Il me déconseille de repartir pour Nouméa de nuit, et je vois sa surprise lorsque je lui demande la permission de camper dans la vallée durant plusieurs jours, voire plusieurs semaines. J'explique ce que j'ai imaginé pendant qu'il parlait, et je dis que j'aimerais disposer d'un traducteur pour recueillir les souvenirs des plus vieux Canaques dans les tribus. Il réfléchit, nous sommes dehors maintenant, et tandis que j'attends sa réponse j'observe avec quelle élégance il feint de ne pas s'apercevoir que le gendarme continue de nous épier, là-bas, derrière ses jumelles, et en dépit des ténèbres qui se sont abattues sur la vallée. Puis il acquiesce, et je l'entends donner des instructions aux deux hommes venus dans la Ford qui se tenaient discrètement en retrait et se sont rapprochés sur un signe de lui.

Durant plusieurs jours je parcours la vallée avec mon traducteur. Les vieux nous racontent quel fut l'étonnement de leurs pères en voyant s'installer les Blancs sur leur propre terre, s'octroyant leurs propres caféiers, et bientôt les chassant à coups de bâton, puis à coups de fusil s'ils revenaient traîner par là. C'était en 1899, quatre-vingt-dix ans plus tôt seulement, et tandis que nous grimpons par les sentiers nous assistons à cette chose étrange : des Canaques foulant silencieusement les anciennes propriétés des colons pour se réoctroyer les terres de leurs grands-parents, plantant ici ou là un modeste piquet selon un cadastre non écrit mais apparemment connu de tous. Et cependant, il est impossible de ne pas être également touché par ce qui demeure des colons : des maisons en partie incendiées, dévastées, mais dont les restes témoignent d'une vie familiale brutalement interrompue, soit que la table du repas n'ait pas été desservie, soit que les lits défaits soient mangés par les araignées, ou soit encore que nul n'ait osé s'en prendre aux petits vélos des enfants sagement empilés sous l'appentis et désormais recouverts de rouille.

C'est aujourd'hui seulement, me remémorant mon émotion devant les maisons calcinées des colons *comme* devant la silencieuse errance des Canaques sur les terres de leurs aïeux, que je fais le rapprochement avec mes propres errances à Neuilly, boulevard Richard-Wallace, ou encore à Rueil, domaine de la Côte noire, ces lieux que nous aussi avons dû quitter précipitamment et sur lesquels je reviens depuis des années, certains jours où je me sens découragé, et sans savoir exactement ce que j'espère.

Sur le moment, retournant vers Nouméa, je m'interroge sur ce que je vais dire aux colons s'ils me demandent dans quel état j'ai trouvé leur maison. Ont-ils l'espoir d'y revenir un jour ? Dois-je leur dire la vérité – combien là-bas on les tient en horreur ? Mais d'abord je dois les retrouver. J'ai établi la liste de leurs noms ; on dit qu'ils vivent à présent dans des baraquements de tôle ondulée autour de Nouméa.

Tandis que je les cherche aux premières heures du jour, quand la température est encore supportable, je passe le reste du temps aux archives de la colonie à éplucher *La France australe*, le *Bulletin du commerce* et les écrits laissés par les missionnaires et les gendarmes. Les petits paysans français sont si peu nombreux à accepter de partir pour la Nouvelle-Calédonie, quand on lance la colonisation, que la presse locale dresse le portrait de chaque famille à son arrivée sur la Grande Terre. Cinq seulement sont déposées à Hienghène par le tour de côte, arrivant de Nantes, au début du mois d'avril 1899, dont les Lapetite, futurs meurtriers des frères Tjibaou. Ce que l'on comprend en lisant leurs témoignages, c'est qu'on ne les a pas prévenus que les terres qui allaient leur être données étaient précédemment occupées par des Canaques. Pour tout dire, on ne les a même pas prévenus de l'existence des Canaques. D'où la stupeur ravie de François Lapetite et de ses onze enfants lorsqu'ils découvrent des centaines de caféiers et de cocotiers sur leur concession.

«J'ai eu l'occasion, il y a quelques jours, de visiter les nouveaux colons, raconte le journaliste de *La France australe* :
après entretien, j'ai été persuadé que tous étaient plus que
satisfaits de leur sort. Certainement, on le serait à moins. En
effet, voilà des personnes qui arrivent, auxquelles on octroie
de suite une concession toute plantée de caféiers et cocotiers,
et qui, pour débuter, n'ont absolument qu'à cueillir le café.
Je connais plusieurs d'entre eux qui cette année récolteront
plus d'une demie tonne de café, sans compter tout le coprah
qu'ils pourront faire avec les milliers de cocotiers qu'ils ont
sur leur propriété. Pensez-vous qu'ils n'aient pas lieu d'être
satisfaits[1] ?»

François Lapetite surprend des Canaques sur «ses» terres.
Au contraire d'autres colons qui prennent aussitôt peur et
brandissent un bâton, lui essaie de les retenir, et certains comprennent et restent, s'aménageant une case sur un lopin de
terre, dans un coin reculé de leur ancienne propriété. François
Lapetite devine-t-il qu'ils étaient là avant lui, que tous ces
caféiers n'ont pas surgi de terre par miracle? Peut-être, mais
pourquoi serait-il plus loyaliste que le gouverneur Feillet qui
n'accorde pas plus d'attention aux Canaques qu'aux cagous,
ces volatiles calédoniens qui habitent également la brousse et
finiront par disparaître, traqués par les chiens apportés de
France par les colons?

Comment ne pas éprouver de la compassion pour les quelques familles dont j'ai vu les maisons dévastées et que je
découvre à présent sur les hauteurs de Nouméa? Les hommes
vous accueillent avec un fusil, torse nu, parfois éméchés,
puis, comprenant que vous ne leur voulez pas de mal, ils vont
ranger le fusil et vous prient d'entrer. Mais il n'y a pas de
porte, ce sont juste quelques meubles sous un toit de tôle et
disposés sur de vieux carrés de linoléum – un canapé de Skaï,
une glacière, une table en Formica et trois ou quatre chaises
sous une lampe à gaz suspendue à un fil de fer. Le linoléum
délimite l'espace de la maison et c'est entrer que de poser le
pied dessus. D'ailleurs, vous vous excusez de salir car la terre

---

1. *La France australe*, 19 mai 1899. (*N.d.A.*)

est rouge, par ici, à cause des usines de traitement du nickel. Puis l'homme vous offre une bière qu'il sort de la glacière, il vous prie de prendre une chaise, mais quand vous dites que vous arrivez de Hienghène vous le voyez soudain blêmir et chercher éperdument son fusil car il vous prend pour un de ces Blancs de métropole qui se battent au côté des Canaques.

Vous ne sauriez peut-être pas le rassurer, et peut-être que ça se terminerait mal pour vous, mais moi je trouve aussitôt les mots, voyez-vous, comme j'ai su les trouver avec les Canaques. Une partie de mon cœur est indépendantiste, mais l'autre pied-noir, et pour ne rien arranger je me sens l'ami de tous les expulsés du monde, quelle que soit leur couleur, ou leur histoire.

«Alors vous n'êtes pas un de ces salauds de Blancs», dit-il en se rasseyant, et il appelle sa femme qui sort de derrière une cloison de planches et dont le regard halluciné me rappelle aussitôt celui de notre mère, quelques secondes avant qu'elle se casse la figure avec la friteuse.

— Viens écouter ça, Colette, ce monsieur arrive de Hienghène.

Elle me dévisage un moment de ses yeux agrandis par l'effroi, le chagrin ou la folie, je ne saurais pas dire exactement, les cheveux défaits, debout sur le linoléum dans une chemise de nuit transparente, et puis elle va s'asseoir sur le canapé à côté de son mari.

Lui me demande des nouvelles de leur maison, et tandis que j'explique qu'après ce qui s'est passé il me paraît impossible qu'ils retournent un jour là-bas, je l'entends, elle, qui maugrée : «Ces salopards de Canaques, après tout ce qu'on a fait pour eux !»

Je ne veux pas les heurter, leur dire qu'aux yeux des Canaques ils ont été longtemps des usurpateurs, avant d'être des assassins. Je voudrais qu'ils me racontent ce qu'ils savent de l'histoire des leurs, des conditions dans lesquelles ils ont quitté la métropole, en 1899, et quels souvenirs leurs grands-parents leur ont transmis des premières années à Hienghène, dans la vallée.

— En 1899, dites-vous ?

Même ça, ils ne le savaient pas. Ils se croyaient descendants des bagnards, du temps où la colonie était un lieu de relégation, alors qu'ils sont des «colons Feillet», du nom de ce gouverneur qui avait juré de «fermer le robinet d'eau sale» pour peupler désormais la Calédonie de «gens honnêtes et travailleurs».

C'est moi qui leur raconte leur histoire, celle que j'ai découverte dans les archives. Ils ne savaient pas pour les caféiers, pour les Canaques. Ce sont des gens sans mémoire, au contraire des Canaques qui, quatre-vingt-dix ans après, se souviennent précisément des terres d'où on les a chassés et des endroits où sont enterrés leurs morts.

— C'est n'importe quoi ce que vous dites, m'interrompt la femme, les Canaques n'ont jamais eu de caféiers, ils sont bien trop feignants.

— Laisse-le parler, dit l'homme.

Mais je vois que lui aussi recommence à me soupçonner d'être un salaud de Blanc. Alors je sors vite mon dossier.

— Je vais vous lire tout ce que j'ai appris sur votre famille...

Cependant, même si je feins d'être calme et déterminé, je sens une espèce de dégoût, ou de découragement, me gagner, car bien sûr j'ai déjà vécu cette scène. À propos des juifs, avec Toto, et, plus tard, à propos des «bicots» avec notre mère. Le mal qu'on se donnait, Nicolas, puis moi, pour essayer d'effacer de leur pensée... pour qu'ils ne disent plus... et quelques jours plus tard tout était à refaire. C'était ancré en eux que les juifs... que les «bicots»... et tout ce qu'on avait pu raconter n'avait servi à rien. Comme ne sert à rien ce que je fais là.

— Tout ça, c'est du baratin, dit finalement l'homme, tandis que la femme, qui a croisé les bras, fait «pfuitt, pfuitt» en regardant ses pieds nus.

Alors moi :

— Non, ce n'est pas du baratin, c'est aussi pour vous montrer qu'au regard de l'Histoire vous êtes des victimes, autant que les Canaques. On a spolié les Canaques, mais vous, on vous a trompés.

— Moi, je vais vous dire la vérité, reprend la femme, de plus en plus en colère : si on n'avait pas été là, les Canaques ils seraient tous morts de faim. Ils étaient *anthroposages*, ils se mangeaient entre eux quand on est arrivés, tellement ils savaient rien faire pousser. C'est ça la vérité.

33.

Dans la précipitation du début de l'été, nous louons une petite maison ouvrière dans l'arrière-ville de Saint-Malo. Pendant que j'étais en Nouvelle-Calédonie, Agnès a obtenu une promotion importante à la Cité des sciences, de sorte qu'elle ne prendra pratiquement pas de vacances et que je vais devoir passer l'été seul avec nos enfants, tout en écrivant mon livre. En m'installant à Saint-Malo où nos parents ont leur maison sur le front de mer, où la plupart de mes frères et sœurs viennent avec leurs enfants, j'ai la certitude que Raphaël et Julia passeront leurs journées sur la plage avec leurs cousins et qu'ils ne s'ennuieront pas pendant que je travaillerai.

J'ai conservé deux photos de cet été-là. Sur l'une, prise un samedi matin par une amie de passage, je suis au lit avec Agnès qui ne s'est pas démaquillée en se couchant et dont le rimmel coule joliment, lui donnant la mine d'une petite fêtarde qui se serait envoyée en l'air toute la nuit après avoir pas mal bu. J'aime cette photo parce que Agnès y est adorable, mais surtout pour ce qu'elle suggère de notre couple : que nous serions des acharnés du plumard (ce que j'adorerais, bien sûr), alors que nous avons tant de mal à faire l'amour. En réalité, j'ai récupéré Agnès au train de Paris, la veille, sur le coup de 23 heures, elle a fait l'amour avec moi pour me faire plaisir, je m'en souviens très bien, et puis j'ai dû m'endormir aussitôt dans ses bras, comme d'habitude (et comme un gros égoïste), tandis qu'elle cherchait le sommeil sans oser bouger pour ne pas me réveiller. Sachant aujourd'hui comme il nous reste peu de temps à vivre ensemble, je préfère ne pas imaginer ce qui a pu lui traverser l'esprit pendant que le poids de ma tête lui coupait la circulation dans le bras droit.

Sur l'autre photo, nous sortons du bain avec Julia (dix mois) et nous nous sommes réfugiés tous les trois sur le muret recouvert d'algues, au pied de la digue, alors que la mer qui monte nous lèche les pieds. Julia, à califourchon sur mes genoux, me tord cruellement le nez de ses petites mains tout en hurlant de rire, et Agnès, assise à notre droite, nous observe en souriant. Je vois cependant, sans même avoir besoin de ma loupe, qu'elle semble absente, songeant peut-être à tout le travail qui l'attend à Paris, ou à l'angoisse qui l'habite, je ne sais pas.

Raphaël, qui a quatre ans et demi, n'est pas sur la photo, il est plus loin sur notre droite, jouant dans l'eau avec les deux fils aînés de mon frère Frédéric, Didier et Julien, qui sont un peu plus âgés que lui et qui vont devenir, cet été-là, ses premiers amis.

Peut-être est-ce que je me trompe, mais il me semble que j'agace déjà mon fils à être si peu disponible et sans cesse à ma table en train d'écrire (sauf durant ces rares moments où je viens me baigner pour accompagner Agnès). À l'âge de cinq ans, Raphaël prendra cette habitude de me mordre les fesses à travers le tissu de mon pantalon quand je me trouverai à sa portée (en particulier quand je ferai la vaisselle), comme pour me rappeler son existence, et me signifier sa colère. Quelques années plus tard, il me dira combien je l'ai énervé, et continue de l'énerver, à ne l'écouter jamais que d'une oreille. «T'es chiant, on peut jamais te parler, t'as toujours la tête dans un bouquin.»

Quant à Julia, je la garde dans mes bras autant que je le peux, me remettant difficilement qu'elle ne m'ait pas reconnu à mon retour de Calédonie. C'était à Roissy, Agnès était venue m'attendre avec notre petite fille dans les bras (Raphaël était à la crèche). Julia m'avait regardé approcher, Agnès lui murmurant des trucs à l'oreille («Regarde, ma chérie, c'est ton papa», ou : «Ça y est, le voilà! Le voilà! Ton papa!»), mais à l'instant où j'avais tendu les bras pour la prendre elle s'était mise à pleurer tout en s'agrippant farouchement au cou d'Agnès, ne croyant pas une seconde que je puisse être son père, ayant même oublié, à mon avis, qu'elle avait un père.

À midi, pour me permettre de continuer à écrire dans ma maison de location, notre mère fait déjeuner mes enfants, puis elle couche Julia pour la sieste, tandis que Raphaël joue dans le jardin, ou sur la digue, avec ses cousins. Notre mère s'estime redevable de tout ce que je fais pour eux, pour elle et Toto, je veux dire, et elle me le rappelle chaque fois que je la remercie – « Avec tout ce que tu fais pour nous c'est bien normal, et puis tes enfants sont adorables ». Les ennuis de nos parents ont commencé pour la maison de Saint-Malo, et comme je suis le tuteur de Toto, je suis convoqué avec lui devant le tribunal. Notre père a acheté cette maison au début des années 1970, comme je l'ai déjà dit. À l'époque, Nicolas et moi nous étions demandé comment il avait réussi à la payer, même si nous supposions qu'il n'avait pas dû l'avoir pour bien cher vu son état. Eh bien, quinze ans plus tard, j'ai la réponse : Toto a payé cette maison avec les deux cent mille francs qu'il a empruntés à l'un de ses collègues assureur. Seulement il n'a jamais remboursé cette somme qui est passée au fil des années à un million de francs, avec le cumul des intérêts et des pénalités. Le collègue assureur réclame maintenant devant le tribunal la mise en vente de la maison pour toucher son million. Je ne sais pas ce que pensent mes frères et sœurs qui ne semblent pas vouloir se mêler de cette nouvelle affaire, mais Toto et moi n'imaginons pas possible que « ce gros salaud d'assureur » (nous ne l'appelons jamais autrement) puisse obtenir la saisie d'une maison aujourd'hui magnifique après tous les travaux qu'y a faits notre père, cela en compensation des pitoyables deux cent mille francs qu'il a prêtés au départ.

Il me revient que, peu avant mon voyage en Nouvelle-Calédonie, je me rends pour la première fois au tribunal de Saint-Malo avec notre mère. Nous y allons dans ma voiture plutôt qu'en train (et sans Toto, qui est peut-être alors à l'hôpital pour une énième opération du cœur). Durant tout le voyage, notre mère est très nerveuse, alternant les diatribes contre Boma et tante Élisabeth (l'une et l'autre mortes) qui auraient fait de notre père «un anormal», et les interrogations sur la clémence du juge en charge de notre dossier. «Ces deux femmes, je te jure, elles mériteraient la mort! – C'est fait, maman, elles sont enterrées depuis longtemps. – Oui, eh bien c'est dommage qu'elles ne soient plus là pour voir les dégâts qu'elles ont commis. Il est fou, il n'y a pas d'autre mot! Aller emprunter cet argent alors qu'il savait parfaitement qu'il ne pourrait pas le rendre, et pendant quinze ans laisser s'accumuler les lettres d'huissiers sans même les ouvrir... Tu ne crois pas qu'il aurait pu au moins m'en parler?»

«Non, maman, suis-je tenté de répondre, s'il y a une chose qu'il n'aurait jamais faite, c'est de t'en parler. Il est fou, mais pas à ce point-là tout de même. Je te rappelle que les rares fois où tu as vu une lettre d'huissier, tu as menacé de te jeter par la fenêtre.» En revanche, c'est vrai qu'il aurait dû nous en parler, à nous, ses fils. On commençait tous à gagner du fric, en se cotisant on aurait certainement pu rembourser ce gros salaud d'assureur. Mais je ne dis rien, j'acquiesce silencieusement, tout en conduisant ma Renault 14 et en mastiquant un de ces caramels de confiseur que m'a offerts notre mère pour me remercier de ma «gentillesse». J'ai une dent contre elle, me dis-je, et même une solide, car tout cela est en grande partie de sa faute : on ne peut pas réclamer la lune toute sa vie (en l'occurrence une maison de vacances) et ne pas se demander, quand on l'a obtenue, d'où est sorti le pognon, mais là, tout de suite, je n'ai pas envie de réveiller ce vieux conflit. Et soudain, je m'entends maugréer «merde! merde!», parce que le caramel vient de m'arracher une fausse dent (payée quatre mille francs trois mois plus tôt).

C'est le souvenir de tous les problèmes que m'a posés l'absence de cette dent en Nouvelle-Calédonie qui me permet aujourd'hui de me remémorer ce voyage à Saint-Malo avec notre mère, car sinon je l'aurais sans doute oublié. Et bien sûr je m'amuse, avec le recul, en songeant qu'avec ses caramels notre mère était ainsi parvenue à désamorcer ma colère contre elle. Provisoirement, je le dis tout de suite, car à l'automne, mon livre écrit, je me ferai sceller une nouvelle dent (cinq mille francs cette fois-ci, du béton armé) et ne me ferai plus jamais avoir par aucun caramel.

Cette première audience au tribunal eut donc lieu avant mon départ pour la Nouvelle-Calédonie, et je comprends mieux soudain l'émotion qui m'étreint tandis que j'observe les maisons saccagées des colons, ou que j'écoute leur désespoir sur les hauteurs de Nouméa, sachant que nos parents sont, eux aussi, menacés d'être chassés de leur maison. Après Neuilly, les voilà de nouveau sous le coup d'une expulsion. Je suppose que c'est pour cela qu'en chaque femme de colon je crois deviner notre mère, avec ses yeux hallucinés de folle, comme je l'ai vue à la Côte noire l'année de mes dix ans.

Mais à vrai dire, nous ne croyons pas notre expulsion possible, ni notre mère ni Toto ni moi, faisant valoir au juge que cette maison est le seul bien que possèdent nos parents après une vie si difficile, et combien elle est importante pour la cohésion d'une famille qui compte dix enfants et déjà une vingtaine de petits-enfants. Lui faisant valoir également que le cœur de Toto, déjà très atteint, ne résisterait sûrement pas à une telle violence. Nous estimons que le juge est un homme bien parce qu'il est lui-même père de famille, et que le voisin nous le dit. Ce voisin, qui habite la grosse maison à tourelles et mâchicoulis sise à droite de la nôtre sur la digue, est huissier de justice, et à ce titre excellent connaisseur de la marche du tribunal et de la mentalité de ses magistrats. Cet été-là, tandis qu'il me fait discrètement signe d'enjamber la barrière qui sépare nos jardins et que je l'écoute me donner des nouvelles de notre affaire (et me répéter combien notre juge est «humain»), je dois me pincer pour me persuader que je suis bien en train de sourire à un huissier, et même de le remercier pour ses «précieux conseils». «Merci pour vos précieux conseils», n'est-ce pas, quand deux ou trois décennies plus tôt je l'aurais violemment repoussé sur le palier, lui écrasant volontairement les orteils, et l'avertissant que notre mère était malade et qu'il aurait la responsabilité d'un suicide s'il lui reprenait l'envie de sonner.

J'écris sans relâche, porté par mon sujet, heureux de pouvoir exprimer à travers les destins tragiques des Canaques et des colons la vérité impossible, quasi indicible, de la colonisation. Jamais je ne me suis senti si proche d'Albert Camus. «On dirait, écrit-il au début de la guerre d'Algérie à un ami Algérien, que des fous, enflammés de fureur, conscients du mariage forcé dont ils ne peuvent se délivrer, ont décidé d'en faire une étreinte mortelle. Forcés de vivre ensemble, et incapables de s'unir, ils décident au moins de mourir ensemble[1].» Ce mariage forcé entre deux communautés innocentes, il me semble que je parviens parfaitement à le mettre en scène et que désormais on devra éprouver, grâce à mon livre, une égale compassion pour les Canaques *méprisés* par l'administration française et pour les «petits Blancs» *trompés* par cette même administration. Puis les décennies passent, et chacun se met à raconter sa propre version de l'Histoire, en fonction de ce que lui en ont transmis ses parents. Personne ne ment, et cependant les récits sont différents, les vérités inconciliables. C'est pourquoi on en vient à s'insulter, à se haïr, puis à s'entretuer.

Je travaille avec tellement de fièvre et d'acharnement que parfois, venant me promener seul sur la digue au milieu de la nuit pendant que mes enfants dorment, je suis pris d'épisodes de paranoïa, regardant sans cesse derrière moi pour m'assurer que je ne suis pas suivi et qu'un homme ne s'apprête pas à me planter un couteau entre les omoplates. C'est très pénible car durant toute ma promenade, censée me détendre, je tremble de peur, luttant contre l'angoisse et m'interdisant de me mettre à courir pour rentrer chez moi au plus vite.

À la façon dont je viens d'exprimer ce phénomène, il est clair que je le mets au compte de la fatigue. Or, c'est évidemment faux, je peux le dire aujourd'hui, puisque jamais ces crises de folie ne se sont reproduites lors de l'écriture des livres suivants. Alors je me pose la question : pourquoi ai-je pensé qu'on voulait me tuer tandis que j'écrivais à Saint-Malo sur les sentiments d'appropriation et d'expropriation

---

1. Lettre à un militant algérien, 1ᵉʳ octobre 1955. (*N.d.A.*)

des Calédoniens ? Connaissant aujourd'hui la suite de ma vie, et sachant la haine mortelle que soulèvera bientôt chez mes frères et sœurs la lecture de *Priez pour nous*, que je m'apprête à écrire – mon appropriation de notre histoire familiale –, je suppose que je suis la proie d'un sombre pressentiment. C'est la seule explication qui me vienne. Je porte l'idée de ce livre depuis des années, rêvant secrètement d'être celui qui saura mettre en mots notre mémoire et ainsi nous lier, nous réconcilier, autour d'un texte fondateur, comme je rêve de réconcilier Canaques et colons. Écrivant fébrilement sur ces derniers, c'est sans doute à mes frères et sœurs que je pense déjà, à tout ce qui nous déchire, et à la responsabilité que porte notre mère dans notre chagrin, de la même nature, à mes yeux, que celle que porte l'administration française dans le chagrin des Canaques et des colons (elle aussi, nous a *méprisés* et *trompés*). Je hais notre mère, en vérité, tandis que chaque jour je m'entends la remercier de s'occuper de mes enfants, et qu'en retour elle me remercie d'aller perdre mon temps au tribunal pour sauver sa maison. Je suppose que c'est cette torsion mentale que je m'impose, sachant que je vais bientôt me retourner contre elle pour lui régler son compte, qui génère en moi ces crises de paranoïa. Ce que je m'apprête à commettre est si radical, si violent, que je pressens déjà sans doute derrière moi l'ombre du tueur qui vengera notre mère.

Hienghène, le désespoir calédonien (je dois ce titre magnifique à Bernard Barrault) est publié à l'automne, tandis que toutes les après-midi je promène Julia dans sa poussette à travers les allées du bois de Vincennes. Je ne suis plus à *Libération*, je ne suis plus nulle part, et, constatant dans quelle indifférence est accueilli mon livre, je songe à redevenir provisoirement journaliste pour gagner ma vie.

C'est un moment où je suis très habité par Knut Hamsun dont j'avais découvert *Faim* lorsque je partageais une chambre avec Nicolas, et dont je lis soudain tous les livres, trouvant dans sa musique le réconfort que j'attends d'un écrivain. Cependant, aucun ne m'a jamais procuré ce que m'apporte Hamsun : la certitude que je vais écrire, que je peux écrire, en dépit de tout, comme si sa pensée prolongeait la mienne. Il me semble que lui et moi sommes traversés des mêmes fragilités, du même désespoir de n'être que ce que nous sommes, de la même nostalgie d'une vie qui nous aura constamment échappé (nostalgie d'une lumière, d'un visage de femme), et j'ai parfois le sentiment, me promenant silencieusement avec Julia, qu'Hamsun et moi bavardons de ces choses qui nous touchent si profondément.

Jean-François Kahn, qui a fondé et dirige alors *L'Événement du jeudi*, accepte de publier les enquêtes que je lui apporterai. Ce sont alors des mois chaotiques qui s'enchaînent, dont je ne garde qu'un souvenir confus, courant sans cesse après le temps et l'argent, quand j'aimerais pouvoir m'enfermer dans mon bureau, sous les combles, et ne plus en sortir. D'Agnès, je n'ai carrément aucun souvenir durant cette période, comme si elle avait provisoirement déserté ma vie. Elle travaille sans doute énormément, et il me faut réfléchir, me replonger dans le calendrier de cette maudite année 1989, pour prendre soudain conscience que sa mère était en train de mourir. Mais bien sûr ! Puisqu'elle était vivante quand j'étais en Calédonie (j'ai encore une lettre d'Agnès arrivée à Nouméa et postée depuis La Celle-Saint-Cloud où elle était venue passer le week-end chez sa mère avec nos enfants) et morte quand je commencerai à écrire *Priez pour nous*.

Nous sommes dans la phase qui précède la catastrophe et, absorbés par nos emmerdements et nos chagrins, nous ne voyons rien venir. Comment verrions-nous quoi que ce soit, d'ailleurs, alors que nous ne voyons même pas ce que fabrique l'autre qui pourtant partage chaque nuit notre lit ? (En tout cas moi, peut-être Agnès sent-elle venir le séisme, elle, mais je ne m'imagine pas aujourd'hui, vingt ans après, lui téléphonant pour le lui demander.) Je suppose que nous ne faisons plus l'amour, car je ne garde aucune mémoire d'un plaisir quelconque, à part celui de jouer avec nos enfants dans notre jardin certains soirs de printemps. En revanche, me revient assez clairement le film des obsèques de Janine Le Guen, les larmes d'Agnès, et mon incapacité à la réconforter (j'avais été nul pour la mort de son père, quinze ans plus tôt, et je n'ai rien appris depuis, semble-t-il).

Et soudain, un matin de l'été 1989, après une nuit de migraine épouvantable, je me mets à écrire.

Le début de mon livre est la lettre d'un fils à un juge d'instruction pour innocenter son père. Le père est soupçonné d'avoir tué sa femme, et le fils explique que c'est lui qui a commis le meurtre. «Notre père est malade du cœur, écrit-il en substance, il aurait besoin de repos, d'une vie douce et bienveillante, d'être aimé, surtout, or voilà des années que notre mère le harcèle et l'humilie. Tous mes frères et sœurs peuvent en témoigner et vous seriez bien avisé de les interroger. Quand j'ai compris que notre père avait renoncé à se défendre, qu'il n'aspirait plus à rien d'autre qu'à mourir, et qu'elle allait avoir sa peau, en effet, j'ai fait ce qu'il aurait dû faire depuis longtemps : nous débarrasser d'elle. C'est moi qui l'ai tuée, monsieur le juge, foutez la paix à mon père qui n'y est pour rien, et je pourrai éventuellement vous expliquer un jour comment je m'y suis pris, si cela vous intéresse et que vous parvenez à m'attraper, ce qui n'est pas gagné pour vous.»

Cette lettre, que je résume ici, fait en réalité l'objet de tout le premier chapitre. J'y exprime la peur et la haine que j'ai éprouvées pour notre mère durant mon enfance, puis mon adolescence, me souvenant combien j'avais espéré que Toto la placerait jusqu'à la fin des temps dans un couvent quelconque, ou dans un asile de fous, quand il répétait chaque soir cette phrase énigmatique : «Ça durera ce que ça durera.»

Puis j'ouvre le deuxième chapitre par notre vie chez Boma, avec Frédéric et Nicolas, au lendemain de l'expulsion. Mon soulagement (déjà !) d'être débarrassé de notre mère, les irruptions soudaines de Toto venant partager notre velouté de tomates Maggi – Toto qui semble surgir d'une guerre dont je ne soupçonne pas encore la violence, et notre premier week-end à la Côte noire où notre mère, que nous avions connue si orgueilleuse à Neuilly, nous apparaît brusquement tremblante et fêlée.

Je n'ai écrit qu'une trentaine de pages, mais je suis immédiatement conscient de jouer toute ma vie sur ce texte. Me remémorant aujourd'hui dans quel état d'excitation je me trouve, et cherchant de quelle façon en donner la mesure, je suis frappé de constater que la seule image qui me vienne à l'esprit soit celle d'un chasseur de nazis ayant enfin localisé la cible qu'il traque depuis trente ans. Ce n'est pas très flatteur pour notre mère, mais que dire ? Trente ans que je me retiens de lui envoyer à la figure qu'elle a saccagé ma vie, que chaque jour je me rends malade durant quelques secondes en songeant à elle, avant de la chasser de mon esprit, et ça y est, je vais l'écrire. Si je lâche maintenant, me dis-je, je ne m'en remettrai pas. De victime, je vais me transformer en assassin (comme un véritable chasseur de nazis). Sans doute est-ce la seule façon de s'en sortir par le haut. Et cependant, je serai sidéré, un an plus tard, quand, découvrant *Priez pour nous*, notre mère me traitera d'«assassin» au téléphone. Je ne peux pas nier que ce fut mon dessein puisque je l'ai écrit dans le premier chapitre (qui n'était en réalité qu'une rampe de lancement et que Bernard Barrault me fera mettre à la poubelle une fois le manuscrit fini, mais qui n'en fut pas moins écrit). Ah, la puissance des mots ! La puissance des livres ! Et dire que notre mère ne voyait en eux que des nids à poussière...

J'appelle Bernard Barrault et je lui remets ce début de manuscrit dans un café proche de l'Odéon. Je ne sais pas s'il se rend compte que tout mon avenir tient dans ces trente pages écrites à l'encre bleue effaçable et couvertes de ratures, mais le lendemain même il me signe un contrat, m'avançant suffisamment d'argent pour que je puisse m'enfermer dans mon bureau durant six mois.

34

Je me souviens de mon ennui, puis de ma tristesse, le jour
où Agnès m'entreprend sur l'étroitesse de notre maison –
entre autres défauts. Elle ne compte que trois chambres, dont
l'une, la plus bruyante puisqu'elle donne sur la rue, est occupée
par mon bureau. Nos enfants n'ont donc qu'une chambre pour
deux, au-dessus de la nôtre, et qui donne sur le jardin.

— En grandissant, ils auront besoin d'avoir chacun leur
espace pour travailler, dit-elle.

— Oui, peut-être, mais pour le moment ils n'ont que cinq
et deux ans.

— Pourquoi se serrer puisqu'on a les moyens d'acheter
plus grand?

— Agnès, on vient à peine de terminer cette maison, moi
je m'y sens bien.

— Moi aussi, je ne te dis pas que je m'y sens mal... quoi-
que la rue me fasse peur avec les enfants. Je préférerais un
endroit plus calme, où il y ait moins de circulation.

— Ça c'est vrai, la rue est très chiante. Il y a tellement de
bruit à certaines heures que je suis obligé de travailler la
fenêtre fermée.

— Tu pourrais avoir un bureau plus agréable.

— J'aime bien le mien, et je l'ai construit moi-même,
comme pas mal de trucs ici.

— Bon, je ne sais pas.

Elle n'insiste pas trop, au début, voyant combien nous
sommes en désaccord. «Les moyens d'acheter plus grand»,

c'est l'héritage qu'elle vient de toucher après la mort de sa mère. Aurélien et elle ont conservé Rabos, mais ils ont vendu leur maison d'enfance du domaine Saint-François-d'Assise, à La Celle-Saint-Cloud, et Agnès a désormais pas mal de fric. Je crois qu'au fond de moi, je n'aime pas l'idée d'être éventuellement logé – et forcément mieux logé – grâce à cet argent. Je trouve qu'il ne fait pas partie de notre vie, de ce que nous avons construit ensemble, et que par son abondance soudaine, sa «gratuité», il tend à ridiculiser le mal que nous nous sommes donné pour restaurer nous-mêmes notre petite maison (achetée à crédit sur quinze ans). À tout ridiculiser, en fait, de notre fierté d'avoir appris à monter un mur pour économiser un maçon, à notre joie d'avoir planté du gazon et un cerisier dans notre jardin (modeste mais charmant), à notre joie d'être chez nous, pour résumer, et cela en dépit de nos petits moyens, puisque désormais nous pourrions avoir dix fois mieux sans nous salir les mains.

Je regrette que cet argent nous ait approchés, j'aurais sans doute préféré ne pas en entendre parler, mais maintenant qu'il est là, posé entre nous, je suis conscient que je ne vais pas pouvoir faire longtemps semblant de l'ignorer.

Et cependant je m'y efforce durant quelques semaines, absorbé dans l'écriture de *Priez pour nous*. Aux tout premiers temps de notre rencontre, j'avais dit à Agnès qu'un jour je serais écrivain. Elle m'avait supporté écrivant toutes les après-midi en Amérique du Sud. Je crois qu'elle était plutôt admirative à cette époque, en tout cas solidaire (et patiente !). Quinze années ont passé et à présent que j'écris enfin, Agnès n'est plus dans le même état d'esprit. Elle peut dire au détour d'une conversation «Je suis contente que tu écrives, tu sais», avec un sourire un peu las, pour me manifester son soutien, mais nous n'avons plus vingt ans et je vois bien que nos enfants, notre vie familiale, voire son métier, sont désormais bien plus importants à ses yeux que tous les livres que je pourrais écrire. Je serais tenté de dire : à mes yeux aussi, bien sûr ! mais non, c'est faux, puisque si je devais cesser d'écrire je n'aurais plus de plaisir à me promener au bois de Vincennes avec mes enfants, et peut-être même plus l'envie de me lever le matin. Alors je ne sais pas, je préfère renoncer à établir une hiérarchie (qui me le demande d'ailleurs ?).

Agnès est « contente » que j'écrive, oui, sans doute, mais ça ne l'empêche pas de continuer à penser que notre maison est trop petite et qu'on serait sûrement plus heureux dans quelque chose de plus grand, « puisque maintenant nous en avons les moyens ».

— Oh, Agnès, tu ne veux pas me laisser finir mon livre d'abord ? J'aime cette maison, je ne peux pas envisager de la quitter comme ça. Et puis je ne sais pas faire deux choses en même temps.

— Et si je commençais à chercher toute seule ?

— Qu'est-ce que tu veux que je te dise ? Si ça te fait plaisir, fais-le, mais ne compte pas sur moi pour t'accompagner dans les agences.

— Non, j'ai compris. On pourrait dire que je commence à visiter des trucs et que tu viens seulement si j'ai le coup de foudre.

— Ouais, pourquoi pas ? Mais alors seulement le soir, je n'ai pas envie de m'interrompre au milieu d'une scène pour aller visiter une baraque.

Avec le recul, me remémorant aujourd'hui nos conversations d'après-dîner, dans notre grande pièce en rez-de-jardin, vautrés sur notre canapé et une fois nos enfants câlinés et couchés, je vois combien je suis sourd et terriblement con. Je n'entends pas qu'Agnès est dans le chagrin d'avoir perdu sa mère et qu'elle s'accroche de toutes ses forces à ce projet d'une nouvelle maison pour ne pas perdre pied. *Je n'entends pas !*

Mais Agnès n'entend pas non plus, à l'inverse, dans quelle entreprise monumentale, et j'allais écrire « vitale », je me suis embarqué. Elle a mille excuses : depuis le temps que je l'emmerde avec mes livres, je ne vois pas pourquoi elle prêterait plus d'attention à celui-ci qu'aux autres dont les manuscrits inachevés s'empilent dans un tiroir de mon bureau. Je ne vois pas pourquoi... Et tandis que j'écris cette phrase, me revient une scène qui aurait dû, de surcroît, m'alerter sur le caractère *volontaire* de sa surdité à ce livre. À ce livre-là en particulier.

Un soir, je descends de mon bureau dans un état d'exaltation et de colère inhabituel.

— Je la hais, dis-je, je vais la tuer, je vais l'anéantir.

— Mais de qui parles-tu ?

— De ma mère. Plus j'écris, plus je me souviens, plus je la déteste.

Alors je vois Agnès s'éloigner (je crois qu'elle était en train de préparer le dîner et qu'elle laisse tout en plan pour grimper aux toilettes, ou je ne sais où). Quand elle revient, elle n'est plus la même, les sourcils froncés, le visage fermé.

— Elle va payer pour tout le mal qu'elle nous a fait, poursuis-je. Tu sais, c'est dingue, elle nous a toujours fait tellement peur que personne n'a jamais osé lui dire quoi que ce soit.

Et soudain, Agnès se tourne vers moi, mais tremblante, peut-être même au bord des larmes :

— Arrête ! Je ne supporte pas que tu parles comme ça de ta mère. Je ne supporte pas ta haine.

Et puis plus un mot.

Il me semble que je reste un moment sonné, puis Agnès parle d'autre chose, d'une maison qu'elle a visitée sans doute : « Ah, au fait, j'ai vu la villa dont je t'ai parlé l'autre jour, tu sais, près de la gare du RER... », elle se reprend, se détend, et moi je chasse aussitôt cet échange de mon esprit.

De nouveau, je n'ai pas entendu ce que me dit Agnès. Je suis si absorbé par mon entreprise que je ne mesure même pas ce qu'il y a d'indécent à souhaiter ouvertement la mort de ma mère quand Agnès pleure encore la sienne.

J'ai sans doute pressenti un péril, oui, mais j'en pressens sans cesse au fil de mon récit, suffoqué par les mots qui me viennent, par ma violence, mais ne retouchant rien, ne changeant rien, sous le prétexte rassurant que « je verrai » quand ça sera fini, que « j'aurai toujours le choix de renoncer à publier ». Si je l'ai pressenti, ce n'est donc qu'un péril de plus parmi tant d'autres.

Après avoir marché côte à côte durant des années, cherchant la main de l'autre quand nous l'avions perdue, Agnès et moi sommes maintenant comme deux coureurs lancés en sens inverse et qui essaieraient de se dire un truc essentiel durant les deux ou trois secondes où ils se croisent. Cependant, chacun crie bien trop fort pour entendre ce que lui dit l'autre, et nous nous éloignons irrémédiablement, gardant seulement en mémoire des bribes de ce que nous avons entendu. Ces bribes sur lesquelles je reviens, aujourd'hui, non pas pour regretter ce que j'ai dit et écrit, mais pour regretter d'avoir été si peu attentif à ce qui préoccupait Agnès.

Un jour, ça y est, elle a eu le «coup de foudre».
— Il faut absolument que tu viennes voir, ça va te plaire.
— Pourquoi ça me plairait plus que notre maison?
— Tu verras, je préfère ne rien te dire et que tu aies la surprise.
— D'accord, on y va ce soir après le dîner si tu veux.
C'est une ancienne ferronnerie disposée en L autour d'une cour. La maison d'habitation, qui compte un étage, est en meulière, et les ateliers qui la prolongent en brique avec de larges verrières à cornières d'acier. L'ensemble est à l'abandon et l'on n'a pas besoin de clés pour visiter, portes et fenêtres battent au vent. Nous parcourons toutes les pièces avec nos lampes électriques, et Agnès a vu juste : je suis emballé. D'ailleurs, je ne fais que répéter : «Putain, c'est incroyable ce truc!», et je peux dire qu'immédiatement je nous y vois tous les quatre. Il y a de quoi faire un beau jardin dans la cour, et la propriété donne sur une ruelle silencieuse, bien en retrait de l'avenue passante qui descend sur Montreuil et conduit au métro.

Je pense que nous décidons ce soir-là d'acheter. Cependant, je suis si pris par l'écriture de mon livre que le lendemain, au petit déjeuner, lorsque Agnès lance la discussion sur les travaux qu'il faudrait envisager, je la supplie de remettre ça à plus tard.
— Je ne peux pas parler de ça maintenant, Agnès, tu sais bien dans quel état je suis le matin avant de monter écrire.
— Mais tu voudras bien qu'on en parle ce soir?
— Oui, quand j'aurai fini de travailler.
En vérité, je vois bien que ça ne va pas m'intéresser, que *rien* ne pourra m'intéresser tant que je n'aurai pas fini mon

livre. Ce texte est si salvateur à mes yeux, pour moi, pour mes frères et sœurs (et donc si destructeur pour notre mère), que j'aimerais que plus rien ne bouge pendant que je l'écris, que mes enfants s'arrêtent de grandir, que la terre s'arrête de tourner, qu'Agnès s'interrompe de réfléchir, de parler, et peut-être même de respirer, tant que je n'aurai pas fini. Car j'ai peur de perdre mon livre si par hasard on parvenait à m'en distraire, et je sais bien que de cette perte-là je ne me relèverais pas.

Vous connaissez l'histoire, n'est-ce pas, je ne vais pas perdre mon livre, mais je vais perdre Agnès, et pourtant je ne me souviens plus si c'est ce soir-là, ou le suivant, que, la regardant de profil dessiner le plan de notre future maison, je me suis fait la réflexion que je tenais à elle plus qu'à tout (et sans doute bien plus, à cet instant-là, qu'à mon livre). Elle était penchée sur son cahier, voyez-vous, tenant son crayon de la main gauche, tout au plaisir d'être parvenue à me faire participer, et ne se rendant pas compte qu'à la scruter de si près tandis qu'elle était inconsciente de ma présence, j'avais le sentiment d'embrasser une partie secrète et tendre d'elle-même, de son âme, qu'elle ne m'aurait sûrement pas montrée si nous avions été en train de bavarder et si elle n'avait pas été concentrée sur son dessin comme une enfant.

C'est elle qui propose que nous reprenions pour architecte Roberto Castillo, mais aussi bien cela aurait pu être moi. D'ailleurs, tout de suite j'abonde : mais bien sûr ! Pourquoi s'emmerder la vie avec un type qui ne nous connaît pas quand nous nous sommes si bien entendus avec celui-ci durant le chantier de notre petite maison ? J'éprouve en vérité un vif soulagement quand Agnès formule son nom car je me dis aussitôt que cet homme-là, efficace et toujours pressé, saura me décharger de la responsabilité quotidienne du chantier, et c'est alors la seule chose qui m'importe : qu'on me laisse écrire, et que pour tout le reste on décide à ma place.

Durant les trois années qui se sont écoulées, Roberto et Claire, la femme qui partage alors sa vie, sont presque devenus des amis. À plusieurs reprises, nous nous sommes retrouvés pour dîner (surtout chez eux, car Roberto est un excellent cuisinier), et j'ai chaque fois sympathisé avec Claire, lumineuse et discrète, petite-fille d'écrivain, élevée dans les allées de la maison Gallimard et devenue éditrice. Agnès éprouve-t-elle une attirance quelconque pour Roberto ? J'aurais sûrement dit non si on me l'avait demandé, trouvant le personnage peu avenant avec sa coupe de cheveux Louis XIV, sa barbe, ses bajoues, son embonpoint et sa courte taille. Et cependant, il me revient à l'instant que tandis que j'écrivais *Hienghène, le désespoir calédonien* dans ma maison de location à Saint-Malo, Agnès était rentrée à la fois intriguée et discrètement séduite d'un dîner en tête à tête avec lui. Elle me l'avait raconté le lendemain, au téléphone.

— Tu sais avec qui j'ai dîné, hier soir ?

— Non, dis-moi.

— Roberto, l'architecte.

— Ah bon. Et Claire n'était pas là ?

— Non. C'est lui qui m'a proposé qu'on se retrouve dans un restaurant et c'était très sympa.

— D'accord. Et sinon ?

— Mais après il s'est passé un drôle de truc... Il m'a raccompagnée à ma voiture et j'ai eu l'impression qu'il s'attendait à quelque chose.

— Quel genre de chose ?

— Je ne sais pas. Il est resté un moment à me regarder manœuvrer...

— Et toi, tu aurais bien aimé qu'il se passe quelque chose ?

— T'es con !

Elle avait ri.

— Il n'est pas beau, avait-elle ajouté, mais il a un truc.

— Un truc qui plaît aux femmes, tu veux dire ?

— Ouais, je ne sais pas...

En tout cas, il s'habille toujours au *Vieux Campeur* et roule toujours en 4×4. C'est à bord de sa Land Rover que nous partons un soir d'automne pour notre première visite de chantier. Et tout de suite je me félicite de notre choix ; comme prévu, il va prendre tout en main, le permis de construire, les différents corps de métier, et nous n'aurons qu'à trancher une fois par semaine sur l'emplacement de telle ou telle cloison, la forme des lavabos ou la couleur des murs.

Pour fêter le début du chantier, Roberto organise une espèce de barbecue sauvage dans la cour de notre future maison. Les ouvriers ont abattu un poirier centenaire qui les aurait gênés pour travailler et ils ont commencé à démolir la toiture. C'est un dimanche de novembre, il bruine, nous pataugeons dans la boue et les gravats, mais sur les quelques photos que j'ai gardées de cette journée nous semblons tous transportés par l'enthousiasme de notre architecte. Roberto a longtemps attisé le feu (je m'en souviens), puis, ayant obtenu le tas de braises qu'il souhaitait, on le voit ici disposer les côtelettes et les merguez sur une grille métallique. C'est Agnès qui lui tend les côtelettes, et je vois que Raphaël (bientôt six ans) a posé sa main sur l'épaule de Roberto qui se tient un genou à terre. On devine Julia (deux ans) perdue dans ses pensées, un peu en retrait sur un fond de branches coupées, et appuyant sur son nez avec la jambe de son *zeuzeu*, une petite poupée en tissu-éponge. Elle porte une écharpe jaune autour du cou, un manteau bleu marine, deux couettes, et la pluie n'a pas l'air de la déranger.

Sur la photo suivante, Julia est dans les bras de Roberto, elle recule pour ne pas croquer la merguez qu'il lui propose, tenant toujours son *zeuzeu* par une jambe, et la scène fait pouffer de rire Agnès. Entre les jambes d'Agnès et de Roberto, indifférent à ce qui se joue au-dessus de sa tête, Raphaël taille un bâton en pointe avec le couteau suisse de notre architecte – un bâton destiné à retourner les côtelettes sans se brûler, comme il le lui a expliqué.

Le soir de ce pique-nique, tous les deux d'excellente humeur, Agnès et moi nous interrogeons sur la part de mystère de cet homme. Bien qu'il soit un peu plus âgé que moi, et vive en couple, Roberto n'a pas d'enfant.

— C'est sûrement qu'il y a quelque chose, suppute Agnès, car il suffit de passer une journée avec lui pour comprendre qu'il est fait pour être père.

— C'est vrai.

— Tu as vu comme tout de suite il a su s'y prendre avec Raphaël !

— C'est sûr que si Raphaël avait un père comme lui il n'éprouverait pas le besoin de lui mordre les fesses.

— Arrête !... Tu as d'autres qualités.

— Et tu as vu, même Julia a bien voulu qu'il la porte...

— Oui, elle était trop mignonne dans ses bras ! Il est vraiment sympa ce mec.

Je ne vais pratiquement à aucune visite de chantier, satisfait qu'Agnès ne me demande plus de l'accompagner. J'écris chaque jour jusqu'à ce que je tombe de fatigue, perdant l'appétit et le sommeil, et me mettant parfois à saigner du nez. Presque toutes les nuits, une fois Agnès endormie, je sors marcher dans les rues de Fontenay. J'ai peur de mourir avant d'avoir pu finir (pour tous les livres suivants le même phénomène se reproduira, comme si ce que j'avais à écrire était si important pour la marche du monde, n'est-ce pas, alors qu'aussitôt le manuscrit terminé je m'en désintéresse au point de ne même pas le relire et parfois d'hésiter à le publier), je prie donc silencieusement le ciel de m'accorder le temps nécessaire, tapant des pieds sur le bitume tellement je suis en colère contre notre mère, jurant que cette fois-ci je l'aurai, qu'elle ne m'échappera pas, sans même prendre conscience que je demande au bon Dieu (auquel je ne crois plus, de toute façon) de m'aider à tuer notre mère, ce qui serait plutôt du ressort de celui que mère Colin appelait « le petit homme gris », Satan, le diable.

Un soir de janvier 1990, après m'avoir fait promettre de venir voir le chantier – « Tu ne vas plus rien reconnaître, c'est incroyable ce qu'ils ont fait ! » –, Agnès m'annonce que Roberto l'a invitée à venir passer quelques jours dans sa maison de Font-Romeu.

— Ah, dis-je, et tu vas y aller ?

— Je crois, oui. Je suis crevée et j'ai des jours à récupérer.

— Alors profites-en.

Je connais cette maison que Roberto nous a prêtée deux ans plus tôt, peut-être, pour des vacances de Pâques, me semble-t-il. Je me rappelle combien Agnès avait aimé se promener seule, ou avec moi, dans la forêt de pins au-dessus, s'arrêtant pour écouter les oiseaux, donner à manger aux écureuils et les photographier. Je suppose qu'elle aspire à revivre ces moments, mais pour être tout à fait sincère je n'ai qu'un vague souvenir de ce qui me traverse tandis qu'elle me fait part de cette invitation. La seule chose dont je sois certain c'est que pas une seconde je n'ai imaginé ce qui allait survenir.

«J'ai fait l'amour avec Roberto», me dit-elle à son retour. Sur le coup, j'en éprouve une forme de curiosité confuse et malsaine, comme si ça ne me concernait pas et que j'assistais à un épisode érotique totalement imprévisible, et, ma foi, plutôt bienvenu, de notre feuilleton préféré – Sue Ellen, l'héroïne de *Dallas*, se déshabillant par exemple sous nos yeux avant de s'envoyer en l'air avec son plombier sur le carrelage de la salle de bains, ou avec son psychanalyste sur le divan de celui-ci (je préfère avec le plombier, si je peux donner mon avis).
— Tu as fait ça, Agnès?
— Oui! (Me défiant de son joli sourire, voyez-vous, à demi allongée sur notre canapé, pendant que j'empile les assiettes sales du dîner.)
— Et c'était bien?
— Mais ça ne te regarde pas! (Sans cesser de sourire, attendant manifestement la suite, visiblement ravie.)
— Un petit peu quand même...
— C'était très bien! On l'a même fait debout si tu veux tout savoir...
Non, je crois que ça, justement, j'aurais préféré ne pas le savoir. J'essayais seulement de jeter un œil discret par le trou de la serrure, espérant vaguement surprendre Sue Ellen et son amant dans la salle de bains, mais rien de plus. Juste le délicieux petit frisson du voyeur de banlieue, si j'ose dire. À l'instant où me pénètre l'image d'Agnès faisant l'amour debout avec Roberto, je sais que je viens de me brûler et que

la douleur, pour le moment quasiment insensible, est en train de cheminer tranquillement jusqu'à mon cerveau. Je l'ai bien cherché, me dis-je : est-ce qu'un type sain d'esprit, apprenant de la bouche de sa femme qu'elle le trompe avec leur architecte, n'a rien de plus intelligent à énoncer que : « Et c'était bien ? »

Me repassant cette scène, vingt ans après, c'est notre désinvolture qui me surprend. Ni Agnès ni moi ne semblons accorder beaucoup d'importance à cette liaison. Comme si nous étions ensemble pour l'éternité et que rien ne pouvait remettre en cause notre amour immense. L'événement nous trouble, sans doute, mais il nous amuse, et il ne m'étonnerait pas qu'Agnès songe comme moi aux films de Bergman que nous aimons l'un et l'autre, et en particulier à *Scènes de la vie conjugale*, voyant dans son histoire avec Roberto un signe de notre étonnante maturité et un symptôme à la fois excitant et vertigineux de notre liberté sexuelle (alors qu'en réalité nous sommes demeurés les adolescents immatures que nous étions vingt ans plus tôt et que notre vie sexuelle est anorexique depuis mon retour d'Éthiopie).

Notre désinvolture, oui, et la fierté d'Agnès. « Tu vois, moi aussi je peux te tromper ! » Elle n'a oublié ni Monika ni Catherine ni celles dont elle n'a pas su les prénoms mais qu'elle a sans doute devinées, et elle est remplie du désir de me faire mal. Ils l'ont fait debout, donc, mais je sens bien que si j'ai d'autres questions – sur la durée, la fréquence ou les différentes positions –, elle ne demande qu'à satisfaire ma curiosité.

Je n'ai plus d'autres questions, merci, et aussitôt la vaisselle rincée je pars marcher dans les rues de Fontenay.

Je n'y pense plus le lendemain, précipité dans la scène de *Priez pour nous* où Clément se fracasse le visage contre le bidet. Il m'arrive de pleurer en écrivant (de rire aux larmes aussi), et là je pleure du désarroi de notre mère, mais surtout de ma propre impuissance à entreprendre quoi que ce soit pour sauver notre petit frère. J'ai de nouveau treize ans, et je pleure pour que Toto vienne à notre secours (il ne viendra pas, je vous l'ai déjà raconté, et c'est le cafetier qui nous appellera un taxi).

Le lendemain, ou le surlendemain, j'accompagne Agnès sur le chantier. Je lui avais promis qu'à la prochaine visite je serais là, et je tiens parole. Nous n'avons plus reparlé de Font-Romeu, et c'est en chemin, tandis qu'elle me répète que je ne vais «plus rien reconnaître», que «c'est incroyable ce qu'ils ont fait», excitée et souriante comme je ne l'ai plus vue depuis des années, que je songe soudain que c'est la première fois que je vais revoir Roberto depuis qu'il a fait l'amour avec ma femme (et continue peut-être de le faire, je ne sais pas, je ne veux pas le savoir, je veux juste qu'on me laisse terminer mon livre en paix).

Quand nous arrivons, Agnès m'entraîne aussitôt à l'étage pour me faire découvrir notre chambre à coucher et mon futur bureau. Ils ont surélevé le toit, doublant le volume des pièces, et créé un balcon à l'une des fenêtres de notre chambre qui nous permettra d'embrasser tout le jardin (pour le moment un chaos de gravats). Nous nous accoudons au garde-corps, et c'est alors seulement que j'aperçois Roberto de dos dans l'une de ses tenues bariolées du *Vieux Campeur*, bavardant avec deux ouvriers au milieu des anciens ateliers de chaudronnerie (appelés à devenir notre vaste salon). Je ne saurais pas dire pourquoi mais j'ai le pressentiment qu'il nous a vus et prolonge à dessein cette conversation.

— Est-ce qu'il sait que je sais? dis-je entre mes dents et sans détacher le regard de son anorak rouge à capuche violette.

— Arrête avec ça! C'est un type très délicat, si tu savais toutes les questions qu'il se pose...

— Non, mais je voulais juste savoir...

— Il pense surtout à nous protéger, si tu veux savoir.

— Nous protéger toi et moi, tu veux dire?

— Oui, et les enfants. Il ne supporte pas l'idée qu'il pourrait détruire quoi que ce soit.

J'étais en train de réfléchir à cette curieuse idée de vouloir «nous protéger», alors que moi-même, dans sa situation (je veux dire couchant avec une femme mariée), jamais une telle préoccupation ne m'avait effleuré (j'avoue que je m'en foutais complètement), quand il s'est retourné et nous a adressé un petit signe amical.

Peut-être l'ai-je trouvé un peu plus fébrile et sautillant qu'à l'ordinaire, si je cherche bien dans mes souvenirs, mais cependant parfaitement maître de la situation.

— Tu as vu les deux pièces à l'étage, ça te va ? (Cela dit avec l'accent chantant du Midi – un type élevé dans les Pyrénées, n'est-ce pas.)

— Très bien, très bien.

— Le balcon...

— C'est une merveilleuse idée.

— J'ai pensé que c'était joueur de pouvoir ainsi surplomber le jardin.

Ah oui, au temps du premier chantier, il me revient qu'il disait déjà que les puits de lumière aménagés dans la terrasse pour éclairer la cuisine étaient « joueurs ».

J'acquiesce donc, et je lui souris, essayant de chasser de mon esprit un truc qui n'est pas très « joueur » : l'image soudaine et malvenue d'Agnès, debout...

— Bon, reprend-il, l'idéal aujourd'hui ça serait d'avancer sur la salle de bains.

— Absolument.

Pourquoi Agnès en profite-t-elle pour s'éclipser ? Je ne sais pas. Roberto et moi nous retrouvons seuls dans notre future salle de bains.

— Voilà le plan que je te propose : ici la baignoire, là les deux lavabos, et un radiateur intégrant naturellement des porte-serviettes.

Je prends le temps de bien regarder, et brusquement je m'entends dire :

— Tu n'as pas prévu de bidet ?

— Ah non. Mais tu sais, j'ai l'impression que plus personne n'utilise ce genre de...

— Nous, si, dis-je en m'efforçant de sourire.

Mais alors je repense à la scène avec Clément et je m'interromps net. C'est drôle, me dis-je, pendant des années je me suis lavé le cul sur un bidet sans jamais faire le rapprochement.

Quand je relève les yeux sur Roberto, je vois qu'il semble embarrassé, comme si cet aveu qu'Agnès et moi apprécions les bidets le mettait mal à l'aise.

Alors je reprends, d'un air volontairement décontracté :

— Tu sais, quand on n'a pas le temps ou pas envie de prendre un bain, c'est très pratique, un bidet.

Et à l'instant où je m'apprête à ajouter : « Attends, on va demander son avis à Agnès », je me rends compte que je me suis mis dans une situation impossible. Il en sait autant que moi sur l'intimité de ma femme, me dis-je, et si elle s'est ostensiblement passée de bidet depuis qu'ils se connaissent (et n'a pas pipé en voyant le plan de la salle de bains), c'est qu'elle adhère désormais aux valeurs de son amant et a renoncé aux nôtres. Avec moi, jamais Agnès n'aurait admis de se passer d'un bidet, et voilà qu'elle s'en détourne parce que Roberto trouve cet ustensile complètement ringard.

— Après tout, tu as raison, dis-je, tandis qu'il semble de plus en plus confus, on peut très bien se dispenser d'un bidet.

— Tu es sûr ? Tu n'auras pas de regret ? (soulagé, me semble-t-il, et ne proposant pas de consulter Agnès).

— Aucun regret, oublions le bidet.

35.

C'est un samedi après-midi de mars, la maison est ouverte sur le jardin, Agnès bouquine sur le perron, pieds nus, tandis que je rafistole le grillage qui nous sépare des voisins. Julia n'a pas fini sa sieste et Raphaël balance depuis la terrasse de notre chambre un GI Joe dont le parachute ne s'ouvre qu'une fois sur deux.

— C'est génial ce temps, dit-elle soudain, levant le nez de son livre.

— Oui, quand Julia sera réveillée, on pourrait les emmener goûter au bord du lac.

— Ah bon? Je n'ai pas très envie de bouger...

— Non, c'est vrai, on est aussi bien ici. Tu as vu, le cerisier a déjà des bourgeons.

— Ouais... Tant que tu y es, tu ne veux pas regarder le parachutiste de Raphaël? J'ai l'impression qu'il ne marche pas ce truc...

— Si. Tu me montres ton GI Joe, mon chéri?

Et c'est à ce moment-là que le téléphone a sonné.

— Bernard Barrault. J'ai lu...

Aujourd'hui, sachant le séisme qu'a provoqué la publication de *Priez pour nous*, je me demande ce qu'aurait été notre vie si Bernard m'avait annoncé que mon manuscrit n'était qu'une sombre merde et qu'il n'y avait rien à en sauver. Aurais-je vieilli auprès d'Agnès, dépérissant de mon impuissance à nous venger de notre mère, de mon impuissance à écrire, mourant prématurément, sans doute, mais suffisamment tard tout de même pour assurer à nos deux enfants une enfance paisible ? Peut-être. Maintenant, je suis tenté d'écrire ce livre-là, le livre de ma vie ratée, celle que nous n'avons pas vécue, pour voir dans quel état nous en serions sortis tous les quatre.

Mais Bernard est touché par mon texte, je dirais même abasourdi par certaines scènes si je fais l'effort de me remémorer notre conversation. Sur le moment, j'enregistre, mais je n'écoute pas vraiment. J'entends seulement que je suis sauvé, que nous sommes sauvés, mes frères et sœurs et moi, puisque mon manuscrit va être publié. Toto vengé de tous les salauds qui nous ont harcelés, vengé de notre mère, et notre pitoyable naufrage transformé en destin par le miracle de l'écriture. Je ne suis pas certain d'avoir connu dans ma vie un tel instant de plénitude, comme si brusquement les choses cessaient de m'échapper, comme si j'en devenais maître.

Je me rappelle combien Agnès est heureuse quand je lui annonce la nouvelle. Et sa tête, quelques jours plus tard, quand elle découvre mon manuscrit... C'est une autre après-midi, peut-être le samedi suivant, elle s'est mise à plat ventre en travers de notre lit pour le lire, la baie vitrée ouverte sur la terrasse d'où Raphaël lance son GI Joe, et elle se lève à intervalles réguliers pour s'enfermer dans la salle de bains ou les toilettes. J'observe cela depuis la terrasse où Julia et moi jouons à la marchande.

— Combien vous voulez de carottes, monsieur ?

— Trois kilos, s'il vous plaît. Mais attends une seconde ma chérie, je vais voir ta maman, elle n'a pas l'air d'aller très bien.

Je frappe à la porte de la salle de bains.

— Ça ne va pas, Agnès ?

Elle a le teint brouillé et les yeux injectés des gens qui viennent d'assister à un carambolage sur l'autoroute, et qui, regagnant leur voiture après avoir constaté qu'il valait mieux attendre les pompiers, secouent la tête en se tamponnant les lèvres, comme s'ils avaient la bouche pleine de vomi.

— Non, fait-elle (secouant la tête, en effet).

— C'est mon livre ?

— Je ne sais pas comment tu peux...
— Comment je peux quoi ?
— Laisse-moi, ne me touche pas.
— Essaie quand même de m'expliquer.
— Mais qu'est-ce que tu veux... Je n'ai rien à t'expliquer...
Pousse-toi, laisse-moi passer.

Et elle se replonge dans mon texte avec un gémissement de dégoût, ou de dépit.

Bien des mois plus tard, quand le cyclone se sera épuisé et qu'à l'exception de mes deux enfants tout ce qui constituait ma vie aura disparu, nous laissant tous les trois au milieu d'un champ de ruines, Bernard Barrault et Betty Mialet me feront gentiment remarquer qu'ils avaient pourtant pris la peine de me mettre en garde. C'est vrai, je revois parfaitement Betty me proposant de retravailler tel ou tel passage, voire de couper telle ou telle phrase, et j'entends encore Bernard, avec cette façon bien à lui de manier la litote : «Je ne suis pas certain que tu nous comprennes. Attends, je vais essayer de te le dire autrement...» Mais même autrement, je n'avais aucune envie de comprendre quoi que ce soit. Le livre était fini à mes yeux, je n'étais plus dans la tension de son écriture, cet état d'excitation et de grâce qui m'avait porté durant des mois, et toute intervention sur le texte m'apparaissait aussi déplacée que de retoucher un tableau alors qu'il serait déjà suspendu dans une galerie.

Puis c'est le printemps, et nous emménageons dans notre nouvelle maison. Agnès ne me parle plus de mon livre, ce qui est une façon de me dire qu'elle n'a plus envie d'en entendre parler. Nos conversations portent alors essentiellement sur le fonctionnement et la décoration de la maison, l'aménagement des chambres des enfants et des caves (immenses), l'aménagement du jardin dont je souhaite me charger, le confort de la salle de bains qui nous offre à chacun un lavabo (tandis qu'autrefois on se postillonnait du dentifrice à la figure devant l'unique robinet) mais pas de bidet (chacun feignant de trouver la chose absolument normale).

Je vois les efforts que fait Agnès pour éviter de prononcer le prénom de Roberto au détour de chaque phrase, de chaque pièce. En rentrant le soir, elle s'inquiète de savoir si je suis toujours aussi heureux dans mon nouveau bureau, et j'en profite aussitôt pour louer le talent de Roberto. Je dis son nom, et je vois le visage d'Agnès s'illuminer. Il m'a fait des étagères en plâtre sur tout un pan de mur, ce qui n'est pas à la portée du premier crétin venu, et il m'a installé une verrière incroyablement «joueuse», quand on y songe, puisque la lumière tombe à pic sur ma table de travail. À force de manquer toutes les réunions de chantier, je n'ai pas eu l'occasion de lui dire que j'écrivais dans la nuit, à la faible clarté de ma lampe, de sorte que chaque matin je passe un moment à me demander comment obscurcir cette épouvantable verrière dont la lumière me brûle les yeux, m'empêchant absolument de réfléchir, me rendant à moitié fou, avant de descendre travailler dans la cuisine.

Je regrette mon ancien bureau, je sais que je n'écrirai jamais rien dans celui-ci, trop vaste, trop lumineux, mais il me donne un prétexte pour parler de Roberto.

— Au fait, tu continues à le voir ?

Elle rougit.

— On s'est vus cette après-midi.

— Ah.

— À l'hôtel. C'est pas très marrant.

— Qu'est-ce qui n'est pas très marrant ?

— D'aller à l'hôtel juste pour ça, je veux dire.

— Je comprends.

— Pourquoi tu me forces à te le dire ? Ça ne te fait rien ?

— Si. Mais je préfère quand même le savoir.

— C'est toi que j'aime, tu sais. J'ai juste envie d'aller au bout de cette histoire.

— J'ai compris.

— Après, on se retrouvera.

— Tu crois ?

— Mais évidemment ! Enfin t'es fou ou quoi ? Je tiens à toi plus qu'à tout (se levant soudain, trop agitée pour rester assise, et me passant la main dans les cheveux avant de retourner s'asseoir).

— Et tu ne tiens pas à lui ?

— Je ne sais pas. À certains moments je me demande ce que je fiche avec un type comme ça... Il n'est même pas beau.

«Il est affreux, tu veux dire.» Je l'ai pensé, mais je l'ai gardé pour moi. Il me revient que lorsque je démarrais à l'Agence centrale de presse, et que nous n'étions plus très sûrs de nous aimer, Agnès avait eu une brève histoire avec l'un des journalistes de l'agence, Philippe Ortoli, le neveu de l'ancien ministre du général de Gaulle, un type extrêmement romantique et désespéré, plus âgé que moi, et pour lequel j'avais une grande admiration (je crois qu'il me faisait penser au lieutenant Dejean). Il était immédiatement venu m'avertir, assez embarrassé, et je l'avais mis à l'aise en lui disant qu'Agnès et moi n'étions plus ensemble. Cependant, je me rappelle qu'il m'était presque agréable de les imaginer faisant l'amour, parce que Philippe m'émouvait (Agnès m'avouera plus tard qu'il n'avait jamais réussi à lui faire l'amour, se sentant trop coupable vis-à-vis de moi), tandis que chaque image qui me vient à l'esprit de Roberto et d'Agnès me retourne le cœur.

Je m'attache à ne pas y penser pour pouvoir continuer à travailler (même si c'est difficile de ne pas penser à Roberto dans une maison entièrement redessinée par lui). Je me suis mis à écrire la suite de *Priez pour nous* dans le coin le plus sombre de notre nouvelle cuisine (sans savoir si c'est un nouveau livre qui commence, ou simplement les fragments décousus d'une dépression post-partum qui finiront à la poubelle) et chaque jour j'attends avec impatience des nouvelles de mes frères et sœurs. J'ai expédié à chacun d'entre eux une copie de mon manuscrit et je m'étonne qu'aucun ne m'ait encore appelé.

Enfin, un matin du mois de mai, je reconnais la voix de Nicolas au bout du fil. Il me téléphone depuis Berlin qu'il ne semble plus vouloir quitter depuis la chute du Mur, six mois plus tôt.

— J'ai fini de lire ton livre cette nuit... C'est bien. On retrouve l'ambiance de notre enfance...

J'attends. J'ai le souvenir que Nicolas n'était pas très bon à l'école en commentaires de textes, mais tout de même, j'aimerais qu'il essaie de m'en dire un peu plus.

— Moi, ça m'emmerde un peu tous ces trucs, poursuit-il, mais je sais que toi ça t'intéresse.

— Oui, c'est vrai.

— C'est impressionnant ce qu'elle nous a fait chier quand même.

— Maman, tu veux dire ?

— Ouais. Je ne me rappelais plus du coup de la peinture au Pré-au-Bois, quand il a fallu tout recommencer...

— Elle va tirer une drôle de gueule quand elle va lire ça.

— Oui, mais puisque c'est la vérité...

Il me semble soudain qu'il tente de me réconforter, comme au temps de notre chambre commune, rue Duban.

— Ça m'a fait du bien de l'écrire, tu sais, d'y arriver.

— Tu as toujours voulu le faire. Eh bien voilà, c'est fait. Bravo, en tout cas. On se rappelle quand je rentre en France ?

— D'accord, salut !

Nicolas ne me rappellera plus. Ni à son retour de Berlin ni jamais. La prochaine fois que nous nous reverrons – six ans plus tard, pour l'enterrement de Toto –, il sera du groupe de mes frères et sœurs qui essaieront de me casser la gueule après m'avoir entraîné loin de l'église et coincé contre un mur.

Je suppose que dans les heures qui suivent son coup de fil de Berlin, il a reçu des nouvelles de Frédéric, car j'ai notre frère aîné au téléphone le lendemain même.

Ah, comment traduire la haine dont je ressens immédiatement le poison sous la fausse empathie de Frédéric ?

— J'ai lu ton manuscrit, Léon (mon surnom), et je voulais immédiatement te faire part de mes impressions.

— Oui, merci.

— D'abord je pense que tu as énormément de talent, et surtout, je dirais, le talent de camper des personnages dans ce qu'ils ont de plus tragique, de plus pathétique.

— Ah oui ?

— Oui. Et c'est pour ça que je trouve ton texte, qui n'est en rien un roman – je vais t'en parler aussitôt après –, terriblement pernicieux.

— Je ne comprends pas.

— Si, parce que tu parviens à nous faire rire de notre propre malheur. Le personnage de maman est terrible, terrible... On devrait pleurer, on pleure d'ailleurs, mais en même temps on s'entend ricaner, de sa bêtise, de son naufrage, de tout ce qu'on sait toi et moi, et ça c'est épouvantable. Épouvantable !

— Qu'est-ce qui est épouvantable ?

— Que tu nous fasses rire de choses qui continuent à nous déchirer.

— Je ne l'ai pas fait exprès, le livre est venu comme ça.

— Il n'y aurait rien à dire si c'était un roman, un vrai, et crois bien qu'en ce cas je ne m'autoriserais aucune critique, j'ai trop de respect pour la création littéraire, mais le problème c'est que tu n'as rien inventé, tu t'es contenté de raconter notre histoire...

— Oui, voilà.

— ... et ça c'est impossible, Léon. Tu ne peux pas livrer maman en pâture à la France entière. Tu n'as pas le droit. Est-ce que tu imagines le coup terrible qu'elle va prendre quand elle va découvrir ce texte ? Sans compter ce que tu fais de papa, un minable petit escroc.

— Non, ça c'est faux. Le personnage de Toto est très émouvant.

— Son impuissance est émouvante, mais que tu le veuilles ou non il apparaît comme un raté, un pauvre mec.

— Je ne suis pas d'accord.

— Je ne suis pas seul à le penser, Christine est effondrée.

— Ah bon ? Je lui ai dédié le livre, tu sais. Je pensais qu'elle serait la première à m'appeler.

— Elle va t'écrire. Tu ne peux pas publier ce texte, William, tu ne peux pas, je crois que nous sommes tous d'accord, j'ai consulté chacun d'entre nous, et je suis certain qu'au fond de toi tu en conviens, ou que tu en conviendras si tu te donnes le temps de la réflexion. Je suis certain que dans quelques mois tu me remercieras de t'en avoir empêché.

— ...
— Allô ? Tu es toujours là ?
— Frédéric, tu te rends compte de ce que tu me demandes ?
— Je te demande de sacrifier ce texte, oui. C'est sans doute une blessure narcissique, mais tu t'en remettras. Avec le talent que tu as, tu peux écrire et publier tous les romans que tu veux.
— C'est ce livre-là que je veux publier.
— Pourquoi ? Pour la petite fierté d'être reconnu, d'être consacré ? Pour avoir ta photo dans les journaux ?
— T'es vraiment trop con.
— C'est ça, je suis *trop con* parce que je te dis un truc que tu n'as pas envie d'entendre. Je comprends très bien que tu aies eu envie, et même peut-être besoin d'écrire ce manuscrit, admettons, mais encore une fois ce n'est pas un roman, c'est notre histoire, et notre histoire ne doit pas sortir de la famille. À la limite, c'est bien que ce texte existe, pour tes enfants, plus tard. Mais si tu veux devenir écrivain, commence par écrire un véritable roman, et là on sera tous derrière toi.
— Si vous m'empêchez de publier ce livre-ci, je n'écrirai plus rien. Je serai... Je serai détruit, voilà.
— Arrête avec tes conneries. Ce sont les parents qui seront détruits si tu le publies, et avec eux toute notre famille. Toi, tu t'en remettras très bien.
— Je crois que tu ne comprends pas combien il est important pour moi.
— Écoute, réfléchis, et on se rappelle d'ici deux ou trois jours.

Pourquoi ne lui ai-je pas dit que je voulais la tuer, et que je m'attendais à ce que lui et tous mes autres frères et sœurs s'associent à moi dans cette entreprise de salubrité familiale ? Pourquoi ai-je oublié la colère qui m'animait tout au long de l'écriture de mon livre, pour me replier sur cet argument inaudible que je serais détruit si mon manuscrit n'était pas publié ? Parce que nous sommes deux sous mon crâne : celui qui songeait à la tuer en écrivant et dont l'âge oscillait entre neuf et quinze ans («tu as choisi une voix d'enfant, m'a dit Bernard

Barrault, ça fonctionne, mais il y avait d'autres partis possibles»), et le type de quarante ans que je suis à présent, qui
confie ses enfants à la femme qu'il veut dézinguer, leur
grand-mère. Celui de quarante ans est profondément attaché à
l'autre, il peut le refaire exister tout au long d'un livre, mais
dans la vraie vie il ne peut pas se remettre à parler comme
lui.

Je devine cela dans les heures qui suivent ma conversation
avec Frédéric. Mon ambivalence, et combien je suis piégé
dans tous les cas de figure. Si je rappelle mon frère et que je
me remette à lui parler comme l'année de mes quinze ans :
«Putain, Riton (son surnom de l'époque), souviens-toi
comme on la détestait! On voulait que papa nous en débarrasse à tout prix. "Mais comment fait-il pour ne pas la foutre
par la fenêtre?" on disait», il va me traiter de débile imma-
ture, et il n'aura pas vraiment tort, mais si je le rappelle avec
ma voix d'aujourd'hui : «Tu as raison, Frédéric, j'ai peur
qu'elle ne se remette pas de ce livre, mais je pense que si je
ne le publie pas, c'est moi qui ne vais pas m'en remettre», il
va prendre les choses en main, en frère aîné pontifiant et responsable, me conduire chez son psychiatre, me faire mettre
sous tranquillisants au nom de la concorde familiale, me faire
plus ou moins passer pour un malade mental, *et me piquer
mon livre.* Dans les deux hypothèses, il va m'écraser.

Pourquoi me ferait-il le cadeau de ne pas m'écraser, me
dis-je, en proie soudain à une colère ahurissante, alors que
nous nous détestons depuis la Tunisie, lui avec son choléra,
moi avec mes bonnes joues, alors que nous nous détestons
depuis la nuit des temps, lui «Verbois jusqu'au bout des
ongles», moi «côté Dunoyer», le cou trop épais, n'est-ce pas,
pour porter une cravate, et promis à mourir d'une cirrhose du
foie comme notre oncle alcoolique? Pourquoi me ferait-il le
cadeau de ne pas m'écraser *alors que c'est lui qui devait être
écrivain?*

Je me demandais comment traduire la haine que je ressens
dans sa fausse empathie à mon égard, mais je me demande
maintenant si ma propre haine à son égard, pour tout le mal
qu'il m'a fait, enfant, n'entache pas à jamais tout ce qu'il

pourra me dire, même si par hasard c'était *sincèrement* gentil, *sincèrement* bienveillant. Et puis voulez-vous que je vous dise un secret ? Je pense que Frédéric a toujours joué un double jeu avec notre mère, feignant de la haïr autant que moi quand nous étions adolescents, la traitant à l'occasion de conne, mais fier d'être un Verbois, malgré tout, et se sachant au fond de lui le fils préféré, le trésor-à-sa-maman-sauvé-in-extremis-du-choléra.

La lettre de Christine me touche parce que je n'ai jamais douté de sa bienveillance. Christine demeure l'héroïne qui pénétrait à la Côte noire dans la chambre de notre mère alors que nous faisions tous dans notre froc, Frédéric compris. «Je me souviens de tout, m'écrit-elle en substance, je comprends que tu aies pu éprouver le besoin d'écrire ce livre, mais tu vas tuer maman.» Eh bien oui, et alors ? C'est le but recherché, non ? Mais je me garde de lui répondre, et je descends aussitôt retourner la terre de notre jardin comme un forcené pour y semer du gazon avant l'été. Quelque chose me contrarie (en plus de tout le reste), me contrarie énormément, mais je ne saurais pas dire quoi exactement.

Puis je reçois une longue lettre de Toto. «Tes frères et sœurs nous ont interdit de lire ton manuscrit, il paraît que c'est insoutenable, odieux. Comment toi, qui as toujours été si dévoué, si proche de nous, peux-tu en arriver à écrire de telles horreurs ? Je te supplie de réfléchir et de renoncer à publier ce texte. Ta mère ceci, ta mère cela...» Six pages, quel baratineur ce Toto !

J'arrête, je ne lis plus. «Tes frères et sœurs nous ont interdit...» Et soudain, je crois que je suis en train de comprendre ce qui me contrarie : je ne les ai pas rassemblés et réconciliés autour de notre mémoire commune, comme j'en rêvais certains soirs, levant le nez de mon manuscrit et me prenant pour Jésus, c'est exactement le contraire qui semble s'être passé : ils se sont réconciliés autour de notre mère, *contre* mon livre, *contre* moi. J'en suis sur le cul, pour tout vous dire, sidéré, avant que mon esprit parvienne à formuler un début de parade : ce qui est insoutenable et odieux, me dis-je, c'est ce

qu'elle nous a fait, ce n'est pas que j'aie osé l'écrire. Mais
bien sûr! Comment peuvent-ils tout mélanger?

De nouveau occupé à labourer notre jardin, frappant
comme un sourd sur des mottes de terre grosses comme ma
tête, je songe en moi-même : «La salope, tu vas voir qu'elle
va encore réussir à y échapper Elle nous a tous bousillés mais
elle va s'en sortir indemne. La salope! La salope! La salope!»
Mais non, puisque je n'ai pas dit que je renonçais! (Et je
cesse soudain de fendre les mottes de terre.) Lors de notre
dernière conversation téléphonique, Frédéric a été plus précis,
plus menaçant. «Réfléchis bien, William, mais sache que
si tu t'obstines, vous serez exclus de la famille, toi et tes
enfants.» Et en dépit de cela je n'ai pu que lui répéter : «Si je
renonce, ma vie est foutue, je n'y survivrai pas.» Et lui :
«Arrête tes conneries. En tout cas, je t'aurai prévenu.»

— Agnès, Frédéric dit que nous serons exclus de ma
famille si je publie mon livre.

— Qu'est-ce que c'est que ces idioties?

— Attends, ce ne sont peut-être pas des idioties. En tout
cas, je préfère que tu le saches parce qu'il dit que nos enfants
aussi seront exclus.

— Nos enfants? Qu'est-ce qu'ils ont à voir avec ton livre?
Il est cinglé!

— Je l'ai au téléphone tous les trois jours et il n'a pas vraiment l'air de plaisanter.

— Tu veux dire que tu pourrais envisager de renoncer à
ton livre?

— Non, ça je crois que c'est impossible.

— J'espère bien!

— Je voulais être sûr que tu serais avec moi. Je veux dire :
à partir du moment où mes frères et sœurs impliquent Raphaël
et Julia.

— Frédéric ne ferait pas ça. D'ailleurs, comment veux-tu
qu'ils empêchent nos enfants de voir leurs cousins? Ne t'occupe pas de ce qu'il te dit et publie ton livre. C'est important
pour toi, et pour nous aussi, je pense.

Agnès n'aime pas mon livre, et cependant elle le défend. Elle *nous* défend. C'est juin maintenant, elle a quitté Roberto et s'investit avec fébrilité dans nos prochaines vacances tandis que j'arrose tous les jours, et avec une passion que je ne me soupçonnais pas, notre jeune gazon. Nous avons décidé de louer un camping-car durant une dizaine de jours et de visiter les départements frontaliers des Pyrénées, extraordinairement pittoresques, paraît-il, avant de poursuivre l'été à Rabos (il ne m'a pas effleuré, quand Agnès a fait notre itinéraire, que Roberto se trouverait au même moment dans les Pyrénées, et je ne suis même pas certain que, le sachant, elle ait eu conscience de nous faire tourner autour de lui).

Au début, nous sommes heureux comme des convalescents dans notre camion, nous passant en boucle les chansons de Pierre Chêne : *Quand je serai clown / J'aurai un gros nez / Un gros nez tout rouge / Rouge comme un navet / Et ça f'ra rire les petits enfants / Les petits enfants et même les grands,* jouissant à tout instant du plaisir d'écouter nos enfants, surtout le soir, au bord d'une rivière ou autour d'un feu, la vitalité insatiable de Raphaël, son goût pour les étoiles, et la peur soudaine de Julia quand la nuit tombait : « Maintenant, on devrait aller dans le gros tamion (sans cesser d'appuyer sur son nez avec la jambe de son *zeuzeu*). – Elle a peur de tout celle-là! Et d'abord, c'est pas un tamion, crétine, c'est un kamion. – Elle est petite, mon chéri, viens sur mes genoux ma Julia, on va encore contempler un peu les étoiles et puis on ira se coucher. – Regarde-la, elle est trop mignonne. – Moi, à son âge, j'avais pas peur. – Mais toi, tu n'as jamais eu peur de rien. » La famille parfaite, quoi! Qui aurait pu deviner, nous observant, que c'était notre dernier été?

Et puis un jour, Agnès me dit :

— On est tout près de Font-Romeu, j'ai bien envie d'y passer.

— Vraiment?

— Oui, vraiment. D'ailleurs j'avais dit à Roberto que si on campait dans le coin, on viendrait l'embrasser.

— Ah, je ne savais pas.

— Ne tire pas cette tête, tu l'aimes bien quand même, non ?

— Il n'a jamais été mon ami, et tout ça n'a rien arrangé.

— T'es chiant !

Je crois me souvenir que nous pique-niquons devant sa maison. Je n'ai pas faim, mon cœur s'est arrêté de battre, mais nos enfants ne semblent s'apercevoir de rien, comme fascinés par les talents d'animateur de notre architecte.

À la fin du repas, remontant de la vaisselle sale à la cuisine, je surprends Agnès dans ses bras, mais ils pensent m'avoir vu les premiers, ils ont le temps de s'écarter l'un de l'autre et nous faisons tous les trois comme s'il ne s'était rien passé.

En arrivant à Rabos, je trouve deux lettres d'insultes de mon frère Guillaume. J'aime beaucoup Guillaume, je n'ai pas envie de les relire aujourd'hui. Jusque dans la graphie complètement déglinguée, laissant deviner qu'il y a laissé la plume de son stylo, ses lettres ressemblent à celles que j'écrivais aux curés de Sainte-Croix. Rien à voir avec le poison insidieux que distille notre frère Frédéric, prétendant toujours s'exprimer au nom du bien commun (comme les évêques) ; Guillaume, lui, me traite de gros salaud, de sale con (de mémoire, mais je crois être en deçà de la vérité), me menaçant physiquement si je ne renonce pas à publier ma merde de livre.

Je pars marcher dans les oliviers, au-dessus du mas, pour cacher mon émotion, et l'idée me traverse alors que Guillaume pourrait fort bien venir foutre le feu à notre nouvelle maison de Fontenay (comme j'avais voulu mettre le feu à Sainte-Croix). Assez curieusement, j'en éprouve une telle satisfaction que je m'associe à lui dans mon rêve. Nous sommes ensemble et solidaires pour faire disparaître cette affreuse baraque dont chaque détail m'écorche. Mais nous ne sommes plus ensemble pour régler son compte à notre mère...

« Je crois que je vais renoncer », dis-je à Agnès, ce soir-là. Cependant, je ne suis pas capable de lui expliquer pourquoi, et je n'ai pas envie qu'elle lise les lettres de Guillaume. Je ne me sens pas la force de répondre à ce frère-là que je l'emmerde, mais surtout je suis d'accord avec lui : il y a quelque chose d'indigne (quel mot emploie-t-il? abject? dégueulasse?) à harceler une femme de soixante-dix ans qui n'a plus les moyens de se défendre.

Je me sens vieillir prématurément cette nuit-là. En quelques heures, je dois prendre plusieurs années, et comme les vieux ou les malades qui savent que désormais le temps leur est compté, je me prépare à mettre de l'ordre dans mes affaires. Quand le jour se lèvera, me dis-je, je descendrai à la cabine téléphonique du village tenter de joindre Bernard Barrault chez lui pour l'avertir que je veux tout arrêter. Et puis j'appellerai Christine pour lui dire que ça y est, il n'y a plus de livre. Qu'elle peut en informer nos parents et tous nos frères et sœurs. Et puis j'appellerai Roberto à Font-Romeu pour lui dire de bien faire gaffe en traversant, même si le feu est au rouge, et surtout s'il reconnaît ma Renault 14, parce que je n'hésiterai pas une seconde à lui rouler dessus. «T'as bien compris, tête de nœud?»

De retour à la maison, j'attendrai qu'Agnès se réveille, qu'elle s'installe sous le figuier pour manger son yaourt, et je lui dirai que je viens de menacer de mort son amant.

— C'est pas vrai. Je ne te crois pas. (Souriant. Léchant sa cuillère en me regardant de biais.)

— Tu as tort.

— William, tu n'as pas fait ça, j'espère?

— Si. Je l'ai même traité de tête de nœud.

— William!

— Tu ne peux pas savoir le bien que ça m'a fait.

— Espèce de salaud! (se levant et me balançant son yaourt à la figure). Jamais je ne te le pardonnerai! Jamais!

Et je me sentirai à la fois vidé, n'ayant plus rien à attendre ni à espérer, mais en paix avec moi-même pour ce qui concerne notre architecte. Notre mère aura eu le dernier mot, elle m'aura terrorisé et humilié toute mon enfance, en toute impunité (vous remarquerez que je ne parle plus que pour moi puisque mes frères et sœurs ont décidé de passer l'éponge), mais pourquoi devrais-je supporter la même chose de M. Castillo? Pourquoi, alors que j'ai quarante ans?

Depuis qu'Agnès m'a révélé qu'elle couchait avec lui, je me demandais pourquoi j'étais si gentil, continuant de lui serrer la main et d'échanger des propos vaseux sur les bidets. Dans la même situation, me disais-je parfois, il y a longtemps qu'un type comme Périgne lui aurait fait bouffer ses couilles à ce connard. Mais moi, non. Moi, me disais-je sans fierté, je suis comme Toto (c'est normal, j'ai tout appris de lui), je m'écrase, je ne suis pas un bagarreur, «Ne te mets pas dans cet état, mon minou, je t'en conjure, si la peinture ne te plaît pas, on va tout recommencer», au lieu de lui balancer le seau de Ripolin à travers la gueule.

Et puis non, ça ne se passe pas comme ça. Quand le jour est largement levé et qu'Agnès vient s'asseoir sous le figuier pour manger son yaourt, je n'ai appelé ni Bernard Barrault ni Christine ni Roberto, j'ai changé d'avis : je vais partir pour Saint-Malo le jour même expliquer à notre mère pourquoi je vais publier *Priez pour nous*, contre vents et marées, et même contre Guillaume. Je vais cesser d'être gentil et de mettre mes pas dans ceux de Toto. Il arrive sans doute un moment où la liberté s'offre à chacun de nous de faire ce qu'il veut de sa vie, y compris dans les familles nombreuses, et il m'est apparu vers la fin de la nuit que cette liberté s'offrait soudain à moi et que je devais m'en saisir.

«Oui, remarque-t-elle, je trouve que tu as raison. Hier soir, je n'ai rien dit, mais ça me paraissait aberrant que tu renonces.»

Aberrant. C'est le mot qu'elle emploie. Un mot de scientifique (elle est biologiste). Les êtres vivants ont une cohérence interne, et soudain il se produit un accident chez l'un ou l'autre, une mutation imprévisible qui va se transmettre, on dit alors qu'est née une «espèce aberrante». En renonçant à publier mon livre, je serais sans doute devenu aux yeux d'Agnès un «mec aberrant». Eh bien oui, puisque je l'avais écrit !

J'adore me remémorer cette journée que nous passons tous les quatre à Rosas à courir les agences de voyages pour me trouver un billet d'avion pour Paris. En attendant un désistement possible, on va se baigner. Et puis on mange des glaces, tous les quatre assis sur un muret, les cheveux mouillés, les sourcils pleins de sel. Agnès s'assoit à côté de moi et me prend la main. Ça n'est pas arrivé depuis des mois. Même dans le camping-car elle évitait de me toucher. Quand enfin nous obtenons mon billet, nous filons à l'aéroport. Et là, au moment de me dire au revoir, elle se dresse sur la pointe des pieds pour me mettre les bras autour du cou.

— Ne reste pas trop longtemps, tu vas nous manquer, me souffle-t-elle.

— Non, je te promets de revenir vite.

— Tu sais, je crois que ça va mieux. J'ai trouvé qu'on était bien, aujourd'hui, avec les enfants.

— Oui, moi aussi. C'était une bonne journée.

Je passe la nuit à Paris, et le lendemain je prends le train à Montparnasse pour Saint-Malo. J'ai tellement peur à l'idée d'affronter notre mère que tout le voyage je reste debout au wagon-bar à répéter mes arguments. « À l'exception de Christine, jamais aucun d'entre nous n'a eu le courage d'aller lui parler », me dis-je. Moi, je me suis enfui quand elle s'est cassé la gueule avec la friteuse, et je me suis enfui de nouveau quand elle s'est cachée sous l'armoire. Ah oui, mais je ne me suis pas enfui quand Clément s'est fracassé le visage sur le bidet, ni quand notre mère m'a appelé au secours après que Toto l'a quittée, prenant alors la décision de lui apprendre à conduire sur notre vieille Ariane 4 (une seule leçon, c'est vrai, mais j'en aurais fait plus si Agnès n'était pas tombée enceinte). Me remémorer mon attitude durant ces deux derniers événements me donne confiance car je vois que je peux être capable d'une certaine audace Mais je balance entre une extrême violence qui me fait penser que je pourrais la tuer, là, tout à l'heure, en lui balançant à la figure tout ce que j'ai sur le cœur (et alors mon livre deviendrait inutile), et une trouille extrême qui me laisse entrevoir que je pourrais fort bien m'enfuir de nouveau à l'instant où elle dardera sur moi ses yeux griffus de folle. « Alors j'aurai tout perdu, me dis-je, c'est elle qui m'aura tué, et je n'aurai plus qu'à me suicider. »

Je n'ai rien bu ni mangé depuis la veille au soir quand je

débarque à Saint-Malo sur le coup de 14 heures. C'est une de ces journées de juillet où le ciel est cristallin, frotté par un puissant vent de mer qui transporte du sable et un parfum de varech jusque dans les rues, autour de la gare. Je marche vite pour rejoindre la maison, tendu et nerveux comme un homme qui se serait évadé et dont les heures de liberté seraient comptées. Et puis je débouche sur la digue (le Sillon, dit-on à Saint-Malo), et j'aperçois aussitôt notre maison dans le soleil, avec sa barrière de ciment et son petit portail repeint de frais.

Il me semble que des enfants jouent dans le jardin quand je le traverse, des cousins de Raphaël et Julia, sûrement, mais je ne dis bonjour à personne et je pénètre au salon comme un boulet de canon.

— Ah, te voilà! s'exclame Toto. Nous avons reçu ton télégramme ce matin. Comment vas-tu, mon vieux? Tu as fait bon voyage?

— Ça va. Où est maman?

— Écoute, je crois qu'elle doit être dans notre chambre.

— Très bien.

— Veux-tu que je te serve un verre de jus de fruits, ou autre chose.

— Non, rien du tout, merci. Je vais monter la voir tout de suite.

— Si tu permets, j'aimerais bien être présent.

— Oui, bien sûr. Alors passe le premier, je te suis.

— Bonjour, mon petit, dit-elle. Je t'attendais.

Notre mère tremble légèrement en m'embrassant.

— Maman, je suis venu te voir pour te dire que je vais publier mon livre.

— Ah.

— Je voudrais t'expliquer une chose : quand j'étais enfant, puis adolescent, j'ai tout supporté de toi. Je n'avais pas vraiment les moyens de me protéger, ni de me défendre, et papa ne nous a pas beaucoup aidés de ce point de vue. Ça n'a pas été facile, je suppose que tu t'en souviens. Aujourd'hui que je suis un homme, tout cela pèse sur ma vie, et ce livre est salvateur pour moi. Je sais qu'il n'est pas agréable pour toi, c'est un euphémisme, mais je te demande de le supporter comme je t'ai supportée, toi.

— Tes frères et sœurs m'ont dit que c'était une mise à mort.

— C'est en tout cas ce que je retiens de notre enfance. Je pensais qu'ils s'y reconnaîtraient, mais je me suis trompé, alors je vais dire : c'est ce que je retiens de *mon* enfance. Tu ne le sais pas, je ne te l'ai jamais dit, mais j'essaie d'écrire ce livre depuis bientôt dix ans. Qu'il existe enfin est une victoire pour moi, une victoire sur toi, sur moi, sur toute la merde dans laquelle nous avons grandi, pardon, dans laquelle *j'ai* grandi. C'est sans doute idiot, mais je me sens moins abattu et moins humilié maintenant que ce livre est là. Peut-être que je vais pouvoir regarder le monde différemment, je ne sais pas.

— Au prix de notre humiliation. Il paraît que tu nous traînes dans la boue...

— Tu sais, mon vieux, intervient Toto, je ne crois pas que la vengeance ait jamais guéri qui que ce soit de quoi que ce soit.

Il se mord le gras du pouce, tandis que notre mère, les bras croisés, retient l'envie de me sauter au visage, de m'insulter peut-être, parce qu'elle a compris que je n'allais pas céder.

— Réfléchis bien avant de commettre l'irréparable, reprend Toto.

— J'ai bien réfléchi.

— Eh bien en ce cas, mon petit, fais comme tu l'entends, décrète notre mère en se levant.

— Oui, c'est ce que je vais faire. Au revoir, maman.

— Adieu, mon petit.

— Salut, mon vieux. Je ne te dis pas...

— Non, j'ai compris quelle est votre position, papa. Je voulais simplement vous expliquer la mienne.

36.

Priez pour nous paraît le 24 août 1990. Entre-temps, nous sommes revenus dans notre grande maison de Fontenay. Je n'avais pas songé une minute à la façon dont les critiques parleraient des personnages de mon «prétendu roman», comme dit Frédéric, et c'est évidemment dommage car j'aurais pu m'y préparer durant tout le mois d'août au lieu de guetter stupidement d'éventuels départs d'incendies, à Rabos, derrière mes jumelles (pendant que le feu couvait dans les journaux). C'est en découvrant l'une ou l'autre des phrases que je retranscris ci-dessous (survolant aujourd'hui sans m'y arrêter les articles de l'époque qui me rendent encore malade), que je prends soudain conscience que je risque en effet de tuer nos parents, non pas directement avec les mots de mon livre, mais par ricochet. Comme si l'arme du crime allait m'échapper, d'une certaine façon.

«Et des ennuis, il en a plein les bras, ce pauvre Toto. De petits boulots en mauvaises combines, il conduit sa famille à la ruine.» (*La Vie.*)

«La grandeur de Toto, pour ses enfants, c'est de rebondir toujours, c'est de ne jamais les abandonner tout à fait, c'est de leur faire partager ses projets foireux, ses équipées minables.» (*Glamour.*)

«Il est plus fort que la mort. Il a résisté toute sa vie à sa mégère de femme... Une épouse folle-dingue.» (*L'Événement du jeudi.*)

«Au travers des fenêtres sans voiles de son HLM, elle ne perd jamais de vue Saint-Philippe-du-Roule ni le bal des Petits Lits blancs, comme si, pour péter toute sa vie dans la soie, il suffisait d'avoir un cul. Un cul que Toto, les soirs de chagrin, caresse aimablement jusqu'à ce qu'il en tombe, bon an mal an, un enfant catholique.» (*Libération.*)

«Elle prie tant et si bien que cela lui monte à la tête et qu'elle tape sur son incapable de mari dès qu'il fait une apparition au domicile conjugal.» (*Le Monde.*)

Jamais je n'ai parlé, évoquant la vie de Toto, de «projets foireux», de «mauvaises combines», d'«équipées minables». Jamais je n'ai traité notre père d'«incapable» et notre mère de «mégère», ou de «folle-dingue». Certes, j'ai dit combien Toto aimait à lui caresser les fesses devant la cuisinière, le soir, avant de filer en clientèle, mais cette image du cul de notre mère laissant tomber un enfant une fois par an, «bon an mal an», je le jure, je n'y aurais pas songé.

Chaque nouvel article me laisse hébété. «Comment osent-ils parler sur ce ton de nos parents, me dis-je, ils ne les connaissent même pas!», admettant cependant petit à petit qu'ils les connaissent, si, et grâce à moi justement. C'est moi qui leur ai tout livré, jusqu'au surnom de notre père, Toto, parce que dès les premières pages, alors que je me mettais à écrire, je ne suis pas arrivé à appeler notre père autrement que par son *véritable* surnom. Ce n'est pas faute d'avoir essayé, mais aucun ne me convenait. Si je lui donnais un autre surnom, il disparaissait aussitôt de ma mémoire, je devenais fou, je n'écrivais plus une ligne. «Bon, ça ne fait rien, on verra quand le livre sera fini», me suis-je dit. Et je me suis fait la même réflexion pour tout le reste, n'arrivant à rien restituer si je trichais avec mes souvenirs. Quand le livre a été fini, je n'ai pas changé un mot, je l'ai déjà dit, stupéfait d'être parvenu à rendre si exactement l'atmosphère de notre enfance, entre l'effroi que nous inspirait notre mère et l'attachement grandissant que nous éprouvions pour Toto.

Ensuite, j'ai voulu que le livre existe, ah oui, mais je n'ai pas envisagé que quiconque s'en emparerait pour donner son avis sur mes parents, et en particulier sur leur vie sexuelle.

Mes trois précédents livres n'avaient suscité que quelques articles, sympathiques et impersonnels. Pourquoi celui-ci déchaîne-t-il cette espèce de surenchère dans la mise en pièces ? On dirait que chacun veut y aller de son insulte, de son bon mot, ricanant de notre mère qui n'a pas besoin de ça après tout ce que je lui ai mis sur le dos, et appelant à la vindicte populaire contre Toto alors que je me suis attaché tout au long du récit à en faire le héros qu'il fut.

Mon cœur s'arrête à la pensée de notre mère découvrant de telles phrases, de telles images. À la tristesse de Toto se voyant résumé, au soir de sa vie, comme me l'avait prédit Frédéric, à un «minable petit escroc». C'est faux, il était tellement mieux que ça, pourquoi les critiques le caricaturent-ils ? Ce sont des jours de cauchemar, des nuits d'insomnie quand un article doit paraître. Je ne parviens plus à travailler, je passe mes journées à marcher dans les rues de Fontenay, affolé par le retentissement de mon livre. «Si j'avais lu ces articles avant qu'il paraisse, j'aurais renoncé à le publier», me dis-je. C'est la seule excuse que je me trouve, jugeant que les miens auraient dû accepter mon texte, notre mère comprise, car il est le juste reflet de notre histoire commune, mais me sentant désormais solidaire de l'humiliation et de l'accablement qui doivent être les leurs.

Je n'ai conservé aucun souvenir d'Agnès durant ce mois de septembre (ni de Roberto – ont-ils véritablement rompu ? Se revoient-ils ?), trop absorbé par mon angoisse et la nécessité de me tenir debout. Jusqu'à cette soirée où le téléphone sonne alors que nous sommes en train de dîner tous les quatre. Il fait encore bien jour, la porte-fenêtre est ouverte sur le jardin et Agnès me propose très gentiment d'aller décrocher – « Tu veux que j'y aille ? » – comme si elle avait conscience de mon épuisement, ou l'intuition de ce qui va survenir. Son visage de septembre me revient *à cause* de ce coup de fil : elle feint d'être détendue pour que l'ambiance demeure respirable en dépit de tout ce qui nous tombe sur la tête, et c'est pourquoi elle sourit, de cette façon un peu fausse, et s'efforce d'adopter un ton détaché. (Je ne lui montre aucun article, mais il lui arrive de me téléphoner dans la journée pour m'en signaler un, au cas où je ne l'aurais pas vu, ce qui me laisse penser qu'elle les lit et doit en être secrètement malade.) «Non, laisse, j'y vais.»

— Allô? dis-je.

— William?

Et immédiatement je reconnais l'intonation de notre mère.

— Oui, c'est moi.

— Papa est à l'hôpital. Assassin! Espèce de salaud!

Avant que j'aie pu demander quoi que ce soit, elle a raccroché. Alors à mon tour je raccroche, et puis je retourne vers la table, mais j'ai conscience de marcher comme un pantin, comme si mes jambes allaient me lâcher d'une seconde à l'autre.

— Qu'est-ce qui s'est passé? Qui c'était? Tu es tout blanc...

— C'était ma mère.

— Il est arrivé quelque chose?

— Non, rien. Elle m'a dit un truc et elle a aussitôt raccroché.

Agnès n'insiste pas.

— Finissez vite, les enfants, j'ai rapporté un bon dessert.

Cette nuit-là, je me demande qui appeler pour avoir des nouvelles de notre père (personne). Toto fait de fréquents séjours à l'hôpital pour son cœur, et aussi bien elle a profité d'une de ces visites de routine pour me monter ce coup. Elle a bien été capable de nous faire croire que Marie était sur le point de mourir quand nous étions au Chili... «Quelle salope, quand j'y pense», me dis-je. Et puis cette technique de te balancer à la gueule un truc monstrueux, et de raccrocher aussitôt. Ça, c'est typique de sa lâcheté. Combien de fois je l'ai entendue appeler notre père à son bureau après être tombée sur une menace de coupure d'électricité, ou d'expulsion.

— C'est toi, Toto? Tu m'avais bien dit que le loyer était à jour?

— Absolument, mon petit. (Je fais Toto par cœur, je n'ai pas besoin de l'entendre.)

— Eh bien je t'annonce qu'on va être foutus à la porte dans huit jours. Espèce de salopard!

Et elle manquait chaque fois de faire exploser ce qu'il restait du combiné en bakélite en le balançant sur son support.

« Elle est capable de tout », me dis-je. Cela me soulage quelques instants, puis je suis rattrapé par l'image de Toto sur son lit d'hôpital luttant contre je ne sais quelle attaque cardiaque due au chagrin que lui a causé mon livre, et je perds pied. « S'il meurt à cause de moi, me dis-je, je ne m'en remettrai pas. »

Et cette émission de télévision, dans quelques jours... Jusqu'ici, j'ai évité d'y réfléchir, mais maintenant je suis bien forcé de m'imaginer parlant de Toto alors que je le saurai sur son lit d'hôpital, bardé de tuyaux, souffrant le martyre.

Caractères, émission littéraire présentée par Bernard Rapp, le vendredi 5 octobre 1990, à 21 h 55 sur la deuxième chaîne. L'après-midi même, Agnès et moi avons fait les boutiques pour me trouver une veste, et c'est elle qui a insisté pour que j'en prenne une bleue parmi toutes les couleurs possibles. Une veste bleu horizon, terriblement tape-à-l'œil. Je devine qu'en me voyant arriver au studio, le soir, Betty Mialet et Bernard Barrault ont dû se demander pourquoi j'avais choisi de me déguiser, alors que la sobriété aurait sans doute mieux convenu dans ma situation. Par la suite, jamais je n'ai renfilé cette veste dont l'abbé Pierre n'aurait sans doute pas voulu pour ses pauvres, mais je me suis interrogé sur ce qui avait pu inspirer Agnès à l'instant de me la conseiller. Et c'était sa mémoire de la guerre, bien sûr, notre mémoire collective de la guerre : puisque j'allais au front, il était bien normal que je sois habillé comme nos soldats en 1914.

L'ennemi pouvait difficilement me rater dans ce bleu (d'ailleurs, très vite, nos soldats passèrent au kaki) et Frédéric s'en donna à cœur joie le soir même, retrouvant les accents de son enfance pour stigmatiser dans une longue lettre tout le grotesque de mon personnage auquel, étant un Verbois, il eut la chance d'échapper. Je note que mon frère aîné n'a rien retenu de ce que j'ai dit, moi non plus, du reste, et cela aussi est bien normal puisque les sentant tous les onze occupés à me dévisager, « avec (ma) gueule de faux dévot » (Frédéric), sentant parfaitement le poids de leur mépris et de leur haine, en dépit du confort des fauteuils et de la bienveillance des autres invités, je n'ai pratiquement rien dit, me contentant d'acquiescer aux passages les plus ahurissants de mon livre que lisait Bernard Rapp.

Le lendemain, Agnès et moi partons «en amoureux», je ne sais plus où. C'est elle qui a tout organisé quelques jours plus tôt. «Après ton émission, tu ne voudrais pas qu'on parte tous les deux pour le week-end? – Si, pourquoi pas? On en aura besoin.» Elle a casé nos enfants, choisi l'hôtel. Sur le moment, elle a certainement pensé que c'était une bonne idée, se surprenant sans doute à rêver qu'elle aurait du plaisir à me prendre la main, à partager un repas en tête à tête, puis à se mettre au lit avec moi. Mais les événements se sont précipités entre-temps. «C'est tout de même la grand-mère de nos enfants qui est traitée partout de mégère – quand j'y pense, j'ai envie de pleurer», a-t-elle remarqué un soir, se mettant à pleurer, en effet, de sorte qu'elle n'a plus très envie de me prendre la main (et peut-être Roberto est-il rentré de Font-Romeu, pour ne rien arranger). Toute l'après-midi, nous marchons dans une forêt, identifiant le chant des oiseaux, louant la beauté des arbres au déclin de l'été, mais évitant soigneusement de reparler de mon livre, et surtout de la solitude et du malheur dans lesquels il est en train de nous précipiter. Cependant, je suppose qu'elle ne pense qu'à ça, comme moi.

C'est le chagrin de Raphaël le jour où Agnès comprend qu'à cause de mon livre il ne pourra jamais plus revoir ses cousins qui marque la fin du soutien et de la solidarité qu'elle m'avait apportés. Elle avait, comme moi, sous-estimé les conséquences de mon livre, et surtout sous-estimé Frédéric. Je ne suis plus très sûr de la façon dont les choses se sont enchaînées. De mémoire, il me semble que Raphaël demande un jour à voir ses cousins préférés, les fils de Frédéric (Julia est trop petite pour exprimer le même désir). Agnès tente une médiation, qui échoue, et je reçois en retour une lettre de mon frère. Dans son style inimitable, il m'indique qu'étant passé outre les nombreux avertissements qu'il m'a adressés (et là, il rappelle les dates de tous ses coups de fil, puis de ses lettres, référencées de 1 à 10 000 en haut à droite), je ne dois pas être étonné de devoir aujourd'hui assumer les conséquences de ma trahison au regard du jugement de mes enfants que *j'ai* condamnés à jamais à l'isolement au sein de leur propre famille («parfaitement, ne t'en prends qu'à toi, William, tu es le seul responsable de ce qui t'arrive»), tout cela pour satisfaire un pitoyable besoin de vengeance, un narcissisme maladif et un appétit de reconnaissance démesuré qui lui rappelle, soit dit en passant, celui d'Hervé Bazin, écrivain qu'il détestait déjà quand nous étions jeunes, se foutant de son physique, et auquel il me compare (tout cela en substance, d'après mes souvenirs, car relire les lettres de Frédéric me rend suicidaire).

Agnès pleure du désarroi de Raphaël et de son impuissance à le réconforter.

— Je ne sais pas, mon chéri, va voir William. Jamais je n'aurais pensé... Mais, bon sang, qu'est-ce qu'il faut avoir dans la tête pour faire des choses pareilles? Faire payer à des enfants les conneries de leur père...

Et moi :

— Ce ne sont pas des conneries, Raphaël. Tu comprendras sans doute quand tu seras plus grand. J'ai écrit un livre qui a mis toute ma famille en colère contre moi. Comme ils ne savent pas comment me punir, ils te punissent, toi, en sachant bien que ta tristesse nous sera insupportable, à ta maman comme à moi. C'est indigne, mais je veux que tu saches une chose : je ne regrette pas d'avoir écrit ce livre. En ce moment, c'est difficile pour nous tous, mais tu vas voir, on va s'en sortir.

J'ai failli ajouter : «mon petit vieux». «Mais tu vas voir, on va s'en sortir, mon petit vieux», comme aurait dit Toto qui prétendait toujours qu'on allait s'en sortir, et qui jamais ne perdait son sang-froid.

Cependant, notre naufrage semble inéluctable au fil des semaines suivantes (et tandis que nous nous enfonçons dans l'automne), car c'est maintenant Agnès qui se détourne de moi. Elle m'écrira plus tard que le sort fait à nos enfants par mes frères et sœurs a été pour elle la goutte d'eau de trop. Roberto est bel et bien rentré de sa retraite champêtre dans les Pyrénées, mais pour mieux préparer avec ma femme la saison de ski de fond qui démarre bientôt. J'assiste depuis la cuisine (où je tente de continuer d'écrire un manuscrit qui me semble de plus en plus hasardeux, de plus en plus tremblant) à la métamorphose d'Agnès en randonneuse du *Vieux Campeur*. Elle rentre avec de lourds paquets dont elle sort les effets chatoyants pour les essayer aussitôt dans notre vaste salon.

— Roberto m'a conseillé de prendre ce genre de truc pour éviter la transpiration. Qu'est-ce que tu en penses ?

— C'est bien.

— La couleur ne te choque pas ?

— Non, le rouge te va très bien, je te l'ai toujours dit.

— Et puis, tiens, regarde le pull...

Elle retire l'anorak, puis la veste élégante qu'elle porte au bureau, et je devine ses petits seins, sa taille étroite, tandis que les bras tendus elle cherche dans quel sens enfiler ce pull, et le chagrin, brusquement, me coupe le souffle.

— Combien de temps tu vas partir ?

— Roberto dit qu'il faut au moins dix jours pour se sentir vraiment à l'aise. Il te plaît, le pull ?

— Je te préfère en cachemire.

— Quel crétin !

— Agnès, je t'ai écrit cette après-midi. Tu voudras bien lire ma lettre et me répondre ?

Et immédiatement, son visage s'assombrit. Je sais ce qu'elle pense : que je suis lourd, que je ne sais rien prendre à la légère, que je fais du drame avec tout.

— Oui, je ne sais pas.

— Tu ne sais pas si tu vas me répondre, ou tu ne sais pas...

— Je te l'ai déjà dit, j'ai envie de vivre cette histoire, d'aller au bout, et toi tu me demandes...

— Je te demande juste de me dire si je dois t'attendre.

— Je ne sais pas, je n'ai pas envie d'y réfléchir.

Elle remballe ses achats et les monte dans notre chambre où se trouve déjà la paire de skis de fond que lui a offerte Roberto, son sac à dos fluorescent et du matériel de survie.

Nous dormons comme des frère et sœur, elle continuant de se coller dans mon dos et de m'enlacer de son bras gauche, mais ne me caressant plus. J'apprends à m'interdire de la désirer pour ne pas perdre la tête.

Un soir, elle lit une lettre de mon frère Guillaume que j'ai laissée traîner sur la table, une lettre assassine dans laquelle il m'informe qu'il vient de détruire à coups de masse toutes mes petites Dinky Toys, et me traite d'«ordure». «Tu vois, me dit-elle, debout près de moi qui suis assis, et tout en me caressant distraitement les cheveux, il y a encore quelques semaines j'aurais eu beaucoup de peine pour toi en lisant ce truc. Mais là, c'est marrant, je n'arrive plus à me sentir concernée. C'est comme si tu étais mort en moi.»

Cependant, un autre soir où je suis de bonne humeur et tourne au milieu du salon avec Julia dans mes bras tout en écoutant un tango, elle s'approche et me souffle à l'oreille : «J'aime bien quand tu es gai.» Et, un peu plus tard, me caressant soudain la joue tandis que j'ai les mains dans la vaisselle : «Je tiens énormément à toi, tu sais.»

Je sais, oui, j'ai envie de le croire en tout cas, et c'est pourquoi je la conduis en voiture à la gare d'Austerlitz avec tout son barda de skieuse de fond, au lieu de l'envoyer paître en lui balançant ses skis sur le bitume depuis la fenêtre sur rue de notre chambre.

Je suppose que notre architecte se cache quelque part, derrière un pilier de la gare, lui aussi tout habillé de scratchs et de fluo, et sautillant déjà d'impatience, tandis que j'embrasse son amante sur la joue et lui souhaite de bonnes vacances.

La première fois que je vois Blandine, je suis si curieux, si étonné, que je m'interromps dans ma course et reste un long moment interdit. Elle se tient debout dans la salle de rédaction de *L'Événement du jeudi* où je viens déposer un article. Sans doute est-ce que je l'ai déjà croisée, mais en mouvement, pas dans cette attitude : les mains sur les hanches, très cambrée, et fixant gravement quelque chose à travers la fenêtre. C'est sa gravité silencieuse qui me surprend – au milieu de tant de gens affairés. Elle porte une courte robe noire qu'elle raccourcit encore sans le vouloir en se pinçant les hanches, de sorte qu'elle apparaît bien plantée sur ses jambes, qu'elle

tient écartées, comme les filles se tiennent au basket en attendant la remise en jeu du ballon. J'ai le temps d'enregistrer
tous ces détails, avant de revenir à son visage qui m'est
devenu si précieux depuis. J'allais écrire familier, mais non,
ça serait absolument faux, jamais le visage de Blandine ne
m'a été familier, jamais il n'a cessé de me bouleverser. Le
chignon fait à la va-vite, laissant échapper sur les tempes des
petites mèches brunes entortillées, mais dont la masse sombre
donne tant de grâce au cou, aux épaules, qu'il m'arrivera de
me laisser distancer, lorsque nous marcherons côte à côte,
pour profiter secrètement du spectacle. Aujourd'hui encore,
comme ce jour-là dans la salle de rédaction de *L'Événement
du jeudi*, j'aime me présenter à elle en retrait, « trois quarts
arrière », me dis-je à part moi, comme si je m'apprêtais à
tourner avec ma caméra autour d'une statue du Louvre, voulant la découvrir d'abord de profil, le galbe du front, le nez
droit aux narines si délicatement dessinées, la ligne tendue du
menton, puis venant embrasser petit à petit son visage de face
dans sa stupéfiante gravité, étonné chaque fois d'y deviner,
sous la beauté, l'empreinte d'un malheur, ou d'une profonde
amertume, que le temps n'aurait pas cicatrisé.

Est-ce à ce malheur qu'elle pense tandis qu'elle fixe un
point mystérieux à travers la fenêtre et que je me tiens trois à
quatre pas derrière elle dans l'agitation désordonnée de cette
salle de rédaction? Et puis quelqu'un me salue, me disant
qu'il n'y a pas dix minutes Jean-François Kahn a demandé à
la ronde si on ne m'avait pas aperçu, par hasard, et je poursuis mon chemin.

La fois d'après, alors que je passe en fin de matinée, je la
trouve assise à son bureau, entourée de trois ou quatre personnes debout. Elle a sorti des photos de son portefeuille
qu'elle fait circuler, et, m'arrêtant aussitôt pour observer de
loin la scène, moi qui accorde tant d'importance à ce que
révèlent les photos, je me souviens m'être dit : « Elle ne
devrait pas faire ça, montrer ses photos à n'importe qui »...
avant de me rendre compte que j'aurais aimé qu'elle me les
montre à moi, plutôt qu'à eux.

C'est sans doute pourquoi je reste à les regarder, curieux, peut-être un peu dépité, alors que je n'ai rien à faire là, les connaissant tous plus ou moins, certes, mais ne faisant pas du tout partie de leur bande.

— Et qui est ce vieil homme ? demande une fille.

Elle tend le cou pour voir de quelle photo il s'agit.

— C'est mon père. Il est beau, hein ?

— Oui, on dirait un très vieux rabbin.

Alors elle reprend sa photo, comme si elle regrettait soudain de l'avoir montrée, et il me semble qu'elle s'absorbe silencieusement dans sa contemplation tandis que les autres, au-dessus d'elle, continuent de commenter des clichés que je ne vois pas.

C'est à ce moment-là que je me suis approché.

— Bonjour, ai-je dit, mais presque tout bas, juste pour elle.

Elle a tourné la tête, un peu surprise, et cachant aussitôt sa photo.

— Ah, bonjour ! Tu étais là ?

— Je t'ai entendue parler de ton père. Je peux voir son visage ?

— Si tu veux.

Elle a remis la photo à l'endroit pour la placer sous mes yeux, s'écartant un peu pour me laisser l'espace de me pencher.

Et puis elle a répété :

— Il est beau, tu ne trouves pas ?

— Si, et en dépit des années qui vous séparent, tu lui ressembles.

— Mais quel âge a-t-il ? Il t'a eue très âgé, non ? a repris la fille, s'apercevant soudain de notre aparté et me lâchant au passage un discret « bonjour ».

— Là... peut-être soixante-dix ans. Je ne sais pas. Il est mort.

— Ah bon. Excuse-moi, a dit la fille.

Puis les autres ont rendu les images et le groupe s'est disloqué.

Je l'ai encore observée pendant qu'elle rangeait ses photos dans son portefeuille, une trousse rouge à fermeture Éclair, au cuir patiné, sentant que je devais dire quelque chose, que je ne devais pas laisser échapper ce moment.

— Tu ne veux pas qu'on déjeune ensemble, un jour?

— Si.

Elle a aussitôt sorti son agenda de son sac qui était posé sur un coin du bureau.

— Vendredi, tu peux?

— Vendredi, c'est parfait.

— Tu sais, a-t-elle ajouté en griffonnant mon nom sur son agenda, j'ai lu ton livre. Nous, on était douze enfants.

— Vraiment?

— Ah ben oui, vraiment! Je ne vais pas te raconter des salades...

Et là, pour la première fois, j'ai vu qu'elle pouvait être voyou, en dépit de l'émotion transie qu'elle éveillait en moi.

Il n'y a aucune place dans ma vie pour qui que ce soit quand je rencontre Blandine, de sorte que je me demande pourquoi j'ai été si soudainement traversé du sentiment que je ne devais pas laisser échapper ce moment. Je suis en plein naufrage, j'ai déjà perdu tous les miens, il ne se passe pas un jour sans que je reçoive une lettre de Frédéric m'expliquant pourquoi je suis le dernier des salauds en douze points et vingt-cinq alinéas, sans compter les notes en bas de page, un traître, un «collabo» m'écrit-il même un jour, et quand ce n'est pas Frédéric, ce sont des lettres en provenance de Bordeaux d'oncles et de tantes sur lesquels je ne mets aucun visage mais qui tiennent à me dire combien ce que j'ai fait est honteux, indigne, Suzanne ne méritant pas, au soir d'une vie si douloureuse, et «menée avec tant de courage et d'abnégation», ce tombereau de merde balancé de surcroît par son «fils préféré», celui sur lequel «elle savait pouvoir s'appuyer». Bien sûr, je dois me pincer pour m'assurer que je ne rêve pas, qu'il se trouve des gens que nous n'avons jamais vus ni à la Côte noire ni au Pré-au-Bois pour m'écrire aujourd'hui de telles âneries, mais il n'empêche qu'à se faire insulter tous les jours on se sent malgré soi rapetisser, se déliter, honteux de se surprendre à trembler en ouvrant sa boîte aux lettres, puis consterné de constater qu'on perd petit à petit sa capacité de travail, de réflexion, puis l'appétit, le sommeil, et, plus sourdement, l'envie de continuer à vivre dans ce cirque. Ce qui me maintient la tête hors de l'eau, ce sont Raphaël et Julia, qui n'ont perdu ni l'appétit ni l'envie de vivre, par chance, et qu'il faut donc faire dîner, auxquels il faut raconter des histoires au lit, le soir, et surtout devant lesquels il faut faire bonne figure. Et puis Agnès, que j'attends.

Quand je rencontre Blandine, et pour résumer la situation, je suis un type de quarante ans qui compte ses disparus (les chers et les moins chers), et qui attend sa femme. Elle est rentrée de son stage de ski de fond, mais elle est bientôt repartie avec notre architecte faire de la «rando» en baie de Somme, ou Dieu sait où (rien que ce mot de «rando», n'est-ce pas...). Entre les deux expéditions, rentrant plus tôt que prévu d'un reportage, j'ai trouvé notre lit maculé de sang et compris que pour éviter l'hôtel, «qui n'est pas très marrant quand on y va rien que pour ça», ils avaient donc utilisé notre chambre. «Il est clair, me dis-je aujourd'hui, me souvenant parfaitement dans quelle douleur hystérique proche de la folie m'a précipité cette découverte, que j'étais alors prêt à supporter une dose massive d'humiliation pour ne pas ajouter Agnès à la longue liste des disparus.» C'est dire si, en dépit du dépeuplement soudain qui s'est abattu sur ma vie, je ne suis pas pressé de me faire de nouveaux amis, trop occupé à sauver le peu qu'il me reste.

Et cependant, je m'entends dire à Blandine ce vendredi-là, au restaurant, des choses que je n'aurais pas songé formuler deux heures plus tôt. Des choses qui me dépassent, comme si nous étions de nouveau deux sur ma chaise et que ce vieux Bouda, de retour, avait décidé de prendre mes affaires en main. Je m'entends lui dire combien son visage me touche, quelle émotion j'éprouve à la regarder, et aussi que je crois être brusquement tombé amoureux d'elle (tandis que la nuit précédente, marchant dans les rues de Fontenay, je jouais encore à ce que je serais prêt à donner pour récupérer Agnès – «Tout, me disais-je, à part nos enfants, vraiment tout, et en priorité cette affreuse bicoque de nouveau riche»). J'ai vaguement conscience que quelqu'un me vient en aide, car arrivant de Fontenay, ahuri et les yeux rouges, je vois mal où j'aurais puisé l'audace d'aller confier des sentiments si soudains, si profonds, à une femme de vingt-cinq ans que je n'avais vue que deux fois.

Je ne sais pas ce qu'a pensé Blandine, en m'écoutant intensément. Elle était arrivée au restaurant dix minutes après moi, coiffée d'une casquette, souriante et désinvolte, m'avait-il semblé, et tout de suite j'avais donné à ce déjeuner ce tour dramatique. Elle aurait pu rire à sa façon, soudain voyou, comme je l'ai vue faire tant de fois par la suite pour se sortir des bras de certains hommes trop collants, mais quand elle a souri, c'était un sourire à peine ébauché, sous le coup de la stupeur, peut-être, et pour me dire qu'elle aussi.

Ensuite, nous ne parlons presque plus, mais nous n'avons pas envie de nous séparer, et nous passons l'après-midi à nous promener.

À un moment, comme nous sommes assis à la terrasse d'un café, je lui demande où elle aimerait partir en voyage de noces.

— Choisis, dit-elle, c'est là qu'on s'embrassera pour la première fois, alors il faut que ça soit un endroit que tu aimes déjà, dont tu n'aies que de jolis souvenirs.

Elle aurait pu dire : «Pourquoi un voyage de noces?» et alors notre histoire aurait dû commencer à Paris, cette ville que m'a gâchée notre mère, cette ville où je me sens sans cesse oppressé, nerveux, comme si on m'y voulait du mal, incapable même de lever les yeux car poursuivi par ses hurlements, tant d'années après, d'une gare à l'autre, lorsque revenant de Luc-sur-Mer nous attendions Toto à Saint-Lazare pour gagner la gare de Lyon, puis encore habité de son désespoir et de ses larmes lorsque nous logions à l'hôtel Pasquier, au-dessus des prostituées de Mme Périgne, dans ce quartier Saint-Lazare que je ne peux jamais traverser sans tressaillir.

— Luc-sur-Mer, dis-je. Tu veux bien que je t'emmène à Luc-sur-Mer?

— Oui, et comme ça on s'embrassera pour la première fois devant la mer.

Alors nous décidons quand nous allons faire ce voyage de noces. Nous ne sommes pas pressés, nous pouvons attendre. Ce soir-là, elle prend le train pour aller passer le week-end chez l'une de ses sœurs et embrasser ses neveux.

— On pourrait partir lundi, propose-t-elle.

— Oui, lundi, et on rentrerait le lendemain avant quatre heures pour que je ne rate pas la sortie des écoles.

— Ce week-end, je t'écrirai, dit-elle.

Et nous nous séparons là, sur le trottoir.

37

Je la photographie avec sa casquette, puis sans casquette, et de retour à Fontenay j'inspecte chaque cliché à la loupe. Mais je suis déçu, je ne suis pas parvenu à capter cette expression qui me serre le cœur à certains moments, comme si elle me laissait entrevoir son âme sans le vouloir. «Sans le vouloir, dis-je tout haut, mais bien sûr!» Quand je la photographie elle pose, elle me sourit, elle veut être jolie, alors qu'elle n'est jamais si jolie, si émouvante, que lorsqu'elle est perdue dans ses pensées, ignorant que je la regarde. «La prochaine fois, j'essaierai de la photographier par surprise», me dis-je, songeant à une photo de Sabine de Grandval sur la vedette reliant Saint-Malo à Dinard (prise par Nicolas, sans doute) et sur laquelle apparaît exactement cette lumière que je guettais sur le visage de Sabine quand nous bavardions sur le muret et qu'elle m'expliquait que la quatrième était très facile.

Certains soirs, Blandine me téléphone :

— Tu es tout seul dans ta grande maison ?

— Oui, avec mes enfants qui dorment.

— Et ça va ?

— Non, pas très bien.

Elle me dit qu'elle a repensé à une scène de mon livre, et qu'elle non plus n'aime pas les dimanches.

— Les dimanches, dit-elle, c'est interminable dans les familles nombreuses.

Elle me raconte que sa mère les mettait tous dehors le dimanche après-midi pour avoir la paix. Ils jouaient sur le trottoir, elle généralement avec son petit frère qui s'appelle Clément, comme le mien (mais ne s'est pas fracassé le visage sur un bidet), et qu'ils devaient échapper à la méchanceté de certains des grands. Je l'écoute avec curiosité parce que, étant l'avant-dernière, elle me donne le point de vue des petits, comme si Oscar, notre avant-dernier, me racontait sa vie sous notre joug.

Il y a certains frères dont elle se méfie terriblement. « Lui, par exemple, dit-elle, je préfère changer de trottoir si je le croise », et je reconnais dans cette espèce de peur animale ce que je peux éprouver pour Frédéric, me demandant soudain si Guillaume, ou Anne-Sophie, n'éprouvent pas la même frayeur à mon égard pour tout le mal que je leur ai sûrement fait quand ils étaient petits.

Cependant, Blandine n'occupe pas mes pensées plus de deux ou trois heures par jour ; le reste du temps, je retourne à mon naufrage. Je ne peux pas me résoudre à cesser d'attendre Agnès parce que j'ai le sentiment que si je renonce et m'en vais, je vais réduire à rien, d'un seul coup, vingt ans de notre vie. C'est faux, bien sûr, je le sais aujourd'hui, les enfants demeurent, la mémoire ne s'efface pas, tout ce qui a été bien le reste, mais au moment de sauter on ne peut pas se défendre de penser qu'on va tout perdre, que rien ne survivra à la fin d'une histoire qui paraissait avoir donné son sens à toutes les autres choses de la vie. À quoi bon avoir voulu des enfants, se dit-on, puisqu'on ne sera plus ensemble pour les voir grandir, et puis à quoi bon avoir surmonté tant de drames pour ne pas se perdre, avant et pendant les enfants, si c'est pour se perdre quand même ? Et sans rien se dire, sans se retourner, sans essayer de comprendre. De la façon la plus lamentable qui soit. Je songe que la mort de l'un de nous deux, Agnès ou moi, aurait été préférable à cette rupture silencieuse venant après des mois de pourrissement. « La mort met fin à la présence, me dis-je, mais elle n'entache rien du reste, elle laisse tout en l'état, dans la beauté intacte du souvenir. »

Et puis c'est Noël, et je viens avec Raphaël et Julia à la fête qu'organise *L'Événement du jeudi* pour les enfants. Je suis si préoccupé, arrivant de Fontenay, si soucieux pour nous trois, que j'ai presque oublié la présence de Blandine. Et soudain elle surgit avec une assiette de gâteaux, la taille prise dans une ceinture d'homme qui fait bouffer un jean gris deux fois trop large pour elle, amorçant un petit pas de danse et nous regardant du haut de ses longues jambes, mais à la dérobée, comme si elle passait par là tout à fait par hasard, avant de déposer l'assiette de gâteaux sous le nez de mes enfants et de poursuivre son chemin.

Comment s'aperçoit-elle que je ne lis pas ses lettres ? Elle me donne la première durant notre voyage de noces à Luc-sur-Mer, le mardi matin, tandis que nous prenons notre petit déjeuner sur la digue, au pied de l'horloge, dans un café qui n'existait pas quand j'étais enfant.

— Tiens, me dit-elle, ce week-end je t'ai écrit.

Et puis elle s'en va.

Il me semble que je ne lis pas au-delà de la première phrase, que je referme aussitôt sa lettre pour la glisser dans ma poche. Je ne peux pas. Sans doute est-ce que je me dis que je la lirai plus tard, mais là je ne peux pas. C'est une autre lettre que j'attends tous les jours, celle d'Agnès, et tant que je ne l'aurai pas reçue je ne pourrai pas lire ce que m'écrit Blandine. Nous pouvons dormir ensemble et nous aimer, mais sans rien se dire, comme si ça n'existait pas, maintenant que nous nous sommes dit l'essentiel, le premier jour, au restaurant. Oui, comme si ça n'existait pas. Le silence est la seule chose qui me convienne, de ce côté-ci de la vie, tandis que de l'autre, à Fontenay, j'espère au contraire des déluges de mots qui me consoleront et me laisseront penser que notre vie n'a pas été un tel échec, je veux dire ratée au point d'être balayée par la seule apparition de M. Castillo.

Blandine m'écrit la nuit dans son lit, dans des cafés, dans le train, dans l'avion, à son bureau, sur des cahiers à spirale dont elle arrache les feuilles avant de les glisser dans des enveloppes à en-tête des hôtels où elle est descendue. Et quand nous nous croisons, elle dit :

— Tiens, je t'ai écrit.

Et aussitôt elle s'en va. Toujours. Comme si elle n'avait pas envie de savoir ce que je vais faire de sa lettre. Si nous sommes chez elle, elle va faire un tour dans la salle de bains. Si nous sommes au café, elle va faire pipi. Et puis elle revient et ne me demande rien, ni où est passée la lettre (que j'ai glissée dans ma poche sans l'ouvrir) ni si je l'ai lue.

Mais un jour où je la rejoins dans un café, je la trouve en train d'écrire dans un cahier.

— C'est à toi que j'écris, m'explique-t-elle. Un cahier, c'est plus pratique que des lettres. Quand tu auras envie de le lire, tu me le demanderas pour un soir ou deux, et sinon je l'aurai toujours avec moi pour t'écrire quand j'en aurai envie.

— D'accord.

Je ne lui demande pas son cahier, mais ce jour-là, au moment de payer, elle laisse tomber de son portefeuille une photo d'identité.

— Comment as-tu fait cette photo ? dis-je, sidéré.

— Dans un Photomaton. Elle te plaît ?

— Elle ne me plaît pas, elle est incroyable ! C'est celle que j'essaie de faire depuis des mois.

— Prends-la si tu veux.

Je confie la photo à un laboratoire en lui demandant de m'en faire un tirage grand format. Et quand le tirage est là, je passe la soirée à le scruter, prenant des notes, y revenant inlassablement avec mes différentes loupes, m'attardant sur le regard, « ardent et triste », écris-je, sur la noblesse du front, le trait si pur du nez et l'ovale allongé du menton, me disant que jamais je n'ai approché de si près le secret de l'émotion qui m'a laissé interdit la première fois que j'ai vu Blandine.

Ce doit être aux alentours de mars que j'écris une dernière lettre à Agnès, lui demandant si je dois encore l'attendre, et lui expliquant assez connement que si elle ne m'a pas répondu d'ici huit jours je m'en irai (je suis bien conscient que ça serait plutôt à elle de partir – elle est d'ailleurs à ce moment-là à Font-Romeu –, mais outre que la maison lui appartient bien plus qu'à moi, je ne me vois pas me demandant chaque matin comment détruire ce qui me rappelle Roberto, et en particulier cette épouvantable verrière qui condamne mon bureau).

Et je m'en vais.

Je me souviens de ce matin printanier d'avril où je présente Blandine à Raphaël et à Julia. Nous avons choisi le Jardin des Plantes.

— Alors ça va être ta nouvelle femme, Blandine?

— Pas tout de suite, mais bientôt peut-être.

— Et tu l'aimes?

— Je crois bien, oui.

— Elle est comment?

— Brune, avec un très joli visage, tu vas voir.

— Alors si elle est brune, elle ne ressemble pas à maman.

— Non, elles sont très différentes.

— Maman, elle est blonde en plus.

— Oui, c'est ce qu'on disait, ma Julia.

Et alors, levant les yeux, je reconnais Blandine qui marche vers nous. Cette émotion soudaine quand elle s'agenouille devant eux parce qu'ils ne sont pas encore très hauts, Raphaël qui vient de fêter ses sept ans et Julia ses trois et demi, et puis sa main qui leur caresse la joue à tour de rôle, et eux qui viennent aux nouvelles :

— T'habites encore chez ta maman?

— Non, j'ai une maison pour moi toute seule.

— Tes cheveux, ils sont bouclés dis donc...

— Ah ça oui!

— Et tu t'es mis du rouge à lèvres.

— Oui, pour être jolie.

— Parce que t'es amoureuse de papa?

— Non, simplement pour être jolie.

— Et tu vas rester avec nous pour le pique-nique?

— Oui, regarde, j'ai même apporté des trucs à manger...

Cependant, le divorce est une chose dont je n'ai aucune expérience, et je n'arrive pas à admettre que nos enfants puissent souffrir par notre faute. Ou plutôt, par cette faute-ci, car je me dis aujourd'hui que si j'avais épousé une réplique de notre mère qui avait hurlé et terrorisé nos enfants à longueur d'année, je n'aurais sans doute ressenti aucune culpabilité. Tandis que le divorce, Toto ne nous l'a pas appris, et j'ai encore en mémoire le classement qu'effectuait notre mère entre ceux qu'elle qualifiait d'«excellents ménages», se rengorgeant pour signifier qu'elle n'admettrait pas la contradiction – «Les Duchemolle? Alors là c'est un *excellent* ménage!» – et les «divorcés», justement chassés de l'Église et qu'elle prétendait elle-même bannir de ses dîners mondains (au temps de Neuilly). Je suis le premier de mes frères et sœurs à divorcer (le dernier aussi, sans doute) et le désarroi dans lequel cela plonge nos enfants – s'ajoutant à la perte de tous leurs cousins – me semble insurmontable.

J'ai le sentiment, les premiers temps, que notre mort à tous vaudrait mieux que ce que nous vivons, car tout se passe comme si par une magie crépusculaire ce qui avait contribué au plaisir de vivre – dîner et se promener avec nos enfants, leur lire des histoires, les regarder jouer ou bavarder, etc. – se retournait désormais contre nous, contre moi, pour ajouter une station supplémentaire au chemin de croix.

Le dimanche, je les emmène au Parc floral. Ils courent devant moi, ils rient, Raphaël en fait des tonnes pour amuser sa petite sœur, pour que la promenade soit joyeuse, parce qu'il sent que chaque pas me demande un effort. Le Parc floral me rappelle la famille que nous formions, mais tout le bois de Vincennes me la rappelle, et il ne me vient pas à l'esprit un seul lieu bucolique où nous ne serions pas allés nous promener tous les quatre, à part le cimetière du Père-Lachaise (si, le Jardin des Plantes, que m'avait suggéré Blandine la première fois, et qui va bientôt devenir *notre* jardin). Autrefois, du temps d'Agnès, jamais nous ne tombions dans les embouteillages du dimanche soir, parce que Fontenay jouxte le bois de Vincennes. Mais maintenant que j'habite Paris nous n'y échappons pas. Julia pleure d'épuisement, Raphaël se plaint d'avoir faim et soif. «Un peu de patience, les enfants, ça va aller», dis-je, mais je n'ai plus de voix, j'ai le cœur dans un étau, me répétant sans cesse que désormais tout va de travers, que si nous n'avions pas divorcé nos enfants n'en seraient pas là, que nous les avons précipités dans le malheur. Et puis ils s'endorment dans la voiture, et je songe qu'à cause de moi ils ne vont pas dîner, que je vais devoir les coucher tout habillés, sans un bain qui les aurait détendus, et j'ai la vision de notre effondrement, me demandant ce que nous allons devenir et où je vais bien pouvoir trouver la force de les porter, de continuer comme cela des années durant, semaine après semaine. De les porter au sens propre, dans mes bras, jusque dans leurs lits, les quatre étages sans ascenseur et stationné en double file, priant silencieusement pour qu'on ne m'en vole pas un dans la voiture pendant que je monterai et coucherai l'autre.

Et un dimanche soir, Blandine est là. Je la vois sortir du café au coin de la rue d'où elle devait nous guetter.

— J'ai pensé que tu serais content de ne pas te retrouver seul pour les coucher.

Et moi debout, les jambes en coton, accroché à ma portière.

— Que je serais content? Content n'est pas le mot...

— Oh! mon chéri, souffle-t-elle, tu as l'air tellement fatigué.

Ce printemps-là, le premier que nous passons sans Agnès, Julia ne veut plus de son tricycle. Elle veut un vrai vélo, comme son frère, même si au début on mettra des petites roues.

— On va aller le choisir ensemble, tu veux bien?

Elle réfléchit, et puis elle veut bien, et nous partons ensemble pour la Samaritaine, elle perchée sur mes épaules, se retenant d'une main à mes cheveux et suçant son pouce de l'autre.

Je vois que c'est le vélo rouge qui lui plaît, elle le regarde fixement, sans cesser de sucer son pouce et d'appuyer sur son nez.

— Lequel voudrais-tu essayer? lui demande gentiment le vendeur.

Il s'est agenouillé pour être à sa hauteur.

— Dis-lui, Julia.

Alors elle se tourne vers moi.

— Je veux pas l'essayer, dit-elle en retirant son pouce.

— Ça c'est impossible, ma chérie, on n'achète pas un vélo sans l'essayer.

Elle reprend son pouce et je vois que ses paupières tombent alors de moitié.

— Elle veut le rouge, dis-je au vendeur.

— Très bien, je vous l'apporte.

Mais quand le rouge est devant elle, Julia regarde ailleurs, les paupières de plus en plus lourdes comme si elle allait bientôt s'endormir.

— Vas-y, ma chérie, monte dessus, qu'on puisse voir s'il est à ta taille.

Elle fait non de la tête, en regardant au loin de ses yeux presque clos maintenant.

— Julia, on ne le prend pas si tu ne l'essaies pas.

Elle s'en fiche, elle préfère qu'on ne le prenne pas plutôt que de l'essayer, et nous repartons, deux kilomètres à pied environ.

Mais arrivés à l'appartement, je vois combien elle est triste, ayant ressorti de je ne sais où son vieux *zeuzeu*, recroquevillée sur elle-même et attendant que la vie s'arrête.

— Pourquoi tu n'as pas voulu l'essayer, ma chérie? Tu veux qu'on y retourne?

Elle réfléchit, puis elle fait oui de la tête.

Nous repartons pour la Samaritaine. Cette fois, elle veut bien essayer le vélo rouge et nous rentrons avec.

Si nous avions été une famille normale, me dis-je, constatant que tout mon samedi après-midi a filé dans l'achat de ce vélo, je ne serais certainement pas retourné à la Samaritaine, Agnès et moi aurions feint de nous fâcher, tout en riant, bien sûr, tandis que là je serais prêt à faire le tour du monde à genoux pour ne pas les voir tristes. C'est cela qui me fait toucher du doigt combien je vais mal, combien je perds pied.

Pour les vacances d'été, nous louons une maison au Pays basque avec Éric et Sylvie, mes amis. Leur fille est une copine de Julia. Nous allons à la plage tous ensemble, ils se donnent du mal pour organiser les choses, pour que nous ayons le sentiment d'être en famille, alors qu'il n'y a plus un cousin à l'horizon, que la maison de Saint-Malo a sombré dans le tsunami, papi et mamie compris, et qu'assise à côté de moi, sur le sable, une grande fille brune au visage romantique a remplacé Agnès.

Il me semble que personne n'est dupe, mais que nous faisons tous des efforts pour trouver que ce sont de bonnes vacances malgré tout. Des efforts pour paraître joyeux quand Éric prend une photo, en particulier, mais pas beaucoup plus.

Blandine continue de m'écrire. Aujourd'hui encore, je la revois penchée sur son cahier, à la terrasse d'un café, au-dessus de la plage, ou le soir, dans notre jardin. Je ne demande pas à lire ce qu'elle m'écrit, je me débats juste silencieusement pour ne pas tomber.

Comment en venons-nous à parler d'un enfant ? Je ne m'en souviens plus. Mais je me rappelle ma colère soudaine, une colère noire contre la vie, contre moi qui n'ai rien su apporter à mes enfants que ce paysage de ruines, et avec quelle violence je me suis emporté, lui criant à la figure cette phrase impossible :

— Blandine, je n'aurai jamais plus d'enfant ! Tu m'entends bien ? Jamais plus !

Nous étions allongés l'un près de l'autre. Elle a éteint et s'est simplement retournée, comme pour se protéger de moi, et je suis resté les yeux grands ouverts dans la nuit.

Le lendemain ou le surlendemain, elle m'a glissé ce petit mot, sans enveloppe, cette fois, pour être bien certaine que je le lirais : « Songer que je n'aurai jamais d'enfant de toi me brise le cœur. »

À l'automne, je propose à Jean-François Kahn un reportage sur les *cartoneros* de Bogotá qui se font tuer la nuit par des milices d'extrême droite. Les assassins appellent cela « nettoyer la ville », et leur expression me rappelle le vocabulaire de nos parachutistes pendant la guerre d'Algérie qui invoquaient sans cesse le « nettoyage de la casbah ». Je n'arrive plus à écrire, j'ai abandonné le manuscrit commencé à Fontenay au lendemain de *Priez pour nous*, et je ne lis plus qu'*Extinction*, en lequel je trouve un profond réconfort car

Thomas Bernhard, qui a éteint tous les siens, est toujours debout après cette entreprise (et capable d'écrire *Extinction* – il est mort en 1989, trois ans après la publication de son livre) : «Celui qui quitte les siens contre leur volonté, et par-dessus le marché, comme je l'ai fait, de la façon la plus impitoyable, doit s'attendre à leur haine...» Je n'écris plus, j'ai besoin d'argent, et ce que j'aime chez Kahn (outre que sans lui je n'aurais jamais connu Blandine), c'est qu'il est toujours partant.

À Bogotá, après quelques jours à errer, je sympathise avec deux *cartoneros* qui acceptent que je me joigne à eux. De 18 heures à 3 heures du matin, nous ramassons les cartons dans les poubelles de la ville et nous les empilons sur un chariot dont les roues sont des roulements à billes. Puis nous dormons deux ou trois heures dans un des parcs de la ville et, vers 6 heures, nous allons vendre les cartons à un récupérateur. Je les aide à faire les poubelles et à pousser le chariot, mais je leur abandonne ma part – ils ont compris que j'avais une autre idée derrière la tête.

Moi, en revanche, je mets du temps à comprendre que ce qui m'a plu dans la perspective de ce reportage, c'est qu'on allait peut-être me «nettoyer», et par la même occasion me débarrasser du poids insoutenable que pèse désormais ma vie. Je le comprends petit à petit, au vertige que j'éprouve à m'endormir chaque soir sur un carré d'herbe, à la merci des assassins, m'avouant silencieusement que j'aimerais ne plus me réveiller.

Quelques semaines plus tard, de retour à Paris, je crois m'évanouir en apercevant Agnès quelques marches au-dessus de moi dans l'escalier de la station de métro Denfert-Rochereau. Elle est habillée du pull marin qu'elle portait à Rabos l'année où elle a eu cet accident de cheval par ma faute et elle a sur l'épaule le sac à main Céline hérité de sa mère. Il me revient qu'elle avait ce même pull marin au Pirée, le matin où nous nous sommes retrouvés à mon retour d'Addis-Abeba. Mon Dieu, j'aimerais tellement qu'elle se retourne, qu'elle me sourie et me mette les bras autour du cou comme ce matin-là. Et je pense qu'elle pourrait le faire, qu'elle n'a sûrement pas remis ce pull par hasard alors que ce n'est plus du tout la mode et qu'il est si étroitement lié à notre histoire. Elle l'a peut-être redécouvert récemment, parmi de vieux vêtements, et tout lui est revenu d'un seul coup. « Mais comment a-t-on pu en arriver là? a-t-elle songé, nous étions tout l'un pour l'autre et nous nous sommes laissé distraire... » Elle a eu le désir de l'enfiler, de se revoir comme vingt ans plus tôt, et soudain Roberto n'a plus compté, elle s'est sentie submergée par la nostalgie, par le chagrin aussi, rêvant qu'on pouvait, par la seule force d'un objet, remonter le temps, revenir au moment où rien ne s'était encore gravement détraqué pour reprendre le fil et tout retricoter différemment, avec cette fois une vigilance de tous les instants. Et tandis que je la suis, en retrait d'une vingtaine de pas, trouvant charmant qu'elle ait eu l'idée de se coiffer comme autrefois, ses cheveux raides et blonds lui effleurant les épaules (plutôt que ces anglaises artificielles et exubérantes qu'elle s'était fait faire pour Roberto), mon regard glisse sur la courbe de ses reins et s'attarde sur ses fesses. « Tu ne veux pas enlever ton slip pour te faire bronzer les fesses? – Et si M. Estariol me surprend? – D'où je suis, je vois parfaitement le chemin, je te préviendrai s'il monte. – Bon, d'accord, mais alors t'as intérêt à bien surveiller. » Et au lieu de surveiller le chemin, j'avais tranquillement regardé ses fesses avec mes jumelles depuis le toit du mas. Elle était à plat ventre sur le muret de la terrasse, son livre et le haut du corps à l'ombre du figuier, mais les fesses au soleil. Sans doute est-ce que dans son désarroi elle devient aussi con que moi, me dis-je, jouant sans cesse à la roulette – si le feu passe au rouge à l'instant où j'y arrive, c'est que William me suit, alors je me retournerai et on s'enlacera en pleurant. Le feu passe au rouge, et en effet elle se retourne. Mais c'est une jeune fille d'une vingtaine d'années, au visage un peu étriqué, qui semble juste agacée d'être arrêtée dans sa course par le flot des voitures et vouloir nous prendre à témoin.

Un autre jour, à la gare Montparnasse, je crois de nouveau croiser Agnès. Mais cette fois la femme lui ressemble éton-

namment, et moi qui n'ai jamais osé aborder une inconnue, je
trouve le culot d'engager la conversation. Elle est fatiguée de
Paris et part pour quelques jours à Granville, chez son père.

— Ah. Et vous êtes peintre, dis-je en avisant la mallette
qu'elle porte en bandoulière.

— Aquarelliste.

Aquarelliste, justement, comme avait tenté de le devenir
Agnès à Mortefontaine. J'avais complètement oublié cet épisode de notre vie. Il me semblait qu'Agnès avait un talent si
prometteur que je lui avais aussitôt offert une boîte semblable
à celle-ci. Et puis elle avait abandonné après quelques mois.

— Quand vous rentrerez de Granville, on pourrait se
revoir, non?

— Pourquoi pas? Appelez-moi si vous en avez toujours
envie.

Et je prends son téléphone. Et pendant les dix jours que
dure son absence, je me persuade que cette femme dont je ne
sais pratiquement rien est la solution à notre problème. Si
semblable à Agnès que nous pourrions avoir l'illusion qu'elle
est revenue. On rachèterait une maison à Fontenay, la nôtre
de préférence, je veux dire la petite, si par chance elle était à
vendre, je mettrais Séverine dans mon lit et le dimanche
matin Raphaël et Julia reviendraient se coucher entre nous
deux, l'appelant maman, n'y voyant que du feu. On repren-
drait nos jeux dans le jardin autour du cerisier et nos promenades en famille au bois de Vincennes. Je me réinstallerais
dans mon bureau et me remettrais aussitôt à écrire, sauvé in
extremis du gouffre dans lequel je nous voyais tomber.

Je l'appelle à son retour et nous nous voyons. Je lui
explique que j'ai beaucoup pensé à elle depuis dix jours,
qu'elle est sans doute la femme que je cherche.

— Vous savez, me dit-elle, je sors d'une histoire épouvantable avec un type complètement cinglé, alors je ne suis pas
prête à remonter en voiture. On ne m'aura plus si facilement.

— Ah, je comprends. Mais si ça peut vous rassurer, je ne
suis pas cinglé.

— Je n'ai pas dit ça, mais je préfère vous prévenir tout de
suite qu'il va vous falloir beaucoup de patience.

Je suis conscient qu'elle parle comme une guichetière de la Sécurité sociale, que tous ses mots sont dévastateurs pour l'idée que je me fais de l'amour, que son regard me donne la chair de poule par moments, et en dépit de tout ça je ne peux pas me défendre de penser qu'elle est la solution.

— Et si on commençait par se tutoyer ?

— Si tu veux, dit-elle, touchée, et sans doute flattée, par ma pugnacité.

En fait, au bout de quelques jours, elle se surprend déjà à y croire, « prête à remonter en voiture ». C'est elle qui le dit :

— Eh bien tu vois, je suis surprise de te faire confiance.

Pas autant que moi, sûrement. Car voilà que la petite voix intérieure qui tentait vainement jusqu'ici de modérer mon ardeur se met à crier de plus en plus fort : « Arrête pendant qu'il est temps, Ducon, tu sais très bien que tu la mènes en bateau et que ça va mal finir. »

Mais je me suis éloigné de Blandine, j'ai tout foutu en l'air, tout misé sur ce coup et je veux continuer d'avancer.

Elle remonte en voiture, et le voyage ne dure pas plus d'une nuit. J'en reviens nauséeux, comateux, plus détruit que je ne l'ai jamais été et réfléchissant déjà tout en marchant à la lettre d'excuses et de rupture que je vais écrire à cette femme qui ne m'avait rien demandé, attendant seulement son train pour partir à Granville. « Chère Séverine, à l'avenir, méfie-toi des gares et des passages à niveau, un cinglé peut en cacher un autre... »

« Il faut essayer de s'en sortir par l'humour », me dis-je, bien que je n'aie aucune envie de rire.

38.

Elle se méfie des dimanches après-midi et des hivers à la campagne où elle a grandi, après la mort de sa mère, à cause du froid et de la nuit qui tombe tôt, dit-elle. Elle dit que sans le basket elle se serait peut-être enfuie, et comme je veux voir son expression à cette époque, elle me montre des photos parues dans le journal où on la voit poser dans l'équipe départementale avec ses longues jambes et son sourire à peine ébauché. Elle a treize ans, un visage pointu d'enfant triste, et sur l'autre photo quatorze ans, dit-elle. Elle a gardé ces coupures de journaux dans une grande enveloppe marron, parmi d'autres secrets qu'elle ne me propose pas de partager. Elle est la seule de tous ses frères et sœurs à être venue à Paris, après ses études. Elle dit que ce qu'elle aime, à Paris, c'est qu'il y a toujours de la lumière, même au milieu de la nuit, même en plein hiver, et qu'à chaque coin de rue il y a un café. «Tout l'argent que je gagne, je le dépense dans les cafés», dit-elle. Et puis elle se lève, monte un peu la musique et se met à chanter sur la voix du type en amorçant un ou deux pas de danse. «Je vais faire du thé», dit-elle. Peu de temps après notre voyage de noces à Luc-sur-Mer, je l'avais rejointe à Lyon où elle se trouvait en reportage. «Ce que j'aimerais, m'avait-elle dit, c'est qu'on vive toute l'année à l'hôtel. Toi, tu écrirais, mon chéri, et moi je partirais tôt le matin pour ne pas te déranger.» Jamais personne ne m'avait dit «mon chéri» de cette façon-là, comme si j'étais devenu infiniment précieux.

Bon, et que dit-elle encore ?

Dans le train qui me conduit à Biarritz, où elle m'attend à l'hôtel Plaza, j'essaie de me remémorer le peu que je sais d'elle. Pas mal de garçons avant moi dont il m'est arrivé de croiser les visages sur une photo tombée sous mes yeux par hasard et qu'elle m'a aussitôt reprise pour la glisser dans son enveloppe marron. L'affection qu'elle porte à sa sœur aînée Sophie qui l'a élevée après la mort de leur mère (c'est chez elle qu'elle allait passer le week-end après notre premier déjeuner). La tendresse qu'elle voue à son petit frère Clément. Son père qui bûcheronnait tout seul dans une forêt de Haute-Saône vers la fin de sa vie, auquel elle venait rendre visite presque tous les week-ends au volant d'une Peugeot calamiteuse achetée sur le campus de sa fac, lui portant du chocolat Côte d'Or noir aux noisettes, parce qu'elle savait que c'était son préféré, et lui cuisinant le soir de la soupe au potiron. Son père qui a l'air d'un vieux rabbin d'Europe de l'Est, en effet, avec ce profil magnifique qui est aussi celui de Blandine, et qui est mort l'année de ses vingt ans. «Ah, c'est comme ça la vie, tout le monde n'a pas la chance d'être orpheline!» dit-elle, faisant la voyou, quand l'un ou l'autre se plaint de ses parents.

Elle ne sait pas qu'elle est d'une beauté si touchante, si troublante, c'est ce qui me frappe quand j'y songe. On jurerait que personne avant moi ne le lui a dit. Sa mère n'a pas eu le temps, sans doute, et son père devait être trop pudique pour dire de telles choses à la plus jeune de ses filles. Mais les garçons qui l'ont aimée avant moi? Je me demande avec quels yeux ils la regardaient. Et comment ont-ils pu supporter de la perdre? Il y a des âmes si secrètes, si attachantes, qu'on doit avoir le sentiment, les perdant, de dégringoler de plusieurs étages, comme si on s'était élevé grâce à elles. J'ai cru perdre Blandine durant quelques heures seulement, sortant de chez mon aquarelliste, je sais donc ce que c'est, mais le soir je dormais de nouveau auprès d'elle, le visage enfoui dans ses cheveux de gitane et n'y pensant plus, ne voulant plus penser à rien, merci.

Elle se laisse aimer avec volupté, elle veut bien qu'on la regarde, qu'on la photographie, mais quand on la quitte pour quelques heures on a conscience de tout le travail qu'il reste à faire pour la connaître. On connaît son corps, l'odeur de ses cheveux, mais on ne sait encore presque rien d'elle, il reste tout à découvrir. «Aimer Blandine m'épuise, ai-je dit l'autre jour à Bernard Barrault. Elle aura été l'œuvre de ma vie, bien plus importante que tous les livres que nous avons faits ensemble, toi et moi – et d'ailleurs, je ne t'apprends rien, puisqu'elle est présente dans la plupart sous des prénoms d'emprunt. J'ai scruté à la loupe et annoté des dizaines de photos d'elle que j'ai récupérées chez ses frères et sœurs, j'ai écrit sur elle des centaines de pages et je demeure étreint par la même émotion, aujourd'hui encore, certains jours où je l'observe à la dérobée, exactement comme si je n'avais rien foutu durant ces vingt ans.»

Mais ce jour-là, dans le train de Biarritz, je ne suis qu'au début de cette entreprise. Et plein d'espoir en sa réussite. Je vais lui dire que je veux un enfant d'elle, et je ne doute pas qu'elle va me prendre brièvement dans ses bras avant de faire semblant de n'avoir rien entendu et de me proposer d'aller dîner dans un restaurant qu'elle a repéré la veille en pensant à moi. «En pensant à toi, mon chéri.» Et cet enfant, nous allons le concevoir durant son reportage au Pays basque français, puis espagnol, puisque toutes les nuits nous dormirons ensemble.

Elle est enceinte de trois ou quatre mois cet été 1992. Nous avons loué une maison au Pays basque, dans les terres, une maison plantée sur une pente herbeuse et qui regarde les Pyrénées. Tout de suite la dame nous a plu. «Et si vous avez des enfants... – Nous en avons deux, bientôt trois. – Ah, quelle bonne nouvelle! Les miens sont grands, mais j'ai tout gardé, je vais vous montrer, il y a de quoi s'amuser...» Sur les photos que j'ai conservées de cet été-là, Blandine porte une salopette sous laquelle on devine son ventre rond. Ici, elle joue à la marchande avec Julia, et là ils sont tous les trois à la terrasse d'un café de Cambo-les-Bains, Raphaël et Julia buvant des diabolos fraise avec des pailles. Sur une autre, nous lavons la voiture, Raphaël a pris le jet et il arrose Julia de dos qui a descendu sa culotte pour lui montrer ses fesses tout en se tordant le cou pour lui tirer la langue.

Je me suis remis à écrire, et j'ai conscience que Blandine observe cela en retenant son souffle, un peu comme j'observais son ventre quelques semaines plus tôt, se demandant si vraiment cette chose incroyable et tellement espérée va prendre, puis se fortifier, jusqu'à exister un jour. Je n'en suis pas certain moi-même tant la flamme est ténue, mais il me semble que pour la première fois depuis deux ans je suis capable d'émettre une petite musique – pauvre, syncopée et sèche, tout à l'opposé de celle qui m'avait porté durant l'écriture de *Priez pour nous* – mais qui convient exactement à ce qui me traverse : le souvenir de nos dimanches d'errance au parc floral que je transpose insensiblement dans un paysage de guerre. Je connais déjà le titre du livre (si je parviens à l'écrire) : *Je voudrais descendre*, qui m'est inspiré par la chanson de Jane Birkin, «Quoi», que j'écoutais alors en boucle dans les embouteillages, au retour du bois de Vincennes – *Quoi, de notre amour fou ne resteraient que des cendres / Moi j'aimerais que la terre s'arrête pour descendre*. Tous les matins, et sous prétexte d'aller acheter les journaux, de se promener et de faire quelques courses, Blandine part avec Raphaël et Julia à Cambo-les-Bains. «Travaille bien, mon chéri», dit-elle.

À l'automne, je sais que le livre existera, et je le termine en décembre alors que Blandine entre dans son huitième mois. Entre-temps, nous avons trouvé à louer les étages supérieurs d'un ancien hôtel modeste dans le 20e arrondissement (les autres étages étant occupés par des amis), et pour la première fois nous cessons de courir d'un appartement à l'autre, les enfants bivouaquant tantôt chez Blandine, tantôt chez moi (le reste du temps à Fontenay), et la police profitant de notre épuisement pour mettre notre voiture à la fourrière.

Songeant à la naissance de Sophie, je mesure combien Agnès et moi étions novices et démunis pour celle de Raphaël, neuf ans plus tôt, au point d'écouter les recommandations de Frédéric et de nous laisser berner par cet imbécile de sophrologue. Cette fois, nous nous sommes inscrits à la Pitié-Salpêtrière où l'on pratique la péridurale.

Sophie vient au monde le 17 janvier 1993, se faisant attendre durant cinq ou six heures qui figurent parmi les plus douces et les plus exaltantes de ma vie. Rien ne se passe comme je le redoutais ; nous sommes aussitôt installés dans une belle pièce médicalisée où Blandine, assez excitée par l'événement, propose que nous buvions tout de suite un petit verre de vin. On lui a fait sa péridurale et maintenant on attend que le col veuille bien se dilater pour laisser passer notre fille, mais personne ne semble véritablement pressé ni inquiet. Les sages-femmes et les médecins passent alternativement regarder où nous en sommes, «tout se présente parfaitement bien, disent-ils, bravo, c'est formidable !» et c'est un peu comme si nous étions les spectateurs ravis d'une œuvre que nous aurions écrite à quatre mains, sans souffrance, dans un moment soudain d'illumination, et qui d'un moment à l'autre allait apparaître sous les applaudissements de tous ces amateurs de littérature en blouse blanche.

Nous alternons de longs moments de lecture – mais que lit Blandine ? Moi je lis le romantique *Rouge vénitien*, de Pier Maria Pasinetti, qui semble avoir été écrit pour célébrer l'inépuisable beauté de la vie quand on la découvre à l'adolescence (et qu'on est issu d'une famille bourgeoise et fortunée) – et des réflexions incrédules sur l'accouchement. «C'est normal que je ne sente rien ? me demande-t-elle en levant le nez de son livre. – Dans mon expérience, ça n'est pas normal du tout, non, mais la médecine a fait des progrès. – On ne pourra pas dire que cette petite fille nous aura donné beaucoup de souci. – C'est vrai, mais en général c'est après que ça commence. – Tu devrais aller boire une bière et prendre un peu l'air, mon chéri, ça fait quatre heures qu'on attend et je ne pense pas que tu vas rater grand-chose.»

C'est un dimanche d'hiver lumineux et je m'accoude au bar du *Vrai Saint-Marcel* pour prendre une bière. Depuis quand est-ce que je ne me suis pas senti si tranquillement euphorique, songeant à ce lien que personne ne soupçonne, me dis-je, et qui me relie de ce bar à la femme allongée dans une chambre, là-bas, quelque part sous un toit de cet hôpital aussi vaste qu'une ville, et qui avant ce soir aura mis au monde notre enfant?

— Vous, dit le barman, ça ne m'étonnerait pas que vous soyez bientôt papa!

— Ah bon, ça se voit tant que ça?

— Ça se voit à la façon dont vous regardez l'hôpital, de l'autre côté du boulevard. Comme je leur dis chaque fois : «Vous en faites pas, les gars, il ne va pas s'envoler.»

Et puis, un peu après 17 heures, voilà que les choses se précipitent, et qu'ils débarquent à toute une armada pour aider à cet événement inouï : l'extraction quasi miraculeuse d'un enfant du ventre de sa mère. Là, plus personne n'a envie de jouer au plus fin. C'est qu'on se retrouve devant la seule chose, avec la mort sans doute, qui nous ramène à notre impuissance, qui que nous soyons, et aussi prétentieux, bête et méchant que nous soyons. C'est pourquoi nous sommes d'accord pour obéir à celle ou celui qui sait, même s'il n'a pas la science infuse, même si une catastrophe peut parfaitement survenir, d'accord pour être anonymement associé à ce *on* qui regroupe tous les présents. «Alors on se met en position, on s'accroche aux poignées et on pousse. D'accord? On est prêt? On y va! On pousse, on pousse, on pousse... On relâche ! Très bien, ça. On reprend des forces... Prêt? On pousse, on pousse, on pousse... On relâche! Ça y est, bravo, on aperçoit la tête, c'est une petite brune comme sa maman. Vous avez entendu, madame? Dites-le-lui, monsieur, ça va lui donner du courage. Bon, c'est très bien tout ça, maintenant on reprend son souffle, on se remplit les poumons à fond (et là on se surprend à se remplir les poumons à fond, nous qui ne servons à rien). On est prêt? Alors on y va : on pousse, on pousse, on pousse... Oui, oui, très bien... On relâche! Et voilà la petite tête. On respire, on reprend des forces. On est prêt pour le dernier effort? (Absolument!) Alors c'est parti : on pousse, on pousse, on pousse... On relâche! Bravo! Bravo! C'est formidable! Eh bien, regardez votre petite fille si elle n'est pas jolie?» C'est le moment où l'équipe médicale se scinde en deux, où certains continuent de s'occuper de la mère, tandis que d'autres prennent en charge l'enfant, le tenant à deux ou quatre mains.

coupant le cordon, puis comme par magie lui insufflant la vie qui s'élève soudain sous la forme d'un petit braillement grippé au début, puis plus ample, plus généreux. Un instant plus tôt ce n'était qu'un petit corps inanimé au visage chagrin, et voilà qu'il vit puisqu'il proteste. On avait beau s'y être préparé, être venu tout exprès pour ça, on ne peut pas se retenir de pleurer quand s'élève cette colère minuscule, tellement inespérée, encore bien trop irréelle et bien trop belle pour être vraie. Puis quelqu'un dépose l'enfant entre les seins de sa mère, et voilà qu'aussitôt elle l'embrasse, que ses longues mains le retiennent, le caressent. «Ne pleure pas, mon bébé, souffle-t-elle, ne pleure pas, je suis là.» «Et pourquoi tout cela m'arrive-t-il à moi? se dit-on. Qu'est-ce que j'ai donc fait de bien pour l'humanité, de généreux, d'héroïque, pour mériter ce cadeau?» Rien, juste échangé des gestes d'amour avec la femme que j'aime. Tout le monde ou presque sait faire la même chose et peut donc y avoir droit, c'est ça qui est le plus étonnant, non?

— Vous voulez lui enfiler son petit pyjama, monsieur?

— Oh oui, je veux bien.

— Vous allez savoir faire, pour la couche?

— Je crois que oui.

Et pour la première fois je considère Sophie, à travers mes larmes, certes, mais suffisamment lucidement, néanmoins, pour noter qu'elle est une Dunoyer de Pranassac, et non une Verbois. Raphaël et Julia étaient apparus blonds et lumineux comme leur mère, tandis que Sophie a un petit duvet sombre sur la tête, et, pour le reste, tout ce qui décevait tellement notre mère lorsque j'apparaissais à ses dîners mondains et qu'elle reprenait plus bas, après s'être extasiée sur Frédéric et Nicolas : «Ah, celui-ci est un Dunoyer...», l'air de dire : on ne peut pas réussir à tous les coups, n'est-ce pas?

Elle est allongée sur un petit lit de serviettes-éponges, moi penché au-dessus d'elle, et c'est à notre mère que je songe, à Frédéric qu'elle disait «racé jusqu'au bout des ongles», à Nicolas qui était «beau comme un dieu», tandis que la petite fille brune qui est là, et qui maintenant ne pleure plus, semblant se demander pourquoi tant de silence, soudain, après tant d'agitation, est mon portrait.

«Mon Dieu, me dis-je, comme je suis content de les avoir éteints, tous, même s'ils survivent et s'agitent dans ma mémoire, comme je suis content de savoir qu'elle ne les croisera jamais, que jamais je n'entendrai notre mère dire : "Ah, celle-ci est une Dunoyer...", que jamais je ne lirai dans les yeux de Frédéric ce qu'il n'aurait plus osé dire tout haut mais qu'il aurait pensé néanmoins – comme je suis content de les avoir tous mis hors d'état de nous nuire. Je suis le maillon rompu, celui sur lequel s'est cassée la chaîne, je les porte en moi, je ne peux pas me débarrasser de leur poison, mais leur poison ne peut plus atteindre les miens, ils sont devenus lointains, invisibles, inaudibles, plus rien de mauvais ne se transmet d'eux, sauf ce que je porte en moi et que je vais continuer d'écrire, et que tu liras peut-être un jour, ma Sophie, mais alors tu seras suffisamment grande et forte pour en sourire.»

— Ça va aller, monsieur?

— Oui, je la regardais.

— Elle est adorable, vous l'avez bien réussie.

— C'est exactement ce que je me disais.

— Mais maintenant il faut l'habiller, sinon elle va prendre froid. D'accord, monsieur?

— Oui, tout de suite.

— Vous voulez que je vous montre pour la couche?

— Non, les couches, ça ne me fait pas peur.

Si elle savait. À dix ans déjà je changeais celles de Cécile, puis de Marie. Je lui mets sa couche, sa petite brassière et son premier pyjama – un truc rouge en tissu-éponge avec des pressions dans le dos à la verticale, mais également à l'horizontale, ces dernières permettant d'ouvrir un carré de tissu au niveau des fesses que nous, les grands, appelions le «coffre arrière» à la Côte noire, et qui vous donne directement accès à la couche sans que vous ayez besoin d'enlever le haut.

Je ferme le coffre arrière, pour la première fois je la prends dans mes bras, pour la première fois je l'embrasse dans le cou, et puis je lui dis tout bas : «Toi, ma Sophie, tu seras comme ta maman, la plus romantique et la plus jolie des jeunes femmes. Oh, si tu savais comme je t'aime.» Songeant à part moi qu'un enfant à qui l'on répète tous les jours combien il est gracieux, combien on l'aime, ne peut devenir qu'aimable et gracieux. D'ailleurs, je n'ai qu'à m'interrompre d'écrire, là, tout de suite, et lever les yeux de mon bureau pour voir combien Sophie est émouvante, jouant du violon sur la scène de je ne sais plus quel théâtre. Elle a seize ans, c'est moi qui ai pris la photo.

À la veille de ses deux ans, j'ai fait un cauchemar. Sans me prévenir, Blandine avait invité la fille unique de Nicolas à l'anniversaire de Sophie. L'une et l'autre ont exactement le même âge. Je vois surgir cette enfant dans notre grande pièce, blonde et éthérée, suivie de Nicolas-beau-comme-un-dieu et de sa femme, une Suédoise hallucinante, quasiment transparente, qui se tient en lévitation.

— Mais d'où sortent-ils? dis-je.

— C'est moi qui les ai invités, me souffle Blandine à l'oreille. Je trouve tellement dommage que Sophie ne connaisse pas ses cousins.

— Comment as-tu pu faire ça? Tu ne vois pas qu'ils vont écraser Sophie?

Et, de fait, tandis que notre fille était jusqu'ici le centre de son anniversaire, ouvrant ses cadeaux sous le regard des autres enfants et de leurs parents, l'assistance n'a soudain d'yeux que pour les nouveaux venus. Ils captent toute la lumière de la pièce, nous reléguant petit à petit dans les ténèbres. Alors, tandis que la foule se presse autour d'eux, j'entends distinctement Sophie m'appeler au secours, mais à l'instant où je la cherche des yeux elle a disparu, comme happée par la nuit. Je m'élance à tâtons, tandis que l'obscurité gagne le reste du monde, se prolongeant bien au-delà des murs, et que la voix de Sophie faiblit. Il me semble que je suis sur le point de m'effondrer, d'éclater en sanglots, quand par bonheur je me réveille.

Alors j'ai bondi de mon lit pour aller m'assurer que Sophie était bien dans le sien.

— Ça ne va pas, mon chéri? s'est enquise Blandine à mon retour.

— J'ai fait un cauchemar. J'étais très en colère contre toi, tu avais invité mon frère Nicolas à l'anniversaire de Sophie...

— Ça ne risque pas d'arriver, je ne connais aucun de tes frères et sœurs.

— Oui, je sais. Tu ne peux pas imaginer comme ça me soulage.

Je fais monter Raphaël et Julia en voiture et je leur dis : «Venez, je vais vous présenter votre petite sœur.» En chemin, nous achetons des fleurs et des gâteaux pour que ça soit un moment joyeux, mais je vois combien Julia est abattue. Raphaël a déjà sa vie, ses amis de Fontenay qu'il conservera et associera à son premier film, *Histoire de fils*, dix ans plus tard, ce nouvel enfant c'est ton affaire, pas la mienne, semble-t-il dire en me regardant m'agiter, tandis que pour Julia, qui vient de fêter ses cinq ans, Sophie apparaît sans doute comme un nouvel élément du morcellement de sa vie. Depuis qu'elle a ouvert les yeux sur le monde, tout ne cesse de se désagréger autour de Julia. Raphaël a connu deux années pleines d'amour et de lyrisme à Mortefontaine, puis encore deux bonnes années dans la petite maison de Fontenay, avant que les catastrophes ne s'enchaînent à un rythme soutenu dans un ordre que je rappelle, pour mémoire : la mort de sa grand-mère maternelle (qu'il adorait), l'arrivée de Roberto dans la vie de sa mère, la publication de *Priez pour nous*, aussitôt suivie de la perte de ses grands-parents paternels et de tous ses cousins, enfin la séparation de ses parents (qui sera bientôt suivie de la vente de la grande maison de Fontenay dont Agnès décidera de se débarrasser pour venir habiter Paris). Julia, elle, n'a pas eu le temps de se faire quelques bons souvenirs. Elle n'a conservé aucune image de ses parents ensemble, ni de la petite maison de Fontenay, sa maison natale. Quand elle a pris conscience de sa propre existence, Agnès vivait déjà avec Roberto et je l'avais déjà débarrassée de toute sa famille. Elle était quasiment seule au monde, entre des parents qui ne se parlaient plus, bivouaquant ici ou là dans des maisons condamnées à disparaître.

Je me demande ce qu'elle peut bien éprouver pour Sophie, et quelle bonne raison elle aurait de l'aimer ? Blandine était d'une infinie tendresse avec elle, jouant à la marchande et la déguisant autant qu'elle le voulait (en mariée de préférence), et voilà qu'elle a désormais un bébé sur les bras. Elle passait une grande partie de ses loisirs perchée sur mes épaules, observant silencieusement le monde de là-haut tout en suçant son pouce et en appuyant sur son nez, et voilà que la place risque d'être prise par l'avorton. Où se mettra-t-elle ? Que lui restera-t-il ?

C'est ce qu'elle semble se demander sur la première photo que je fais d'elle, dans la chambre d'hôpital. Blandine tient Sophie contre son sein et Julia, plantée à côté du lit, est livide. Je me souviens que juste après la photo elle m'a dit qu'elle avait envie de vomir et que nous sommes partis nous promener tous les deux dans les allées de l'hôpital.

Mais sur la photo d'après, que j'ai toujours avec moi, qui peut expliquer pourquoi Blandine ne cessera jamais de m'émouvoir (en plus de tout ce que j'ai déjà dit), Julia tient Sophie sur ses genoux, et Blandine a enlacé Julia, tenant sa joue tout près de la sienne et lui murmurant à l'oreille quelque chose qui la fait sourire tandis qu'elle a bien envie d'enfoncer son doigt dans l'œil de sa petite sœur. Sophie a trois mois, alors, et nous sommes en Provence, profitant du premier soleil de printemps sur la terrasse de notre chambre d'hôtel. C'est le premier voyage que nous faisons tous les cinq, et Blandine prend Julia dans notre lit, le matin. Et puis elle lui montre comment changer la couche, comment talquer les petits plis, comment donner le biberon. Quand Sophie est rassasiée, Blandine la dépose sur notre lit, au milieu des draps défaits et des oreillers, et Julia, qui est toujours en pyjama, vient s'allonger à côté d'elle. La tête appuyée sur son coude, elle la regarde en fronçant les sourcils, tout en croquant une pomme. On devine sur certaines photos qu'elle se demande comment on peut bien aimer une petite chose aussi dégoûtante dont on voit la glotte rouge et baveuse quand elle pleure. Mais sur d'autres photos elle cesse d'être dégoûtée puisqu'elle fait lécher son trognon de pomme à sa petite sœur.

Julia n'est sûrement pas complètement rassurée, mais maintenant elle sait que Sophie ne l'a pas évincée du cœur de Blandine, ni du mien, bien sûr.

39

Comme si le séisme engendré par *Priez pour nous* – la disparition de tous les miens, puis mon divorce – m'avait ramené au premier séisme que fut l'expulsion. De fait, je suis de nouveau expulsé : de la maison de Saint-Malo et de chez mes frères et sœurs, puis de notre maison de Fontenay – même si, comme me l'écrit justement Frédéric, je suis le seul responsable de l'exclusion qui me frappe, moi et mes enfants, «ayant commis l'une des choses les plus graves qui soit : la trahison» (ce mot de «trahison», venant de Frédéric, je m'en fous). Il n'empêche que je retrouve dans cet effondrement, qui survient l'année de mes quarante ans, le souvenir du chagrin et de l'effroi que j'ai connus trente ans plus tôt. Et j'éprouve une fascination transie à revisiter cet état, comme si, reconnaissant la petite musique qui m'avait permis de me tenir la tête hors de l'eau à la Côte noire, je me laissais happer par la nostalgie.

Je suis curieux du malheur qui me frappe à quarante ans parce qu'il me ramène à celui de mes dix ans, l'un éclairant l'autre, et réciproquement. Et c'est ainsi que je découvre que Toto avait également quarante ans (à quelques mois près) l'année de notre expulsion de Neuilly. Et que lui aussi était le seul responsable de l'exclusion qui le frappait, lui et ses enfants, «ayant commis l'une des choses les plus graves qui soit : vivre au-dessus de ses moyens» (écris-je fébrilement dans mon carnet, singeant Frédéric avec une jubilation morbide). Et soudain je comprends pourquoi, écrivant *Je voudrais descendre,* je n'ai rien trouvé de plus original que d'embarquer un père et ses deux enfants dans une Peugeot pour fuir le malheur qui s'était abattu sur leurs têtes. Dans une Peugeot, vous avez bien lu, la voiture de Toto, tandis que pour ma part je ne possède alors qu'une merde de Renault. En somme, écrivant ce livre, je me suis laissé conduire par la petite musique de mes dix ans, au temps où Toto nous embarquait dans sa Peugeot pour fuir notre mère, remettant à quarante ans mes pas dans les siens, ou plutôt mes roues dans les siennes. Certains jours, je rêvais qu'il nous emmenait vers la Russie du général Wrangel, et que désormais nous allions nous enfoncer dans la profondeur du monde, traverser des guerres et des révolutions, nous perdre irrémédiablement et ne plus jamais revenir à la Côte noire, ne plus jamais la revoir, elle, ne plus jamais l'entendre.

Et c'est exactement le scénario de *Je voudrais descendre :* ils partent sur les routes pour échapper au chagrin, et de frontière en frontière ils finissent par entrer par inadvertance dans un pays en guerre dont ils ne parviennent plus à sortir.

« Les enfants dorment sur la banquette arrière, roulés dans la couverture des pique-niques. J'attends la fin de la nuit sur mon siège, devant mon volant. Je ne dors pas, je ne peux pas. [...]

« Quand le jour se lève, je regarde mon visage dans le rétroviseur. Jai les yeux rouges, mes cheveux sont sales. Je descends pour marcher, et alors je vois qu'il ne reste que la façade de la mairie. Par les fenêtres crevées on aperçoit les restes calcinés de la toiture, et le gris du ciel, par endroits. Les autres bâtiments de la place ont également brûlé, aucun ne semble plus habité.

« Je m'assois sur une pierre à quelques pas de la voiture. La pluie tombe un peu, puis s'interrompt. Sébastien se réveille le premier. Il se gratte la tête et me cherche. Il me voit par la fenêtre, il sourit. Il descend doucement pour ne pas réveiller Élise. Il vient vers moi en chaussettes. Il m'embrasse et il s'assoit à côté de moi.

« Il demande :

« — Ça va, papa ?

« Et un peu plus tard :

« — Pourquoi tu ne dis rien, papa ?

« Je dis :

« — Sébastien, il nous arrive quelque chose de très grave. Depuis des semaines les gens sont enfermés dans cette ville. Je crois que beaucoup ont dû mourir. Regarde, tout a brûlé autour de nous. Je ne sais pas comment on a pu se laisser enfermer dans tout ce malheur. »

Quand paraît *Je voudrais descendre*, à l'automne 1993, je pars pour les pays en guerre de l'ex-Yougoslavie. Je vais écrire un livre sur la guerre, ai-je dit à mon éditeur, et il a eu la gentillesse de ne pas m'en demander plus. Je crois que je n'aurais pas su, ou pas osé lui expliquer que c'était la petite musique de mes dix ans qui me poussait à aller me perdre dans la guerre. Je venais d'expérimenter à travers un roman combien la guerre était le lieu idéal pour exprimer le désarroi que j'avais connu enfant, et de nouveau à l'âge adulte, étant à la fois dans mon livre l'enfant et le père, et je pensais que je n'étais qu'au début de tout ce que j'avais à découvrir, puis à écrire, des échos qu'éveillait en moi la guerre, comme si elle me permettait de revivre intensément des peurs et des souffrances qu'il m'était impossible de revivre dans un pays en paix et de surcroît prospère. Bien que m'efforçant d'être heureux dans notre maison du 20ᵉ arrondissement, j'aurais donné cher pour retourner dans l'atmosphère transie de mon roman (achevé bien trop tôt à mon goût, mais, là encore, je ne pouvais m'en prendre qu'à moi), et c'est donc ce que j'allais faire, ne sachant pas du tout quel livre je rapporterais.

J'écris tout cela pour qu'on comprenne bien à quel point je ne suis animé d'aucun des grands idéaux du journalisme lorsque je m'envole pour Zagreb. Je n'entends pas témoigner, donner à réfléchir sur les causes et les conséquences de ce conflit, encore moins pousser un cri quelconque au nom de la justice internationale, non, ce qui m'intéresse, c'est de me fondre dans la guerre pour retrouver dans les yeux des autres un peu de ma propre détresse, comme si nous étions tout un peuple à avoir été expulsé, voyez-vous, tout un peuple à la rue, sur le trottoir, et non plus seulement Toto et les siens, ou moi et les miens, et qu'on nous observe des fenêtres alentour, nos meubles renversés sur le bitume, nos affaires éparpillées, en se disant : «Décidément, il y a quelque chose qui ne tourne pas rond chez ces Dunoyer de Pranassac, quoi qu'ils fassent, ils finissent toujours par être foutus à la porte» (parce que ça y est, n'est-ce pas, la maison de Saint-Malo vient d'être saisie, elle aussi, et, l'apprenant par je ne sais quel biais, il me semble que je me suis lâchement félicité de m'être épargné ce spectacle, Toto démuni, s'arrachant les cheveux, les joues griffées par notre mère, et elle sanglotant dans sa chambre, exactement comme à Neuilly, en attendant que les déménageurs la délogent).

L'Algérie, la Nouvelle-Calédonie, la Colombie, et maintenant les pays en guerre de l'ex-Yougoslavie : dans l'avion qui m'emmène vers Zagreb, je ne peux pas m'empêcher de sourire en songeant à ce que penserait Dominique Pouchin, l'homme des journalistes interchangeables et de l'information objective, s'il connaissait mes motivations. Je pense qu'il me ferait arrêter à l'aéroport et, dans le meilleur des cas, reconduire à la frontière. «Le monde a beau être grand, me dis-je, il n'empêche qu'il n'y a pas suffisamment de place pour nous deux et qu'il faut impérativement que l'un tue l'autre pour que le survivant se sente l'esprit libre et les coudées franches» (je tuerais volontiers Dominique Pouchin si je ne craignais pas d'avoir des ennuis avec la justice, et je suppose que lui est dans la même problématique).

J'allais écrire qu'il serait exagéré de parler de bonheur, retenu par je ne sais quelle timidité, mais non, c'est bien de la félicité qui m'habite durant les semaines que je passe à parcourir à pied et en autocar le front croate, puis le front serbe. Pour la première fois de ma vie je suis entouré de gens qui nous ressemblent, des personnes déplacées, apeurées, fuyant avec leur balluchon sur le dos une obscure menace qui les a jetés sur les routes, loin de leur village, et qui demeure vivace quel que soit l'endroit où ils se cachent. Des personnes traquées, ne se sentant plus en sécurité nulle part, comme l'était Toto au temps de la Côte noire, comme je l'étais à Fontenay tandis que tout s'effondrait autour de moi, lui comme moi redoutant d'ouvrir la boîte aux lettres. Thérèse nous avait dit qu'elle avait vu Toto pleurer certains soirs, et moi aussi il m'arrivait de pleurer, mais ici je ne pleure plus, et Toto n'aurait sûrement pas pleuré non plus, car ici nous sommes tous logés à la même enseigne, tous également menacés, tous également satisfaits de nous retrouver autour d'une bougie, le temps d'une nuit, dans une cave ou dans les ruines d'une église, partageant ce que nous avons à manger et nous faisant des lits confortables en étalant nos vêtements par terre.

Je voyage avec un traducteur, un étudiant que j'ai embauché à Zagreb, mais j'ai pris le parti de ne pas poser de questions. Je ne supporte plus les journalistes avec leurs questions. Un journaliste qui aurait débarqué à la Côte noire, hors d'haleine et pressé comme ils le sont tous, n'aurait rien compris à ce que nous vivions parce que aucun d'entre nous n'aurait été capable de le lui expliquer. Pour comprendre, il aurait fallu qu'il s'installe durant un mois parmi nous, écoutant notre mère hurler, menacer de se jeter par la fenêtre, puis faire l'amour avec Toto. Observant Thérèse préparer la choucroute à la lueur de deux ou trois bougies, puis rire avec Périgne autour d'un verre de vin. Nous accompagnant dans la Peugeot, puis patientant certains soirs d'hiver avec nous à Baroclem pour écouter ce que nous disait Christine, et ce qu'elle ne nous disait pas, également, et constater combien elle était toujours digne et raisonnable, se tenant bien droite, nous donnant l'exemple, comme une boussole dans le chaos. C'est ce que je fais, je m'installe parmi eux, je demande à mon ami de me traduire ce qu'ils se disent, et ainsi je recueille des bribes d'histoire sans queue ni tête qui me donnent la profondeur de leur détresse. Parfois, cédant à la curiosité, je glisse à mon traducteur : «Essaie de savoir ce que sont devenus leurs enfants», ou : «Demande-lui pourquoi son mari n'est pas avec elle», mais je n'abuse pas, nous vivons dans le désordre, je n'ai pas envie d'être celui qui cherche à tout prix à rétablir l'ordre. Il y a Dominique Pouchin pour cette mission-là.

Ici, nous marchons sans cesse sur l'étroit chemin de crête qui sépare la vie de la mort, comme si nous étions revenus à l'origine du monde et que les hommes n'aient pas encore

inventé ces richesses innombrables qui nous donnent l'illusion d'être immortels. Je me souviens du vertige qui me prend
à Vinkovci, lorsque, quittant le centre-ville en grande partie
détruit mais où l'on s'affairait autour des quelques commerces encore debout, nous nous engageons rue de Vukovar,
Ulica Vukovar. «Et brusquement, nous sommes seuls.
Brusquement, les maisons sont trouées, lacérées, certaines
véritablement pulvérisées. Des arbres fauchés par des rafales
se sont abattus sur les décombres, le sol est labouré par
endroits. Bientôt, les bruits de la ville s'estompent et nous
n'entendons plus que le claquement de nos semelles sur le
goudron mouillé. Des carcasses calcinées de camions ont été
repoussées sur le bas-côté, puis des containers métalliques
ferment la rue. Le front est là, juste derrière.» J'ai écrit que
nous étions retournés sur nos pas, mais en réalité nous avons
franchi les containers et nous nous sommes mis à marcher
droit devant nous dans ce no man's land. Et ce fut soudain
comme si nous avions quitté la terre pour nous élever dans un
vide silencieux et glacial au bout duquel des anges allaient
surgir et nous tendre la main pour gravir les derniers mètres.
J'avais vécu ce moment en rêve, écrivant *Je voudrais descen-*
dre, et là je retenais mon souffle, attentif à ne rien rater, me
voyant marcher dans mon livre et sachant qu'à un moment,
alertés par le cri strident d'un oiseau alors que plus un oiseau
ne chantait depuis longtemps, nous allions soudain prendre
peur et faire demi-tour. Ce que nous avons fait.

Il ne m'est rien arrivé, récit à plusieurs voix sur les chagrins
de l'errance dans des pays où l'on brûle les maisons pour être
certain de ne pas voir revenir leurs habitants (quand on ne les
brûle pas eux-mêmes dans l'église la plus proche), paraît en
avril 1994. (Ce drôle de titre pour témoigner de ma qualité
de simple visiteur dans un conflit où je me suis bien gardé
d'embarquer ma femme et mes enfants, comme d'acheter une
maison pour éprouver la douleur d'en être chassé, de sorte
qu'à aucun moment je n'ai eu peur pour les miens, qu'à aucun
moment je n'ai souffert, au contraire des gens que j'ai
côtoyés.)

Relisant mes carnets de notes, je vois combien je suis obsédé par le sort des maisons (au moins autant que par celui de leurs habitants), m'assoyant sans cesse pour contempler leurs restes, tâchant de reconstituer à quoi elles pouvaient bien ressembler quand elles avaient encore un toit, une famille à héberger, et que le jardin, où nous nous tenions générale-ment, mon traducteur et moi, n'était pas ce carré d'herbes folles et de ronces jonché de gravats. Bien sûr, je pense à la mienne, celle de Fontenay, la petite, et j'y fais parfois discrè-tement allusion, me disant que la détresse, quelle que soit la sorte de guerre que l'on traverse, commence à partir du moment où l'on perd sa maison.

Or, voilà qu'en avril 1995, un an exactement après la publi-cation d'*Il ne m'est rien arrivé*, nous arrive une chose inat-tendue, propre à nous consoler de tous nos déboires : une maison.

Blandine attend un deuxième enfant, nous venons de l'ap-prendre, et pour les vacances de Pâques nous avons loué au dernier moment un gîte en Provence, sur le mont Ventoux où nous n'étions jamais venus, l'apercevant seulement de loin depuis la terrasse de notre hôtel. Je ne sais pas si c'est la pro-messe de ce nouvel enfant, l'envie de me faire plaisir, ou la fatigue d'aller d'hôtels en locations qui fait soudain dire à Blandine qu'elle voudrait une maison.

— C'est très joli, ici, remarque-t-elle le deuxième matin, tandis que nous quittons le village, Sophie sur mes épaules, pour grimper en direction du sommet qui est encore recouvert de neige en cette saison, pourquoi est-ce qu'on n'achèterait pas quelque chose ?

— Peut-être parce qu'on n'a pas d'argent.

— Ah...

Elle semble blessée que je parle d'argent – elle pense que c'est un peu vulgaire, qu'il suffit de le gagner quand on en a besoin. Jamais elle n'avait exprimé un tel désir, se souvenant sans doute des dimanches de sa petite enfance dans la maison familiale, et moi j'y avais renoncé. Il était entendu que si nous vieillissions ensemble, ça serait à l'hôtel. «Toi en train d'écrire, mon chéri... », et elle partant se promener toute seule et puis lire, ou écrire, à la terrasse d'un café.

— Mais tout de même, reprend-elle un peu plus tard, on pourrait visiter des trucs.

— Oui, c'est vrai, on n'a pas besoin d'argent pour visiter.

« Et puis c'est toujours un moment d'émotion d'entrer dans une maison », me dis-je, me remémorant mes traversées des villages de Croatie et de Serbie.

Mais je me trompe complètement, les maisons que nous visitons durant trois ou quatre jours mériteraient plutôt d'être bombardées. Ce sont d'anciens corps de ferme restaurés façon gîte rural, à coups de carrelage marron et de tubes au néon, ou des *Sam'suffit* rose Barbie des années 1980, vendus pour cause de divorce, avec l'incontournable « cuisine américaine » à vomir, les fenêtres à petits carreaux imitation je ne sais quoi, le garage pour la voiture trois fois plus grand que le « séjour », et la piscine !

— Vous êtes les premiers clients auxquels j'entends dire qu'il faudrait combler la piscine.

— Et raser la maison, ajouté-je en souriant.

Mais la dame de l'agence n'a pas envie de rire, ce soir-là, et nous nous quittons plutôt fraîchement.

Cependant, c'est elle qui nous rappelle le lendemain matin.

— J'ai pensé à une maison qui pourrait peut-être vous convenir, me dit-elle. Ça m'est venu hier soir, après vous avoir quittés, et en me remémorant ce que vous disiez à votre femme.

— Ah oui ?

— Oui. Il se trouve qu'elle est située dans le village où vous êtes. Voulez-vous que je passe ce matin vous la montrer ?

— Avec plaisir.

Il pleut, nous n'avons rien de mieux à faire ce jour-là.

La maison se trouve à deux cents mètres de notre gîte, mais nous ne l'avions pas remarquée parce qu'un épais rideau d'arbres la dissimule aux regards. La dame ouvre un petit portail métallique rouillé et aussitôt j'entends l'exclamation feutrée de Julia :

— Mais ça, c'est notre maison ! s'écrie-t-elle, en se cachant pour que la dame ne l'entende pas. Il y a même un roi lion dans le jardin.

Et, en effet, c'est la première chose que nous apercevons sur la droite, parmi les herbes hautes et mouillées : un roi lion, sous une espèce de mausolée.

— Comment le savais-tu ?

— Parce que tous les jours on vient jouer ici avec Laelia, me souffle-t-elle à l'oreille. On saute par-dessus la barrière, là-bas, de l'autre côté.

— Alors voilà le jardin, nous interrompt la dame.

Il nous apparaît dans un halo de brume et comme surgissant du *Grand Meaulnes*, ou d'un récit fantastique de Pierre Loti, avec ses arbres immenses aux branches lourdes d'où la pluie s'écoule en fines gouttelettes.

— Je ne vous cache pas qu'il est un peu à l'abandon...

Puis la maison, donc.

Entre le pavillon de banlieue 1930 et le chalet de haute montagne. Un toit généreux, débordant largement de part et d'autre, et nichées sous ses pentes deux fragiles vérandas accrochées un peu de travers aux flancs de la maison, l'une au soleil levant, me semble-t-il, l'autre au couchant. Au milieu, une façade de pierres sèches volontairement mal taillées, grossièrement jointes au ciment gris, comme on le faisait à une époque pour donner, je crois, un faux air de rustique, mais cependant percée de deux élégantes fenêtres aux sourcils arqués, l'une et l'autre flanquées d'un bac à fleurs de ciment ouvragé, intégré dans la façade et recouvert d'une peinture blanche écaillée. Enfin, disposé dans le jardin à égale distance des deux fenêtres, un banc de ciment Art déco, qui fut autrefois peint en blanc et qui est en partie noyé sous les herbes, ce matin-là.

Elle ouvre la porte de la véranda de gauche et nous prie d'entrer. C'est une véranda comme on n'en fait plus, aux fines cornières d'acier, exactement semblable à celle qu'avait Céline à Meudon. Nous sommes trempés jusqu'aux genoux d'avoir traversé le jardin.

— Allons bon, où ai-je mis cette clé ? s'énerve la dame, arrêtée devant le volet métallique qui nous barre maintenant l'entrée principale de la maison.

— Elle est à vendre depuis longtemps ? s'enquiert Blandine.

— Au moins quatre ans, dit la dame en retournant son sac, mais je ne la fais plus visiter. Les gens qui viennent en Provence ne recherchent pas ce genre de chose...

Enfin, elle retrouve la clé, se pince légèrement en secouant le volet, mais parvient à le décoincer. La pièce est sombre, nous la regardons s'y engager pour aller rouler les persiennes.

Ce qui surgit, à la lueur grandissante du jour, me semble un instant irréel. Un sol de carreaux de ciment aux motifs entrelacés jaunes et rouges, avec un liseré de vert amande courant tout du long, et puis, levant les yeux, une lourde cheminée de marbre rouge figurant l'architecture monumentale de l'entre-deux-guerres, avec son foyer de fonte émaillé intégré. Enfin, un plafond haut et majestueux, d'où pend un lustre Art déco, disque de verre dépoli finement ciselé de motifs floraux et enchâssé dans une lourde armature métallique d'un vert sombre distribuant cinq tulipes de verre.

— Jamais je n'aurais pensé trouver cela ici, dis-je

— Je vous avais prévenu, ce n'est pas du tout ce que les gens recherchent.

Puis elle ouvre une porte sur un étroit couloir qui distribue la salle de bains avec sa baignoire à pieds et deux autres belles pièces, l'une et l'autre flanquées d'une cheminée de marbre avec le même foyer de fonte intégré. Et partout, ces carreaux de ciment aux motifs différemment colorés et ces plafonds hauts aux angles arrondis, l'ensemble composant un décor qui éveille en moi une sourde jubilation.

— Cette maison, Blandine... dis-je tout bas, tâchant de dissimuler mon émotion.

— Oui, elle te plaît ?

— Ce n'est pas qu'elle me plaît, c'est que j'ai l'impression qu'elle est à moi, de revenir chez moi... tu comprends ?

Mais comment pourrait-elle comprendre alors qu'elle ne m'a jamais accompagné à Alger, dans ma chambre de l'hôtel Albert Ier, et qu'à ce moment-là nous n'avons pas encore fai·

le voyage de Bizerte et visité l'appartement où Nicolas et moi sommes nés, avant que Frédéric n'attrape le choléra, au temps où notre mère était encore dans sa splendeur. Lorsqu'on nous fera entrer dans cet appartement, celui où nos parents s'aimèrent sans doute avec le plus de passion, celui où notre mère fut si touchée d'apprendre des lèvres de Nicky Viala que Toto était le portrait de Gérard Philipe, nous constaterons que les carreaux de ciment sont absolument identiques à ceux de notre maison du mont Ventoux, et qu'il y a là-bas, à Bizerte, comme à l'hôtel Albert Ier, ces hauts plafonds si majestueux aux angles arrondis et en tous points la même atmosphère que dans notre maison.

— Je crois que nous allons l'acheter, dis-je, pour ne pas dire tout de suite que j'en suis certain.

Et alors je croise le regard de Julia, stupéfaite, comme si elle n'arrivait pas à imaginer qu'une telle chose soit possible. Je vais vers elle, je l'embrasse.

— Vraiment tu vas l'acheter ? me souffle-t-elle en se dressant sur la pointe des pieds.

— Oh oui ! Je ne vois pas comment je pourrais faire autrement.

— Elle plaît beaucoup à mon mari, remarque Blandine, levant son joli nez au plafond, l'air de se demander où peut bien se cacher la clé de l'énigme.

— Eh bien vous voyez, rétorque la dame, il ne faut jamais désespérer, tous les goûts sont dans la nature.

Je suis bien conscient que Blandine ne l'aurait pas achetée si je n'avais pas été là. « J'imaginais plutôt une ferme avec une grande cuisine où nous aurions mangé tous les six », me dira-t-elle par la suite, cherchant où trouver sa place à travers ces hautes pièces, cérémonieuses et fraîches.

Et moi :

— Je suis sûr que tu l'aimeras un jour, dans quelques années peut-être. Ce n'est pas une maison facile pour une étrangère, elle demande à être patiemment contemplée, silencieusement visitée, et petit à petit, si tu sais la regarder, elle révèle toute la nostalgie qu'elle porte en elle. Pour moi, c'est une évidence, parce qu'elle ne m'est pas étrangère, elle aurait dû naître en Afrique du Nord, elle est tombée là par erreur, et c'est une chance que nous nous soyons rencontrés. Mais pour toi, elle est sans doute très dépaysante.

Je ne dis pas à Blandine que cette maison lui ressemble, et que plus on la connaît plus on a le sentiment que son secret nous échappe. Je la regarde aller et venir sous les hauts plafonds, élégante sur ses talons, attendant qu'elle découvre toute seule combien cette maison lui va bien, combien elle aurait été déplacée dans une ferme, et toujours quand je la vois entrer dans notre chambre je pense à la Léna de Joseph Conrad pénétrant pour la première fois dans la chambre de Heyst, dans *Une victoire*.

«Elle traversa vivement la véranda et entra dans la pénombre de la grande pièce centrale qui ouvrait sur cette véranda, puis dans l'obscurité plus profonde de la chambre de derrière, elle demeura immobile dans l'ombre, où ses yeux éblouis distinguaient à peine des formes d'objets, et elle poussa un soupir de soulagement. L'impression du soleil, de la mer et du ciel restait en elle comme le souvenir d'une très douloureuse épreuve, traversée et enfin terminée.»

Cependant, il me semble que cet été-là, notre premier été sur le mont Ventoux, dans notre maison, chacun poursuit son histoire sans trop se préoccuper de l'autre. Blandine bavardant silencieusement avec cette seconde petite fille, Pauline, qui ne naîtra qu'en novembre mais dont elle sent déjà les premiers mouvements. Raphaël, onze ans, me cherchant mais ne me trouvant pas, et glissant progressivement de l'exaspération à la déprime. Julia, bientôt huit ans, n'en revenant pas de son bonheur et faisant du mausolée du roi lion *sa* maison, une maison dans la maison en quelque sorte, avec son amie Laelia. Sophie, deux ans et demi, apprenant petit à petit à nous connaître, scrupuleuse, attentive à défendre sa place, mais néanmoins éperdue d'admiration pour Julia et déjà soucieuse de Raphaël, me semble-t-il, dont elle va prendre la main certains jours – «Tu veux bien qu'on aille se promener?». Enfin moi, réfléchissant à mon prochain livre, balançant entre l'angoisse que m'a toujours inspirée la proximité de l'automne et la divine surprise de cette maison à travers laquelle j'erre silencieusement, pieds nus, écoutant battre mon cœur et le sien, aussitôt qu'ils sont tous partis.

À l'automne, je pars m'installer à Roubaix.

Je me rappelle le discret ébahissement de Betty Mialet et de Bernard Barrault lorsque je leur annonce que je ne me vois pas écrivant mon prochain livre ailleurs qu'à Roubaix.

— Tiens donc, Roubaix, sourit Betty, l'air de se dire : « Voilà encore un ouvrage qui va briller par sa joie de vivre. »

Et Bernard Barrault :

— Pourquoi pas, s'il le sent comme ça ? Laissons donc ce garçon suivre son destin.

J'ai lu plusieurs articles sur Roubaix qui est alors décrite comme une ville en perdition après la fermeture des dernières filatures. Et sans doute suis-je allé reconnaître les lieux, bien que je n'en aie pas gardé le souvenir.

Les premiers jours, je ne fais que marcher à travers la ville, entrant dans les usines désaffectées dont les portes battent, considérant silencieusement les hautes cheminées de brique (en particulier celle de l'usine Phildar maintenue là après la destruction de la manufacture par le feu et au sommet de laquelle flotte un matin une banderole proclamant en grandes lettres rouges « AU SECOURS ! »), et croisant dans les regards des gens – beaucoup de familles venues d'Algérie et du Maroc – un sentiment d'abandon et de perte qui me touche profondément. Cependant, je ne sais toujours pas ce que sera mon livre.

C'est à Paris, de retour pour le week-end, et soudain étreint d'une intense nostalgie pour Roubaix, comme si j'avais laissé là-bas une partie de mon âme, que je devine ce qu'il sera – un livre d'adieu, à Agnès, à mes parents et à mes frères et sœurs. Car soudain ce qui me frappe, voyez-vous, c'est que nous n'avons pas pris le temps de nous dire au revoir, je veux dire par là de revenir sur notre vie commune et d'en évoquer les grands moments, comme on le fait aux enterrements, avec peut-être un rien de solennité, avant de conclure sur quelques mots que je pourrais à présent relire et qui me rappelleraient chaque fois pourquoi, en dépit de tout ce que nous avons partagé, nous ne nous aimons plus. J'éprouve d'abord du dépit à penser que c'est indigne de s'être quittés si mal, comme des voleurs, sans prendre la peine de rappeler les choses, de les *célébrer* en quelque sorte, mais soudain c'est le silence d'Agnès qui me brise le cœur. Songer qu'elle s'est petit à petit estompée, que jamais elle n'a pris la peine de se retourner, de répondre à mes lettres, que jamais elle n'a pris le temps d'évoquer avec moi la fin probable de notre histoire, le destin de nos deux enfants, de nos souvenirs, que tout ce qui avait fait notre grandeur a été ainsi abandonné aux ronces, sans sépulture, allais-je écrire, me remémorant les usines désaffectées de Roubaix assaillies de ronces, me précipite dans une infinie tristesse.

Le lundi, c'est avec toute notre mémoire que je repars pour Roubaix. Je ne sais pas ce qu'a pu penser l'hôtelier en découvrant le lendemain les murs de ma chambre recouverts de toutes nos photos, Agnès toute nue à Rabos, emmitouflée dans son anorak blanc à Ushuaia, à Mortefontaine avec Raphaël, et puis, punaisées entre les photos, nos lettres, nos dizaines de lettres, du temps de la rue Duban puis de mon voyage à vélo au Maroc – «Mon amour», m'écrivait-elle.

Le silence de son départ, son inélégance, me semble si insupportable que je la fais disparaître à la page 20 de mon roman tandis que flambe l'usine Phildar et qu'avec le concierge, M. Depanne, qui est mon ami, nous tentons de rattraper le directeur qui court sur les toits, devenu à moitié fou. «J'ai vu les flammes à travers ma lucarne, j'ai bondi dans l'escalier, en traversant notre chambre j'ai vu Janda de dos, accoudée à la fenêtre, immobile et fascinée, puis j'ai couru sur les toits et je n'ai plus du tout pensé à Janda. À quel moment est-elle partie? Est-elle partie pendant ma course, ou a-t-elle attendu de me savoir sain et sauf? On tient infiniment à quelqu'un durant des mois, des années, on voudrait le protéger contre tous les malheurs, et brusquement on se moque de le savoir vivant ou mort.»

Blandine surgit tout à la fin du livre, dissimulée sous une fausse identité, mais parfaitement reconnaissable, en tout cas pour moi.

« — J'attends un enfant de toi, Luc, dit-elle.

« — ...

« — Tu m'entends, Luc ?

« Je l'entends, oui. Alors j'abandonne la vaisselle et je m'adosse à l'évier pour la regarder. Elle est assise à la place qu'occupait Janda la nuit de l'incendie, quelques minutes avant de s'en aller. La place où elle avait fumé deux cigarettes et oublié son café.

« — Je ne veux pas de cet enfant.

« Elle me regarde gravement, sans ciller. Elle a juste un frémissement des narines.

« — Je ne veux pas de cet enfant, dis-je encore. J'ai éteint ma famille, je les ai tous chassés de ma vie, définitivement, et maintenant je me sens vieux. Je pensais qu'après cela je me sentirais léger au contraire, disponible pour inventer la suite, mais je me suis trompé. Les gens d'ici ont eu le même espoir, un jour : ils sont partis de chez eux, ils ont cru qu'ils pourraient se débarrasser du fardeau, et regarde dans quel état ils sont aujourd'hui ! Regarde ce qu'ils sont devenus ! Je me sens vieux. Je suis affolé par le temps qu'il me reste à vivre, toutes ces années dont je ne sais plus quoi faire...

« Elle prend un stylo-feutre sur la table de la cuisine. Elle écrit sur le mur : "Luc voudrait être vieux, il est affolé par le temps qu'il lui reste à vivre", et elle s'en va.

« Elle ne passe plus me voir, elle ne me donne plus aucune nouvelle.

« Butagaz est mort, je l'ai appris ce matin en arrivant à l'usine. Il s'est ouvert les veines.

« Nous sommes quelques-uns à suivre son enterrement. Quand on l'a recouvert de terre, que tout est fini, nous nous en allons. Alors seulement je l'aperçois . elle se tient en retrait, à moitié dissimulée par une stèle. Je laisse les autres partir, je vais vers elle

« — C'est bien que tu sois venue, dis-je

«Elle me prend la main, nous marchons un moment en silence parmi les morts.

«Elle ne peut plus fermer son manteau.

«— Ça se voit beaucoup, maintenant, dis-je.

«Elle me sourit.

«— Je suis heureuse, dit-elle.»

Ce qui fait la force de Blandine, ce qui nous a sauvés, c'est qu'elle n'a jamais pris trop au sérieux toutes les âneries que je lui sortais.

40.

C'était le mois d'août, nous étions pour quelques jours à Turin avec nos enfants, dans un hôtel élégant de la Piazza San Carlo. Depuis que nous avions notre maison sur le mont Ventoux, nous avions pris l'habitude de couper les longues vacances d'été par un voyage dans l'Italie voisine.

Quatre ou cinq années s'étaient écoulées depuis mon séjour à Roubaix, marquées par des événements heureux et d'autres pas. Pauline était née le 9 novembre 1995, à la Pitié-Salpêtrière, comme Sophie, faisant du boulevard de l'Hôpital un lieu où nous ne passions plus, avec Blandine, sans sourire intérieurement, mais huit jours plus tard il avait fallu l'hospitaliser à Robert-Debré pour une forte fièvre et nous avions vécu les pires moments de notre vie, l'observant derrière une glace les yeux brouillés par les larmes, puis on nous l'avait rendue saine et sauve, si mignonne, mais neuf mois plus tard elle avait mangé de la mort-au-rat et nous avions dû retourner à l'hôpital, elle s'était révélée gourmande de tout, au contraire de Sophie qui observait alors le monde avec réserve, l'air de vouloir bien lire le mode d'emploi avant de s'y engager, mais assez proche de Raphaël que l'école rendait neurasthénique et qui avait déjà commencé à expérimenter toutes sortes de plaisirs plus ou moins défendus – le tabac, l'alcool, les filles... –, me prenant de court, moi qui avais été un fils modèle, indéfectiblement dévoué à son père, et qui avais attendu d'avoir vingt ans pour coucher avec une fille (Agnès), Raphaël qui avait sans doute besoin que nous nous fassions la guerre pour grandir, me dis-je aujourd'hui, tandis que comme un con je rêvais de reconstituer avec lui le tandem épatant que nous formions avec Toto, Toto qui était mort entre-temps, le 17 mars 1996, bientôt rejoint au ciel par notre mère, le 2 avril de la même année, les enterrements de l'un et de l'autre, mais surtout celui de Toto où mes frères et sœurs avaient tenté de me casser la gueule, dissuadant à jamais Blandine de les inviter aux anniversaires de nos filles, puis Blandine n'avait pas du tout aimé *Des hommes éblouissants*, un de mes livres, mais j'en avais écrit trois autres par la suite qu'elle avait aimés, puis le charme qu'avait longtemps exercé Roberto sur Raphaël (mais qui n'avait jamais opéré sur Julia) s'était petit à petit mué en haine à la faveur d'humiliations diverses et j'avais dissuadé mon fils de tuer son beau-père, l'architecte qui avait mis tant d'enthousiasme à nous déconstruire, lui faisant valoir que cet homme ne valait sûrement pas les dix ou quinze années de prison dont il écoperait («sinon, je l'aurais tué moi-même depuis longtemps», m'étais-je dit au passage), et, ce faisant, durant toutes ces années, je n'avais pas cessé d'abattre des murs et de monter des cloisons, à l'exemple de Toto et comme il me l'avait appris, en Provence comme à Paris, pour permettre à chacun de mes quatre enfants d'avoir une chambre individuelle, ni cesser de les regarder grandir avec inquiétude et ravissement, réussissant avec Blandine ce que j'avais complètement raté avec Agnès : leur donner une maison qu'ils garderaient comme un trésor après notre mort car elle conserverait le souvenir des éblouissements de leurs premières années.

Et donc, à présent, c'était le mois d'août de l'an 2000 et nous étions pour quelques jours à Turin. Sans Raphaël, qui avait préféré rejoindre ses potes de Fontenay, mais avec les trois filles. J'ai sous les yeux une photo de la chambre d'hôtel qu'elles partageaient, Sophie lisant dans son lit, légèrement agacée, me semble-t-il, par les deux autres qui font une bataille d'oreillers sur le lit matrimonial dans lequel elles viennent de passer la nuit (jamais Sophie n'aurait supporté de dormir avec Pauline qui terminait ses nuits en travers du lit, et donc en travers de Julia, mais Julia fondait devant Pauline).

Elles attendent leur petit déjeuner, elles ne sont pas pressées de sortir, le confort et le luxe de l'hôtel les intéressant peut-être plus que la ville de Turin.

Ce matin-là, nous partîmes donc seuls, Blandine et moi, prendre notre petit déjeuner sous les arcades ombragées de la Piazza Vittorio Veneto dans un café que nous avions repéré la veille. À un moment, cependant, je me laissai distraire, de sorte que je me retrouvai quelques pas en arrière, la suivant comme un homme qui suivrait une inconnue, alors qu'elle me croyait toujours auprès d'elle, je voyais cela à la façon dont ses doigts cherchaient machinalement les miens sans pour autant cesser de regarder droit devant elle, curieuse de tout ce qu'elle découvrait. Est-ce l'élégance de Turin qui convenait si bien à ses épaules nues, à ses talons rouges ? Est-ce la perspective des cinq ans de Pauline qui me semblèrent tout à coup prometteurs de lendemains plus légers ? Je ne sais trop aujourd'hui ce qui a fait que Blandine m'est soudain apparue infiniment précieuse, comme si le sentiment de sa perte venait de me traverser. Avais-je, petit à petit, cessé de la contempler au fil de ces années si difficiles, partagé entre mes deuils, mes livres, et le souci constant de nos enfants ? Dix années s'étaient écoulées depuis notre voyage de noces à Luc-sur-Mer, elle allait avoir trente-six ans et je ne l'avais pas vue vieillir. Brusquement, elle s'est aperçue que je n'étais plus là, s'est arrêtée, et quand elle s'est retournée et m'a vu, nous nous sommes immobilisés à deux ou trois pas l'un de l'autre dans le flot des hommes en costume et souliers vernis qui partaient au bureau.

— J'ai eu peur, j'ai cru que je t'avais perdu, m'a-t-elle dit.

— Moi aussi, j'ai eu très peur

Et je l'ai prise dans mes bras, et je l'ai serrée contre moi, exactement comme si nous nous retrouvions sur un quai de gare après la fin d'une guerre.

— Tu ne m'avais pas perdue puisque tu me suivais, a-t-elle remarqué un peu plus tard.

— C'est vrai, je te regardais marcher parmi tous ces hommes, et j'étais ébloui.

— C'est ma nouvelle robe qui te fait cet effet?

— Non, c'est toi.

Elle a souri discrètement, sans cesser de marcher, secouant son chignon et ses petites clochettes brunes, l'air de penser : « Il est con, ce mec. »

— Mais donc tu n'as pas du tout eu peur, a-t-elle repris comme nous arrivions au café, tu m'as dit n'importe quoi tout à l'heure...

— Si, j'ai eu très peur.

Voilà, c'est comme cela que tout a commencé.

Nous avons pris notre petit déjeuner en terrasse. Et quand elle s'est mise à lire le journal, à la fin, comme chaque fois, comme elle le fait toujours à Paris, je me suis discrètement éloigné pour la photographier. Je n'en revenais pas de la trouver si émouvante, de la *retrouver* si émouvante, devrais-je plutôt écrire, me souvenant des soirées que j'avais passées à scruter son visage sous mes différentes loupes, et ne désespérant pas, à l'époque, de découvrir ce qui me troublait si profondément en elle.

Puis nous sommes retournés à l'hôtel et je l'ai encore photographiée avec les trois filles, caressant la joue de l'une de ses longs doigts fuselés, tout en écoutant l'autre se plaindre de je ne sais quoi, puis câlinant et berçant Pauline, puis se fâchant soudain :

— Ce n'est jamais assez bien pour vous, vous n'êtes que des enfants gâtés !

— On n'a pas dit ça, maman, tout de suite tu te mets en colère...

Maintenant il me semblait que j'avais dû rater plusieurs épisodes car je n'aurais pas su dire précisément comment la jeune femme de vingt-cinq ans qui m'était apparue coiffée d'une casquette au restaurant était entre-temps devenue « maman ». Et pourtant si, j'aurais su le dire, à présent que j'y réfléchissais calmement, revenu seul dans notre chambre pour me raser et me souvenant parfaitement de tout, du Jardin des Plantes où je lui avais présenté Raphaël et Julia, des vacances au Pays basque avec Éric et Sylvie où je lui avais lancé que je n'aurais jamais plus d'enfant, du voyage dans ce même Pays basque au cours duquel je lui avais annoncé que je voulais un enfant d'elle, de la naissance de Sophie puis de celle de Pauline, de sa tristesse silencieuse lorsque j'étais parti pour l'ex-Yougoslavie, la laissant avec Sophie qui n'avait que huit mois, de son visage décomposé lorsqu'elle avait découvert le gros manuscrit des *Hommes éblouissants* (et j'avais même une photo d'elle quelque part, le lisant, se tenant le front, comme si elle n'en revenait pas d'approcher de si près la noirceur de mon âme), du voyage que nous avions fait tous ensemble en Haute-Saône pour qu'elle nous montre la dernière maison de son père, celle où il s'était éteint en bûcheronnant, celle où elle venait le voir tous les week-ends, l'année de ses dix-neuf ans, au volant de sa vieille Peugeot 204, lui apportant ponctuellement du chocolat Côte d'Or noir aux noisettes...

— Les filles sont prêtes – on part se promener?

Elle est entrée dans la salle de bains, a vaguement arrangé son chignon devant la glace, se plaçant juste derrière moi, m'enveloppant soudain de sa présence, de son parfum, et quand elle a croisé mon regard a eu l'air brusquement dépité :

— Qu'est-ce qu'il y a, pourquoi tu me regardes comme ça, tu ne me trouves pas jolie?

— Oh si, tellement! Je pensais à toi justement.

— Ah oui? Tu veux bien finir de te raser, parce qu'elles nous attendent, tu sais.

Elle n'avait rien vu, elle continuait comme s'il ne s'était rien passé, tandis que ma vie venait de connaître un de ces bouleversements souterrains qui n'allait plus cesser de me tourmenter, je le savais.

La veille encore, nous poursuivions chacun de notre côté nos rêves secrets, néanmoins tendus dans le même effort pour aider nos enfants à bien grandir, mais deux heures plus tôt quelque chose m'avait distrait de notre route, je m'étais arrêté de marcher, j'avais soudain redécouvert une émotion enfouie en la suivant, ses épaules nues, ses talons rouges, et cela avait suffi pour commencer à me faire repartir dans l'autre sens, sur nos pas. Si j'avais su trouver les mots, là, dans la salle de bains, j'aurais essayé de lui expliquer combien était important ce qui m'était arrivé, sachant que notre vie allait en être bouleversée et que tout cela allait énormément m'occuper. « Tout à l'heure, aurais-je dit, pendant qu'on marchait sous les arcades, il s'est passé quelque chose de très grave, et maintenant, tu vois, j'aimerais que le temps s'interrompe, que la terre s'arrête, non pas pour descendre, cette fois-ci, mais pour me laisser le loisir de revenir à toi, de rassembler mes souvenirs, d'essayer de comprendre comment j'ai pu me désintéresser de tes photos au fil des années, alors que je n'avais pas encore découvert les ressorts secrets de mon émotion, d'essayer de comprendre comment j'ai pu abandonner ce travail d'anthropologue qui me passionnait, pour m'endormir chaque soir auprès de toi comme si nous avions l'éternité devant nous. »

Mais c'était bien trop tôt, je n'avais pas les mots.

Ce jour-là, nous avons pique-niqué au Parco del Valentino, puis nous nous sommes promenés le long du Pô en mangeant des glaces, Blandine bavardant tantôt avec Sophie, tantôt avec Julia, et Pauline allant devant, avant de rentrer à l'hôtel nous reposer. Une fois les filles allongées dans leur chambre, nous nous sommes réfugiés dans la nôtre. Blandine a pris une douche, puis elle s'est installée sur le fauteuil pour lire et je l'ai de nouveau prise en photo, à son insu mais pas complètement.

— Il me semble que tu m'as beaucoup photographiée aujourd'hui ?

— Oui, d'ailleurs je voulais te demander un truc : tu te souviens de cette petite photo d'identité que j'avais fait agrandir ? Un Photomaton, je crois...

— Ah, non.

— Pendant des années je l'ai eue sur mon bureau, cette photo, et puis elle a disparu. Tu ne vois pas où elle peut être ?

Mais elle ne m'écoutait plus, elle avait juste envie que je lui foute la paix.

Plus tard, nous sommes ressortis tous ensemble pour dîner. Les filles voulaient manger des pâtes et l'hôtelier nous a indiqué un restaurant de la Via Cernaia où elles étaient délicieuses, paraissait-il. Elles avaient enfilé les robes que nous avions achetées la veille, elles étaient très excitées à l'idée de dîner dehors et aussi des nouvelles glaces que nous prendrions sur le chemin du retour.

Je me souviens m'être fait la réflexion, au restaurant, les écoutant rire et bavarder, qu'elles étaient en train de vivre l'un de ces rares moments de l'année où elles avaient oublié tous leurs soucis pour la félicité d'un soir, toutes les trois n'envisageant sans doute rien au-delà de l'instant où elles entreraient dans une nouvelle *gelateria*, et Blandine, qui semblait un peu groggy, de celui où elle se glisserait entre nos draps frais. J'étais sûrement le seul dont l'esprit continuait de vagabonder, confusément en colère contre moi-même, me demandant où j'avais bien pu mettre cette photo et me disant que si seulement je l'avais avec moi j'éprouverais moins ce sentiment d'avoir raté une chose essentielle de notre vie. Si je l'avais, étais-je en train de me dire, je pourrais déjà emprunter une loupe à notre hôtelier et, pendant qu'elles dormiraient, toutes les quatre, revenir au visage de Blandine tel qu'il m'était apparu dix ans plus tôt.

— Ça va, mon chéri, tu as l'air préoccupé?

— Non, ai-je menti, c'est pour de tels moments que j'aime nos voyages en Italie.

Et puis nous sommes repartis vers l'hôtel en flânant, faisant un long détour par la Piazza Castello où nous nous sommes assis sur un banc pour terminer nos glaces.

Nous étions au lit depuis un moment, déjà, quand le souvenir du cahier m'a soudain foudroyé. Brusquement, je l'ai revue à la terrasse du *Sélect*, où nous nous donnions souvent rendez-vous pour dîner, en train de m'écrire. «Un cahier, m'avait-elle dit, c'est plus pratique que des lettres. Quand tu auras envie de le lire, tu me le demanderas pour un soir ou deux, et sinon je l'aurai toujours avec moi pour t'écrire.»

Oh! mon Dieu, ai-je pensé, et jamais je ne l'ai lu! Jamais je ne le lui ai demandé! La mémoire de ce cahier a été si violente, si douloureuse, que mon cœur s'est mis à cogner et qu'en quelques secondes je me suis retrouvé suant et moite

comme un homme pris d'une forte fièvre. Je me suis redressé
sur les coudes pour chercher l'air, et j'aurais sûrement appelé
Blandine à mon secours si je n'avais pas deviné à sa respiration qu'elle s'était endormie depuis longtemps, aussitôt
allongée en fait. « Oh ! mon Dieu ! me suis-je entendu répéter
tout bas. Oh ! mon Dieu, non ! », et, sans bien songer à ce que
je faisais, j'ai bondi hors du lit, comme poussé par une force
qui ne m'appartenait pas, « comme possédé du diable », aurait
sûrement dit mère Colin, et, tout nu au milieu de la pièce, je
me suis demandé dans quelle direction me tourner pour
trouver de l'aide. J'ai fait quelques pas vers la fenêtre que
nous avions laissée ouverte sur le souffle tiède de la nuit,
mais j'étais trop agité pour m'y accouder, alors je suis revenu
vers Blandine dans l'espoir sans doute qu'elle allait ouvrir les
yeux, me voir, et je me suis penché sur son visage, et pendant
un moment je l'ai regardée dormir avec une folle envie de la
prendre dans mes bras, de lui demander pardon, mais surtout
de lui demander où était mon cahier. Soudain l'idée m'a traversé, vertigineuse, qu'il pouvait être dans son sac à m'attendre,
comme il y était dix ans plus tôt, même si elle avait changé
cent fois de sac entre-temps, et, pris d'un espoir phénoménal,
je me suis mis en quête de son sac. Quand je l'ai découvert,
pendu à la chaise et en partie dissimulé sous sa robe, j'en ai
exploré le contenu tout en priant pour qu'elle ne me surprenne
pas, mais le cahier n'y était plus. À ce moment-là, dans l'état
de fébrilité où je me trouvais, j'ai préféré me rhabiller et sortir.

La rue ne m'a pas fait du bien, mais au moins j'ai pu m'y
arracher les cheveux en toute tranquillité, envoyer quelques
coups de latte au passage dans des rideaux métalliques, tout
en tâchant de m'expliquer l'inexplicable : pendant des mois,
armé de mes loupes d'horloger, j'avais scruté le visage de
Blandine pour découvrir ce qui se cachait de si troublant sous
sa beauté « ardente et triste », comme je l'avais noté, et, tandis
que je me livrais à ce travail de fourmi, je n'avais pas pris
garde que la même Blandine se dévoilait à moi jour après jour
dans ses lettres, puis son cahier. J'avais agi comme une sorte
de Sherlock Holmes débile, examinant à genoux et au micro-
scope la poussière du plancher dans le vestibule tandis que la

personne que je recherchais se trouvait dans le salon, juste derrière la porte, et en train de m'écrire de surcroît. Il m'aurait suffi de pousser cette porte pour tout apprendre d'elle.

Le chagrin grandissant que j'éprouvai cette nuit-là à me rendre compte que je n'avais rien lu de tout ce qu'elle m'avait écrit allait me rendre malade. J'en pris conscience en constatant que je me trouvais maintenant perdu dans une lointaine banlieue, ne reconnaissant plus rien autour de moi, haletant et suant, parlant tout seul, et envisageant sérieusement de remonter à Paris dans la nuit pour remettre la main sur ce cahier et le dévorer. Je m'assis sur un banc au bord d'un boulevard où me doubla un scooter, bientôt suivi d'une Alfa Romeo de la police qui me parut ralentir en passant à ma hauteur, et la folie qui me gagnait connut un pic quand la pensée m'effleura qu'elle avait fort bien pu jeter ce cahier. C'était son genre · quand quelqu'un l'avait déçue, ou blessée. elle ne le disait pas, elle était trop fière pour cela, mais un dimanche après-midi où elle était 'de mauvaise humeur, elle se mettait soudain à balancer tout ce qu'elle avait reçu de cette personne et elle effaçait son nom et son téléphone de son répertoire. Je l'avais forcément déçue, et blessée, en n'ouvrant jamais aucune de ses lettres à cette époque et en ne lui réclamant pas *mon* cahier. Cette idée me fit perdre la tête et je repartis à grandes enjambées dans la même direction que le scooter et la police, mais sans savoir du tout où cela me conduisait.

C'est ainsi qu'il s'établit une gradation dans mes impatiences : d'abord être sûr que le cahier n'avait pas été jeté, puis le retrouver, et je me fis la réflexion que j'étais prêt à attendre un peu pour le lire si j'étais rassuré sur son existence. À titre de lot de consolation : remettre la main sur les lettres toujours cachetées de ces premiers mois que je n'avais pas jetées, j'en étais certain, et qui devaient toujours s'entasser dans mes agendas des années 1990 et 1991.

J'espérais dormir un peu en remontant dans notre chambre, mais je n'y parvins pas, je restai donc allongé, réfléchissant à la façon dont j'allais m'adresser à Blandine. Par la suite, elle ne m'avait plus écrit que des phrases minuscules, poétiques et graves, passant brutalement, je le constatais à l'instant, de l'exubérance épistolaire au silence, ou du moins à une grande retenue qui avait fait que j'avais conservé précieusement la plupart de ses petits mots. «Tu es le trésor et la grâce de ma vie», m'avait-elle écrit un jour, et j'avais dû m'asseoir pour ne pas tomber. Cela me fit penser qu'elle risquait de ne pas vouloir me donner son cahier, estimant qu'il ne reflétait plus la femme pudique et secrète qu'elle était devenue. Elle aurait raison, et c'était d'ailleurs l'autre femme qui m'intéressait, celle de la photo, dans mon souci de reprendre mon travail d'anthropologue transi où je l'avais laissé, et de vivre, avec dix années de retard, ce que je n'avais pas su vivre sur le moment. «Ah, trop tard!» dirait-elle si je lui présentais la chose aussi gravement, et je pouvais déjà l'entendre et la voir, quittant la pièce sur un joli mouvement du cou, et me lançant : «Tu te prépares et on va se promener?» Je devais donc plutôt aborder la question avec légèreté, l'air du crétin qui se serait soudain souvenu et viendrait s'enquérir à tout hasard, n'attachant plus trop d'importance à tout cela, si longtemps après. «S'en fichant, en quelque sorte», me dis-je. Et puis non, merde!, je n'avais pas envie de faire semblant de quoi que ce soit, j'allais lui dire que je venais de passer une nuit épouvantable, obsédé par ce cahier depuis que je m'étais rappelé son existence, et que je voulais absolument le lire, que je n'allais plus rien faire d'autre de ma vie désormais que d'essayer de remettre la main dessus, que j'allais cesser d'écrire, de manger, de dormir, jusqu'à ce qu'elle le retrouve et me le donne.

— Mais vraiment tu n'as pas dormi à cause de ça? dit-elle, se redressant sur un coude pour me regarder.
— Non, je n'ai pas pu.
— Oh! mon chéri, mais c'est pas si grave!
— Qu'est-ce qui est grave alors? À vrai dire, je ne connais rien de plus grave. Tu te souviens où il est, ce cahier?
— Dans mes affaires, sans doute. Je ne sais pas.
— Tu voudras bien le chercher?
— Oui, bien sûr. Et maintenant tu veux dormir un peu?
— Non, je préfère qu'on descende boire un café ensemble.

Au café, elle me prend la main.

— On est bien, dit-elle. J'adore cette ville. Profite du moment, regarde comme la lumière est jolie à cette heure-ci.

— Oui. Mais tu sais, je n'arrive pas à comprendre comment j'ai pu être si lamentable.

— Arrête, tu n'as jamais été lamentable. Tu avais d'autres soucis, c'était une époque très difficile.

Elle ne dit pas «Trop tard», ou «Je l'ai sûrement jeté», ou «Ce cahier, qu'est-ce que tu vas en faire aujourd'hui?». Elle ne joue pas, elle ne me pose aucune question, elle a une confiance aveugle en moi. Je sais qu'en rentrant à Paris, seule, quelques jours avant nous qui remontons toujours au dernier moment, la première chose qu'elle fera sera de chercher ce cahier. J'ai eu tort de me mettre dans cet état. Peut-être qu'elle ne le retrouvera pas, peut-être qu'elle l'a perdu, peut-être qu'elle aurait préféré que je l'oublie, mais si elle retombe dessus, elle me le donnera.

Je l'ai découvert posé sur mon bureau, trois semaines plus tard. Je crois qu'à l'instant où je l'ai reconnu mon cœur s'est arrêté de battre, comme si, retournant une photo d'elle, son âme m'était enfin apparue. J'ai fermé la porte de mon bureau, je me suis assis, j'ai sorti ma meilleure loupe tout en constatant que mes mains tremblaient, et, soulevant la couverture, je me suis mis à lire ce qu'elle m'écrivait sur la première page de son écriture illisible.

J'ai arrêté le temps, ou plutôt, puisqu'on ne peut pas l'arrêter, je l'ai déserté. Tandis que les miens étaient à l'automne de l'an 2000, comme le reste du monde, je suis retourné vivre à l'automne de l'année 1990 sous François Mitterrand, rejoignant Blandine au *Sélect* certains soirs, l'aimant comme nous nous aimions à cette époque, au milieu de l'après-midi, de façon hallucinante et débridée comme si les jours nous étaient comptés, nous retrouvant dans des hôtels à Lyon, à Madrid, à Rome, tiens, j'avais oublié ce voyage à Rome. «Hier soir, pendant que tu te rasais, je t'ai regardé. Tu ne m'as pas vue, tu étais dans tes soucis. Et cette nuit, je t'ai encore regardé dans ton sommeil. Je vois bien que tu te fiches complètement de Rome, tu voudrais être avec tes enfants. J'essaie de me protéger, de ne pas me laisser détruire par ton chagrin.» Le matin, avant de me mettre au travail, j'ouvre une ou deux lettres d'elle, comme si le facteur venait de me les déposer. Elles ne sont jamais datées, et toujours écrites sur les pages déchirées d'un cahier à spirale. «Hier après-midi, j'ai vu que tu t'ennuyais pendant le comité de rédaction. J'ai essayé d'attirer ton attention, j'aurais voulu qu'on parte faire l'amour. On aurait pu aller dans le petit hôtel que je t'ai montré la dernière fois.» Je la revoyais avec son jean gris trop large, la taille prise dans une ceinture d'homme comme on serre un bouquet de fleurs, ses baskets blanches, ses petits hauts rouges ou bleus à pois blancs, et son chignon qui ne tenait jamais dans ses barrettes, si grosses soient-elles.

— Tiens, le petit haut rouge, je crois qu'elle l'a encore.

Et, certains jours, je me surprenais fouillant dans ses vêtements, plongeant le nez dedans, ou enfourchant mon vélo pour aller respirer l'odeur du hall de l'immeuble qu'elle habitait à l'époque. Et m'asseoir là sans bouger. Et me souvenir.

Les premiers temps, fiévreux, débordé par mon émotion, secoué par la nostalgie, j'ai espéré que Blandine me rejoindrait. Rempli de tout ce qu'elle m'avait écrit, je me suis mis à trembler en la prenant dans mes bras. Mais non, elle était étonnée, m'observant curieusement, comme on regarde un type en train de perdre les pédales. Se doutait-elle seulement de ce que je fabriquais toute la journée? Peut-être, puisque mon bureau était recouvert de photos d'elle à vingt-cinq ou vingt-six ans, lors de nos premiers voyages. Elle n'aurait pas eu l'indiscrétion de me demander quoi que ce soit, mais un soir, la voyant s'endormir en me tournant le dos, j'ai soudain repensé à cette phrase si souvent lue tout au long de sa correspondance : «J'essaie de ne pas me laisser détruire par ton chagrin.» «Là, me suis-je dit, je crois qu'elle essaie plutôt de ne pas se laisser détruire par ma folie.» Alors l'idée que nous allions nous perdre m'est apparue petit à petit comme une évidence, elle marchant vers le futur, ne me rejoignant pas, et moi m'enfonçant de plus en plus dans le passé. Tout cela avait cessé de l'intéresser, elle me le signifiait par son silence, et moi aussi j'allais bientôt cesser de l'intéresser. Est-ce ce pressentiment qui m'a ramené à notre vie présente? Oui, sans doute. Un matin, je me suis arrêté de lire. J'ai refermé le cahier, glissé dedans toutes les lettres qu'elle m'avait adressées, celles que j'avais lues et celles que je ne lirai jamais, enfermé le tout dans une grande enveloppe que j'ai cachetée, avant d'écrire dessus : «Ceci m'appartient. Ne le lisez pas. Et si vous le découvrez après ma mort, détruisez-le tel quel», et je suis parti me promener.

Le lendemain, ou le surlendemain, j'ai appelé Bernard Barrault pour lui annoncer que j'allais me remettre à écrire. Je ˉenais de publier *Méfiez-vous des écrivains*. «Je voudrais mettre Blandine dans un livre, lui ai-je dit. Que le livre la contienne, tu comprends? Enfin, pas Blandine, mais l'idée que je me fais d'elle. Son mystère qui me demeure intact en dépit de toutes ces années, et sa beauté qui me trouble tant, qui m'épuise en réalité.» De la conversation que nous avons eue ce jour-là, ou plutôt que j'ai eue tout seul après avoir raccroché, marchant dans la rue et me mettant à appeler Bernard Barrault Curtis, comme je le fais habituellement dans mes livres (et Blandine Hélène), j'ai tiré le premier chapitre de mon roman.

«Écoutez-moi, Curtis, je vous raconte comment je l'ai rencontrée et puis... et puis vous me direz... vous me direz sincèrement ce que vous pensez, n'est-ce pas? En fait, c'est le type avec qui elle vivait à l'époque que j'ai d'abord repéré. Enfin, je ne savais pas encore qu'elle vivait avec lui... Attendez, je vous raconte... en commençant vraiment par le début, excusez-moi. Au début de l'été, j'avais emménagé rue du Transvaal, dans la maison que vous connaissez. Les gens étaient en vacances, toutes les écoles du quartier fermées, c'était très calme. Dans l'immeuble d'en face, vers 10 ou 11 heures, un homme s'accoudait à sa fenêtre pour fumer sa première cigarette – il tombait du lit, torse nu, les cheveux... vous voyez, quoi... Au bout de trois ou quatre jours, nous avons fini par nous adresser de petits saluts. Il n'avait pas l'air écrasé de boulot et moi, à ce moment-là, je ne bossais

pas non plus. Je soignais ma dépression, vous vous en souve-
nez peut-être, et pour le reste je vivais de vos avances sur des
contrats futurs. Vous aviez confiance, vous pensiez qu'un
jour je m'y remettrais... Ce fumeur, donc... Il était la seule
présence humaine visible depuis chez moi. J'avais entrepris
d'aménager une chambre pour Claire au grenier. Elle allait
avoir quatre ans, c'était il y a dix ans. Oui, c'est ça, tout juste
dix ans. Le fumeur avait une vue plongeante sur mon chantier
par la fenêtre du grenier, un chien-assis. On se souriait, mais
sans plus. À mon avis, nous ne souhaitions ni l'un ni l'autre
que les choses aillent plus loin. En tout cas, moi, j'étais très
bien tout seul, Claire et David étaient en vacances avec leur
mère, je ne m'imaginais pas recevant quelqu'un, faisant la
conversation. Même au meilleur de ma forme j'ai du mal
avec la conversation, alors là...

« Une partie du mois d'août s'écoula ainsi, sans qu'il se
passe rien, et puis un matin, tôt, comme j'étais à la fenêtre du
grenier, une tasse de café à la main, je vis pour la première
fois Hélène. Elle sortait de l'immeuble où habitait le fumeur.
Son visage retint immédiatement mon attention. Immédiatement.
Je ne sais pas comment vous expliquer ça, Curtis, il y a chez
elle quelque chose de particulier entre le galbe du front, la
perfection du nez et le trait net du menton qui force la curiosité. Une tension particulière. Je ne crois pas que ce soit
d'emblée une question de charme ni de sensualité, non,
d'émotion plutôt. Je crois qu'au premier regard on perçoit
l'intensité dramatique du visage d'Hélène... »

J'étais bien placé pour savoir combien les livres peuvent
être destructeurs, et cependant je ne connaissais pas de plus
sûr moyen de garder auprès de soi ceux que nous aimons le
plus.

L'éditeur et l'auteur remercient chaleureusement la famille qui a accepté de leur prêter la photo de couverture.

Cet ouvrage a été imprimé en France par

à Saint-Amand-Montrond (Cher)
en juin 2010

La photocomposition de cet ouvrage
a été réalisée par
GRAPHIC HAINAUT
59163 Condé-sur-l'Escaut

N° d'édition : 51078/09. — N° d'impression : 101946/1.
Dépôt légal : février 2010.